中国民间故事选粹

刘守华　陈丽梅　选编
孙正国　刘珈彤　点评
吴健心　绘

重庆出版集团　重庆出版社

图书在版编目(CIP)数据

中国民间故事选粹 / 刘守华,陈丽梅选编;孙正国,刘珈彤点评;吴健心绘. — 重庆:重庆出版社,2024.8
ISBN 978-7-229-18788-0

Ⅰ. I277.3

中国国家版本馆CIP数据核字第2024PE8868号

中国民间故事选粹
ZHONGGUO MINJIAN GUSHI XUANCUI
刘守华　陈丽梅 / 选编　孙正国　刘珈彤 / 点评　吴健心 / 绘

责任编辑：周北川
责任校对：杨　婧
封面设计：李楚依
装帧设计：旸　谷
版式制作：百虫文化

重庆出版集团　出版
重庆出版社

重庆市南岸区南滨路162号1幢　邮编：400061　http://www.cqph.com
重庆豪森印务有限公司印刷
重庆出版集团图书发行有限公司发行
E-MAIL:fxchu@cqph.com　邮购电话:023-61520417
全国新华书店经销

开本:720mm×1000mm　1/16　印张:27.5　字数:400千字
版次:2024年8月第1版　印次:2024年8月第1次印刷
ISBN 978-7-229-18788-0
定价:69.00元

如有印装质量问题,请向本集团图书发行有限公司调换:023-61520417

版权所有　侵权必究

前　言

刘守华

遍及世界各国的口头讲述的民间故事，既是一种和人类生存发展攸关的文化娱乐教育活动，又是一项口头语言艺术创造工程：就其内容之广博而言，它是民众生活百科全书；就其思想感情的深厚程度而言，它又是一个国家和民族乃至人类共同体心灵的窗口。意大利著名作家卡尔维诺在该书中文版题词中讲得好："民间故事是最通俗的艺术形式，同时也是国家和民族的灵魂。我热爱中国民间故事，对它们一向百读不厌。"中国多民族拥有的民间故事以丰富优美著称于世。在"五四"新文化运动中，文化界就一直关注民间口头文学的采录与研究。20世纪80年代初，中国进入国家现代化建设的新时期，文化部、国家民委与中国民研会在全国范围内开展大规模的民间文学普查工作，编纂民间歌谣、故事、谚语三大集成，全国所积累采录的民间故事书面文本已超过百万篇，总字数逾四十亿，由此得以彰显于世的口头故事讲述家超过万人，这笔宝贵的文化财富使我们深感自豪。

作为多元一体构成的中国56个兄弟民族所拥有的民间故

事绚丽多彩，彼此映照，璀璨夺目。笔者在故事学研究中，一直在努力探索中国民间故事多元一体的文化特质，选编的几种故事读本也十分重视其多民族的审美意趣。这部中国多民族民间故事选辑就是由此而来的。它是早在1994年就已成书的《宝刀和魔笛——中国各族民间故事精品》的增订版。原书体例就是由56个兄弟民族各取一篇(汉族稍多）组编成册，再参照中国社科院文学所编著《中国少数民族文学》一书的地区分布排列为11编。此书是在20世纪80年代中国跨入历史新时期后涌动的民间文艺工作热潮之际广泛搜求所得而成，本次重编时补选了多篇脍炙人口的佳作。

这里要申明的是，许多年来人们在学理上对民间文学创作与传承的集体性的误解，从而导致对相关口头传承人的个性特征及个人创造性的漠视，以致许多"不识字的作家"的姓名在出版物中常被湮没。《中国民间故事集成》这部大书的编纂，坚持民间文学作品采录写定的科学性，将所有作品的讲述者、采录者乃至采录写定的时间地点均翔实列出，受到学界一致好评，并形成为非物质文化遗产评定保护的定则。本书文本的编排体例即由此而来，它粗看起来似觉繁琐，却体现出新时代对创造、传承这些民间口头语言艺术财富者的尊重。

还须说明的是，本书对中国各族民间故事的选读，力求达到学术性与可读性的结合，即雅俗共赏；并且尽可能保持这些故事的原汁原味，但为读者着想，我们也做了一些细微的改动，不影响故事的原貌。我们着力选取那些既富有奇巧意趣，读来津津有味，而又蕴含良知、美德，有益于滋养大众特别是青少年心田的作品。简言之，即围绕奇趣、良知、美德这六个字来立意选材。力求使这些由中国各族民众美好心灵浇注的山野奇花永开不败！

我研读中国民间故事的乐趣始于1956年，迄今已达60余年；老伴陈丽梅本是在高校从事心理学教学与研究的，晚年也投身于民间故事选读活动之中。我们夫妇在长江文艺出版社推出了三册《中国民间故事》选集，并被列入教育部新编语文教材的配套参考读物系列之中。我们还同日本、韩国学者选编了一部《中国、日本、韩国民间故事集》，以中、日、韩三种文字印制发行，由一位日本政府前首相写作序文。他热切期望，以民间故事书在"亚洲儿童的心上架起巨大的桥梁"。

本书附录了四篇民间故事诗学意趣解读的短文，是我于近年刊出的《走向故事诗学》系列论文的一部分，以期佳作共品读，疑义相与析。这本中国各族民间故事选集虽经我们两位年逾八旬的老教师勉力编成，但在繁花似锦的民间故事百花园中，势难尽善尽美，只好成书后期待读者的批评及后继者的补益了。

最后，本书的完成还得到华中师范大学十一名研究生同学的帮助，她们负责为民间故事撰写了言简意赅的导读，在此一并表示感谢，她们是：刘珈彤、韩雨霏、黄欣琳、金世明、卢艳、梁玉涵、李杨蕾、沈欣婕、杨佳棋、张韩、张奇雯。

让我们一起来欣赏精彩纷呈的中华民族故事吧！

2021年中秋节于武汉华中师大桂子山校园

目 录

前　言/ 刘守华 1

第一编　天山南北与昆仑山地

聪明的姑娘　　维吾尔族/ 2
种金子　　维吾尔族/ 9
同路青年　　哈萨克族/ 12
秃　鹰　　锡伯族/ 17
糊涂国王　　乌孜别克族/ 22
自以为聪明的国王　　俄罗斯族/ 27
四个朋友　　柯尔克孜族/ 30
国王和他的继承人　　塔吉克族/ 34

第二编　青藏高原

钻石姑娘　　藏　族/ 40
六兄弟齐心　　藏　族/ 49
皮休嘎木　　门巴族/ 56

老虎、猫和獐子　　珞巴族/ 59

熊家婆　　羌　族/ 62

黑马张三哥　　土　族/ 66

苏里曼和瓦利雅的故事　　撒拉族/ 73

戈尧斯　　裕固族/ 81

哈比卜的故事　　保安族/ 89

蛤蟆姑娘　　东乡族/ 92

第三编　黄土高原与内蒙古草原

伊布雷斯求福　　回　族/ 100
机智的牧羊人　　蒙古族/ 104
三个聪明兄弟　　蒙古族/ 110
三个莫日根　　鄂伦春族/ 114
哈莫日根寻妹　　鄂温克族/ 120
老虎为啥不下山了　　达斡尔族/ 124

第四编　白山黑水

达罕拾银　　满　族/ 130
猫和狗的故事　　满　族/ 135
大雁说媒　　赫哲族/ 140
孔姬和葩姬　　朝鲜族/ 143

第五编　从辽河口到海口

蛇师雷七　　畲　族/152
抛彩球　　高山族/158
石头人　　黎　族/163

第六编　东南丘陵

妈勒访天边　　壮　族/170
达架的故事　　壮　族/174
小黑炭　　仫佬族/186
青蛙仔　　瑶　族/191
朗追和朗锤　　毛南族/198
海獭晒鱼　　京　族/206

第七编　贵州高原与湘鄂西山地

打虎匠招徒　　苗　族/210
识鸟音的"杨憨憨"　　苗　族/215
郎都和七妹　　侗　族/218
黄龙桃　　布依族/225
王进邦　　仡佬族/231
人虎缘　　土家族/238

第八编　金沙江流域与元江流域

白鹦鹉行孝　　彝　族/244
金沙神女与石鼓青年　　纳西族/249
买　寿　　纳西族/254
红　桃　　普米族/258
辘角庄　　白　族/264
两老友　　白　族/270
卖螺蛳的小伙子　　哈尼族/279

第九编　澜沧江流域

绿豆雀和象　　傣　族/286
伏魔王子　　傣　族/289
宝刀和魔笛　　基诺族/297
头人的三个儿女　　拉祜族/301
孤儿西诺　　佤　族/307
布朗少年　　布朗族/313

第十编　怒江流域

山官发火　　景颇族/318
艾莫和艾者教　　德昂族/323
大象走路为什么轻轻的　　阿昌族/328

寻找太阳头发的小孩　　傈僳族/ 331
孤儿和七公主　　怒　族/ 340
金社除恶龙　　独龙族/ 347

第十一编　东西南北中

当"良心"　　汉　族/ 352
天上乌云梭　　汉　族/ 360
巧媳妇　　汉　族/ 365
狐狸媳妇　　汉　族/ 374
李小妮斗飞贼　　汉　族/ 383
北斗星　　汉　族/ 389

第十二编　故事诗学

《憨子寻女婿》的奇趣（附《憨子寻女婿》）/ 396
鄂西故事《樵哥》解读（附《樵哥》）/ 404
民间传说《赵州桥》的诗学意蕴（附《赵州桥》）/ 413
《包白菜姑娘》的诗学意趣（附《包白菜姑娘》）/ 422

第一编

天山南北与昆仑山地

聪明的姑娘

维吾尔族

《聪明的姑娘》是生活故事中典型的"巧女故事"类型。该故事以家庭生活为背景,采用了三迭式的结构,以解三道难题为中心情节,为我们展示了一个勇敢坚贞,充满智慧的女主人公形象,同时也凸显了民众对于压迫的反抗意识。故事中的"神秘鸟儿和老人"在整个故事情节中起着不可替代的连接作用,也使得故事充满了"奇幻"色彩。

相传,古时候有个名叫贾拉力丁的农民,他只有一个独生儿子,名叫卡玛力丁。随着岁月的流逝,儿子渐渐长成了大小伙子。

贾拉力丁老头儿,想给儿子娶个媳妇,一天唤儿子到面前说道:

"儿呀,如今你已经长大了,在我还活着的时候,你应该学会独立地生活。为此,我先吩咐你去干一件事,看看你会干不会干。你从你放的羊群里牵一只羊到城里卖掉,用得来的钱买上一些肉和馕,然后把山羊仍然牵回来。"

卡玛力丁牵了只山羊往城里走去。路上,他思来想去,觉得这事很不好办。来到城里,他走遍了市场,都无法完成父亲交给他的任务。他又不好意思把父亲的话告诉别人,向别人请教。回家去嘛,又怕父亲责备,说他傻瓜笨蛋。小伙子正无精打采、一筹莫展地在街道巷口痴呆呆地站着时,一家大门里走出来一位姑娘,望了望他,问道:

"喂,小伙子,你的山羊是不是卖的呀?"

卡玛力丁一看是个非常漂亮的姑娘,顿时显得很尴尬,手足无措,不知如何回答是好。愣了一阵,他才心慌意乱地说道:

"是卖的。哦,不,不卖!"

姑娘听了,禁不住噗嗤一笑,说道:

"你的话咋前言不搭后语呀！看来，你有难处，是吗？"

姑娘这么一问，卡玛力丁觉得她不仅是个漂亮的姑娘，而且心地也很善良，大概她有意想给自己出个主意。于是，小伙子把父亲吩咐他干的事，一五一十告诉了姑娘。原来她是位非常聪明机智的姑娘，名字叫努尔贾玛丽。她忍住笑说道：

"我来指点一下你吧！你先把山羊的毛剪下来，把羊毛打成绳子卖掉，用卖来的钱去买上馕和肉，仍然把山羊拉回去，不就得了吗？走，把山羊牵到我家去，我帮你剪羊毛，打绳子。"

卡玛力丁听了，头脑里这才开了窍。他高兴得不知道说什么是好，一面口口声声感谢姑娘，一面把山羊牵进她家。

姑娘帮助小伙子剪下羊毛，打成绳。卡玛力丁把绳子拿到市场上卖掉后，买了些馕和肉，又牵着山羊欢欢喜喜地回到家中。父亲高兴地问道：

"孩子，这主意是你自己动脑筋想出来的，还是别人告诉你的？"

儿子把事情的经过，如实告诉了父亲。

贾拉力丁老头儿对姑娘的聪明才智打心眼里佩服，一心想让这位姑娘做他的儿媳。他马上聘请了媒人去给儿子说亲，经过媒人的撮合，姑娘的父母答应把女儿嫁给卡玛力丁。接着，举行了一场热热闹闹的婚礼，卡玛力丁便跟努尔贾玛丽结了婚，组成了幸福的家庭，生活过得很甜蜜。

结婚后一个月，卡玛力丁要到很远的地方去旅行。原来努尔贾玛丽还是位技艺高超的画家呢。她发觉卡玛力丁恋恋不舍地不愿跟自己分离，便在一块白绸子手帕上精心画了一幅自己的像，交到丈夫手中，叮嘱说：

"你出外想我的时候，看看这幅像，就会像见到我一样高兴。"

卡玛力丁小心翼翼地把妻子的画像带在身上，启程出发了。他风尘仆仆地行走了一个月后，一天，他掏手帕想看看妻子美丽的容貌时，突然刮起了大风，把他手中的手帕刮走了。狂风卷着手帕，刮呀刮呀，一直刮到供国王游览憩息的花

园里,手帕落在一棵枫树上,被树枝挂住了。

当日下午,国王去花园散步时,看到枫树上挂着一条洁白的丝手帕,感到奇怪,取下一看,手帕上画着一位容貌比最美的花朵还好看的美女像。国王眼馋地望着,顿时神魂颠倒起来。

这个国王横行霸道,残酷地盘剥百姓。人们被繁重的苛捐杂税压得喘不过气来。他每天都要娶一个妻子,过着荒淫无度的生活。

过了一阵,当他的神志清醒过来后,唤来卫士,展开手帕让他们看,并且命令道:

"限你们三天内把这个美女找来,若找不来,就绞死你们!"

卫士找遍全城,第三天就找到了努尔贾玛丽,并把她带回王宫。努尔贾玛丽日夜思念自己的丈夫,眼泪流个不停。国王为了讨取她的欢心,组织了各种各样的娱乐活动,想逗她开心,可努尔贾玛丽照样愁眉苦脸,不露笑容。

再说卡玛力丁,他的手帕被风刮走后,他便离开商队的行列,朝风刮去的方向追去。他为了寻找手帕,长吁短叹地行走了漫长的路程,吃尽苦头,终于来到了一个城市。他听到人们在纷纷议论一条画有美女像的手帕的事,从旁问了问,才知道自己的妻子已被国王抢进王宫。卡玛力丁气坏了,他愤怒不已,一心想闯进王宫,杀死国王,砸烂宫殿,救出努尔贾玛丽。最后他找到了一位能出谋划策的老太太,把自己的遭遇和想法原原本本告诉了她。老太太对卡玛力丁说:

"孩子,莽撞从事会丧失你的生命的呀!这个国王是个杀人不眨眼的暴君,他毫不同情、怜悯百姓。我给你出个主意:你买些针线、香粉、木梳、篦子,把自己装扮成商贩,去到王宫前面叫卖。努尔贾玛丽听到熟悉的声音后,就会知道是你来了,会想方设法跟你接近的。你们可以商量好,从王宫里逃出来。"

卡玛力丁照老太太出的主意来到王宫门口,大声叫卖起来:

"卖香粉哩!卖木梳哩!……"

努尔贾玛丽听到这熟悉的声音,唤过来一名丫环,吩咐道:

"去给我买一盒香粉来。"

丫环走出王宫来买香粉时,卡玛力丁问道:

"你是给谁买的呀?"

丫环回答说:"给国王的夫人努尔贾玛丽买的。"

卡玛力丁乘丫环不留神的时候,乘机把事先写好的一封信装进粉盒里,交到她手中。

努尔贾玛丽打开粉盒一看,里面装着一封信。她悄悄地看了,原来是丈夫卡玛力丁写给他的,顿时心里十分欢喜。可是,她没有把这个秘密告诉任何人。一天她写了封信,通过贴身丫环送到丈夫手中。信上是这样写的:

"亲爱的,我的心肝!下星期一夜间,您骑匹马来王宫墙后处等候我,待人们熟睡后,我揪着绳子顺着墙滑下来,逃脱国王的魔掌。"

到了约定的日子,卡玛力丁备好马,等到黄昏日落,骑马赶到王宫墙后,站在墙角下等候努尔贾玛丽。他手里攥着马缰,等着等着,竟然坐在地上睡着了。这时,突然溜过来一个强盗,脱下马辔,要跨上马逃走时,忽见顺着宫墙滑下来了一个姑娘。他立刻把姑娘扶上马,两人一前一后骑在马上,催马跑开了,跑啊跑啊。到了天蒙蒙亮时,努尔贾玛丽一看,马上骑的并不是自己的丈夫,而是一个强盗。她刚逃出虎口,又落入强盗手中,不知如何是好。强盗把努尔贾玛丽带到自己家里,关在一间房子里。

一天,努尔贾玛丽乘强盗外出行盗的机会,女扮男装,从强盗家中逃出。她来到一个邻国的城市时,见好几千人拥拥挤挤地站在一起,抬头望着天空。努尔贾玛丽觉得奇怪,抬头一看,只见一只飞鸟在天空盘旋,她走过去向人们鞠了一躬,问道:

"出什么事啦?你们都在这儿干什么呀?"

几个老百姓说道:

"城里的国王死啦。天上飞的鸟儿落在谁的头上,谁就是国王,人们都来这儿碰运气哩……"

话还没有讲完，那只鸟在天空盘旋了几圈，就飞来落在努尔贾玛丽的头上。人们顿时"呜啦！呜啦！"地呼喊起来，到她面前，向她表示祝贺。并簇拥着她来到王宫，请她登上王位。

一天，努尔贾玛丽画了张自己穿妇女衣裳的像，吩咐卫士贴在王宫门口，并命令说：

"谁要是看了这张像哭或者笑，都把他带进王宫里来。"

一天，一个骑马的人经过王宫门口时，望着门上挂的女人像，放声哈哈大笑起来。卫士立刻把他带进王宫。努尔贾玛丽一看，这人原来是抢她到王宫的那个国王，命令武士立刻把他投入监狱。过了数日，王宫门口又走过来一个人，他望着画像嘿嘿笑了笑，卫士立即把他带进王宫。努尔贾玛丽一看，是那个强盗，命令把他也关入大牢。

过了许多日，又走过来一个人，望着王宫门口上的像，竟哭起来了。卫士把他带到王宫，努尔贾玛丽一看是自己的丈夫卡玛力丁，便命令把他单独关在一间房子里。

第二天，努尔贾玛丽吩咐把京城的人统统召集起来，她登上楼台，对武士命令道：

"把牢狱关押的两名罪犯带出来，处以死刑！"

武士立刻把两名罪犯五花大绑带到刑场，送上绞架。人民听说被处死的一个是邻国残暴的国王，一个是无恶不作的强盗，无不高兴得拍手称快。

努尔贾玛丽国王又命令把被关着的卡玛力丁带来。她摘去头上的王冠，脱掉身上的王袍，对民众们讲述了自己的苦难遭遇。民众们见国王披着一头浓密乌黑的头发，穿一身艳丽的女装，方知她原来是一个了不起的女英雄，十分敬佩她的勇敢机智，并祝贺他们夫妻团圆。最后，女国王提出不当国王，要跟卡玛力丁返回自己的家乡去和父母团聚，可是民众们怎么也不答应。根据民众的要求，卡玛力丁当了他们的国王。从此，卡玛力丁和努尔贾玛丽公正地管理着这个国家，人民过着幸福的日子。

- ○ 讲述者：赫利力·斯板尔
- ○ 采录者：买买提·尼牙孜、王荣德
- ○ 出处：《新疆民间文学》第六集，新疆人民出版社1983年版。

种金子

维吾尔族

这是一则维吾尔族的计谋故事。故事中的阿凡提略施小计就让国王相信了金子可以种出来的美梦,贪婪无度的国王在"种金子"的过程中越陷越深,将所有的金子都种了下去,最后他剥夺得来的财富又重新回到穷苦人的手中。故事赞颂了阿凡提靠智慧为穷苦人"赢得生活的甜"的美好结局,也为观众们传递了"高贵的标识是善良"的价值观。阿凡提的故事家喻户晓,作为维吾尔族的机智人物,他用计谋欺骗愚蠢的统治者,帮助贫苦大众,他的身上体现了强烈的正义感、对普通人的同情、对作威作福的人的嘲讽与蔑视。

阿凡提借来几两金子,骑着毛驴到野外,然后坐在黄沙滩上细细地筛起金子来。不一会儿,国王打猎从这儿经过,看见他的举动很奇怪,便问道:"喂,阿凡提,你这是干什么呐?"

"陛下,是您呀!我正忙着哩,这不是在种金子吗!"

国王听了更加诧异,又问:"快告诉我,聪明的阿凡提,这金子种了怎样呢?"

"您怎么不明白呢?"阿凡提说,"现在把金子种下去,到时就可以来收割,把更多的金子收回家去了。"

国王一听,眼睛都红了,心想:这么便宜的肥羊尾巴能不吃吗?他连忙赔着笑脸跟阿凡提商量起来:"我的好阿凡提!你种这么点金子,能发多大的财呢?要种就多种点。种子不够,到我宫里来拿好了!要多少有多少。那就算是咱们俩合伙种的。长出金子来,十成里给我八成就行了。"

"那太好啦,陛下!"

第二天，阿凡提就到宫里拿了两斤金子。再过一个礼拜，他给国王送去了十来斤金子。国王打开口袋，一看里面金光闪闪的，简直乐得闭不上嘴。他立刻吩咐手下，把库里存着的好几箱金子都交给阿凡提去种。

阿凡提把金子领回家，都分给了穷苦人。

过了一个礼拜，阿凡提空着一双手，愁眉苦脸地去见国王。国王见阿凡提来了，笑得眼睛眯成一条缝，问道："你来啦！驮金子的牲口，拉金子的大车，也都来了吧？"

"真倒霉呀！"阿凡提忽然哭了起来，说道："您不见这几天一滴雨也没下吗？咱们的金子全干死啦！别说收成，连种子也赔了。"

国王顿时大怒，从宝座上直扑下来，高声吼道："胡说八道！我不信你的鬼话！你想骗谁？金子哪会干死的？"

"咦，这就奇怪了！"阿凡提说，"您要是不相信金子会干死，怎么又相信金子种上了能长呢？"

国王听了，活像嘴里塞了一团泥巴，再也说不出话来。

○ 采录者：赵世杰
○ 出处：《中国少数民族民间故事选》，中国民间文艺出版社1981年版。

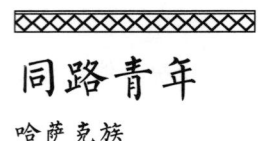

同路青年

哈萨克族

这一则故事属于生活故事中的"机智人物"类型。前半部分以青年人的五次奇怪的提问：缩短路程、烧茶、换马以及询问死尸、麦苗设下悬念，后半部分则是以老人女儿的视角来解开谜底，塑造了两位不同的机智人物形象。在故事的结尾还增加了两位机智人物"以诗对话"的情节，也体现了民间故事追求美满团圆的特点。整个故事不仅人物形象刻画饱满，情节曲折、生动有趣，而且蕴含着深刻的哲理，体现出民间朴素的智慧。

一个老人在归家的途中结识了一个青年，他们结伴同行。半路上，太阳烤得人火烧火燎的，戈壁滩上连一棵遮阳的树都没有。两个人骑在马上浑身冒汗。青年对老人说："老大爷，请您把这漫长而又荒凉的路缩短些好吗？"老人心想：这个青年人真糊涂，我既不是神仙，又不是魔鬼，怎么能把路缩短呢？老人心里不高兴，没有理他。

走了一阵，青年又说："老大爷！您看天这么热，咱俩走得又热又渴，请您在马上烧茶喝行吗？"老人心想：真是越说越不像话了，我活了这样大的年岁，还从没听说过有人能在马背上烧茶的。老人低着头还是没吭声。

两个人走到中午，眼看快到河边了。青年说："老大爷，马也太乏了，咱们把马丢到河边去，换两匹好马骑吧！"老人这时忍不住生气地说："瞧你这个人，看起来挺聪明的，可说的尽是些傻话。这荒郊野外，谁能给你送马来呢！"青年笑了笑，又继续往前走。

过了河，迎面来了一群人，其中有两个人抬着一具死尸。这时青年问老人："老大爷，这个人是已经全死了，还是只死了一半呢？"老人一听，气得胡子都直了，瞪着眼睛说："你也好好睁开眼睛看看，死人身上都缠上白布了，难道还能有一半是活着的吗?"青年没有回答,又继续跟着老人赶路。

走着,走着,青年看见路两旁麦地的麦苗绿油油的,又对老人说:"老大爷,我还要问问您,这些麦苗是已经被人吃光了呢,还是没有吃呢?"老人这时叹了一口气说道:"唉!可怜的愚笨的孩子呵,让真主赐给你智慧吧!这地里明明长着麦苗,怎么就会被人吃光了呢?这真是从来也没有听过的事。你岁数太小呵,还什么也不懂得呢!"说着,他俩又来到一个小河边。老人说:"过了这木桥不远,就到我住的阿吾勒①了,今晚你到我家去住吧!"青年说:"不!老大爷,谢谢你,我今晚就在这桥边过夜,您快回家去吧!"老人只好自己走了。走了不远,青年又把老人叫住问道:"老大爷,您家里都有些什么人?"老人说:"我只有一个女儿。""那您在进门之前最好先问一声'谁在家?'然后再进去。"老人答应一声就走了。

老人回到自己的毡房门口喊道:"谁在家?"这时毡房里回答道:"爸爸我正在洗澡,请您等一会再进来吧!"老人下了马,卸了马鞍,坐在羊圈旁,心想:我和这个青年走了一路,听了他一路糊涂话,只有这最后一句话,还说得不错。我要是不问一声,该多不方便呀!这时姑娘出来了,梳洗得比十五的月亮还漂亮,笑吟吟地把老人接进屋里,跟着就赶紧烧起茶来。老人坐在丝尔马克②上,一边脱靴子,一边对女儿说:"我和一个年轻人走了一路,也生了一肚子气。"姑娘问:"生什么气呀?"老人说:"这小伙子看来倒挺聪明英俊的,其实却是个傻瓜。他在路上让我把路缩短,你说说看,我既不是索罗门③,又没有摩西的手杖④,怎能把路缩短呢?"姑娘说:"您为什么不给他讲故事呢?要是一边讲着故事,一边走路的话,路虽然长,不是不知不觉地就缩短了吗?"老人又说:"走

---

① 若干牧民组成的游牧村落。
② 花毡。
③ 民间传说中的圣人。
④ 民间传说中圣人的手杖,有很大魔力。

了一会，他又叫我在马上给他烧茶，这该是从来也没有过的事吧！"姑娘笑着说："您给他吃点纳斯不就行了吗？纳斯不是也能止渴吗？"老人只好接着说："算你说得有理。可是走到河边，他又叫我换匹好马。你想，在那没人的地方怎么会有别的马呢？"姑娘说："他不是叫您真的换一匹马，是叫您把马放到河边去饮饮水，吃点草，休息一下再走，不就是把乏马换成好马了吗？"老人点了点头，还是不服气："后来迎面抬来了一具死尸，他却问我：'这人是全死了呢，还是只死了一半？'这不是胡说又是什么呢？"姑娘说："爸爸，这青年问的是死人有没有后代。如果有的话，就说明只死了一半，死人没有完成的事业可以由他的后代继续完成。如果没有后代的话，这才是全死了呢！"老人嘘了一口气，最后说道："他见了刚刚出苗的麦地，却问我麦子是不是已经被人吃光了，你说说，这是怎么回事呢？"姑娘想了一下说："他问那块地的主人是不是个穷人。如果是穷人的话，去年秋天打的粮食，这时已吃光了。麦子刚刚出苗，只好向巴依去借粮食，等到秋天麦子黄了，打下来再还给巴依。这不就是把刚出苗的麦子提前吃光了吗？"老人听了，半天低头不语。姑娘又说："爸爸，俗话说：活的岁数大，不一定知道的多；走的地方多，才能知道的多。依我看，那个青年人倒是个聪明人呢！"老人想了一会，点了点头。

姑娘又接着问道："他今晚住到什么地方了？您没有让他到咱家来吗？"老人说："他住在阿吾勒前边的小桥旁。你烧好了茶，找个人给他送去。"姑娘烧了一壶加了胡椒的奶茶，拿了一个圆圆的馕，在上面厚厚地抹了一层奶油，叫邻居一个小孩给送去，小孩临走时，姑娘嘱咐说："你把这些东西，送给小桥旁的那个年轻人，并对他说：

　　清清的湖水，
　　变成乳白色。
　　圆圆的月亮，

被厚云遮着。
美丽的花儿，
这里只有一朵。"

小孩答应了一声，飞快地跑了。半路上不留神，摔了一跤，奶茶洒了一半。小孩又贪吃，走着走着把馕又吃了多半个，奶油也剩下薄薄的一层了。小孩来到小桥旁，把吃的东西交给了青年，又把姑娘嘱咐的话说了。年轻人吃了馕，喝了茶，对小孩说："请你回去替我谢谢姑娘，并对她说：

乳白色的湖水，
快要干枯了。
十五的月亮，
变成初一的月牙儿。
勤劳的蜜蜂，
还没飞到花儿身旁。"

小孩回到阿吾勒里，又把青年的话告诉给姑娘。姑娘说："你太淘气了，为什么路上洒了茶，又偷吃了奶油和馕呢？"小孩吐了吐舌头，奇怪地想：她怎么会知道呢？姑娘又说："罚你再去一趟吧，就说，我爸爸请他到我家来做客，还有话要和他说呢！"于是，青年到了姑娘的家。后来，有人说，他俩结成了阿吾勒里最让人羡慕的好伴侣。

○ 采录者：常世杰
○ 出处：《哈萨克族民间故事》，新疆人民出版社1982年版。

秃 鹰
锡伯族

《秃鹰》属于民间故事中的表现伦理道德主题的童话故事。故事以一只神奇的秃鹰为中心线索来讲述故事，以生活中的"兄弟分家"为背景，塑造了贪婪狠心的哥哥和善良的弟弟的形象。故事中以太阳、金银珠宝象征着人类的某种欲望，弟弟的"我拿我最需要的"与哥哥的贪婪构成鲜明的对比，突出善有善报和"贪婪之恶"的教育主题。

从前，有弟兄两个在一起生活。哥哥是一个心肠狠毒、贪财如命的家伙。他老觉得弟弟占了他的便宜，总想把弟弟从家里赶出去。于是，他就经常指使老婆找弟弟的茬儿，吵着闹着要同弟弟分家。弟弟实在受不了这种虐待，只好和他们分了家。

分家的时候，哥哥只分给弟弟一葫芦小麦。但是，就这样，狠心的哥哥还怕弟弟把麦子作种子，以后会过起富足的日子，他便背着弟弟悄悄地把麦子炒了一遍。

分家以后，弟弟在山坡上开了一块荒地，把一葫芦麦子种上。从此，他就天天在地里辛勤劳作，一心盼着绿油油的麦苗长出来。但是，炒过的麦子怎么会长出苗来呢？

日子一天一天地过去，快到拔草的时候了，弟弟的麦田里只有一颗麦子冒出了嫩芽。这颗麦子是他狠心的哥哥在炒麦子时洒在锅台上的。希望成了泡影，可是弟弟并没有因此而灰心。他想：就是一棵麦苗也应该好好地培育，到了秋天总会有点收获，明年也好有更多种子。于是，弟弟每天都用葫芦从渠沟里提水浇灌这棵独苗，从村里拾粪给这棵麦苗施肥。

不到两个月，这棵麦苗长得又粗又高，像棵小树一样。眼看就要成熟了，他一刻不离地守在这棵麦子跟前。不料,一天中午一只巨大的秃鹰飞过来,在天空中盘旋了一圈,忽地一个翻身冲下来把麦穗衔起就跑了。这时,可怜的弟弟可真急坏了,他的希望全寄托在这根麦穗上啊!于是,他一边拼命地追,一边大声地喊道:

"放下我的麦穗吧,这是我用血汗换来的啊!留下我的麦穗吧,这是我的命根子啊!"

秃鹰听到他的喊声,便停下来对他说:"好哥哥!求你帮帮我的忙吧。我有三个孩子,它们好几天没有吃到东西,眼看就要饿死了。请你把这麦穗暂时借给我,先救救我孩子的命吧!"

听到秃鹰的请求,弟弟善良的心被打动了,便答应把麦穗借给秃鹰。

秃鹰高兴地展了展翅,又说:"好哥哥,谢谢你的好心。我一定要好好报答你。明天夜里你到这里来,我带你到太阳山去。你从那里会带回你最需要的东西。"说完,秃鹰就飞走了。

第二天夜里,弟弟来到昨天和秃鹰谈话的地方。秃鹰也准时落在弟弟的身边,它说:"好哥哥,你骑在我的身上闭着眼,千万不要睁开。等到我叫你睁开眼睛的时候,咱们就到了太阳山,那时你赶快下去拿你最需要的东西。记住,千万不能耽误时间,如果太阳一出来,我们就会被烧死。"

弟弟把秃鹰的话记在心里,骑上秃鹰就飞走了。他闭着眼睛,只听得耳边的风呼呼响。也不知道飞了多少时候,等秃鹰叫他睁开眼睛时,他睁眼一看,嗬!只见眼前出现了一座金晃晃的大山,满山都是五颜六色的珠宝。看着这满山遍野闪耀着光芒的东西,弟弟只觉得都是好东西,却不知道什么是自己最需要的东西。当东方快发亮的时候,他才在闪耀的宝石堆找到一颗奇异的金黄色的麦种,急忙揣进怀里,对秃鹰说:

"好了,咱们走吧!"

"你为什么不拿些金银珠宝呢?"

"你不是叫我拿最需要的东西吗？"

他又骑上秃鹰回到家里。到家以后，弟弟便把拿来的麦种种在地里，还像过去一样，每天都早起晚睡地培育它。不久，他的地里长满了一大片麦子，一颗颗麦粒有豆子那么大。从此，他的生活一天天好起来了。

再说那狠心的哥哥。过了一年见弟弟不但没有饿死，生活反倒好起来了，他觉得非常奇怪，就想去打听一下弟弟发家的秘密。一天，他实在忍不住了，突然打发人去请弟弟来家里吃饭。吃饭的时候，老大假心假意地问起弟弟这一年来的生活，忠厚的弟弟把事情的经过一五一十给他讲了一遍。当讲到太阳山上那满山遍野的珠宝时，老大的心差点儿跳出来。

当天晚上，老大就拿出一葫芦麦子在锅里炒了一遍，又照着弟弟的话，把麦子种在地里，让长工不停地替他浇水上粪。恰好也有一颗洒在锅台上没有被炒过的麦子出了苗。过了很久，那棵孤零零的秧苗才长了一尺多高，吐出的穗也小得可怜。就这样老大仍然高兴得心花怒放，整天蹲在麦子跟前盼望着秃鹰到来。

一天，秃鹰果然飞来了。老大急忙趴在地上一动也不动，两只眼睛死死地盯住秃鹰，只等着它来衔麦穗时，他好扑上去。秃鹰在天空慢慢地盘旋，忽而高，忽而低，好几次都像要落下来的样子，但每次又飞上天空去了。老大这时又急又恨，一会儿高兴地咽口唾沫，一会儿又在心里狠狠地咒骂几句。最后秃鹰终于落下来了，老大不顾死活地扑了上去，同时嘴里拼命地喊道："留下我的麦穗吧，这是我用血汗种出来的呀！"

这时秃鹰向他说："好哥哥，把你的麦穗暂借给我吧！以后我会重重地报答你。"

于是老大提出要秃鹰带他到太阳山去的要求。秃鹰答应了，叫他明天一早到这里来。

这天晚上，老大在炕上翻来覆去怎么也睡不着觉，好容易熬过了半夜，就等不及了。他爬起来，跑到地里等着秃鹰。

天快亮的时候，秃鹰飞了过来，落在老大的身边。老大急忙跳到秃鹰的背上，催它赶快往太阳山飞。

到了太阳山上，秃鹰一再警告老大，如果在太阳出来以前不离开太阳山，就会被活活烧死。可是老大根本不理睬秃鹰的劝告，他打开了自己准备好的两个大口袋，拼命地往里装着大块大块的金子。口袋装满了，他还不满足，又不住地往怀里揣。秃鹰催了好几次，他好像一声也没有听见，眼看东方已快发白，秃鹰急了，又大声地说："太阳就要出来了，快走！"

这时，老大才背起沉重的口袋向秃鹰走去。但他没走几步就被口袋压得摔倒在地上。就这样，老大趴在地上，一手紧紧抓住袋口，一手还不停地往怀里揣着从地上拾来的珍宝。

太阳出来了，太阳山上立刻燃起熊熊大火。秃鹰顾不得贪心的老大，就连忙飞走了。老大呢？眨眼工夫，就被太阳灼热的火焰烧化了。

○ 采录者：忠录、运隆
○ 出处：《新疆兄弟民族民间故事选》，新疆人民出版社1979年版。

糊涂国王

乌孜别克族

《糊涂国王》这则故事采用重迭式和递进式的叙事方式，以相似类型的故事情节的不断重复来加深读者对于糊涂国王的印象，又以下层人物的智慧使得看似出人意料的情节，又达到情理之中，意料之外的艺术效果。以"国王受刑"作为结局，一方面突出下层人民生活困苦，另一方面也表现了国王的糊涂，增强了故事的戏剧性和讽刺意味。

　　从前，有个穷人，他仅有的一间破房子倒塌了，便想尽法子，又另盖了一间小房子。

　　当穷人只用次等的席子盖了房顶的一半，剩下一层还没有上泥时，便对泥水匠说道："剩下的等我挣了钱的时候，我自己来弄吧。"就这样停了工。

　　可是来了一个贼。他看见这座没有竣工的房子，心想：新房子里或许住的是巴依吧，今晚上让我好好偷他一下。于是他把上墙和下墙的路径都观察得清清楚楚，记在心上。

　　到了深更半夜，贼果然翻上了穷人的墙头。正要往下溜时，忽然房顶的席子一塌，哗啦一声，他便一骨碌掉落下来，恰巧落在穷人的身上。由于惊醒了穷人，小偷来不及偷东西，便拔腿溜走了。回去后，他感到非常气愤，第二天一清早便跑到国王跟前去告状：

　　"陛下，我是个最厉害的贼，可是昨晚上到一个人家去，什么也没有偷着，反而从他家房顶上掉下来，把我的腿摔坏了。"

　　国王问："你要求怎么办呢？"

　　"我要求惩办那个房主人。"

　　于是国王马上把穷人找了来问道：

"昨晚上这个贼从你家房上跌下来是真的吗?"

"是真的,陛下!他幸亏是落在我身上,不然恐怕他的腿已经跌断了。"

"既然是真的,就应该判处你死刑。"国王便吩咐左右要把穷人推出去,吊在绞刑架上。

穷人不知道如何是好,便哭起来了。他哭诉道:

"国王呀!我根本没有罪,应该处罚的是贼!"

国王还在一旁怒吼:"不要吵闹!"

穷人一看国王不主持公道,便说:"陛下,我一点罪也没有,有罪的是泥水匠,谁让他不把房子的顶棚盖得结实一些呢!"

国王听了,觉得有理,便下令把穷人放走,抓来了泥水匠。正要往泥水匠的脖子上套绞绳时,泥水匠急忙说:"我有句话要报告国王。"

"你报告什么?"国王问道。

泥水匠说:"陛下!这件事情只怪盖房顶的席子太稀松,应该处罚编席子的人呀!"

国王一听,又把泥水匠释放了,把编席子的抓来,问道:"你是编席子的?"

"是,陛下!我是编席子的。"

"把他吊到绞刑架上去!所有的罪恶都在这个编席子的人身上。"国王气愤地向刽子手命令道。

可是编席子的人紧接着申辩道:

"报告陛下,我平时编的席子都非常紧密,只怪我的邻居养了一群鸽子。那天,正当我给那个穷人编席子时,邻居却把鸽子放出来。我被鸽子吸引住了,一不小心就把席子给编松了。请国王饶恕我吧!"

国王听了,把编席子的放了,又把放鸽子的人抓来,准备吊在绞刑架上。

放鸽子的说:"呵!陛下,我爱玩鸽子,但没有罪。你要是杀一个老实的穷人,倒不如杀死那个贼。"

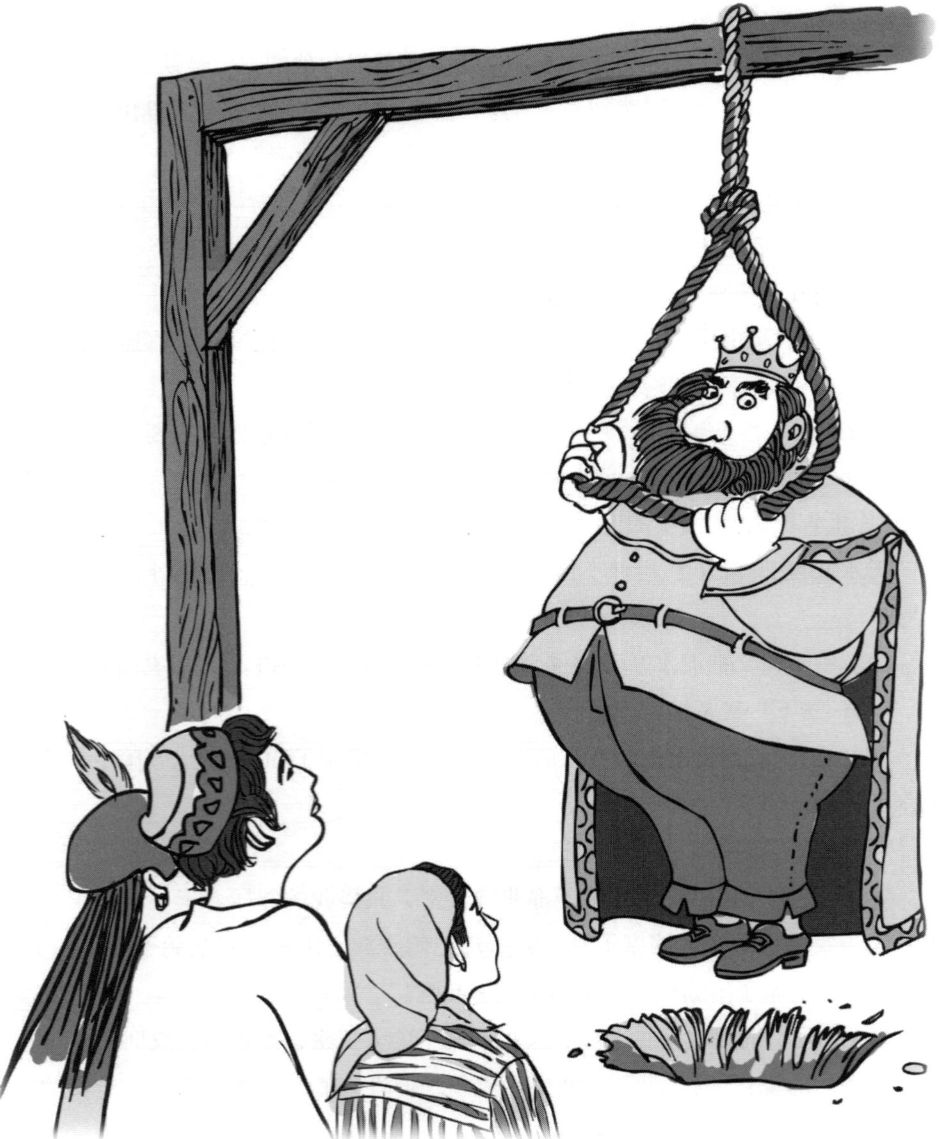

国王想了一下，自言自语地说：

"他说得对，有罪的还是贼。"便命令刽子手，"把那个贼吊到绞刑架上！"

刽子手把贼吊上后，发现绞刑架太低，便去请示国王："国王陛下，贼的个子很高，吊在绞刑架上，两脚还踏在地上，吊不死怎么办？"

国王一听，勃然大怒，骂道：

"都是蠢货，这个事情也来找我吗？难道不会另外找一个矮子来顶替吗！"

刽子手遵照国王的命令，到街上抓了一个矮子，就要往绞刑架上吊。矮子一边挣扎，一边大声问道：

"我有啥罪？为啥要把我吊死呢？我要问问国王。"

刽子手把国王请出来后，国王向矮子吼道："有什么话，快说！"

矮子说："陛下！我是一个穷人，专靠出卖劳力来维持生活。我有啥罪要上绞刑架呢？"

国王漫不经心地说："糊涂虫，你有没有罪，与我有啥相干？反正把一个人处死就行啦！只怪那个贼的身子太高，绞刑架太低，吊不死他，而你正合适。这是命里注定的呀！"

矮子连忙解释道："陛下，要是那贼个子太高的话，只要在绞刑架下挖一个深坑，不就行啦。如果就因为这个原因而杀死一个无罪的人，太不公平了！"

国王想了一下，便吩咐左右道：

"他说得对，放走他吧！把绞刑架底下挖深一些，把贼吊上去。"

刽子手们一齐动手在绞刑架下挖起来。贼在万分焦急中，想出了一条妙计。他一面顿着脚，一面喊道：

"快挖，快挖！抓紧时间，快把我吊上去！"

国王听了很奇怪，问道："你着急什么？"

"陛下，你还不知道？！现在天国的国王逝世了！他临终时说：'谁要是现在死了升到天堂，就让谁来接替我的王位。'因此，我现在很着急，害怕别人把王位抢占去，请陛下开恩，赶快把我吊死吧！"贼装作着急的样子催促道。

贼的每一句话，都深深地打动了国王的心。他想："如果我当了天国里的国王该多么好！对，还是我自己到天国去做国王吧。"他看见刽子手已经把贼吊上了绞刑架，便赶紧喊道：

"快把贼放下来，把我吊上去！快……"

于是，刽子手把贼放了下来，把国王吊了上去，并说：

"祝陛下平安……"

话音还没有落，国王已经停止了呼吸。贼还没来得及逃跑，就被国王的卫兵捉住，一阵好打，然后关进大牢。

- ○ 采录者：张周
- ○ 出处：《新疆兄弟民族民间故事选》，新疆人民出版社1979年版。

自以为聪明的国王

俄罗斯族

> 这则故事以生动有趣的情节、平实简练的语言、鲜明的对比,塑造了典型的自以为是的国王和聪明人的形象。"聪明人给老百姓送钱"这一主题体现了传统中国"侠"的文化内涵,"劫富济贫"也成为传统小说常见的情节设置。而让人会心一笑的结局,不仅传达了对自以为是的国王的讽刺,对普通民众智慧的歌颂,同时也表现了贫苦人民对改善生存条件的美好愿望。

　　有一个国王,他认为自己是世界上最聪明的人,谁也欺骗不了他。

　　有一天,国王听人说,在他的都城里出了一位很聪明的人。这个人能叫所有的富人把钱白白地送给他,然后他又把这些钱分给贫苦的穷人。

　　国王不相信这种传闻,因为他认为世界上不可能有比他更聪明的人。他派手下的大臣去调查,看看是谁在造谣。

　　不一会那个大臣回来了,他对国王说:

　　"确实有这么一回事。那个怪人有一种特别奇妙的方法:他一边看着你的眼睛,一边和你说话。当你还不明白他在干什么时,你就已经把钱送给他了。同时,他也就消失得不见影了。而且他骗的都是聪明人。"

　　"我不相信。"国王说。

　　"这完全是真的。"大臣说。

　　"如果是这样的话,你去把他给我叫来!我倒要看看他怎样来欺骗我。他若骗不了我,我就要砍掉他的头!"

　　过了一会儿,大臣把那个聪明人带来了。国王对他说:

　　"听人说,你能叫那些富有的聪明人白白地给你送钱。我是一个以自己的智

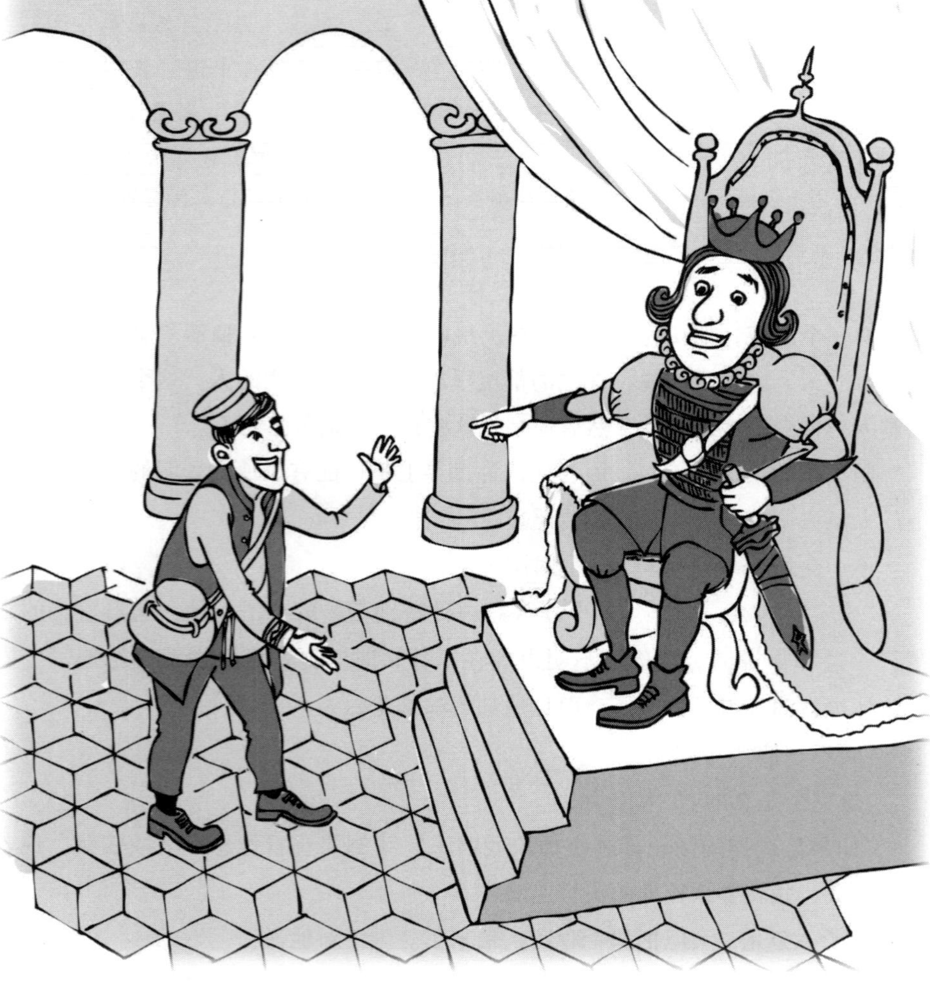

慧而感到自豪的人，你能让我把我的钱白白地送给你吗？"

"敬爱的陛下！"聪明人说道，"我请求您饶恕我吧！这是不可能的事情，因为我已经把所有的工具都抵押给人家了。假若我没有这些工具，不要说是以聪明而自豪的陛下，就连最笨的人也骗不了呀！陛下，我听候您治罪吧！"

"去把你的工具赎回来。"国王说。

"我没有钱呀！"聪明人说。

"你把你的工具抵押了多少钱呢？"

"抵押了二百个金币。"

"噢！"国王对那大臣说，"拿给他二百个金币，让他去把工具赎回来。看他怎样骗我。"

大臣给了聪明人二百个金币，这位聪明人答应两小时以后回来，接着向国王鞠了一躬就走了。

国王一直在等候着那位聪明人，可是左等右等，总不见他回来。正在傻等的时候，国王的一个车夫忍不住笑了起来。

国王不禁勃然大怒，问车夫：

"你笑什么！"

"请陛下恕罪，我才敢讲！"车夫说。

"恕你无罪，快说！"国王命令。

车夫说道：

"陛下，请您再不要痴等那位聪明人了。只怕你等到你的孙子出世的时候，他也不会转回来的。他已经拿着你白送给他的钱消失了。你已经受了他的骗。他的工具就是他的聪明机智和人们的帮助！"

○ 采录者：杨惠民

○ 出处：《新疆兄弟民族民间故事选》，新疆人民出版社1979年版。

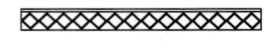

四个朋友

柯尔克孜族

这则动物故事以乌鸦、老鼠和青蛙解救遭难的朋友黄羊为线索层层展开。救朋友的过程中青蛙不幸被猎人抓走,朋友们以智胜敌,一同解救青蛙。情节叙说曲折,采取三段式的结构:救朋友黄羊、青蛙被抓、朋友救青蛙;同时带有民间口头语言的色彩,富有生活趣味。以动物朋友们之间的相互帮助共渡难关的情节,寄寓了用自己的智慧打败强敌的生活经验以及朋友之间团结一致、互相帮助的美好品质,饱含生活哲理。

从前,黄羊、乌鸦、老鼠和青蛙结成了朋友。他们虽说生活习惯、脾气爱好都不相同,但却能彼此关心,互相爱护。

一天,黄羊出去为朋友们寻找食物,再也没见回来。大家都为黄羊担心,想出去找他。乌鸦先说话了,他说:"朋友们,黄羊为什么还不回来呀,不是出了什么事吧?你们在这儿等着,我去找他。说完,不等老鼠和青蛙开口,就飞走了。

乌鸦飞向天空,四下盘旋,草原、戈壁都找遍了,不见黄羊的影子。他正在纳闷,突然在森林的边上发现了黄羊。原来黄羊被猎人埋下的夹子钳住了腿,正在那儿挣扎呢!乌鸦看到这个情况,忙飞回去告诉老鼠和青蛙:"快,快,朋友们!我们的黄羊朋友被夹子钳住了,快去救他!"

老鼠一听,立即说:"那好,我同你去!"随即又转身嘱咐青蛙,"你跑不动,就留在这儿等我们吧……"

青蛙一听要让他留下来,急了,不等老鼠说完就接上去说:"不,我也同你们一起去!"

乌鸦也觉得青蛙跑得慢,不同意他去,说:"你还是留下来吧,我们去就行了。"

青蛙还是不愿意，固执地说："不，我一定要去！既然黄羊遭了难，我怎么能不去呢？！黄羊也是我的朋友呀，怎么能光让你们去呢？！"

老鼠和乌鸦拗不过青蛙，只好说："哎，你这个遭到胡大嫌弃的鼓眼睛，真把你没办法，好吧，我们一起去。"

三个朋友飞快地向黄羊奔去。乌鸦和老鼠先来到黄羊跟前，黄羊还在拼命挣扎，只是看来已快精疲力尽，不停地喘着粗气。老鼠一到，就忙着用自己锋利的牙齿去咬拴夹子的绳子。乌鸦在一边给老鼠鼓劲，同时不停地安慰黄羊，鼓起他摆脱灾难的信心。眼看拴夹子的绳子快被咬断了，这时，猎人从远处走了过来。见到猎人，乌鸦一声大叫，老鼠猛一使劲，黄羊拼命一拽，绳子断了。等猎人赶到下夹子的地方，黄羊跑了，乌鸦飞了，老鼠也钻进旁边的地洞里去了。

猎人惊奇地捡起被咬断的绳子，向四周搜寻。这时，正好青蛙一蹦一蹦地赶到眼前。猎人发现肚子一鼓一鼓的青蛙喘着大气朝自己蹦来，心想：这青蛙的肚子里可能有名堂。他忙把青蛙捉来装进自己喂马的料袋，扎紧口子，放在下夹子的地方，然后躲进远处的树丛里观察。

乌鸦、老鼠和黄羊等猎人走了后，聚集到森林边上，发现青蛙已被猎人装进了料袋，又难受，又好气。乌鸦偷偷飞过去对着在料袋里乱蹦的青蛙小声说："你这个遭胡大打的蹦蹦呀，不听我们的话，看，现在黄羊救下来了，你又被逮住了。叫我们怎么办呢？"

青蛙听见朋友们的埋怨，不仅没有后悔，反而对他们说："亲爱的朋友们，你们快走吧，别再管我了！猎人不把我带走，可能又设下什么圈套……"

"不，我们一定设法把你救出来！你先不要吱声，让我们好好想想。"青蛙的朋友们打断了他的话，随即躲到一边思考起来。

他们想呀，想呀，最后终于想出了一个绝妙的办法。

太阳快落山的时候，猎人不见有什么动静，准备取上料袋回去了。刚走出树

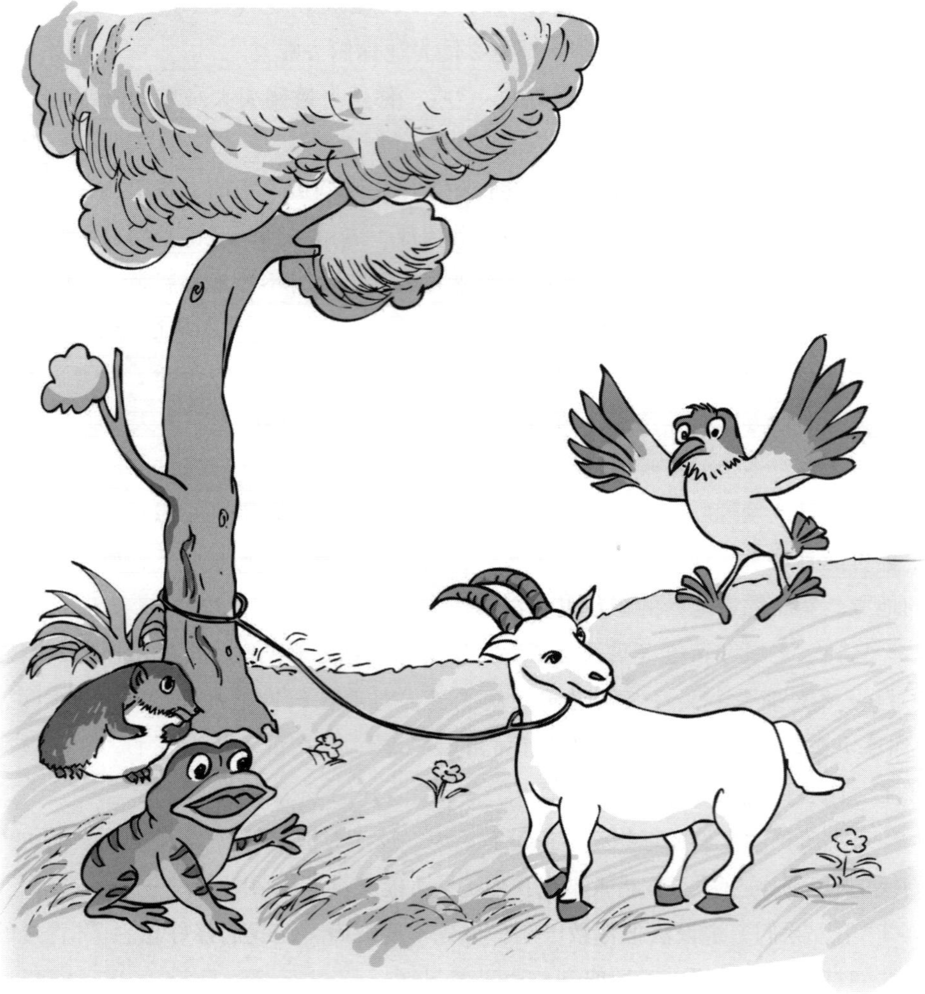

丛，猎人忽然发现与他下夹子的地方相反的一处山包上，躺着一只半死的黄羊。黄羊的头上站着一只乌鸦，正准备啄黄羊的眼睛。猎人想：哪来的一只快死的黄羊呀？我来的时候还没有，准是被我下的夹子夹着了，带着我的夹子的黄羊，是跑不了多远的呀。这是胡大赐给我的猎物，我不能不去抓！想到这里，猎人撇下料袋，忙向黄羊跑去。他刚迈步，守在一边的老鼠急忙跑到料袋那儿，几口咬断了料袋口上的绳扣，把青蛙救了出来。

就在这时，猎人也赶到黄羊跟前。可是，不等他伸出手，乌鸦倏地展翅飞了，黄羊也翻身撒腿跑了。猎人发觉自己上了当，忙转身回去看料袋。料袋倒是在那儿，可青蛙早已不知去向了。

互相关心的四个朋友，虽然几次遇到危险，可都顺利地逃脱出来。由于他们相互关心，从那时起，一直平安地生活到现在。

- 讲述者：苏勒坦·阿里
- 采录者：朱玛拉依、张运隆
- 出处：《新疆民间文学》第二集，新疆人民出版社1982年版。

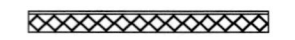

国王和他的继承人

塔吉克族

这则故事围绕国王选定王位继承人为主线,以国王提出的三个问题巧妙地串接,守门人因机智回答问题而受到国王赏识被选定为继承人。故事情节完整曲折,叙说丰富生动,以连贯的时间顺序叙述,使用民间口头传统中经典套语"相传很久以前,帕米尔高原上建立了一个王国……",扩大了故事的时间和空间跨度,延伸了线型时间,增加故事容量,丰富人们的艺术想象。守门人作为一个普通平民凭借智慧成为国王,饱含普通民众对改变社会现状和追求幸福生活的美好愿望。

相传很久以前,帕米尔高原上建立了一个王国,国王是个贤明的君主,名叫斯坎德尔·祖里海乃英。他统治着七个领地,领地的贵族们每年都向国王进贡一百个金元宝。国王把这七百个金元宝只在国库里存放一天,第二天就亲自把这笔钱分发给全国的孤寡老人。

廉洁仁爱的斯坎德尔国王深得各族百姓的拥护,国家日益强盛起来,人民都安居乐业,他的统治一直延续了八十六年。

年迈的斯坎德尔国王一天晚上突然做了一个梦,梦见他离开王宫,走到一个长满各种奇草异花的花园,那里有一条小河,河边坐着一个水晶人,全身晶莹透明,光芒四射。国王惊醒以后,知道这是不祥的预兆。第二天,国王便召集王公大臣们商议道:"我已年迈体衰,恐怕会不久于人世了。我要在临终之前选定一个王位继承人,这个人如果能在我去世以后,说出我想说而没有说完的话,你们就应该像拥戴我一样地拥戴他,这样我就放心啦。"

王公大臣们纷纷表示一定按照国王的吩咐去做。

皇宫里有个守门人是个汉人,他从国王登基以来就在皇宫守门,几十年来不论刮风下雨、酷暑严寒，始终坚守岗位，默默无闻地做着被宫中上下所瞧不起的差事。他在宫门外每天要接触从全国各地来京城求见国王的穷苦人，他省下钱来帮助那些穷人，并尽可能地把他们的要求和希望禀报国王。天长日久，国王从守门人那里听到了从王公贵族们那里听不到的许多民情和传闻，他也尽量去满足民众的要求，颁行了许多利国利民的政策。渐渐地，守门人的名字也传扬出去，受到全国百姓的爱戴。

一天，国王想在去世之前最后一次看望一下他的人民，便带了几个近臣和随从出外巡视。国王回宫的时候正好在宫门外面碰到了这个守门人，于是问道："这座山上的雪是什么时候下的？"

守门人回答道："陛下，是去年才下的。"

国王又问道："这场雪对庄稼有害吗？"

守门人回答道："不会的，陛下，它能使庄稼长得更茂盛。"

国王又说："那么果实会怎么样呢？"

守门人回答道："果实会是甜的，就跟陛下您所尝过的一样。"

国王满意地点了点头，说道："明天早朝的时候你到皇宫来一趟，我有件事要告诉你。"

守门人向国王深鞠一躬说道："遵命。"

在回宫的路上，一个大臣对国王说道："陛下，那个守门的汉人在撒谎。这座山上的积雪从我生下来的时候起就有的，他却说是去年才下的，这不是明明在欺骗陛下吗！"

国王笑道："刚才我和守门人的谈话看来你们一点也不明白。你们身为朝廷高官但远不及守门人的智慧。"

大臣们面红耳赤，请求国王指点。

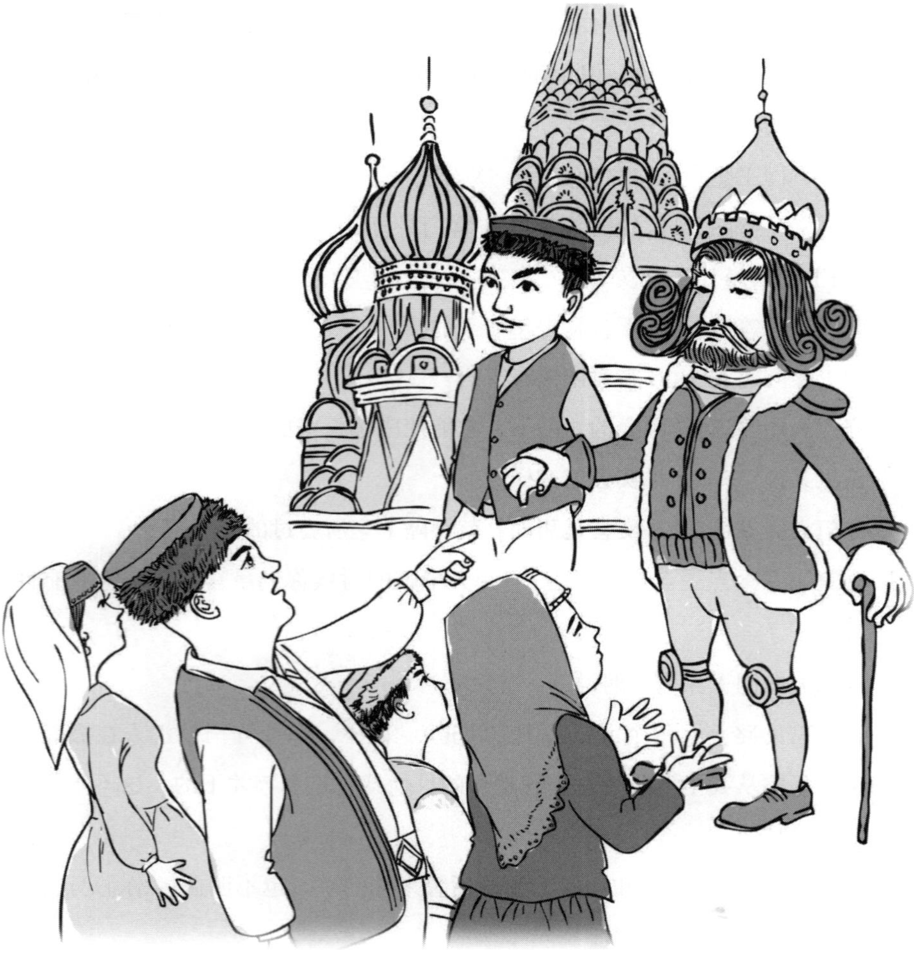

国王说道："我问他山上的雪是什么时候下的，意思是问他的头发是什么时候开始白的，他回答说是从去年开始白的。第二句话是问他年纪大了，对他的差事有没有影响，他回答说没有影响，只会使他把事情办得更周到一些。第三句话是问他，人民会不会对他满意？他回答说会满意的，就像我所知道的那样。"大臣们听了国王的解释才恍然大悟，十分敬佩守门人的智慧。

第二天早上，守门人准时来到宫殿谒见国王。国王非常高兴地走下宝座，拉着守门人的手对满朝文武大臣们说："他就是我选定的继承人，也是你们将来的国王。"

文武大臣们一个个惊得目瞪口呆，面面相觑。

国王接着说道："他从前是皇宫的守门人，今后他是整个国家的守门人。国王是臣民的仆人，他应当是个公正、廉洁、聪明的君主，并且要了解和热爱他的百姓，这样，国家才会兴旺，人民才会满意，敌人就不敢轻举妄动。"说完，国王当众把玉玺交给守门人。

几天以后，国王就去世了。七个领地的贵族们听说皇宫的一个异族守门人继承了王位，心里都不服气，暗中串通起来，准备寻找机会使新登基的国王当众出丑，然后把他赶下宝座。

在给斯坎德尔国王举行葬礼的时候，各个领地的贵族们都赶来参加。当遗体下葬的时候，老国王的右手一直高高地举着，怎么也裹不到克潘（裹尸的大布）里去，这时，有个贵族出来说道："为什么斯坎德尔国王死后，还高高地举着他的右手，请新任国王来回答这个问题吧！"

守门人从容地回答说："斯坎德尔国王死后还高举着他的右手，意思是说：你看我当了八十六年的国王，现在我死了，可我什么也没有带走，希望你也和我一样廉洁而公正地治理国家！"话音刚落，老国王那只高举着的右手突然放了下来。在场的王公贵族们无不感到惊奇，这时，他们想起斯坎德尔国王生前说过的那句话："这个人如果能在我去世以后，说出我想说而没有说完的话，你们就应该像拥戴我一样地去拥戴他。"再也没有人敢站出来反对新国王了。

从此，新任国王和斯坎德尔国王生前一样很好地治理着国家。

- 讲述者：夃娃里克
- 采录者：买买提·饶孜、乌斯满江、张世荣
- 出处：《新疆民间文学》第二集，新疆人民出版社1982年版。

第二编

青藏高原

钻石姑娘

藏 族

在人与异类婚恋的幻想故事中,小鸟幻化成仙女报恩并寻得人间情爱是在中国民间故事中流传较广且富有趣味的类型。《钻石姑娘》讲的是又穷又丑的少年偶然救助了一只受伤的鸟,小鸟化成仙女报恩,成为他的妻子并帮他克服重重困难和考验。报恩过程中,生出种种意外风波,以"三段式"的难题规则设定考验,使得情节生动巧妙,曲折丰富,奇幻优美,带有强烈的浪漫主义色彩。除了在情节上引人入胜,还在人物塑造上形成对照,少年班台面貌丑陋却心地善良,而他的哥哥们富有却自私吝啬,国王贪婪残暴。同时还塑造出光彩夺目的女性形象,钻石姑娘美丽善良,懂得感恩,是中国妇女勤劳、勇敢、智慧的艺术化身。

从前,在帕加桑布的地方,有一个贪得无厌的国王。王宫附近,住着一个穷苦的少年,叫做班台。因为他模样十分难看,人们叫他"丑孩子"。他从小失去了父母,两个哥哥又不愿抚养他。所以,班台白天在市场拍手唱着乞讨歌,求得一点糌粑和食物;晚间回到一个破木棚里,蜷缩在草屑里睡上一宿。

班台的两个哥哥,常常到深山砍伐树木,然后背到市场出卖,日子渐渐富裕起来。班台央求两位哥哥,带他一起到深山伐木。有一天,他们来到一片离城很远很远的森林,砍倒树木,剁去枝丫。然后,两个哥哥拿出自己携带的食物,坐在石头上大嚼大喝,可怜的丑孩子什么吃的也没有,在一旁气愤地说:"哼,越是有钱的人,手头越是吝啬!总有一天,我要是当了国王,就要把一切金银珠宝,通通施舍给穷苦百姓。"两个哥哥听着,拍着肚子哈哈大笑,说:"弟弟,石头里打不出酥油来,你还是啃啃自己的手指头当点心吧!"

班台又饿又累,不知不觉酣睡过去,等他醒来的时候,天色已经昏黑,大雨落个不停,霹雷在森林中滚动,两个哥哥早已走得无影无踪。他冷得瑟瑟发抖,在茫茫无边的森林里乱跑,寻找回城的道路。忽然,他看见一只美丽的金翅鸟,被雷雨击落在地上,眼看就要断气了。他十分可怜这只小鸟,轻轻地捧了起来,小心地揣在怀里。由于他体温的暖和,小鸟苏醒过来,发出"吉嘎""吉嘎"的鸣叫声。少年高兴地说:"飞吧,飞吧,可爱的鸟儿!飞到你阿妈的怀里去吧,飞到你阿爸的窝巢里去吧!"鸟儿展开翅膀,在少年的头上飞了三圈,才恋恋不舍地离去。

过了一些年,一天他在街头要饭,忽然觉得有个人形影不离地跟着他,偷眼回头一望,天啦!原来是一个绝顶美丽的姑娘,披着金丝的长衫,戴着钻石的项链,不住地朝他微笑。少年又惊又怕,想:"她不是国王的公主,就是贵族的小姐,我若和她答腔,就会招来灾祸!对!逃吧!"于是他从人群中钻过去,一溜烟逃回自己的小木棚。

从此,班台每次出门,姑娘都紧跟在他后面,嘴里还"吃吃"地笑个不停。他失魂落魄,有时躲进酒店,有时藏到林卡,怎么也摆脱不了姑娘的纠缠。有一回,班台壮着胆子说:"高贵的姑娘呀,你如果是天上来的,就回天上去吧!如果是海里来的,就回海底去吧!你天天跟着我这又穷又丑的人,使我连乞讨的路子都没有了!"姑娘上前几步,温存地说:"小伙子,你住在什么地方,我想到你家看看。"班台大吃一惊,连连央告道:"我住的地方?跟狗窝不相上下,实在没有一点点可以看的地方。再说,这件事被你权高势大的父兄知道,我的脑袋就要搬家了。请你再不要跟着我啦!"

少年七弯八拐,回到自己破旧的小木棚时,那个漂亮的姑娘,已经在里边把东西收拾干净,等他多时了。姑娘笑盈盈地说:"在一切男人中间,你是最没有出息的了。我对你十分钟情,自愿和你结为夫妇,你却把我当成吃人的老虎,满城到处逃奔。"

班台哭丧着脸说:"我身上没有穿的,口里没有吃的,哪里养得起你这云间落下的仙女。再说,我的长相又是这么难看……"

姑娘说:"你面貌虽丑,却有一颗金子般的心!告诉你吧,我叫帕朗玛娣①,是森林中一个普通的姑娘。只要我俩一起生活,吃喝就用不着你发愁。"说罢,她抖开自己浓密的头发,用金梳子梳了几下,只听得满地发出清脆悦耳的响声,阴暗的木棚,顿时处处光芒四射。原来从姑娘头发里掉下的,全是珍贵无比的钻石。班台站在一旁,看得发呆。

帕朗玛娣拾起钻石,用一块白绸子包好,递给少年说:"你把这些钻石,卖给街上的商人吧!不过,你要记住,千万不要讲钻石的来历,也不要提我的名字。因为除你之外,旁人是看不见我的。"

又惊又喜的班台把钻石揣在怀里,走进一家有四扇木门的店铺中。商人看到这些稀有的珍宝,惊奇得半天说不出话来,最后才结结巴巴地说:"年轻人,你这些钻石的价值,可以买下整个王宫,我这辈子是没法付清的。如果你一定要卖给我,那么,我城里有幢三层楼的房子,房子里有九间装满酥油、茶叶、青稞、氆氇②、牛羊肉的仓库,我把这幢房子上从屋顶的经幡,下到门后的扫帚,通通交给你好了!"于是,商人陪同班台,察看了房屋和仓库,交接了所有的钥匙,两人就高高兴兴地分手了。

从此,在破旧的小木棚里,姑娘和少年过着愉快的生活。他们不愁穿,不愁吃,有时喝茶谈心,有时弹琴歌唱。渐渐地,班台丑陋的面容,变得端正而英俊;他那瘦猴似的身体也一天天健壮起来。凡是和他相识的人,无不惊奇他的变化。有些好事的邻居,悄悄到破棚附近偷听,听到有年轻姑娘的歌声和笑声,但从门口张望,又只有少年独自一个。

再说,商人得到钻石的事情,传到了国王的耳朵里。他马上派出一队士兵,

---

① 钻石姑娘。
② 藏族地区生产的一种羊毛织品,可做床毯、衣服等。

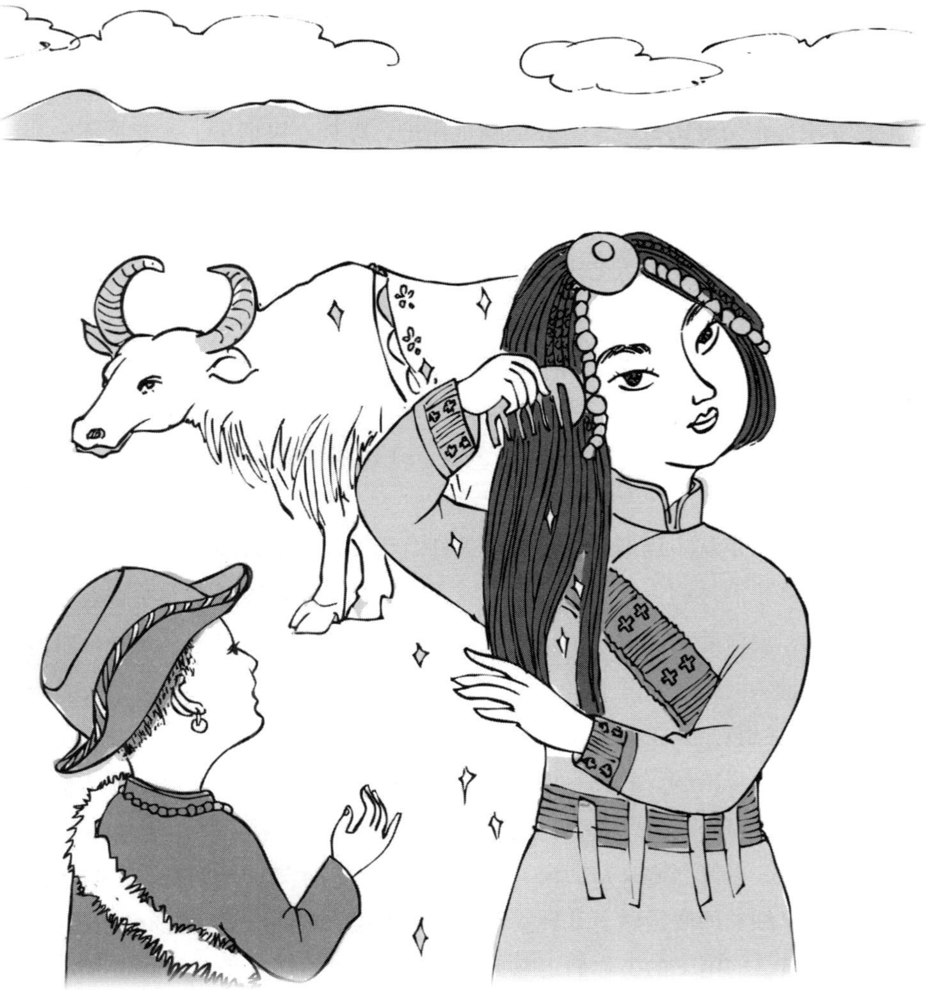

搜走全部的珍宝，并把商人押进王宫。国王说："诚实的商人呀，请你告诉我，这么多珍奇的钻石，是从何处得来的？"商人跪在国王面前，不停地用额头碰着地面，战战兢兢地说："报告主上，这是从外国一位富商那里买来的，因为它价值实在太昂贵，我只得一年一年地付钱。"

"住嘴！"国王凶恶地吼叫，"既然是国外的巨商，怎么会让你一年一年地付款！我要用那根烧红的铁棍，从你的嘴里捅进，脚板心里捅出，才能把你的真话捅出来。"商人朝国王指的方向一看，只见四个凶神般的武士，拿着一根烧得通红通红的铁条走来。他吓得几乎昏倒过去，只好承认钻石是从一个丑小伙那里买来的。国王命令商人，七天之内要把那年轻人找到，如果找不到，还得用烧红的铁条处罚他。

商人找呀找呀，整整找了七天，怎么也找不到班台的影子。因为刚才说过，他的模样已经变了。国王说："你这个办不了事的家伙，我先给你打个印记吧！"他吩咐手下的武士用铁棍在商人的腿上烫了一下，痛得商人死去活来，当场签字、画押，继续去寻找少年。

一天，班台正从市场走过，看见商人拄着拐杖，愁眉苦脸，一瘸一拐地东张西望。他兴高采烈地跑去，开心地摸着商人的长胡须。可怜的商人左看右看，终于认出了他，便流着痛苦的眼泪，把倒霉的经过原原本本说了出来。班台对他十分同情，和商人一起去见了国王。国王说："要饭的，你从哪里弄到这么多珍宝呢？"班台回答道："国王呀，说起这些钻石的来历，真是有趣极了。有一次，我在很远很远的山里拾柴，看见一棵很高很高的树，树上有个很大很大的鸟巢，我想，掏几个鸟蛋做午饭吧！我爬呀、爬呀，爬上树顶，看见鸟巢里有一把小石子，闪闪发光，赶紧抓起来带回家，卖给这位商人，才知道这些石头子叫什么钻石……"国王细长的眼睛转了几转，假心假意地说："我相信，帕加桑布的百姓，是不会欺骗自己的国王的。你们走吧！安安心心地过快活日子吧。"

从王宫出来，少年暗暗庆幸：没有告诉钻石的真正来历，总算瞒过了残暴的国王。谁知没过三天,班台又被武士抓到国王那里,他一边走一边叫道:"国王呀国王,我是半颗钻石也没有了。"这时,国王从黄金宝座俯下身来,和颜悦色地问:"年轻人,告诉我,在你破木棚里唱歌说笑的姑娘,是从哪里来的?"原来,班台从王宫出来的那天,国王已经派出暗探,侦察了他家的情况。听了国王的话,班台大吃一惊,不过,他还是笑嘻嘻地说:"国王呀,请不要在穷人的身上寻开心了,我这要饭的乞丐,除了自己的影子,谁还会来做伴呢?"国王怒骂道:"闭嘴!我要用烧红的铁条,从你的口里捅进,脚板上捅出,把你肠子里的实话捅出来。"

说罢,一群魔鬼似的刽子手,有的把他掀翻在地,用牛皮条把他的手脚牢牢捆上;有的拿着烧得通红通红的铁条,在他面前比比画画,只等着国王一声命令。班台惊恐地闭上眼睛,默默地祷告:"美丽的姑娘帕朗玛娣啊,我们只能在另一个世界相见了!"

但是,国王处死班台的命令,被一阵清脆的笑声打断了。只见一个穿着金丝衣衫的俏丽女子,像一朵轻风吹动的金云,飘到国王面前。她那银铃般的笑声,真是能让死人复活,老人变得年轻。她笑着对国王说:"我就是这位年轻人的妻子,你不要杀他,有事找我好啦!"

国王瞪着一大一小两只眼睛,连声叹息:"可惜呀可惜,这么美丽的女子,却嫁给一个要饭的穷人。来来来!就留下来做我的妃子吧!"说完,就伸出长满汗毛的胖手,去拥抱帕朗玛娣姑娘。姑娘却像一只灵巧的小鸟,"格格"地笑着,灵巧地跑着,一会儿在东,一会儿在西,一会儿跳上宝座,一会儿绕过台阶。国王就像一只笨拙的狗熊,不是踢倒了椅子,就是碰破了额头。看着国王的丑态,不仅班台非常开心,那些侍从武士,也捂住嘴巴暗笑。帕朗玛娣站在国王的宝座上,指着累得直不起腰的国王,笑嘻嘻地说:"国王呀,如果你想得到钻石的话,快快趴在地上捡吧!"说完,抖开自己又浓又密的头发,用金梳子不停地梳着。一颗颗金光闪闪的钻石,叮叮当当地在殿堂上飞溅。国王高兴得狂叫起来:"侍从呀!武士呀!快快帮我捡钻石呀!"他们在地上爬来爬去,想抓住那些乱蹦乱跳的小宝贝。但是,钻石抓到手里,就像雪花落在湖面,无声无息就消失了,他们累得东倒西歪,也没有得到一颗钻石。而帕朗玛娣和班台,早已从王宫逃跑了。国王暴跳如雷,命令出动所有的卫兵,一定要把班台和他的妻子抓回来。

再说帕朗玛娣回到小木棚,对班台说:"告诉你吧,我就是你在森林中救活的那只鸟儿。现在既然被贪心的国王发现,他一定会派兵来抓人。今夜你快快赶到我姐姐爱扎玛娣那里,把那个奇妙的风箱借来!"接着,帕朗玛娣交给他一只宝石戒指,嘱咐了种种寻找爱扎玛娣的办法,班台就匆匆出发了。

他按照姑娘的指点,一直朝东走,翻过白雪覆盖的高峰,越过滔滔不绝的江河,走进一座很大很大的森林。班台穿过森林,看到一座珊瑚砌成的宫殿。他走上第一层楼,那里有许多穿绿衣服的姑娘,在唧唧喳喳地说着笑着,他按照帕朗玛娣的吩咐,用宝石戒指在每人面前晃了一下,踏着玉石楼梯登上二楼。那里又有许多穿金丝衫的美女,在高高兴兴地唱着跳着,他又按照帕朗玛娣的吩咐,用宝石戒指在每人面前晃了一下,登上三楼。

三楼上,摆着一把金椅,椅上放着一只宝石镶嵌的小箱子。他又按照吩咐,朝金椅作了三个揖。忽然,从箱里跳出一只百鸟之王布谷鸟①来,"吉嘎""吉嘎""吉嘎"叫了三声,变成一个跟帕朗玛娣同样美丽的姑娘。

她头上戴着绿色的宝石,身上穿着蓝得发亮的长裙,用唱歌般的声音对班台说:"我就是爱扎玛娣,你有什么事说好啦!"班台把帕朗玛娣交代的话,向她重述一遍。爱扎玛娣眉头一皱,气愤地说:"帕加桑布的国王,太坏啦!你快把宝贝拿去,搭救我可怜的妹妹吧!"说完,交给他一只很小很小的风箱。少年左看右看,怎么也不能相信它能对付国王的卫队。再看看天空,已是第二天的早晨,太阳已经升上雪山,这么远的路程,怎么能赶回去呢?他心里更加

---

① 在西藏民间传说中布谷鸟是鸟王。

焦躁不安。爱扎玛娣看出他的心思，给他披上一件羽毛缝制的衣衫，用嘴轻轻一吹，班台就像长上仙鹤的翅膀，飞过森林，飞过雪山，飞落在自己的破木棚旁边。

这时，国王的卫队，正带着刀、矛、弓箭，发出阵阵的狂叫，把小木棚围得水泄不通。帕朗玛娣得到小风箱，心中十分高兴。她走出小木棚，对国王的卫队说："士兵们，你们快回去吧，你们还不撤走的话，我叫你们耀武扬威地来，东倒西歪地逃跑！"国王的卫队长不听姑娘的劝告，命令士兵们冲锋。帕朗玛娣非常生气，打开奇妙的风箱，一提一压，不停地扇风①。只见股股强劲的大风，把士兵们吹刮得东倒西歪，有的跌落在水沟，有的紧贴在墙壁。大家见势不好，用刀矛当成拐棍，用弓箭支撑身子，通通掉转身来逃命。

班台看到风箱的威力，高兴得把帽子扔向天空，说："姑娘！姑娘！快把风箱借给我，让我去教训教训那个残暴的国王。"他带上风箱，来到王宫下边。正在房顶观战的国王，见自己的卫队像被秋风吹刮下的树叶，七零八落地飘走了，不知发生了什么事情。班台一手叉腰，一手指着国王骂道："你这吃山不知饱，喝海不解渴的暴君，一只脚已经踏上天葬场了，还威风些什么！"国王一见班台，恨得咬牙切齿，命令身边的武士，赶紧用乱箭把他射死。班台说："国王，你天天想着上天堂，现在，我就送你上天堂好啦！"他打开风箱，用劲扇了几下，国王就像一只风筝，很快地升上天空，在市场上空起起落落，时上时下。

市场上来来往往的百姓，谁都痛恨残暴的国王，纷纷拍手叫好。班台说："国王，既然你不想上天堂，就落进地狱好啦！"于是，他把风箱一停，国王从半空摔落下来，断气了。市场上的百姓齐声说道："谁正直就是长官，谁慈爱就是父母。年轻人呀，你为我们除掉了吸血的恶魔，我们推举你当新的国王。"

---

① 西藏的风箱是从上往下压动，而不是拉的。

班台当了帕加桑布的国王，帕朗玛娣做了王后。他们打开国王的宝库，把过去国王掠夺的金银财宝分给穷苦的人民。有一天，新国王去巡视分配财物的地方，发现自己的两个哥哥，带着很大的牛皮口袋，正在领取各自的一份。他走过去说："哥哥，我在伐木时讲的话，总算兑现了吧！"这时，两个哥哥才知道新选的国王，就是自己的丑弟弟，羞愧得没有办法，恨不得变成一只老鼠，钻到地洞里藏起来。

- 讲述者：盖西单增
- 采录者：廖东凡、次仁多吉、次仁卓嘎
- 出处：《西藏民间故事》第一集，西藏人民出版社1983年版。

六兄弟齐心

藏　族

这是一则藏族幻想故事。六个青年结拜为兄弟，他们决定各凭本领外出闯荡，分别时每人在岔路口栽了一棵生命树，约定三年后在这里相会。后来猎人的儿子与一美丽的姑娘成婚，国王却抢走了他的妻子，并把他绑在石头下扔到河里。三年后其他五兄弟回到约定的地方，发现猎人之子的生命树早已干枯。星相家的儿子卜知他遇难，医生的儿子用灵药救回了他，木匠、画师、铁匠的儿子共同制成了会飞的木琼鸟，猎人的儿子就坐着木琼鸟去王宫救回了自己的妻子。故事赞颂了六兄弟在危难中同舟共济、齐心协力的美好品德，表达了劳动人民对剥削阶级的抗争、对美好幸福生活的追求。生命树作为故事讲述的线索，将灵魂寄托于生命树也是藏族民众传统灵魂观念的体现。

从前有一个地方，六个青年小伙子结拜为兄弟。他们一个是猎人的儿子，一个是铁匠的儿子，一个是星相家的儿子，一个是医生的儿子，一个是画师的儿子，还有一个是木匠的儿子。这六个结拜兄弟都随他们的父亲学了本行的手艺，正好像小蜘蛛会结网，小鸭子会凫水似的。六兄弟在家乡玩腻了，一天，他们商量一道出去逛逛，游历世界。俗话说："马要翻山，人要闯关，狮子走遍了林野，猪猡老死在本村。"这一帮青年人心强志高，胆大力壮，到哪儿都不怕，说走就走，六人一起，离开了本乡本土，到外面去闯世界了。凭着各人的手艺，他们自然是不愁吃，不愁住，玩得十分自在；也见到许多没见过的事物，长了不少见识。一天，来到一处岔路口，弟兄们商议说：

"咱们不如分开来走，各走一条路，三年后在这里碰头，把自己的见识讲出来，这样，咱们每个人不是跟走过六条路一样吗！"商量好后，他们就在道边上各自栽下一棵生命树①,又互相叮咛一番,各自上路了。

单说这猎人的儿子,是个英俊的小伙儿。他顺着山谷往深处走,越走越远,越远越深,走到一片繁盛茂密的森林,林边上住着一户人家。这猎人的儿子见到森林,像回到家乡一样,总想在林子里练练手艺,他就到林边这户人家求宿投靠。这户人家只有老夫妇俩和一位姑娘,平素靠挖药材、打柴过活。猎人的儿子来了,当然受到欢迎。他每天打些野味,让一家子都吃上了,生活就好起来了。这家的姑娘是一位既漂亮又聪明的姑娘,每当她在林中打柴的时候,唱歌的声音能叫飞鸟都停下来倾听;每当她在河边洗脸的时候,俊俏的面容能叫游鱼停下来窥看。老夫妇俩爱她爱得不得了,碰巧就在这当儿来了这个小伙子,两个人你羡慕我,我佩服你;你照顾我,我体贴你,日久天长,就产生了感情。老夫妇俩自然喜欢,就让他们两个成了家,住在一起。

又有这么一天,姑娘——应该说是新媳妇了,到河边梳洗,一个不当心,把手上的那只镶着松耳石②的戒指掉进了河里。她十分惋惜,但也没有什么办法去捞上来。

这只戒指,顺着山里流下来的溪水往下冲,越冲越远,慢慢地冲到山谷外边,入了大河,淌到了城里,流进国王的御河里,偏偏被王宫里一个背水的女奴捡到。她不敢藏在身边,就拿去献给了国王。国王见这只戒指那么娇小玲珑,心想:"这一定是个漂亮姑娘戴的。"就把大臣们召集起来,吩咐道:

"你们都仔细听着,这里捡到一只松耳石戒指,那是十中选一;不!百中;不!千中万中难选的一枚漂亮戒指。你们得为我去找那戴戒指的美人,今天一天,明天两天,后天就是第三天,限你们三天要把人找到。找不到人,哼!不要怪我……"这时候,有一位大臣上前说:

---

① 西藏民间传说中人的灵魂可以附在任何地方,此处指附有灵魂的树,人死树则枯。

② 葱绿色的宝石。

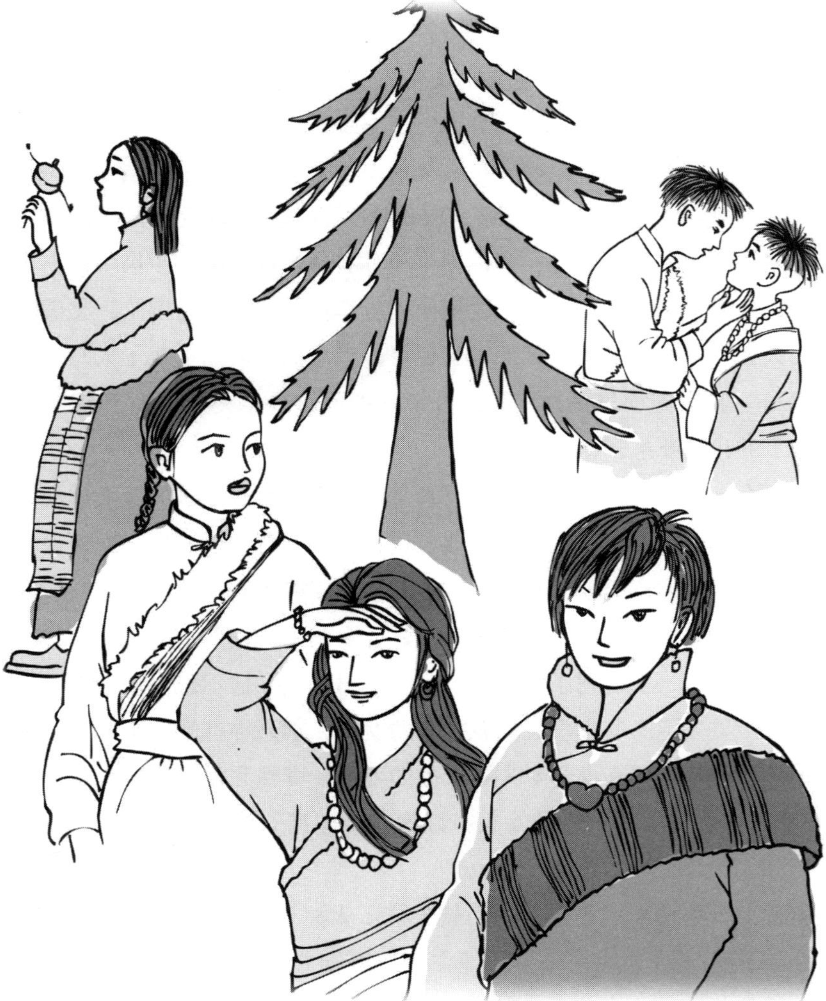

"尊敬的大王，高贵的大王，这戒指上一无名姓，二无地址，我们哪里去找，哪里去寻？"

国王气得哇哇地叫：

"国王的命令像山上滚下的石头，石头几时曾滚回去过？！国王的命令像大江里的流水，流水几时曾流回去过？！今天的事，你们一定要办到，不要再跟我废话！"

这些大臣们没有办法，只好垂头丧气地退下来想主意。他们当中有一个诡计多端的家伙，他暗中想："这戒指是从河里捡到的，顺着河去问，准能问到的！"于是，他就一路走着一路问着，问谁丢了松耳石戒指没有。到了第三天上，就访问到这只戒指是那个新媳妇丢的。这家伙连夜奔回王宫，报告国王，又添枝加叶地说这女人怎样好，怎样美，把那国王说得心痒难抓，就马上派了人马，由那个大臣领着，一直去到山里林边，不由分说就把一对青年夫妻捆进了王宫。老夫妻俩被国王的兵马吓呆了，嚎呀，哭呀，也没有用。

国王把女人抢到手，仔细一看，真真是压倒宫中所有妃子的美人。他一心想让这女人做妃子，可是这女人寻死觅活，说什么也不肯，还口口声声地说自己是有丈夫的，说什么"皮子下了水就不能再鞣，姑娘嫁了人就不能再嫁"，"部落里靠头人，天空中靠太阳：头人不能欺负百姓，太阳不会偏照一方"……这国王想来想去，恼羞成怒，于是把小伙子从监牢里提出来，二话不说，把他绑在大石头底下，扔进河里去了。这件事只瞒着抢来的女人，别人谁都知道了。人们都叹息他们的不幸，可是"狼和虎要吃人是天生的习性，青稞和麦子要养人是长成的品质"，有什么办法呢？那可怜的女人只好抱着希望和幻想，一天一天地等待着她的丈夫。

三年过去，小羊长成了大羊，小树长成了大树，到了六兄弟会面的日子了。他们一个个从远方赶到原来分手的地方，谈着笑着，但只有猎人的儿子没有回来，再看看他栽下的生命树也枯死了，他们知道他一定出了什么事情。这当儿，星相家的儿子就拿出他的本领来,掐指细算,最后算出来,原来猎人的儿子被国王暗害,背上石头沉在河底。弟兄们连忙去把他打捞上来,医生的儿子就拿出最好的起死回生的灵药,给他张开嘴灌了下去。不一会,猎人的儿子肚里咕噜咕噜地响,大口地吐出黑水来,慢慢地睁开了眼,手脚也能活动了,这才苏醒过来。他一见到自己弟兄,心中的积怨便一口气吐了出来。他哭着把自己不幸的遭遇说了一遍,说到伤心的地方,弟兄们也陪他淌下眼泪。后来,大家一致同意要设法去救他可怜的媳妇。

他们想,那国王的王宫戒备森严,平素空手人都进不去,我们六个人更难进去,非得用特别的方法不行。

最后,他们想出了一条妙计:由木匠的儿子,仿照琼鸟①的样子,做一只大木琼鸟;画师的儿子给它涂上油彩,涂成真鸟一样;铁匠的儿子在琼鸟的肚子里安装一个能在天空里飞翔的机关;猎人的儿子坐在里边,飞到王宫去抢回自己的妻子。大家动手做起来,齐心合力,不久就做成了,做得像真琼鸟一样。猎人的儿子坐进鸟肚里,开动机关,那木琼鸟就在天空飞翔起来,一直往王宫飞去。这当儿,国王全家都在屋顶晒太阳,吃点心,聊天。唯有那抢来的、不驯服的女人被关在黑房里炒青稞。大木琼鸟在屋顶上空盘旋的当儿,猎人的儿子就从鸟肚里往下看,看来看去,也没有发现自己心爱的妻子。后来,看见"熬仓"②里还在冒烟,他就展翅飞过去。姑娘从窗口看见一只大鸟飞过来,就从窗口撒一把青稞去喂它,并唱道:

山上有一对麋鹿,
麋鹿自由自在地吃草;

---

① 藏族神话中的一种神鸟。
② 藏族用来炒青稞的屋子。

我在这里受苦,
苦到哪年才算受完?

山下有一对绵羊,
绵羊自由自在地吃草;
我在这里受苦,
苦到哪年才算受完?

湖里有一对水鸟,
水鸟自由自在地嬉游;
我在这里受苦,
苦到哪年才算受完?

猎人的儿子听到了歌声,知道歌者正是自己要找的人儿,就在鸟肚里唱道:

天黑了,天暗了,
天还有再亮的时候:
东方太阳出来了,
黑暗就过去了。

天寒了,天冷了,
天还有再暖的时候:
春天青草发芽,
寒冷就过去了。

分散了，分离了，
还有再聚会的时候；
因缘际会的日子到了，
情人就团聚了。

  姑娘听到鸟肚里唱出的歌声，非常熟悉，就探出身子来看。这当儿，小伙子已从鸟肚里走出来，姑娘又惊又喜，就从窗口爬出来，跳到小伙子怀里。二人一同重新钻进鸟肚，开动机关，一直飞回弟兄们聚会的地方……

○ 讲述者：匿名
○ 出处：《民间文学作品精选》，华中师范大学出版社2009年版。

皮休嘎木

门巴族

皮休嘎木的故事讲述的是工匠与儿子比赛飞翼,儿子飞得比父亲高却在下降途中慌乱摔死,而父亲却有条不紊地安全落地。故事情节短小精练,由"赛飞"这一个场面构成,通过简洁的语言把主人公的命运完整地展现出来。情节奇幻,却贴近人们日常生活,亦真亦幻,新鲜别致。以门巴族的俗语"做事不懂要问父亲,走路不快要寻骏马"进行总结升华,富有很强的哲理;也带有明显训诫意味,向人们传达出要虚心学习,不要骄傲自满地生活的道理。

皮休嘎木是一位有名的工匠。

皮休嘎木有个儿子,他向父亲学手艺。他刚学到了一点手艺就满足了,觉得自己有了很大的本事,骄傲起来,不想再继续学下去了。

有一天,皮休嘎木对儿子说:

"这样吧,我们父子俩人各自做一对飞翼,我们驾着到天上去,看谁升得高,又能降得下,好么?"

不等父亲说完,儿子十分自信地回答:

"好,比比看。"

飞翼做好了,父子俩各驾着腾空而上,简直就像两只飞翔的白鹤一样。

儿子飞得确实比父亲还高,在天上哈哈大笑,十分得意。

开始下降了。

皮休嘎木把安装木羽的木钉摘下一个,降落一段;摘下一个,降落一段,……木羽不断地减少,皮休嘎木慢慢地降落,终于安稳地降到了地面上。

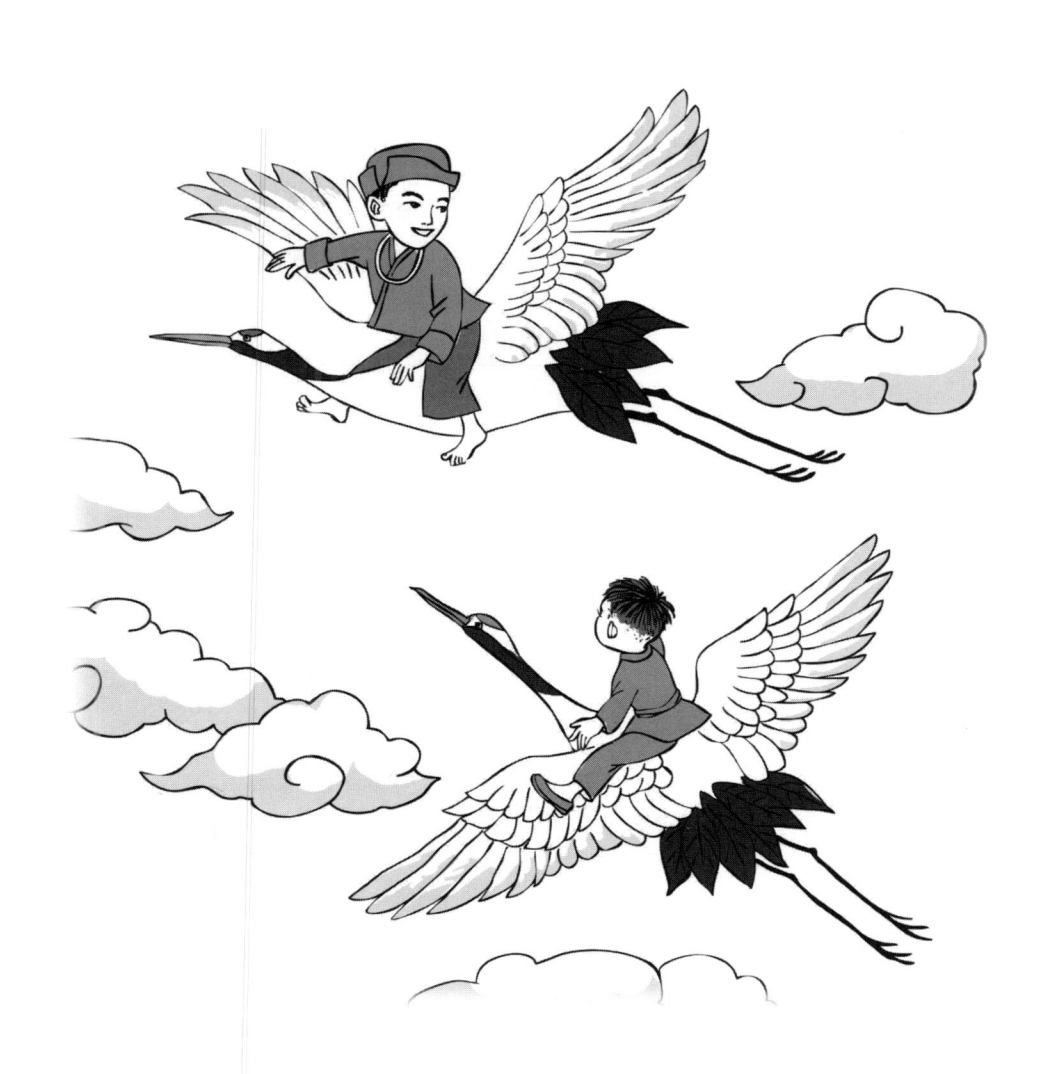

可是，儿子在天上，转来转去，怎么也降不下来。眼看着父亲降到了地面上，他真的着急了，心慌意乱，不知怎么办才好，一下子拔掉了双翼，就像一块石头一样从天上落了下来，结果摔死在地面上。

所以，门巴族俗语说："做事不懂要问父亲，走路不快要寻骏马。"

- 讲述者：旺扎
- 采录者：西藏民族学院门巴族民间文学调查组搜集，于乃昌整理
- 出处：《门巴族民间文学资料》，西藏民族学院科研处1979年编印。

老虎、猫和獐子

珞巴族

这则动物故事以活泼风趣的对话语言解释出动物的习性，幽默诙谐地揭示出"老虎不会爬树""老虎吃獐子"的来历。朴素的口语点缀，呈现民间口头文学的本色之美。故事情节简洁短小，但结构上层层递进。老虎向猫请教爬树却被戏耍，造成了悬念。獐子嘲讽老虎为故事发展埋下伏笔，老虎一气之下吃掉獐子。珞巴族以前常年狩猎，多与动物接触，动物故事创作十分活跃，擅长描写动物自然形态，这类型故事贴近珞巴族居民的日常生活，带有强烈的民族特色。

老虎遇见了猫，问猫：

"你能教我爬树吗？"

猫说：

"可以。爬树，头要朝下，屁股要朝上。"

老虎真的相信了。

刚好，在它们面前有一棵"塔松"树，树很矮。老虎像倒立一样，头朝下，屁股朝上，贴着树干，很不是滋味。（嘿，再也不想爬树了。所以直到现在老虎也不爬树。）

这个时候，走来一只獐子，在一旁看见老虎这般模样，心里发笑。

獐子对老虎说：

"我一看见你就害怕呀！"

老虎问：

"为什么？"

"因为你有两颗大虎牙呀！"獐子说，"虽然我也有两颗虎牙，可是连'塔松'

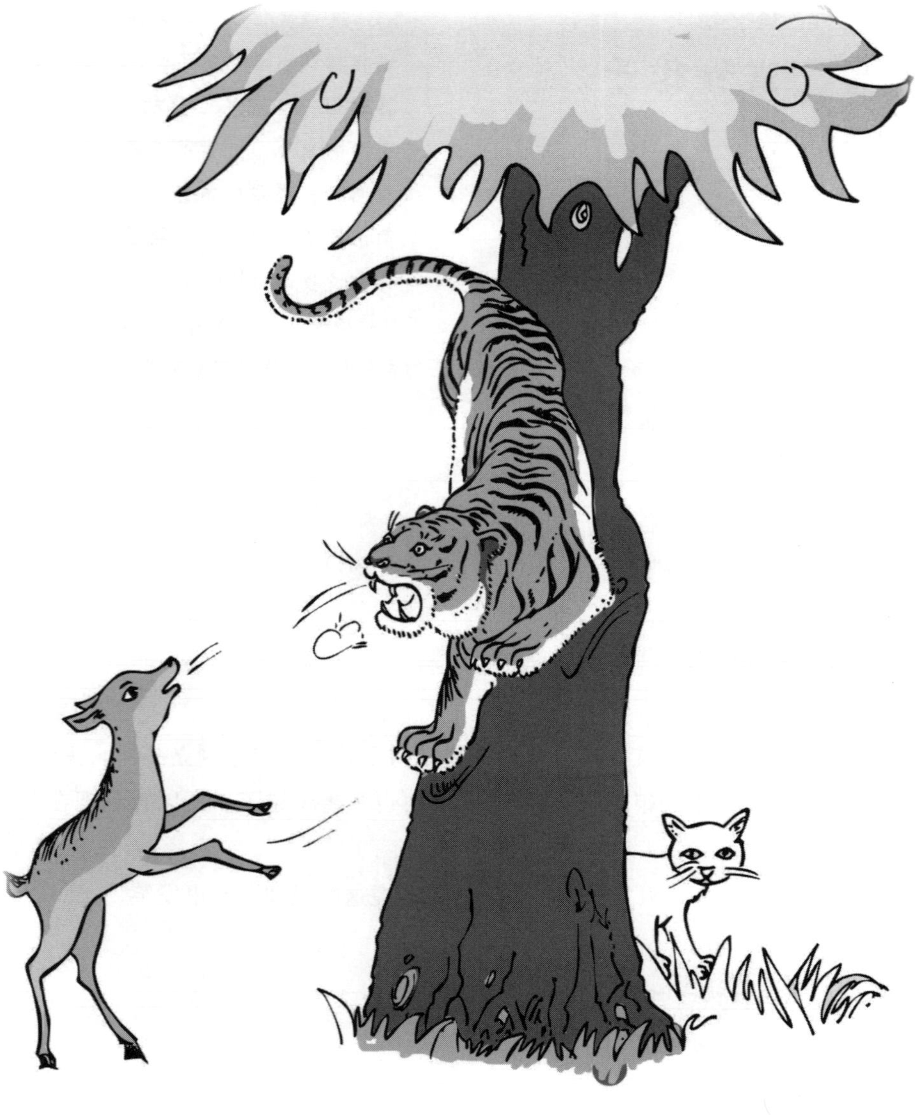

树的叶子也咬不下来呀!"

老虎听出来獐子是在挖苦自己,气极了,扑上去就把獐子吃了。

直到现在,老虎还吃獐子。

- 讲述者:东娘
- 采录者:西藏民族学院珞巴族民间文学调查组搜集,于乃昌整理
- 出处:《珞巴族民间文学资料》,西藏民族学院科研处1980年编印。

熊家婆
羌 族

这是一则羌族幻想故事。阿妈上街赶场时叮嘱两个女儿叫来家婆照顾她们,但狡猾的老熊精却假扮家婆进入家里;单纯的妹妹没有怀疑它的身份,姐姐抛出许多问题但都被老熊精搪塞过去。半夜熊精吃掉妹妹,姐姐此时终于识破了它的身份,最后姐姐凭借自己的智慧和勇敢杀死了熊家婆。作为老虎外婆型故事的异文,这则故事在情节方面虽然属于这一类型,但呈现出更明显的少数民族文化色彩。"尕吉""紧走""属屎"都是羌族语言的体现,"赶场""沙胡豆"也和特定的地域、民族文化紧密关联。羌族的这篇熊家婆故事实际上是汉族和少数民族文化交流的结果,故事中的熊也体现出羌族先民图腾意识的遗留。

有一家子,三娘母,阿妈和两个小女娃娃。她们住在离寨子不远的山坡坡上,是个单户子。阿妈到地头做活路,寨上住的老家婆就常来照管两个小外孙女。

有一天,阿妈要上街赶场,给两个女儿说:"尕吉①,阿妈今天上街赶场,你两姊妹把大门闩紧,就在房背上耍,有人喊门,不要开,就说阿妈不在屋头;如果有事,就在房背上喊家婆过来。"阿妈说完,背起药材上街去了。

姐姐把大门闩紧,背着妹妹到房背上耍去了。没大人管她俩,她们耍得忘了一切,天黑下来了,阿妈还没有回家。姐姐心想,还是喊家婆过来搭伴儿。她就在房背上大声喊:"家婆,过来打伴儿哟。"——刚吼两声,被老熊精听到了,它就装作家婆的声气,回喊道:"来了哟,来了!"姐姐听到家婆答应了,就没再喊。两姊妹下到屋头等着。不一会儿,"家婆"来到门前喊开门。两姊妹把大门

---

① 我的女儿。

打开，把"家婆"接到屋头。姐姐要去点灯，"家婆"挡着说："不要点亮。家婆在害火眼，见不得亮。"姐姐给"家婆"端板凳坐，它挡着说："不坐板凳，家婆生了坐板疮。"姐姐去搀"家婆"，手摸到身上毛茸茸的，吓了一跳，说："家婆，你背上咋个净是毛呢？""家婆"说："噢，瓜娃子！家婆把皮褂子翻起在穿嘛。"姐姐听到"家婆"说话莽声莽气的，就问："家婆，你的声气咋个不像往天呢？""就是嘛，昨天淋点雨，给凉着了。问这问那的，你硬是话多呢！快睡觉，早睡早起，明天你妈给你们买个'紧走'①回来呢。"

　　睡觉的时候，妹妹硬要跟"家婆"睡一头，姐姐就睡在她们脚这一头。睡到半夜。一阵噼噼啪啪的声音把姐姐给惊醒了。她仔细一听，原来是"家婆"在吃东西。她就问："家婆，你在吃啥子嘛？""家婆"说："没吃啥子，是你家公给我的几颗沙胡豆。"姐姐说："给我吃点嘛。""没得了。"姐姐又说："不信，我爬起来搜你的包包。""家婆"说："睡着，不要凉着！这里还有一颗，拿去吃！"姐姐接过手一摸，黏糊糊的，哪里是沙胡豆，是一个小指头尖尖。接着，这个"家婆"像吃萝卜一样，吃着妹妹的脚杆。她明白了，吓得直打颤，心想，这下完了，跑也跑不掉，喊又没人救，只有想办法逃走才是。姐姐就装作屎胀了，惊叫唤说："家婆，我要屙屎了。"这时，老熊肚子也吃饱了，想她把屎尿屙干净，过一会儿好吃一些。就说："就在床边边屙嘛。" 姐姐说："屙到屋头臭得很，我下圈头去屙吧？"熊家婆怕姐姐跑了，就说："不忙，你去拿根绳子来，一头拴在你腰杆上，一头我逮着，免得你绊倒。"姐姐说："对！我去找根绳子来。"她悄悄把剪刀、锥子揣在怀里，又在灶门前拿起弯刀，再把阿妈背柴用的绳子打散，一头捆在自己的腰上，一头交给熊家婆，顺梯子下到猪圈头。熊家婆手拉着绳子，怕姐姐跑了，等一会儿就扯一下绳子，问一声："屙完没有？"姐姐在圈头说："还没有。"问了几回，熊家婆不停地扯绳子，姐姐赶紧把腰上的绳子解开，拴在

---

① 意为空气或零蛋。

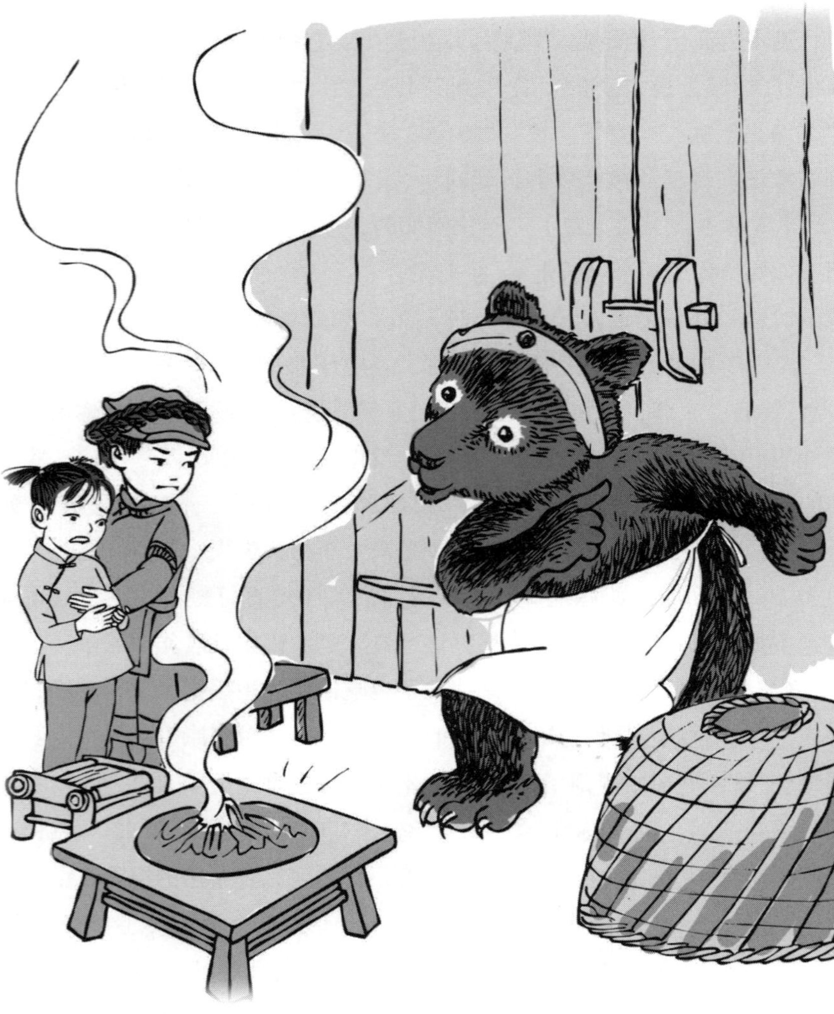

猪槽上，轻脚轻手地打开门跑出去了。

　　出门后，她想，天这么黑，我咋个跑得赢老熊呢？她很快爬上门前的梨子树躲起来。熊家婆睡在床上，拉着绳子，问了几声没人答应，以为姐姐睡着了，就使劲地一拉，哗啦一声，把猪槽拉翻了。发现姐姐不在了，熊家婆赶忙爬起来朝门外去撵。走到树下，听见姐姐说："家婆，这梨子好甜哟，我是来给你摘梨子呀！你把嘴张开点，我先给你丢个大梨儿，你尝尝吧。"熊家婆想吃甜梨儿，在树下张着嘴巴。姐姐取出锥子，说声："你接住啊！"丢向熊家婆嘴头，锥子扎穿了它的喉咙。它一声惨叫，就向树上爬。姐姐手拿剪刀，使劲一戳，剪刀尖插进了熊家婆的眼。熊家婆痛慌了，拼命往树上爬，姐姐用弯刀砍断了它的两个前爪，熊家婆滚下梨树摔死了。

- 讲述者：李春旺
- 采录者：冯文和、杜曼玲
- 出处：《中国民间故事集成・四川卷》，中国ISBN中心1998年版。

黑马张三哥

土　族

这是土族的一则幻想故事。出生时怪异的张三哥被张姓老阿奶抚养长大，他在外出寻找九头妖怪为兄姐报仇途中，结识了具有非凡能力的石头大哥和木头二哥。后来他们三人与每日偷偷为他们做饭的三个仙女成婚，但九头妖怪经常来偷家里的肉。最后在两位兄弟的协助下，张三哥利用机智和力量将九头妖怪杀死，一行人过上了幸福平安的生活。这则故事以曲折多变的情节展示了主人公斩妖除魔的英雄故事，整体结构以三迭式为主，前半部分类似于"超自然的相助者"，后半部分则类似于"被偷走的三位公主"。故事颂扬了主人公除魔灭妖的英雄主义行为，闪烁着土族人民崇高的英雄信仰。

　　从前，有一个姓张的老阿奶，她本来有儿有女，日子过得蛮好。可是，这地方有个九头妖怪，吸人血，吃人肉，害得人们无法生活。老阿奶家的人被九头妖怪吃掉了，她过着孤苦伶仃的穷日子。

　　老阿奶家里只有一匹黑骡马，黑骡马成年累月伴着老阿奶。老阿奶哭时它也流泪，老阿奶高兴时它也就蹦跳起来。一天，老阿奶发现黑骡马的肚子大了，她还以为马吃多了。可是肚子一天天大起来，她一摸，好像有个东西在蠕动。她又惊又喜，盼望能早点生个驹子。天天盼，夜夜盼，末了，骡马却生了个衣胞胎。老阿奶想，怎么会生个怪物呀？叹了口气，说："真是运气不好，该受一辈子的孽障①！"老人也没敢向外传，悄悄把衣胞埋到马槽旁边。

　　过了三天，老阿奶去喂马，看见埋衣胞的地方在动。阿奶觉得奇怪，就挖了出来，用刀慢慢割开，原来是一个白胖胖的尕②男娃。

---

① 这里是生活困苦的意思。
② 小。

阿奶高兴极了，给孩子起了个小名，叫"黑马"。老阿奶可爱黑马娃啦，有好吃的让他吃，有好穿的让他穿。黑马也很聪明，四五岁就什么也懂啦！

一天，阿奶哭了，孩子问："阿奶，你为啥哭？"老阿奶本不想说，孩子问得不行，也就说了："傻孩子，你不知道呵！你的阿哥、阿姐都被九头妖怪吃了，怎叫人不……"老阿奶原原本本把家事告诉了孩子，要他记在心上。

黑马知道后，要阿奶给他副弓箭，阿奶照着做了。一天，黑马背起弓箭，跟阿奶说："阿奶，阿奶，你把我养大了，我要到外面找几个弟兄去……"老阿奶觉得孩子小，放不下心，又想：还是让孩子出去闯闯好，心一横，就忍着泪，把孩子送走了。

黑马走了一天，到了深山，碰见一块大石头，像房子一样。他向大石射了一箭，一箭把石头射翻了，石头底下，一个人说话了："瞧！往上走的往上走，往下走的往下走，哪位大哥射翻了我的房子？想干什么呀！"黑马说："我不往上走，也不往下走，我要请你出来结拜个兄弟哩。"这时石头底下出来了一个又高又大的人，说："我当哥哥，还是当弟弟？"黑马说："你是石头底下出来的，就叫你石头大哥吧。"

两人上路，石头大哥问："咱往哪里去？"黑马说："先上山打猎去呗。"

走了一阵，遇见一棵又大又粗的松树，黑马向大松树射了一箭。一箭就把大松树射倒了，树底下有人说："往上走的往上走，往下走的往下走，哪位大哥射倒了我的房子？想干什么呀！"黑马说："我不往上走，也不往下走，我要请你出来结拜个兄弟哩。"这时大树底下出来一个身材高大的人，说："我当哥哥，还是当弟弟？"黑马说："这位是石头大哥，你从木头底下出来就当木头二哥，我小，就叫我黑马张三哥呗！"从此，三人成了同甘共苦、生死与共的弟兄。

兄弟三人上了山，走呀，走呀，走到一个空山沟里。没有人烟，只有一间破房子。他们就在这儿住了下来，白天上山打猎，晚上在房里歇息。这样过了很久，很久。一天，兄弟三人打猎回来，看见房子里有一锅热腾腾的饭，香气扑鼻。黑马张三哥说："奇怪，这空山沟里，有谁来给咱做饭呢？"石头大哥、木头二哥端起碗来就要吃。黑马张三哥阻止道："慢着，甭着急，让我先尝尝，吃了没事，你们再吃也不晚。"黑马张三哥尝了尝，嘿！好吃极了。兄弟三人放开肚吃了个饱。饭也做得不多不少，正好。

第二天，打猎回来，又是一锅热饭。兄弟三人又吃了个饱。这几天天天有人做饭，黑马张三哥说："咱们兄弟三个天天出去，也不知饭是谁做的，明日咱们得有个人看家呀！"石头大哥说："明日我守家，把住门口，看谁能进来。"黑马张三哥说："好，好，明天你守门呗！"

这天，石头大哥在大门口等着，等到下午还不见人影。天黑了，回去一看，又是一锅热饭。石头大哥很扫兴，觉得凭自己这样结实高大的身材，还没看到人进来，真气人。兄弟二人回来，看见石头大哥丧气的样子，也没说什么。末了，木头二哥说："明天我看门，看看是谁进来。"

第二天，木头二哥躺在炕上，不知不觉睡着了。到天黑，又是一锅热饭。兄弟二人回来，都埋怨木头二哥粗心大意。黑马张三哥说："昨天石头大哥守门，今天木头二哥守门，都没守好；明天，你们打猎去，我看家。"

第三天，黑马张三哥躺在床上，装作睡觉。等到后响，从窗口飞进三只鸽子，一到房里就变成了三个美丽的姑娘。她们一个烧火，一个提水，一个做饭，很快饭就做好了。三个姑娘说说笑笑，拾掇停当，正要飞走，黑马张三哥猛然"嘿"了一声，三个姑娘吓得愣住了。黑马张三哥说："三位姑娘，不要怕，你们是从哪里来的，告诉我。"姑娘们又羞又怕，只有那个年龄最小的说话了："我们是天上的仙女，看到你们兄弟三个天天打猎，很辛苦，就来给你们做一下饭。"黑马张三哥说："天上那样好，你们下来干啥哩？"大姑娘、二姑娘都羞得不敢答话，还是三姑娘胆大，她说："天上再好，也不如和你们在一块好呀！"黑马张三哥说："那你们不要回去了，和我们弟兄们结亲好不好？"三个姑娘羞红了脸，点了点头，背过脸，乐得抿不住嘴。大姑娘、二姑娘都长得粉桃花似的，唯有三姑

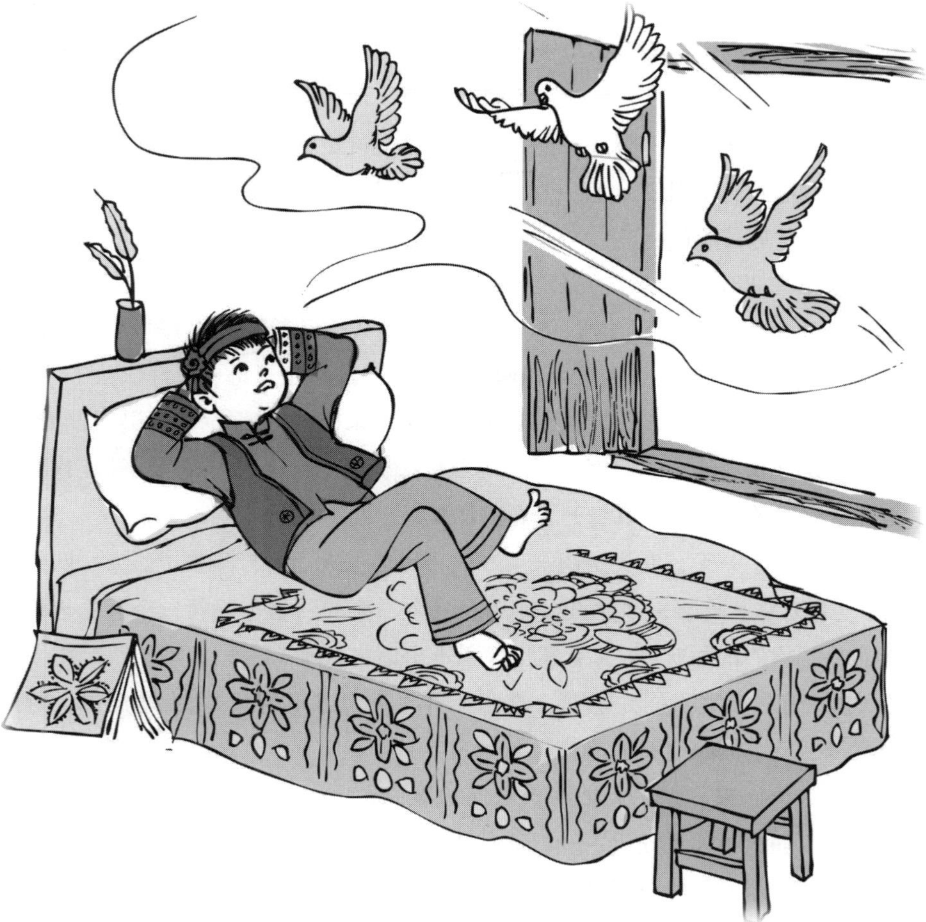

娘脸黑了些，但像一朵腊梅花。

两位大哥还没到门口就问："老三，你今日守得怎样？"黑马张三哥说："今天我守家，等来了三位姑娘给咱们弟兄做媳妇哩。你们看，她们多好啊！"二位大哥看了，乐开了花，说："三弟真行，真行！"

三个姑娘盛好饭，大姑娘给大哥端，二姑娘给二哥端，留下三姑娘，把饭端给黑马张三哥。他们就这样结成了甜蜜的夫妻。

男子们打猎，媳妇们管家，他们的日子，过得蛮快活。有一天，黑马张三哥忽然懊丧着脸，像有什么心事一样，大哥、二哥、大嫂、二嫂都很纳闷："老三呐！为什么愁眉苦脸的呀？"

黑马张三哥说："咳！要是能回家去，把阿奶接来才好呢。"木头二哥说："老三，上回我没守好门，这事交给我办吧！用我这条长腿一天打个来回，保管把阿奶背回来。"石头大哥和三个姑娘都说可以，黑马张三哥也只好依从了。

木头二哥两条长腿走得真快，一天真打了个来回，把阿奶背来了。阿奶抱住黑马张三哥，乐得流出了眼泪，看看儿子有吃有穿，有这么个好媳妇，还找到了这么几个好心弟兄，心里真像开了花一样高兴。

没过多久，一天，九头妖怪来了。碰巧兄弟三人上山打猎去了。九头妖怪进来说："老婆婆，哈哈，肉这么多，还有三个漂亮的阿姐，好啊！今天吃你们的肉，还是喝你们的血呀？"大家都吓得说不出话来。唯有三姑娘不怕，她想了想说："这里肉多得很，你先吃吧，吃完了再吃我们也不迟。"九头妖怪说："好，那也可以，反正你们跑不了。"

兄弟三个回来，老阿奶把九头妖怪的事说了一遍。石头大哥生气了："嘿！真是岂有此理，明天我守门，一刀砍它两截。"黑马张三哥说："也好，只是明天阿奶和媳妇们都不要待在家里了。"

第二天，石头大哥挡在大门口，站了一天，不见九头妖怪的影儿。原来九头妖怪从后门进来，吃了肉，背了油走了。晚上大家回来问石头大哥："见到妖怪没有？""哎！门口站了一天，没见到。"媳妇们看肉少了："没见着，肉咋会少了这么多？"木头二哥说："明天我守门。九头妖怪跑得再快，也要抓它回来。"黑马张三哥再三叮咛二哥，千万不要睡着。

第三天，木头二哥等了一上午，不见来。等着，等着，就睡着了。九头妖怪又吃了肉，背了油走了。大家回来一看，木头二哥在睡觉，说了他一顿。他自知没理，也没说什么。黑马张三哥说："明天我守门。"

第四天，黑马张三哥拿了一把刀子，藏在门背后。九头妖怪来了，嘴里说："三个漂亮的阿姐儿哪里去了？"话没落音，黑马张三哥一刀砍去，把九头妖怪的一个脑袋砍掉了。九头妖怪急得转身就跑，喊着："不得了，这房里有厉害人哩！"黑马张三哥也没追，便把妖怪的头挂了起来。

晚上哥嫂们、阿奶回来了，问："老三，你今天守得怎样？"黑马张三哥说："看，我砍下来了妖怪的一个头。"二位哥哥说："三弟真行，真行。"老阿奶说："孩子们，要斩草除根，妖怪还有八个头哩！"黑马张三哥说："阿奶放心，我们兄弟三人一定要把妖怪除掉。"

晚上，黑马张三哥和两个哥哥商量好了办法。第二天，弟兄三个，背上刀，别了阿奶和媳妇们，找妖怪去了。

下得山来，望见一个村庄，遇到一个小娃在山坡放羊。黑马张三哥问道："小娃，请告诉我，九头妖怪在什么地方住？"小娃说："我就是给九头妖怪放羊的，他可凶啦！自把我捉来，每天侍候他，还要打我。"黑马张三哥说："那好，今晚你引我们到九头妖怪家里去，我们一起把他杀死。"小娃很高兴地答应了，并说："这两天九头妖怪在养伤，每晚叫我给他送茶、舔伤疤，晚上我把你们带进去，乘他不防，就下手。"

到了晚上，三人夹在羊群里混进九头妖怪的住宅。小娃把他们引进九头妖怪的房子。石头大哥和木头二哥藏在门背后，黑马张三藏在柜子后面。九头妖怪叫放羊娃给他倒了茶，又叫舔伤疤。舔得舒服，妖怪渐渐睡着了，黑马张三上去一刀,砍下了妖怪的四个头。妖怪大叫一声:"不好!"爬起来就往外跑。刚到门口,石头大哥和木头二哥一齐从门背后跳出来,一人一刀,把九头妖怪的头砍完了。兄弟三人上去又砍了几刀,九头妖怪才断了气。

兄弟三人带上放羊娃,一起又回到山里,见了阿奶和媳妇们,告诉她们说杀了九头妖怪,大家又唱又跳。从此,他们就在这里过着幸福的生活。

○ 采录者:王殿、许可权、李桂兰、王漠
○ 出处:《中国少数民族民间故事选》,中国民间文艺出版社1982年版。

苏里曼和瓦利雅的故事

撒拉族

这是一则将难题考验类和动物报恩类相结合的民间故事。为娶到心仪的女子,男子需通过女方家长提出的三重考验。面对困难重重的考验,男子幸运地获得了来自先前救助过的动物的帮助,最终展示出他勇敢、智慧和善良等人格魅力,女方家长也如愿以偿地找到了理想的女婿,两人结成姻缘。这则故事既充分展现了撒拉族人英勇无畏的民族品格,又揭示了乐善好施的人生哲理。

苏里曼,是撒拉族一位年轻的猎手。他身边有两样武器:第一是一张宝弓,能射杀山中猛虎、云中大鹏;第二是一口宝刀,能劈开大山,扫荡森林。苏里曼年年月月穿深林,跑大山,射飞禽,猎野兽,无拘无束,过着辛勤而豪放的猎人生活。

天上的百灵鸟儿,还有一雄一雌,它们比翼齐飞,此唱彼和,多快活!草地上的野兔儿,还有一公一母,它们嬉戏追逐,同穴居住,多和睦!年轻的猎手苏里曼,已经二十五岁了,他想到自己也需要一个好姑娘,做他的终身伴侣。

于是,苏里曼离开故乡,向遥远的山区草地遨游,要物色一位称心如意的人儿。

这一天,苏里曼来到一座大山脚下,那儿有一片平静清澈的湖水。他旅行得疲倦了,便在湖畔一块大青石上坐下来歇口气。天上一只云雀,正在婉转歌唱。湖面如镜,岸上的景物,都照得清清楚楚。

苏里曼正看得出神,突然,那只云雀的欢乐歌声变成凄惨的哀鸣。它噗噜噜拍着翅膀儿,渐渐向湖心落了下来。苏里曼正在奇怪,却看见湖心水面上,直直

第二编 青藏高原

地扬起一条水蛇的脑袋。水蛇张着口、鼓着眼,正在吸那云雀呢!云雀眼看就要落到那水蛇口里了。苏里曼心里不忍,随即抽出宝弓,搭上羽箭,对准那水蛇射去。不偏不斜,一箭正射中蛇头。水蛇"嘶"地叫了一声,便沉到水底了。那只云雀,才又振翅重上高空,在白云下面,飞着唱着:

  苏里曼哥,
  谢谢你!
  苏里曼哥,
  谢谢你!

  那平静的水面,一时被带箭的水蛇搅乱了,待到波纹消失,水面重新清清静静的时候,苏里曼忽然从那镜子般明亮的湖水中,看见一位姑娘。那姑娘多么美丽呀,她甜甜地微笑着,一双深情的眼睛,望着年轻的猎人。苏里曼越看越爱,忍不住低声地对姑娘说起话来。

  "可爱的姑娘啊!"他说,"你大概是龙宫里的神女吧?如果你喜爱我,就请你走上岸来吧——猎人苏里曼,不是一个负心寡义的汉子!"

  苏里曼正这样傻里傻气地念叨着,忽然听到身后有人"噗嗤!"笑了一声。他吃了一惊,回头看时,却见半山坡上,静静地站着一位姑娘,望着他笑。这姑娘和他刚在水中见到的一模一样——原来那湖水中出现的并不是什么神女,却是这山坡上站着的姑娘的影子。

  这位姑娘,名叫瓦利雅。她是这山上老猎人尤素夫的独生女儿。这天,她到湖里来汲水,远远看见湖畔上坐着一位陌生男子。她看到这年轻人救了云雀,可见他生了一副好心肠;又见他的弓箭百发百中,证明他有一身好本领。之后,当姑娘听到年轻人向她映在湖中的影子说了那一番痴情的话,忍不住"噗嗤!"一声笑了——她不知不觉,已经非常喜爱这位陌生的年轻人了。

这一对年轻人，在湖畔相会谈心，越谈越投机，直到日影西斜，他俩才相伴到了老猎人的家中。苏里曼拜见了尤素夫，说明了自己的身份和为人，并请求老猎人能将他的爱女瓦利雅许配给他。

老猎人望望苏里曼，又望望自己的女儿，笑眯眯地说话了："胡大！看起来，我的瓦利雅似乎挺喜欢你这个小伙子。不过，婚姻大事，总得有件聘礼。年轻人呐！你去弄一件银狐皮的皮袍子，咱们再谈吧。限你十天以内，拿来这件衣服。"

苏里曼辞别老人出来以后，瓦利雅对他说："这是阿爸要试验你的本事呢。这周围几十里地面的野狐，都叫我阿爸打光了，唯有那南面雪山背后才能找到银狐。可是，山大路生，谁领你去呢？"

正说着，只听见天空一只鸟儿唱道：

苏里曼哥！
别心急；
要找银狐，
我领你去！

原来，这只雀儿正是年轻的猎人从水蛇口里救下的那只云雀。云雀前面飞着，苏里曼后边跟着，穿过百里大草滩，来到一座大雪山前。大雪山真高啊！大雪山真险啊！山峰全被冰封雪盖，没有人走的道，也没有树木草棵可以攀援！苏里曼刚爬到半山，哧溜一滑，又被摔落到好远。他不怕挫折，一步一步艰难地爬着。云雀儿在天空替他唱歌鼓劲。他费了九牛二虎的气力，终于爬过雪山，进入一座大森林。森林里，熊呀，鹿呀，虎豹呀，狐兔呀……各种野牲猛兽，成群出没。年轻的猎手一点也不害怕，他在密林深处潜伏，寻觅，饿了，吃几口瓦利雅给他的干粮；渴了，捧几把积雪填到嘴里。就这样，他熬了七天七夜的工夫，百中挑，千中选，射下了五只最好的银毛老狐，急忙背着皮子回来了。他把狐狸皮交给瓦利雅，姑娘又费了两天两夜时间，制成了一件轻软华美的皮衣服。正是第十天的早晨，苏里曼手捧着银狐皮衣，献给老猎人。

尤素夫接过狐皮衣，看着看着，脸上堆起笑来："哈！不错，这是一件上好的皮衣；不过，如果能在这皮衣上缀上三颗猫眼圆宝石，那就更美了——瓦利雅！你说呢？"

瓦利雅知道这是阿爸又在出难题考苏里曼了，她笑了一笑，回答说："我看呀，没有宝石，这件衣服也就够美了！"

老猎人摇摇头，说："美丽的姑娘，配一个英雄的少年才相称哩；华贵的狐皮衣，缀上光彩的宝石才鲜艳哩！"

苏里曼是一位争强好胜的小伙子，一听老人这么说，也不管宝石好找不好找，便满口答应下来。

"年轻人！"老猎人又说，"你要办得快一点，最好能在三天以内找到宝石。"

苏里曼辞别了老人走出来，姑娘抱怨他说："哎，你怎么就这样冒冒失失答应了！要知道这种猫眼宝石是最难得的啊！"

年轻的猎手坚定回答："为了你，就是天上的星星，我也要去摘下来！"

"哎，既然这样，你就去找吧！"姑娘说，"据人们传说，西面那座石山，就叫'宝石山'，宝石山里有三颗猫眼圆宝石。可是，不知究竟藏在什么地方，还说有个魔鬼守着呢。可要看你的真本领了！"

正说着，忽然那只云雀儿又在天空唱起来了：

苏里曼哥！
莫忧愁；
要寻宝石，
请跟我走！

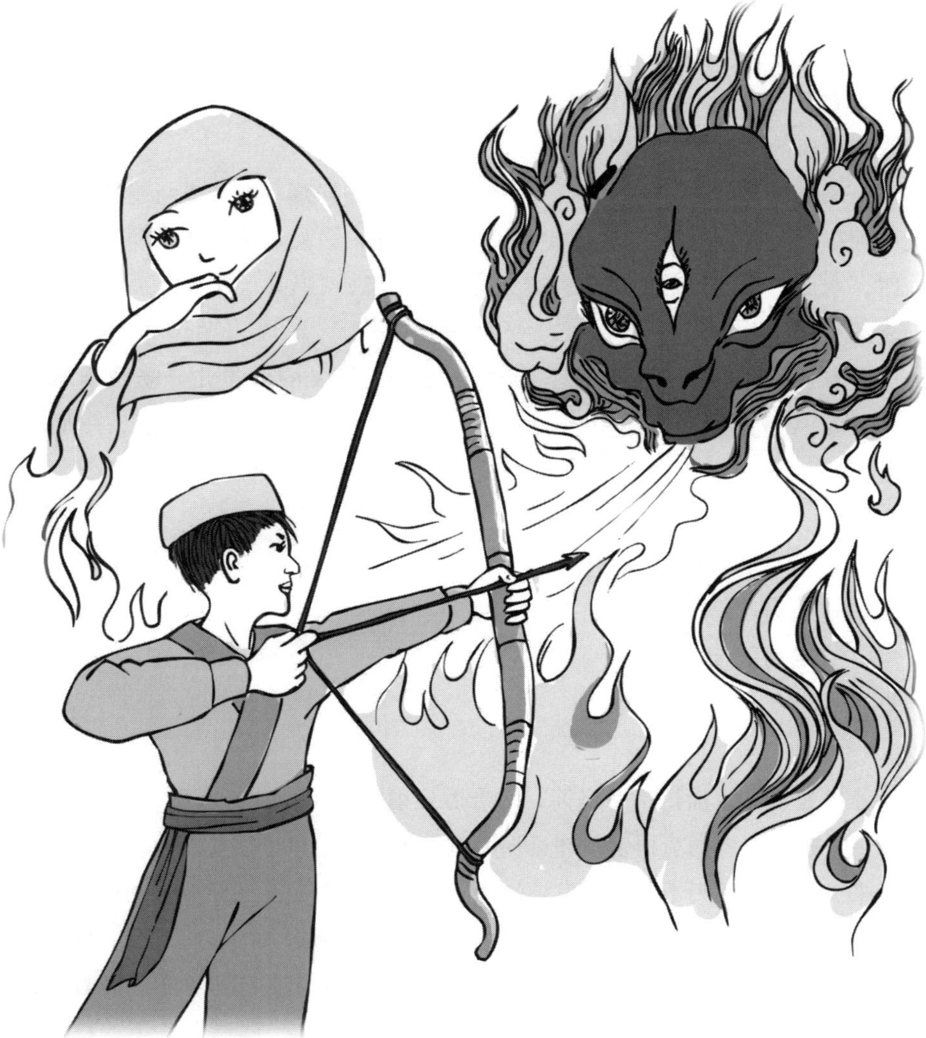

于是，苏里曼又跟着那只云雀，向西方出发了。整整走了一天一夜，来到一座雄伟的大石山下。石山陡峭，峰顶插入云天。只见飞鸟盘旋，没有人行道路。勇敢的苏里曼，在云雀的带领下，艰难地向上攀爬。尖利的山石，割破了他的手掌、脚心，每攀上一步，就留下几个血印！血迹从山根直印到峰顶，年轻的猎人，终于到达石山的最高峰了。

山顶上，有一块红色的大石头，像一头怪兽一样蹲踞在一道断崖前。云雀儿飞落到那大红石头上，"嘣，嘣，嘣！"啄了三下。忽然，那怪石头动了起来，腰一扭，变成了一个可怕的魔鬼。魔鬼厉声喝骂道："呜呀！什么毛虫，敢啄我的脑袋？"

说着，伸出簸箕大的巨手，就去捉云雀。机灵的云雀儿，噗噜噜展开翅膀儿，早从魔鬼的指头缝里飞去了。云雀在半空里一面飞着旋着，一面连声唱着：

苏里曼哥！
快射箭；
别的地方不用管，
端端射它两只眼！

苏里曼听了，慌忙拈弓搭箭，对准魔鬼射去。"铮"的一声，魔鬼的左眼被射瞎了。猎人正想抽箭再射，却见那魔鬼大吼一声，口里喷着烈火，直向苏里曼扑过来。苏里曼躲闪不及，头发被烧着了一片。苏里曼箭还没有搭到弓上，魔鬼的大手已经抓来了，猎人慌忙一闪，魔鬼的爪尖碰到猎人的右脸颊上，把一大块皮扯去了。苏里曼忍住疼痛，抽出宝刀，冒着魔鬼喷出的妖火，狠劲劈过去，只听"咔嚓"一声响，把魔鬼从头顶直劈成两半。立刻，"哗啦"一下，崖壁上两扇石门开了，三颗猫眼圆宝石，在石洞里闪亮亮地发出绿色的光华。苏里曼不顾一切，扑进洞里抓起三颗宝石，就走下山来了。一路上，他心里很高兴，也不管脸颊上火辣辣地发疼着。当走近瓦利雅家山脚下那湖泊跟前时，苏里曼映着镜子般明亮的湖水，仔细端详了一下自己的脸相。他不觉大吃一惊：原来他的伤势很重，右脸颊上的一块肉被撕去了，结成了一个大疤；右耳朵也被撕破了半个，一只眼睛歪斜了，半边头发也被魔火烧秃了。本来是一位英俊漂亮的小伙子，这一来，就变得丑陋了！他越看越觉得自卑自恨，自己成了这样一副难看的容貌，怎样去见美丽的瓦利雅呢！

苏里曼懊丧失神地在湖畔呆坐了好半天。突然，他把心一横，扬臂一甩，将捏在手里的那三颗猫眼宝石抛了出去。只听湖心"咕咚咚"三声响，湖面溅起颗颗水珠，漾开一层一层的波纹；那费尽千辛万苦得来的稀世奇宝，便深深地沉没到湖底去了！

年轻的猎人下定决心，再也不去见瓦利雅姑娘了。他迈开大步，朝着自己故乡的道路走去。他正走着，忽听背后马蹄声响，并且有人高呼他的名字。苏里曼回头一看，只见瓦利雅姑娘骑着一匹枣红马，飞一般赶上了他。年轻的猎人要躲也来不及，便用双手紧紧蒙住自己的脸，背过身去，不看姑娘一眼。原来那只云雀儿已经飞去，把发生的一切情形都告诉给老猎人父女俩了。尤素夫赶紧打发女儿瓦利雅，骑上马跑来追赶苏里曼。姑娘追到跟前，跳下马来，拉住了年轻猎手的手，并且热情地吻着他受伤的脸颊，说："不要这样，亲爱的！我所爱的不是你的外表——你有一颗纯真善良的心，你有勇敢坚定的意志；这两种品德，比三百颗猫眼宝石还珍贵！来吧，让我们一块儿去见阿爸吧，他老人家正等着你呢……"当这对青年男女，并肩走上山来的时候，老猎人已满脸是笑，迎出门来。

"祝贺你，年轻人！"老猎人热情地说，"我为我自己的女儿寻到这样一个女婿，感到骄傲！……"

这时候，大家又听到那只云雀儿，在半天空里飞舞着，并用欢乐的声调唱道：

恭喜，恭喜！
一对好夫妻！
恭喜，恭喜！
天长地久永不离！

○ 采录者：马有才
○ 出处：《甘肃民间故事选》，甘肃人民出版社1980年版。

戈尧斯

裕固族

这是一则儿子为父母报仇的故事，主人公的父亲惨遭杀害，母亲忍辱抚育儿子长大。主人公成年后得知真相，踏上复仇之途。在旅途中先后与三位女子结缘，最终成功复仇，展示了正义终究会战胜邪恶的真理。故事呈现了民间故事一些常见的元素和母题，比如以镜子为信物，合则团圆，破则离散；女性角色为接近自己所爱慕的主人公，女扮男装，突破女性身份的束缚。故事成功塑造了几个出色的女性角色：忍辱负重的主人公母亲，女扮男装、为爱牺牲的第一个姑娘，武艺高强的第二个姑娘，弃恶从善的第三个姑娘，她们有血有肉，是真善美的完美化身，既展现了刚毅坚强的女性魅力，也表达出民间对女性的赞美之情。

很久很久以前，有一对相亲相爱的青年夫妇，丈夫是一位强壮勇敢的牧人，除了为别人放牧之外，还经常为自己的畜群里增添牛羊；妻子长得非常美丽，心灵手巧，为小家庭增添了不少光彩。夫妻俩相依为命，从来没有分离过。邻居们夸奖他俩是老天配就的一对天鹅。谁知，这句话传进了部落长的大少爷耳朵里。他心怀鬼胎，朝思暮想地算计着要想把牧人的妻子弄到自己手里。想来想去，他终于定下了一条毒计：先把牧人想法弄死，然后抢来牧人的妻子，掠为己有。

于是，部落长的大少爷打发人找来年轻的牧人，要他连夜拉骆驼起程，到远方去驮货物。牧人听后不得不服从，赶快回来向已经怀孕的妻子告别。

夫妇俩根本不知是大少爷定下的毒计，还以为只是暂时的分离呢。临行时，丈夫怕妻子想念自己，便把一面圆镜一分为二，各拿半面镜子，等到夫妻团圆时，再让破镜重圆，并再三嘱咐妻子要多多保重身子。妻子伤心地哭了又哭，挥泪送丈夫上了远路，牧人的一条小猎狗也跟去了。

牧人上路不久，在一天黑夜里，突然从路边的草丛中窜出几个面蒙黑布的大汉，把他活活地掐死了。半面破镜也掉在地上，所有的骆驼都被那伙强盗拉走了。其实，那些强盗正是大少爷派来暗算牧人的帮凶。

当大少爷知道牧人已被他手下除掉以后，就连夜抢来了牧人的妻子。大少爷一见她美丽的容貌，一下子看傻了眼，连口水都流了出来。他马上命令管家摆上酒席招待她。牧人的妻子非常愤怒，不理睬大少爷的那一套，独自坐在一间屋里思考对策。突然，她家的小猎狗衔着丈夫拿走的半面破镜跑到了妻子脚下，两眼还流着泪水呢。妻子一见此景，吓得浑身都软了。她知道丈夫遇上了大难，不然破镜是绝不会丢失的。小狗拉着她的衣角要往门外走，妻子这才猛醒过来，立刻随小狗奔出门外。还没跑上几步，就被大少爷发现了，大少爷立即派人将她拉了回来。

大少爷一见牧人妻子手中的半面破镜，便诡秘地奸笑着说："听说你丈夫也拿走了半面镜子，我看你们这一对破镜是永远重圆不了啦！哈哈……"妻子这才完全明白：他们上了部落长儿子的当。她又气又急，哭也不是，喊也不是，全身抽搐着气昏了过去。

当她苏醒以后，猛地发现自己睡在一间豪华的屋子里，身旁躺着的大少爷，早已鼾声如雷地睡着了。于是她对着半面破镜哭了又哭。最后，她对着镜子里自己的一对眼睛下了狠心，毫不犹豫地用小刀剜下了自己的双眼甩出门外，她疼痛得惨叫一声昏过去了。大少爷被她的惨叫声惊醒了，一见地上刚才还是娇艳美丽的牧人妻子，现在已倒在血泊之中，吓得他丢魂落魄地逃出门外。

此后，牧人的妻子就被可恶的大少爷赶出家门，开始过上了流浪乞讨的生活。她本想寻死，只因为一心盼望着腹中的孩子能够出生在人世上，她才有了活下去的勇气。

有一天，她刚走到半路，就遇上了大风沙，突然间感觉有谁在拽她的衣角，俯身一摸，原来是她家的小狗。她悲喜交加地抱起小狗哭呀哭呀，一直哭到了天黑。从那以后，她再不怕流浪到荒漠野滩上去了。小狗在前面来回引路，碰到难走的小路，小狗便汪汪地叫着，用嘴衔住牧人妻子的拄棍头，把她牵引到安全的地方。饿了，小狗就把她领到有人家的地方，去讨一点饭食。这样过了很多日子，她们便来到一座已经荒废了的破旧寺庙里过夜。第二天一早，当牧人妻子醒来时，世上最奇怪的事情发生了：她的一对眼睛又重新看见了光明。她惊奇地伸手一摸，两颗眼珠儿完好地长在自己的眼眶里。她激动地大喊着小狗的名字跑出寺庙门外，可是哪儿都不见小狗的影子。她急忙跑到寺庙周围去找，才发现小狗躺在一棵树下。女人连忙上前一看，小狗却已经死了，两只眼珠儿也没有了，眼眶里还流着鲜血。她弄不明白究竟是怎么回事，只是抱住小狗哭得死去活来。哭着哭着，她觉得肚子疼得要命。不一会儿，她盼望的孩子就落了地，抱起来一看是个男孩儿。于是，她就背起孩子上了路，继续沿路乞食，踏遍了异乡土地。

随着日月的流逝，十七年过去了，牧人妻子的小孩子长成了英俊的大小伙子，这时，母子俩靠辛勤的劳动安了家。阿妈非常疼爱自己的儿子，为他取名叫戈尧斯，意思是眼珠儿。

阿妈见儿子长大了，就对他诉说了他阿爸在十七年前被大少爷暗害死的前后经过和自己被迫挖掉双眼的悲惨遭遇。戈尧斯第一次听到了自己阿爸惨死的事儿，第一次听说阿妈受辱的情景，他好多天不吃不喝，睡不着觉，心中对部落长一家充满了仇恨，下决心要替父母报仇雪恨。

一天，戈尧斯对阿妈认真地说："阿妈，你让我出门去学点本事吧，将来我一定要为死去的阿爸报仇！"母亲见儿子坚决要去，含泪答应了他的要求，为心爱的儿子准备了路上的吃喝，便打发戈尧斯上了路。临行时她又将当年的半面破镜装在儿子怀里，盼望早一天能够使母子俩团圆。

戈尧斯上路以后，不知翻过了多少道山梁，也不知蹚过了多少条河，终于来到了一个人畜很多的部落里。他也不知道应该先学什么本领，更不知道该向谁求教，想问又不好问，想说又不知从哪里说起，只好向草原盲目地走去。当他经过一座豪华的房舍时，被这家一位美丽聪明的姑娘看见了。姑娘见戈尧斯虽然像个乞丐，但他脸上却有坚毅、善良的神态。于是她急忙跑出门外，准备打听一下戈尧斯的去向。刚一出门，她又觉得自己是一个姑娘，怎么能如此胆大地跟一个陌生青年随便交谈呢。正在左右为难时，突然见一位男仆从她面前提水而过，便有了主意。姑娘叫住男仆，要他立即送来一套她哥哥穿过的衣服，她把这套衣服穿在身上，顺手提了宝剑悄悄溜出家门，骑了一匹骏马向戈尧斯追去。

戈尧斯一见这位标致漂亮的"小伙子"便连忙低头行礼，"小伙子"问他从哪里来、到哪里去、叫什么名字，戈尧斯一一回答了她。后来"小伙子"说："把你的褡裢拿来，我帮你驮在马上好吗？"戈尧斯虽然很喜欢这位"小伙子"，可对她的要求还是有些不放心。骑在马上的"小伙子"看透了戈尧斯的心事，便跳下马背真诚地说："把褡裢驮上，你先骑马走吧！"戈尧斯一听这话，心里感到有些内疚，可又拗不过这位好心眼的"小伙子"，只好骑着马儿先走了。

装扮成小伙子的姑娘，非常爱慕戈尧斯，刚才听了戈尧斯出走的目的是想学到本事替父母报仇，她便下决心和这位勇敢的小伙子一起同甘共苦，帮助他报仇雪恨！

快到天黑时，他俩来到一个不大的房舍门前，周围再没有别的人家，只好叩门求宿。主人是一个身体粗壮的大汉，一见是两位年轻人，便笑眯眯地把他俩让进了一间专为过路客人预备的房子里，并叫他的姑娘点上了酥油灯。主人的女儿在灯光下显得很好看，清秀的面容上带着几分忧愁。当她看见来客是两位漂亮的小伙子以后，便羞怯而又悲伤地叹了一口气走出门外。戈尧斯并没有注意姑娘的脸色，可他的伙伴却细心观察了姑娘的神态变化。"小伙子"仔细看了看屋内的陈设，突然发现门背后有一块木盖，连忙俯身挪动木盖，下面便露出一个黑乎乎的地洞。这一下"小伙子"便明白了：这是一家拦路抢杀客人的强盗窝巢。怪不

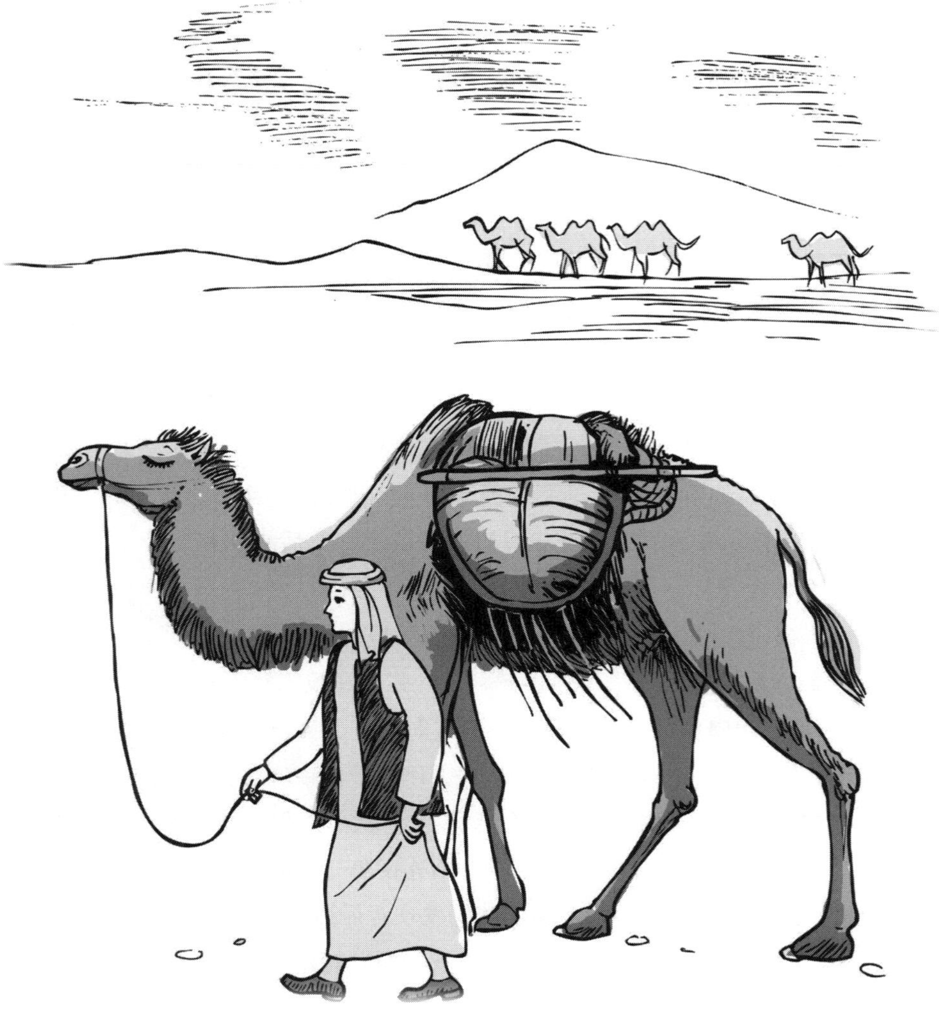

得主人的女儿一见他俩就唉声叹气呢，因为她觉得戈尧斯和他的伙伴都非常年轻、漂亮，杀了多可惜呀！

"小伙子"想把自己的猜想和怀疑讲给戈尧斯，又怕他惊慌失措，万一走漏了风声，说不定强盗们先下手怎么办？只好暗自想着对策。正好主人端来了羊肉和茶，"小伙子"不露声色地边谢边打量着他，只见这位主人在满脸的微笑中藏着阴毒的杀机。

当他俩吃好喝足以后，主人就开始收拾床铺，假惺惺地劝客人们早点休息。主人出门时，"小伙子"说："请你慢走，这是饭钱和房钱，你收下吧。另外给我端一盆洗脸水，再灌一斤油预备路上用，还要麻烦你拿来些羊毛明天垫马鞍用。这些钱你都拿去吧！"主人一见"小伙子"非常慷慨大方，点头哈腰地收下钱，立刻端来一盆清水，提来一罐酥油，送来一捆白羊毛便出门了，顺手悄悄将门朝外上了锁。

"小伙子"听主人脚步走远了以后，忙对戈尧斯耳语了一番。戈尧斯听完后，大吃一惊，便和"小伙子"商量最好轮流睡觉。当戈尧斯先睡下以后，"小伙子"悄悄将水盆子放在门背后的地洞盖上，然后也躺在戈尧斯的身边装作睡觉。

快到半夜时，门背后的水盆突然"哗哗"地响了起来，"小伙子"提着宝剑摸上去，恰好木盖被地洞里的强盗掀翻了。强盗还没来得及爬上洞口，就只听"啊——"的一声嚎叫，被"小伙子"用宝剑砍下了脑袋。可恶的主人还以为是他的兄弟已经杀了戈尧斯和"小伙子"呢，刚打开门锁就挨了一宝剑，幸好他闪得快，只被砍断了一条胳膊，转身逃走了。"小伙子"很快用羊毛擦掉了剑上的污血，又用酥油涂了宝剑以后，就和戈尧斯连夜骑马逃走了。

不大一会儿，东方发白了。突然他俩发现背后追来一队人马，"小伙子"知道是店主不甘心失败，又派人追来了，她连忙叫戈尧斯骑马先走，自己留下来和这群强盗决战。

戈尧斯依依不舍地离开了伙伴以后,"小伙子"便和这群匪徒战了起来,她愈战愈勇,还没有施展出全部本领,就把强盗们杀得大败,强盗们纷纷逃回去向主子报丧了。"小伙子"见敌人逃走以后,便兴奋地去追赶戈尧斯。

谁知,他俩刚见面时,那个强盗头子却忍着断臂的伤疼,率领一群人马又追了上来。他俩见前面有一座很大的庄园,便跑了进去,顺手将大门朝外顶上了。强盗们无法进门,便把庄园包围起来。

到了半夜,等强盗们睡着以后,"小伙子"和戈尧斯悄悄从庄园后墙上吊下去又逃走了。当强盗头子带人打入庄园发现他俩逃走以后,便又追赶起来。没过多久,就追上了步行的"小伙子"和戈尧斯。幸好,路边跑来一位骑马持弓的姑娘,一见两人被一伙歹徒追杀,便前来助战。她一箭又一箭,射死了几个强盗。突然,她用力过猛,弓绳被扯断了。"小伙子"忙摘掉缠在头上的绸巾,用宝剑割了一股长长的头发帮助姑娘接上了弓绳,姑娘又开始射了起来。戈尧斯一见"小伙子"竟留了那么长的头发,觉得非常奇怪。刚想上前问一句,谁知狡猾的强盗头子从他们三人背后甩过一把飞刀,正好刺在"小伙子"的后心窝里。"小伙子"立刻倒在血泊中,用微弱的声音说:"戈尧斯,你快随这位姑娘跑吧,我不行了……你知道吗?……我不是男的……"这一下把戈尧斯惊呆了,望着已经死去的姑娘,他愤怒地拾起宝剑向强盗们冲去。当强盗头子又想杀掉戈尧斯时,神箭姑娘一箭射死了这个魔鬼。强盗们一见头目死了,便掉头逃跑各奔前程了。

戈尧斯和神箭姑娘悲伤地安葬了第一个姑娘的遗体之后,便离开了这里。

他俩走了不久,又发现身后跑来一个骑马的人。两人停下步定神一看,原来正是强盗头子的女儿。神箭姑娘刚要搭箭射死她,却被戈尧斯挡住了。等那位姑娘走近以后,便听她哭泣着说道:"请你们带上我吧!我那可恶的父亲做尽了人间坏事,他今天被你们射死是罪有应得!可我是好人呀……"说着说着,她就大哭了起来。神箭姑娘和戈尧斯都很同情这位姑娘,三人便一起上了路。

他们走呀，走呀，终于找见了部落长的大少爷，把他和一群凶恶的帮手一起杀死，终于替戈尧斯的父母报了仇。以后，神箭姑娘做了戈尧斯的妻子，两人回到了母亲身边，过上了安宁、幸福的日子。

- 讲述者：安桂英、贺继新
- 采录者：才让丹珍
- 出处：《东乡族保安族裕固族民间故事选》，上海文艺出版社1987年版。

哈比卜的故事

保安族

> 这是一则有关机智人物的生活故事，主人公运用智慧巧妙解决了难题，既救下了自己和家人的性命，也让头人感到羞愧。主人公虽是社会底层的贫穷人，但却是有勇有谋的机智人物；头人虽是位居高位的首领，但却是轻信他人的愚昧人物，两者在身份和品质上都形成鲜明对比，生动幽默地表现了劳动人民的智慧和反抗意识，以及对头人所代表的上层剥削阶级的嘲讽之情。

很早以前，有一个头人，他得了一场大病，请来四方的医生，吃遍天下的药草不见好转。于是他传出话，谁能治好病，有重赏。三天后，一个衣着褴褛的老汉来到头人家，说他能治好病。老汉来到头人床前，看了气色，号了脉，说道："此病不难治，可是药却难找啊！"头人听了，有气无力地说："我是这个地方的堂堂头人，什么药都能找到。你……你快说，……是什么药？"

老汉慢腾腾地说："一个八岁男孩的苦胆。"

头人听说要吃一个八岁男孩的苦胆，真叫他犯了愁。他想：自己因向来"慈善厚道"，才在这个地方上做了头人，如今，为了治病，怎么能去杀一个无辜的尕娃呢？

头人的老婆，坏主意多得像个狐狸精。她对丈夫说："哎哟，我当什么难找的仙丹妙药，不过是个尕娃的苦胆，这有什么为难。今年天旱，饥民很多，我们家里有的是钱，豁出一百两金子，我就不信没有不卖儿女的。"

头人听了，高兴地点点头。第二天，就派人四处去买八岁的尕娃。可是，一连几天，没有人肯卖自己的尕娃。

邻村有个叫曼苏尔的人，尕娃正好刚满八岁，名叫哈比卜，人长得机灵，大

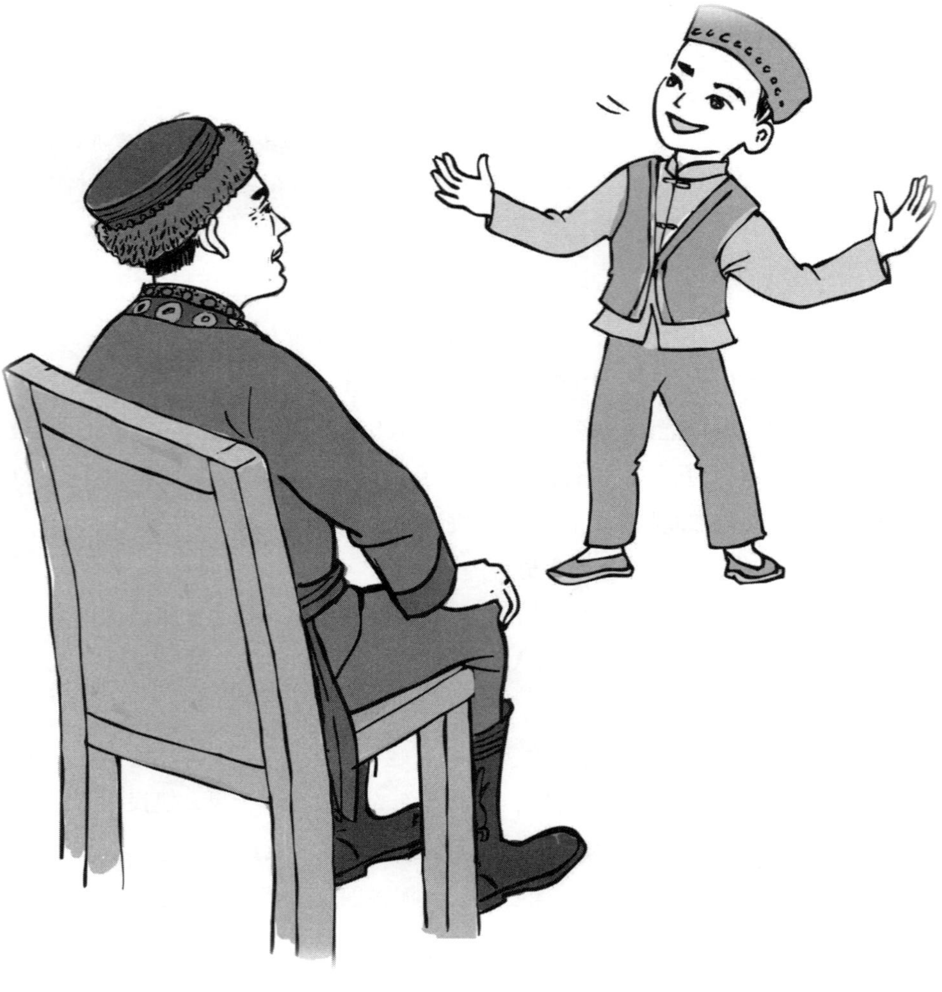

人尕娃都很喜欢他。哈比卜听说头人为了治病，要用一百两金子买个八岁的尕娃，就去给大人说："阿达、阿妈，你们把我卖了吧！我们家里这样穷，要是遇上灾荒，更难活命。你们卖了我，还能好好活一家人呢。"

曼苏尔夫妇怎能忍心让自己的儿子去寻无常呢？他们劝儿子不要说这些不吉利的话。可是哈比卜说什么也不听，一连几天，又哭又闹，不吃也不喝。

曼苏尔夫妇没有别的办法，忍痛将儿子卖给了头人。哈比卜来到头人跟前："哈哈哈"连笑三声，"呜呜呜"又哭三声。头人很惊奇，便问哈比卜："尕娃，你情愿献苦胆，为什么又哭又笑呢？"哈比卜说："老人家，我第一声笑的是父母养育了我一场，受了不少苦和累，我虽不能报答养育之恩，但能在这样的荒年里，拿命换了钱，使他们能活下去，我感到高兴；第二声笑的是，你是我们这个地方的头人，我的苦胆为你治病，并能使你长命百岁，我实在感到高兴；第三声笑的是，我是一个尕娃，从来没干过坏良心的事，今天无常，明天能升天堂，便感到很高兴。"

头人又问："那你为什么还哭呢？"

哈比卜继续说："我第一声哭的是，我的父母虽得了一百两金子，但想起我的无常，必然会经常落泪伤心。我第二声哭的是，你吃了我的苦胆，虽能长寿，但以后人们必然骂你是个人面兽心的人，这有损于你老人家的威望啊！我第三声哭的是，你无常后进了地狱受罪，我却在天堂里享福，我实在过意不去呀！"

头人听了哈比卜的话，羞愧地低下了头，停了半天说道："哈比卜，我当了半辈子的头人，还没有见过你这样聪明的尕娃。我们这里有你这样的尕娃，我太高兴了。我情愿给你赏金一百两，你也回家去吧，我的病就托靠真主了。"说罢，长叹一声无常了。从此，哈比卜就成了这个村上最有威望的人。

○ 讲述者：马海姐
○ 采录者：马瑞
○ 出处：《东乡族保安族裕固族民间故事选》，上海文艺出版社1987年版。

蛤蟆姑娘

东乡族

这是一则将动物报恩型和螺女型相结合的民间故事。女主人公在动物的帮助下免遭劫难,趁男主人公不在家时悄悄为他整理家务。财主妖婆偶然间窥视到女主人公的真身而给女主人公带来厄运,这也是民间故事中不得偷看女主人公原形的古老禁忌的母题。相爱的两人在动物和善良的人的帮助下成功逃离邪恶势力,过上美好的生活,反映了青年男女勇敢反抗恶势力,坚定守护爱情幸福的勇气,也彰显了善有善报的处世哲学。

　　从前有老两口,生了个俊俏的姑娘。阿妈用金线绣了个金蛤蟆,给她玩耍,姑娘喜爱金蛤蟆,如同心肝儿一样。白天她逗着金蛤蟆玩,晚上抱着金蛤蟆睡。她洗脸时也给金蛤蟆洗,她戴花也要给金蛤蟆戴。金蛤蟆也真懂事,姑娘哭时它也哭,姑娘笑时它也笑。阿妈看着心里很喜欢,就管姑娘叫蛤蟆姑娘。

　　蛤蟆姑娘长大了,心灵手巧,描、画、剪、绣样样能。她剪下的牡丹,惹得蜜蜂蝴蝶飞来采;她绣成的凤凰,招得百鸟来唱歌。阿达①、阿娜②心里想:一定要给蛤蟆姑娘挑个称心如意的好女婿。

　　阿达说:"姑娘莫嫁给有钱汉,有钱汉的心肠是铁石蛋。"

　　阿娜说:"穷汉姑娘嫁穷汉,和和气气赛蜜甜。"

　　可是,邻村有个有钱汉,听说蛤蟆姑娘心灵手巧又长得俊,就起了歹心,想把蛤蟆姑娘娶来,给他做个小娘子。他三番五次托媒来说亲,都被阿达、阿娜拒绝了。有钱汉歹心不死,他看彩礼买不动,就想硬抢亲。

---

① 父亲。

② 母亲。

一天早晨，蛤蟆姑娘刚洗了脸，梳罢头，就听得门外吵吵闹闹。哎呀！原来是有钱汉带着人马来抢亲了！

"好姐姐，你莫怕，钻到我肚里躲躲吧！"金蛤蟆张开口，叫蛤蟆姑娘钻进它的肚里去。

阿达、阿娜怕有钱汉抢去自己的女儿，可急坏啦，大声喊着："蛤蟆姑娘！蛤蟆姑娘！"

"阿达、阿娜不要怕，蛤蟆姑娘在这搭。"蛤蟆姑娘在金蛤蟆肚里这样回答。

阿达、阿娜知道蛤蟆姑娘已经躲起来，心才放下了。

有钱汉领着媒人，气势汹汹地闯进来。媒人贼头贼脑地四下里看了一遍，不见蛤蟆姑娘，就龇牙咧嘴地笑着说：

"恭喜两位老人家，东家今天娶亲来了。金满箱，银满箱，快请新娘子把轿上！"

阿达、阿娜说："不要你家金，不要你家银，要抢我蛤蟆姑娘万不能！"

有钱汉气得青脸红筋地说："不知好歹的老东西！答应也得答应，不答应也得答应，抢上走！"

有钱汉手下的家丁，到处搜寻，翻过箱子掀倒柜，搜遍前房搜后院，就是不见蛤蟆姑娘的面。

"哈哈！这东西倒挺稀奇！"有钱汉抢过炕上的金蛤蟆，冷冷地笑着说。

阿达、阿娜怎能舍得金蛤蟆？两个老人千要万要也要不下。有钱汉抢了财物，把金蛤蟆也抢走了。

阿达、阿娜日日夜夜想念着蛤蟆姑娘，梦里也叫着蛤蟆姑娘的名字。没有几天，两个老人都气得害病亡故了。

金蛤蟆被有钱汉抢去，蛤蟆姑娘躲在它肚子里日夜哭泣，金蛤蟆也跟着流眼泪。她们的眼泪滴在有钱汉家的柜上，浸湿了有钱汉老婆的衣服首饰。这下可气恼了心肠狠毒的有钱汉老婆。她恶狠狠地骂道："癞蛤蟆！尿水淌了满柜台，看我把你扔出去。"说着就把金蛤蟆摔到门外土堆上去了。

有钱汉家雇着个放羊娃,这天傍晚,放羊娃赶着羊群回来了。

金蛤蟆叫着:"阿哥!阿哥!救救我!"

放羊娃四下里看看,没有一个人,就只管赶他的羊。

"阿哥!阿哥!救救我!"

放羊娃一看,土堆上有一只金蛤蟆在叫。金蛤蟆的两只眼睛像两颗滴溜溜的水珠儿,一眨不眨地望着他。

"没见过这么俊的金蛤蟆!"放羊娃看金蛤蟆这样俊,就把它拾了回去,放在羊圈屋的炕上。从此他每天放羊回来,总要逗逗金蛤蟆。蛤蟆姑娘藏在金蛤蟆的肚子里,她见放羊娃勤劳憨厚,打心眼里爱着他。放羊娃出去放羊,她就替他打扫羊圈、缝补衣裳。放羊娃回来一看,羊圈打扫得干干净净,皮袄缝补得平平整整,心里很奇怪:谁替我打扫的羊圈?谁给我缝补的衣衫?晚上他睡在炕上思忖着。

一天,他早早起来,把羊赶出圈,就藏在门背后偷看,他想看看到底是谁帮助他。他看着看着,只见金蛤蟆把口一张,就从嘴里出来了一个俊俏美丽的年轻姑娘。她把羊圈打扫干净,就坐在炕上梳头。放羊娃一见,心里又喜又爱,立刻推开门跑上前,拉住姑娘的手。

"阿哥,阿哥!你莫吓我。你救了我的命,我给你当媳妇吧。"蛤蟆姑娘羞答答地说。

"好!你就给我当媳妇吧!"放羊娃眉开眼笑地说。

蛤蟆姑娘点点头说:"可是,在有钱汉家里,我还得躲起来,等我们逃出虎口再成婚吧。"

羊群在门外咩咩地叫着。放羊娃和蛤蟆姑娘手拉着手,恋恋不舍。蛤蟆姑娘说:"好哥哥,快放羊去吧。你回来只要对金蛤蟆说:'蛤蟆蛤蟆张口!'我就出来了。"放羊娃走了,她又钻到金蛤蟆肚子里去了。

狠毒的财主妖婆，一天见放羊娃还没回来，羊圈就打扫得干干净净了，放羊娃身上的衣裳也缝补得平平整整的，就起了疑心。又一天，放羊娃回来，把活儿安排停当，就回到羊圈里去了。妖婆忙跟过去，站在窗跟前偷听。只听放羊娃叫着："蛤蟆蛤蟆张口！"妖婆闻声就轻轻地在窗纸上舔了一个窟窿往里看。她看见一个俊俏美丽的姑娘从蛤蟆口里出来，和放羊娃亲亲热热地坐在一起，手拉手地说说笑笑。妖婆心里十分嫉恨，更怕有钱汉发现后娶她做小娘子，就起了毒心，一定要害死蛤蟆姑娘。

　　第二天，放羊娃赶着羊群走了，妖婆就从羊圈炕上拿起金蛤蟆。她学着放羊娃的口气叫道："蛤蟆蛤蟆张口！蛤蟆蛤蟆张口！"可是不管她怎样喊叫，金蛤蟆总是闭口不开。狠毒的妖婆没有办法，就拿来一把剪刀，挖破金蛤蟆的肚子，把蛤蟆姑娘拉了出来。她用棍打，用手拧，用锥尖刺，用剪子戳，把蛤蟆姑娘折磨得死去活来，然后她又挖去蛤蟆姑娘的双眼，拔去了满头长发，用一根绳把她绑起，抛到污泥塘里去了。

　　金蛤蟆趁妖婆到屋里去拿绳子的工夫，悄悄地爬到蛤蟆姑娘身旁，对着她的耳朵呼唤着："好姐姐，我活不成了。若有人救下你，你就剪花样去换回眼睛和头发，再用手一摸就会长好的。"说完金蛤蟆僵僵地躺在地上了。

　　放羊娃回来，高高兴兴地去叫蛤蟆姑娘。可是到屋一看，金蛤蟆不见了，他心里非常焦急。他四处寻找，看见金蛤蟆在院子里。他急忙用两手捧着回到屋里，可是金蛤蟆没有原来那样俊了，眼睛紧紧地闭着，怎么叫也不见蛤蟆姑娘出来。他仔细一看，金蛤蟆肚子上被划开了一条口子。这是怎么回事呀？是谁糟蹋了金蛤蟆，抢走了蛤蟆姑娘？他越思越想越难过，心里像针刺刀割。

　　狠毒的妖婆把蛤蟆姑娘扔到了污泥塘里之后，恰巧有一位挖野菜的老奶奶走到塘边。老奶奶听见塘里有人喊："救命！救命！"就去把蛤蟆姑娘救了出来。老奶奶一世没有儿女，孤苦伶仃。她看见蛤蟆姑娘凄惨的模样，不由得心里酸楚楚，热泪似雨。她问："苦命的姑娘，谁害你成这模样？"

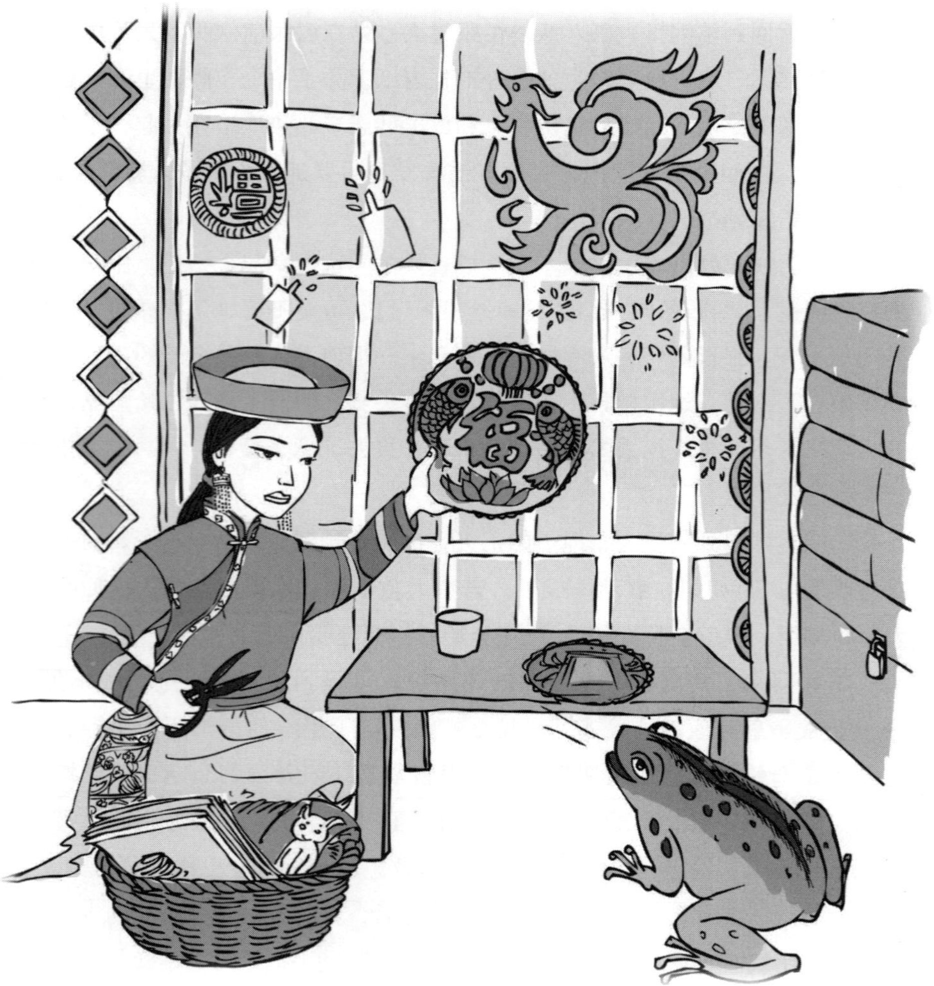
福

"是有钱汉的妖婆。"蛤蟆姑娘说,"阿奶你莫难过,我还能变成俊姑娘。"

老奶奶把蛤蟆姑娘扶回自己的家里,蛤蟆姑娘就向老奶奶要来了剪刀和纸,她先用白纸剪了朵白牡丹,白牡丹白得像白玉,老奶奶看着好喜欢。

蛤蟆姑娘对老奶奶说:"阿奶,你拿上牡丹到有钱汉家门上去,人家给你多少钱,你都不要卖,你只说'牡丹花换眼睛呢!'等你换回眼睛来,我的眼睛就亮了。"

老奶奶拿着白牡丹,来到有钱汉家门上。看见这么俊的牡丹,人人都抢着要买。老奶奶说:"牡丹花换眼睛呢!"妖婆就拿来蛤蟆姑娘的眼睛,把牡丹花换去了。

回来,老奶奶把眼睛给了蛤蟆姑娘,蛤蟆姑娘用手一摸,果然双眼明亮了。

她又用红纸剪了一朵红牡丹,红牡丹红艳艳,老奶奶看着心里更喜欢。

蛤蟆姑娘又对老奶奶说:"阿奶,你拿上红牡丹再到有钱汉门上,就说:'牡丹花换头发呢!'等你换回头发来,我的头发就长上了。"老奶奶又拿着红牡丹到有钱汉门上叫着:"牡丹花换头发呢!"妖婆又拿来蛤蟆姑娘的头发,把红牡丹换去了。

回来,老奶奶把头发给蛤蟆姑娘一摸,果然头发都长回来了。

放羊娃见不到蛤蟆姑娘,就像丢失了心爱的羊群一样伤心。他站在山顶上,向飘过的白云打听消息,白云没有应声;他又向飞来的群鸟哭诉,群鸟也不言语。他只好双手抱着金蛤蟆哭泣。一天,他哭着哭着,就迷迷糊糊地睡着了。

蛤蟆姑娘眼睛亮了,头发长上了,和原来一样美丽了。她一心要寻找放羊的阿哥,就到阿哥天天放羊的山上去找。翻过了九道岭,又找遍了九架山,就是不见阿哥面。可是蛤蟆姑娘没有灰心,她又翻过第十道岭,到第十架山上来寻找。她终于找到了。她看见黑黑白白的羊群,就走到阿哥的身旁。见阿哥睡得正香,手里还捧着阿妈绣的金蛤蟆，她便悄悄钻进蛤蟆肚里去，并且高兴地叫了两声："阿哥！阿哥！"

放羊娃正在做梦，他梦见蛤蟆姑娘又到他的身边来了，正"阿哥！阿哥！"地叫呢。他忽然惊醒了，左看右看没有一个人。他站起来，又听见背后"阿哥！阿哥！"地叫，他听得出这正是蛤蟆姑娘的声音，转过身来一看，金蛤蟆俊了！他就叫："蛤蟆蛤蟆张口！"蛤蟆姑娘笑嘻嘻地出来了。

蛤蟆姑娘把有钱汉的妖婆害她，老奶奶救她的事，一一诉说给阿哥听。放羊娃恨透了有钱汉，再也不愿回去受折磨了。他和蛤蟆姑娘商量着，一定要逃出有钱汉统治的地方。于是，他俩领上老奶奶，赶着羊群，一起到遥远的深山里去了。

○ 采录者：李牧泉
○ 出处：《东乡族民间故事集》，中国民间文艺出版社1981年版。

第三编

黄土高原与内蒙古草原

伊布雷斯求福

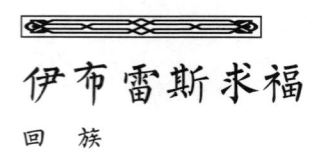

回　族

> 这是一则求好运的故事。身为社会底层的主人公为改变自身命运，主动踏上寻求好运之旅；在旅途之中他善良地为他人谋求好运，最终成功改变了自己和他人的命运，共同赢得圆满的结局。这则故事既展现了主人公身上积极进取、奋力抗争的精神，也蕴含着中华文化中兼爱互利、共谋好运的人类命运共同体理念。

很古很古的时候，有一对老夫妇，心很慈善。他们只有一个独生儿子叫伊布雷斯，二十一岁了，一家三口人，种有一片阳坡地，遇上好年景方有收成，日子还算好过。有一年，春旱秋涝，颗粒不收。老汉因终年劳累，积劳成疾，卧床不起，病一天比一天重。母子二人痛哭流涕，毫无办法。有一天，老汉知道自己不行了，便把老伴和儿子叫到自己跟前，嘱咐说："我完了以后，你们娘儿俩不要悲伤，实在过不下去，就叫伊布雷斯到东方很远的地方去，找一位阿訇老人，他有办法解救你们的困境，帮助你们找到幸福。"说完就断气了。母子二人哭得死去活来。老汉"无常"以后，母子俩日子更困难了。于是伊布雷斯告别了母亲去找那位老阿訇。

伊布雷斯告别了母亲以后，便向东方走去，边走边问，一直到晚上，真是又累又饿。突然看到附近有一户人家还亮着灯，便朝那户人家走去。到了门口，伊布雷斯轻轻地拍门，走出来一位老大娘问他："你找谁？"伊布雷斯将家里生活过不下去及父亲临终时的嘱咐告诉了老大娘。老大娘听着也伤心地哭了起来，就把他让进了屋里。到屋里看时，见一个十八九岁的姑娘坐在炕边，低着头做针线，模样儿长得十分俊秀。老大娘家里也很贫穷，她把伊布雷斯让到炕上坐下，给倒了茶，端了几个玉米面饼子。等他吃完后，老大娘说："你如果见到了这位老人家，请替我问一下，我有个女儿，长到十五岁的时候，忽然不会说话了，不知是啥原因。"伊布雷斯答应一定代问。他在大娘家里住了一夜，第二天早晨又在老大娘家里吃了早饭，道了谢，起身赶路了。

伊布雷斯一路边走边问，走到傍晚，还是没问到，真是又累又饿。忽然他看见路边有一人家，门前有一棵苹果树，枝叶茂密，只是树上没有果实。伊布雷斯便去叫门，出来的是一位老大伯，问他找谁。伊布雷斯把一路上的情况又说了一遍，老大伯同情地将他让进屋里，并叫家里的人做饭。伊布雷斯吃罢饭后，老大伯对他说："你如果见到那位老人家，请替我代问一下，我栽了棵苹果树，长了七八年了就是不结苹果，不知道是啥原因。"伊布雷斯答应一定代问，于是又在老大伯家住了一夜。第二天他吃了早饭后，告别了老大伯及其家里的人，又继续赶路了。

伊布雷斯一直走到中午，忽然前面有一条大河挡住了去路，可是没有渡船。正在为难之时，忽见河里翻起一层层大浪，有一条门板长的大鱼游到岸边。那鱼突然说起话来，对伊布雷斯说："我知道你遭了难，让我把你带过去吧。"于是，大鱼便让伊布雷斯爬到它身上，抓住自己的牙，便缓缓游了过去。伊布雷斯感激不尽，为难地说："我今天是过来了，但回去时怎么办呢？"大鱼答道："我送你过去。"说着便游到河里去了。

伊布雷斯怀着兴奋的心情继续赶路。到了傍晚，他边走心里边嘀咕，愁着今晚到哪里去住。正走时，忽见前面有一座清真寺，便高兴地直奔过去。进了寺院，院内有一大门，伊布雷斯便朝着大门走进去，见一长胡子老阿訇正在念经，伊布雷斯走过去打了一躬问候。阿訇也回礼。然后，阿訇便叫伊布雷斯去吃饭，并嘱咐他吃完饭后先睡觉，有话明日再谈。说完他继续念经，这时便有一人把伊布雷斯带到另一间房子里休息。第二天吃罢早饭后，伊布雷斯去拜见阿訇，讲了原因。老人家对他说："你回去时，仍趴在大鱼身上，那鱼的嘴里含有一颗宝珠，过河以后可从鱼鳃里掏去。那宝珠能卖很多银子，从此你与你母亲就会好

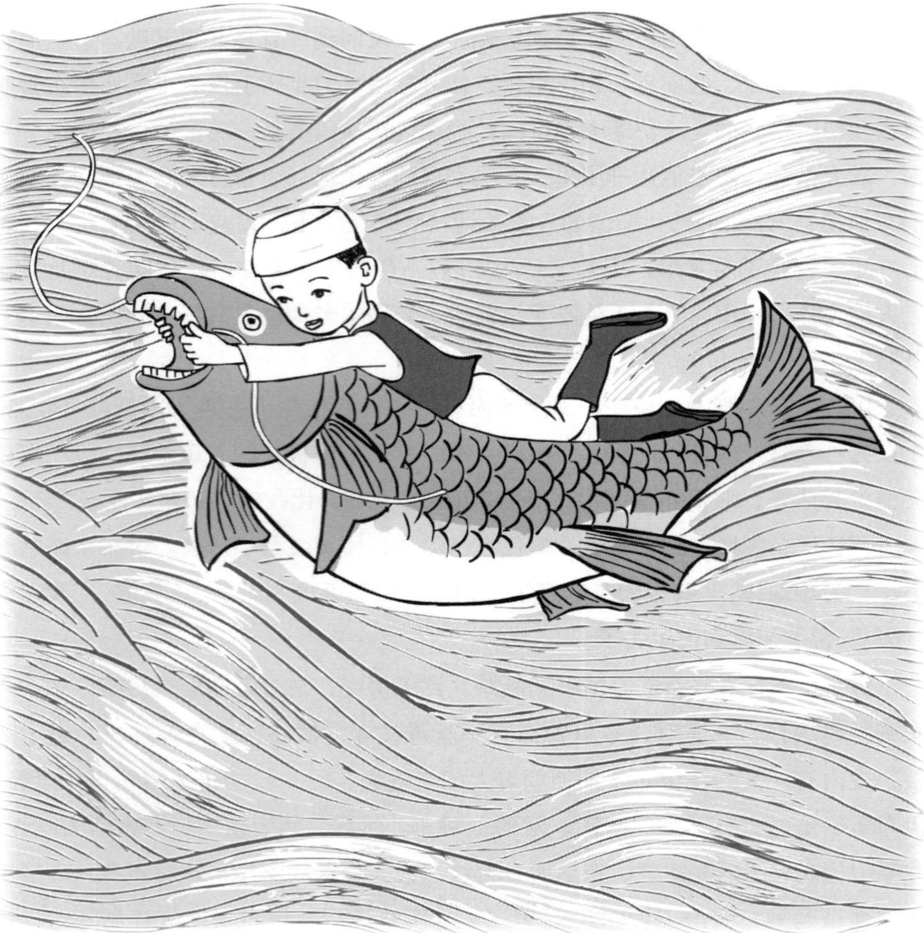

过了。"他又代问了途中所遇二户人家的怪事，老人家也作了解释。于是伊布雷斯谢了阿訇，返回朝家走去。

伊布雷斯由于心情十分高兴，步伐也加快了，急急忙忙赶路。到了中午时辰，来到河边，只见那条大鱼早就等在岸边了。他仍旧趴在鱼身上，扳住鱼牙，缓缓游过。到了对岸，他一掏鱼鳃果然有一颗宝珠，伊布雷斯便告别了大鱼，继续往回赶。到了晚上伊布雷斯又来到了有苹果树的人家，老大伯仍旧把他让进屋里，饭菜相待。饭后，老大伯问道："见到那位老人家了吗？"他答道："见到了。"问到苹果树为什么不结果，伊布雷斯说："那位老人家说是因为你那棵树底下埋了银子，所以不结果实。"于是老伯伯与家里人去挖，挖到二尺深时，果然挖出两坛银子，大家高兴得不得了。到了第二天吃罢早饭后，主人家送给伊布雷斯一匹马和一些银子，并远远地送了他一程。中午，伊布雷斯又到了老大娘家。姑娘正在门口提水，见他回来了，便急忙回家，对母亲说："前几天来我家的小伙子又来了。"老大娘听了，惊诧地说："我家女儿三四年不会说话了，怎么今天突然会说话了？"说话间伊布雷斯骑马来了，下马拜见了大娘。大娘问起托付的事，伊布雷斯答道："那位老人家说她见到了自己的丈夫，就会说话了。"老大娘恍然大悟。姑娘红着脸，笑着跑进屋去。待到第二天，一切都已收拾好，伊布雷斯和那母女俩一齐骑马回到家里。他将一路上所见所闻一一告诉母亲，母亲感动得流下了眼泪，笑迎亲家与儿媳进屋。一家人谈笑风生，彻夜不眠。第二日，伊布雷斯将宝珠卖出去，卖了好多银子，从此家里富裕起来。

○ 采录者：马生保

○ 出处：原标题为《伊布雷斯的故事》，故事略作改动；选自宁夏大学《回族文学丛刊》，1980年第2期。

机智的牧羊人

蒙古族

这是一则以人与动物的纠葛构成有趣情节的动物故事。主人公在遭遇意外危险时，凭借自己的机智勇敢最终成功战胜了强大的敌人，为读者生动地展现了如何巧妙地虎口逃生。故事发展曲折离奇、生动幽默，主人公身上的机智实质上是一种高超的喜剧才能。故事中角色之间的交织回合，既是按照动物自身的习性展开的，又象征性地映现了人类社会生活的经验道理，给予在困境生活的民众以心灵的鼓舞与慰藉。

早年间，塞外村庄上，有一对孤独的老人，他们依靠着养几只羊过生活。

有一天，老汉正在野外放羊，忽然，西北方起了大风，黑压压的乌云，遮盖住了晴朗的天空。顿时风雪交加，天和地连成了一片白茫茫。

老汉被寒风刺透了心胸，紧缩着双肩，赶着几只羊，漫无目的地走着走着，走进了一座险恶的深山。

他吃力地寻找避风的地方，找了许久许久，才在一条深谷中找到了一所白色的毡房。

老汉走到门前，用手推了几下，发现里边有一块沉重的石头顶着。这时，老汉已冻得快支持不住了，便用尽全身的力气，推了又推，终于，把那块大石头推开了。

老汉走进屋里一看，正面有一只狸色的老虎，枕着爪子在睡觉。他吓得魂不附体，急忙躲到石头后面隐藏起来。

这时，老虎醒来，猛然跳起，厉声怒吼道：

"谁进到我的宫殿里来了？"随即抽出利剑，"嗖！"的一声，向石头砍去。立时，火花四溅，剑尖被石头碰断了。接着，第二次砍去，利剑从中间折断了。第三次又砍去，利剑折得只剩了短短的剑柄。

老虎以为对方早已死了，便退回原地躺下，"呼""呼"地打着响鼾睡着了。

第二天早晨，老虎醒来一看，石头的后面，躺着一个老头，鼾声如雷地沉睡着，它摇摇老汉的臂膀喊道：

"嗬噫，老头儿！天亮了，快起来吧！"

老汉醒来，揉擦着眼睛，怒视着老虎，不耐烦地说："你这个放肆的家伙！昨天夜里，你为什么不是掐我，就是弹我，不让我安宁地睡觉？！"

老虎听了这话，吓得几乎昏了过去。它暗想道："老天爷！我用了平生的力气砍他，他却毫不在乎，反倒认为是掐他、弹他了，这个家伙真可怕！"

老汉看老虎战战兢兢的样子，已知道它中了他的计谋，便进一步察看着老虎的神色，说道：

"我每天出来都是满载而归。今天来到你这儿，虽然没有弄到满袋的银子，可是碰上了一张珍贵的虎皮。"

老虎大吃一惊，以为老汉今天要剥它的皮，"叭"的一声跪倒在老汉的面前，央求道：

"老爷爷，饶命吧！不久，我会弄来一袋银子送上府去，求您千万不要剥我的皮吧！"

老汉神气十足地答道：

"哎，好吧！那么，我就先走了。不久你可得把银子给我送去。那时，我一定把你当上宾款待。"

老虎听了这话，吞咽着唾液，连忙点头说："是，我一定很快地给您送去。"老虎说罢，便把老汉送出了毡房。

老汉用这一计策，脱离了险境，赶着他那几只羊转回家去了。回到家里，他把昨夜遭遇的前后经过一一告诉了他的老伴，并吩咐：

"不久，老虎可能送银子来。等它来了，你先给它烧茶去，喝完茶，再来问我做什么饭吃,那时我自有话答对。"

不久,果真不出所料,老虎背着一袋银子,累得屁滚尿流地送上门来。它把银袋放在院门口,上气不接下气地喘息着。

老伴儿按照老头的吩咐,在院中烧奶茶。

这时,老汉院里的那几只羊,见了老虎都惊慌得拥挤到一起。但只有老公羊围着老虎,若无其事地转来转去。老虎因为素日不认识老公羊,也好奇地打量着对方。突然,它看到了老公羊"啷当"着的尾巴,便好奇地问道:"那是什么?"

"啊,这是装吃喝的口袋。"老公羊答道。

老虎又看到老公羊的胡子,于是又好奇问道:

"你下巴底下的那绺玩意儿是什么哪?!"

老公羊灵机一动,顺口答道:

"这是活吞老虎以后,用来擦嘴拭鼻的手巾。"

老虎听了这话非常恐慌。接着,老虎又问起老公羊的犄角:

"啊,那么你那头顶上的两只带尖的东西,又是什么哪?!"

"这是刺虎的剑!"老公羊神气十足地答完,便一跃而上,向老虎顶去。

老虎吓得丧魂落魄,急忙后退,转身逃进老汉的房里。

这时,老汉正端坐在上座上,赤胸露背大口地喝着老伴刚送进来的奶茶。

老虎走进去,蹲到一旁,紧张地喘息着,向老汉问道:

"老爷爷!您院子里,那头上有两支利剑、身穿白衣裳的守门的,是一个多么厉害的家伙呀!差一点儿没有把我刺死!"

"可怜的,你可没有把魂吓丢吗?"老汉假装关切地说,"快快喝茶吧!"

老汉给老虎倒上一杯奶茶递过去,老虎喝上了瘾,一连喝了好几碗。

这时,老太婆收起老虎送来的银子,进来向老汉问道:

"吃什么饭哪?"

老汉意味深长地抚弄着胡子,假意地向老伴儿问道:

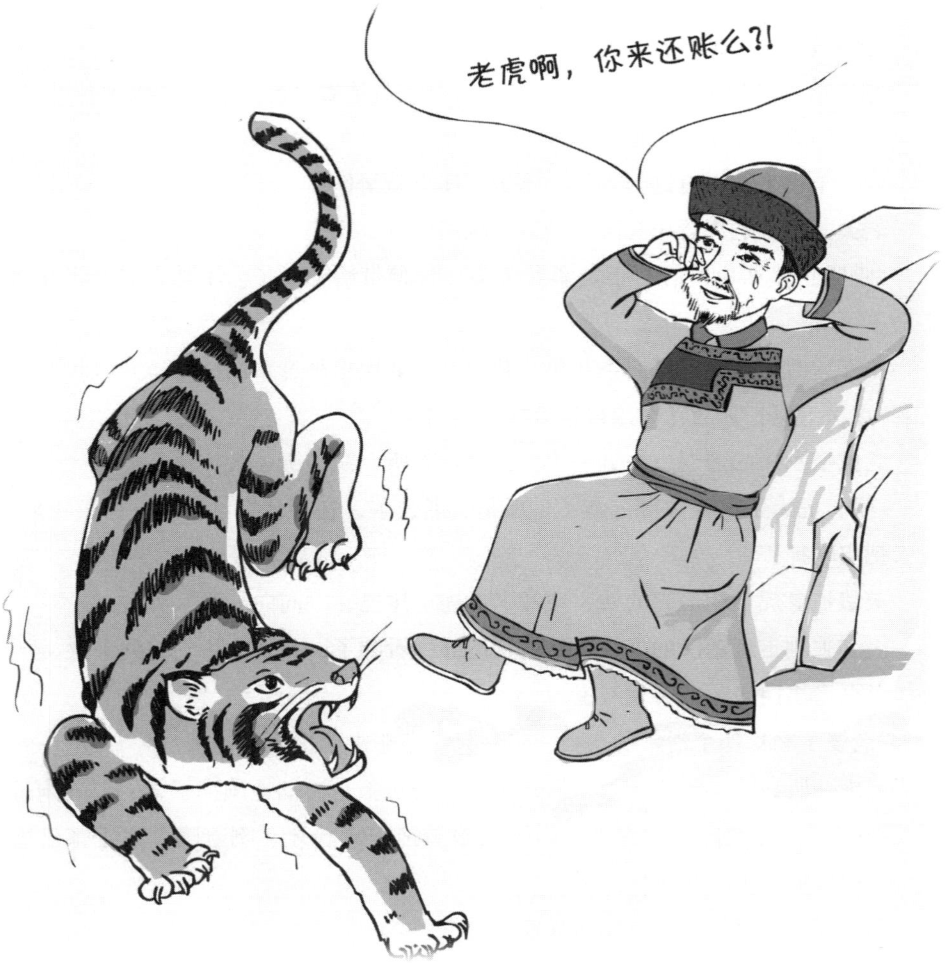
老虎啊，你来还账么?!

"昨天杀的老虎的肋骨和前天宰的老虎的肩胛骨难道都没有了吗?！如果都吃光了,那么在这里坐着的……你难道看不见吗?！"

老虎以为要吃它,吓得纵身跳起,逃出门外。这时恰遇老公羊迎面走来,老虎更加惊骇,拼命地往野外跑去。

老公羊"咩""咩"地大叫着随后追去,追着追着,追到了一道冰河上。

老虎因善于爬冰,箭似的越过了。

老公羊生来就没有这套本领,刚走到冰上就滑倒了。

老公羊怕被老虎看出马脚,随后大喊道:

"哎呀!多么可惜呀!正是紧要关头,裤腰带给弄断了。不然,它今天非得丢命不可。"

正在这时,迎面来了一条灰狼。灰狼看见老虎狼狈逃窜的样子,开口问道:

"虎大王啊!你为什么跑得这么慌张啊?！"

老虎把刚才的遭遇,一五一十地讲给灰狼听。灰狼听了大笑道:

"唉,虎大王啊,你可上当了!那是头老公羊,它有什么可怕的!你跟我来,我去把它吃掉!"

灰狼怕老虎不相信它的话,便和老虎连上尾巴,一同向老汉家奔去。

虎和狼刚走近老汉的家,老汉就从门缝中看到了,并猜中了它们的来意。

老汉走出门来,威胁地喊道:

"老婆子啊!那个滑头的灰狼,带一只虎还账来了!要不要啊?！"

老虎一听,吓得魂飞胆裂,撒开腿,拖着灰狼一溜烟地跑掉了,一口气跑过了几架山岗。当老虎回过头来看时,灰狼被拖得龇着牙、咧着嘴,皮毛都已磨光,血肉模糊,不知几时死去了。

老虎看完,暴怒起来,大骂灰狼道:

"我吓得要命,你反而嬉皮笑脸;我冻得难受,你反倒热得宽衣解带,真不叫东西!"

老虎气得扔掉灰狼,便进入深山里去了。机智的牧羊人和他的老公羊,就这样安然地躲过了危险。

正如俗言所说:只要机智,不怕虎狼。

○ 采录者:甘珠尔扎布
○ 出处:《蒙古族动物故事》,中国民间文艺出版社1984年版。

三个聪明兄弟

蒙古族

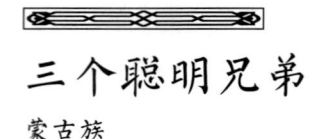

这是一则蒙古族的机智人物故事。故事一开始就点明主人公是"雄合尔老汉的三个聪明儿子",为下面三人的巧妙推理埋下了伏笔。故事讲到大哥的牛丢了之后,三兄弟依据观察到的种种蛛丝马迹,一路追寻到汗王部落,但被汗王扣上"偷骆驼"的罪名。最后凭借着他们的聪明机智,三兄弟证明了自己的清白,重新踏上了寻牛之旅。故事中体现了主人公丰富的社会经验和卓越的智慧,三兄弟团结一致,各凭本领,最终破解难题,表达了蒙古族人民对"兄弟齐心,其利断金"的美好品德的肯定和向往。

从前,有弟兄三人,被人们称颂为"雄合尔老汉的三个聪明儿子"。一个下雪的冬夜,大哥的牛丢了。第二天,两个弟弟陪哥哥出去找牛。他们循着牛蹄印走了一阵,其中一个便说道:"偷我们牛的人穿着老羊皮袄。"

另一个说:"这老羊皮袄还是镶边的。"

又一个说:"这人的腰间还别着火镰和小刀呢!"

他们循着牛蹄印又走了一阵,来到偷牛贼住过的蒙古包旧址时,其中一个说:"偷我们牛的贼养了条短尾巴黄狗。"

另一个说:"这人还有个怀孕6个月的妻子。"

又循着牛蹄印走了一阵,雪地上出现了骆驼的蹄印。其中一个说:"这峰骆驼的右眼是瞎的。"

另一个说:"不光右眼是瞎的,还是峰豁鼻子黑毛母驼呢。"

他们又循着牛蹄印走了一阵,便与一个丢骆驼的人相遇了。互相问过好以后,那人问道:"你们见到一峰骆驼没有?"

"见到了。"

"见到了什么样的骆驼？"

"右眼瞎、豁鼻、黑毛的母驼。不过我们只见到了骆驼的蹄子印。"

丢骆驼的人说："别开玩笑了。你们既然知道骆驼的毛色，怎么会没见到骆驼呢？快说实话吧。"

三兄弟中的老大说："谁和你开玩笑啦？你说话要掂量掂量。"

丢骆驼的人说："我们回头再说吧。"说完便走了。

三兄弟继续找牛。丢骆驼的人偷偷跟着他们来到一个汗王的部落，向汗王告发说："汗王大人，我丢了一峰骆驼。现在发现了偷骆驼的三个嫌疑犯。他们能说出我骆驼的毛色，却说没有看到骆驼。请汗王为我作主。"

于是，汗王命人将这三兄弟带进王宫。

汗王厉声问道："你们是从哪里来的？要到哪里去？"

老大答道："我们是雄合尔老汉的三个儿子，当地人把我们叫做'雄合尔老汉的三个聪明儿子'。我们丢了一头牛，便跟着蹄印追寻。我们推测，偷我们牛的人身穿镶边的老羊皮袄，腰间别着火镰和小刀，他养着一条短尾黄狗，有个怀孕六个月的妻子。"

汗王怒道："真是一派胡言！你们既然没有亲眼看见，怎么会知道这些？"

三兄弟中的一个说："这是我们根据雪地上的痕迹推测出来的。偷我们牛的贼走累后，躺下休息时，雪地上留下了镶边的老羊皮袄和腰间挂着的火镰、小刀的痕迹。我们沿着他的足迹走到他住过的蒙古包旧址时，又看到雪地上有他的狗蹲坐时留下的短尾巴痕迹，还看到雪地上粘有黄毛。这就告诉我们它是条短尾巴黄狗。"

另一个接着说："我们在他蒙古包旧址上，还看到一个人用手支着地站起来时留下的痕迹，由此可知偷牛贼有个怀有6个月身孕的妻子。"

听了他们的话，汗王说："你们说的有些道理。如果真像你们说的那样，牛有可能找到。可是这个人的骆驼呢？你们有什么可说的？快把骆驼还给他吧。"

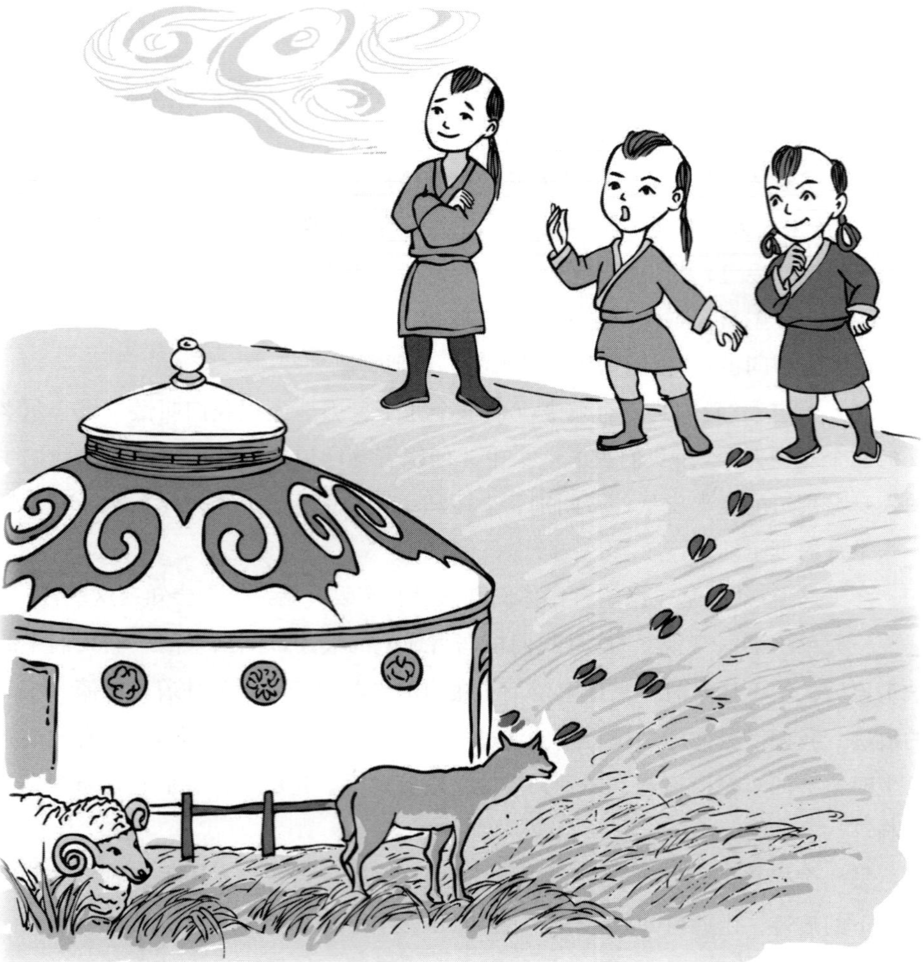

三兄弟中的一个立起身来说:"当我们刚进入你们部落时,雪地上出现了一峰骆驼的蹄印。我们仔细察看这骆驼走过的路,只见右边的草都留下了,左边却没有草。由此可见它的右眼是瞎的。骆驼口渴吃雪时,它的豁鼻子在雪上留下了痕迹;再有,那骆驼撒尿时漫得到处都是,它在树上蹭痒痒时又留下了黑毛,由此可见它是峰豁鼻子的黑色母驼。"

汗王听了他们的话,大为惊讶,心想:这三个人真是聪明过人。不过,我还要亲自试他一试。于是,他在一个容器里放了一个苹果,把口封好,然后将它交给三兄弟说:"好吧,你们猜猜,这里面是什么东西?如果猜不出来,咱们再算账!"

老大拿起来摇了摇,说:"这里面是个圆咕隆咚的东西。"

老二拿起来晃了晃,说:"这是个圆咕隆咚的黄颜色的东西。"

老三连碰都没碰那东西就说:"反正这里面是个没长腿的东西。既然又圆又黄,那它不是苹果又是什么?"

原先已打定主意只要他们猜不出来便要问他们"偷骆驼"罪的汗王,这时不得不称赞道:"雄合尔老汉的三个聪明儿子果真名不虚传。好吧,你们去找丢失的牛吧。"说罢,又好言抚慰一番,将他们送出了宫门。

- ○ 讲述者:巴德马
- ○ 采录者:托·巴德玛、玉清
- ○ 出处:《民间文学》,1985年第9期。

三个莫日根

鄂伦春族

这是一则"求好运"与神奇婚姻复合型的民间故事。在故事的前半部分,通过三兄弟去远方找幸福的经历,赞扬了主人公不畏艰难、心系部落的优秀品质;在故事的后半部分主要围绕神奇婚姻来讲述,神奇少女与主人公结合的过程中充满了奇幻的色彩,亦体现了民间文学中的女性融女用人与女强人为一体的特征。他们在面对困难时勇敢斗争,守护小家庭的幸福,共同构成了彼此富有戏剧性的人生。这则故事将集体与个体的幸福交织在一起,符合中国社会中家国一体的传统观念与追求,阐释了幸福的真谛。

从前,有这么一家猎民,老两口都死了,剩下兄弟三个。

有一天大哥说:"咱们得去寻找幸福生活,不能老在这深山里狩猎。"

二哥也说:"是呀,咱们去寻找幸福吧。"

老三也只好跟着去了。

哥三个,走呀走呀,走到一个岔道口,面前有三条道。

大哥说:"我走左边这条道,老二走中间这条道,老三走右边那条道。"

哥三个就这么着分手了。

先说大哥。大哥走着走着,走出不太远,看到路旁有一间屋子,他就进去了。到屋里一看,有一个大耗子正在来回跑,他一眨眼,就不见了,却见一位挺漂亮的姑娘坐在炕上。老大一看见她,就不想再往前走一步了。他要在这间屋里住下来,娶这位漂亮姑娘做他的媳妇。他想,娶一个漂亮的媳妇,就算找到幸福了。

姑娘对老大说:"你饿了吧,我给你做饭去。"这姑娘说完,就下地去做饭。

老大偷看一眼,这姑娘把长虫、蛤蟆、王八一类的东西一起往锅里放,他吓得叽里咕噜地往外跑。

这个姑娘就站在门口堵着，不让他跑出去。她用漂亮的容颜吸引他，他一看她那漂亮劲，就什么都忘了。

七天以后，老大就被这姑娘吃掉了。

这个姑娘不是人，它是耗子精变的。它过七天就要吃一个人。

再说老二。老二走着走着，走出不太远，看到路旁有一间房子，他就进屋里去了。刚进屋，看到屋里有一只狼来回跑。他不相信自己的眼睛，又使劲睁了睁眼再一看，只见一位挺漂亮的姑娘在屋里来回走。老二一见这漂亮姑娘，就不想再往前走一步了，他要在这间屋里住下来，娶这位漂亮的姑娘做他的媳妇。他想：娶一个漂亮的媳妇，就是找到幸福了。

姑娘对老二说："你饿了吧，我给你做饭去。"这姑娘说完，就给老二做起面条来，不一会儿就做好了。老二吃完面条就恶心，一会儿就吐了。一看吐出来的都是小长虫。

这个姑娘是狼精变的。五天以后，老二就被它吃掉了。

再说老三。老三一个人走呀走呀，不知翻过了多少座山，越过了多少道岭，也不知跨过了多少条河！在路上，他不知遇上了多少个姑娘要嫁给他，他一个也不要。他一心一意要到远方去，为鄂伦春部落寻找好猎场，让大伙都过上幸福的日子。他不怕千难万险，终于找到了一个猎物特别多的地方。他就在这个地方搭起了撮罗子①。他为了让鄂伦春的乡亲们都过上富裕的生活，就又返回去，领部落里的人们到这个好猎场来狩猎。

老三虽然给乡亲们找到了好猎场，却并不夸耀自己的功劳，仍然天天上山狩猎。有天，他狩猎回到撮罗子里，一掀锅盖，锅里煮着饺子，饺子在水中直翻花。他盛出一碗一尝，是狍子肉馅的，就饱餐了一顿。吃完了以后，他想："这

---

① 鄂伦春等民族居住的一种圆锥形房子。

是咋回事呢？是谁给我做好的饭呢？"他要弄个明白。

第二天，他又去狩猎。为了弄明白是谁给做的饭，没到中午，他就回家了，在撮罗子外边扒着门缝往里一看，见一个姑娘正给他做饭呢！他一推门进到撮罗子里，那个姑娘一眨眼的工夫就不见了。他心里纳闷："这是咋回事呢？明明刚才看见有个姑娘，怎么一眨眼就没了呢？"

第三天，他又去狩猎。他在山里发现了一头马鹿，正在追捕着。他打了一枪，没有打中。这时候，那个姑娘又在他面前出现了。她向着老三深情地一笑，然后用食指向着跑远的马鹿一指，只见那飞跑着的马鹿，像被利箭射中似的，一下子倒在地上不动了。你说神不神？！这姑娘帮着老三猎到了一头马鹿。

第四天，老三又上山拾柴。他到了山上一看，那姑娘早把桦子①给捡成一捆一捆的了。见了老三，她又深情地向他一笑，又不见了。老三心里更纳闷了："这个姑娘给我做饭，帮我狩猎，帮我拾柴，这是咋回事呢？"

第五天，从山上的一棵大松树身子里钻出一个白胡子老头来。这老头来到老三的撮罗子里，问老三："诺诺②，你成亲了吗？"

老三说："没有。"

白胡子老头说："我看你心眼好，我要把我的姑娘许配给你。"

老三说："阿玛哈③，你的姑娘是谁？"

白胡子老头说："我的姑娘，就是给你做饭、帮你狩猎、帮你拾柴的那个姑娘。"

老三高兴地说："阿玛哈，那太好了，我这里多谢了。"说着，老三就给阿玛哈磕了一个头。

白胡子老头向山上喊了一声，那姑娘就从山上像片彩云似的飘下来了。

---

① 大块的劈柴。
② 男孩。
③ 大爷。

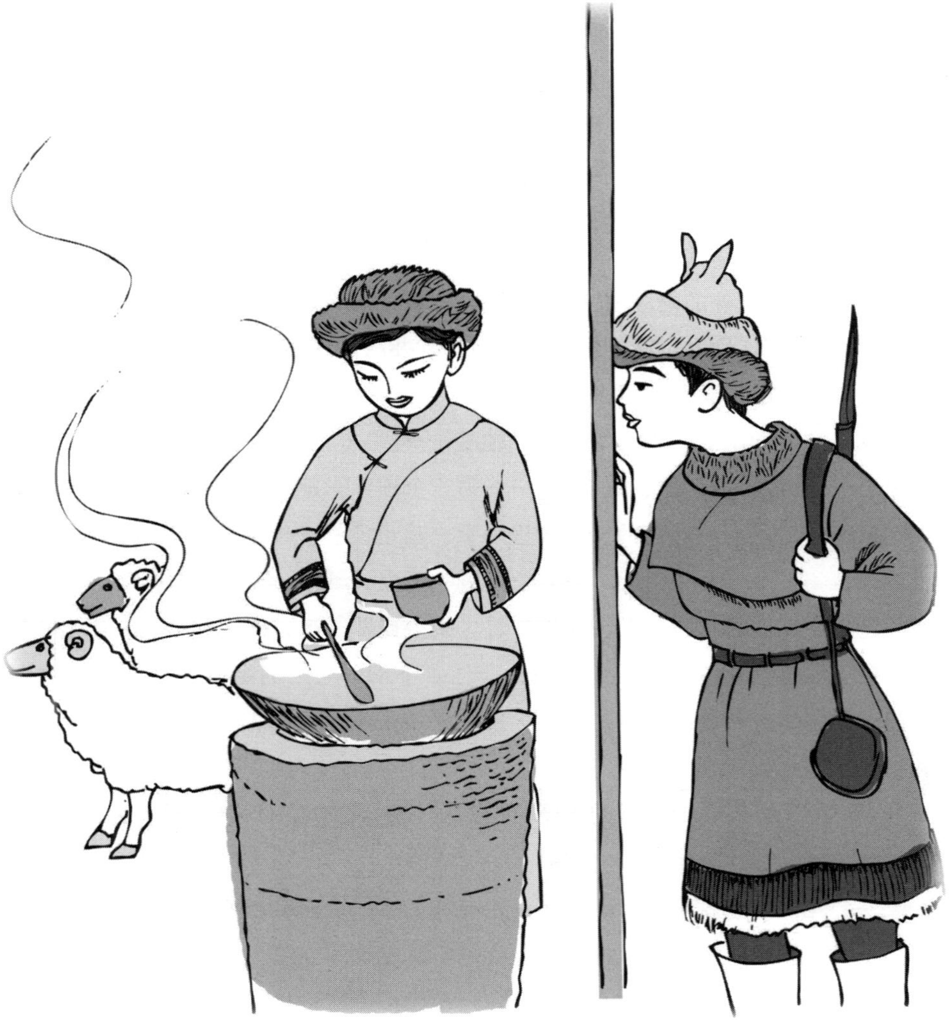

姑娘走进了老三的撮罗子里。

白胡子老头说："你们成亲吧，好好过日子。"说完，就不见了。

老三就和这姑娘成亲了。

第二天早晨，老三起来一看，原来的撮罗子，变成了套间大院。大院里鸡鸭鹅狗，应有尽有。老三过起富裕日子来了。

这件事传到山外去了，山外有个财主要来抢老三的媳妇，老三愁得直哭。

媳妇问他："你哭啥？"

老三说："山外的财主要来抢你。"

媳妇说："你别愁，让他们来抢吧，我有办法对付他们！"

抢人的财主带着狗腿子来了。

老三的媳妇手上戴着三个顶针。她敲一下第一个顶针，老三变没了；再敲一下第二个顶针，大院变没了；再敲一下第三个顶针，媳妇自己也变没了。

抢人的财主闯进老三的撮罗子里一看，啥也没有。他就吩咐狗腿子在撮罗子里看守着。五个人看一白天，另五个人看一黑夜。

让财主和他的狗腿子们在这里守着这架空撮罗子吧，老三和他媳妇早走了。

老三和他媳妇走到另一间小屋里，住了下来。老三的媳妇说："你上山看看山神爷的眼睛红了没有，要是红了，就是要发大水了。山神爷发大水，要把财主和狗腿子们都淹死。"

老三上山一看，山神爷的眼睛真的红了，他高兴地一口气跑回来，跟他媳妇说："山神爷的眼睛红了！"

一会儿，大水就来了，到处都是白花花的水。老三和他媳妇住的这间小屋周围都是水，水位比这间小屋都高，但就是不淹没这间小屋。

财主和狗腿子们都被大水淹死了，一个个漂在水面上，像死狗一样。这场大水是专门淹财主和狗腿子的。

大水消了，老三的媳妇对老三说："我给你三个顶针，你把一个顶针放在屋地下,一个顶针放在屋顶上,一个顶针放在屋前边。"

老三按照媳妇说的,把顶针放好了。

他们睡到天亮,睁开眼一看,嗬!住的是三间很宽敞漂亮的新房子,放在屋地下的顶针变成了地板,放在屋顶上的顶针变成一座小楼,放在屋前边的顶针变成了一个大院子。院套子里还有鸡鸭鹅狗,好不热闹。

过了一段时间,这一带选首领。老三就跟他媳妇看热闹去了。选举的办法是这样的:原首领在山顶上往山下扔帽子,帽子落到谁的头上,谁就是首领。

原首领把帽子扔向人群的上空。只见这顶帽子飘飘悠悠地落下来,正巧落在老三的头上。大家就把老三抬起来了,向他欢呼:"你当首领了!你当首领了!"

老三就成了这一带的首领,领着鄂伦春人过上了自由幸福的狩猎生活。

○ 讲述者:莫希那
○ 采录者:王朝阳
○ 出处:《黑龙江民间文学》第十一集,中国民间文学研究会黑龙江分会1984年编印。

哈莫日根寻妹

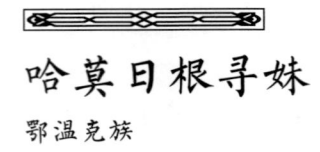

鄂温克族

> 这是一则反映亲情纠葛的民间故事。妹妹遭到嫂嫂的谋害,但却最终获救,并且为自己寻得了美满婚姻;主人公坚信妹妹尚在人世,寻找妹妹的过程中充满了意外与巧合,构成了曲折跌宕的故事情节。同情被害的妹妹而憎恨邪恶的嫂嫂本是故事的主旨,但是故事却含而不露,将这种鲜明的爱憎和对亲情的重视交织在奇思幻想的故事中间。它不仅传播着兄弟姐妹之间要相互爱护的社会规范,而且将同情善良、鞭挞丑恶的思想深深地留存在人们的心中,表现出民间故事的教育功能。

从前,北大山有个猎手,叫哈莫日根,家里只有老婆和妹子,里外三口人,还闹纷争。嫂子存个奸心,想到罕里特恩诺妹子早晚要出嫁,生下孩子也是人家的,非找机会害死她不可。想杀吧,身上会留下刀伤血印;喂毒,也会浑身青紫,都瞒不过哈莫日根的眼睛。想来想去,她备下一堆狍子膝盖骨,打算等丈夫出猎的时候,和妹子"抓嘎拉哈"①玩,趁机把她害死。

这一天,只剩下嫂子和妹子两个看家,她俩就玩起嘎拉哈。罕里特恩诺妹妹赢了一堆狍骨,正高兴得张嘴乐呢,没想到嫂子暗中退下做针线使的骨头顶针,一下就扔进妹妹嘴里,正卡在小喉咙,上不来,也下不去,硬把妹妹给卡死啦。

哥哥打猎回来,过去一看,见妹妹躺在炕上,死了。没有刀伤血印,又不是服毒,脖上也没有勒过的痕迹,寻思她真得了什么急病。哈莫日根哭过三天三夜,再看,死去的妹妹,脸色依旧活活鲜鲜的,说她死又没僵硬,说活吧又不睁眼睛。哥哥只好用独木抠个棺材,把妹妹抱进去,妹子的好东西也都带上,然后

---

① 鄂温克族、锡伯族等民族民间的传统游戏。

覆好棺盖，用犴皮筋勒得紧紧的，由四只鹿架起木棺，哭着抬走了。地上留下四道鹿蹄印子，从那以后，连草都不长。

事过三年，哈莫日根总不相信妹妹真的死了。便出门寻找妹子去了。

他走近一个部落，见他抠的独木棺放在路旁。揭开棺盖一看，空空的，簪环首饰也都没了。进到部落里，东张西望，上哪找呢？忽听有个老年人悠摇车①的声音，响响亮亮，正哄孩子呢：

> 我那大海龙王的孙儿，
> 罕里特恩诺姑娘的娇子，
> 哈莫日根的亲外甥噢，
> 和咱有天神结下的缘分儿。
> 伯布——伯布——

哈莫日根一听，暗想：阿妹不是死去三年了吗，怎么推着摇篮里的孩子唱歌还念叨咱兄妹的名字？想着，就上门口喊：

"好心的婆婆，讨口水喝方便不？"

老太太过来问长问短，知道猎手又过甸子又爬山，走过千程百里，就想给小伙子收拾口饭吃。可是媳妇上暖泉洗衣去了，想找又脱不开身。哈莫日根就说："我给你哄孩子。"

他抱过孩子，越想越奇怪，这么远的荒山野岭，哄孩子咋还唱到哈莫日根的姓名。心里正急，就听远处有人的跑动声，他掐一下小孩大腿，孩子"哇"的一下叫开声了，哈莫日根也唱起了摇篮歌儿：

---

① 指人用手像打秋千一样推动摇篮，伴随着小调。

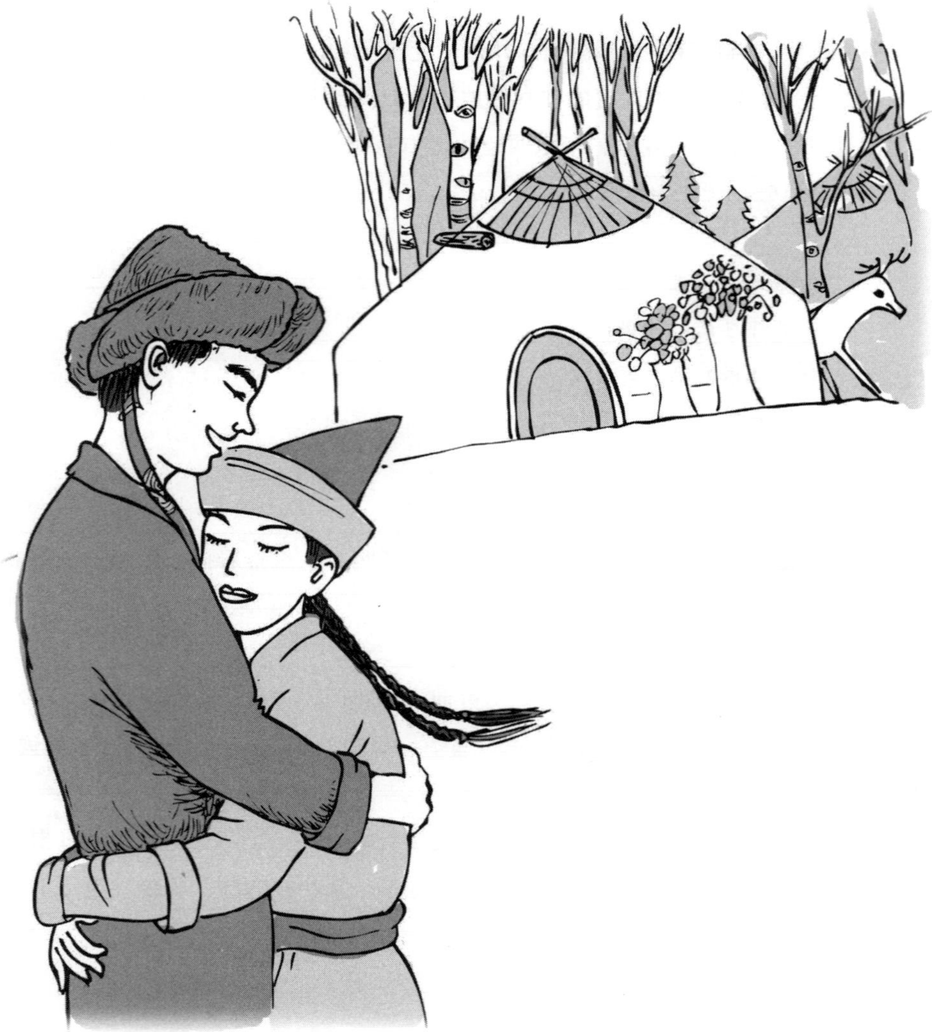

> 我想妹妹三年流血泪，
> 罕里特恩诺是鹿神送走的，
> 是戴着金银首饰出嫁的，
> 如今只见木车不见人，
> 哈莫日根寻妹何日才相逢……
> 伯布——伯布——

这时，门外跑来个撩起长衣底襟的年轻女子。她听见孩子哭，还听见歌里提到她的名字，那唱歌的多像自己哥哥的嗓音啊！三步并作两步走，她进门一看，可不，真是天上掉下来的哥哥，兄妹俩就相抱痛哭一场。

哈莫日根等婆婆回来，磕头拜谢；还说自己掐过孩子，存心为的叫她们快回来，若真是罕里特恩诺还活着，好早一刻相认。

原来，老婆婆的儿子德莫日根，那日在山里遇上木棺，打开一看，里边躺着个姑娘。摸摸身上，知道人没死，就把她抱上大轮车子。回到家里，怎么问她也不说话。德莫日根很生气，用拳使力朝罕里特恩诺妹子后背猛地一捶，她咳嗽一声一扬脖儿，"嘎嘣"从口里吐出个顶针来，接着长出口气道：

"好睡，好睡！"

睁眼一瞅，也不是自己的家呀。一摸，站着个小伙子。从此，将养几天，他俩就成了家。哈莫日根知道妹妹是谁害的，星夜奔到家里，再找那个坏心肠的女人，可她早自尽了。

○ 讲述者：仁钦扎布
○ 采录者：马名超
○ 出处：吉林《民间故事》，1984年7—8期合刊。

老虎为啥不下山了

达斡尔族

这是一则以人与动物的矛盾冲突构成有趣情节的动物故事，主人公为保护乡亲而与老虎英勇斗争，展现了其机智勇敢的一面。面对敌人却并不赶尽杀绝，又体现了主人公善良仁慈的一面。在漫长岁月中人与动物的纠葛不仅反映了人与动物密不可分的联系，而且也体现了故事传承中广大民众善良慈爱的心地。在动物故事中，它并非仅仅是自然世界的再现，而是对人类现实生活的折射。它形似动物世界，却神似世间百态，在这两个世界交融互动的过程中，寄寓丰富而又深刻的社会人生哲理。

在很久很久以前，老虎不是住在深山老林，而是生活在草原上。凶猛的老虎，到处乱窜，祸害人畜。在杜尔格勒山下，有一片广阔肥沃的莫隆甸大草原。达斡尔族人民世世代代在草原上放牧，下乌裕尔河捕鱼。每当月亮东升，玫瑰飘香的夜晚，老人们盘膝坐在绿毯般的草地上，吃着手把肉，喝着稷子米酒，眉开眼笑地看着青年男女们跳"罕摆舞"①。老歌手何日格桑撂下手中的活儿，坐在光溜的大石头上，唱起"乌钦"②，弹拉着四弦琴，给青年们伴奏。

突然，青年们中有人惨叫一声，原来是几只猛虎窜进人群，有两个姑娘被虎咬断喉，三个娃子被虎叼走。圈里的牛羊被吃了一半。

人们躲进屋里，关门闭户，趴在门缝，眼巴巴望着猛虎吞吃着牲畜。

何日格桑是个有智谋的老人，他成年累月用坚硬的柞木圈着车网子③。人们来向他哀求着："巴拉罕④保佑！用你的智慧，救救达家的老小吧！"

---

① 达斡尔族的民间舞蹈。
② 达斡尔族的曲艺说书形式，意为"民间叙事诗"。
③ 木制车轮。
④ 达斡尔族民众心目中的神。

"'捉贼要捉赃,擒兽先擒王',我何日格桑正在琢磨除害的主意。"送走乡亲们以后,何日格桑整整一夜没合眼。第二天,他向老伴如此这般地说了一遍。

何日格桑先用锯子,把一棵大柞树锯断一大半,只连着一点。随后他爬上一棵大松树上张望着。不一会一群猛虎出现了。领头的是一只吊额大雄虎。何日格桑坐在大树下,他圈着车网子,等着那只吊额雄虎。一阵风响,飞沙走石,那只雄虎张牙舞爪地向他扑来。

"你好哇,虎王。"何日格桑不慌不忙地说,顺手把车网子立在面前。

"少废话!我要吃掉你!"老虎扫动着尾巴,咆哮着。

"请吃吧!"他拍着车网子说。

"你面前立着的是什么东西?"老虎望着圆圆的车网子,没敢扑过去。

何日格桑捋了一下胡须,指着身边那棵大柞树说:"我用这种坚硬的木头圈成的车网子。"

"你有那么大力气?"老虎望着套子一样的车网子胆怯地问。

"哈哈哈哈!山中百兽,哪个不知道我何日格桑力大无穷。就连你的头我也可以一把捏碎。"何日格桑说着站起来了。

老虎打了个寒战,暗想:"我是兽中之王,这个干瘪老头真有那么大力气吗?"

何日格桑把手按在柞树干上,只听"咔嚓"一声,大柞树被他推倒了,差一点没砸在老虎身上。他向老虎说:"三天后,咱俩在沙滩上比力气,看谁能把鹅卵石捏出血来。要是我输了,我把全村人都领来,把牛羊都赶来,让你们吃。要是你输了,我就把你们的脑瓜全都捏碎。"说完,他就把车网子挎在肩头上,回家了。

第三天,何日格桑和老虎来到沙滩上,比赛开始了。老虎抓起一个大鹅卵石"咯嘣"一声,捏碎了,但怎么用力也捏不出血来。这时,何日格桑在脚下拣起一个绿莹莹的鹅卵石,只听"咔嚓"一声,血水从他指缝中滴滴答答地滴了下来。

"咔嚓！咔嚓！咔嚓！"他接连又捏碎了三个，血水染红了何日格桑的手。他走近老虎说："让我先把你的脑瓜捏碎吧，然后我再去找别的老虎。"

老虎哆嗦着请求说："饶了我吧！我愿领受你的任何惩罚。"

"那就让我惩罚你三天吧。"何日格桑说着就给老虎戴上笼头穿上鼻环，套在装满石头的勒勒车①上。他骑上虎背，用鞭子狠狠地抽，在莫隆甸大草原上兜着圈子。老虎饿了就让它吃石子儿。没露面的其他老虎，在草丛中望见虎王，吓得浑身发抖，逃进深山。

三天过去了，雄虎瘦成了骨架子。何日格桑把它放了。路上，老虎碰到了狐狸。狐狸尖着嘴巴，惊讶地问："虎大王，你这是怎么了？！啧啧啧！"

老虎有气无力地把事情说了一遍。

"哎呀呀！我的大王，你受骗了！"狐狸狡猾地翻着小眼珠儿说，"那老头儿哪有那么大的力气哟！再说，石头是不会出血的呀！"狐狸晃动了一下它那只瘸腿，想了一下说，"三天前我去他家偷吃那只母鸡，该死！老太婆正用那只母鸡孵鸭崽呢。我躲在墙角下，听那老头说，要把没出鸭崽的四个鸭蛋放在沙滩上去。哎哟哟！他一定是用孵过的鸭蛋骗了你，一定！"

在狐狸花言巧语的唆使下，老虎决定再去吃老头。它们走在路上，狐狸跛着脚向老虎说："我这腿偷鸡吃被老头打断了，你背着我走吧。"于是，狐狸骑在老虎身上。

何日格桑听说狐狸骑着老虎来了，就俯在老伴的耳边如此这般说了一遍。他们趴在门缝，见老虎来到门前，老婆子就扯着脖子喊："老头子，昨天那只虎我们吃完了，就剩下一条大腿了，你再去抓一只来，留给我们晚上吃呀！"

老虎一听吓了一大跳。

---

① 达斡尔族、蒙古族等民族传统的主要交通运输工具，其特点是车轮大，车身小。

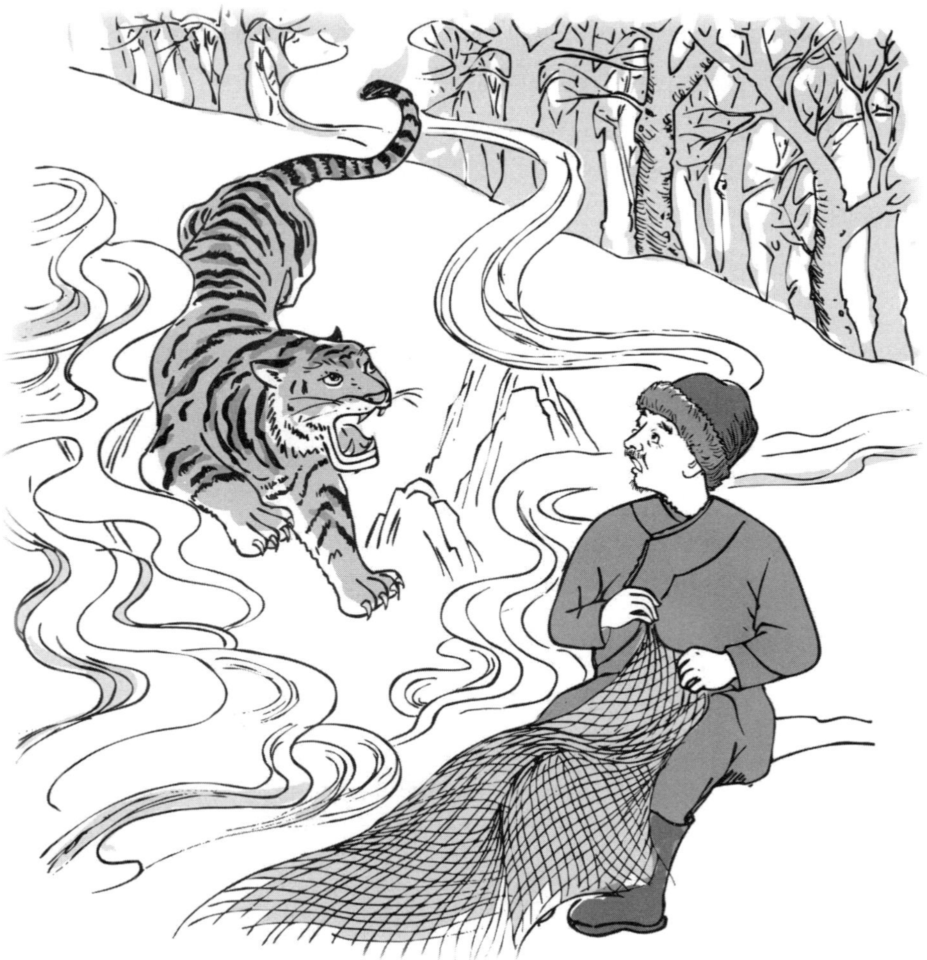

这时又听老头说:"这个该死的狐狸,它说保证今天送一只来,怎么现在还没来,我去看看。"何日格桑推门出来,指着狐狸骂道,"你这个狡猾的东西!昨天你说给我骗只肥老虎来,我才饶了你的命,怎么今天送的是一只皮包骨?也好,先将就着吃一顿,明天你再不送肥的来,我就把你四条腿全打断!"他向屋里喊,"老婆子,拿刀来,剥虎皮!"

老虎一听,转身拼命往山上跑,它边跑边骂狐狸说:"你这个坏蛋,差一点上了你的当,也不能饶了你!"老虎跑到悬崖边,一下把狐狸甩到山涧里,狡猾的狐狸被摔得粉身碎骨了。

从此,老虎就世世代代待在深山密林里,再也不敢下山了。杜尔格勒山下的草原上,牛羊成群,青年男女又在月下跳起"罕摆舞",老人们照样吃着手把肉,喝着稷子米酒。何日格桑唱着"乌钦",弹着四弦琴给青年们伴奏。

○ 讲述者:何镒福
○ 采录者:陈玉谦
○ 出处:《黑龙江民间文学》第一集,中国民间文艺研究会黑龙江分会1984年编印。

第四编

白山黑水

达罕拾银

满 族

这是一则俗语故事。主人公围绕着"不义之财不可取""兄嫂不可欺""害人如害己"这三句俗语经历人生的奇遇,小伙子偶然记住的道德准则在面临选择之时总能发挥作用,由此给他带来了许多意外的收获与惊喜。这则故事将复杂的社会生活、人际交往模式生动化、形象化,展示出了不贪不义之财,不受美色诱惑,不要谋害他人的教育作用,同时也传承了中华民族长久以来所形成的社会道德规范。

早些年,有个叫达罕的小伙子,独身一个,靠给财主扛活糊口。

这年腊月底,财主交给达罕五两银子叫他去买画。达罕来到大街上,赶巧碰见个白发老人卖画。达罕走到近前说:"老阿玛,我要买几张画。"老阿玛瞅了一下达罕微笑说:"那你把银子交给我吧。"达罕忙把银子交给老阿玛。老阿玛并没给画,却说:"小伙子你听着,'不义之财不可取、兄嫂不可欺、害人如害己'。"说完要走。达罕愣了:"老阿玛您给我画呀!"老阿玛笑着说:"我不是给你三句话了吗?小伙子,记住我这三句话,你将来会交好运的。"说完扬长而去。达罕傻愣在那儿,觉得这老阿玛古怪,只好低头往回走。

达罕回来便如实对财主说了,财主很生气,骂道:"你个笨蛋,叫你买贴的画,谁叫你买说的话!"就这样,达罕被赶了出来。

一天,他在路上遇到个骑马人打身边飞驰而过,突然掉下一包东西。达罕捡起打开一看,是一大包银子,足有千两。达罕乐坏了,心想:这些银子足够我过一辈子的。忽然他想起老阿玛那句"不义之财不可取"的话,觉得这银子不该留,便在这等着那骑马人回来取,等了老半天,那骑马人终于回来了。达罕急忙上前拦住说:"这银子是你掉的吧,被我捡到了!"骑马人接过银子可乐坏了。他看看达罕问道："小兄弟,你这是奔哪儿去?"达罕把自己身世说了。骑马人低头寻思一会儿说："这样吧,我看你为人老实忠厚,我家是个大买卖家,人都称我大掌柜,你就到我家做我个兄弟吧。"达罕很高兴,当下二人插草当香,拜了干兄弟。

达罕被领进了这人的家,只见四合院的青瓦房,骡马成群,伙计、用人一大帮。达罕被大掌柜领进上房。这时,里屋走出一个年轻漂亮的女人。大掌柜说:"兄弟,这就是你的嫂嫂。"达罕拜见了嫂嫂规规矩矩地站在一旁,这女人见男人在外边领回这么个穷酸干兄弟,很不高兴。听他男人讲了事情的经过,虽说有点不痛快,表面上却也挺亲热。从此,达罕在这儿当了二掌柜。

由于达罕忠诚能干,大掌柜很放心,每当外出时,总把家里的事交给达罕管。

这天大掌柜又要外出行商,一个月后才能回来,把家里一切事全托付给了达罕。达罕把所有的事安排得头头是道,抽空就在书房看书。

再说达罕的干嫂子。自从达罕到她家后,脱了酸衣烂衫,换了新衣帽,真是人凭衣裳马凭鞍,跟先前判若两人。她一见这兄弟风度翩翩,眉清目秀,便起了不良之念,可总得不到机会。这次正好大掌柜外出,时间又长,她心里乐开了花。

这天早上,她把自己从头到脚更换一新,备了一桌酒席,然后唤达罕来到上房。达罕进来说:"嫂嫂,唤兄弟有啥事?"只见嫂嫂凑到达罕跟前说:"兄弟呀,你大哥走时嘱咐我好好照看你,这几天我见你怪累的,便备了这点酒菜,以表嫂子的一点心意。"达罕很过意不去,只好坐下来。达罕不会喝酒,可架不住嫂子一再相劝,勉强喝下两盅。随后,他便觉浑身发软,头晕晕乎乎,抬头一瞅,只见嫂子双颊绯红,一双眼睛火辣辣地盯着自己,达罕忙低下头。这时只听嫂子说:"兄弟,自你大哥走后,我一人晚间睡觉常做噩梦,又孤单又害怕,嫂子想叫你把行李搬到我这屋,给我做个伴儿,不知你肯不?……"达罕虽说喝多了酒，却也明白这话的意思，一时不知咋说好，当下站起要走，忽见嫂子身子一歪趴到桌上说："兄弟，我喝……喝多了，你……你扶我上床吧……"达罕无奈只好上前搀扶。就在这时，嫂子那软绵绵的身子一头扑进达罕的怀里，达罕想挣脱，怎奈被她双臂死死地搂住。达罕只觉得浑身发烧，一时间像驾了云……冷不丁，达罕想起老阿玛那句话："兄嫂不可欺。"他登时浑身出了一阵冷汗，用力推开嫂子，急忙跑了出去。打这以后，嫂子曾几次唤达罕到上房，可达罕再也不敢去了，见面总躲着她。为这，嫂子心里恨他痒痒的，下决心要报复他。

这天，大掌柜回来了，见过了兄弟来到上房，只见媳妇披头散发，哭得像泪人似的，心里纳闷，便再三盘问。这时媳妇哭着说："都是你领来个好兄弟，自你走后，每日里都来缠我，见我不从，他半夜三更跳窗想钻进我被窝。我怕这事张扬开给你丢人，便忍气吞声，谁知他得寸进尺，见我不敢声张，把行李都搬到我炕上……"大掌柜听了这话，气得浑身发抖，眼睛发红，骂道："这个畜生，当初我可怜他把他领到我家，我待他不薄，不想他背着我干出这种事情，真是知人知面不知心哪！"骂完，气冲冲就要去找达罕。媳妇慌了，忙上前拦住说："这事声扬出去多丢人，再说你们终归兄弟一回，见了面多难堪。这么办，你把他交给我，我当面骂他一顿，把他赶走不就完了吗？"大掌柜觉得在理，就同意了。

再说大掌柜家，开了一个窑，雇了两个窑工烧缸烧盆。这天大掌柜没在家，两个窑工被大掌柜的媳妇叫了来。每人给了二十两银子说："今天中午我打发咱们家那个二掌柜去给你们送饭，他头一次去窑上，不知深浅，他到了后，你们二人把他推到窑里烧死，事后还有重赏。这是你们大掌柜的吩咐，你们要不干，就别想在我家当伙计！"窑工无奈，只得答应下来。

窑工走后，她把达罕唤到上房说："兄弟，今天中午你去给窑工送饭去。"达罕心想：干什么今儿个叫我送饭呢？他不愿在嫂子跟前多待，就应下来。

中午吃饭时间到了。两个窑工一等送饭没来，二等还不来，都晌午了，肚里饿得慌，便躺在窑门旁睡着了。睡得正香，猛听有人喊："这大热天还睡觉！"两

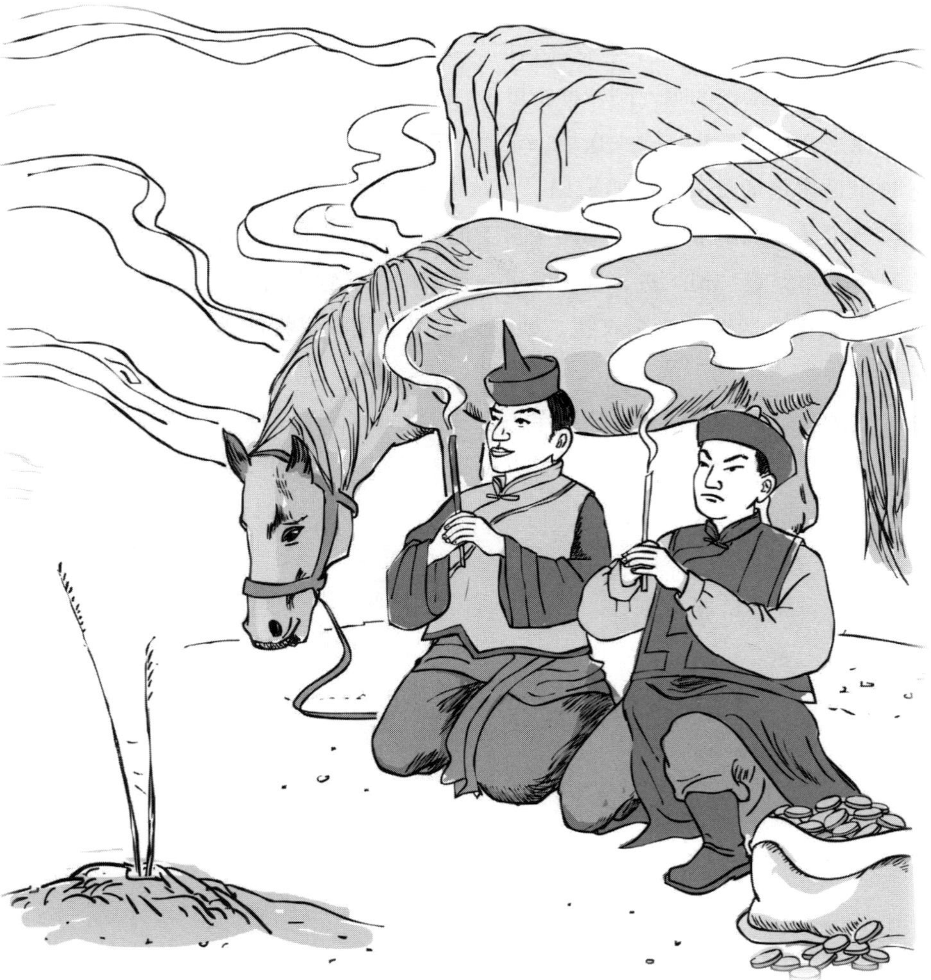

个窑工睡得迷迷糊糊的,冷不丁想起当家奶奶的吩咐,一骨碌爬起来,见"二掌柜"头戴草帽,没说分晓,拖过来就推进窑里了,然后把门一关,只听里边嚎叫了两声,再就没有动静了。就在这时,又来了一个送饭的。两个窑工一看愣住了,这不是二掌柜的吗?刚才推窑里了,怎么又出来了呢?

原来,达罕是头一次来送饭,走错了路,绕了好大一个圈子,才找到这。方才被推进窑里的是大掌柜的媳妇。大掌柜媳妇把达罕打发走后,在家等到晌午,约摸达罕早已到了窑上。不知两个窑工把事儿办得怎样呢,她很不放心,便亲自去窑上看个究竟。怕天热,她便戴了一顶草帽,又觉得自己是当家奶奶,出门不便,所以穿上达罕的一套衣裳。她刚到窑门,便糊里糊涂地被窑工推进窑里烧死了。

这天晚上大掌柜回来了,达罕一五一十地说了事情的经过,又有两个窑工作证。从此兄弟又言归于好,家业操办得越来越富有。这正是:"不义之财不可取、兄嫂不可欺、害人如害己。"

○ 讲述者:张桂全

○ 采录者:李鸿昌

○ 出处:《中国民间文学集成·辽宁分卷·岫岩资料本》,岫岩满族自治县文化馆1987年编印。

猫和狗的故事

满 族

这是一个题材新颖，知名度较高的满族民间故事，具有明显的地域与民族特色。故事主要讲述了猫与狗的恩怨渊源，一个善良打柴人机缘巧合之下解救了落难的神龙，得到神龙馈赠的能带来美好生活的小铜人；有一天小铜人被歹人偷走，打柴人家的猫和狗一起外出寻宝，最终猫狗结下梁子，成为了人们熟知的一对动物冤家。这篇幻想故事有浓厚的想象色彩，以人格化的动物为主人公编织故事并展开情节，间接地表现出人类的社会生活与情感。这篇故事也成为我们解释猫狗关系的寓言依据，对民族心理与文化的发展具有重要意义。

　　从前，有个打柴的人，家里没有一个亲人，只有一条狗和一只猫，陪伴他过着冷冷清清的日子。

　　一天，打柴人从山上回来，遇到一群小孩，有的拿石头，有的拿棍子，正在打一条小长虫。小长虫被打得身子一抽一抽的，打柴人不忍心看，想要走开，那小长虫抬起头瞅着他，眼里"叭嗒叭嗒"直掉泪。打柴人见小长虫通人性，就将小孩们撵走，把小长虫捡起来，带回家去。

　　打柴人把小长虫放在炕头上，用布包好它的伤口。十几天过去了，小长虫的伤养好了，突然张开嘴说话了："大哥，大哥，谢谢你的救命之恩，我要走了。没有别的报答你，我送给你个小铜人，你把它供在西墙祖先位上，就能过好日子了。"说完小长虫不见了，炕上留下了一个黄澄澄的小铜人。

　　打柴人洗了手，净了身，点燃起鞑子香，把小铜人请上了祖先位。

　　从这以后，打柴人心里想什么，小铜人就给他来什么。他打柴回来肚子饿了，心想，进门就有现成的饭菜吃……推门，果然饭菜在桌子上摆好了；他的衣服破了，心想，要是有人给补上……第二天早晨起来，衣服破的口子果然补上了；他去挑水，木桶烂了，他想，再有一只新的……回到家，新木桶已经摆在了水缸边上。

打柴人过上了好日子，狗和猫也跟着沾了光。吃饭的时候，打柴人坐在中间，猫和狗一边一个，主人吃什么，它们跟着吃什么，它们也和主人一样感谢小铜人。

一天，有两个寻宝人来投宿，打柴人心想，今天有客来，饭菜该好一点。正想着，锅里的饭菜真就好极了：肉蛋果品，山珍海味，应有尽有。

两个寻宝人暗想，他一个打柴的，哪来这样上等的饭菜？他俩屋里屋外看了一遍，看见西墙上的小铜人，就明白了。两个寻宝人睡到半夜，偷偷起来，把小铜人偷走了。

打柴人丢了宝贝，很发愁，猫和狗也跟主人一起唉声叹气。狗说："猫妹妹，咱们整天吃主人的，喝主人的，现在主人丢了宝贝，咱们该想想办法呀！"

猫说："有什么办法可想呢？"

狗说："咱俩出去走走，走遍天下，总会把宝贝找回来的！"

猫想了想，点头同意了。

猫和狗告别了主人，出发了。

它俩一路上忍饥耐渴，跋山涉水，不觉走了一个多月。一天，它们走到一个村子，看见一个大院里正在办喜事，一帮人吹吹打打，很是热闹。它们看了一会儿，觉得肚子饿了，它俩便偷偷地夹在人群里混进屋去。

进屋后，猫和狗见这家的主人，当着坐在南北大炕上的来客，从一口箱子里拿出一个小红布口袋，又从红布口袋里掏出一个金翅金鳞的东西，嘴里叨咕几句什么，一桌桌的酒席就全出来了。完了，他又把那玩意儿装进小红布口袋，放回箱子里锁上了。

猫和狗一看，喜出望外，这宝贝正是主人丢失的小铜人。可是那箱子严严实

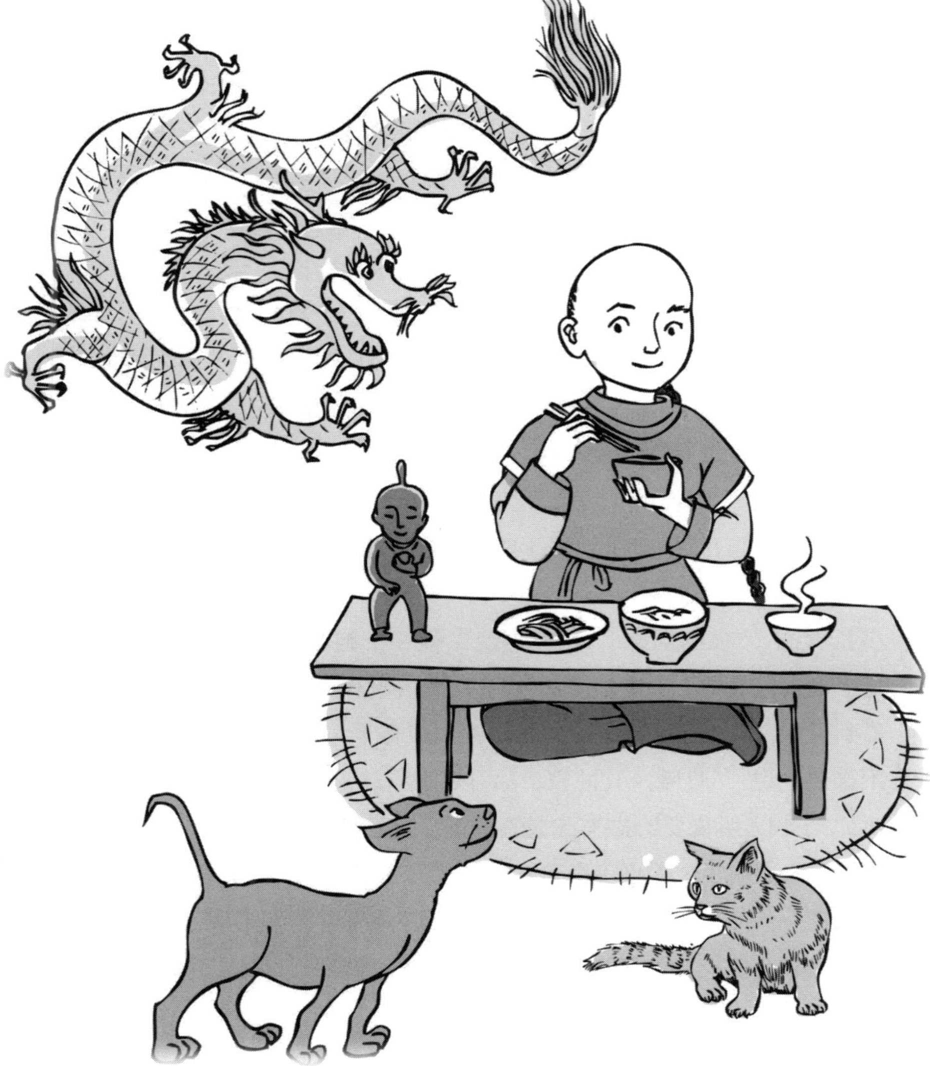

实地锁着，怎么拿出来呀？狗一想，有办法了，它跟猫一说，猫便偷偷地在箱子后面蹲上了。不一会儿，一只大耗子探头探脑地从墙角出来，猫一下子扑过去把它按住了。耗子吓得浑身直哆嗦。猫说："我不吃你，你把箱子里的宝贝给我拿出来，就把你放了，你要不干，我一口把你的脑袋咬掉！"耗子吓得连忙磕头："我给你拿，我给你拿！"它爬起来就去嗑那箱子。不一会儿，它将那箱子嗑了个大洞，钻进去把装小铜人的红布袋捞了出来。狗叼起来就跑。

　　跑着跑着，一条大河拦住了去路。猫不会水，狗说："我背你，你叼着它。"走到河中间，狗不放心，对猫说："你可得叼住啊！""喵！"猫答应了一声。

　　过了河，猫从狗背上跳下来，蹲在河边上抽抽咽咽地哭了起来。狗问："你哭什么？"猫说："我答应你一声，一张嘴把宝贝掉到河里了！"狗一听，这可怎么办哪，没办法也跟着哭了起来。

　　狗和猫的哭声，传到了龙宫。龙王的小儿子一个翻花跃出水面，见是他救命恩人家里的猫和狗在哭，就问怎么回事。猫和狗见来的是住在他家的小长虫，就把小铜人掉在河里的事说了一遍。

　　小长虫说："你俩别急，等我去找！"他一个翻花，又回到了水里，不一会儿，把小铜人用嘴叼上来了，说："快拿回家去吧！"猫抢上前叼起小铜人就跑。

　　猫到了家，关上门，跳上炕，把小铜人放在了主人怀里。主人乐得把猫抱起来好不亲热，说："哎呀，我的猫，你可回来了，走了这么多日子，累了吧，吃点东西！"小铜人听说要给猫来点吃的，立时饭菜摆满了桌子。

　　猫正大吃大喝，主人也正夸奖它，狗也回来了。它见门关着，用爪子敲了几下。猫知道是狗回来了，装作没听着。主人听到敲门声下了地，一开门见是狗，就踢了它一脚，说："你看看人家猫，把宝贝找回来了，你走了这么些日子，竟干什么去了？"

　　这话本来猫都听见了，可它还是装作没听着，动也不动地在炕上大吃大喝。狗见主人没让它进屋，只好在门外蹲着。猫吃饱喝足了，推门出来，狗本来满肚子气，冲着它就是一口，把猫咬得嗷嗷叫唤。主人听到了，说："你这个狗，不为我办事儿还敢欺负猫！"他心疼地把猫抱起来回屋去了。

从此，猫总是在屋里，和人在一起；狗总是在门外，一进屋，人就往外撵它。狗和猫也为此结下了仇，一见面双方就龇牙咧嘴。

- 讲述者：李成明
- 采录者：张其卓、董明
- 出处：《满族三老人故事集》，春风文艺出版社1984年版。

大雁说媒

赫哲族

这是一则以动物报恩、人类负恩为主要情节脉络的民间故事。报恩和负恩是民间伦理的集中体现。本故事以大雁为核心，讲述了一对母子从收留、精心对待到卸磨杀驴、落井下石的经过。在平实的文字背后，体现出社会底层民众对负恩者行为的猛烈抨击和对知恩图报的希冀。故事的情节从通人性的大雁的到来开始，通过母子俩对待通人性的大雁态度的前后差异，在对比中推动故事结局走向高潮，表达了人与自然和谐共生的愿望，反映出民众对民间伦理道德朴素而执着的信仰。

早年，有娘儿俩过日子。儿子天天下江打鱼。这一天，儿子收船回家，半路逮住一只受伤的大雁，进门就跟妈说：

"妈呀，这里有只雁剁一剁，搁豆腐里炖着吃吧？"妈说："杀生害命的，能舍得吗！"

于是就没杀，他们把大雁留下来精心养活着。

喂来喂去，养得挺肥挺大的，它天天和儿子在一起玩，跟亲兄弟一般。妈就说："你俩结拜义兄弟得啦。若愿意，我儿是老大，大雁是老二，行不？"大雁像懂事似的，就那么答应下了。

有一天，大雁自己出去，老半天没回来。妈寻思：这回要坏啦，八成飞走了吧！她挺后悔的。儿子回来，问兄弟上哪去了。妈就说玩去啦，也没告诉实情。

第二天晌午，大雁飞回来了。原来，它没飞多远，见有一座楼，窗台上晾着一双巧手绣成的绒线花鞋，就飞过去，叼起一只飞回来了。

刚进屋，妈就说："可把咱儿盼回来啦！"说着，过去把它抱起来，再一看，叼着一只绣花鞋，那才好呢。她顺手接过来，翻来覆去地看，稀罕得没法说。末

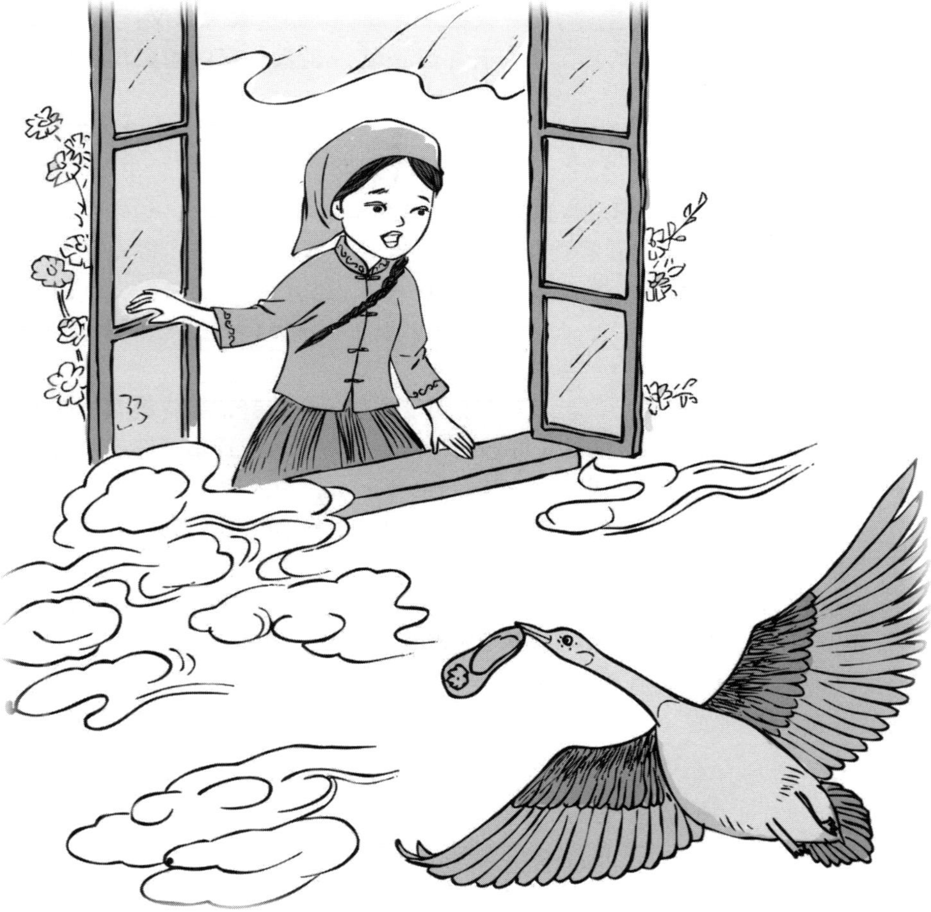

了，把那只绣花鞋包好，经心在意地搁木柜里了。

再说另一边。见平白丢了一只鞋，那家的姑娘哭喊着，怨恨不知叫谁拿走了，想再做一只，也配不上啊，很是伤心。

那大雁隔壁的人，知道它叼回一只鞋来，过门来跟老太太商议："你儿子也不小了，若能找着穿这鞋的巧闺女，若一般一配，就做你家的媳妇得啦！若是岁数不行再另说。"

老太太当然愿意，就求那个邻居给做中人。邻居说："真正的媒人不是我，是你家的大雁！"说罢就真去了。

因为有鞋为证，也没用多跑腿，就把姑娘家访到啦。见面他一说来由，姑娘父母还有点不凭信，要先看看绣花鞋。中人说：要看鞋也容易，得先许婚才行呢。那家父母没法，就说：绣花鞋果然真是一双，也就让两个年轻人结成一对。答应等把鞋拿出一看如能相配，这门子亲事就定了下来，再过三天，就由这边出车去送姑娘了。

邻居回去，把喜讯说了。老太太听说要娶媳妇了，就赶忙预备酒席。整着整着，你说也真巧，不多不少的，正好还缺一碗菜，就配不成这桌子迎亲酒席。正为难，老太太有主意了，寻思：反正媳妇也娶上了，把大雁剁了吧，留它也没用！想到这，也没和儿子商议，就拎着刀去抓大雁。可是，没想到，大雁早就猜透了老太太的心思，自己远走高飞了。

正当这个时候，姑娘那边送亲的大车也到了。可是，人家非要先谢谢媒人不可。没想到，媒人就是大雁啊！再找，连影儿都没啦。姑娘和娘家人一看，这家人值不得信实，也没个主事做媒的，就把姑娘用车拉回去了，好好一门亲事，硬是给弄黄啦。

讲述者：尤卢氏

采录者：刘魁立、马名超

出处：《黑龙江民间文学》第五集，中国民间文艺研究会黑龙江分会1983年编印。

孔姬和葩姬

朝鲜族

这是一则以灰姑娘故事为原型的故事。主人公孔姬在继母和妹妹葩姬的种种折磨下依旧保持了自己善良纯洁的内心,当她诗意的种子散落在平淡的日子里,就能让时光开出明艳的花儿来,最终,孔姬与巡抚大人在经历了重重磨难后,迎来了幸福的结局。

故事包含了不幸丧母、后母虐待、难题考验、阴阳相隔以及多方相助等几个基本母题,通过以孔姬为代表的善与以继母为代表的恶的斗争,以及善的一方迎来了胜利,恶的一方走向了溃败的结局,赞美了孔姬坚强而勇敢,仁慈而善良的美好品质,也表现出善恶有报的故事主题。

在很早以前,长白山天池下住着一个农夫,他有一个女儿叫孔姬。孔姬生来漂亮,勤劳而又善良。

后来农夫死了妻子,娶了个后老婆,又生了个女儿,取名叫葩姬。葩姬生来丑陋,满脸浅麻子,心地很坏。

孔姬只过了十个生日,父亲就离开了人间。俗话说:三伏的日头毒,继母的拳头狠。孔姬的父亲一死,继母对她非打即骂,百般虐待。可是,善良的孔姬只会逆来顺受,对继母尽着当女儿的孝道,顶水、打柴、洗衣、做饭,样样活都得她干。就这样继母还是看不惯她,常常是鸡蛋里挑骨头。可妹妹葩姬呢,整天好吃懒做,当母亲的还是百般宠着,抱在怀里怕摔着,含在嘴里怕化了。

有一天早晨,偏心眼的继母吩咐两个女儿去铲地。可是,交给孔姬的是一把又钝又不顺手的木锄头,让她到很远很远的石岗地去铲;交给葩姬的是一把既快又好使的铁锄头,让她到一块很近的油沙地去铲。

孔姬来到地里一看,满地的石块和杂草把禾苗都给淹没了。勤劳的孔姬铲啊，铲啊，汗水湿透了衣衫，血泡打满了双手。铲了老半天，还没铲完一根垄，却把木锄头铲断了。她铲不完地回去是要挨后娘拳头的，这可怎么办呢？愁得她眼泪像断了线的珍珠。孔姬哭着哭着，忽然泪眼模糊地看见天空中忽忽悠悠地飘下来一块云朵。她擦干泪再仔细一瞧，云朵上有一头乌黑的大牛，转眼间落在她的眼前。老黑牛晃晃头摆摆尾竟说起了人话：

"姑娘，你为啥哭得这样伤心呐？"

孔姬见黑牛憨厚可亲，没有一点要害人的样子，就流着泪把自己苦难的身世诉说了一遍。黑牛听着听着，竟"啪嗒啪嗒"地流下了眼泪。黑牛听完孔姬的遭遇，舔着姑娘的手说：

"可怜的孔姬，别伤心了，你听我的话，到那瀑布的下游去洗洗脚，到中游去洗洗手，然后再到上游去洗完脸回来，你就一定会得到好处。"

孔姬姑娘按照黑牛的嘱咐一一做了。等她赶回地里一看，眼前的情景真叫她又惊又喜：

地全都铲得干干净净；

地头上放着一把光芒四射的金锄头；

地边上长出了一棵栗子树，上面结满了又肥又大的板栗；

可是老黑牛却不见了。

孔姬真打心眼里感激老黑牛，深深地朝苍天鞠了一躬，然后摘下一个板栗一尝，又香又甜，她有生以来还没有吃过这样好吃的板栗呢。孔姬吃着吃着忽然又挂念起继母和妹妹葩姬来，善良的孔姬心想，继母和妹妹虽然对我不好，可她们毕竟是我的亲人呀！于是，她只吃了个半饱，把裙子脱下来，包了一大包板栗，想着拿回去让继母和妹妹也尝尝。

当太阳落下山梁的时候，孔姬带着金锄头和板栗高高兴兴地回到了家。可是她哪里想到，这当儿继母和妹妹正背着她吃"好嚼货"呢！任凭她怎么叩门，就是不开。孔姬见不给开门便央求道："好妹妹，我带来了好吃的板栗，快开门呐！"

"哼！你骗我！"葩姬怪声怪气地回答着，仍不肯给开门。

"好妹妹，我要是骗你就不是人。"

"那你从门缝里递进来给我看看。"

贪心的母女扒着门缝一瞧，孔姬果然捧着一大包板栗，手里还拿着一把光闪闪的金锄头。继母见了那把金锄头，就像饿猫见了耗子，连鞋都没顾上穿就蹿出门外，一把就把金锄头抢了过去。

母女俩吃够了板栗，又刨根问起金锄头和甜板栗是怎么得来的，孔姬就把来龙去脉一一絮叨了一遍。继母一方面为自己凭空得来这么一件宝贝而欢心，另一方面又为这件宝贝是孔姬得来的而嫉妒、恼火，便硬编派说孔姬撒了谎，是偷了别人家的东西，败坏了家风，不由分说把孔姬打了个死去活来。

继母刁难孔姬仍不收手，又生了一计：天天都是太阳晒腚才钻出被窝的继母，这天起了个大早，揪着孔姬的耳朵恶狠狠地说："今天你若是不把这水缸顶满水，你就别想吃饭！"

软弱的孔姬默默地顶起了水罐，走了一程又一程，顶了一罐又一罐，从清早顶到中午，可是水缸总是装不满。孔姬往缸里仔细一瞧：我的天呐！这是一个漏了底的缸，是永远也装不满的呀，这不是存心想累死我吗?！孔姬越想越委屈，捂着脸坐在门槛上伤心地哭了起来。

孔姬哭着哭着，忽然听到一阵"扑腾、扑腾"的声音。她睁开眼一看，不知从哪儿跳出一个大金蟾，开口就安慰孔姬说："姑娘，你不要发愁，我会帮助你的。"金蟾说着钻进水缸底，把窟窿堵了个溜溜严。

孔姬只消小半天工夫就把水缸顶满了，避免了后娘的一顿毒打。

前后这两件事，让继母好生纳闷：为啥我每次刁难这个小死丫头，上天总是帮她的忙？可她并没有因此而回心转意，反而更加苦心谋算着毒计。

转眼到了八月中秋节。这是一个非常热闹的节日，谁家的姑娘媳妇不打扮得漂漂亮亮的,去荡秋千、跳跳板、看摔跤!孔姬姑娘多么想跟其他姑娘伙伴们一道去看热闹啊。可是,继母不发话她怎么敢去呢?这天一大早,继母和妹妹就穿上了节日的衣裳,又是洗脸梳头,又是擦胭脂抹粉。临走前继母吩咐孔姬说:

"你今天把那三大箩丝线织出来,把三囤谷子舂出来,再去看热闹。"

孔姬只好唯命是从,她先把三囤湿谷子在当院晾开;接着又蹬上织布机,穿梭织布。她织啊,织啊,累得腰酸腿疼,头昏眼花,可织了老半天箩筐里的丝线才下去一丁点。她望着三大箩丝线和满院的湿谷子愁得长吁短叹:

"老天爷呀,我这是犯了什么罪呀,让我在人世上受这份苦!"

孔姬的话音刚落,响晴的天空上忽然出现了一道彩虹,从彩虹上走下来一个仙女,接着传来一串银铃般的声音:

"孔姬姐姐,你经历的苦痛,我在空中都看到了。我看你心地善良,不忍心让你受苦,特意从天宫来帮助你的。"

仙女说着坐在织布机上,那梭子就像一条龙在来回翻舞,织出的布匹就像长白瀑布翻滚而下。一眨眼的工夫,三大箩丝线就织完了,织出来的丝绸漂亮极了。过后,仙女又朝天空打了一声呼哨,忽喇喇从天空飞来无数只麻雀,满满登登落了一院子,只听得"叽叽喳喳"一阵响,不一会儿就把三大囤谷子的谷壳全嗑干净了。

孔姬看到眼前这一切,就像是在做梦,可揉揉眼睛一看是真的。孔姬正要上前感谢仙女,仙女把一套漂亮的衣裙和一双绣花鞋塞到孔姬的怀里,说:"快换上衣服看热闹去吧!"说完那群麻雀驮着仙女缓缓地飞上了天宫。

孔姬有生以来第一次穿上这样漂亮的衣裙和鞋子,她唱啊,跳啊,心里欢乐得像怒放的金达莱。

翻过一道山岭,一条小溪又横在孔姬面前。她轻快地踏着水中青石一蹦一跳,一不小心把一只绣花鞋掉在小溪里,被溪水卷走了。

说来也巧,这只绣花鞋随着小溪飘啊,流啊,拐过了二九一十八道弯,被一

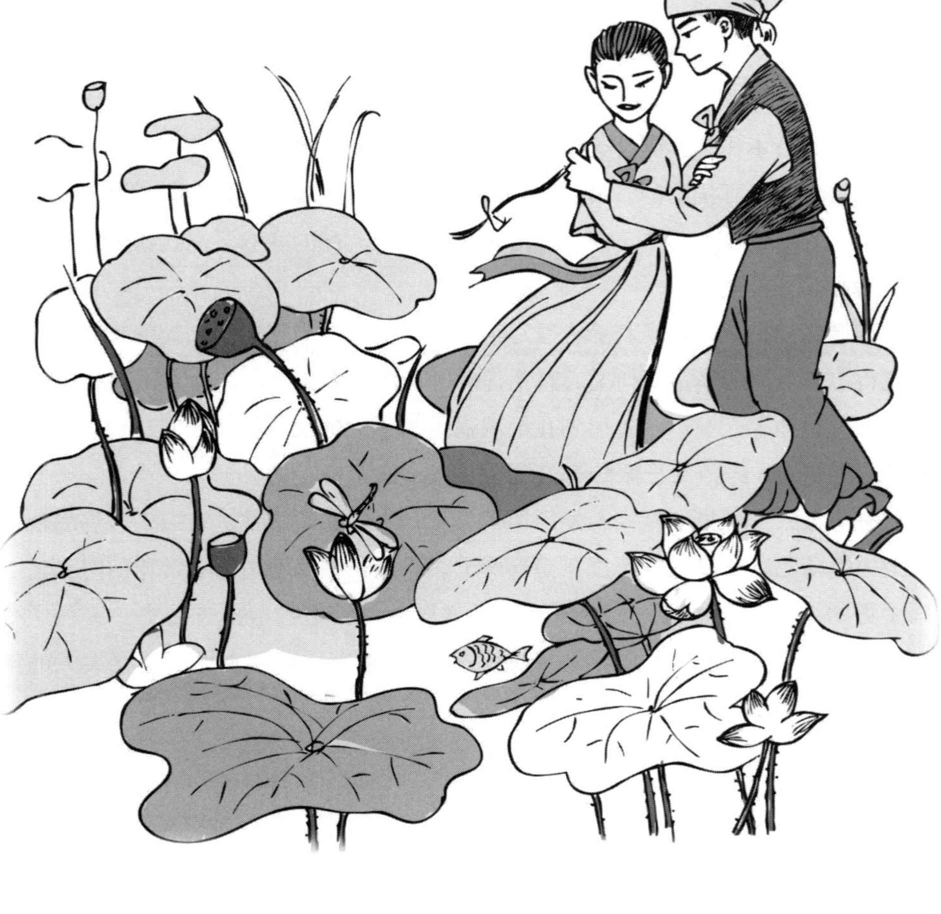

位新上任的巡抚大人瞧见了,命手下人赶忙捞起来。这位巡抚大人拿过鞋子仔细一端详,世上的鞋子千万双,可是唯有这双最漂亮,便命令官差沿着小溪往上找,一定要把鞋子的主人找到。官差拿着这只绣花鞋找啊,找啊,直打听了九九八十一家,最后打听到孔姬家中。他一看这家有一俊一丑两个姑娘,便问:"这是哪个姑娘的鞋子?"

孔姬正要上前施礼回答,继母赶忙抢着迎上去:"嗯,这只鞋子吗,是咱们葩姬的。"

可是天公不作美,葩姬天生的一双傻大脚,把个绣花鞋都要撑破了还是穿不进。急得继母抓耳挠腮的,最后没别的办法,只得把鞋子交给孔姬。这鞋子往孔姬的脚上一穿,不大不小正好,和原来那一只是天配的一双。巡抚大人便决定娶孔姬为妻。

如逢春的枯草萌发了新芽,受尽继母虐待的孔姬当了巡抚大人的家室,真可以说得上是苦尽甜来。更何况,新上任的巡抚大人才貌出众,为人正直。

继母想加害孔姬,没有想到孔姬因祸得福了,她眼巴巴地看着巡抚大人的花轿把孔姬接走,差点儿把眼珠都气冒了。

有一天,继母见巡抚大人外出巡视去了,就领着葩姬钻进官府,假惺惺地邀孔姬去赏荷花。孔姬推托不过只得答应了。孔姬正在池塘边专心赏花的时候,心狠手毒的继母趁旁边没人,冷不防"扑通"一声就把孔姬推进池中。害死了孔姬,按照继母移花接木的诡计,乌鸦占据了凤凰窝,葩姬占据了巡抚夫人的宝座。仆人们敢怒不敢言。

天亮了又黑,月亮升了又落,不知过了多少天,巡抚大人巡视回府,葩姬捂着脸献殷勤地前去迎接:"官人辛苦了,一路可平安?"

巡抚大人听声音不像孔姬,而且身材容貌更不像自己的夫人,便问道:"夫人,多日不见为何脸色这样黑?"

葩姬厚颜无耻地答道:"官人有所不知,自从您走后,我天天都在大门口盼望您回府，所以脸都被日头晒黑了。"

"那你的脸上又为何长了那么多的麻子？"

葩姬赶忙支吾搪塞道："这、这……这是我前些日子出门盼望官人时不小心摔倒在大豆上硌的。"

巡抚大人没有问出破绽，也就只得把葩姬当成了孔姬。可是，黄铜毕竟不能代替金子，孔姬那贤惠善良的品德是葩姬所没有的，所以巡抚大人心里总是闷闷不乐。

一天晚上，他趁着柔和的月光，独自一人来到莲花池边吟诗解闷。忽然，他借着月光看见池水里渐渐露出一朵洁白的荷花，散发出一阵阵香气。巡抚简直看出了神，心里不胜欢喜，赶忙折下这朵荷花，插在了书房的花瓶里。

说来也奇怪，这朵荷花日夜陪着巡抚久开不败。可是，每当葩姬打荷花旁边经过时，那荷花瓣儿中就伸出一只看不见的手，来薅葩姬的头发。葩姬一生气，就把花扔进厨房的灶坑里烧了。

花虽然被烧毁了，可是它又变成了一颗夜明珠滚出了灶坑，闪闪发亮。这颗夜明珠被做饭的厨娘捡到了，当做珍宝锁在柜子里。

有一天晚上，厨娘正在做针线活，忽然她听柜子里有一个女人在说话，听起来好耳熟："大娘，请您给开一下柜门。"

厨娘忐忑不安地打开了柜门，只见那颗夜明珠变成孔姬走了下来。她向厨娘叙述了自己的不幸遭遇后，请厨娘帮助她办一件事。厨娘想起孔姬可怜的遭遇和过去对她的好，便一口答应下来。

第二天，厨娘按照孔姬的吩咐摆了一桌酒席，把巡抚大人请来了。厨娘为巡抚大人斟上了酒，巡抚一饮而尽，他拿起筷子正要夹菜，发现筷子一根长来一根短，一根黑来一根白。气得他正要摔，屏风后面传来一个女人的声音：

"大官人，您只知道筷子配错了对儿，为什么就不知道人配错了对儿呢？"

巡抚大人一听，这不是孔姬的声音吗。他拔出宝剑厉声喝道："是人就给我站出来，是鬼就给我退出去！"

这时孔姬从屏风后面走了出来，把一剂起死回生的仙丹放在巡抚大人的面前，流着眼泪说：

"大人，我是孔姬的冤魂，您只要到那荷花池里打捞一下，就会知道我是怎么死的……"孔姬说完就无影无踪了。

巡抚大人当即派人到荷花池里一打捞，孔姬果然在里面躺着。给她喂过那剂起死回生的仙丹，不一会儿，孔姬的脸上泛起血色，眼睛睁开了，她慢慢坐起来，流着眼泪告诉巡抚大人，继母如何把她推入水中，葩姬又如何冒名顶替的经过。巡抚大人当即下令把那黑心肝的继母和葩姬抓起来，让她们永生永世当牛做马，以洗清罪恶。而孔姬呢，再次苦尽甜来，同巡抚大人过上了幸福美满的生活。

- 讲述者：李仲馥
- 采录者：裴永镇
- 出处：《民间文学》，1981年第7期。

第五编 从辽河口到海口

蛇师雷七

畲　族

这是一则以美女蛇为原型的故事。在这则故事中，雷姑婆收养并抚育雷七成长，雷七长大后杀尽诸蛇为兄长们报仇，却终究没有躲过美女蛇的诱惑，将其带回家后却被她杀死。在这过程中，雷七也抛弃了帮助他的伙伴——蟾蜍。这类故事将美女蛇视为淫邪的符号，是男权社会下民众构筑的思想价值体系的体现，旨在宣扬红颜祸水的观念，在表现儒家伦理思想对情欲的强烈谴责与批判的同时，也显示出了人们对美色的欲望的不可遏制的人性缺陷。

　　雷姑婆上畲山南坡时，捡到了一个天鹅送来的白白胖胖的男孩。她高兴得心肝宝贝叫个不停，连忙抱着这孩子回家。她想想自己丈夫早亡，孩子一个个都死了，如今好不容易得到了一个天鹅送来的孩子。这定是三公主的神意，她就向天公磕了一个头，给孩子取名叫神郎。

　　十六年后，神郎长得肩阔胸宽，壮得像头小牛犊。

　　神郎懂事啦，缠着娘，问："娘！我爹呢？"

　　雷姑婆说："你爹雷松，早没啦。都死了二十年啦。"接着就把如何捡得他的经过告诉了神郎。神郎说："娘！我跟爹的姓，就叫雷大吧！"

　　雷姑婆摇摇头说："雷大是你大哥，是个开山能手，被狗屙蝮①咬死啦！"

　　神郎安慰娘说："娘！我不叫雷大，叫雷二吧！"雷姑婆摆摆手说："雷二是你二哥，是个耕田能手，给犁头蝮②咬死啦！"

---

① 蝮蛇。
② 眼镜蛇。

神郎瞪着眼，又说："娘！我不叫雷二，叫雷三吧！"

雷姑婆叹口气说："雷三是你三哥，是个采茶能手，给焦尾巴①咬死啦！"

神郎凄楚楚地说："娘！我不叫雷三，叫雷四吧！"

雷姑婆难过得低下头说："雷四是你四哥，是个打猎好手，被寸寸白②咬死啦！"

神郎听着听着，难过极了，叹道："娘！我不叫雷四，那就叫雷五吧！"

雷姑婆抹抹眼泪，说道："儿呵，雷五是你五哥哩，是个采药能手呵，在两畚头采草药，被烙铁头③咬死啦！"

神郎伤心极啦，掉眼泪说道："娘，我不叫雷五，那就叫雷六吧！"

雷姑婆听到这，"呜呜"哭得更悲伤了，说道："好孩子，雷六是你六哥，是个捕鱼能手，在小河里摸河蚌，被五步蛇咬死了。因此在你来我家之前只剩下我这个孤老太婆啦！"

神郎跳了起来，大声吼道："娘！那我就叫蛇师雷七，我要把天下毒蛇都杀光，一条也不留！"

蛇师雷七要走遍天下去杀绝毒蛇的消息一下传开啦！坡前盘爷爷送来了一只竹盘子，盘子里面装了一只蟾蜍，只要哪儿有毒蛇，蟾蜍就会朝那个方向跳两跳。坡后蓝姑婆送来了一把砍刀。雷姑婆为雷七收拾了几件衣裳，一袋干粮，一包药杀毒蛇的茶籽。雷七告别了娘，上路了。

蛇师雷七，走遍了畲山畲水，靠着蟾蜍引路，砍刀锋利，杀死了狗屙蝮、犁头蝮、焦尾巴、寸寸白、烙铁头和五步蛇。东山、西岙、南坑、北谷的毒蛇都快被他杀绝啦！

---

① 竹叶青蛇。
② 银环蛇。
③ 龟壳花蛇。

一天，雷七来到了一座四壁陡峭的大山后。突然他盘子里的蟾蜍瞪着两只凸出的眼睛，跳了两下，朝着前面叫个不停。

雷七细细找寻，一条毒蛇也没有，奇怪呀！

原来有条小小的眼镜蛇，早在草丛里盯着雷七哩，看见雷七一放好蟾蜍竹盘，掉个头，绕了一个圈儿，又赶到雷七前面去啦。雷七走进一片黑森森的老林里，突然蟾蜍瞪着两只凸出的眼睛，跳了两下，向着前面叫个不停。

雷七细细找寻，一条毒蛇也没有，奇怪呀！原来那条小小的眼镜蛇，早在一棵老树根旁盯着雷七哩。看见雷七一放好蟾蜍竹盘子，掉个头，绕个圈儿，又赶到雷七前面去啦。雷七走到一个傍山依水的平坝上，突然蟾蜍瞪着两只凸出的眼睛，跳了两下，向着前面叫个不停。雷七细细找寻，一条毒蛇也没有，奇怪呀！

原来那条小眼镜蛇，翻了个身，变化成为一个俊俏的姑娘，蹲在花旁，捂着眼睛嘤嘤哭哩！

雷七走过去问："姑娘，你哭什么呀？"

姑娘捏着鼻子哭道："我迷了路啦！"

善良的雷七说："我把你送回家去。"

姑娘说："我没有兄弟没有姐妹，爹娘都被毒蛇咬死啦！我要打蛇复仇。我是出来找蛇的。天长日久，孤苦伶仃一个人。我去哪儿才好呢？"

雷七想一想："噢！我是蛇师雷七，到我家里去吧！"

雷七欢欢喜喜领着姑娘回家。那蟾蜍可不得了啦，瞪着两只凸出的大眼睛，对着姑娘跳个不停。

姑娘格愣愣打个寒噤，心慌意乱地跑出来，掉头就逃。雷七追上去，抓牢她，叫道："姑娘，你往哪儿跑呀？"

姑娘停下来，定了定心，吐口气，才结结巴巴地说："我去找蛇打哩！"

姑娘走近来，蟾蜍对着她跳得很高，很高，吓得姑娘脸都白啦，出了一身冷汗，掉头又逃啦。雷七追上去，抓住她，叫道："姑娘，你往哪儿跑呀？"

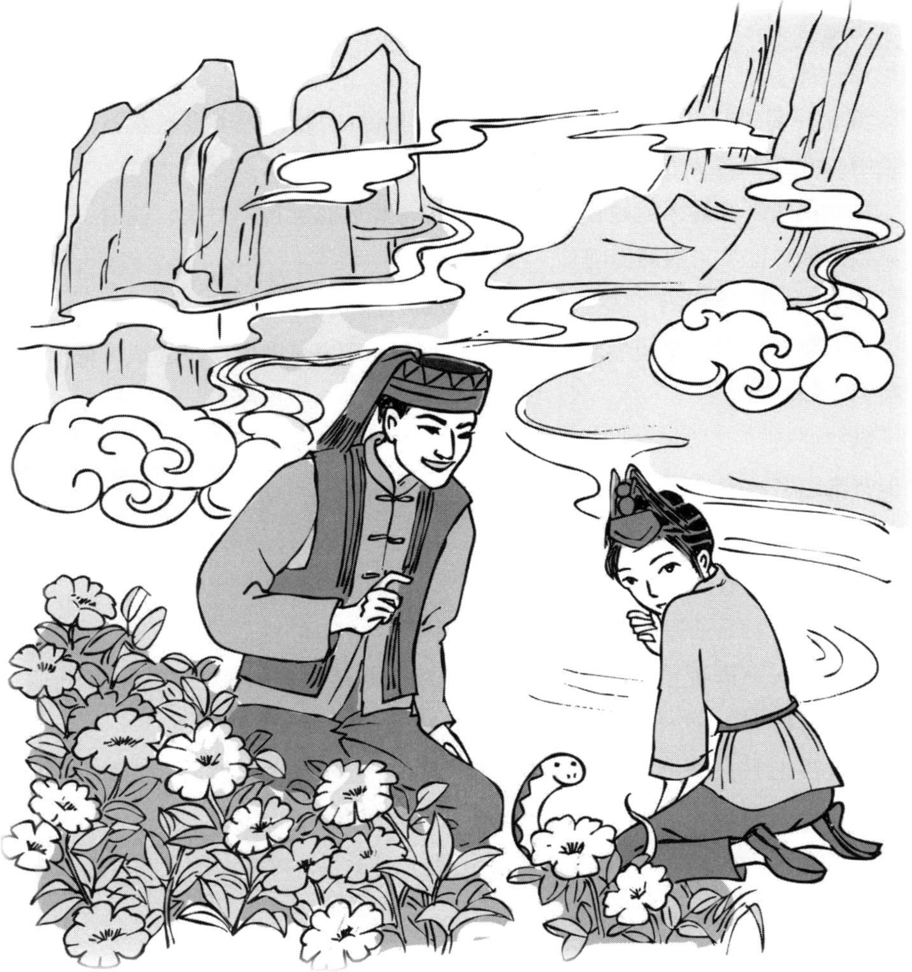

姑娘停下来，定定心，吐口气，结结巴巴地说："这……这……这蟾蜍真难看，我……我……我看到它都恶心了！"

雷七听了，左思右想，觉得蟾蜍今天异常，想必是毒蛇杀光，它要走了，就把蟾蜍放掉了。

雷七一回到家里，雷姑婆好快活呀。雷七说："娘，天下毒蛇差不多都被我杀绝啦！我路上遇到了个无家可归的姑娘，就领回来啦！"

雷姑婆听了欢喜。但她仔细端详了姑娘一眼后总觉得不对头，就说："儿呀！这姑娘眼睛外面有道白圈圈哩！"

雷七说道："哭多了。姑娘的爹娘都被毒蛇咬死啦！"

雷姑婆听了，心里也感到凄凉凉的不好受，又说："儿呀，这姑娘是个水蛇腰呵！"

姑娘听到了，忙说："是饿的呀，我没姐没弟，孤零零一个人，缺穿少吃，饿得背都贴了心啦！"

雷姑婆听了，心里越发感到凄凉凉的不好受，就说："我家里也没别的外人，你们就结成夫妻吧，省得搭铺没被头盖。"

雷七和姑娘听了都乐意，就给娘磕了个头，结成夫妻了。

雷七端来一樽番薯酒，姑娘舀上一碗酒，暗暗吐口唾液在里面，捧给雷姑婆，说："娘，喝上这杯喜酒吧！喝光了这杯酒，活到九十九。"

姑娘舀上另一碗酒，又暗暗朝这碗酒里吐了吐口水，然后将它捧给雷七，说："七郎，喝了这杯喜酒吧！喝光这杯酒，我唱支山歌给你听。"

雷姑婆喝了酒，昏昏沉沉去睡觉了；雷七喝了酒，对完山歌也睡着了。

于是，姑娘磨牙吐舌，咬断雷七喉头，吸光雷七的鲜血，吃了雷七皮肉，没想到吃着雷七衣袋里的茶籽，自己也死啦！

过了三天三夜雷姑婆才醒过来，脸上还浮肿。走到雷七房里一看，哎呀呀！我的老天爷！雷七被姑娘咬死了，姑娘满嘴血肉，还咬着雷七胸前的肋骨哩!

　　大家把雷七安葬了，墓前立了一块大石碑，石碑上面刻着"蛇师雷七"四个大字。人们无不感叹地说："放走小蟾蜍，错认美女蛇，雷七雷七，实在太麻痹大意了!"

- 采录者：唐宗龙、陈玮君
- 出处：《畲族民间故事选》，上海文艺出版社1993年版。

抛彩球

高山族

这是一则神奇的婚姻故事。故事中，一位富人家的漂亮女儿通过抛彩球找到了一位丑陋的男子做夫君，由于男子心地善良，因此在神的帮助下获得了俊朗的外表和富庶的家财，最终与妻子过上了幸福美满的生活。抛彩球是闽台地区昔日特殊的选偶方式，在这则故事中作为引子引出了整个情节，故事的发展跌宕起伏，体现出少数民族对于山民品行的思考和教导。文字直白、清爽、朴实、灵动，不作太多的粉饰，没有生硬的哲思，直接自然地展现出高山族人民热爱美好德行的品质：世界很残酷，但要心怀善良，永远向往温柔和坚强。

从前有一对父女，父亲在村子里是有地位的富人，女儿是村子里有名的美人，出门可以跟月亮比美。

由于女儿的美丽远近闻名，各地家境富裕的青年纷纷前来求婚。父亲看到有这么多来求婚的人，不知道应当选谁做他的女婿。后来他想出一个办法，对前来求婚的人说："你们都有很好的条件，都是很优秀的青年，所以我不知道应该选谁。现在我要我的女儿做一个彩球，你们集合在一起，我女儿将彩球向你们抛出，接到彩球的人就成为我的女婿，娶我女儿。"于是父女两人站在高处，来求婚的青年都站在下方。这时候，女儿便拿了彩球向下抛。结果，出乎大家意料，接到彩球的竟是一个来看热闹的年轻人，这人衣服破旧，身上还长着一片片像鱼鳞般的疥疮，看起来又脏又丑。来求婚的众人看到接到彩球的是这样一个人，大家都愤愤不平，但也无可奈何，只能失望地散去。

女儿看见接到彩球的竟是这样一个丑陋的男人，心里也十分失望，很难过地对父亲说："这大概就是我的命吧。"父亲看见这个接到彩球的年轻人既穷又脏，心中很懊恼，但是选婿的办法已公布在先，不好反悔，女儿纵然认命，自己脸上还是不好看。一气之下，他决定叫那年轻人半夜来把女儿带走。

那个年轻人意外地接到彩球固然喜出望外，但也不免自惭形秽，就遵照岳父的意思，在半夜里去接他的妻子。到时女的已把东西收拾妥当，男的一到，便同他出门去男方家，那在很远的地方，要走很长一段路。

他们两人走着走着天就亮了，肚子也饿了，于是女的坐下来休息，男的去捡拾枝叶，在稍远的一棵树下架灶煮饭。正在饭快要熟的时候，树上掉下一只蜈蚣，跌落在饭锅里。男的见了，觉得不能把这锅被蜈蚣弄脏的饭给妻子吃，但又觉得抛弃了可惜，所以便自己把那锅饭吃了，另外替妻子重煮一锅。当煮第二锅饭的时候，他忽然全身发痒，而且愈痒愈厉害，痒得难以忍受，因此赶紧跑到隐蔽之处，拼命地在身上抓搓。不料，经过这番抓搓，不仅全身的污垢都掉了下来，连原来的疥疮也都消失了，皮肤显得十分洁净光滑。这真使他惊喜交加，匆匆把身上掉下来的脏物埋进土里，又回到煮饭的地方，把第二锅饭拿给他妻子吃。

可是，他妻子看见他时却感到非常困惑，心想："这是谁呀？难道是我丈夫吗？但是我丈夫身上长着鱼鳞般的疥疮，脏脏臭臭的，而这人的皮肤却是干干净净的。"于是她就问："你是谁？我怎么从来没有见过你？你是我的丈夫吗？"男的听了没有回答，他想保守那个秘密。但是他的妻子一而再再而三地问："你究竟是谁？你为什么会在这里？如果你不是我的丈夫，为什么你替我端饭来？"由于妻子不断地追问，男的终于告诉她说："我刚才煮饭的时候，树上掉下一只蜈蚣在饭锅里，我就自己把那锅饭吃了，另外替你煮一锅。我吃了那锅饭以后，不久便全身发痒，一抓痒，身上的疥疮就都掉下来了。"说完还带妻子到他埋疮痂的地方，将土挖开来给她看。妻子确定眼前这个男人就是她的丈夫后，高兴地对她丈夫说："喔，你现在真是漂亮！"

妻子愉快地吃完了饭，两人继续赶路。到了傍晚，他们走进一个村子，村子里的第一幢房子是没有人住的空屋。他们本想进去借宿,但进屋后只见房里满是扁担,不见主人,于是就走向第二家。原来第一家是个很奇怪的地方,路过的人若进去住宿,便会死亡,他们带的牲畜也会死亡,房中的那些扁担都是以前住宿的过客死后留下的。村民都认为那是一幢不吉利、不干净的凶宅,这对新婚夫妇当然不知道这些事。

到了第二家,这对夫妇便敲门求借一宿,可是那家主人推说家中地方太小而拒绝了他们,叫他们去住第一间空屋。他们又向附近人家借宿,但那些人家也都不答应,只是异口同声地说:"你们去住第一间房子好了,那间是空房子,根本就没有人住的。"因此他们只得走回第一幢空屋住宿。当夜,妻子做了一个梦,梦见一个老人对她说:"你们为什么来得这么迟?我等你们等得很久了,快到墙的四角去挖掘,那里都藏了一些东西。"早上醒来,妻子把梦告诉丈夫,商量要不要依照梦中老人所说的去挖地,因为这不是他们的房子。最后,他们认为这是一幢没有主人的房子,梦中老人又说等他们很久了,那么就依照老人所说去挖掘试试看。结果他们一掘就掘出了很多财宝,于是决定就在这间给予他们财富的房子里定居下来。

过了一段时间,女儿的父亲渐渐想念女儿了,觉得她嫁了那么一个既穷又脏的丈夫,情形不知怎么样了。当初在懊恼和失望的情形下,他要他们在当天的半夜就离开,是冲动了一些。父亲的思念之心愈来愈强烈,终于决定出发去探望女儿。半路上,他走进女儿住的那个村子时,并不知道女儿女婿就住在那里,他只是觉得第一幢房子的风水相当好,有意去看一看。这时女儿在屋内已经认出是父亲来了,可是心中很矛盾:父亲当时一气之下要他们立刻在半夜里离开,他现在还在生气吗?要不要出来相认呢?于是她嘱咐丈夫说:"爸爸来了,不过你不要说明你就是他的女婿,也不要告诉他我在这里,你只管准备饭菜好好招待他。"说完就走去后屋。

父亲到了门口,女婿赶忙出来迎接,热诚地招待他吃饭。这时父亲已不认识

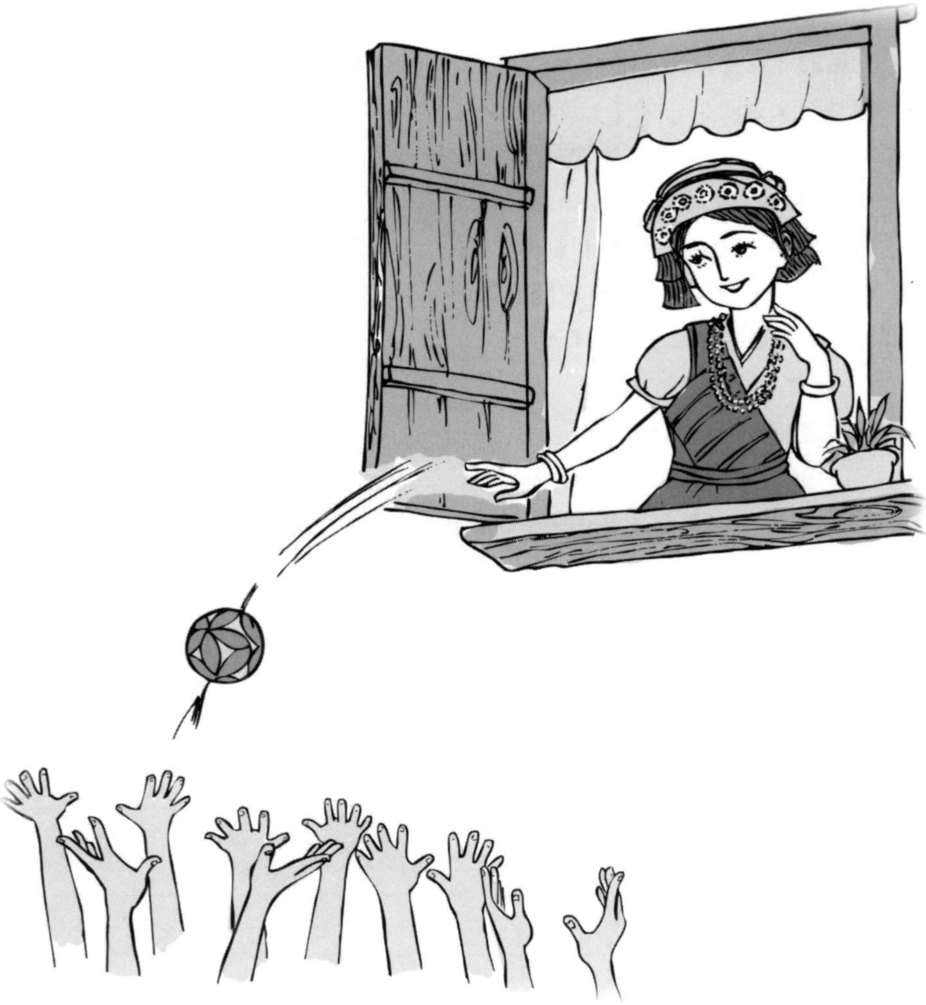

女婿，因为女婿的疥疮好后样子变了。吃饭的时候，父亲很少吃菜，每个菜都只尝一尝。原来他的口味很特别，别人煮的菜都不合他胃口，使他难以下咽，只有他女儿做的才合他口味，吃得下去。后来，女婿去厨房端来一碟虾子，是女儿自己下厨炒给父亲吃的，父亲一吃虾子，大合口味，立刻断定这是他女儿做的菜，坚持要见他女儿。他对女婿说："我女儿一定在这里，无论如何你让她出来见我。"女婿说："但这里没有你的女儿呀。"父亲说："我知道她一定在这个房子里，她不出来的话我就不离开这里。"两人僵持了很久，女儿知道父亲真是想见她，就出来和父亲会面，把事情经过告诉父亲。最后，女儿、女婿邀父亲来和他们同住，三人过着和睦快乐的日子。

- ○ 讲述者：汪秋月
- ○ 采录者：曾建次、金荣华
- ○ 出处：《宝刀和魔笛——中国各族民间故事精品》，湖北人民出版社1994年版。

石头人

黎 族

> 这是一则"三兄弟"类型的民间故事。在海南岛的一个村寨里,粮食短缺,一位老人先后让自己的两个儿子外出寻找粮食,而面对任务,两兄弟展现出了不同的性格特点,也因此获得了完全不同的结局。小儿子带着父母的期待,接受考验,经历坎坷,这也是通往成人世界的必经之路,最终他获得了精神的成长和物质的幸福。这种任务揭示了年轻人成长乃至成年的蜕变过程,是对成人礼的隐喻性描述,更是对"具备什么样的优良品质才能成就自我"的正确引导。

有一年,海南岛发生了一次罕见干旱。河里的水干了,田里的禾枯了,村寨里的人,粮食吃尽,山上的野果摘空。人们个个饿得面黄肌瘦,四肢发肿,死亡在向他们招手。

一天,一位老人对他的两个儿子说:"你们都长大了。现在寨里能吃的都吃光了,人人都有饿死的可能,你们谁愿为大家出点力,去外面找点粮食,帮助大家度过这场天灾?"

哥哥大南说:"阿爸,我愿出去找粮食。"

弟弟二南说:"阿爸,让我去吧。"

老人高兴地说:"你哥哥大,让你哥哥去吧。"

老人为大南准备了七天的粮食,他背着粮袋,挎着弓箭上路了。

大南边走边想,大地之大,哪会找不到点粮食?他不拣东南西北,见路就走,到处走,到处看。

六天过去了,大南两手空空,狼狈不堪。道路被太阳晒得像热锅一样,他艰难地走着。他越走越火大,破口大骂起来:"老东西,我在家好好的,偏要叫我出来找什么粮食，粮食是我能够找得到的?"他看见前面不远处有一棵榕树，心想正好避暑，便向榕树走去。

大南来到榕树下，看见树下蹲着一位面黄肌瘦、衣着破烂的老太婆。大南也不问候一声，自个儿蹲在一旁，拿出干粮便吃。

老太婆见他吃得津津有味，伸出一双枯黄的手，说："可怜可怜我吧，后生哥，我已经三天没吃东西了。"

大南哼了一声："这是我一人的粮食，如果两个人吃，说不定连我也会饿死；能救活一个人，总比两个人同时死去好。再说您年纪也大了，活着也受罪，我还年轻，还要去办大事呢。"

老太婆淡淡地问："你要去办什么大事呢?"

大南只是随便地把出来找粮食的事略说了一下。

不料老太婆却笑着说："我当是什么大事！我年纪大了走不动，不过我知道一个地方有粮食。"

大南一听，赶紧问道："在什么地方?"

老太婆说："如果你答应回来的时候能给我一点粮食，我就告诉你。"

大南满口应承："行，行，您快告诉我。"

老太婆说："在石山上，离这只有两里地。你过来，我教你开门的方法。"

大南听完老太婆教的开石门的方法后，高兴得跳起来，也不向老太婆道谢，就向石山的方向跑去。

老太婆望着大南的背影，只是摇了摇头。

大南一口气跑上了石山，来到一块有三层楼高的大石头面前，按照老太婆教给他的办法，手里拿着一块小石块，对着大石连敲三下，嘴里念道："前门脚，后门脚，孔仁学到先生来。"连念三遍，大石头果然从中间分开一个门。大南高兴地跑进去，门随后又关上。

大南走进洞里一看，石屋里一切生活用品应有尽有：家具成套，粮食如山，肉干一串串，酒缸一行行，用不尽的金银珠宝，穿不完的丝绸花布。大南像疯子一样转来转去，这摸摸，那看看，狂叫乱跳，闹了好久，才坐下来自言自语地说："屋里没有人，那我就应该是这个屋子的主人了！真是天无绝人之路啊！这里的东西够我受用几辈子，如果回去告诉父亲，寨里的人一来一下就搬光了，岂不是自己吃亏？"

大南心安理得地取出米酒，烤熟肉干，大吃大喝起来。饭饱酒足后，往石床上一躺，呼地一下就进入了梦乡。家乡的困难，老太婆的嘱咐，全被他抛到九霄云外了。

第二天，大南醒来，突然看见老太婆满面怒容地站在床前。他赶快坐起来，问老太婆怎么也来了。

老太婆答非所问地说："肚子饿了，你给我煮点饭吃。"

大南说："阿婆，如果你愿意，你就多拿些粮食回家吧。我已经是这屋的主人，怎么能给你煮饭！"

老太婆说："你在这里享受，难道你忘了家乡父老在挨饿，等着你回去帮助他们？"

大南不满地说："阿婆，你怎么那么啰嗦！我如果把这里的粮食给他们，没多久我不也同样会饿死？"

老太婆愤怒地说："你这样自私自利，忘恩负义，不配做这屋的主人，只配当一个石人永远站在门边看门。"

老太婆一说完，大南还不知道是怎么回事，一下子就变成了一个石人，站立在门边。

十五天过去了。寨里饿死的人一天比一天多，二南对父亲说："阿爸，让我出去找粮食吧，也许我还能找到哥哥。"

老人对大南没有下落已经够伤心的了，现在听二南说又要出去，真叫他不知怎么办好。让他去吧，就剩自己一个人了；不让去吧，眼看全寨的人都得饿死。

老人想了好久，然后对二南说："孩子，你去吧，但愿你能找到粮食，救活全寨。"

二南告别了为他送行的乡亲，背着干粮就上路了。

走到第六天，二南也来到了大榕树下，老太婆照旧蹲在那里。

二南很有礼貌地来到老太婆面前，说："阿婆，您年纪这么大，出门也不带个人，出了事怎么办？"

老太婆看了一下二南，说："我是出来找吃的，已经三天三夜没吃没喝了。"

二南很同情老太婆的处境，把仅有的一天半的干粮拿出来，说："阿婆，您年纪大了，不宜走山路，让我们年轻人去找吧，我也是出来找粮食的。这点干粮您先拿着充饥吧，等找到了粮食，我再给您送来。"

老太婆说："后生哥，你是位好心的人。我年纪大了，走不动了，不过我知道一个地方有粮食，可以帮助人们度过灾荒。"

二南高兴地说："在哪里，能告诉我吗？"

老太婆叫二南上近前来，告诉他粮食存放的地方，取粮的方法。

二南高兴地对老太婆说："阿婆，谢谢您，我们全寨的人都感谢您。您救了我们全寨人的生命。"

二南把干粮全部留给老太婆，然后向石山的方向走去。

老太婆望着远去的二南，微笑着点了点头。

二南上了石山，来到了大石头面前，拾起块小石头，对着大石头连敲三下，嘴里连念三遍："前门脚，后门脚，孔仁学到先生来。"大门打开，二南跑了进去，突然看见一位美丽的姑娘坐在石床上直望着他。

二南不知如何是好，正想转身出去。

姑娘说话了："你不要怕，我叫椰花，是这屋的主人。有两样东西，任你选一样。"

二南说："哪两样东西？"

椰花说："如果你要我做老婆，你就不能要粮食回去，只能把粮食留在这里

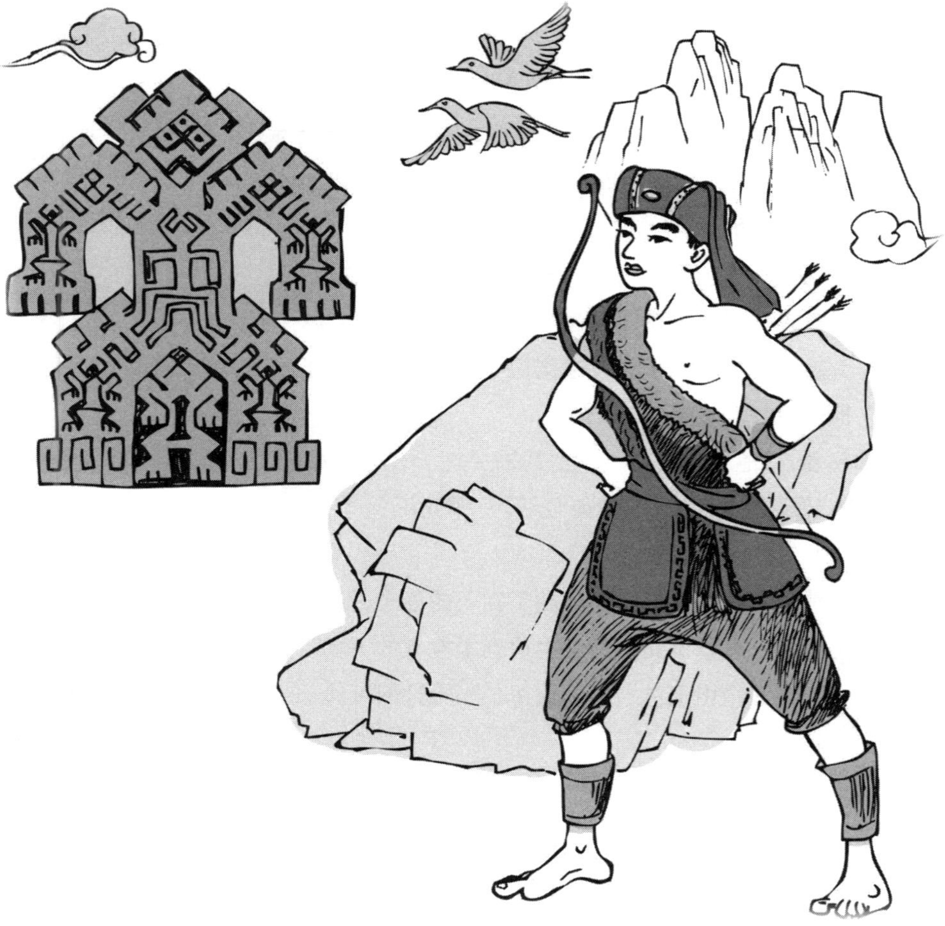

我俩享受；如果你要带粮食回去，你就不能要我做老婆。你选择吧。"

二南仔细端详椰花，发现她确实长得很漂亮。可是为了能救活全寨的人，粮食比什么都重要。

二南坚决地说："我要粮食。"

椰花伤心地说："你真不要我？"

二南说："如果允许，我先要粮食，后要你。"

椰花含羞地往堆积如山的粮食一指，一下子粮食全不见了。

她对二南说："我们回家吧。"

二南吃了一惊："粮食呢？"

椰花说："已经到家了。"

二南高兴地抱着椰花转了起来，说："人们有救了，人们有救了！"

两人转着转着，二南无意碰到门边的石人，好像脸很熟，就停下来细看，认出了是他哥哥。

椰花说："他忘恩负义，自食其果。"

二南请求道："能不能把他救活？"椰花说："不能了，让他这样站着教育后人吧。"

二南善良，助人为乐，他解救了别人的危难，自己也得了幸福。

大南自私，忘恩负义，最后也得到了应有的下场。

现在，在五指山上的一个石洞里，至今还有一个石人低着头立在洞门前，那就是大南的化身。

○　采录者：吴愧
○　出处：《黎族民间故事集》，花城出版社1982年版。

第六编

东南丘陵

妈勒①访天边

壮　族

对于天的探索，是人们认识自然、认识自我过程中的重要一步。在这则壮族民间故事中，天边虽遥不可及，但人的毅力同样不可阻挡。无功利性的努力探索，也让故事呈现出宏大壮阔的背景和真切动人的情感。天边不仅代表了初民对天的信仰，更象征着人们对自然、对未知的求索。漫漫长路上，无数的艰难困苦都不能阻挡民众前进的脚步，而人类社会生生不息的奥秘，正在于对未知世界的不倦追寻。

相传，古时候的人眺望苍天，望见天就像一个锅头一样，圆圆地盖着大地。于是，大家都说，天，是一定有个边的。谁都想去看看天边，看它到底是怎么个样子。

有一天，人们聚集在一块，商讨去寻找天边的事情。老老少少，男男女女都来了。派谁去呢？每个人都摆出自己的理由来。

老年人说："我们年纪大了，别的重活我们干不得了，但路还是可以走的。"他们要求让他们去访天边。

年轻人说："我们年轻力壮，不怕山高水深，不怕毒蛇猛兽，什么困难也吓不倒我们。"他们觉得他们去最为合适。

小孩子说："天边离得很远很远，说不定要走三十年、四十年、五十年，甚至七八十年，才能走到。"他们说他们现在刚好十几岁，走到八九十岁，一定能走到天边。

小孩子说得有理。于是，大家赞同让小孩子去访天边。正在这时，有位年轻

---

①　母子之意。

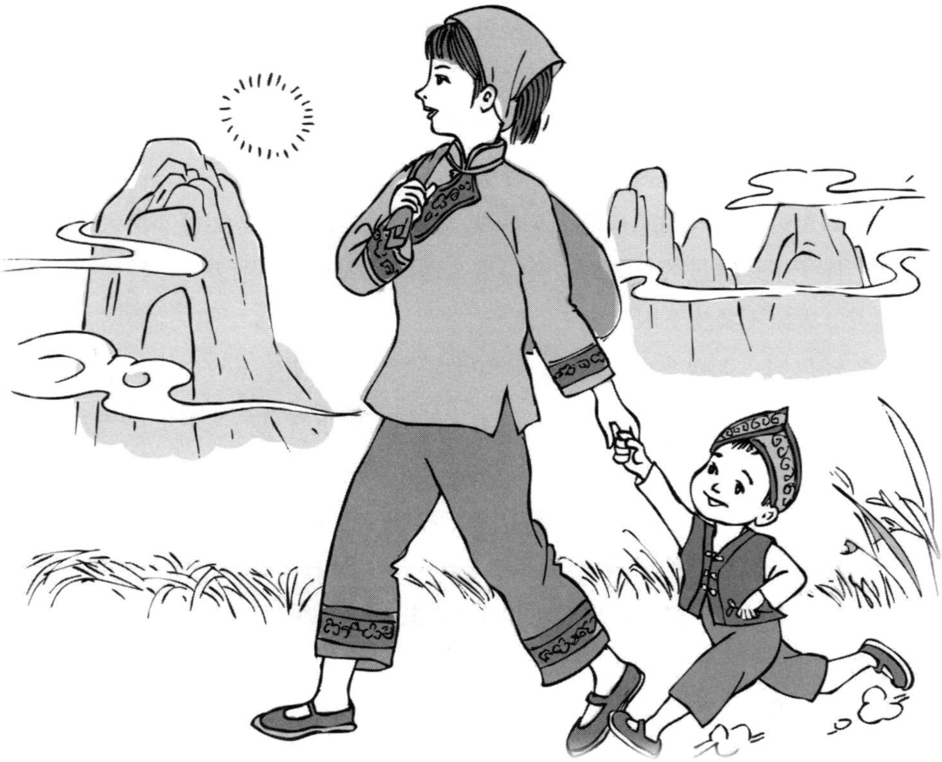

的孕妇站出来，说：

"我去最合适。我年纪还轻，可以走五六十年，到那时候还走不到天边，我生下的孩子，他可以继续向前走。"

她这么一说，人们都认为她的理由最充分。这样，人们就同意派这位年轻的孕妇去寻找天边。

第二天，太阳刚升起的时候，她就离开自己的家乡，向人们告别，朝着东方走去了。

临走的时候，男女老少都来到村边送行，有的送给衣物，有的送给干粮，有的把最锋利的刀子送给她途中作护身用。

孕妇走远了，人们又欢喜，又难过。欢喜的是，这次人们可知道天边到底是怎么个样子了；难过的是，天边离得这么远，什么时候访到天边才转回来呢！想着想着，大家不禁流下眼泪来了。

年轻孕妇一直朝着东边行走，不知走了多少天，便生下一个男孩子来了。这个娃仔，一生下来，哇哇啼哭，长得又壮又粗。她带着自己的孩子，继续朝着东边走去。

母子一路走着走着，太阳升落不知多少回，月亮圆缺不知多少次了。他俩走过了许许多多高山峻岭，涉过了许许多多大江小河，穿过了许许多多莽莽苍苍、荒无人烟的森林。一路上，他们还和许多毒蛇猛兽搏斗。

母子沿路经过许多村子，每经过一个地方，人们都盘问。当人们知道母子二人不怕重重艰难，为的是要去寻找天边，都深受感动。于是，大家都帮助他们解决途中的困难，鼓励他们坚持下去，为人们找到天边。

母子俩决心不辜负人们的期望，便向大家表示：一定要把天边找到。

母子俩一直走了几十年，天边，还是没有找到。妈妈头发已经雪白，走不动了，人们劝她留下来。劝得多了，她才不得不留下，叫儿子继续向前走。

母子分离的时候，儿子满怀信心地说：

"妈呀，我要走完你没有走完的路，直到把天边找到！"

说完，他一个人又继续向前走了。

○ 采录者：广西壮族文学史编辑室搜集，农冠品整理
○ 出处：《壮族民间故事选》第一集，广西人民出版社1982年版。

达架的故事

壮　族

《达架的故事》是一篇脍炙人口的壮族民间故事，具有鲜明的地域色彩与民族特色。讲述了女主人公达架在巫婆的毒害下成为孤儿，并受到后母的百般虐待，最后遇到王子解救，过上了幸福生活的故事。这一故事模式是我们熟知的灰姑娘型故事，是一篇来自壮族的故事异文，包含了奇幻想象、家庭伦理、民风民俗等多种文化元素，讲述了善良的达架坎坷的命运；以达架的大团圆结局与达仑、后母的惨剧形成鲜明的对比，告诫人们为人善良的重要性，是一篇既具有审美价值又富含哲理的优秀民间故事。

　　森林里有个会放蛊的巫婆，因为心肠狠毒，人们都说她肚里有毛。她生下一个女儿，一出生就是麻脸，据说就是那巫婆肚里的毛刺的。

　　会放蛊的巫婆非常爱这个麻脸的女孩，因为爱她，所以对长得漂亮的女孩就特别憎恨。凡是听到哪里有长得漂亮的姑娘，会放蛊的巫婆总想千方百计去害她。

　　靠近森林边的板寨，有一家三口人，父亲、母亲和女儿，生活过得蛮好，那个姑娘长得非常漂亮。会放蛊的巫婆决心要整治这个漂亮的姑娘。

　　有一天，会放蛊的巫婆装成一个讨饭的来讨饭，漂亮的女儿和妈妈对穷苦人非常同情，不但给她饭吃，还把她收留在家。

　　会放蛊的巫婆趁着和那漂亮姑娘的母亲上山砍柴的机会，便念起咒来，"啪"的一声，用手拍在姑娘母亲的背上，姑娘母亲回头一望，霎时便变成了一头牛。

　　会放蛊的巫婆把牛赶回家说：漂亮姑娘的母亲让这头牛用角抵住，掉下山谷去了，所以把这头牛带回来顶罪。姑娘听了大哭起来。父亲听了非要把这头牛杀

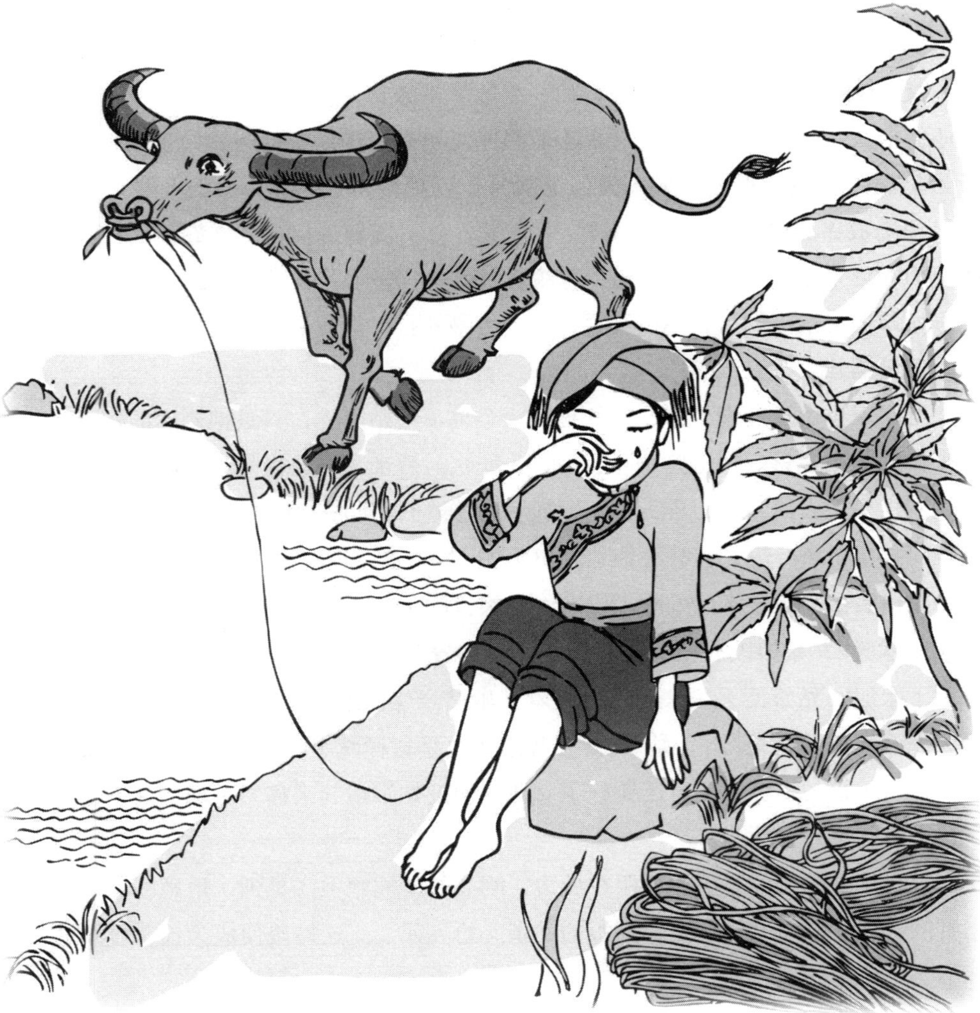

死报仇。

会放蛊的巫婆说:"杀死就便宜它了。反正我们没有牛,就用它来犁田耙地,折磨它一下也解心里的恨呀!"

姑娘哭着要母亲。巫婆说:"从今以后,我就是你的母亲了。"

父亲娶了这个会放蛊的巫婆以后,巫婆就千方百计折磨那姑娘,常常不给她饭吃。有天她父亲刚从田里回来,会放蛊的巫婆做着汤圆,便叫姑娘过来吃,却不给她碗。当她伸手去接那滚烫的汤圆时,哪里接得住!汤圆掉到竹楼下面去了。那会放蛊的巫婆随即高声叫骂:"吃饱了就不该糟蹋粮食,把好好的汤圆丢到下面粪堆里去,难道你不知道,这粮食是你爸爸辛辛苦苦种出来的吗?"

姑娘的父亲听到了,不由分说,拿起竹鞭就打。会放蛊的巫婆这时又来装好人,把她隔开。

有次家里做蕉叶馍,会放蛊的巫婆一个也不给姑娘吃,只是把剩下的蕉叶丢下来给她。姑娘只好在这些蕉叶上用舌头舔吃。后来,会放蛊的巫婆叫她把蕉叶馍送到田头上去给父亲,告诉她:"要是偷吃的话,回来一定要剥皮抽筋。"姑娘颤颤抖抖接了蕉叶馍,胆战心惊地到田头去。

在田头上,她父亲问她吃了没有,姑娘说吃了七张叶①。父亲说:"你为什么这样贪吃呀?"姑娘没有回答,只是眼睁睁看着父亲吃馍。等到她父亲将蕉叶剥开丢下来时,姑娘便去接来用舌尖舔着。她父亲奇怪地问:"你不是吃了七张叶吗?怎么还来舔这蕉叶?"姑娘说:"我刚才也是这样吃了七张叶呀!"她父亲才知道这后娘搞的鬼名堂,自己冤枉了女儿,便把姑娘抱起来痛哭一场,悔不该娶了这个巫婆。

原来这会放蛊的巫婆偷偷跟在后边,刚才的事被她一一见到,怕她的父亲回来责问,便念起咒来,于是,姑娘的父亲又给弄死了。这姑娘便成为没爹没娘的

---

① 壮族的蕉叶馍,一般一张叶子包两个馍。

孤儿，因此，人们都叫她达架①。

父亲死后，达架就和这个后娘过活。这后娘又把那麻脸的姑娘接来一起住。这麻脸姑娘是最小的一个，所以叫达仑②。最小的孩子，父母亲都觉宝贵，因此也叫她达贵。从此，后娘对达架更是百般虐待，每天除了叫她打柴挑水外，放牛时还要绩一斤麻，不然回家就不给饭吃，所以每天放牛绩麻时达架就哭泣。

达架养的这头母牛，非常同情她的境遇，便说："你不要哭，请你把麻皮给我吃了，到晚上收牧时，我就屙出白麻纱给你。"达架听到母牛会说话，真的把麻皮喂了母牛。傍晚时，母牛翘起尾巴，屙出来一堆又白又细的麻纱。达架赶紧捞着衣襟去接。

这天晚上回到家里，达架把麻纱交给后娘。后娘从来没见过这样又白又细的麻纱，便认为是达架偷了别人的，拿出牛鞭就打。达架只得照实说了。

后娘知道母牛吃麻皮会屙出又白又细的麻纱来，就想：母牛吃一斤麻皮可以屙出一斤又白又细的麻纱，明天我给它吃三五斤，不是可以收回三五斤麻纱吗？如果每天五斤，不上一年，我便可以成一个富人了。于是第二天她就叫达仑去放牛，要达仑带去三斤麻皮。

达仑把母牛赶到山野，也假装绩麻，也假装哭泣。果然，母牛说话了，达仑一下子就把三斤麻皮喂了母牛。等到黄昏要赶牛回家时，母牛真的翘起尾巴来。达仑以为一定要屙出又白又细的麻纱来了，便捞起衣襟去接，谁知母牛却屙出一泡烂屎来，把达仑全身弄得又臭又脏。后娘知道了，便把母牛杀了。

母牛被杀死了。达架在屋后哭泣，突然天上飞下来一只乌鸦说起话来：

丫丫丫，架呀架！不要哭来不要怕！

---

① 孤儿。

② 最小的儿女。

> 牛骨埋下芭蕉根，将来要啥就有啥！

达架听了乌鸦的劝告，人家分肉分筋，达架什么也不要，只要一副牛骨头，拿到芭蕉根下去埋。

有一天，达架的外婆家请酒，这是青年男女聚会的机会，后娘因为达仓生得丑，嫁不出去，就故意不让达架去，反而专门给达仓穿好的戴好的，去外婆家喝酒去了。临走时她告诉达架：家里有三斗芝麻和三斗绿豆捞拢了。要达架在家好好拣选清楚，拣选得快，就可以到外婆家来找寻她们。

达架在家把那三斗芝麻和三斗绿豆拿来拣选，弄得头昏眼花，还拣选不出半小碗，就哭泣起来。这时，那只乌鸦又飞到屋檐来说：

> 丫丫丫！架呀架！不用哭来不用怕！
> 找个簸箕扬和筛！芝麻绿豆自分家！

达架照乌鸦告诉的方法去做，不一下就做完了，刚赶上时间到外婆家喝喜酒去。

不久，听说圩上唱戏，好多年轻人都去赶圩看戏，达仓和后娘也去了。达架也要去，后娘说："要去可以，你先把家里三个大水缸的水挑满，你才可以去。"

后娘和达仓走了，达架找来扁担和水桶，一看，气也喘不出来了，原来水桶已被后娘砸烂，桶底裂开，桶箍松散，这怎么挑水呀！不禁又哭泣起来。

这时，那只乌鸦又飞到达架面前说：

> 丫丫丫！架呀架！不要哭来不要怕！
> 先把桶箍紧一紧，乱麻塞漏再糊泥巴！

达架依照乌鸦指点的去做，不一会就把桶底整好，挑起水来，一滴不漏。不久，三个大水缸，个个满水，赶得上到圩上去看戏。

一年一度的歌节到啦！村上的青年男女都准备新衣服、新头巾，有的还准备好各种首饰，盼望参加歌圩。但是，后娘不愿达架去参加歌圩，不但布没给一尺，丝线也不给一根。别的姑娘是新衣裳、新头巾，达架却穿着破烂的衣裳。达仑不但有新衣裳、花头巾，还有金钗银镯，达架却什么也没有。

后娘带着达仑去赶歌圩，对达架说："你在家看家，也不要你做什么活路了，织机在那里，你织出布就做新衣裳，有新衣裳、新头巾，加上金银首饰，你就赶歌圩去吧！"

麻纱是达架绩，新布是达架织，可是后娘全都拿去装扮达仑了，达架穿得像叫花子一样破烂，怎么见得人呀！达架想着，不禁又哭泣起来。

这时，那只乌鸦又出现了。

丫丫丫！架呀架！不要哭来不要怕！
耳环挂在猫勒上，衣裳藏在芭蕉下，
还有一对金箍鞋，拆开蕉蕾就见它！

达架停止了哭泣，她走到猫勒蔸那里去看，满丛猫勒蔸都挂着金耳环，达架随便选了一双挂到耳坠上。然后到埋牛骨的芭蕉树蔸那里，她用锄头一挖，见一个蕉叶卷着的包包，打开来看，啊！就像那嫩绿蕉叶一样的绿绸子，已制好了一套崭新的衣裳，于是达架就把新衣裳穿了起来。达架又向挂在芭蕉树上的蕉蕾望望，把蕉蕾像剥笋壳一样掰开，哈哈！真的有一双闪闪发光的金子箍的新鞋子。达架洗好脚，小心地将鞋子套上，不大不小，不松不紧，刚好合脚。达架便高高兴兴地赶歌圩去了。

达架因为出门晚了，怕歌圩散场，所以匆匆赶路。过桥时，那桥下的水绿幽幽的可照出人影来。达架想照一下影子，看看自己穿戴如何，便到桥边站住了。一看，自己也愣了，原来水里的人影，竟像仙女一样漂亮。达架心花怒放了。

达架正在高兴，听到后面有马蹄声，又听到人们嚷嚷说："洞主的少爷骑马来赶歌圩了！"达架感到自己还是个姑娘，应该躲避一下，心一急，打了一个趔趄，脚一滑，"哎哟"一声，一只金鞋掉下水去了。自己想跳下水去，又觉得水太深，想找条竹篙来捞，后面的马蹄声却越来越近了。达架心想：算了吧，反正这鞋子也不是自己的，还是赶歌圩要紧，便急匆匆地跑走。

后面的马蹄声越来越近，正是洞主的少爷来赶歌圩。谁知那马刚一踏上桥头，就嘶叫起来不扬蹄了。少爷用马鞭打了三下，那马还是不走，便叫随从看看桥下究竟有什么东西。随从们向桥下一望，大家都惊愕起来。少爷说："桥下有什么东西？"随从说："有一个金光闪闪的东西在河底发亮。"少爷就叫随从下河去打捞上来。捞上来一看，却是一只金光闪闪的鞋子。

少爷说："不知哪家姑娘丢了这鞋子，一定很伤心的，如果有父母的话，找不回这只鞋，怕要挨打呵！我们把它捡起来，拿到歌圩去找人来认领吧！"

这位少爷是洞里的英雄，也是俊美的青年，他来赶歌圩也给歌圩带来热闹。但他今天赶歌圩却不找人对歌，而是叫他的随从拿一根竹竿，把那只闪闪发光的金鞋吊在竹竿上，叫喊着："少爷今天捡到一只金鞋，是哪个姑娘丢的，请来认领。"

这件事像油锅里撒下一把盐一样，炸开了。少爷捡得一只金鞋？多新奇的鞋子！又是金子做的，没见过。大家都往少爷这个地方围拢来，都想看一看金子做的鞋子是怎么样的，一下子把少爷站的地方围得水泄不通。

有的贪心人想要那只金鞋，也去认领，少爷叫她们试，但去试的人，不是脚长了，就是脚短了。

后娘见到那只闪闪发光的金鞋子，眼红起来。心想：如果拿到这只鞋子，可值多少钱呀！这半辈子可吃不完啦！便叫达仑去试。达仑把脚伸进鞋子，觉得鞋子松松宽宽。少爷说："不是你的请不要来试啦！"达仑脸红地走开了。

这时，人群中走出一个姑娘来，她像天仙一样，穿着像嫩蕉叶一样的绸纺上衣，她的裙子像溪流一样飘动，轻悠悠像就要起飞的样子。她走到少爷跟前。

少爷望一望这漂亮的姑娘，说："姑娘，不是你的鞋不要试，免得不合脚别人说你贪心，你不会脸红吗？"

姑娘说："是我的马我才骑，是我的鞋我才穿！"少爷说："我这里只有一只鞋，如果是你的，应该还有一只！"

姑娘说："鸳鸯鸟一个活不成，鞋子一只穿不了，正因为我丢掉了一只鞋，那一只我收在怀里。"姑娘说完，便从怀里拿出那另一只鞋来，这一只鞋也发出闪闪的金光，众人都欢呼起来。

有人问："这姑娘是谁家的呀？"大家瞧瞧，认不出。我们洞里没有这样的美人呀！莫不是仙女下凡吧！

还是达仑眼尖，一眼就看出是达架来，便扯她娘衣角："妈，那是达架姐姐！"

后娘发火说："你眼花啦！达架在家穿得破破烂烂，连叫花子都不如，哪来的绸纺衣裙？还有金鞋子穿！"

达仑又仔细看看，见达架耳下有颗小痣，便说："妈！是达架姐姐！"说着，便跑过去把那漂亮的姑娘拥抱起来，姐姐长，姐姐短，甜亲亲地叫着。

后娘气不过，过去就扬起巴掌要打达架，被少爷看见用手隔开了，问她："为什么在大庭广众下要打人？"后娘说："这丫头偷家里的东西出来，所以要打她。"接着便胡编一通说什么衣服、裙子是达仑的，金鞋子是达仑的，那漂亮姑娘如何趁她们母女不在家就偷出来。

少爷问："既然两人是姐妹，为什么妹妹有这样漂亮的衣饰，姐姐却没有呢？"

后娘说："她是孤女，父母早死了，谁帮她置这些东西呢？"

后娘这么一说，旁边听的人便唱起歌来挖苦她：

第六编 东南丘陵

罗望子①，九层皮，后娘肚子十层皮。

　　"哗啦"一声，众人笑开了，后娘也不好受，脸红起来。
　　少爷对达架说："请姑娘把两只鞋都穿起来给大家看看吧！"
　　达架把两只鞋一齐穿上，大家觉得这双鞋对她这对脚来说，既不长，又不短；既不紧，又不松。走起路来，就像一对鲤鱼游在水里一样，轻飘飘的。
　　少爷问后娘："你的女儿刚才试鞋时，穿下去就像老鼠尾巴掉进米缸，宽宽松松；可人家穿下去，松紧合适，你还有什么话讲？"
　　后娘还要强辩，说："这丫头脚大，把这对鞋撑大了！"
　　少爷说："好，我看你的脚比她大，你来撑撑看，撑合了你的脚，算是你的。"
　　后娘真的拿鞋来试，谁知那脚太大，刚把脚放进鞋套，就像被铁钳钳住一样。但她仍不死心，用力把后脚跟撑进去，结果剥了一层皮，鲜血猛流不住。
　　少爷说："死了你那颗贪心吧！"
　　大家都称赞少爷今天断这件案公正合理。只有后娘和达仑灰溜溜地离开歌圩回家了。
　　少爷知道达架是个孤儿，回去一定会挨后娘打骂，所以非常同情她的境遇；达架觉得少爷英俊正直，对他产生好感。两人相互爱恋，不久就结婚了。
　　他们结婚一年以后，生下一个孩子。少爷叫达架回后娘家去探亲，达架不愿回去。
　　孩子长到一岁，少爷还是叫达架回后娘家探亲，达架还是不愿意。
　　少爷说："富贵人也要认穷亲戚，不然人家将来会说你嫌贫爱富。"达架想想也是，就决定回后娘家探亲。

---

① 壮乡出产的果子，俗名"九层皮"。

达架回到后娘家。后娘和达仑非常热情接待。吃过饭以后，后娘就说："你们姐妹离别三年，不知变化多少了，大家一起到后面那潭水里去照影子，看看比比吧！"

达架心直，真的和达仑一起去了。两姐妹肩并肩一同站在深潭边，达架刚低头想望望潭水里的影子，不提防，后娘在后面一推，就把达架推下深潭去了。

后娘把达仑拉回家，把达架带回的衣裙给她换上，让她装扮成达架回少爷家。

后娘说："胆要大，心要狠，做了少爷的夫人，就可享福一辈子了。"

达仑晚上回到少爷家，少爷看不清楚，但觉得这女人说话有点粗哑，便问："为什么回娘家探亲几天，说话就粗哑起来？"达仑说："妈妈待我好，每天都用油煎东西给我吃，吃多了把嗓子给搞坏了。"

孩子抱着妈妈，便问："妈，你没回外婆家时脸皮白嫩嫩，去了外婆家，怎么有好多麻斑？"

达仑说："我回去帮外婆炼油，不小心落下一抓盐，油炸开起来，把脸烫伤了。"

少爷总觉得这达架回娘家探亲一次，回来判若两人，但又不好造次细问。这天，他闷悠悠在后花园玩，一只乌鸦飞过来叫着：

丫丫丫，漂亮的老婆换来雀斑麻！

这位少爷一听就觉得不是滋味，便说："你如果真是我老婆的魂魄变的，请飞进我的袖筒来。"说完，就张开袖筒等待。这只乌鸦就朝少爷的袖筒飞来。

少爷把乌鸦带回家，放在鸟笼里喂养着。

少爷见家里这位假媳妇懒洋洋的，便说："你回娘家前织的那幅壮锦没有织完，应该把它织完！"达仑不会织锦，但也不得不摆弄几下。

那只乌鸦突然飞出笼来，飞到织锦机前把织锦的纬线抓乱了。

达仑赶着乌鸦，乌鸦飞到窗前骂起来：

丫丫丫，达仑害达架！谋夺丈夫占人子，
将来一定挨刀杀，剖开你胸膛，
心肝肚毛一定黑麻麻！

达仑不听犹可，一听揭了自己的阴私，就拿着织梭，对准乌鸦的头扔过去，把乌鸦打死了。达仑打死乌鸦还不解心头之恨，又把乌鸦的毛拔光，剖开肚脏，用刀来剁，放下锅去煮。谁知水一开，响起"劈劈剥"的声音，这声音，仿佛是在骂她：

劈劈剥，劈劈剥。达仑是个狠心婆，
谋害人命要偿命，将来一定下油锅。

达仑听了非常恼火，便把锅端起来，把乌鸦汤水全从窗口倒出去。

不久，倒泼乌鸦汤水的地方长起一丛翠竹，这丛翠竹迎风起舞，婀娜多姿，特别是能遮荫，大热天人在下面一站，便感到非常凉爽。少爷每天都愿意到这丛翠竹下休息。

达仑也喜欢到这里来歇息。但是，她一来，翠竹老是摇晃，伸出它的枝丫，不时钩住达仑的头发。达仑大怒，就把翠竹丛全部砍光，还放了一把火烧掉了。

有个老太婆，想找个竹筒来吹火，便在烧焦了的竹子里选，选出一节竹筒拿回去做吹火筒。

这个老太婆每天出外劳动，一回来见桌子上都摆着饭菜，谁帮她把饭菜弄好了呢？她非常奇怪。有一天，她假装出门，在房子里躲起来。不久，便见一个姑娘从吹火筒里钻出来,帮她烧火做饭。老太婆一高兴,就跳出来把姑娘拉住说:"我没有儿女,你就做我的女儿吧!"这竹筒姑娘就答应下来。

那天少爷家过节,达仑杀了鸡,吃饭的时候,小孩正拿着鸡腿要吃,突然有一只猫向鸡腿猛扑过来,把鸡腿抢去了,弄得孩子大哭起来,立刻跑出去赶猫。少爷见孩子哭了,心疼起来,跟着去赶猫。只见那猫向老太婆家跑去,父子俩也跟着追去。把门一推,大吃一惊:原来看见达架在老太婆家中。小孩"哗啦"一声扑过去,大哭起来。少爷也过去搀扶妻子,落下眼泪。

大家叙说了一番失散的痛苦,又商量了一下,便一起回家。达架回到家,达仑就不好意思了。小孩有了亲妈妈,谁还去要假妈妈呢?丈夫找到了真妻子,谁还去怜惜掉包的?!达仑只好一个人孤独地躲在房里,不敢出来见人。

有天达架进房间来,达仑看看她好像没有什么生气的样子,便假惺惺、亲亲热热地说:"姐姐呀姐姐,你一掉下深潭后,我就像丧魂失魄一样,又怕姐夫到娘家要人,又怕外甥没有了亲娘,迫不得已来做个假妻子,你这会就谅解了吧。"

达架说:"难得妹妹这份好心,我算是领情了。"

达仑羡慕达架漂亮,又笑吟吟地讨好说:"姐呀姐!想不到你跌下深潭后回来比以前皮肤更白了,你是用什么办法把你的皮肤弄得又滑腻又雪白呀!"

达架说:"你没有见我们平常踩碓子舂米吗?糙米越舂越白,越舂越滑腻。我掉下深潭起来后,给别人拿到舂碓舂舂,才这样细白细白的哩!"

达仑以为找到了诀窍,回家要求她娘把她放到舂碓去舂,好把皮肤舂得又白又滑腻,找到一个好丈夫。后娘疼爱达仑,一下就答应了。

谁知达仑睡在舂碓上,后娘把舂尾一踩,一放脚,舂碓头猛地一落,只听"哎呀"一声,把达仑舂死了。这后娘见自己把亲生女儿舂死了,也就立即气绝身亡。

○ 采录者:蓝鸿恩

○ 出处:《壮族民间故事选》,上海文艺出版社1984年版。

小黑炭

仫佬族

小黑炭是具有神性的英雄主人公，他有超出常人的毅力，使他获得了神灵般的巨大能量。故事中存在着三处困境与出路，一为老黑炭年老但却结婚生子，二为小黑炭性命垂危但重获新生，三为小黑炭弱小但却打败拳师。看似不可思议的事情在小黑炭身上具有了合理性，小黑炭的出现让人们坚信，绝境中必有其出路，涅槃必定新生。小黑炭的故事寄托着仫佬族人正义战胜邪恶、弱小打败强权的美好心愿，是他们勇气与力量的源泉。

很久以前，有一个仫佬，无田无地，无儿无女，孤苦伶仃，只有一把煤斧和两只煤篓。他日里在窿道里挖煤卖，夜里就在煤井旁边的窝棚里栖身，成年累月和煤炭混在一起，黑不溜秋的，村上的人都叫他"老黑炭"。

俗话讲，天无绝人之路。老黑炭六十岁那一年，找到了一个老寡妇做老伴。成亲这天晚上，老黑炭笑眯眯地攀着老太婆的肩膀问："喂，老婆子呀，什么时候给我生个小黑炭呀？"老婆子害羞地捶了老黑炭一拳，便蒙头睡了。当夜，老太婆梦见煤篓里的一块小煤核突然闪亮起来，一明一暗，五光十色，轻轻地从煤篓里跳了出来，来到床边，"噗"的一声，爆出一个黑晶晶的像鹅蛋那么大的小精灵来，爬进了她的怀里。

老太婆欢喜得笑出声来，老两口都惊醒了。老婆子把梦里的事告诉老黑炭，他也高兴得哈哈大笑，说："好呵，好呵，我们快有孩子了。"十个月后，老太婆真的生下了一个男娃娃，村里的人们都来贺喜，因为这娃娃又黑又小，大家都叫他小黑炭。

转眼之间，七八年过去了，小黑炭渐渐地长大了。老阿妈在家编织雨帽的时候，小黑炭就坐在旁边帮送竹叶；老黑炭下井挖煤的时候，小黑炭便手拿一根小竹竿，上面挂着一只小鸟仔，走在前面试探煤井里有没有毒气。小黑炭这样乖，老妈妈和老爸爸打心底高兴。

可是，天有不测风云，人有旦夕祸福，小黑炭突然病倒了，老黑炭四处求医，八方取药，精心治疗，都不十分见效。眼看小黑炭一天天病得面黄肌瘦，老夫妇伤心地痛哭起来，左邻右舍也都为他们着急。

这一天，老黑炭又抱着小黑炭出门求医去。一路上，他心急如火，见人就喊："好心的人啊，救救我的小黑炭吧！"见树也讲，"好心的树啊，救救我的独根苗吧。"急得他差不多发疯了。这时候，只见迎面来了一个满面红光、银须白发、手拄拐杖的老者。老黑炭不管三七二十一，跪下去就向老者求救。那老者摸摸小黑炭的脉搏，看看小黑炭的气色，口中念念有词："生来血气少，求医也无药，想要身强壮，须从苦中磨。三年学吹井，井水滚进锅。莫道黑炭小，血气动山河。"说罢便从袖中取出一张纸来，手蘸口水，在纸上画了四画。老黑炭接过纸来一看，只见上面不清不楚地画着一个"井"字，他横看竖看，都看不懂是什么意思，就转过头来要向老者问个明白，只见那老者已经走到黄泥岩口，眨眼之间就不见了。

老黑炭回到家中，许多人都跑来问长问短。他把老者的纸笺给大家一看，大家也莫名其妙。这时，小黑炭却眨了眨眼睛，轻声地说道："爸、妈，我晓得了，我晓得了！"大家听了，不由得一阵惊喜："孩子，你晓得什么了？"

小黑炭挣扎着在床上坐了起来，答道："老公公刚才讲：想要身强壮，须从苦中磨。"

"怎么磨？"大家急忙又问。

"学吹井。"小黑炭天真地回答。

"吹什么井？"老黑炭越听越糊涂。

"吹我家门口这口井，把井水吹得铺上井台，滚进了锅头，我的病就好了。"听小黑炭这么一讲，又看看那张纸笺，大家还是感到费解。

第二天天一亮，小黑炭就依照那老者的嘱咐，握着老黑炭那根尺把长的小烟袋当拐棍，来到井边，伏在井台上吹了起来。老黑炭来到井边一看，我的天呀，井里才有半井水，水面离井台没有一丈也有五尺。小黑炭呼呼地将气吹下去，井水一动也不动，要是这么吹上几天，费尽气力，九死不得一生。老黑炭便唉声叹气地劝道："儿呀，我们还是再找高明的医生吧，你这么吹下去，会把命吹掉的呀！"

小黑炭生来就有一股犟脾气，他还是伏在井台上吹呀吹。第二天，他找来了一根尺把长的禾秆筒，含在嘴里，将气吹下井去，井水还是一动不动。他妈妈也来劝他不要吹了，可是他还是吹呀吹，一连吹了三个月，井水还是一动也不动。村上的人见了，也纷纷跑来劝他，不要白费力气啦。

小黑炭见井水虽然还未吹动，但三个月来，由于自己来回走动，不断鼓气，身上越来越有力，面色也越来越红润了，所以，还是坚持吹下去。又吹了三个月，呃，井水有一点动起来了，他的身体也比过去强壮多了。吹了一年，井水果然上升了三尺；到了第二年，他蹲在井台上一吹，井水立刻沸腾起来；到了第三年，他站在井台上运足力气吹下去，井水果然马上扑上了井台，滚进了他家的小鼎锅。从此小黑炭虽然身体矮小，可十分强壮，力大无穷，吹井，井水滚滚流；吹石，石头要搬家；吹树，树木连根倒。

这一年二月，村村寨寨都耍龙灯，舞狮子，赶坡会。小黑炭手里提着两个粽粑，随着老黑炭来到了凤凰山下凤凰坡头的多吉寺门前。只见寺庙门前的右边，搭起了一个高台，台上站着一个彪形大汉，袒胸露臂，活像多吉寺里的金刚一样，摆出一副霸王般的架势，挥着两条臂膊，口里大声叫道："拳打罗城仫佬，脚踏百里煤乡！如有不服输者，请放马过来！"老黑炭在下边听了，不知道是怎么回事，就向旁边的人打听：那是什么人？摆的什么擂台？旁边人告诉他说："这是宜州官府的拳师教头。宜州官府想要霸占煤乡，怕仫佬人不服，就派这拳师到罗城来摆擂台，叫嚷比武，给仫佬人一个下马威。"老黑炭听了不觉气愤起

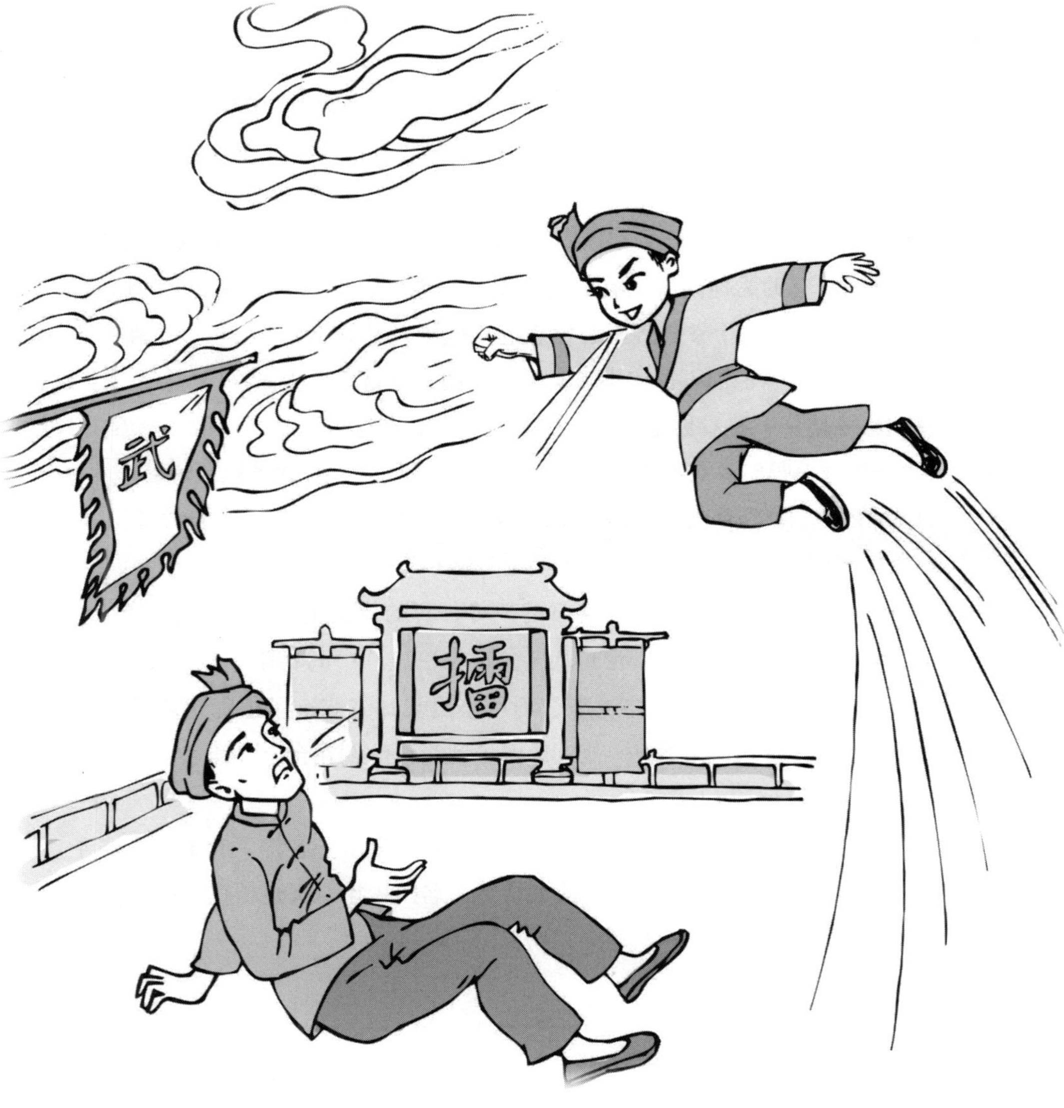
武
擂

来，便向台边挤去。这时，又听到台上的人叫道："八百里宜州，十六个县治，有谁敢上台来比试比试？"

"有！"说时迟，那时快，只见小黑炭在老黑炭的肩膀上一蹬，应声跳上台去。拳师教头一看，见是个打赤脚的小娃仔跳上台来，高不过两尺，黑不溜秋的，像个泥菩萨，禁不住哈哈大笑，问道："你这娃仔，姓甚名谁？"

"不用多问，我今天上台和你比试。"小黑炭答得这么响亮，台下众人都惊呆了，四处轰动，有的为他叫好，有的为他担心。老黑炭更急得像热锅上的蚂蚁，一时不知如何是好。那个拳师教头心中想道：仫佬人竟敢让一个娃仔上来和我比武，真是胆大包天！他恨不得将小黑炭提起来抛到九霄云外去。

"嘿嘿！仫佬仔，我看你是活得不耐烦了吧？我在这里一站，就像一座泰山，你能动我一根毫毛吗？要是不能，我就一拳打扁你！"拳师耀武扬威地说。

"狗头拳师，你不要欺人太甚！只要我在这里吹上一口气，你就要滚下台去。"小黑炭毫不示弱地答道。

这时候，那拳师摆出一副张牙舞爪的架势，真的像座金刚山一样站在那里。"小黑炭"两手叉腰，悄悄地运足了力气，站在一边，中间相距不到一丈之地。拳师正想来个"鹞鹰抓鸡"猛扑过来，不料小黑炭却先瞄准了他那祖露的肚脐眼，用力一吹，击中了他的要害，他就像中了利箭似的倒在台上；接着，小黑炭又转口一吹，那拳师就滚下擂台去了。

顿时，凤凰坡上围观的人，齐声欢呼喝彩，龙灯狮子一齐舞了起来，多吉寺里钟鼓齐鸣。小黑炭斗败了宜州官府的大拳师，名声大振，远近传扬，被人们称为"神童"。

○ 讲述者：潘万华

○ 采录者：梁瑞光、银应梅

○ 出处：《仫佬族民间故事选》，上海文艺出版社1988年版。

青蛙仔

瑶 族

青蛙仔属于"怪孩子"型故事，其中包含着三迭式结构，即青蛙仔迎娶柳姑娘所历经的三次考验。此外，故事中屡次出现具有特殊含义的数字，如三、二十一、三百六十等，这使故事呈现出相似的情节模式。丰富的幻想之外，这则故事也体现了对现实的关注，如对土司强权的痛恶，以及对贫苦百姓的同情。青蛙仔的故事中，蕴含了瑶族人民以弱胜强的智慧。人们相信正义会战胜邪恶，而代表了千千万万普通百姓的青蛙仔，终将取得胜利。

在古老的年代里，深山瑶寨住着赵家兄弟二人，他俩长大以后，结了婚，分了家。老大的第一个小孩是个聪明伶俐的男孩，可老二的第一个小孩却是个青蛙仔。它刚生下来的时候，身长不到五寸，体重不够四两，老二怕家丑外传，想把它一把捏死，可是妻子死也不肯，白天用盆子把它盖在床下，晚上把它藏在怀里。这样，青蛙仔留了下来。从此以后，青蛙仔就在水缸边蹦跳、喝水；有时跳到火塘边"咯咯咯"地对母亲和弟妹说话；还常常到塘里、田里游泳，唱唱跳跳。寨子里的人们都好奇地来看青蛙仔。

就这样冬去春来，一年一年过去了。老大的大儿子已经年满二十，长成一个又聪明又漂亮的小伙子，快要成亲啦；青蛙仔呢，虽然二十岁啦，可是，身长不到六寸，体重不够五两，依然在地上爬呀跳的。母亲看了不觉流泪、叹气，她抚着青蛙仔说："儿呀，你今年二十岁啦，上屋你大哥只不过比你大了五天，他明天就要成亲了，可你……唉，只会在地上爬呀，跳呀，什么事都不会做，你到底哪年哪月才能成人呀？"青蛙仔跳了三跳，满怀信心地说："妈，我今年就要成人啦！还要讨一个漂漂亮亮的、百里挑一的美姑娘做媳妇，而且我要讨的是土司的第三个女儿——柳姑娘。妈，你帮我把四叔叫来，我有话跟他说。"

四叔来了，蛙仔说要上柳土司家求亲。四叔不禁摇头吐舌说："蛙仔呀，你该撒泡尿照照自己吧！小青蛙怎能吃到天鹅肉？人家柳土司是三朝元老，他的金子、银子比我们家的木薯片还多，木门肯对竹门吗？再说柳姑娘美貌出众，远近闻名，岂肯将鲜花插在牛粪上？"蛙仔说："我早就知道她是个美姑娘，脸蛋红彤彤，眉毛像弯弓，两眼亮如青铜镜，瓜子脸儿桃花红，只有这样的美姑娘才配得上跟我成亲哩！再说我知道柳姑娘也是穷苦人家出身，她还在娘肚里的时候，亲生父亲就被柳土司杀害了，母亲被柳土司霸占为妻。柳姑娘早就对土司恨透了，我向她求亲，她准会答应的，请你走一趟吧！"

四叔跟蛙仔娘耳语了一阵之后说："那我就去试一试吧！"蛙仔自信地说："试什么？保证会成功的。"蛙仔还告诉四叔，到柳家时，就说我赵蛙仔编好一首歌，让他父女俩听听："天上仙女我见过，地上美女见得多，几多美女我不爱，只爱三妹好姣娥。"四叔应着走了。

四叔爬过二十一座山，走过二十一个坳，渡过二十一条河，通过二十一道关卡，终于来到柳土司的大门。通话以后，土司家仆领四叔走过二十一个门口，走进土司的客厅，四叔四下观看，呵！柳土司楼房里装满金银珠宝、绸缎和粮食。再看他家有只头戴红冠、身高三尺的大公鸡，还有一条虎头狮身的大黄狗。

土司边喝香茶边问道："你来此处，有何贵干？"四叔微笑答道："我家有个侄儿，年已二十，是个能歌善舞的才子，他让我来向你的女儿求亲。"土司一听问道："是那个青蛙仔吗？不行！"四叔说："您别看他是青蛙仔，他能变成人哩。他编了一首歌儿，叫我前来唱给大人听听。"土司满不在乎地说："那你就唱一唱嘛。"四叔咳了两下，清清嗓子便唱道："天上仙女我见过，地上美女见得多，几多美女我不爱，只爱三妹好姣娥。"

土司傲慢地说："他既然看上我家女儿，你回去告诉他：谁的公鸡能斗败我的大公鸡，我就把女儿嫁给他！"

四叔只好怏怏告辞，回家找蛙仔商量去了。

四叔回到家里，只顾低头抽闷烟，愁眉不展。蛙仔忙问道："四叔碰上什么困难了呀？是不是土司不答应？"四叔是火烧竹筒直爆，把事情经过一五一十地说了："蛙仔呀，难呵！柳土司家有只背篓大的公鸡，一天要吃十斤粟，闭眼啼鸣震四海，嘴尖像把大铁钳。他说谁家公鸡斗败他家大公鸡，就把女儿嫁给谁，我们到哪里去找到一只公鸡能斗败它呢？"蛙仔听了以后，大笑一阵，满有把握地说："这容易办的，你跟我妈要钱，上街买只公鸡，不管是大的还是小的，只要价钱刚刚是三百六十个铜板的买来就是了。"

　　第二天，四叔带上钱，大清早就来到圩上，凡是有鸡卖的都问过了，没有一只公鸡的价格恰巧是三百六十个铜板的。他垂头丧气地走回家。刚到半路，遇见一位银须飘拂的老人迎面走来，老人右手提个小鸡笼，笼里装有一只拳头大的小公鸡，四叔上前问道："老公公，天快黑了，还去哪里呀？"老人说："拿只小鸡到街上卖，想买些烟叶和盐巴哩！"四叔又问："老公公，你这只小公鸡要卖多少钱呀？"老人捋了捋银须，一字一句地说："三——百——六——十——个——铜——板！"四叔高兴得跳了起来，立即数够铜板给老人，把小公鸡买了。这时，突然"呼啦"一声，一阵旋风卷来，把银须飘拂的老人卷走了，四叔惊呆了，他想，难道今天遇上了仙翁？……

　　四叔又来到土司家里。土司看见四叔拿来一只拳头大的小公鸡，便哈哈大笑道："这只小小的公鸡，怎能与我的公鸡王较量，你不是存心和我开玩笑吗？"四叔说："既然带来了，就试一试嘛。"土司说："那就这样办吧！谁的鸡被斗死了，就拿来做菜下酒。"四叔说："要是我的小公鸡斗败了你的大公鸡，你就要把三女儿嫁给我侄儿！"土司把手一挥说："一言为定，决不反悔！"

　　斗鸡开始了，看热闹的人越来越多。土司的大公鸡十分傲慢，它昂头站在院子中间，扑打着芭蕉叶大的翅膀，不时伸颈"喔喔"啼鸣，根本看不上来和它决斗的小鸡。但小公鸡看准了它，立即跳过去，用又尖又利的小嘴直啄大公鸡的喉咙，一下子，鲜血洒满一地，土司的公鸡挣扎几下就死了。

　　土司面色如土，呆呆地望着被啄死的大公鸡，回头抓住四叔的衣领，恼羞成怒地吼道:"你这个杂种,从何处寻来这可恶的小公鸡,把我的看家宝——公鸡王给啄死,我要你的狗命!"四叔理直气壮地答道:"老爷,我们起先立过约的,谁的鸡被斗死了便做菜下酒,你是个赫赫有名的老爷,哪有反悔之理?再说这只公鸡也不值几个钱,如果要赔,也只能以鸡赔鸡,怎能要我的命呢?"

柳土司无可奈何,只得叫家奴把大公鸡拿去弄菜下酒了。在酒席上柳土司又盛气凌人地说:"你这小公鸡偷袭我的大公鸡,这次输赢不算数,如果你能找来一只狗斗败我家这条大黄狗,我就把三女儿嫁给你侄儿。"

四叔回到家以后,把斗鸡的事一五一十对蛙仔说了。四叔又说:"蛙仔呀,土司家还有一只大黄狗,要我们能找到一只狗斗败他的大黄狗,柳姑娘才能嫁给你。他那只大黄狗呀,虎头狮身,比人还高,利爪獠牙,它一口能吞下十斤重的猪仔!我们到哪里寻找一条比它还狠的狗呢!唉!难啦!"

蛙仔听了之后,依然很有信心地说:"这容易办的,你跟我妈要钱,到圩上买一条狗,价钱多的不买,少的不买,恰恰三百六十个铜板就成了。"

第二天,天还没亮,四叔带了钱,出山赶圩去了。走到半路,遇上一位白发老人迎面走来,手里牵着一只小狗,四叔上前问道:"老公公,你这只小狗卖吗?"老人说:"卖呀!"四叔又问:"多少价钱呀?"老人答道:"多不要,少不给,三百六十个铜板!"四叔一听,高兴极了,马上买了这只小狗。

四叔又来到土司家里。土司看见四叔牵来一只小狗,满不在乎地说:"你这未断奶的小狗,也敢来跟我的大黄狗斗?"四叔说:"试一试嘛!"土司叫家奴把狗笼打开,那虎头狮身的大黄狗立即冲到大院里,张开血盆大口,露出长长的獠牙,"汪汪"地狂吠几声。原来躲在四叔身后的小狗,早已看准了,它纵身一跃,窜到大狗跟前,死死咬住大狗的喉头不放,顿时,血如泉涌,四处喷射,这只威风凛凛的黄狗,呜呼上西天了。

土司鼓着牛眼,正要动手打人,四叔汲取上次教训,忙上前给他赔个笑脸,并把这只本领高强的小狗赔给土司。土司不再发火了,他高兴地把小狗抱在怀里,吩咐家奴快摆酒席款待客人。

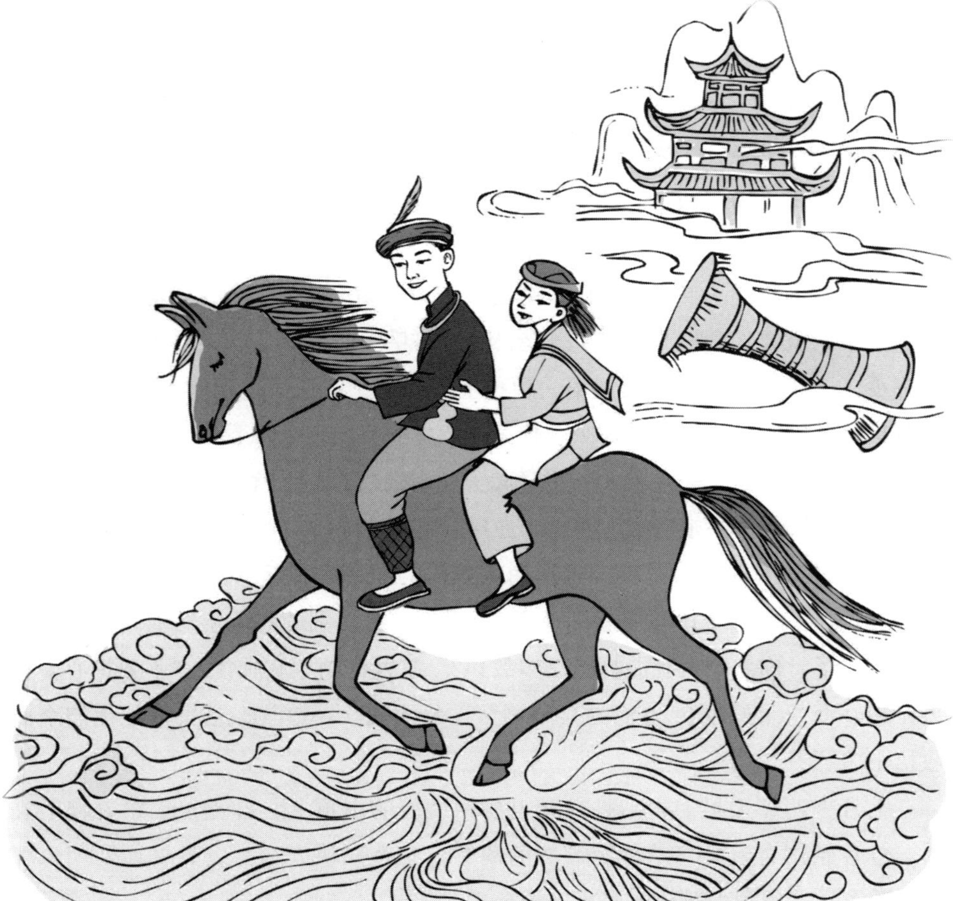

在酒席上，土司说："我的两件看家宝全丧失了，可你先后给我送来两件新的价值更高的宝贝，我是要感谢你和你的侄儿的，不过你想马上娶我三女儿，那还太早了！你不知道，周围几个贪得无厌的大土司想霸占我的山林田地，决定七月十四日联合攻打我，你回去告诉蛙仔，他如果能帮助我打退那些兵马，就做我的三女婿。"四叔听到这番话以后，立即赶回家跟蛙仔商量。

四叔回到家，把帮助土司打退敌兵的事对蛙仔说了。蛙仔听了后，就叫四叔去请来两个唢呐手，买来一匹骏马，还准备一个装满酒的葫芦，然后，请母亲用左手把他扶上马鞍。两个吹唢呐的人走在骏马两边，边走边吹，热热闹闹地向土司家走去。

蛙仔他们爬过了二十一座山，翻过二十一个坳，涉过二十一条沟，通过二十一道关卡，就要走到柳土司家了，忽然狂风呼啸，天昏地暗，飞沙走石。蛙仔摇身一变，一下变成一位身材魁梧，腰挂宝剑的勇士。他们走到柳土司的门外时，悦耳动听的唢呐声早把柳姑娘吸引住了，她把头探出窗外细看，看见坐在马鞍上的是一位相貌堂堂、一表人才的年轻武士，姑娘的心一下就飞到马背上了。过了一会，柳土司、柳姑娘一家人都出来迎接赵蛙仔。

赵蛙仔进了柳家大院后，土司叫家奴拴马喂草，然后，亲自给蛙仔捧杯献茶。在酒席上，柳土司心烦意乱地说："明天一早，别的几个土司的兵马就都要来攻打我了，你一个人怎能打退众多敌兵？"赵蛙仔拍拍胸脯说："不要担心，这事全包在我身上好啦！他们的兵马再多，只要我吹一口气，就可以把他们全部收拾干净。"

七月十四那天早上，赵蛙仔爬上柳家后面的山顶上，柳土司也跟着爬上去了。蛙仔腰间背着母亲给他装满酒的葫芦，站在一块大石上，只见远处烟尘滚滚，千军万马像潮水般从四面八方涌来。

柳土司看见大军压境，早已心慌意乱，手脚哆嗦，面如土色，结结巴巴地说："你，……你，你怎么打退敌兵？眼看敌兵要占领我的家园了，你再不动手，他们会把我们剁成肉酱的。"赵蛙仔若无其事地对土司说:"不要紧,离我们还远呢!"

赵蛙仔眼看各路兵马打来,边扳指头边说道:"五里……四里……三里,到了!"他从腰间取下葫芦,往嘴里倒了一口酒,朝四周猛喷过去,只见三里外的地方燃起了一片熊熊大火;赵蛙仔再喷第二口酒,火势更大了,烧得满天通红。各路兵马被大火烧得死的死,伤的伤,焦头烂额,他们喊爹叫娘,抱头逃窜了。这时,柳土司高兴得拍手哈哈大笑。突然,蛙仔又从葫芦里吸了一口酒,转过身来正要向土司喷去,吓得土司双膝跪下,对着蛙仔磕头求饶:"开开恩吧!留我一条老命!你要金子给金子,要银子给银子,要女儿也给啦!……"

赵蛙仔和柳姑娘成婚后,柳土司为了收买他做保驾,便将家财给他们分了一半。可是赵蛙仔和妻子商量后,把金银财宝和土地分给了穷苦人家。

过了一段时间,赵蛙仔惦记家中老母和四叔,再也住不安心了,决定带着柳姑娘回老家去。柳土司很不放心,心想:赵蛙仔本领如此高强,往后他若存心害我,我岂不是落个悲惨的下场,不如先把他那宝葫芦夺过来,然后把他杀掉,以除心腹之患。于是,他走上去对着赵蛙仔说:"姑爷呀,你要走,我们实在舍不得呀,不过,临走之前,你把葫芦拿过来,我亲手给你灌满酒,以备路上之用。"赵蛙仔迟疑了一下,转过身去,悄悄喝了一口酒,然后把葫芦给土司。土司接过葫芦如获至宝,十分高兴,接着把手一抬,暗示身边的卫士将蛙仔杀掉,可是卫士们还来不及抽刀,赵蛙仔已将嘴里的酒猛喷过去,顿时,屋里屋外一片火海,恶贯满盈的柳土司和卫士们都变成火炭了。

赵蛙仔把柳姑娘扶上马背,两人共骑一匹飞马,腾云驾雾,飞回老家去了。

○ 讲述者:兰有昌
○ 采录者:罗永文、韦文俊
○ 出处:《民间文学》,1980年第6期。

朗追和朗锤

毛南族

此故事包含了三个情节单元,分别为羽衣仙女、人类再生、兄弟成仇。仙女被迫与男子成亲生子,飞回天宫后因心系孩子重返人间,却被儿子误伤,丢了性命。被妖怪洗劫后的村庄,仅剩的两对男女分别婚配,此情节与灾难神话、洪水再生神话有异曲同工之妙。朗追妒忌并迫害朗锤,而朗锤却原谅了兄弟,这出乎意料却又在情理之中。三部分内容有机结合,在奇幻的想象中呈现出对家庭、对亲情的思考,也反映出毛南族人民善良、宽恕的美好品质。

很久以前,毛南地方有一个石匠,手艺高超,远远近近请他做工的人很多。有一次他帮人家做水碾,先把料石凿好,再运到湖边安装起来。他打算第二天早晨试碾几斗稻谷就向主家交货要工钱,哪晓得走到湖边一看,刚刚装成的水碾倒塌了。难道自己的手艺出了差错?他仔细检查了每块料石,把它们重新安装好,一直忙到天黑才离去。

第三天早晨他又去湖边,水碾又坏得不成样子了。他又气又伤心,大哭起来。有个渔翁走过来问他哭什么,石匠讲了缘由。渔翁说:"这个湖是仙女的洗澡塘,她们每晚都来洗澡。你的水碾可能是她们搞坏的。"

石匠半信不信地想:她们洗她们的澡,我的水碾又没碍着她们什么,为什么要来破坏呢?为了弄明真相,他第三次把料石安装好,到湖边躲起来。

月亮出来以后,从高空飞来七只白鸽,落在湖边脱下羽衣变成七个仙女,跳进湖里。她们又笑又闹,搞得湖水波浪翻滚,把水碾的基石冲坍了。石匠看得清清楚楚,恨恨地叫了起来。众仙女听见人声,赶紧上岸穿上羽衣,变成鸽子飞上天去。

石匠走到水碾旁边,对着那堆料石发愁:人难和仙斗!水碾无法交货,这一段时间的辛苦就丢下水啦！想着想着又哭起来。渔翁又出现了："刚才你太着急啦！如果忍住不发火，悄悄地把她们的羽衣拿到手，再讲什么她们都得听从了。"

第四天晚上，石匠仍旧去湖边躲好，等仙女下湖以后，悄悄地把七件羽衣拿到手。众仙女洗过澡走上岸，找不到羽衣，不能变成鸽子飞回天上，就问石匠有什么要求。这时，石匠被仙女的美貌迷住了，完全忘了水碾的事，就讲要留下一个做妻子。众仙女犟他不过，就商量出一个办法：将七件羽衣放在一起，他抓到哪一件羽衣，那件羽衣的主人就做他的妻子。结果石匠抓到了七妹的羽衣，七妹跟石匠结为夫妻。

三年过去了，七仙女生下一对男孩，哥哥叫朗追，弟弟叫朗锤。又过了几年，孩子长大了，石匠被人请到远方做工。临走以前，他对小兄弟俩嘱咐说："妈妈的羽衣收在谷仓里头，你们千万不要让她晓得。如果泄漏了秘密，她会飞上天去的，那你们就没有妈妈了。"

两个孩子怕忘记了，每天念着爸爸的话："妈妈的羽衣收在谷仓里。"结果，有一天被七仙女听到了，她就找出羽衣飞上天了。

石匠在外面赚了一笔工钱回来，两个孩子哭着告诉爸爸："妈妈飞上天了！"石匠又伤心又后悔，一连几天茶饭不进，终于忧愁成疾，不久就丢下两个十多岁的儿子死了。

朗追和朗锤孤苦伶仃地生活。有一回，他们在谷仓里找到一根羽毛，就用心地保存起来，经常拿出来看看，轻轻抚摸。别人问他们，他们就回答："这是妈妈羽衣上掉下来的，见到它就像见到妈妈。"

有一天，兄弟俩遇见一个叫花公。老人对他俩说："你们想见到妈妈的话，就带这羽毛出去；哪个把它毁掉，你们就哭着要他帮助你们找妈妈。"

于是，兄弟俩带着羽毛出去，走到一个铁匠家里，那羽毛一下掉到铁砧上，被铁匠捡起丢进炉里烧掉了。朗追和朗锤放声大哭，铁匠怎么劝都不行，问明缘由以后，铁匠给他们打了一支枪，结了一张网，教他们上山捉鸟，然后该做什么也都告诉了他们，他们才笑着离去。

从此，兄弟俩天天跟随太阳一起上山下山，渴了捧起山泉喝两口，饿了摘几个野果咬几口。朗追把网张开，朗锤用枪赶鸟，捉得的活鸟都关在笼里，不给东西吃。百鸟饿得喊起来："好哥哥！快把东西给我们吃。只要让我们吃饱，要我们做什么都可以。"两个孩子讲出想上天见妈妈的心事，百鸟答应说："好啊！这事不难做。你们坐在那张大网里头，我们用嘴衔着网绳，就可以一起飞上天了。"

兄弟俩听了很高兴，到处找虫子给众鸟吃。当他们捉得满满一缸虫子，准备回家的时候，又遇见那叫花公。老人说："记着用网绳拴住百鸟的腿，不然到空中它们把大网丢开，你们就跌得粉身碎骨啦！"

兄弟俩拿出谷子和虫子，给百鸟吃得饱饱的，再把网绳拴在鸟脚上，坐到大网里面，由众鸟抬着飞上天去。

朗追和朗锤到了天上，把百鸟放走以后，站在云端，望着广阔的天界，不知往哪里走才好。原来，天界是没有路的，各色各样的宫殿、楼宇、亭阁、拱门等等，高高低低的东一座西一搭。仙人驾着云朵飞来飘去，用不着铺路。兄弟俩不会驾云，只能呆站在云上着急，站了大半天，才见一个仙女飘过来。他们商量了一下，等仙女来到面前，一齐扑上去抱住她的脚，不停地喊"妈妈"。那仙女说："我不是你们的妈妈。你妈是七妹，我是大姐。"可是，兄弟俩不放她走，恳求这姨妈领着他们找妈妈。大仙女见两个外甥很可怜，就告诉他们："天黑以后，最末尾回来的就是你们的妈妈，你们就在这里耐心等着吧！"

于是，兄弟俩忍着饥饿和寒冷，在云头上等呀等。天上的一天比地上长得多啦！好不容易等到天黑，最末尾一个仙女回来了，两个孩子扑上去死抱着不放，哭着喊"妈妈"。七仙女离家飞上天时，孩子还很小，现在长成十多岁的少年，有点不认得了。兄弟俩说出自己的名字，讲述爸爸死后他们孤苦伶仃地过日子，最后齐声哀求说："妈妈！我们好想你啊！我们经历千辛万苦，好不容易上到天界。你就收下我们吧！"七仙女把兄弟俩领到自己的住处。

朗追和朗锤在天界才住了两天，就被天官发觉了，七仙女没有办法，只好劝他们回去。临别时，她送朗追一把宝剑，给朗锤一把神弓，还给每人一只天鹅和一个饭包，嘱咐说："在路上，要等天鹅叫了才吃饭；回到家，见芭蕉树长成了才好砍。"

兄弟俩告别妈妈骑上天鹅返回人间。走了没有多远，朗追想吃妈妈送的饭，朗锤说不行，天鹅还没叫呢！又过了一阵子，朗追忍不住了，偷偷地扯天鹅的尾巴，天鹅惊叫起来，他就打开饭包，里面全是桃木片和小虫。朗追气得把饭包扔掉，埋怨妈妈不给他们好东西吃。到了中午，天鹅自己叫了，朗锤才打开饭包一看，有香喷喷的粉蒸猪肉和五色糯米饭，就分了一半给哥哥。朗追吃着这些可口的东西，心里暗暗地埋怨妈妈偏心。

饭后不久，天鹅把他们送到家就飞走了。朗锤发现家门口多了一棵芭蕉树，是从前没有的。朗追也看见了，他拔剑就砍，朗锤来不及阻止，芭蕉树已断成两截，哎呀！妈妈就在这里面，还不曾躲避，就被砍死了。

原来，七仙女舍不得两个儿子，情愿离开天界回到人间，因为芭蕉树要九个月才成熟，和人的怀胎期一样长，所以她就借芭蕉树来转生，哪晓得会被不听话的孩子砍死！朗锤见妈妈已死，大哭一场，将芭蕉树埋葬了。

兄弟俩回过头来，想去谢谢铁匠伯伯，才发现村里静悄悄的，没有鸡啼和狗叫，也听不到一点人声。铁匠伯伯的家空荡荡的，别人家也结满蜘蛛网，他俩挨家挨户找，在一间房子里发现有两个姑娘躲在一个大鼎锅里。

姐妹见了他们，惊慌地说："你们从哪里来的，这里突然来了一帮吃人的妖怪，全村只剩下我们姐妹俩了。你们快躲起来吧，不然会被吃掉的。"朗追说："莫怕！我俩有宝剑、神弓。"朗锤说："你们躲了这么久，肚子一定饿了，我煮饭给你们吃。"于是，兄弟俩找出大米，生火做起饭来。

那妖怪在山上见到炊烟，就下来找人吃，见了四个孩子，口水流了三尺长。妖怪公对妖怪婆说："好久没有吃到这样鲜嫩的肉了，这回可以放开肚皮饱吃一餐！"妖怪婆讲："要留点给我们的仔。"妖怪公讲："那就先吃这两姐妹。"

两个姑娘吓得发抖，兄弟俩一个立即抽出宝剑，一个马上挽起神弓，对妖怪喝道："不准动！看宝剑！"朗追挥剑砍去，一剑就把妖怪公的脑袋砍落下来，那妖怪公从地上拿起头放回脖颈上，又扑过来了。朗锤一箭射穿妖怪婆的胸口，妖怪婆用口水抹了抹，洞眼立即就弥合了。这样，双方打到天黑，不分胜负。

晚上，妖怪退回山去，兄弟俩悄悄地跟在后面。走到一个岩洞前，妖怪一转身进去了，他俩听见小妖问道："为什么不拿肉回来，我们饿得大肠变小肠了。"老妖回答："还想吃肉哩！村里来了一对男孩子，他们有宝剑和神弓，我们差点连命都保不住啦！"小妖问："那你们是怎样回得家来的？"妖怪公说："全靠我们有法术，头砍掉了再安上去，身被射穿再抹好洞眼。"妖怪婆讲："如果他们用鸡屎拌柚子皮捣成药膏，涂在剑刃和箭头上，我们就没有命了。"

兄弟俩赶紧回村找鸡屎和柚子皮，连夜熬成药膏，涂在剑刃和箭头上。第二天，妖怪又来了，朗追一剑砍掉妖怪公的头，尽管它又拿起放到脖颈上，可是怎么接也接不上了；朗锤一箭射穿妖怪婆的胸脯，尽管它用口水抹了又抹，洞眼还是往外冒血。

两个姑娘见妖怪死了，向兄弟俩表示感谢，说："我们没有别的亲人了，就和你们一起过日子吧！"兄弟俩高兴地答应了。后来，大家都长大了，朗追就同姐姐结婚，朗锤就同妹妹配对。两个姑娘长得一样美丽，只是姐姐少了一只耳朵，因此朗追心里有点不舒服，但嘴里没好讲出来。

那时，因为妖怪吃人，几个村都没有人住，兄弟俩各住一个村，把荒田荒地耕种起来，生活越变越好。但是，朗追总嫌自己的老婆少了只耳朵，想霸占弟弟的妻子。一天晚上，他请弟弟来家喝酒，把朗锤灌醉了，再领他到后园看金鱼，骗到一口枯井旁，就把弟弟推了下去。

朗锤跌下井里，落在软绵绵的泥土上，酒也醒过来了。他站起来四面看看，

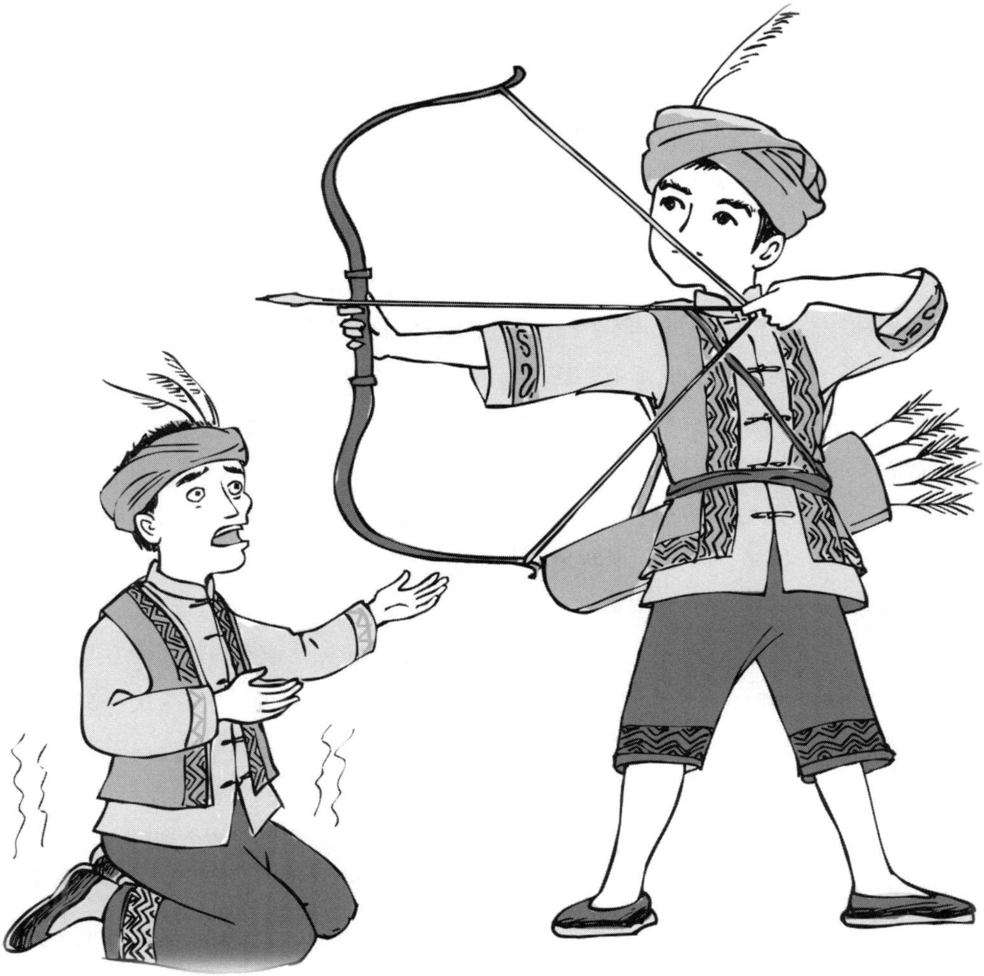

发现旁边有个洞口透出亮光，就爬进去，越爬洞越大，最后露头见天，原来是一个淌水洞。但是，洞壁很陡，无法爬上去，他只好望着星星发愁。

天亮了，百鸟在头上飞过，百兽在洞口戏耍。一阵风把两片树叶吹落进淌水洞，朗锤捡起来放到嘴里，吹出了心里的忧伤。吹呀吹，不知过了多长时间，他抬头一看，洞口围满了百鸟和百兽，原来它们都听得入迷了。朗锤说："你们爱听'木叶歌'吗？把我救出去吧，我给你们吹上三天三夜，让你们听个够。"于是，百鸟就叫百兽想办法，猴子的办法最妙，它们一个拉着一个的尾巴下到洞里，把朗锤救上了洞口。

朗锤遵守自己的诺言，在洞口吹了三天三夜，吹破了三十六片树叶。

朗锤一路捡野果充饥，转了三天三夜才找到自己的家，可是，妻子已经不见了，家里一切财产都被抢光了。这时，一个叫花公走来，对他说："那边有个财主讨小老婆，大摆流水席请客，随便哪个去贺喜，都可以吃一份。你没去吗？"朗锤看看自己身上，跟叫花子差不多，就跟着叫花公走去了。

原来，这个大摆酒席的财主就是朗追。他把朗锤推下井以后，就将弟弟的妻子连财产一起抢来。今天，他特地举行十分排场的婚礼，连叫花子也请来做客。他准备了一百份饭菜，哪晓得来了一百零一个叫花子。头一次，管家从头发下去，朗锤站在末尾，刚好轮不上。第二次朗锤站到排头，管家却从后面发起，结果郎锤又没得到吃。第三回，朗锤站到中间，没想到管家说："前两次一头一尾都有人吃不着，这回我们从两头往中间发。"于是，朗锤还是落了空。

大家都吃饱了，朗追领众宾客出来，在平地上显示他的宝剑和神弓的威力，看得人人叫好，个个害怕。他乱舞乱射一阵以后，又夸口说："你们哪个有本事，把这张弓射到八码远，我愿意在前边当靶子。"众宾客个个摇头，人人摆手。朗追又问这帮叫花子敢不敢。这时，朗锤走出来回答："我已三餐没吃东西了。如果你能给我吃饱一餐，我可以试试看。"朗锤衣衫褴褛，满脸胡碴，又脏又瘦，朗追认不出他是弟弟，就叫管家拿饭菜给他吃。

朗锤吃得饱饱的，走过去拿起自己的神弓，搭上一支箭，轻轻一拉，弓就开满了。朗追看得目瞪口呆，越看这叫花子越像弟弟："他不是死了吗？怎么会来到这里？"朗追正疑惑不定，忽听朗锤问道："哥哥！叫我射哪里？"朗追一听，大惊失色，扑通一声，双膝跪地，向弟弟请罪，朗锤放下神弓，走上前去把他扶起来："知过改过，还是我的哥哥。"

- 讲述者：谭有明
- 采录者：谭亚洲、汪骏
- 出处：《毛难族民间故事集》，中国民间文艺出版社1984年版。毛难今作毛南。

海獭晒鱼

京 族

　　这则京族民间故事中体现出了与本民族的地理环境、民风民俗息息相关的海洋文化特色。其中的动物既有人的特征，也有动物本身的特点，海獭勤劳忠诚，狗却狡诈阴险。从动物故事中透露出世态人情，更具有寓言性质。妒忌之心会伤害别人，也会反噬自己。换一个立场来看，我们应及时分辨好与坏，而不要被表象与花言巧语蒙蔽，不然可能会造成无法挽回的后果。

　　海边有个人养着一条狗和一只海獭。白天，主人出海捕鱼，狗给主人看家守门。主人待它很好，天天给它鱼头、鱼刺吃。海獭呢，则跟主人出海探鱼报讯，使主人年年打鱼丰收。主人对海獭更好，天天给它大鱼大虾吃。狗觉得自己的待遇比不上海獭，但又说不出口，只好暗中妒忌海獭。

　　那年冬至前夕，主人和海獭出海捕鱼，狗在家里看门。一股旋风吹来，把主人晒在屋顶上的鲈鱼干吹落地上。狗一看到鲈鱼干，眼睛一转，计上心来。它把鲈鱼干一条一条衔到海獭的瓦钵里。

　　恰巧，海獭从海边急匆匆地跑回来了。狗假惺惺地问："你怎么才回来？"

　　海獭说："主人拿鱼去卖了，我沿海边探鱼群，所以迟归了。"

　　狗又说："獭老弟，你够辛苦了，这瓦钵里的鲈鱼干是主人赏给你的。"

　　海獭说："不，这是主人准备用来过冬节的，不能吃。"

　　狗说："獭老弟，今天你怎么了？吃吧，是主人亲手放进你的瓦钵里的，有事我负责！"

　　海獭说："我们一块吃吧。"

　　狗说："我已经吃饱了，你吃吧！"海獭信以为真，甜滋滋地吃了一顿。

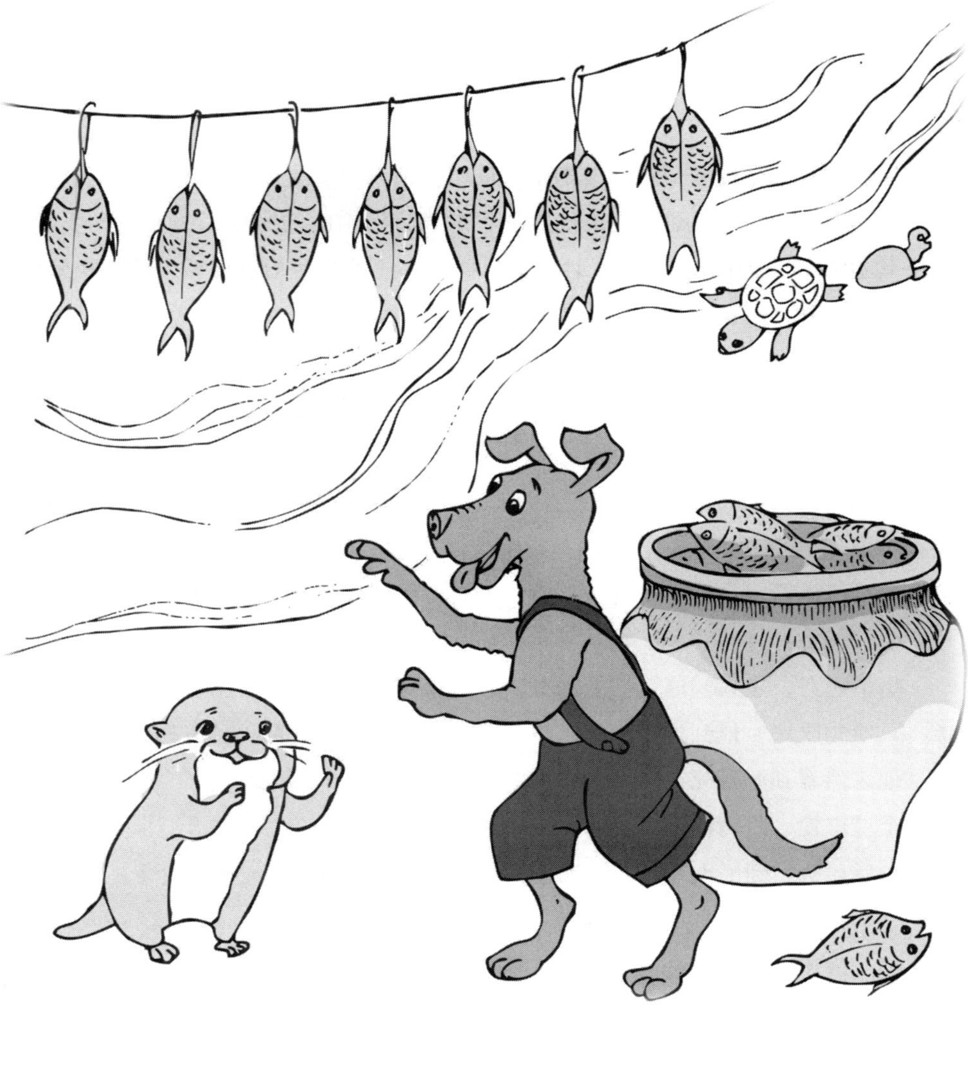

主人回来，发现鲈鱼干不见了，怒气冲冲地问狗："是谁偷走鲈鱼干？叫你看家守门，你跑去哪里玩？"狗不吭声。

海獭心里很难过，低着头对主人说："鲈鱼干是我吃的，我错啦！"

主人听了，发火起来："你为什么不跟我说一声就吃啦？你你你，给我滚出去！"

海獭想辩却不能，只得含着泪水依依不舍地离开了主人。海獭刚走，狗就趁机对主人说："主人，刚才我怕伤感情不敢直言。它吃的时候，我劝它不要吃，它一句也不听，还说：'是主人晒的又怎样啦，还不是我指点他抓来的！我爱什么时候吃就什么时候吃！'"

海獭自从离开主人的家，就躲在礁石里痛哭起来。它哭了许多天，又想了许多天。最后，它感觉自己不该听狗的话，吃了主人留着过冬的鲈鱼干。于是，它罚自己给主人赔偿几倍的鲈鱼干。

从此，海獭天天下海，把抓到的鲈鱼衔到礁石上晒干。不管浪有多大，水有多深，海獭的主意不变。它抓啊抓，嘴上起了一层茧，也不叫一声苦；抓啊抓，鲈鱼干堆满礁石，也舍不得吃。最后，海獭劳累成疾，死在礁石上了，海獭死的这天正好是十一月初一。

事情过后，主人知道冤枉了海獭，心里很难过。他惩罚了狗，不给狗吃鱼吃饭，只给狗吃屎。他到处找海獭，想把海獭找回来，到处都不见海獭的踪影。一天，他忽然看到海獭死在礁石上，周围有一堆堆鲈鱼干。他明白了一切，难过得眼前金星迸发，跌倒在鱼堆上痛哭了一场。

以后，每年到了十一月初一那天，老人还常常对孩子讲海獭的故事。

○ 讲述者：苏锡权
○ 采录者：陈其、龙旦城
○ 出处：《毛南族、京族民间故事选》，上海文艺出版社1987年版。

第七章

贵州高原与湘鄂西山地

打虎匠招徒
苗 族

这是一个知名度高、流传久远的苗族民间故事,具有浓郁的地域性特征。故事讲述了一个年老的打虎匠招徒传艺的故事,故事题材贴近民众生活,带有丰富的幻想色彩。通过三个年轻人寻求拜师的过程讲述了质朴的人生道理,兼具生活性与审美性。第一个年轻人衣冠楚楚,为了娶到年轻貌美的姑娘前来拜师,打虎匠想通过数小米对他进行考验,最后这个年轻人心浮气躁,耐心不足,遂拜师失败。第二个年轻人衣着华丽,为求财而来,打虎匠对他进行了跳悬崖的考验,年轻人胆怯懦弱,也没有拜师成功。第三个年轻人衣着简朴,心中有为民除害的抱负,通过了数小米和跳悬崖的考验,打虎匠认为他既机智又勇敢,于是将打虎的本领传授给他。这个故事告诉我们,只有戒骄戒躁、机智勇敢的人才能够成功,虽篇幅短小,却寓意深刻。

那时候,山里的老虎很多,时常出来伤人和咬牲口。因此,就出了些舍身跟老虎斗的打虎匠。

有个打虎匠年老力衰了,就想把自己打虎的本领传给下一代,好让子子孙孙继续跟老虎斗。打虎匠四处放信,要招徒传艺。

一天,来了个青年人,头戴羊毛斗笠脚踏线耳草鞋,身穿一套漂亮的衣服。一见打虎匠他就说:"老师傅,你招我为徒吧!"打虎匠上下打量了年轻人一番。问道:"你为什么要来当学徒?"年轻人回答:"山里年轻美貌的姑娘,都想嫁给打虎匠。因此,我想做个出色的年轻打虎匠。"打虎匠笑了笑说:"好,暂时收下你。今天休息,明天就教你打虎。"

第二天清早,年轻人就跑去对打虎匠说:"老师傅,快教我打虎吧,青春一刻值千金呀。"打虎匠又笑了笑说:"马上就教你。"

打虎匠把那年轻人引到一个大屋里,亲自量了三石三斗三升三碗小米交给那年轻人说："孩子，你把这些小米一颗颗数清后，就学得打虎的本领了。"说完，就走了。

那年轻人暗暗埋怨："我是来学打虎手艺的，怎么叫我数起小米来了？"想了好大半天，不知道打虎匠是什么用意。走吧，又想学打虎手艺。年轻人左想右想，不得已坐下来数小米。他数呀数，数了三天，一碗小米还没数得一半。他又想，等数完这些小米，我也老了，美貌的姑娘怕也不肯嫁给我了。到了第四天，他更数得不耐烦，也没跟师傅说一声，就悄悄溜走了。

打虎匠仍然继续放信，要招徒传艺。

一天，又来个年轻人，头戴白草帽，脚穿新布鞋，身穿一套漂亮的长衣套马褂，肩搭一个新褡裢。一见打虎匠就说："老师傅，收我为徒吧！我想做个出色的年轻打虎匠。"老师傅笑了笑问："你为什么要做个打虎匠呢？"年轻人说："虎骨可以做药酒，价钱昂贵，只要打得一只老虎，卖虎骨就能挣很多钱。这样，只要把打虎手艺学到手，一辈子就吃不完用不了。"打虎匠听了，笑了笑说："打虎可不是闹着玩的，搞得不好，要被老虎吃掉呢。"年轻人说："师高弟子强，你教出的徒弟不会被老虎吃掉的。"打虎匠严肃地说："我祖父打虎被老虎吃掉了，我父亲同样被老虎吃掉了。你晓得不？"年轻人说："别说那么多了，快收下我吧！"打虎匠笑了笑说："暂时收下。今天休息，明天教你打虎吧。"

第二天清早，年轻人就跑来对打虎匠说："老师傅，教我打虎手艺吧！"

打虎匠把年轻人引到一座高山的悬崖绝壁上，对年轻人说："你站在这里，我到绝壁下，叫你怎么做就怎么做，你就学得打虎的本领了。"打虎匠走到壁下，高声喊道："你大胆跳下来，我在底下接住你！"年轻人往绝壁下一看，绝壁千丈，山谷幽深，不由得浑身哆嗦，迟迟不敢下跳。他想，万一打虎匠接不住我，我粉身碎骨，不就完了。打虎匠催促说："跳呀！快跳！"年轻人不但不敢跳，反而倒退了三步。打虎匠第三次催他快跳时，他已溜之大吉了。

打虎匠仍然继续放信招徒传艺。

一天，又来了一个年轻人，身穿一套土布衣，脚穿一双水草鞋，头戴一顶棕斗笠，身捆一根大布带。一进屋就对打虎匠说："老师傅，你收我为徒，我愿继承你的事业，为民除害。"打虎匠把年轻人上下打量一下，严肃地说："好！收你为徒。今天休息，明天教你学打虎。"

第二天清早，年轻人就跑来对打虎匠说："老师傅，今天我做什么？"打虎匠回答说："跟我来，有事给你做。"打虎匠把年轻人领到一间大屋里，亲自量出三石三斗三升三碗小米来，就对年轻人说："你把这些小米一颗颗数清，我就教你学打虎的手艺。"年轻人回答说："老师傅，你放心，我一定能把这些小米数清。"年轻人找来一个小杯子，平平地装一杯小米，不多久就把那杯小米数完了，他又将碗里的小米倒进小杯子里，看一碗有几杯；又把升里的倒进碗里，看一升有几碗，如此类推，没费多少工夫，就把三石三斗三升三碗小米的颗数算出来了。打虎匠连连点头称赞："有头脑！聪明！"

第三天，打虎匠把年轻人引上那座高山的悬崖绝壁上，对年轻人说："你站在这里，我到绝壁下，叫你怎么做你就怎么做。这样，你就会学得打虎手艺。"打虎匠走到绝壁下，大声喊道："你跳下来，我接住你！"年轻人往绝壁下一看，见师傅在看他。他眉毛不皱心不跳，自言自语说："怕死不来学打虎手艺，既来学打虎手艺就不怕死。"说完，呼一声跳下去了。打虎匠把手一伸，轻轻地把年轻人接住，连连称赞说："你胆大如斗，心细如米，一定会学好打虎本领的。"

从此，打虎匠天天教他打虎手艺。

一天，打虎匠拿出一套醋浆衣，一把崭新的铁伞，交给年轻人说："你今天毕业了。穿上醋浆衣，拿好铁伞，从小路回去，到了山坳上要多注意，那里有虎！"年轻人依依不舍地离别了打虎匠。

一上山坳，唰地一下跳出了一只扁担花老虎。年轻人心不慌手不抖，按打虎匠的传授，运足气，等着老虎扑来。老虎一口把年轻人的衣裳咬住，拖着就跑。过了一座山，老虎的锐利牙齿被醋浆衣浸麻木了，打虎匠跟在后面喊："老虎快

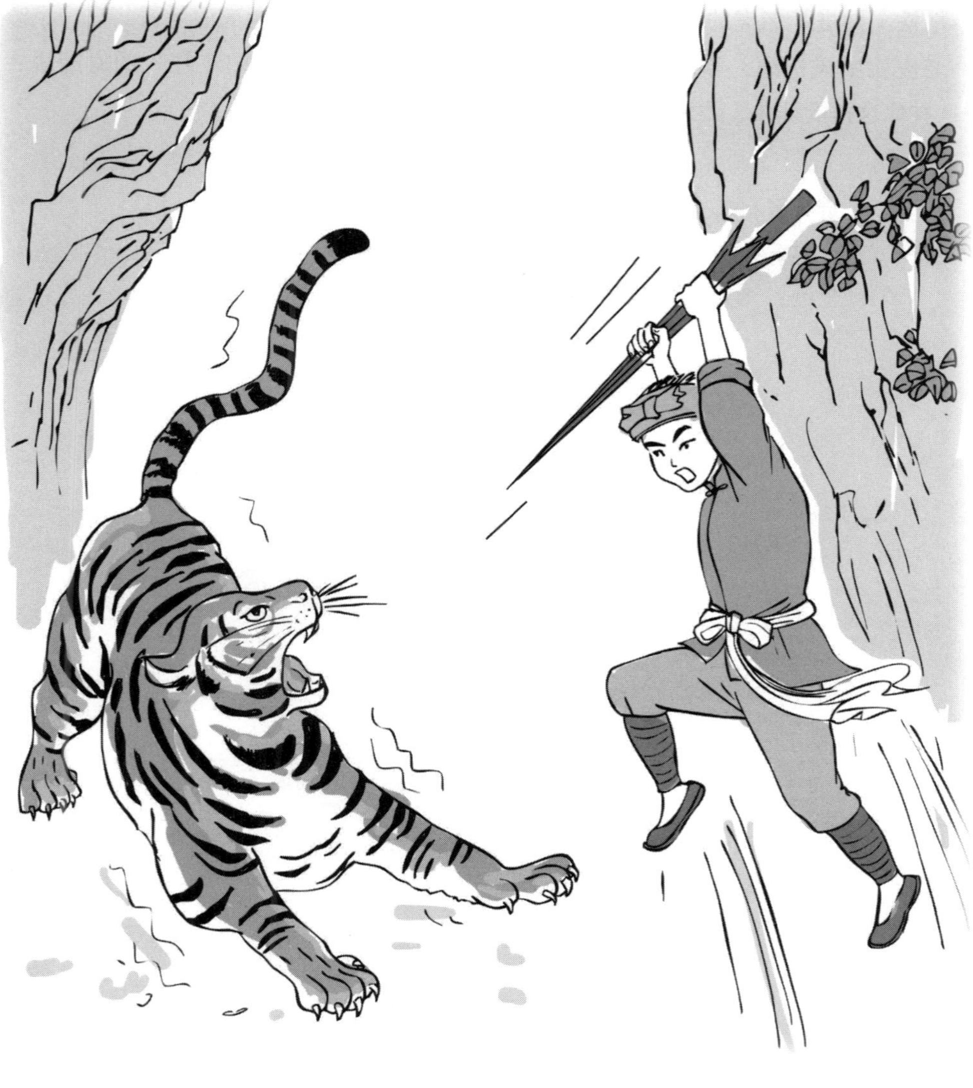

换牙了，注意把铁伞伸进老虎的喉咙去！"年轻人按打虎匠的吩咐，不慌不忙地把铁伞伸进了老虎的喉头，咔嚓一声，铁伞伸开，顶住了老虎的牙齿。这一下，老虎就威风扫地，乖乖地被年轻人拖着走。打虎匠跑来拍拍年轻人的肩膀说："有你这样的徒弟，我放心了。"

- ○ 讲述者：龙贵卯
- ○ 采录者：龙炳文
- ○ 出处：贵州《南风》，1982年第4期。

识鸟音的"杨憨憨"

苗 族

该故事的核心母题为"懂动物的语言"。有这种神奇能力的主人公杨憨憨,也因此能躲避灾祸、获得机遇。鸟雀三次帮助了杨憨憨,分别为告知火灾、透露财宝、预知困局。奇幻的想象源于现实的基础,反映出苗族人民与鸟兽等动物的亲密关系,以及对自然的敬畏。最后借鸟雀之口指出官员贪污的事实,预言贪官将受惩罚,对现实的反映更加深刻。动物活动与自然灾异常常被赋予神秘的联系,在这则故事中,鸟雀担任了预言者的角色,也与这种传统观念密不可分。

从前,苗山上有一个姓杨的苗家小伙子。他家穷得来连巴掌大块地也没有,只有一身力气,能帮山下有钱人家做笨重活路。他长得憨头憨脑,有空就钻进树林里去和雀儿摆龙门阵,大家就说他是"憨憨""宝器",喊他"杨憨憨"。

一天,杨憨憨正在院子里扫地,忽然飞来一只黄老鸹,歇在那棵桂花树上,向着杨憨憨不停地叫。他停下来偏起脑壳竖起耳朵听,听得杨憨憨焦眉愁眼。摇头叹气。主人见他那个样子,就训他:"杨憨憨,看你听得愁眉苦脸的,究竟黄老鸹在跟你说啥子哟?"杨憨憨叹着气说:"黄老鸹说,房子要被烧,就在明天,快走!快走!"那些打工的都笑他神经病发了。主人气坏了,抓过杨憨憨手头的扫帚就要打他。大家赶忙劝道:"他是个憨憨,跟他一般见识有啥子意思。"主人这才没有打他。当天晚上,杨憨憨找主人家算了工钱,抱起铺盖就走了。第二天,那户人家果真失火,一座大瓦房烧得一干二净,连那些长年①、短工的铺盖都烧光了。此时,主人才后悔没听杨憨憨的话。也有人说杨憨憨是缺牙巴咬虱子——碰到的。

有一年,杨憨憨在张员外家做活。一只黑雀子飞来,歇在屋檐边又叫又跳。杨憨憨听入神了,活路也忘了做。张员外见了,就取笑他说:"你听黑雀在说些

① 长工。

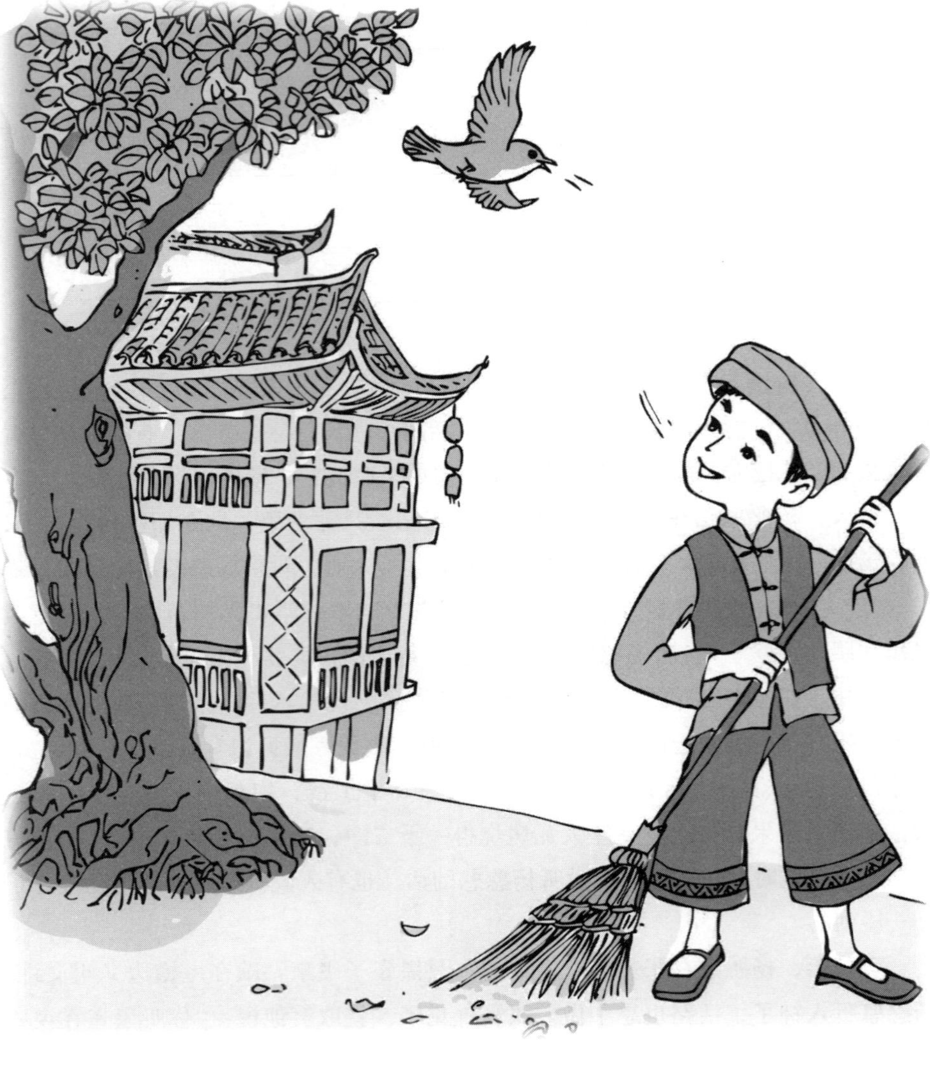

啥子？"杨憨憨说："它说，后山后山，有银一缸，张家不去，李家要搬，快去，快去，莫过十五。员外，今天就是十五，你不去搬，明天别个就搬起去了。"张员外骂了他句："疯子！"转身就走了。几天后，有个从后山来的人跟张员外讲，后山李员外在那蕨鸡草笼笼头得到一缸银子，少说也有千多两。这两件事情传开以后，大家都晓得杨憨憨懂得雀儿说话。

张员外生得奸，就想把识鸟音的杨憨憨招来当女婿，好找到金银财宝搁放的地方。他跟杨憨憨一提起，杨憨憨就答应了。张员外的女儿和杨憨憨结婚以后，两口子过得和和气气的。一天，有一只黑老鸹在窗子外边叽叽喳喳地叫。他妻子问："雀儿在和你摆啥子？"杨憨憨说："摆啥子，你老爹惹的祸，我要挨板子！"他妻子说："简直是在说疯话，你在屋头坐起，哪个敢跑来打你的板子？"杨憨憨说："刚才黑老鸹给我说：'双口子，要接你，做贵客，挨板子！'你老爹在县衙门吕太爷家做客，吹什么我会算。吕太爷今天要派人来接我去当贵客，十五晚上我就要挨板子，到时候你要派轿子来接……"话还没说完，门口就人呼马叫地接人来了，杨憨憨无法，只好硬起头皮到县衙去。

杨憨憨刚到县衙那几天，吕太爷确实把他当贵客看待。八月十五日那晚上，县太爷请杨憨憨到花园去赏月。正在这个时候，一只阳雀飞来，在树上叫了一阵就飞走了。吕太爷问杨憨憨："阳雀在叫啥子？"杨憨憨说："我不敢说！"吕太爷说："有啥子就说嘛。"杨憨憨这才说："阳雀说'双口官，双口官，贪污皇粮黑心肝，二十事要丢官！'"吕太爷大怒，命令差役打了杨憨憨四十大板，把他轰出县衙。幸好张员外的女儿早有准备，赶忙用轿子把杨憨憨抬回家去养伤。

过了不久，吕县太爷贪污皇粮的事果然暴露了，硬是丢了官。

○ 讲述者：熊少明
○ 采录者：刘宇仁
○ 出处：《中国民间文学三套集成·四川宜宾地区卷》，四川省宜宾地区民间文学集成编委会1989年编印。

郎都和七妹

侗　族

《郎都和七妹》情节充满幻想，口头语言色彩浓厚，讲述了一对青年男女跨越世俗的美丽爱情故事。郎都是一位勤劳善良、老实本分的凡人青年，一天晚上梦见一位美貌的姑娘，这位姑娘便是七仙女中最小的仙女，人称七妹。二人相识相爱，结为夫妇，生了个儿子叫响包。后七妹归天，郎都心急如焚，四处寻求帮助，最后在岩鹰的帮助下来到天上，被七妹藏在房中。最后天帝和雷公等人不接受郎都，七妹亲手编织麻绳将郎都送下了凡，每次下雨，就是七妹思念凡间的丈夫掉下的伤心泪。这个故事描述了一对有情人难成眷属，但情比金坚，超越了传统故事大团圆的故事模式，以悲剧的破碎美感给人们带来了深刻的启迪。

　　古时候，有一个后生名叫郎都，人虽穷，却从不偷人家一颗辣椒、一张菜叶；相反，常帮人家做事。

　　一天晚上，他看见一个十分美貌的姑娘，站在自家破木房的窗前，笑盈盈地说："郎都啊，你做的好事已经千千万万了。这回呀，你要是愿意在高山上修成一眼清悠悠的水塘供人洗澡，我愿嫁给你。"

　　郎都笑着说："愿——愿，愿，你莫哄我好玩哩！"

　　"嗨！哄货郎客得糖吃，哄你能得个哪样嘛！"

　　郎都太高兴了，从床上跳起来，伸手去拉那姑娘时，手碰在板壁上，"嘣"的一声，痛得他直甩手。原来他在做梦。他把眼睛睁开一看，天已大亮，只见一只穿山凤[①]从他房屋的窗口飞上天去。

---

① 红嘴蓝鹊。

从那天起，郎都就在一个关山口上，天天开石挑土，修起清水塘来了。整整三年，他起早贪黑地干，把水塘修成了。大雨一下，塘里积满了清悠悠的水。他放了许多"草鱼花"，长成了成千上万的草鱼。郎都每天一见亮，就上山割嫩草喂鱼。鱼一个月，长三两，三个月长九两，十分逗人喜爱。

有一天，塘水突然被搅浑了，有死鱼漂在水面，郎都在塘埂边抓起一条死鱼，气鼓鼓地说："等我抓到你的那一天，你才知道我的厉害。"

第二天，天刚麻麻亮，他就跑到大塘边藏在一株映山红底下。

等啊等啊，等到正午时分，塘中的午时花①刚刚开放，听到一阵笑声。他伸长颈脖左右看，看不见什么人；抬头张望，却见七朵白云正向他飘来，七朵云上站着七个姑娘，七个姑娘飘落塘边，纷纷脱下衣裙和银饰，个个玉骨冰肌，接二连三地跃入水中。七个姑娘，就像七条白鱼嬉水，尽情打闹。有时，她们一个追一个；有时，互相打水仗；有时，各自采摘午时花戴在头上。

郎都看着看着，看清楚年纪最小的那个，就是三年前他在梦中看到的那个姑娘。他悄悄地溜下坡去，将最小的七妹脱的衣裙扯走，站起来大声喊道："呔！你们搅浑了我的塘水，搞死了我的鱼，你们要赔我！"

众仙女吓得惊慌失措，纷纷爬上塘埂，急急忙忙地穿衣着裙，接二连三地腾上高空。七妹打转转寻找衣裙，却见一个俊秀的"勒汉"②笑呵呵地向她走来。七妹认出是三年前自己向他许愿的郎都，便由害怕转为害羞。

七妹身上没有一根纱，只好泡在塘水里，只露出一对葡萄一样的眼睛。郎都是个聪明人，急急忙忙地跑回寨上，借来一套侗家姑娘衣服丢给她。等她穿好了，郎都才说："情妹呀，我俩回家去吧。"七妹羞羞答答地跟着郎都走到他的小木楼，正是牧童收牛回家的时候。

---

① 睡莲。
② 男青年。

"郎都得好妻子了！"这喜讯像春蝉初唱，家家户户都听到了，纷纷跑来向郎都道贺。那些伯妈、叔妈特别热心，她们纷纷送来糯米饭、腌鱼和腌肉……

郎都把七妹安顿好后，就把她的无缝天衣藏在后园的空心香椿树根脚。第一天上山以前，他偷偷地取出来，用一个贴身花口袋装上。到坡上，他好奇地穿来试试新。山中百鸟看见了，纷纷飞来落在他的肩上和臂上，一动也不动。郎都便一个个地捉住。郎都天天都这样做，得来的鸟雀吃不完，就拿去卖钱、换米，这样，生活一天天好起来。

一年以后，七妹生了一个又白又胖的男娃娃，夫妻俩给他取名叫响包。这小娃落地就会讲话。看到小娃那样逗人喜爱，七妹就想起要回去看看父母了。可是，没有那套天衣就上不了天。一天，她问她的儿子响包：

"你父亲是怎样捉到这些雀子的？"

"他穿一套花花绿绿的衣裳，雀子就飞来落在他的身上。"

"那衣裳他放在哪里？"

"我不讲。我讲了，我父亲要打我的。"

第二天，七妹煮了七个鸭蛋，有的染成红的，有的染成绿的，拿来边剥边说："我的乖仔！我的衣服在哪里？你讲了，妈妈分给你吃。"响包还是摇头不讲。七妹就一个蛋两三口吃完。剩下最后一个了，七妹又说："你要是再不讲，我一气吃光啦。"响包如实讲了。

七妹得了衣裙，就对儿子说："我的乖仔，妈到外公外婆家去了。你要是想我时，就拿榔头去把那香椿树敲三下，妈就来接你。"

那天晚上，郎都从坡上回来，不见妻子，就问儿子：

"你母亲到哪里去了？"

"她去外公外婆家了。"

郎都很伤心，连晚饭都没吃，就躺进床去，第二天都不起来。响包肚饿了，想妈妈，抓起榔头跑到后园的香椿树脚去梆、梆、梆地捶了三下。母亲就把他接

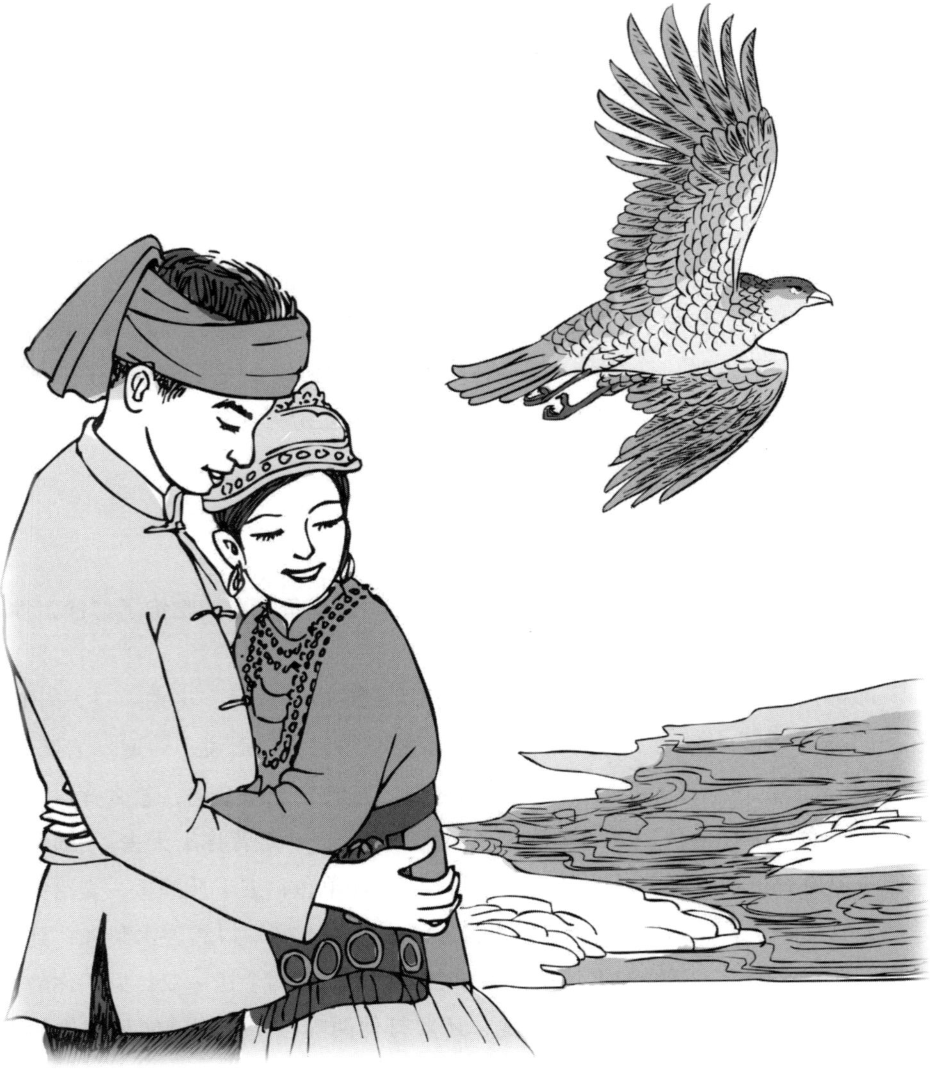

到天上去了。

郎都起来，左喊右喊不见儿子，一直到天黑了，也不见儿子回家。他访了东家问西家，寨头寨尾都找遍了，也没有一点下落。那一夜，他越想越伤心。第二天天一亮，他就跑到寨脚的大路上去，见人就问，逢人就讲，一讲就哭。

这时，飞来一只乌鸦问：

"郎都，你为什么哭得这样伤心？"

"我的妻子和儿子都上天去了，丢下我一个人！呜，呜，呜！……"

"这个嘛好办！你去捞三两虾、五两鱼来，我吃饱了就背你上天去。"

郎都很高兴，捞来三两虾、五两鱼交给乌鸦吃。它吃饱了"呱，呱，呱"拍起翅膀飞走了。这时，又飞来一只喜鹊，问他："你为什么哭得这样伤心？"郎都又把情由对它讲了一番。喜鹊说："这个好办！你去捞三斤虾、五斤鱼来，我吃饱了背你上天去。"

郎都说："你莫像乌鸦哄我哩！"

喜鹊说："乌鸦身黑心也黑。"

郎都听喜鹊讲得有道理，便去捞来三斤虾、五斤鱼。喜鹊吃饱了"沙，沙，沙"拍起翅膀也飞走了。

郎都接连受了两次骗，更是伤心，放声大哭起来。这时，飞来一只大岩鹰，它问郎都："你为什么哭得这样伤心？"郎都把事情对大岩鹰说了一遍。岩鹰说："乌鸦和喜鹊，一个身黑心黑，一个能哄会骗。它俩个子那么小，怎么背得动你呢？你去捞三十斤草鱼，五十斤鲤鱼来，我吃饱了，一定背你上天去。"郎都听岩鹰讲得更有道理，便去开塘戽水，捞来了三十斤草鱼，五十斤鲤鱼，交给大岩鹰吃。它吃饱了，又对郎都说："你再去那清水塘埂上摘一口袋香水梨来，到了天上，你就卖梨子。有钱的你就卖，买一个送一个，买两个送一双；见了你的儿子，你收了他的钱不但不拿梨子给他，还要打他两嘴巴，那你就能见到你的妻子了。"

大岩鹰把郎都送到天上,郎都按照大岩鹰交代的办法卖梨打儿子,他儿子眼泪汪汪地回家去告诉妈妈。七妹正在织布,听了儿子哭诉,丢下梭子气鼓鼓地去找卖梨人,当她认出是郎都时,一肚子的气消了八九分。她问郎都:

"你怎么到这里来的?"

"是大岩鹰背我上来的。"

"刚才你为什么要打响包?"

"不打他你怎么出来呢?"

七妹又气又笑,只好说:"你呀,一肚子的鬼把戏!"

郎都问七妹:"你到孩子外公外婆家后怎么不再回来跟我呢?"

七妹难为情地说:"父王管得太严了。"

七妹把郎都带到家中,把他藏在楼梯头的姑娘房里,二人都有千箩语万箩话,讲也讲不完,诉也诉不尽。傍晚,雷公从外面进来,一进屋便嚷道:"臭泥腥,臭泥腥!准是你们把凡间人引到屋里来了。快快交出来,不然,我要拷打你们!"

七姐妹一齐下跪禀报:"父王啊,没有,实在没有。可能是你鼻子不好吧?"老雷公分辨不出,只好把这事丢在一边。第二天早起,洗完脸,他的鼻子特别灵,一下子就嗅得出腥气是从姑娘房里散发出来的。他再一次把七个仙女叫出来,凶神恶煞地说:"这屋里藏有凡间人,你们骗了我,再不从实说来,我要劈了你们!"

众姐妹知道再也瞒不过去了,一齐下跪,低头认罪。雷婆的心肠软,也求情说:"你休要发怒!我们把七妹的丈夫藏在房里。看在七妹的面上,你饶了他吧。他是给七姊妹修筑澡塘的人。你若嫌他臭泥腥,就叫他上山去做工。"雷公听雷婆说得也还有理,也就不再说什么了。

雷公嘴上不说什么,心里却总嫌郎都臭泥腥。他接连提出几项凡人很难做到的事,来考郎都。七妹得到雷婆同情,暗地借法宝给郎都,郎都一一圆满地完成了。

雷公见什么事都难不倒他,心里越发嫌他。雷公对郎都说:"七女婿来到天上这几天,也确实辛苦了。我也受不了你的泥巴腥气,你还是快点回凡间去吧。"

七妹跪下央求说:"你命令郎都回到凡尘,我们只好听令;不过,他没有办法回去。请父王允许,女儿给他搓三个月的麻绳。得了九眼仓的麻绳后,再把他放到凡间去怎样?"雷公同意了。

三个月过得真快。雷公打开仓库看见麻绳已经搓好,要郎都立即下凡。临离开天宫前,七妹对郎都说:"你暂且下去吧!恨只恨那铁石心肠的父王,把我们恩爱夫妻活活地拆散了!你下到凡间后,想念我和响包时,就用榔头把空心的香椿树敲三下,我便下来看你。"

郎都流泪说:"但愿我俩天上人间心一条,海枯石烂不变心。你不再嫁,我不再讨。要做松柏同到老,莫学候鸟半年飞。"

这时,雷公又一次来催郎都赶快下凡。七妹只好打开南天门,在大门口打一个桩,将绳子一头捆在桩上,一头捆一根横棒棒,让郎都踩在横棒棒上,用手抓住绳子,慢慢地垂他下地。郎都与七妹分别时的情景实在感人。郎都不断地喊:"七妹呀……我的妻呀……"七妹也不断地喊:"郎都啊……我的夫啊……"相传,每次下雨,就是七妹思念凡间的丈夫掉下的伤心泪。

- ○ 讲述者:石应文
- ○ 采录者:杨再宏
- ○ 出处:《侗族民间爱情故事选》,广西人民出版社1983年版。

黄龙桃

布依族

相传黄龙庙中供奉着一位小英雄,这位小英雄是其母亲吃掉了黄龙桃,怀孕三年而生出来的,取名小龙。后来白水河中黑龙为害四方,年少的小龙揭榜出战,与黑龙斗智斗勇,最终降伏了黑龙,并留在海中,守护百姓的太平生活。这个故事蕴含了人们对英雄的崇敬之情,英雄胜利的人物设置与情节结构也较为程式化,黑龙和黄龙的形象塑造遵循了"二元对立"的美学原则,体现出一种夸张与想象的艺术色彩,赞扬了英雄无畏的大义精神,是民族共同心理的具体表达。

在白水河边的高崖上,原先有一座巍峨的古庙,叫做黄龙庙。庙里供的黄龙神,原是一位降伏黑龙、为民除害的小英雄。

传说很久很久以前,在白水河边的一座山崖上,长出了一棵桃树。树身弯弯扭扭,树皮黑里透黄,现出鳞甲一样的花斑,活像一条龙,人们便称它做黄龙桃。

这棵桃树很特别,多年来只开花不结果。忽然有一年,在树巅上结了一枚桃子,长得又肥又大,颜色蜡黄蜡黄,像金子铸的一样。人们说它是神桃,谁也不敢去摘来吃。这个桃子也很怪,历经春夏秋冬,不落不烂;这样过了三年,越长越鲜。

有一天,一阵大风把桃子吹落到白水河中,顺水往下漂流。恰好有个财主的丫头在河边洗衣裳,看见一个黄黄的圆滚滚的东西漂到面前,捞起一看,是个鲜嫩嫩的水蜜桃。她正饿得慌,几大口便吃下肚去了。不久,这丫头怀了孕;过了三年,生下一个全身金黄的男孩来。财主把她撵出大门,她忍受辛苦带着小孩,好不容易才把他养大。由于小孩是她吃"黄龙桃"怀孕后生的,就给他取名叫小龙。

那时，白水河里住着一条黑龙在这一带称王称霸，为非作歹。它时常涌着河水上岸，吞食牲畜，淹没庄稼，冲坏良田和房屋。人们恨死了黑龙，但拿它没奈何。

有一年，一位贤明的州官，来这里察访民情，弄明了黑龙为害的情由，便贴出招贤榜文，募请降龙的能人，为民除害。但榜文贴了许多日子，总不见有谁来揭榜。

这时，小龙已有十一二岁了，长得瘦筋筋的，可那两只小手倒很有力气。他常空着手进山，扳断大根大根的树枝扛回家，给妈妈做柴火，还挑着大捆大捆的柴火到场上去卖。他听到官府张榜招贤的消息，便辞别了妈妈，到州里去应选。

他来到州官衙门外头，一把撕下墙上的榜文。门卫见了，以为是个调皮的孩子，便高声大骂："你撕官家的招贤榜文，真是狗胆包天！"跑过来一把揪住小龙，举手要打。小龙厉声叫道："莫动手！我要见你们官老爷！"门卫瞅他一眼说："哼！这么颗小豆子还想见官老爷！你那猴子屁股挨得住几棒？"小龙说："我是降龙的能人！误了大事，官老爷不打你个屁滚尿流！"门卫见小龙口气不小，赶忙进去禀报。

州官一听有人揭了招贤榜，立马升堂，叫跟班捧了大红请帖出门迎请降龙能人。他满以为揭榜的人一定是虎背熊腰、力举千钧的大汉，哪晓得进来的却是个干筋瘦壳①的小娃崽，大失所望，便冷冷地问道："你是来降龙的？"

小龙答道："不为降蛟龙，哪个来揭榜！"

"你真有降龙的本领？"

"如不识水性，谁敢撑大船！"

州官见他言语不凡，立马笑脸相迎，殷勤款待。问小龙需要哪样兵器，小龙叫打造三尺银剑一口，大铁笼头一副；铸造鸭蛋大的铁丸五千枚，打起糯米糍粑

---

① 形容人很干瘦。

三千个,三天之后,送到黑龙潭边。

到了降龙的日子,州官带领大队官兵,抬了一应家什,让小龙骑了高头大马,来到白水河的黑龙潭岸上。各村各寨的布依乡亲,抬着大鼓大锣前来观战助威。真是人山人海、好不气派!

小龙手提宝剑,飞身跳进龙潭。霎时间,波涛汹涌,流水飞溅,嚯嚯的响声,如一连串的响雷。

岸上的人们看见黑色、黄色两股浪头,你翻过来,我涌过去,一会儿搅成一团,一会儿各自分开。看着看着,黑浪头越涌越大,越翻越高;黄浪头渐渐低落,隐没不见。人们推测:黑浪头是黑龙,黄浪头准是小龙。眼看小龙敌不过黑龙,大家都提心吊胆,手中的锣鼓敲得没劲了,喊声也低了。

突然,黄浪头一涌跃起,像座高耸的铜塔;浪尖站着个小孩,飞身跳到岸边石头上。他正是小龙。只见他直喘大气,样子很劳累。州官和乡亲们迎上去安慰他、鼓励他,要他好生休息。小龙说:"我累了,黑龙也不松活①,不能让它喘气!"他吩咐大家:见黄浪头就抛糍粑,见黑浪头就撒铁蛋。他抖擞精神,提着宝剑又跳入水中。黑龙潭顿时像煮开锅的水,滚滚滔滔。两股浪头像涨潮的海水,一会儿两潮相撞,涌起山一样的大浪;一会儿如山崩地塌,万马飞奔。人们拼命敲锣打鼓,齐声呐喊,给小龙助威。一见黄浪头涌上,人们就急忙抛糍粑;一见黑浪头起来,就急忙撒铁蛋。

这时,小龙变成龙的形状,在水中和黑龙拼死搏斗,你撕我咬,难解难分。斗了几十个回合,双方都精疲力竭,又累又饿。小龙见糍粑抛来,一口一个吞下肚去,顿时力气倍增,矫健灵活,越斗越勇。黑龙见铁蛋撒来,饥不择食,一口一个囫囵吞了下去;他肚子渐渐胀鼓起来,身子直苗苗②的,一点不灵便,力气

---

① 轻松。
② 直挺挺。

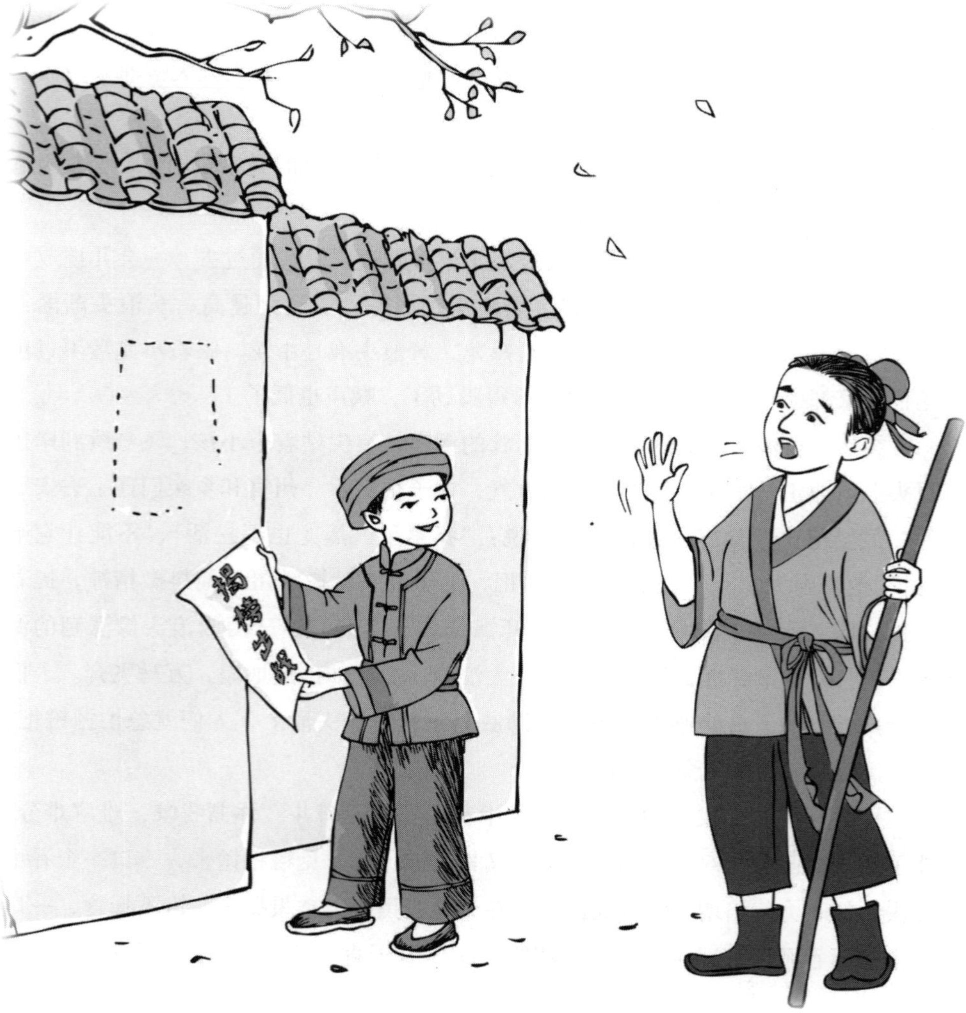

也小了。可是，黑龙仗着自己身躯庞大、神力无穷，拼命同小龙狠斗，它两只黑眼珠直冒火星，恨不得把小龙撕成碎片。小龙身体虽小，力气很大，他左盘右绕，忽上忽下，缠得黑龙气喘吁吁。

人们见黄浪头越涌越高，锣鼓敲得格外响，吼声响得格外大，个个心头像喝凉水一样舒坦。猛然间，黄浪头消下去了，不见了，只见满潭黑水滚来荡去。人们个个胆战心惊，好似大祸临头。小龙的妈妈见不到黄色浪头，心头急得像火烧，眼泪牵起线线流。

其实，机灵的小龙，趁黑龙吞铁蛋的时机，变成个小铜蛋，和铁蛋一起钻进黑龙的肚子里去，放开手脚乱蹬乱打，把黑龙的肠肝肚肺搅得东偏西倒，痛得它喊爹叫娘，沉到潭底乱翻乱滚。小龙在肚子里叫道："黑龙小子！你投不投降！"黑龙这才发觉小龙钻进它的肚子，生怕戳坏它的心肝，丢了老命，赶忙说："小龙爷饶命！我投降，我投降！"小龙发出命令："黑龙听着，顺着河水游归大海，要停牙伏爪，不得掀波起浪！"黑龙点头说："依得，依得！我这就走。"小龙又对黑龙说："小龙爷在你这烂肚子里闷得慌，快开条路让你小龙爷出去！"黑龙张开大嘴说："请从我嘴巴头出去吧！"小龙说："不行，不行！你用牙齿一咬，我就没命了！"黑龙说："那就从我后门出去吧！"小龙吐了泡口水说："呸，呸！好恶心！你想拿臭气熏死我呀！"黑龙说："那就从脚爪下头出去吧！"小龙一听，气呼呼地说："真是一副黑心肝，挤不出半滴红血来。你想用脚爪抓我个粉身碎骨呀！哼！没那么便宜。小龙爷自会找路出去！"说罢，举起宝剑，把黑龙的右眼眶凿了个洞，一下跳了出去，顺手从岸边取过大铁笼头，把黑龙的脖子紧紧锁住。黑龙成了条独眼龙，灰溜溜地顺着河水游走了。

人们见到黄浪头重新涌了上来，悬着的心才"咚"地落下来；又看到黑浪头流走了，晓得黑龙被撵跑，小龙得胜了。大家欢天喜地，锣鼓敲得震天响，准备迎接降龙小英雄起岸。大家盯着潭水，等啊，等啊，潭里风平浪静了，还不见小龙的影子；等啊，等啊，潭里黄水澄清透亮了，还不见小龙冒出水面。小龙妈急得大声呼喊:"小龙——快回来呀!"人们也跟着齐声呼喊。水底传来了小龙的回音:"妈妈,我在这里!"大家一阵高兴,齐声叫道:"小龙,快上来!"不闻小龙的回声,妈妈又大喊:"儿哪!快起来,回家吧!"

"妈妈,我不回家了,就住在水里了!"

"小龙,你起来,让妈妈看一眼嘛!"

"那好吧!"小龙仍在水底回答。不一会儿,人们看见一条小小的黄蛇游出水面,向妈妈点了点头。妈妈看了说:"这不像我小龙呀!"小黄蛇钻进水里,隔了一会,潭里涌起一阵大波浪,一条比黄桶还粗的大龙拱出水面,鳞甲像扇子一般,毫光四射,像一座大金桥。妈妈吓得晕倒在地,人们吓得目瞪口呆。一眨眼的工夫,黄龙不见了,潭水又平静下来。

从此,白水河两岸的庄稼再不遭洪水冲毁了,年年风调雨顺。为了纪念降龙的小英雄,人们在那棵奇怪桃树旁边修了座庙。年深月久,桃树枯死了,庙也倒塌了,只留下大庙的层基。

- 讲述者:王芳国
- 采录者:韦永实、黄万机
- 出处:贵州《南风》,1982年第2期。

王进邦

仡佬族

故事的主人公王进邦是一位家境贫寒的村夫，性格善良，好打抱不平。后来他外出学法归来，与老表李滑一起揭榜营救被蜈蚣精掳走的柳员外家的千金；在营救途中与柳小姐两情相悦、私订终身，后被李滑从中作梗，最终历尽万难有情人终成眷属。这个故事取材于日常生活，带有丰富的想象色彩，通过王进邦的人生经历告诫人们，为人正直的品行不可丢；又透过他与柳小姐的坎坷经历，赞美了矢志不渝的美好爱情。

　　从前有个人，名叫王进邦，小时读书很聪明，因家境贫寒，只读两年就回家帮父母亲做活了。后来，父母死了，丢下他一个人。他姑妈家富，人们劝他去投靠姑妈，他不肯去，一个人独自生活。过不了几年，他也就长成个壮壮实实的小伙子了。他为人正直，喜欢打抱不平，全村老小都喜欢他。

　　那个时候，妖精作恶，弄得人心惶惶。王进邦一心想要斩除妖魔，便外出学法。学了三年回来，还没走到家，就碰上他老表。这老表是姑妈生的，姓李，为人油头滑脑，人们叫他李滑。李滑一见王进邦，就问：

　　"老表，几年不见你了，你到哪里去啦？"

　　王进邦说："没有办法，出去学法去啦！"

　　李滑又问："学的哪样法？"

　　王进邦拿个烂木刀刀给李滑看，说："没得哪样嘞，就只得这把烂木刀刀。"

　　"这个有哪样用？"

　　"能斩邪魔妖怪。"

　　李滑不相信，以为王进邦吹牛。其实，那烂木刀刀呀，就是把宝刀咧！

　　一天，李滑来到柳家庄赶场，看到柳员外家门口贴着一张榜文。这榜文是柳员外写的，意思是：我女儿被蜈蚣精拖走了，谁能救出，愿招为女婿，并让他继承家业。李滑一看，嘀哟，只要救出柳小姐，又得老婆又得家业，这个好事哪点去找！但一想，那蜈蚣精太凶了，它拖了许多猪羊，害死了许多人命，我要到蜈蚣洞里去救柳小姐，恐怕有去无回。不过，李滑不愿放过这个机会，他比泥鳅还要滑，板眼①比蜈蚣精的爪爪还要多，他眼珠珠转了两下，有办法了。他揭了榜文，去见柳员外。柳员外问他：

"你能救出小姐吗？"

李滑说："我有个老表，能斩邪魔妖怪，我和他一起去救小姐！"

"好！快去把他请来！"

李滑把王进邦请去了，柳员外问王进邦：

"你愿救小姐吗？"

王进邦说："我愿去。我学了三年的法，就是为了要斩邪魔妖怪的！"

柳员外又问："你拿什么斩邪魔妖怪呢？"

王进邦拿出烂木刀刀给柳员外看，柳员外不大相信，但心想王进邦要去救就让他去。柳员外问王进邦需要什么东西，王进邦说："只要一根索索、一个箩筐，找几个人同我去；他们到洞口，把我放下去就行了。"

王进邦和李滑带着柳员外家几个用人，来到后山蜈蚣洞口。王进邦说："你们把我放下去，我使劲摇索子，你们就放快点；我慢慢摇，你们就慢慢放；不摇就不放。"说完，王进邦坐在箩筐头，下到洞里去了。

洞里黑漆漆的，一丝亮光也没有，阵阵阴风吹来，冷得扎皮刺骨。王进邦取出宝刀，只见宝刀闪出万道白光，照得洞里通亮。洞里空空荡荡，大洞里又有小洞。王进邦到处找柳小姐，找不到，就喊："柳小姐，你在哪里？我来救你啦！"柳小姐听到有人喊，就答应了。王进邦随着声音从一个岔洞里钻进去，拐了几道

---

① 心眼。

拐,才看见小姐蓬头散发坐在洞里深处,外面隔着三道铁栏杆。王进邦用宝刀一砍,"当啷"一声,三道铁栏杆被砍开了。王进邦进去对小姐说:"柳员外叫我来救你!"接着拿出榜文给柳小姐看。小姐见到榜文,激动得眼泪直淌,说:"哥哥,谢谢你了!"王进邦除妖心切,忙问小姐:"蜈蚣精在哪里?"小姐说:"在那边洞里睡,它一睡就难得醒,要睡几天几夜。"刚说到这里,一股阴风吹来,小姐知道蜈蚣精来了,叫王进邦躲一下。王进邦说:"躲什么!我正要找它呢!"他拿起宝刀,迎着蜈蚣精走去。蜈蚣精伸出千百只爪爪来抓他,他一刀砍去,十几只爪爪断了,蜈蚣精很快把爪爪接上,又伸出爪爪来。王进邦左一刀,右一刀,砍得蜈蚣精爪爪断了很多,稀里哗啦直往下掉。蜈蚣精大吼一声,退了回去。一会又来了,它张开大口,要来咬王进邦。王进邦一刀砍去,把蜈蚣精的嘴巴砍缺了半边,血喷出老远老远。蜈蚣精闭上了嘴,准备往后缩,王进邦又朝它脑壳砍去,蜈蚣精"哇"的一声,扳①了两下,死了,两颗珠珠从脑壳顶上滚了下来,并在一起。王进邦这才松了一口气。小姐看见杀了蜈蚣精,高兴得拉起王进邦的手跳起来。他俩跳一阵以后,小姐去捡那两颗珠珠说:"这珠珠好乖哟!②"小姐很喜欢这两颗珠珠,看了又看,然后笑着递给王进邦,说:"这两颗珠珠是对你这个除妖英雄的报酬!"王进邦拿来一看,一个有点凹,一个有点凸,合起来,正好是一对。王进邦对小姐说:"这个是雌珠珠,这个是雄珠珠,两个正好一对。小姐,你拿一个我拿一个吧!"说着,把雌珠珠递给了小姐。小姐高兴地说:"这珠珠是一对,我俩也应该是一对呀!"王进邦说:"出去后,怕你要另找心爱的人喽!"小姐一听,急得哭了,她撕下衣襟,咬破手指,用指血在衣襟上写了"永结同心"四个字,然后把这衣襟从中撕成两小块,把一小块递给王进邦,并说:"我俩白头到老,生死不离,就以这个作凭证,回去后,选个吉日我们就成婚!"王进邦高兴地点了点头。他接过那半块衣襟,看了又看,然后小心地用那块衣襟

---

① 挣扎。
② 小巧精致,令人喜爱。

这珠珠是一对，我俩也应该是一对呀！

把珠珠包好，揣在怀里。王进邦和小姐就算定亲了（仡佬族定亲就要撕下一小片衣襟，这习俗就是从他们开始的）。

王进邦和小姐就要出洞了，他们来到洞口底下，王进邦叫小姐先上。小姐坐在箩筐里上来了。李滑把小姐拉上来后，就把索索全部丢下洞里，没有抓住一头。小姐一看，急了："王哥还在下面等着，怎么就把索索全丢了？"李滑说："不要拖他上来！你不晓得，他乱杀人，现在官府正在捉他呢！"小姐生气地说："不行，一定要把他拉上来！"李滑不听，叫柳家用人把小姐抬起就走，小姐一直"呜——呜"地哭。一到家，小姐就请求父亲派人去把王进邦救出来。还没等员外回答，李滑赶忙说："员外，原先我没跟你讲，王进邦这个人不是好人，他学得一点法，就到处惹祸，又是抢人，又是杀人，被杀的那一家还在找他哩！不如丢他在洞里，免得出来惹事。"员外从没听说这种情况，对李滑的话也就似信非信的。他看到女儿一直在哭，就叫用人搓根索索，拿着箩筐，去救王进邦。用人去了回来说："箩筐放下去，等了好久，都没人上箩筐。"这就无法了。

第二天，李滑对员外说："我和王进邦一起去救小姐，王进邦回不来了，请把小姐许给我吧！"柳员外问小姐愿不愿意，小姐拿出半块衣襟和一颗珠珠来，说："要有这东西，我才嫁。"李滑拿不出这东西，想当女婿也当不成了。

哪晓得，王进邦并没有死。那天，小姐出洞后，他等了好久，不见放箩筐下来，就自己想办法出洞。正在着急，突然看见一个洞的深处有个什么东西在动，"嘻！又是蜈蚣精吧！"他握紧宝刀，向前走去。还没走拢，那东西说话了：

"年轻人，你杀了那害人的蜈蚣精，做了一件大好事啦！"

"你是哪个？"王进邦问。

"我是龙王。我晓得你落难了，找不到路出去。不要着急。我在这里修炼已经九千九百九十九年了，满一万年，就要出去坐东海，那时，我再带你出去。"

王进邦答应了，就在洞里同龙王做伴。龙王吃石头，叫他吃，开头他不敢吃，后头一尝，哟，香得很，他就天天同龙王一起吃石头。

一天，几个炸雷从天上劈下来，只听有人在喊："龙王，龙王，明天你去坐东海！"龙王听到了，对王进邦说："小伙子，明天你就骑在我背上，闭上眼睛，我把你背到东海去，再送你上岸。"

第二天，龙王把王进邦背到了东海，又把他甩上岸来。龙王用力过猛，王进邦到岸上昏了过去。有个老公公看见从海里丢出一个人来，心想，莫不是龙王有眼，看到我无儿无女，特意丢来送我。他把小伙子背回家，高兴地对老伴说："老太婆，龙王送给我们一个儿子，我背回来了。"老伴也很高兴。老两口开头喂小伙子一点米汤，慢慢添点稀饭，后来小伙子能吃干饭了。

王进邦得到两个老人的照顾，非常感谢，但他无心给他们做儿，他一直想念着柳小姐。两个老人知道他的心事，逢人便打听柳家庄，也打听不出。两个老人看他聪明，就盘①他读书。读了三年，进京赶考，一考就考上了，当上了大官。

王进邦离开京城，走马上任，大队人马护送，好不威风。他一边赶路，一边派人去接两个老人。他们走了几天，来到一个村庄，只听得庄里吹吹打打，很是热闹。王进邦看这村庄很像柳家庄，就叫人去打听。差人进庄去问，正好碰上李滑，一问，才晓得是柳小姐在办好事②。

原来，柳小姐被救出来后，柳员外看王进邦回不来了，就想另招女婿上门。李滑晓得柳员外没儿子，做梦都想去当女婿，几次都被小姐拒绝了。柳员外挑了几个，小姐都不肯。员外催促多了，小姐才说："我早已许给王进邦，现在他不在人世间了，我要先给他做好事，再谈成亲的事。"柳员外答应了，就请本族先生来唱经③，请唢呐匠来吹唢呐，柳小姐披麻戴孝。很多人来帮忙，办得热热闹闹（这种祭祀亡人的习俗，就是从那时开始的）。柳小姐办好事的时候，李滑死皮赖脸地来帮忙。他看到大路上停着一队人马，有两个差人进村来了，就上前去

――――――――――――

① 供。
② 追悼死者的一种仪式。
③ 过去人死后，请本族巫师来唱《十二段经》，超度亡人。

打招呼，谈话间，有人听差人说是王进邦的人马，消息很快就传开了。有人跑去告诉柳员外和柳小姐，李滑也跟着去说："王进邦早死了，不要听那些谣言。"柳小姐不理他那套，急忙对用人说："快去把他请来！"很快，王进邦来了，见小姐穿着孝服，面容憔悴，有点认不出来了。小姐见到王进邦，一头扑了过去，抱着痛哭。接着，拿出雌珠珠和那半块衣襟血书来给王进邦。王进邦不觉掉下眼泪，也从怀里取出那颗雄珠珠和另外半片衣襟血书来。两片衣襟血书合成一块，上面现出"永结同心"四个字。很多人在旁边看到了，都暗暗陪着流泪。王进邦说：

"这就是我们在洞里定亲的东西！"

"我俩在洞里定亲后，我一出洞来，可恨那李滑……"小姐说到这里，喉咙哽住了。

王进邦说："我当时猜想，也觉得十有八九是他搞的鬼！他现在在哪里？"

人们去找李滑，他真滑得像泥鳅，早就溜走了。王进邦跟小姐谈了这几年的经历，最后说："小姐呵，我一直在想你！"

小姐也谈了自己的遭遇，说："我老是在想着你，父亲几次挑女婿我都不答应，我的心里头只有你。等了这几年总不见回来，打发人四处寻找也毫无音讯，还以为你不在世了。所以才来为你做好事，请先生来想度你的。哪晓得，你活着回来了，我们今天就成亲吧！"

王进邦答应了，柳员外也点了点头。柳小姐脱下了孝服，换上了新衣裳。灵堂也改了，热热闹闹的丧事，办成了热热闹闹的喜事啦！

○ 讲述者：王朝佩

○ 采录者：潘年英、龙玉良、王弄玉、潘定智

○ 出处：《仡佬族民间故事》（民间文学资料第四十九集），中国民间文艺研究会贵州分会1982年编印。

人虎缘

土家族

故事讲述了孝子冉孝与母亲相依为命,后来受到两只老虎的帮助与恩惠,逐渐走出了穷苦的生活困境,最终与县官家的女儿结亲,过上好日子;故事取材于民众日常生活,并且带有奇异的想象色彩。本故事赞美了冉孝一片赤诚的孝子之心,也呼吁人与自然和谐相处、相互帮助,对后世具有深刻的启迪意义。

从前,有母子俩,住在深山老林的一座茅棚里。母亲双目看不见,就靠儿子冉孝弄柴卖了过日子。每天,天不见亮冉孝就起床把饭做好,让母亲吃饱,自己吃点锅巴稀饭也算一餐。十几年如一日,他从不对母亲说一句重话。

有一年腊月的一天,冉孝上山弄柴,在一处悬崖边砍一根干青枫树,砍到快断的时候,他使力一掀,轰的一声!连人带柴滚下悬崖,挂在半山腰的土台台上。昏迷中,他听到有呼呼的声音,醒来一看!见两只斑斓大虎偎在身旁,舔着他身上的血。环顾四周,上下是万丈悬崖,巴掌宽个路,陡得像板壁。冉孝不觉心惊肉跳,连忙对老虎说:"虎王,虎王,你莫吃我吧,吃了我,就等于吃了我的瞎子老母亲啊。"老虎对冉孝点头三下,便卧在悬崖外边拦住冉孝,免得他摔下去。

第二天,那只公虎把背脊往冉孝身上靠,母虎用脚把冉孝往公虎背上掀。冉孝说:"虎王,你是背我下山吗?"老虎点头三下,冉孝骑上虎背,老虎驮着他很快就下了山,一直把他背到屋边。冉孝说:"虎王,我到家了。"老虎后脚一蹲,冉孝下了虎背,便对老虎作了个揖,老虎摇头摆尾地上山去了。这时冉孝的母亲正在哭哭啼啼地喊他。冉孝连忙走进屋,对母亲说:"妈!我回来了,您老人家莫哭了。"再看看屋里,什么东西都没有,年也快到了,又是大雪封山,不能出门,便在米桶里抓了两把米,急忙烧火,煮了半鼎罐稀饭,让母亲吃饱后,自己喝了点米汤。晚上,冉孝烧起树疙瘩火,点起松树油灯,正跟母亲讲他上山砍柴遇老虎的经过,忽然听到外面有呼呼的声音。冉孝举起火把一看,嗨!那只老虎背上扛着头肥猪来了,冉孝吓得往后退。老虎把肥猪放在门口就走了。冉孝麻起胆子①把肥猪拖进屋打整出来,两娘母过了一个热闹年。

第二年正月间,有几个打虎匠来到冉孝家里住下。他们问冉孝:"你住在这荒山野地看见老虎没有?"冉孝说:"从来没见过老虎。"打虎匠住了几天就走了。从此,这两只老虎每隔四十九天,不是送一头肥猪就是送一只羊,冉孝两娘母的日子也一天天好起来。

有一年,一个新县官上任,带着家眷,人夫轿马②地从冉孝家后山路过。他们在山坳上歇气的时候,忽然两只老虎从山林里扑了出来。县官与随从人马吓得四处逃奔,县官的女儿没跑脱,被母老虎含进大山里去了。县官眼见女儿被老虎含进山去了,也无可奈何,急忙催促随从人员把县太太和贵重物品抬起跑了。

当天晚上,老虎把小姐含到冉孝家里,冉孝说:"虎王,你是从哪里含来的官家小姐?不要伤害她的性命,把她送回去吧。"老虎只是摇头,冉孝又说:"你是要把她留在这里吧?"老虎又点头三下,把小姐放在冉孝家里,摇头摆尾地进山去了。

小姐见冉孝心地好,救了她的命,便对冉母说:"老妈妈,我愿服侍您一辈子。"又对冉孝拜了拜说,"今天是你救了我,我愿与你终身到老。"冉母说:"你是哪家的小姐,我不敢答应你的好心。"冉孝说:"我们家么子没有③,靠弄柴卖过日子,母亲都难得养活,你怎么吃得这样的苦呢?"小姐把她的家世和怎么被老虎抢走的事讲了一遍。冉孝说:"这我更不敢了,你是官家的女儿,我是穷苦老百姓,你还是回去吧。"小姐说:"这荒山老林,你叫我往哪里走?老虎有灵

---

① 大起胆子。
② 乘轿和骑马。
③ 什么都没有。

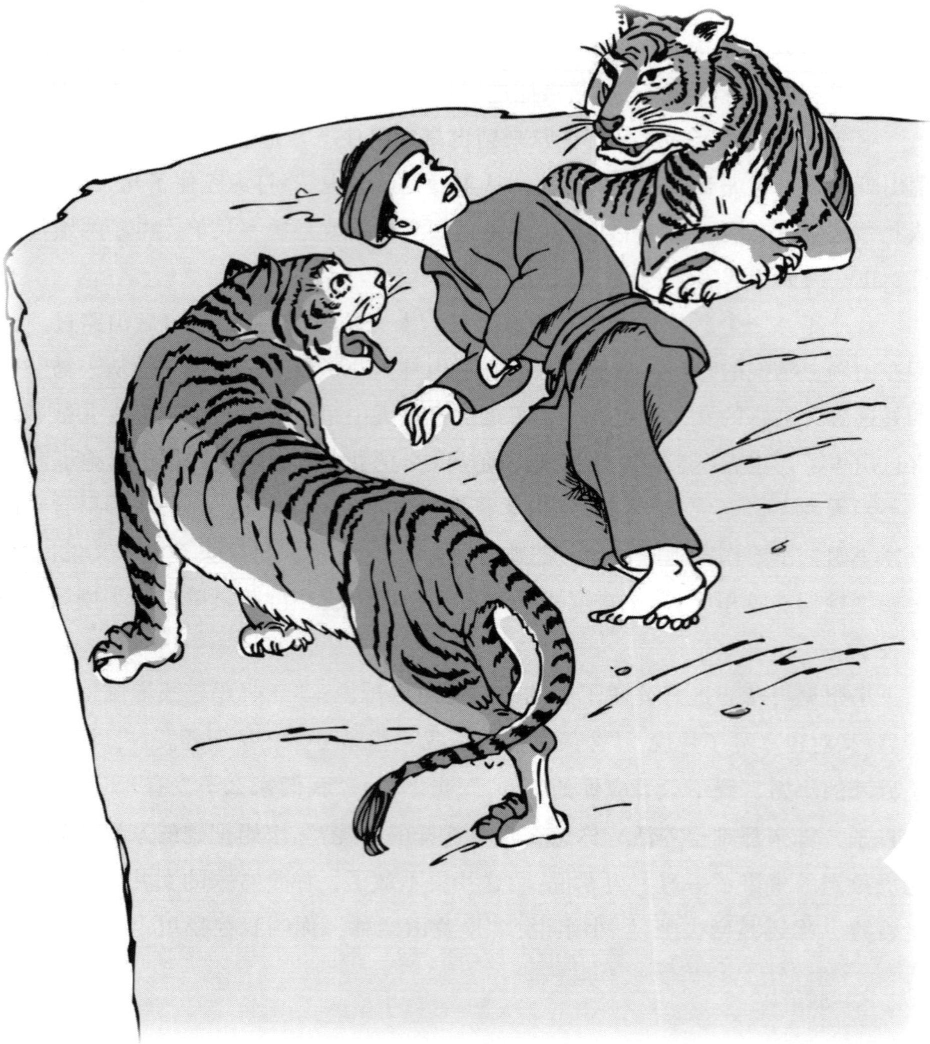

性，听你的话，离开了你，老虎早迟要吃掉我的。如今，老虎把我送到你屋里，就是住岩洞、吃野果都要与你在一起，冷死、饿死总比让老虎吃掉好些吧。"冉孝见她讲得遭孽，便答应她住下来。

两人成亲后，冉孝还是弄柴卖，小姐也学会了种菜园子。以后每隔七七四十九天，老虎就给他们送来肥猪肥羊。后来他们搬到山下十字路口开了个小店，炸油粑粑、煮油茶汤卖，还提供热水、凉水，供路人饮用，从不收一个钱。从此以后，一家人日子越来越好过，小姐又生了一子一女。

十年后，那个县官升为府官，依然是人夫轿马地从冉孝店前路过，大家停在店子里歇气。县官问冉孝当地有没有石匠，冉孝问："你找石匠做么子？"县官说："我要在这山坳上立一座石碑。十年前，我去上任，带有一女，在山坳上被老虎抢走。现立一碑，一来是作个纪念，二来告知父老乡邻以防老虎再伤人。"小姐在一旁听到，丢掉手里的油粑粑窝子，喊了一声"爹！"扑在县官的怀里。父女、母女相认，一家人抱头大哭一场。小姐把冉孝救她的事说了遍，县官大人也感激得不得了，便和随从人马住下。晚上县官跟冉孝、冉母、女儿讲了一通夜，要他们一同到府里去住。第二天，冉孝一家人随同县官到府里去了。

当天晚上，老虎给冉孝送肥猪不见有人，就在山上山下、山内山外喊了一通夜。此后每天太阳下山的时候，两只虎喊出山来，每晚喊到天亮，一连几天都是这样。

山外有个王家寨，几十户人家，一到下半天，都关门闭户不敢出门了，每天只能做半天工。大家都说："我们这里不知要出个么子事，这样下去，阳春也做不好，怎么得了哟！要是哪个能把老虎赶走，我们每家拨给他一挑谷子的田。"

冉孝有个伯伯，是个孤老人。他知道冉孝到府里去了，一定是老虎找不到他才这样喊。他便对王家寨的人说："我可以把老虎叫走，也不要你们的田，只要你们轮流养我一辈子就行了。"大家都愿意养他到老。

当天下午，冉老汉挂着大草烟袋去冉孝的茅屋楼上藏起来。太阳下山的时候两只老虎吼来了，冉老急忙卷起叶子烟不断地抽，老虎闻到有烟味，又喊进了屋。冉老汉在楼上麻起胆子说："老虎大哥，你喊么子？冉孝一家人随县大人到府里去了。你们不要在这里喊了，到府里去找他吧。"这样，两只老虎就进山去了。

第二天晚上，两只老虎喊到府里去了。五更天时，它们飞上城门，吼声只差点把瓦片震落，满城百姓从没听到过这种声音，怕不过。

冉孝知道是老虎在找他，便把城门一开，两只老虎飞快地扑在他身边亲了又亲，舔了又舔，看热闹的人吓得蒙着眼睛往后退。冉孝说："虎王，你是我的救命恩人。我和老母、小姐都在这里安身了，日子比往天过得好多了，你们归山去吧。"

两只老虎又飞上城门吼个不停。冉孝又说："虎王是不是要看看我的母亲与我的妻子？"两只老虎一齐点头。冉孝牵着母亲与妻子来到城门口。两只老虎停住吼声，站在城门上一动不动。冉孝对老虎说："我们一家都很好，你们归山去吧。"两只老虎只摇头，还是向府内叫个不停。冉孝想了想说："虎王是想见见府官大人吧？"两只老虎连连点头。冉孝把府官大人请到城门口，两只老虎飞下地，头朝外面不走。冉孝对府官大人说："这就是原来含走小姐的那两只虎，没有伤害小姐的性命。小姐到了我家，又是它们帮我们送猪送羊。现在我们怎么感谢虎王呢？"

府官大人说："虎王，你没伤害我女儿，又成全了冉孝，我这府官也不忘记你，只要你们今后不伤害人命和牲畜，去吃野猪豺狗，许你们每只虎每天都有四两肉。"冉孝说："虎王，归山去吧！"两只老虎大吼三声，摇头摆尾地远去了。

直到如今，许多地方民间传说一府只有两只老虎，每只虎每天只需四两肉，吃了一餐，不管半月管十天，不乱伤害人畜。

○ 讲述者：徐国正

○ 采录者：田诗学

○ 出处：《宝刀和魔笛——中国各族民间故事精品》，湖北人民出版社1994年版。

第八章 金沙江流域与元江流域

白鹦鹉行孝

彝 族

> 这是一则展现孝心孝行这一中华民族传统美德的动物故事。故事中描绘了一个为了给母亲治病而不惜散尽家财、克服重重困难的白鹦鹉形象，最终她带着妈妈的希望过上了幸福美满的生活。故事曲折离奇，生动地展现了白鹦鹉的孝心孝行，而故事结局也不同于以往故事的大团圆结局，更加动人心弦、发人深思。这则故事不仅提醒人们：父母在世时要尽力尽孝，报答养育之恩；在父母死后便不必多挂心，要好好生活，这蕴含着彝族人民对伦理孝道的理解，内涵深刻隽永。

古时候，在一座森林茂密的大山上，长着一棵巨大的戈祖树。不知是哪一年，一对新婚的白鹦鹉飞到上边起房盖屋，安家落户，住了下来。不久，他们就产下了一个白白胖胖的白鹦鹉姑娘。小白鹦鹉聪明伶俐，活泼可爱，飞起来像闪电，身上随时都闪着吉祥的银光，父母很疼爱她。

小白鹦鹉长大之后，有一年，父亲飞出门去找食物，不知在外边碰上了什么灾难，再也没有回来了。母亲忧思得了重病，从此卧床不起，一天比一天消沉，病情一天比一天严重。这可急坏了小白鹦鹉，她一天到晚忙进忙出，寻医找食，在母亲身边嘘寒问暖，是个很有孝心的姑娘。

小白鹦鹉去请几个巫师来给母亲医病。她先到东边请得个花脸巫师来，念了九天经，便把小白鹦鹉家的羊子杀得一干二净。羊子杀光了，经也念完了，母亲的病反而更重了。于是，小白鹦鹉又到南边去请巫师，请得个红脸巫师来念了四四一十六天经，便把小牛祭鬼，鬼反而在她面前跳起脚来（彝族的一种舞蹈）。小白鹦鹉没有办法，只得到北边去请黄脸巫师。黄脸巫师把小白鹦鹉家的猪和鸡全部杀光了，经也念完了，母亲的病还是不见好。小白鹦鹉又到西边请来了黑脸巫师。黑脸巫师怪小白鹦鹉没先请他，十分生气，要小白鹦鹉把全部家产都变成礼物送给他才来。为了医好母亲的病，小白鹦鹉只得答应了他的条件，把家产全部卖光了。可是这位黑脸巫师，还是没有把小白鹦鹉妈妈的病医好。从此彝家便传下这样一句话："贪财的巫师再多，请来了也医不好病人。"

所有的巫师都请到了，所有的财产也医光了，母亲的病还是一天重似一天，这使小白鹦鹉姑娘很伤心。母亲看见她那可怜的样子，便安慰女儿说："孩子啊孩子，东南西北的巫师都请过了，应该付出的代价你都付了，你对妈妈已经尽到了孝心，看来妈妈的阳寿将尽，你就不要再那么痛苦了。来，守在妈妈身边，让妈妈安安静静地死去吧！"小白鹦鹉连忙哭诉说："妈妈呀妈妈，只要妈妈在世一天，我就要尽心尽力请人来医治。"

母亲听了女儿的话，激动得热泪盈眶："既然你这样有孝心，那么你再去山上找草药来给妈妈吃，看妈妈的病会不会好？"

小白鹦鹉一听，慌忙飞到山上去找药。她先来到东边的山上，东山正在打雷，雷火把她的嘴烧红了，把她的脚也烧红了；她忍住剧痛，终于找回了草药，连忙喂给母亲吃。母亲吃完了东山的草药后，病稍微减轻了点。小白鹦鹉一看，感到很高兴，又飞到南山上去找。她来到南山的时候，南山正在扯闪，闪电把她的嘴巴打弯了，把她的眼睛照灰了；她努力地挣扎着用脚刨，终于又把应该找的药找回来了。她把草药喂给母亲吃，母亲的病又好了一小半。小白鹦鹉这下更高兴了，又唱又跳地飞到西边的山上。她飞到西山的时候，那里正在下大雨，刀子一样的暴雨，把小白鹦鹉美丽的白羽毛全部拔光了；没有羽毛，小白鹦鹉飞不起来，只好摘下树叶做成羽毛，支撑着找回了西山上的草药。从此，小白鹦鹉的羽毛变成绿的了。母亲吃了西山的药之后，病就好了一大半。

"孩子啊，看来只要再吃北山的药，妈妈的病就可全好啦。"妈妈高兴地说着，可以下床走动，做点轻巧活路了。

小白鹦鹉兴高采烈地对妈妈说："妈妈呀妈妈，你不要下床做活，等我再把北山的草药找来给你吃了，我们两娘母就可以出门做活了。"

母亲嘱咐道："早去早回呀，妈的儿！"

小白鹦鹉愉快地答应着很快飞到北山。只见北山一阵阵黑烟冲天而起，到处飘着腥人的臭味。她奇怪地睁大眼睛看了半天，忽然发现北山的空中张着一张无边无际的大鸟网，顿时被吓得出了一身冷汗。当她看见很多同类误撞鸟网后，都被那些大恶人抓走的时候，她的心里又惊又怕，于是她飞到另一座山上，向正在找食物的老鹦鹉问："公公，公公，北山上住的什么人，张着大网做什么？"

老鹦鹉回答说："北山上住的是恶人，世界上只有一棵长生不老药树，刚刚被他们偷了来，种在九十九重大门的院心里。因为怕药被偷走，他们张网养兵，把药守得严严紧紧的。"

小白鹦鹉一听，顿时乐坏了，她决心要把这长生不老药找到手，拿回去给妈妈吃了，让妈妈一辈子不离开她。她问道："公公，我的妈妈生了病，吃了东南西三个方向的药病就好了许多，现在只差北山的药没吃，因此病没断根。我想得到这棵长生不老药树，不知怎么才能弄到，望公公指点。"老鹦鹉一听，连连摇着头说："北山不可进，想拿一草万不能。兵比芝麻多，网比筛子细，别说你和我，连蚊子进去也跑不脱！"小白鹦鹉一听，很为难；可是一想起母亲，便咬着牙下决心，转身朝北山飞去。"去不得！"老鹦鹉着急地喊。"不怕！"小白鹦鹉说着，转眼就飞到北山山顶上去了。她在北山上横着飞了三圈，直着飞了三圈，看准一个大网洞，一头扎了进去。她刚刚飞到网里，就被网下一群看守兵士发现了；兵士们纷纷张弓搭箭，乱哄哄地跑来追捕她。小白鹦鹉姑娘被罩在网里，东撞西碰逃不走，最后翅膀上中了一箭，身不由己地跌落在地上，被一个兵士抓住了。"好一盘下酒菜！"兵士高兴地说。小白鹦鹉很伤心地流着泪说道："妈妈呀妈妈，我们的命真是苦啊！"兵士见手中的鸟儿会说话，以为是怪物，有些怕了，于是把她卖给了另外一个人。那个人高高兴兴地拿起小白鹦鹉回家去，坐在门外边扯毛边说："有酒又有肉，痛快！"小白鹦鹉哀求道："饶过我吧，放过我吧！

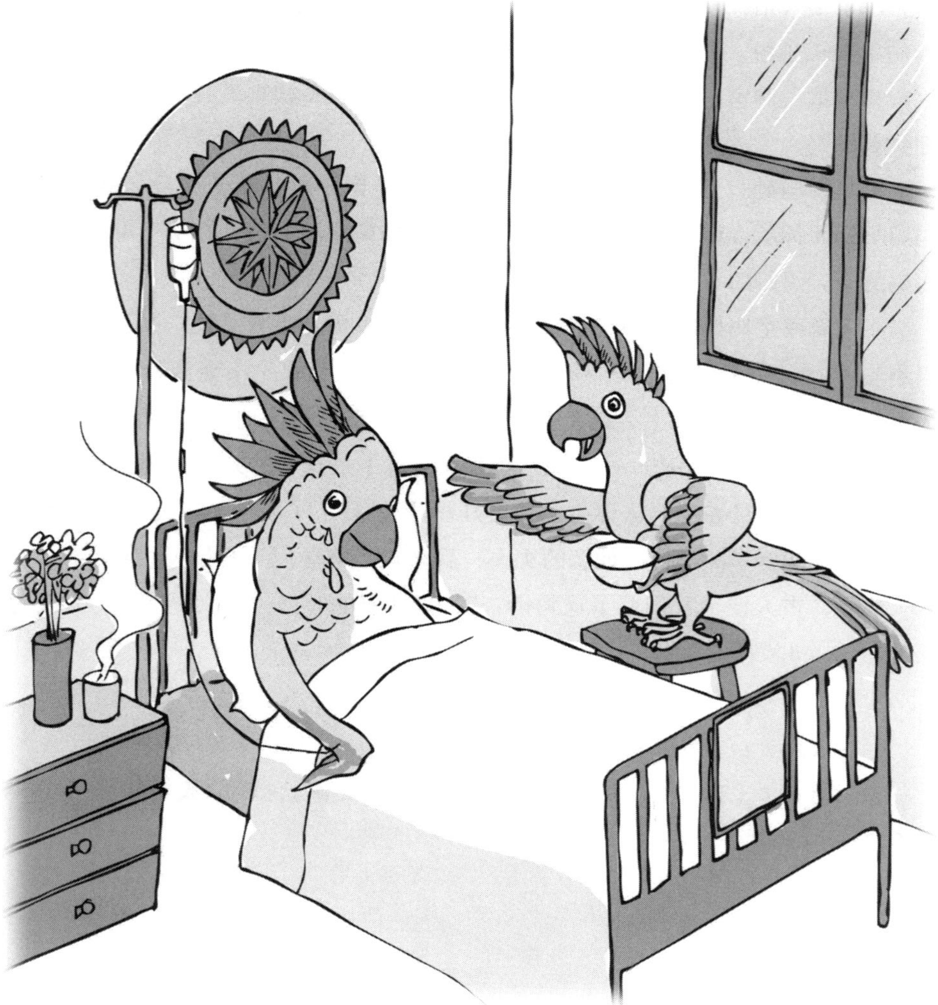

发发善心吧!"那人听见鸟儿说话,吃了一惊,连忙问道:"你是神是鬼,为什么会说话?"小白鹦鹉说:"如果你放了我,我便是神;如果你杀了我,我便是鬼!"那人听了很害怕,便把小白鹦鹉丢掉,转身跑进屋去,死死地关上了门。小白鹦鹉姑娘乘机逃脱,并在一个风雨交加的夜晚,偷到了长生不老药,逃出了鸟网,欢欢喜喜地飞回家。她捧着长生不老药,一路上高兴得快要发狂了,老远就大声呼喊着妈妈。

可是,当她找到自己的家时,一切都已经不像原来的样子了:戈祖树干枯,妈妈早就死掉了,白花花的骨头散了一地。小白鹦鹉嚎啕着,在羽毛堆里找到了妈妈的心。妈妈的心还在跳动着,滴着血。

小白鹦鹉把妈妈的心捧在手里,藏在怀里,一天到晚看了哭,哭了看,伤心得不吃不睡。后来,她把妈妈的心拿去埋在山上,将长生不老药种在坟上。不久,长生不老药的树枝上,结出一个奇怪的果子来,慢慢地,这果子红通通的,像心的形状。小白鹦鹉想:"我整天守在坟前也不是长远的办法,倒不如把果子吃了,带着妈妈的希望出去谋生恐怕更好些。"她吞下了果子,飞到山里去谋生。不久,她就找到了一个称心如意的丈夫,后来儿孙满堂,活了七八百年。

从此,古人便给我们留了这句话:"父母活着的时候,儿女要有孝心;父母死了之后,儿女不必多挂心。"

○ 采录者:基默热阔
○ 出处:《云南民间故事丛书·彝族民间故事》,云南人民出版社1988年版。

金沙神女与石鼓青年

纳西族

金沙神女在完成引洪水的过程中邂逅了一位帮助她的青年并与之坠入爱河,然而在使命与爱情发生冲突,二者只能择一之时,她义无反顾地选择了克制自己的感情,最终完成了自己的使命,而深爱金沙神女的青年在等待的过程中化作石像。故事中金沙神女有深深的使命感与责任感,她为芸芸众生舍弃小我的精神感染人;同时,石鼓青年对爱情的坚守也同样打动人。

很古很古的时候,地上没有河流,全是一片白茫茫的洪水。一天,住在天宫里的米利东阿普带着他的三个女儿出来游玩,拨开云雾,看到了地上的悲惨情景。阿普心里十分不安,便对女儿们说:"大地被洪水淹没,人们只能居住在高山头上,日子十分艰难。你们姐妹三人去地上开辟河道,把横流的洪水引到米利达吉海,让出地面给世人去开田造地,建立家园吧。"

米利东阿普的三个女儿都长得貌美,然而最美的要数三妹,三妹不戴金饰银饰也是光艳照人。大姐、二姐和三妹都很热情、爽快、豪放,而三妹还有像金鹿那样善良的心地,像大海那样宽广的胸怀。米利东阿普了解自己的女儿,他让大姐引怒江水,二姐引澜沧江水,三妹引金沙江水,三姐妹愉快地接受了天父的使命,告别了天父,来到大地上。

大姐、二姐是急性子,一到地上,就恨不得一下把水引出去,便各自引着怒江水和澜沧江水,奔腾咆哮着,急急匆匆地往前赶路,高山挡不住,险谷不停留,抄近路向米利达吉海奔去。三妹金沙神女却不像两位姐姐那样匆忙,她早就打好了主意,不辞艰苦,不怕路远,要冲过层层高山峻岭,闯入条条深谷幽箐,为世人引走更多洪水,造下千里平原。所以,她引着金沙江水,劈山开道,千回百折，一路向前。

这天，金沙神女来到石鼓，前面有一座大山挡住了去路，她想找个垭口或山箐谷冲过去。当她来到一个垭口时，忽然听见乒乒乓乓的声音，随声望去，只见前面升起一阵阵尘土，一块块巨大的石头从垭口直滚下来。尘土中，一个小伙子光着臂膀，汗流浃背地在那里挖土撬石头。神女觉得奇怪，便开口问道："请问前面的阿哥，你挖土撬石为哪般？"

小伙子听到说话的声音，转过身子，上下打量着面前的这位陌生姑娘。神女的心猛地一惊，啊，好一个标致的小伙子！尽管他身上沾满尘土，汗水在脸上、手臂上一道道往下流，但仍然掩盖不住他的威武和俊美。

原来，这个小伙子生长在这个地方，他痛恨洪水占据着大地，人们不能安居乐业。当他听到金沙神女引水造陆要经过石鼓时，高兴得心都要跳出来了。他恨不能马上见到神女，尽力去帮助她。他了解石鼓的地形，知道神女必然要从这个垭口出去，所以在神女到来之前，就来到这里为神女开道。此时他正埋头挖土撬石头，听到身后银铃一般清脆的叫唤声，便回过头来看。突然，他眼前一亮，一位从来没有见过的美丽、善良的姑娘站在面前，姑娘的后面是滚滚翻腾的江水。一看就知道是金沙神女了。小伙子的心扑腾、扑腾直跳，他红着脸，回答神女的问话："美丽而善良的神女，我是石鼓一个凡人。你的善良叫人敬佩，请暂停住你高贵的脚步，待我挖山为你开道。"

小伙子的话像一股暖流流进神女的心窝，她深深地爱上了这个英俊、淳朴的小伙子。但是，洪水正在危害人类，她怎能在这里耽搁呢。于是，她克制住自己的感情，对小伙子说："感谢多情的阿哥，你的情谊阿妹记心间。为了引水归大海，历尽千难万险也心甘。阿哥的帮助阿妹感激不尽，可阿妹不能偷闲。"

说完她便引着江水向垭口冲来。小伙子在上面挖土撬石，神女在下面引水冲缺口，他们相依相伴，昼夜不停地劳动，共同的愿望使他们越来越亲近。小伙子在神女身边，心里觉得热烘烘的；神女和小伙子在一起，心里也是甜滋滋的。

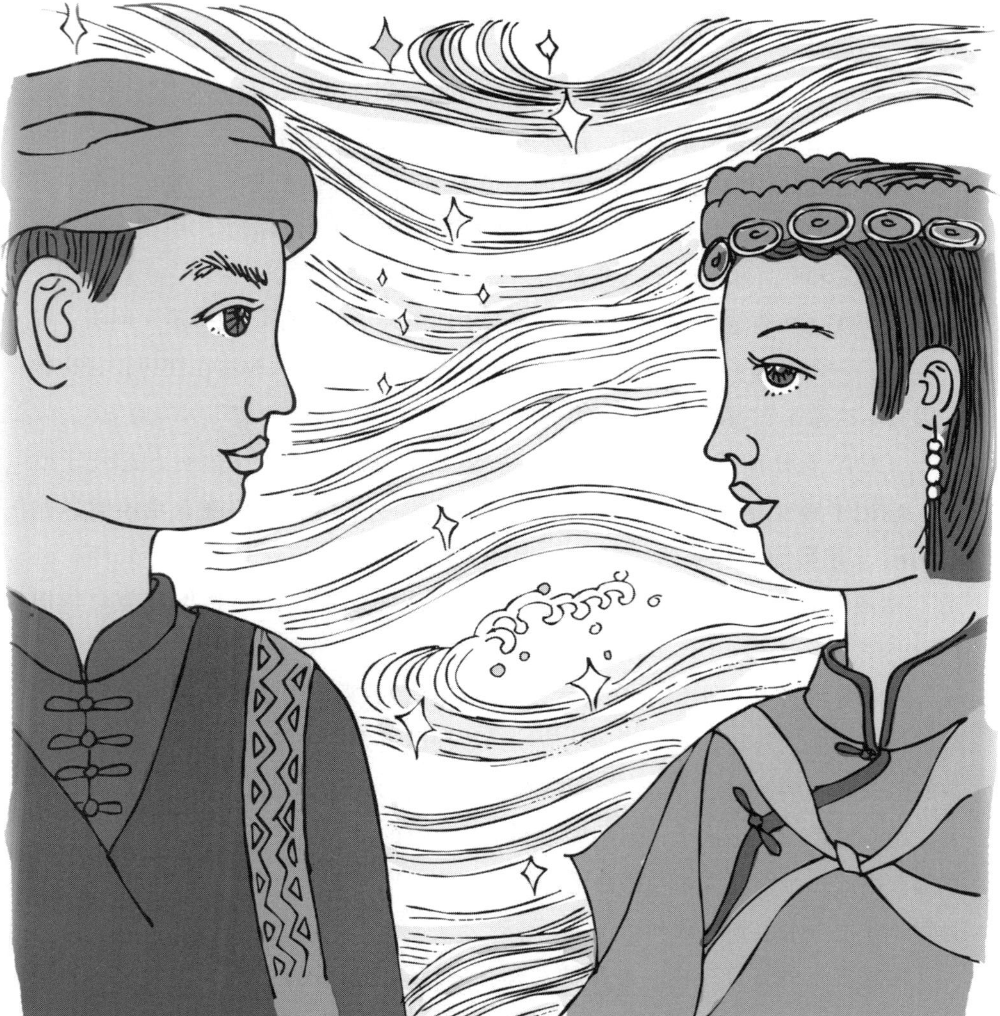

不久，石鼓这一段路开完了，神女要继续赶路，他们就要分手了。小伙子的心，好像有几十把锥子在扎，他像掉了魂一样痴痴地看看神女，半晌，才哽咽着说：

"神女啊，在你身边，我心里洒满了阳光，和你分别，我心头压上了冰霜。有心留你，怕耽误你造福人间；让你离去，却又使我肝肠寸断。"

金沙神女热泪盈眶，强忍着悲痛说道："阿哥啊，你莫悲伤，神女不是木石心肠。相会的日子虽然短暂，阿哥的情谊已刻心上，等阿妹把洪水引到米利达吉海，再回来和阿哥相聚，永不分开。"

他们就这样约定了。金沙神女恋恋不舍地离开了小伙子，她一步一回头，在石鼓转了一大个弯子，然后含着热泪奔向远方；小伙子呆呆地站在江边，目送神女远去。这就是在石鼓出现长江第一弯的原因。

一对恋人分别了，彼此都很想念。小伙子每天都站在江边看，忘记了吃饭、忘记了睡觉，盼望着金沙姑娘早日回来。不论白天和夜晚，也不管风吹和雨淋，等啊等，盼啊盼，日子一天一天过去，等了三千三百三十九年，还是不见神女转来。小伙子最后变成了一尊石人，站在江边，依旧在望，依旧在盼。

再说金沙神女和小伙子分别后，走了不远，就遇到玉龙雪山和哈巴雪山挡路，神女趁他们熟睡，就悄悄地从他们身边冲了过去。一路之上，她又遇到了无数的险关和暗卡，经过了多少迂回曲折，凭着她的智慧和力量，闯过了一关又一关。她心里惦念着小伙子，但她更想到千千万万的世人还在高山头上，不能建立家园。因此，她引着洪水，拼命地冲闯、奔跑，历尽千辛万苦，用了很长很长的时间，才把洪水引到了米利达吉海。

在这漫长的日日夜夜，金沙神女没有一刻忘怀石鼓的小伙子，她来不及喘一口气，就急匆匆地反身赶回了石鼓。可是四顾茫茫，只见一尊石人立在江岸上，再也见不到她日夜思念的小伙子了。神女悲痛欲绝，猛地一转身，折回米利达吉海，再也没有回来了。

　　直到今天，这尊石人依然站在金沙江边，深情地望着滚滚东去的江水；而金沙江水到了这里也流得特别缓慢，总要在石人面前绕个大弯，才依依不舍地离去。

○　讲述者：和铁武
○　采录者：木丽春、解何等
○　出处：云南《山茶》，1982年第5期。

买 寿

纳西族

这是一则有关命运的故事，与另一类以增寿为主题的故事既有关联又有所区别。增寿故事的主人公请求神仙的帮助，成功避免了死亡，延长了自身的寿命；而这则故事的主人公虽家财万贯，跋山涉水地去买寿命，结果却落得一场空。两种故事的结果虽不一样，但都表达了人们在无法掌控命运的情况下，对长寿的执着追求，对现世生活的热切渴望。同时，这则故事以富人寻求买寿的历程展现了云南的街景、庙宇、集市等地方风情；以毫无所获的结局警示人们生命的有限和无价，劝勉人们珍惜当下的现实生活。

在富饶的口拉都地方，有一座十分高大的木楞屋。这屋子全用木楞搭成，木楞的墙壁，木楞的屋顶，木楞的支架，木楞的地板。那屋楞粗得几个人无法抱拢，高得从头看不到梢。就在这屋子里，堆满了金银、珠宝、毡毯……储藏着的东西，除了天上的星星，人世间所有的稀奇珍宝都齐备了。木楞屋的主人，是大富翁阿瓦若。

一天晚上，阿瓦若突然做了个梦。他梦见一座像鼻子一样的金山坡，金沙江从坡下流过，那汹涌的激流冲刷着山坡的金土，最后整个山坡陷落到金沙江里去了！阿瓦若醒来时想，怎么能让整个山坡陷落到金沙江里去呢？这世上竟还有那么多的金子，没有收罗到他的木楞屋里来，这叫他怎么能忍受呢？他看看自己的金山，金山好像矮了一截；看看自己的银山，银山好像罩上了乌云；看看自己的珠宝堆，珠宝好像减弱了光泽；再看看自己的木楞屋，木楞屋好像变得又矮又空虚。他从火塘边站起身来，打雷般吼道："天上的金银都应该是我的！我要把天底下所有散失的金银全都收拢来！奴仆们听着，你们要把散失在江里的金子全部淘回来！"

阿瓦若挥起皮鞭，喝令奴仆们抬上黄杨木制成的掼盆，扛起金纱编的筛床，把他们赶到金沙江边去掏筛那失落的金子，自己坐在金沙江边的沙滩上监视着。过了一会，他看了一下自己倒映在江水里的影子，发现自己的面颊灰惨惨，瘦削得像被割去了肉；眼眶黑洞洞的，像是死人头颅上的两个窟窿；两鬓白生生，鬓发像是几缕稀疏的白云，他很伤心。

阿瓦若回到家里，托着腮帮伤心地坐在火塘边，看着堆满木楞屋的金银珠宝出神。今天他才发现，世上还有一件最宝贵的东西不属他掌握，这东西就是寿命。他也和世上其他人一样，也要衰老，也会死。他想呀想，忽然想到如果有谁能把寿命给他，他愿拿出所有的金银牛羊去换取；只要舍得拿出重金，一定能买回年轻人美妙的青春。

阿瓦若便高高兴兴地装满了九驮黄闪闪的金子、九驮白晃晃的银子、九驮光彩夺目的珍珠宝贝；牵出九匹识途的骏马、九头认路的牦牛、九头健壮的犏牛；穿上出远门的新衣，戴上走亲戚的帽子，挎上显示身份的银壳腹刀，带上贴身的奴仆，赶着牛群马帮，出门远行了。

阿瓦若赶着他的牛群和马帮，走了三天三夜，来到了白沙街。白沙街好热闹，阿瓦若在街头转三圈，看见数不清的香客捧着香条去朝北岳庙，却看不见买卖寿诞的生意人。他转到街尾兜三圈，看见买主卖主争议着铜锅铜碗的价钱，却看不见有争议年龄价格的生意人。

阿瓦若很失望，离开白沙街，赶着马帮和牛群，来到了丽江的四方街。四方街就像一盘蜜蜂窝，人群比蜜蜂还多，走出走进。阿瓦若挤在人群里，在街子的东面转三转，看见买卖凉粉豆腐的人，却见不着买卖年龄的生意人；在街子的西面转三转，听见买酒卖酒的吆喝声，却寻觅不到有出售年龄的叫声。

阿瓦若像跌进冰窟，眼里禁不住流下一串串泪水。随后阿瓦若又继续上路，来到了大理三月街。三月街人群熙攘，热闹异常。阿瓦若挤进像竹签一样拥挤的人群，从南挤到北，从西窜到东，只见卖山货药材的人们在夸耀自己的货色，却

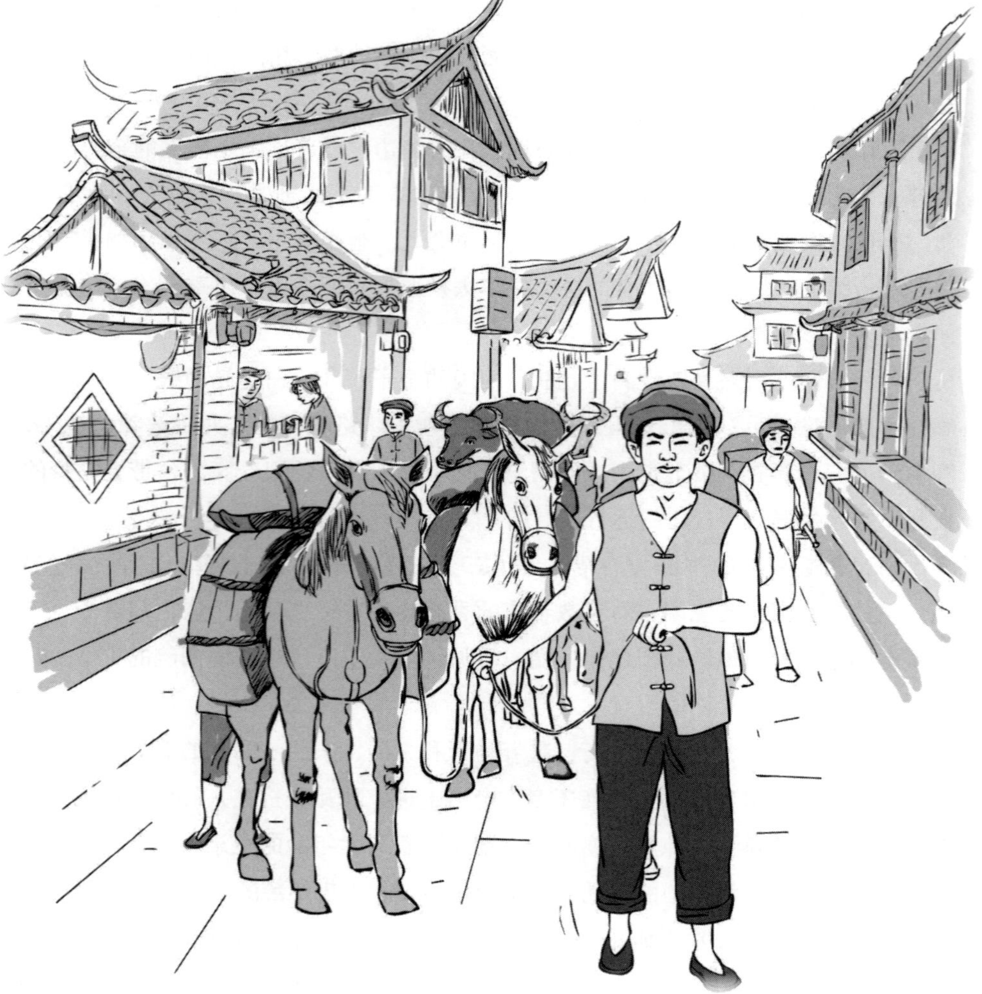

听不见一个穷家儿女出卖寿诞的叫卖声,也看不见一个富家子弟在做购买寿诞的生意。

阿瓦若伤心地坐在苍山脚下,望着大理三塔。传说建造三塔的时候,是人们用金砖和银砖打动了天上神仙的心,是神仙帮助建造了巍峨的三塔。这时,阿瓦若又快活起来,人们既然能用金银买动神仙的心,我有的是用不完的金和银,我也一定能够买动神仙的心;我有用不完的金和银,我也一定能够买到像三塔一样长生的寿诞!

阿瓦若赶忙离开大理三月街,来到了昆明。昆明的房屋多又多,昆明街道密如网。大街小巷使人迷路,绸缎珠宝使人眼花。阿瓦若从这街窜到那街,从街的那端逛到街的这头,却问不到买卖寿诞的店铺。

最后阿瓦若失望了,他一步一滴泪,来到了滇池边。阿瓦若看看自己的黄金驮,它没有给自己换来美妙的寿诞,便伤心地把金子倒进了滇池里。阿瓦若又一步一叹息,来到了碧鸡关。他手搭凉棚回头望,只见昆明城头黄尘卷,片片枯叶空中飞,这是严冬来了。阿瓦若感到白银没有给自己换来美妙的寿诞,就伤心地把银子倒进了山坳。阿瓦若又垂头丧气,翻山越岭回到了洱海边。抬头看到苍山,堆满了白雪,也变得衰老了。他感到这珠宝不但不能给他换来美妙的寿诞,反而在他心头增添忧愁,就把珠宝驮推进了洱海。

阿瓦若的金银珠宝没有买到寿诞。在无价的寿诞面前,他那换取来无所不能的金银珠宝,变得像石头一样不值钱,像粪土一样无用了。

○ 讲述者:戴卜道
○ 采录者:韦少坚
○ 出处:《中国民间故事集成·广西卷》,中国ISBN中心2001年。

红 桃

普米族

故事主人公红桃通过父亲的垂死化生，母亲的感怀受孕而获得生命，他利用自身的智慧和外界神奇的帮助，机智地摆脱了安土司的刁难，过上了幸福的生活。故事中的安土司出的三次难题符合传统三段式的叙事结构，并通过多种类型元素的互嵌和大圆满式的结局，表达了普米族人民朴实的心愿，善有善报，恶有恶报。

　　从前，有老两口给儿子娶了个非常漂亮的媳妇。媳妇到家才三天，儿子就死了。媳妇哭天喊地，悲痛欲绝，安埋了丈夫以后，对老两口说："阿爹阿妈，我是你们的儿媳妇，儿子死了，我就留在你们身旁，今后一辈子赡养你们。"

　　儿媳妇每天清早起床，给老两口烧好茶，煨好水，然后到丈夫的坟上去哭，一日三次，从不间断。媳妇的哭声感天动地，泪水流成河，湿润了丈夫的坟土。这样过了一段时间，丈夫的坟中间长出一棵桃子树苗来。儿媳妇每天用眼泪当雨水，一日三次不停地浇灌它。

　　桃子苗长成了大树，大树结了一个红桃，儿媳妇感到很奇怪，摘下红桃，供在丈夫坟前。儿媳妇想去告诉父母，但又怕走后，红桃被乌鸦叼走。想来想去，她就吃了红桃，回到家里，把事情原原本本地告诉了婆婆，并说："以后我不再上坟了，在家好好照看你们两个老人家。"

　　没想到儿媳妇吃了红桃受了孕，九个月后生下了一个小孩。小孩刚满月，儿媳妇就死去了。老两口就给小孩取名为红桃。红桃长得很快，不久就会拿弓打鸟，给老两口找吃的；又过了不久，红桃长成一个英俊聪明的小伙子，他张弓射箭，箭无虚发，房前屋后都挂满了兽皮兽肉。

　　这件事不胫而走，很快被安土司知道了。安土司心毒手辣，他旁边有个管事，专门出谋划策。于是，两人一碰头，便把红桃视为眼中钉。安土司为此先下了一道命令：在他管辖的地盘里，凡不按他说的去办就要被杀，延期办理也要被杀。他的差役四处传告，山民们个个都知道了。

一天，管事领着一伙人闯到红桃家，对红桃和他的爷爷奶奶说："属鸡那天，安土司叫你们拿一个公鸡下的蛋送给他。拿不出来，照安土司说的治罪。"

老两口急了，公鸡蛋到哪儿找，这分明是要人的命嘛。红桃却在一旁安慰爷爷奶奶说："爷爷奶奶不要急，我自有办法对付他们。"

属鸡的那天到了，安土司和他的管事在家里得意洋洋，忙叫下人磨刀霍霍，准备好斩杀红桃的凶器。红桃大摇大摆地来了，安土司皮笑肉不笑地问："红桃，你的公鸡蛋拿来了没有？"

"安土司，我正是为这事来向你报告的。昨夜，我舅舅在家生了一个孩子，他把公鸡蛋吃了。要等明天公鸡下了蛋再送来。"

安土司猛地一掌，拍得桌子山响："胡说，世上谁听说过男人生小孩的事？"

"世上没有男人生小孩的事，那么公鸡下蛋的事又在哪日哪时有？"

安土司被红桃问得目瞪口呆，愣了半天才软了下来，摆摆手让管事把红桃赶出门去。

红桃安然无恙地回到家，老两口放下了压在心头的巨石，抚摸着红桃的身子，称赞红桃聪明能干，斗败了安土司。

"红桃，这次便宜你了。"管事又来了，"安土司最近要摆宴席请乡邻父老，家里缺一个十五人抬、十五里外也能听到声音的大鼓。他要你在属牛的那天就做好，送到他家，我们在那天等着你。"说完，趾高气扬地走了。

红桃微微一笑，对老两口说："安土司要我属牛那天去，我偏要推后一天去，看他把我怎么样！"

属牛那天，安土司和他的管事等呀等，就是不见红桃的影子。他们又喜又忧：喜的是这回拿到了斩杀红桃的把柄，忧的是不知红桃又要什么把戏，让他们当着众人的面丢人现丑，有口难言。第二天清早，安土司还没起床，红桃就来了。他装作气喘吁吁的样子，连声喊："安土司，安土司。"

安土司从床上跳起来，厉声吼道："叫你昨天来，为何今天才来？拉去杀了。"

管事得意地冲上来问："你还有什么把戏要耍？"挥手叫打手们把红桃五花大绑起来。

红桃不慌不忙地摆手说："安土司，我不是有意违抗你的指令，只因昨天金沙江边来了一头大水牛，身子立在江东，脖子伸过江西，把江西的大片麦子吃完了。我们几十个人打了一天一夜，还是打不走，特地向你报告求援，那牛太大了，非动用你的兵马不可。"

安土司听了红桃的话，半信半疑地问："世上哪有那么大的水牛，站在江东能吃到江西的麦子？"

红桃摊开双手说："安土司，世上没有这么大的水牛，那你要十五人抬、十五里外就能听见响声的大鼓，又到哪里去找那张大牛皮呢？"

安土司被问得无话可答，想了又想没有办法，只好让管事把红桃赶了出去。

红桃回到家，他料到安土司不会就此罢休，管事也会献出更加狠毒狡诈的计谋来加害他。于是，他对爷爷奶奶说："不要为我的处境担忧。我被害后，请让一个跛子和一个瞎子去安葬我。叫他们不要走大路，也不要走小路，要从房背后那片竹林里走。这样，你们二老就会得到幸福。"老两口答应了红桃的要求。

不几天，安土司泡了一壶毒药酒，满满地倒了三杯，让管事请红桃来吃酒。

红桃来到安土司家，只见他满脸堆笑地把酒端给红桃。红桃接过酒，高声说："一龙敬天。"

安土司、管事和打手们都把眼睛盯在天花板上，可红桃却偷偷把酒倒在地上，装作喝完。

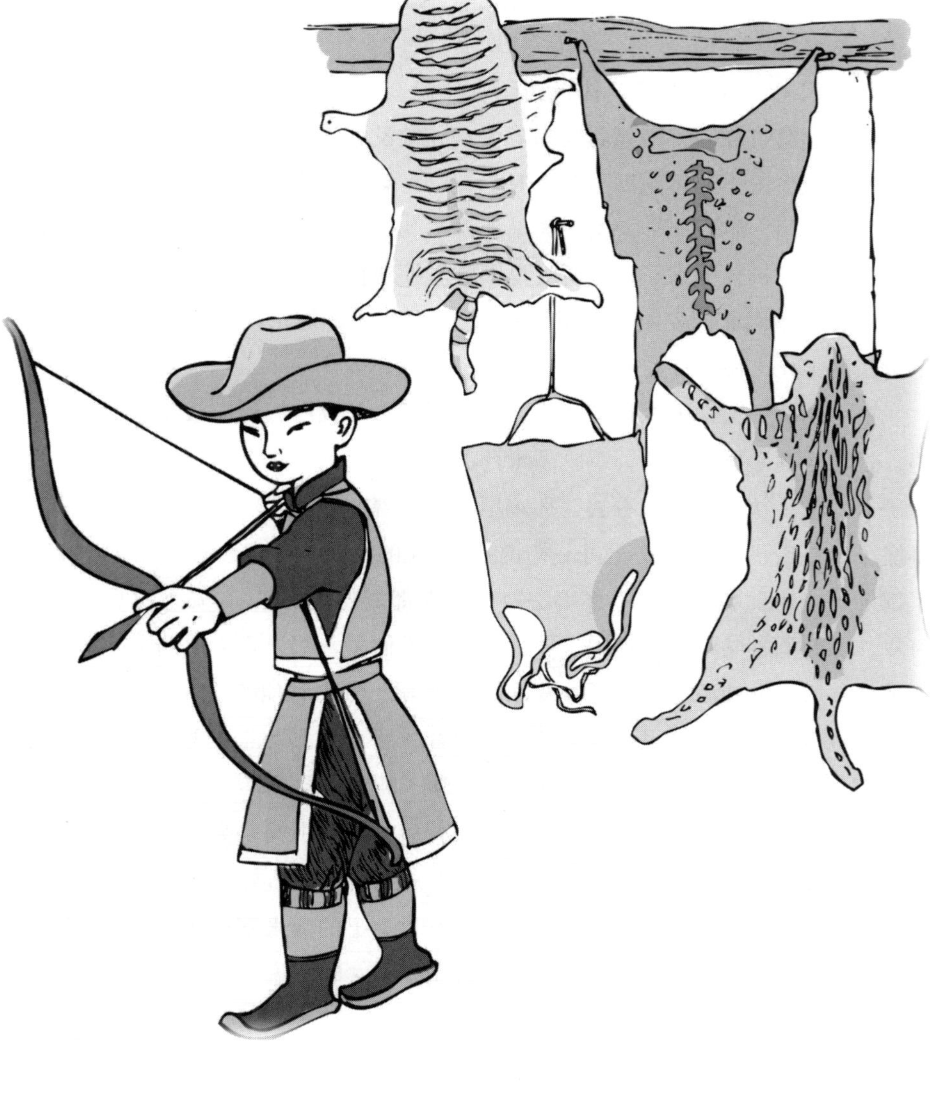

安土司又举起第二杯酒端给红桃，红桃接过酒，又高声说："二龙敬地。"

安土司、管事和打手们又把眼睛盯在地上，红桃却又悄悄把酒泼向天花板，假装一饮而尽。

安土司看着红桃喝了两杯毒药酒，还没有一点发作的表情，想是红桃在搞鬼，就举起第三杯酒，硬逼着他喝下去。红桃没办法，只好一口喝了毒酒，然后直朝家里跑去。当红桃跑到半路上时，一只鸟落在红桃的手掌上。红桃带着鸟跑回家，关上门，躺在床上。安土司马上派了几个差役，紧紧跟着红桃。差役们蹑手蹑脚凑近红桃住的房子，只听见里面响着扑通扑通的声音，他们误认为红桃没有死，赶忙跑回家向安土司禀报说："红桃没有死，他正在写告状书，要告我们下毒药酒害死人命。"

安土司听了不知怎么行事才好。管事不相信红桃没有死，就让差役捉了只公鸡，把毒药酒灌给公鸡。公鸡吃了毒药酒，飞到远远的一个水塘边，尾巴搭在鸡冠子上死了。从安土司家看去，那鸡尾在摇晃着，好似斗鸡展翅耍威风一样。管事慌了，端着酒瓶倒给安土司一杯说："今天的毒药酒已经变成香酒了，个个喝了都不死。来，我们大家举杯喝一口，人人都能长命百岁。"安土司听到能长命百岁，抓起酒杯咕噜咕噜地喝了一大杯。差役们争着喝，管事也倒了一杯邀约大家举杯共庆。谁知酒下肚，毒性发作，安土司、管事和他的手下一个个全死了。

红桃也死了。他屋里那扑通扑通的声音，原来是那鸟儿在飞撞门窗。老两口自然十分悲痛，他们按红桃的嘱托，请来瞎子和跛子抬丧。

跛子走在前，瞎子跟在后面，来到房背后的竹林中间，突然被一根新长出来的红竹笋拦住去路。两人抬到哪儿，红竹笋就拦到哪儿，好似在和他们作对。跛子生气了，抽出长刀，砍了一刀红竹笋；红竹笋上的露水滴在他的脚上，跛脚顿时好了。跛子十分惊喜，连忙把这事告诉了瞎子，瞎子说："这可能是红桃变的，我的眼睛瞎了多年，也给我滴上几滴看看。"

跛子取了几滴露水，点在瞎子的瞎眼上，瞎子的眼睛也顿时明亮了。他看到蓝晶晶的天空，绿茵茵的原野，心里多高兴呵！他对跛子说："露水这样灵验，我俩给红桃心口上点几滴，也许他能和我们一样好起来。"

跛子解开红桃的衣扣，瞎子给红桃的胸口上点了几滴露水，红桃果然站了起来。

红桃活过来说话了，他摘下了几片树叶，装了几滴露水，带回家洒在爷爷奶奶身上。两个白发苍苍的老人，一下子变了样，头发黑油油的，脸色红润润的，返老还童了。

从此，他们过上了新的幸福生活。

○ 采录者：罗世保
○ 出处：《普米族故事集成》，中国民间文艺出版社1990年版。

辘角庄

白 族

> 这是一则关于公主出嫁的爱情故事。白娃公主从王宫出走，不顾身份的差异下嫁烧炭郎，表达了白族人民追求婚姻自主的美好愿望；白娃公主倒骑在水牛的背上，任其随意走动找到命中注定的夫婿，反映了古老的天婚遗俗。张保君三次将白银砸向行坏事的动物，既体现了民间故事三段式的特点，还表现了张保君心慈行善的品质。同时，这则故事还以水牛的行迹巧妙解释村庄地名的由来，颇具地方性特色。

白王有两个姑娘一个儿子：白鹤公主、白娃公主和白林太子。

有一天，白王问他的大姑娘白鹤公主说："白鹤，你吃哪个的福禄？"

大女儿说："我吃父王的福禄！"

白王又问他的儿子白林太子说："白林，你吃哪个的福禄？"

儿子说道："我吃父王的福禄！"

白王听了，心里很高兴。他又笑眯眯地问小女儿白娃公主说："白娃，你吃哪个的福禄？"

白娃公主脱口就说："我谁的福禄都不吃，吃自家的福禄！"

白王一听，心里很生气，就说："吃你自己的福禄很好，你就吃你自己的福禄去吧！"

白娃公主跟她的父亲要了一头大水牛，她爬上了牛背，轻轻地拍着牛背说："水牛，水牛，你把我驮到哪里，我就落到哪里！"

白娃公主倒骑在水牛的背上，让它随意地驮着走。灰色的大水牛，慢腾腾地走出了白王的深宫，不停地往前走，爬过了无数的坡坡和坝子，来到了一个小村

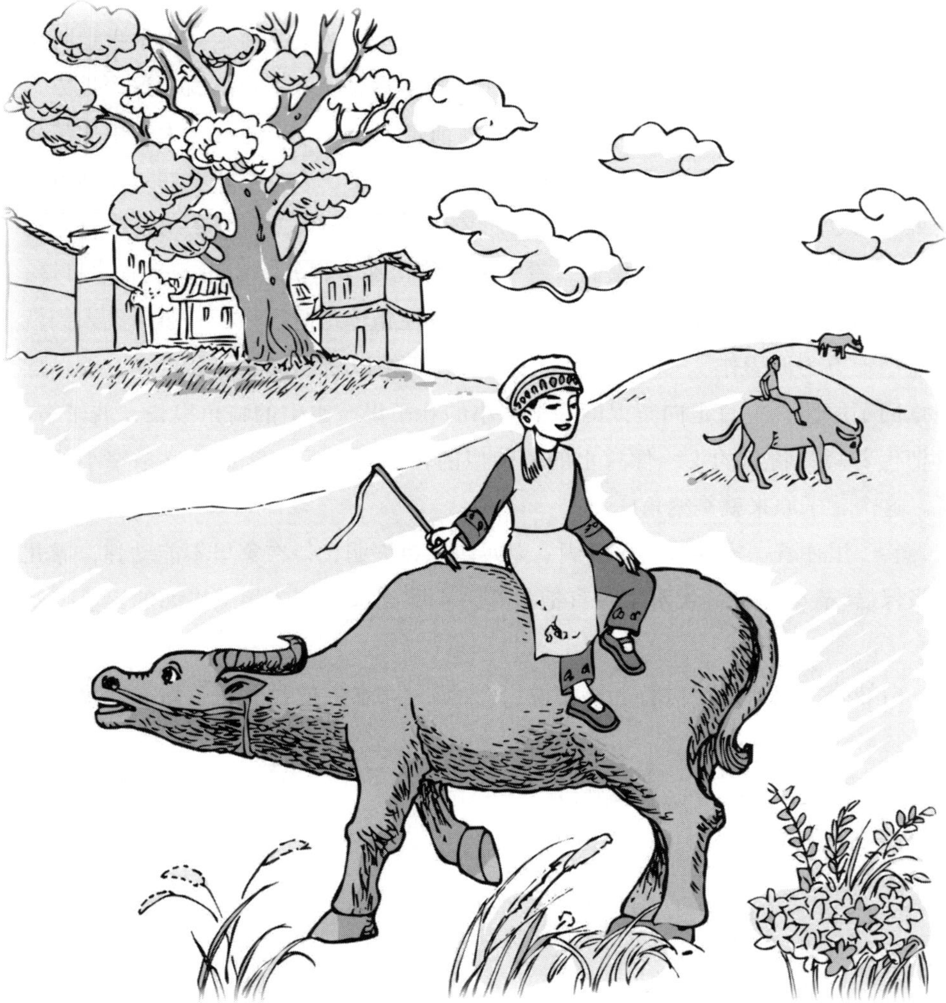

庄。水牛就在小村庄中间撒了一泡尿，以后人们就把这个村庄叫歇登①。大水牛又向前走了一会儿，来到另一个地方，忽然它滚卧在块湿漉漉的泥滩里。后来，当地人就叫这个地方为契保②。卧了一阵，水牛爬起来又往前走。大水牛走呀走的，走累了，走到一个地方，它不由自主地弯了弯腰。人们以后就叫这个地方为墨等柯③。大水牛照旧驮着公主一股劲地往前走。走到一个地方，大水牛用犄角撞了一下土墙，把墙上的土震得"哗哗"地落了一地，人们后来就叫这个地方为倒处④。大水牛从倒处走了下来的时候，又来到了一个地方，公主骑在牛背上已经骑得又饥又乏了。那里的人们，看见公主累得那个样儿，心里着实有些可怜，于是他们端来热气腾腾的白米饭让公主吃。公主饱饱地吃了一顿，事后，人们就叫这个地方为波墨作⑤。大水牛等公主吃罢白米饭以后，又驮着公主，一摇一摆地趄回了原路，一直走向契保的一个窄小的巷子里。水牛的犄角很长，巷子窄，它把生着两只犄角的头，像打水的辘轳似的转来转去，才能走进这条窄小的巷子。这个巷子原来就是辘角庄。

巷子里住着一家姓张的母子俩。老妈妈双目失明，待在家里不能动弹，靠儿子张保君⑥砍柴度日。大水牛一直把白娃公主驮到这个穷苦的烧炭郎的家里，就站住了。

白娃公主很亲热地对着老妈妈说："大妈，大水牛把我驮到了你家，我就在

---

① 腥臭。这个村庄现在仍叫歇登。
② 湿了半个身子。这个村庄现在仍叫契保。
③ 牛弯腰。此村尚在。
④ 用犄角撞了一下。此村尚在。
⑤ 白米庄。此村尚在。
⑥ 故事中的主要人物之一。为云南洱源、歇登、契保、墨等柯、倒处、波墨作等村的本主（即滇西白族人家供奉的神）。云南洱源一带家家户户都讲述着白娃公主与烧炭郎张保君的动人故事。

你家住下吧！你家里还有什么人哪？"

老妈妈听见是一个年轻姑娘说话的声音，就照实说了："我家里除了我瞎老婆婆以外，还有我的一个儿子，我就靠那个受苦的孩子，砍柴烧炭过日子！"

公主又说："水牛把我驮到你家，我就在你家住，以后我就做你的儿媳妇吧！"

老妈妈一听，连声说："不行，不行！我家里穷，讨唤不来！你是个富贵人家的女子，我那受苦的烧炭儿子咋能配你呀？"

正说着，烧炭郎张保君回来了。老妈妈把事情原原本本讲给儿子听，还没等烧炭郎说话，白娃公主就开口说："阿哥，我来你家住吧！"

烧炭郎说："你来我家住，我养不起！"

白娃公主说："我不怕吃苦，自己情愿受穷！你就不用担这份心吧！"

母子俩看公主诚心实意要住下，商量了一会儿，就把公主留下了。白娃公主便做了烧炭郎的媳妇了。

白娃公主倒骑着大水牛离开了皇宫以后，白王很担心女儿这一去，不晓得会找到什么样的女婿。他派了几个宫娥彩女，偷偷跟在公主的后面，随时探听公主的情形。白娃公主的一举一动，都被她们探听清楚了。她们知道公主做了烧炭郎的媳妇，连忙跑回皇宫报告白王。白王听说二姑娘找了一个穷烧炭郎，气坏了，决心跟女儿断绝往来，不让女儿再回皇宫。

白娃公主和张保君成亲以后，她带着丈夫到皇宫来看望父王，请父王到她家里玩耍。白王板起铁青的脸孔说："要想让我到你家里去，就得修一条从你家通到皇宫的银砖大路，还得搭上一座金桥；要是办不到，莫指望我登你家的门！"

白娃公主一听就恼了，她想：分明是父王嫌贫爱富，不愿同我往来。好，从今后修不成银路搭不成金桥，我决不见你。公主一赌气，什么话都没说，就带着丈夫回家了。

张保君天天到山沟里去烧炭，一担一担把烧好了的炭从山沟里担回家来，可是一家人照旧是吃了上顿没下顿。白娃公主不忍心看见家里人挨饥受饿，就把自己带来的三锭银子交给了男人，叫他拿到街上去买米。张保君拿着三锭白银，刚一走出契保，看见从远处跑来一只大黄狗，凶猛地向一个讨吃人扑去；讨吃人躲都躲不赢，眼看要被恶狗咬伤，他急忙对准恶狗，用买米的一锭白银打了出去。讨吃人逃出了狗嘴，没有被咬伤，那块白银却被砸得无影无踪了。

张保君拿着剩下的两锭白银，又从一块四四方方的坝田旁边走过，看见田里嘈嘈杂杂的一群麻雀，趴在黄生生的稻穗上吃谷子。张保君一看就恼火了，从怀里又掏出一锭银子，瞄准了害人的麻雀，狠狠地砸了过去，只听见"轰"一声，麻雀全飞光了，那锭买米的白银却又不知落到哪里去了。

张保君的手里只剩下一锭白银了。他拿着剩下的这锭白银，又往前走，走着走着，忽然看见一匹大马，闯到一个菜园里偷吃人家的玉米棵棵，把又嫩又好的玉米棵棵糟蹋了一大片。张保君忘记了买米的银子只剩下了一锭，又用这锭银子向偷吃庄稼的大马砸了过去；大马砸跑了，可是那锭白银又不知扔到哪里去了。

张保君把买米的三锭银子全打完了，一样都没买成，只好两手空空地走回自己的家来。

公主正等着丈夫买米回来下锅煮饭。她看见丈夫一迈进门槛就问："米可买回来了？"

张保君把买米一路上的经过，全告诉给公主了。他说："遇见恶狗咬人，砸了一锭；看见雀子吃谷穗，又砸掉一锭；最后看马闯进菜园吃玉米，又砸了一锭。三锭白银就是这样砸光了！"

公主听了，没有生气，笑着说："那是银子呀！砸掉了我们吃什么呀？"

张保君把买米的银子砸光了，全家只有挨饿。有一天，张保君的母亲病倒了，没钱买药治病，公主只得把自己最后的一个金叶子拿了出来递给男人，叫他拿到街子上卖掉，给母亲买药吃。张保君把金叶子接到手里一看说："这有什么稀奇，我天天烧炭的那个山沟里满满都是这样黄闪闪、沉甸甸的东西！"

公主听了半信半疑地说："先给母亲到街子上买药去！等明天你到山沟里去烧炭，从山沟里给我带回几片看看！"

第二天，张保君果真从山沟里给公主带回来几片金叶子。公主接过来一看，高兴极了，连忙说："不用烧炭了，你就天天到沟里去背金叶子吧！"

从此，张保君天天到山沟里去背金叶子，把沟里的金叶子全都背光了，最后他又发现有很多金块和银块埋在金叶子下面。他又把那许许多多的金块银块背回来。他的小茅草屋里里外外堆满了金块银块和金叶子。张保君家里的日子就好过多了。

白娃公主看见自己的家里到处堆的是金子银子，不由得想起了父王讲过的话，于是她同丈夫不分昼夜地用金块搭桥，银块铺路。不出十天，一条从契保通到白王皇宫的雪花闪闪的银路铺好了，黄澄澄的金桥也搭成了。

白娃公主和张保君又来到了皇宫，接父王到他们家里玩耍。白王一出宫门，立刻看见一条雪花闪闪的银砖铺就的大路和一座金丝晃亮的金桥。白王什么话都没说，跟着女儿女婿往家里走来。走过了金桥，走完了银路，一迈进女儿家的门槛，他就不住地夸赞说："白娃女儿真有福气，这都是我女儿白娃的福气！"

○ 讲述者：瑞青、杨亮才
○ 采录者：李星华
○ 出处：《中国民间故事精品库·幻想故事卷》，中国文联出版社 1990年版。

两老友

白 族

> 以四个可以独立的小故事环环相扣组成，这种叙述方式使得故事结构紧密、情节跌宕起伏，一个故事衔接着另一个故事，引人入胜。同时无论是故事情节的发展还是人物形象的塑造上都形成了二元对立的关系，强烈的对比下更凸显故事的诙谐和讽刺，传达出"好人有好报，恶人有恶报"的深刻道理。

从前，有两个老友，一个良心最好，一个良心最黑。两个人一路到远方去做生意。良心好的吆着八匹油光水滑的大肥骡子；良心黑的吆着两匹皮包骨的瘦架子。良心黑的看中了老友的八匹好骡子，总想找机会谋害老友。

两人黑夜白天赶路，走着走着，遇到了一条白茫茫的大江，江上搭着一座铁桥。他们吆着牲口正从桥上走过，良心黑的忽然转过头来对他的老友说：

"老友，你可见过两个脑壳的鱼吗？"

"没见过！"

良心黑的在桥栏杆跟前停住脚步，指着江水高声说：

"你看，两个脑壳的鱼游过来了，快看，钻进去了，又游过来了！"

良心好的趴在桥栏杆上正往下看，良心黑的从身后倒扯着老友的两只脚，狠心地把伙伴丢进江心。他心满意足地吆着那八匹好骡子逃跑了。

良心好的赶骡人会凫水，没有淹死。太阳落山的时候，他从江河里爬起来了。他上岸后不到抽完一斗烟的时候，天大黑了，分辨不出方向，他只得往前走，走了一阵，才摸黑到了一座山神庙。良心好的赶骡人向山神诉苦说：

"山神，山神！我在江河的桥上遇了难，我那八匹好骡子，全叫那个黑心人赶走了。现在我身上一文钱也没有，又饥又渴，也找不到投宿的地方，叫我咋办？"

山神说：

"小伙子，你爬上树去，等到半夜；你好好听着，听见的话千万不要忘掉！"

小伙子爬上庙前的一棵大树，一声不响地偏着耳朵听着。等到半夜时分，忽然耳旁呼呼地刮了一阵大风，接着咕咚一声响，半天空掉下了一个东西。山神说话了：

"豺狼，你从哪里来？"

豺狼说：

"我从对面不远的坡坡上来。"

山神说：

"那里可有什么稀奇事？"

豺狼说：

"有，有！那里住着穷苦的两母女，她们成天受苦挨饿，就是不晓得自己场心里那棵石榴树根下面埋着一缸金子、一缸银子。"

山神说：

"想办法让她母女把金银挖出来多好呀！"

豺狼说：

"可惜我是一个豺狼，不会变；我要能变成一个小伙子，就去上她姑娘的门①啰。听说那个受苦的老妈妈正替她姑娘选女婿呢！"

山神说：

"不要说了，快睡觉去，小心你的话走漏风声！"

豺狼不讲话了，蜷在地上，呼呼大睡起来。

歇了一阵，又听得咔嚓一声响，大老虎回来了。山神问老虎说：

---

① 入赘。男人到媳妇家作女婿，而不是把媳妇娶到男方家来。解放前，这种婚姻制度在滇西很盛行。入赘以后，夫随妻姓。

"老虎，你从哪儿来？"

老虎说：

"我从西边那座大山里来。"

山神问：

"大山里可有什么稀奇事？"

老虎说：

"有，有！大山的悬崖上，有一条大蟒，嘴里含着一颗亮晃晃的夜明珠！"

山神说：

"这宝物好是好，含在大蟒嘴里咋拿呀？"

老虎说：

"可惜我是一只老虎，不能变；我要是能变一个人的话，就用埋着金银的那棵石榴树上的枝条，去夺蟒嘴里的宝物；大蟒最怕闻见这种石榴树枝条的气味，它一闻到这种气味，就会把夜明珠吐出来。"

山神说：

"不用说了，天不早了，你也累啰，快去休息吧！"

老虎不讲话了，蜷在地上，呼呼大睡起来。

歇了不多久，又听得啪啦一声响，金钱豹子也回来了。山神对豹子说：

"豹子，你从哪儿来？"

豹子说：

"我到京城皇宫里走了一趟。"

山神问：

"皇宫里可有什么稀奇事？"

豹子说：

"有，有！娘娘奶上生了奶花，请了不知多少医官，药罐堆成了山，病也没医好。现在京城四下张贴皇榜，谁能医好娘娘奶花，要官有官做，要钱有钱花。"

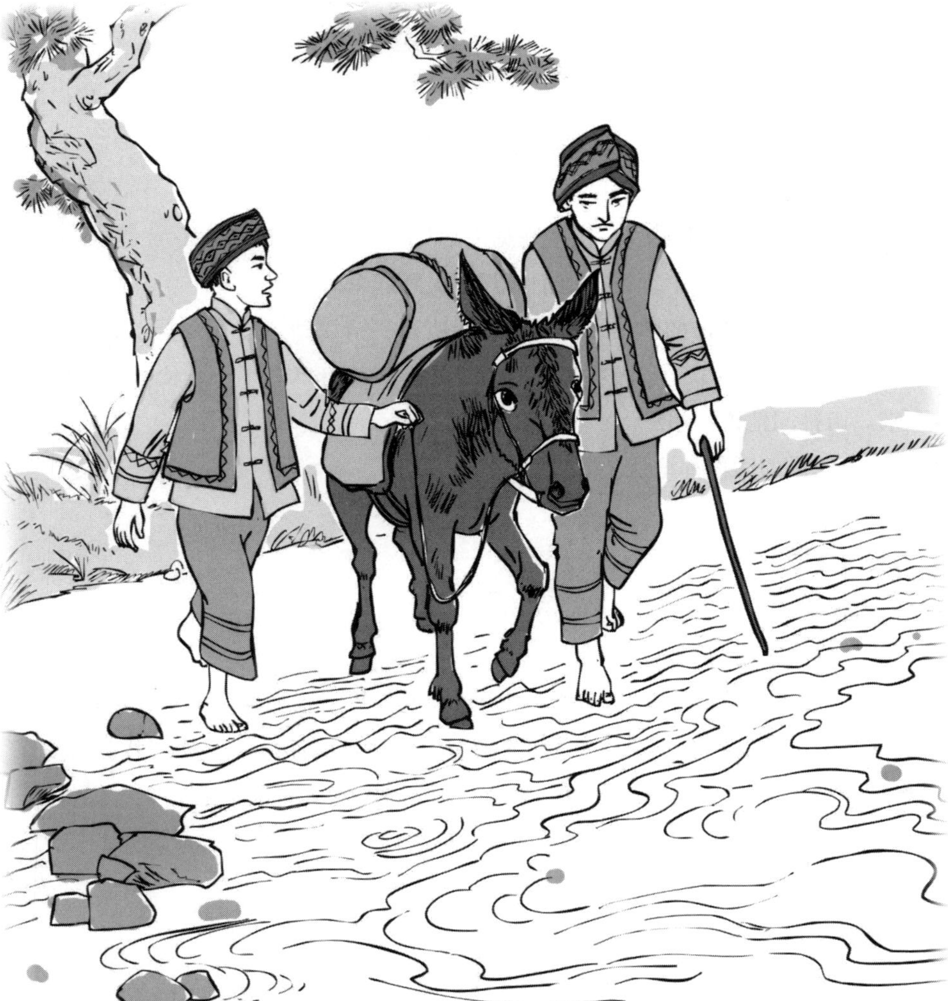

山神说：

"没有灵丹妙药，咋能医好这份冤孽病症呀?"

豹子说：

"可惜我是一只豹子，不能变；我要是能变，就变成一个医官，拿我们庙子顶顶上的那棵灵芝草，去京城给娘娘医治奶花。"

山神说：

"不要说啰，天不早了，快些睡觉去吧!"

金钱豹子不讲话了，蜷在地上，呼呼大睡起来。

野兽们对山神讲的话，小伙子在树上听得一清二楚。过了一会，豺狼、大老虎、金钱豹子睡醒了，都呜呜呜地吼着走了。天快麻麻亮了，小伙子从大树上溜下来。山神问他说：

"它们讲的话你都记住了吗?"

小伙子说：

"记住了!"

山神说：

"你就按照他们的话去做吧!"

小伙子辞别了山神，赶紧爬到庙子顶顶上，拔下了那棵灵芝草，用挑花手巾包裹起来，掖在兜兜里，就去寻找前面坡坡上住着的两母女。他一找就找着了。他拜见了老妈妈，把自己的遭遇和来意告诉了她。老妈妈一听很高兴，说：

"这门亲事，是神指应下的!"

小伙子和老妈妈的女儿就成了亲。

晚上，小伙子对妻子和岳母说：

"我的脚走疼了，烧点热水让我洗洗脚吧!"

老妈妈给女婿烧水。水烧好了，妻子把水端来让他洗脚；脚洗完了，他还是喊脚疼。他又说：

"我在家里的时候,脚一疼,什么都治不好,只有用石榴树根熬下的水洗,才能止疼。"

两母女拿起锄头,到场心里去挖她们那棵石榴树的根根;小伙子也帮着一块挖。三人挖了一阵,从石榴树根根下面挖出一缸金子、一缸银子。

老妈妈选了一个好女婿,姑娘配下了个随心合意的丈夫,一家人又从他们的石榴树根根下面挖出了一缸金子、一缸银子,三个人乐得不知怎样才好。

过了几天,小伙子辞别了岳母和妻子,要到京城去给娘娘医治奶花。妻子含着泪劝丈夫不要远走京城,老岳母也希望女婿多留几天再走。她们都说:

"京城的名医多如牛毛,你是个赶骡人,从来也没有学过医道,咋能把娘娘奶花医好呀?还是不去的好。"

小伙子说:

"我准能医好娘娘的奶花,你们放宽心好了。医好了娘娘的病,就来接你们。"

临走时,岳母让他多带上些金钱,对他说:

"穷家富路,多预备下些盘川①才好。"

他摇摇手说:

"我一样也不带,只要一根石榴枝条。"

他拿上灵芝草和石榴枝条条,直奔西山取大蟒嘴里的那颗夜明珠去了。

果真,在西山悬崖上的洞洞里,他找到了嘴里含着夜明珠的大蟒。他只把石榴枝条条在大蟒面前晃了一晃,蟒嘴里的那颗夜明珠就落在地上了。他从地上拾起了宝珠,就上路到京城去给娘娘治病。

一来到京城,他就看见午门外有成群结队的人围着看皇榜。人们高声念着皇榜上的大字。他上前一把扯掉了皇榜。皇门官看见皇榜让一个穿烂衣的乡下人扯

---

① 旅费。

掉了，很不高兴，大声呵斥他：

"哪儿来的乡下人，真胆大，竟敢扯掉午门皇榜！看你土头土脑，咋能学得医治奶花的医道呀？"

小伙子说：

"你不要这样小看人！我要是没有仙丹妙药，怎敢扯掉皇榜呢？"

皇门官奏明了皇帝，皇帝立即下令请他进宫。

皇帝看见来人是个乡下来的小伙子，半信半疑地问：

"小伙子，你真能医好娘娘的病症吗？"

小伙子说：

"准能医好！"

皇帝说：

"好，我现在给你三天期限，要是三天以内把娘娘的病治好，我一定重重赏你；要是超过三天医不好，那你就得受罚！"

小伙子说：

"保证三天以内，准能医好！"说着，他把灵芝草递给了皇帝说道：

"把这棵仙草用清水洗净，捣碎敷在患处，一天换一次，只要换三次药，保证娘娘的病一定会好。"

果真，照他的办法给娘娘只换了三次药，娘娘的奶花瘤子就好了。皇帝高兴极了，把小伙子找来说：

"你可愿意做官？"

小伙子说：

"我不愿做官，要早日回家和妻室团聚。"

皇帝便送给他一批金银珠宝，派了一个钦差官护送他回家，又在他的村子里给他修盖了一幢房子。小伙子把妻子、岳母都接到这所新房子来住。一家人，日子过得十分美满。

有一天，小伙子听见门外有叫花子讨饭声，声音很熟。他打开大门一看，正是把他丢到江心里的那个黑心的老友。小伙子一看见是他的老伙伴，什么仇恨全都忘光了，脱口喊了一声："老友！"

"哪个是你的老友？我不是你的老友，有钱人哪会有讨饭吃的老友呀？"那叫花子头也不抬地回答。

"一条鱼有两个脑壳的事情，你还记得吗？"好心的赶骡人进一步问道。

讨吃人听了这话，仰头看了看站在面前讲话的人，立刻吓得浑身颤抖起来。

"你要知道居心不良的人是不会有什么好结果的，只要痛改前非，过去的事我再也不提，快同我一块进屋去吧！"好心的赶骡人说。

讨吃人厚着脸皮，跟着走进伙伴的家里来。他看见伙伴新盖的那雪白的一片大瓦房，又讨下一个花朵似的妻子，心里又羡慕又忌妒。他还厚着脸皮问伙伴遇害后的情形。好心的赶骡人把事情的经过从头到尾说了一遍，还留老友在他家里多住几天。老友临走的时候，他还给了老友一驮金子和一驮银子。可是黑心的人得到这样多的金银还不知足，他又打下了一个坏主意。他顺着伙伴讲的那个方向，一口气跑到了山神庙。他一来到庙子的前面，可巧天也黑了。他学着伙伴，也向山神诉了一阵苦情。

山神说：

"你爬到树上去，好好听着，下面讲些什么话，你一字不落地把它记住。"

到了半夜，他听见耳旁呼呼地刮了一阵风，咕咚一声响，从半天空掉下一个野兽来，嘴里不停地嚷着：

"山神老爷，山神老爷，今天把我饿坏了，你有什么东西，让我吃一点？"

山神说：

"豺狼，你先不要急，等一会儿再看。"

歇了一阵，咔嚓一声响，又来了一只大老虎。它也向山神要东西吃。它吼着说：

"山神老爷，山神老爷，我的肚子饿坏了，你有什么东西，快快拿来让我吃一点。"

山神说：

"老虎，你先不要急，你也等一会儿再说。"

歇了一小阵，啪啦一声响，又来了一只熊，也可怜地哀求山神给东西吃：

"山神老爷，山神老爷，你有什么吃的给我一点吧，我的肚子都饿瘪了。"

山神说：

"好啰，咱们庙子前面的那棵大树上挂着块臭肉，你们把那块臭东西扯下来分吃了吧！"

熊爬到树上，把那个黑心的人从树枝上揪了下来，三个野兽就把这个坏了良心的家伙分吃了。

- 讲述者：瑞青
- 采录者：李星华
- 出处：《云南各族民间故事选》，人民文学出版社1962年版。

卖螺蛳的小伙子

哈尼族

公主爱上了卖螺蛳的穷小伙子,不顾国王的反对和他结了婚;婚后两个人经历了一段时间的贫苦时光,但最后在神奇宝物的帮助下通过卖珍珠获得了成功,赢得了国王的认可。故事中包含了神奇的婚姻、神奇的宝物帮助等多种类型元素。故事中的公主不屈服于权势,不贪图钱财,自我独立,最终获得了幸福,展现了哈尼族人民对真诚爱情和勤劳品格的深切赞美之情。

相传很早的时候,有一个聪明的小伙子,穿着一身破烂的衣裳,经常在大街上提着螺蛳叫卖。人们管他有名无名,都叫他"卖螺人"。

卖螺人是个孤儿。他从小失去了父母,无依无靠,只好到田里捡螺蛳,拿到街上去卖,以此来维持半饥半饱的生活。

一天,他正在街上卖螺蛳,被国王的公主看见了。公主见他勤劳、英俊,就悄悄地爱上了这个卖螺人。

这期间,王宫里人来人往,向公主提亲的人越来越多了,可是公主谁也不理睬。公子王孙她看不上,送来的无数金银财宝她不要。国王不解地问她:"你到底想什么呢?不嫁这些人,要嫁什么样的人呀?"

公主坚定地回答说:"我要嫁卖螺人!"国王听了惊得倒退两步,大声喝问:"哎!就是街上那卖螺蛳的要饭人吗?"

公主点了点头。国王粗声粗气地说:"我们家怎么能跟要饭的人搭亲家呢?你这样做,我这个国王的脸往哪儿搁?"

公主生气地说:"你不许我嫁他,那我这一辈子也不嫁人啦!"国王也拉长脸说:"你一定要嫁卖螺人,我什么也不能给你,以后再也不许进我的门。"说完拂袖而去了。

国王以为这样一来就可以吓住公主了，不料公主却偏不理这一套。她脱下了身上穿的绫罗绸缎，穿上一身旧衣裳，戴着一圈只有一颗珍珠的项链，大步走出宫。公主来到卖螺人的茅屋里，向他倾诉衷情，表达爱慕之意。不久，她和卖螺人成了亲。

从这以后卖螺人更加勤快地捡螺蛳，卖螺蛳，苦度日子。有一天，他们的生活实在过不下去了，公主摘下了项链上那颗心爱的珍珠，叫卖螺人拿去卖。卖螺人接过珍珠，到街上卖得两钱银子，他高兴地买了一些米拿回家来，对公主说："这种珠珠这么值钱呀！我捡螺蛳的地方就有。"

"那你就捡回来呀！"公主高兴地说。

第二天，卖螺人又捡螺蛳去了。这天他非常高兴，不仅捡到许多螺蛳，还捡到不少的珍珠，拿回来给公主看。公主叫他一起拿到街上去卖。就这样，一天天，一年年，卖螺人和公主的生活慢慢富裕起来了。

一天，卖螺人和公主商量着建盖新房子的事，可是他们不知道要盖成什么样子的才好，讨论了半天没有结果。最后公主对卖螺人说："你到国王那里去一趟，看王宫像个什么式样，有多宽、多高，把各种尺寸都记回来。"

于是，卖螺人来到王宫里。国王一见他，就问："卖螺人！你来我的宫里干什么？"

"我来看看你这幢房子。"

"你来看我的房子有什么用？"

"不知道，是你的女儿叫我来看的。"

国王将信将疑，勉强同意了。卖螺人在王宫里爬高下低，进进出出，把王宫的式样、结构，各种数据记得清清楚楚。他回到家里，就请来了很多的木匠，大兴土木，开始建盖一幢与王宫一模一样的房子。

一年的时间过去了，新房子马上就要完工了，就只是门前的石阶上差一块形

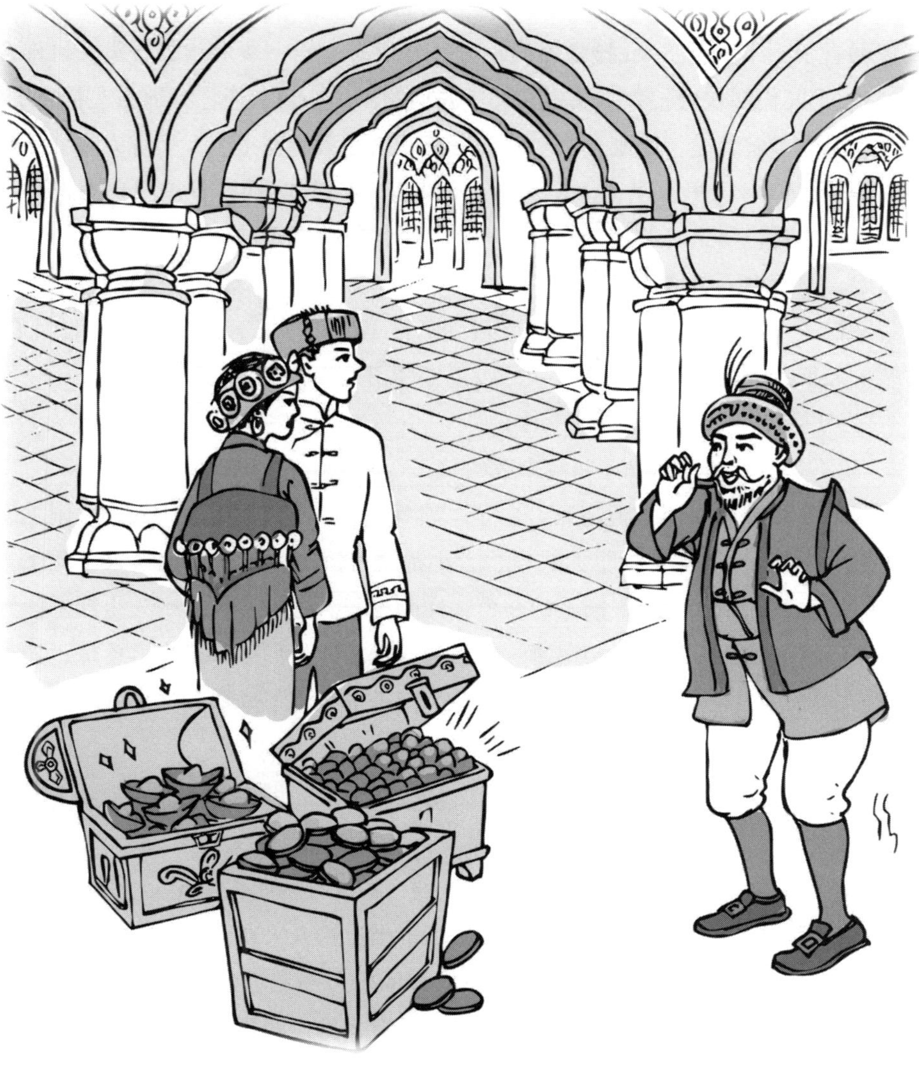

状不规则的石头。为了这块石头，卖螺人发动了所有的石匠打，怎么打也不合适；找遍了许多山头也找不到合适的，工匠们只好找到卖螺人想办法。卖螺人来到现场看了一下，说："我捡螺蛳的地方，好像有这样一块形状的石头，也许合适哩！"工匠们叫快去抬来。卖螺人和工匠们跑出了一身大汗，把那石头抬来了，一试，果然严丝合缝，刚刚合适。这新房子就这样最后完工了，卖螺人和公主高兴地搬进了新房子里。第二天早晨，他们起来开门的时候，看见门口有许多珍珠。好奇怪呀，哪里来的这么些珍珠呢？原来他们抬回来的那块石头，正是一个珍珠娘，一夜生下了这许多珍珠！

又过了一段时间，公主叫卖螺人再到王宫里数数国王有多少个装钱的柜子。卖螺人又来到王宫里对国王说："岳父大人，我来数数你有多少个装钱的柜子。"

"穷叫花子来数我的钱柜想干什么？"

"我不知道，是你的女儿叫我来数的。"

国王虽然难以相信，但还是答应了。卖螺人回到家里，对公主说："国王有九个装钱的柜子。"并把柜子的式样、大小都说得清清楚楚。公主请来了几个当地有名的木匠，做了十个跟国王的一模一样的柜子。这以后，卖螺人生活虽然好了，但仍然辛勤地捡螺蛳，卖螺蛳。门前的珍珠娘为他们生下了许多珍珠，卖螺人和公主把几个柜子都装满了钱，最后一个柜子都装满了珍珠。他们的生活更加富裕了。

有一天，公主又叫卖螺人到王宫里，请她的父亲来做客。卖螺人走到王宫对国王说："岳父大人，公主请您到我们家坐一坐，好报答慈父之恩。"

国王没好气地说："你们穷得坐没有坐处，站没有站处，叫我去受罪吗？"

国王不肯去。卖螺人苦苦请求，最后国王坐上八人大轿来了，前呼后拥，好不热闹。到了卖螺人的大门口，国王要下轿步行，一走进大门，看看周围的一切，好像是走进自己的王宫里一样。再进去一看，里面的摆设、家具都跟王宫里的一样。国王走到钱柜边掀开一看，满满的九柜子里都是白花花的银子。他又打开第十个柜子，里面装满了晶莹的珍珠，这是国王所没有的。这时卖螺人和公主在一旁看着国王惊呆的模样，心里暗自好笑。国王不相信卖螺人有这么富足，疑心卖螺人把王宫的一切都偷到这儿来了，屁股还没落地，就慌忙上轿回去了。公主在后怎么叫唤也没听见。国王慌乱地回到王宫里一看，宫里的东西一样没有少。

从此以后，国王再也不敢小看卖螺人了。

○ 讲述者：李土周、李书周
○ 采录者：李期博
○ 出处：云南《山茶》，1981年第2期。

第九章 澜沧江流域

绿豆雀和象

傣 族

《绿豆雀和象》借动物故事比喻和象征人类社会生活情景，情节简单但寓意明显。以绿豆雀即将孵出小雀的蛋被大象踩碎，在啄木鸟和点水雀的帮助下绿豆雀战胜了巨大蛮横的大象，为绿豆雀报仇等情节构成，完整展现大象的命运，叙述语言简括但富有哲理与诗意，故事结尾点明寓意："绿豆雀能战胜大象，是依靠朋友的友谊。"由此及彼揭示出人类生活的经验，鼓励和启发人们用团结和智慧战胜敌人。

有一对绿豆雀，在草坝上的草蓬蓬里做窝。春天，雌绿豆雀生了蛋；一天又一天，他们给蛋温暖，小绿豆雀快出生了。

一天，从树林里闯出一群大象，正对着绿豆雀的家走来，他们要到湖边去喝水。这可吓坏了绿豆雀，他们忙飞到大象面前求告："大象啊，请停停脚步吧！前面就是我们的家，我们的儿女快出世了，请你转个方向走吧，免得未出世的儿女被你踩死，使我们伤心。大象啊，请你转个方向走吧！"

大象不理不睬，鼻子一翘，扇扇耳朵，说："你们这小小的绿豆雀，竟敢来拦阻我！我只认得走路，哪管你家死活。滚开！滚开！要不，我就先将你踩死！"

大象甩甩鼻子，迈开大步，一直向前走去，踩毁了绿豆雀的家，踩碎了绿豆雀的蛋。绿豆雀夫妇呵，发誓要报仇！

绿豆雀夫妇飞到阿叔啄木鸟的家里，把刚才发生的事说了一遍。啄木鸟听了很生气，忙飞到河边唤来了点水雀。大家和绿豆雀一起，飞去赶大象。

大家追着了大象。啄木鸟落在大象头上，在大象鼻子上、眼睛旁啄了起来。"笃笃笃"，啄木鸟不停地啄着。大象还在嚷："你这小坏蛋，难道眼睛了，怎么敢欺负到我的头上？"啄木鸟好似没有听见，还是"笃笃笃"地啄着。一会儿，

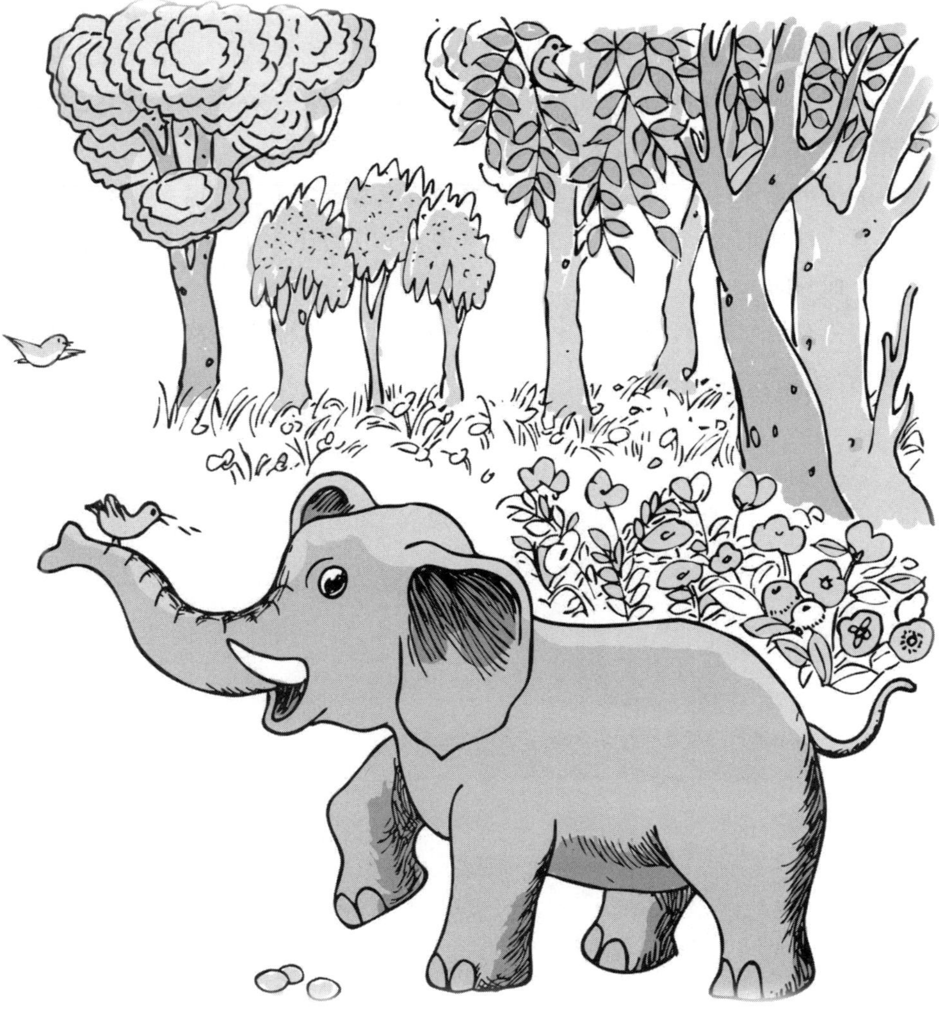

大象的眼睛旁、鼻子上都被啄破了，流血了；不多时呀，大象的鼻子、眼睛都烂了。

大象眼睛看不见，想找水喝也找不到。忽然听到点水雀在前面叫起来。大象想：点水雀生活在水上，点水雀叫，前面必定有水了。它高一脚低一脚地向前走去，到了点水雀叫的地方，鼻子一伸想吸水喝，哎哟，鼻子碰在石头上。原来点水雀不是真在水里叫，而是站在石头上叫的。

大象的鼻子越疼，越想喝水。前面又有点水雀叫了。它想：刚才是我听错了。又向前面走去。"砰咚"一声，大象从石崖上跌下去了。原来。点水雀是在石崖下面叫的。

因为有这个故事，我们傣家就有了一句成语："绿豆雀能战胜大象，是依靠朋友的帮助。"

○ 采录者：高立士、朱德普
○ 出处：《民间文学》，1959年第2期。

伏魔王子

傣 族

这是一则展现王子成长历程的幻想故事。从小被丢弃的王子由神抚养长大,历经了寻求母亲、杀死魔鬼、征伐魔鬼国、救回祖母等重重难关。与贪图享乐的六个兄长相比,主人公展现出了英勇无畏的气概和宽广博大的胸怀,最终他帮助母亲洗清冤屈,自己也成为一代英明国王。故事中神的帮助、手指生乳、小子当家、降伏魔鬼、非凡动物及魔术器物助手等多种母题互嵌,展现了主人公的成长过程,揭示了男性在成人之前必须经历磨难,克服困难,才能获得成功的道理。

一

很久以前,巴拉腊细国国王昆贺罕,先后娶了王后和六个王妃。六个王妃同年同月同日生下了六个王子,唯独王后久久无子无女。按照世袭传统规矩,王位只有王后的长子才能继承。王后无子,六个王妃的儿子又一般大小,将来势必互相争夺王位,天下大乱。这事成了国王昆贺罕的心病,他一直感到惴惴不安。在大臣们的提议下,国王请来了巫师巴洛衣,他看了王城的风水,又查了昆贺罕的生辰八字后说:"尊敬的国王陛下,请你不必焦虑,只要你和王后诚心敬佛,广做善事,坤西迦会差使天子下凡,让你喜得贵子的……"国王和王后按照巴洛衣的吩咐,吃斋敬佛,减免租税,大赦天下。果然,不到一年,王后就怀了身孕。

国王满心欢喜,天天盼着早得贵子,六个王妃却像眼里扎了钉子,嫉恨得咬牙切齿。怀胎十月,王后就要临盆生产,六个王妃假意殷勤,时时侍奉在王后身边。这天夜里,王后阵痛后产下了一个又白又胖的男孩,还来不及看孩子一眼,便因身疲力乏而昏睡过去。六个王妃趁机将预谋准备好的一条小狗,涂上胎血包了放在王后的身边，又把生下的孩子丢弃野外。

国王听到王后已经生产的消息，喜滋滋地赶来看儿子，哪知抱起一瞧，竟是一条沾血闭眼的小狗，气得几乎昏了过去。六个王妃又在国王耳边大肆煽风点火，这个说："大王啊，王后生小狗，一定是天降妖魔，国家要遭灾难啦！"那个说："大王啊，王后一定是妖精变的，不然，怎么会生小狗呢？"七嘴八舌直说得国王心乱如麻，六神无主，一气之下，他立刻命人把王后从床上拖起来，连夜赶出王城。

王后抱着小狗，淋着大雨，昏昏沉沉地走在荒郊的小路上。她的心碎了，她怎么也想不明白，自己为什么生了一条小狗，又遭到这么残忍的虐待，真想一死了之。但又想到，即使是条狗，也是自己的骨肉，要把它抚养长大。母爱使她鼓起了活下去的勇气。

她跌跌撞撞地走啊走，走到一座破屋前便昏倒了。这屋里住着一个孤独的老大妈，听到响声，开门一看，急忙从地上把王后扶进屋里，给她换了衣服，灌了姜汤。王后苏醒后，向老大妈哭诉了自己不幸的遭遇，好心的老大妈很是同情，决定让她留下来和自己一块过日子。

从此，王后和老大妈每天纺线织布，哺养小狗，苦度岁月。日子一天天过去，小狗也一天天长大……

二

六个王妃自从赶走了王后，拔了眼中钉，一个个心安理得地做起了王母梦。她们哪里知道，被她们丢到野外的孩子，并没有被野狗拖走吃了，而是当天夜里，就被天上的坤西迦抱走了。

坤西迦抱回孩子后，把指头变成乳头，用仙汁喂养，并给他起了个响亮的名字——贡玛腊。贡玛腊长到六岁时，坤西迦又教他读书诵经，习练各种本领。到八岁时，贡玛腊已绝技满身，神通广大，又懂得许多世道人情了。这天，坤西迦把贡玛腊叫到身边，把他的身世原原本本地告诉了他，最后说："孩子，你母亲遭了不白的冤屈，还在人间受苦受难，你去吧，去找你苦命的母亲吧！"说着，抽出宝剑，往一块岩石上一指，那岩石立刻变成了一只硕大的神鸟。坤西迦把宝剑递给贡玛腊说："你下凡后，只要用剑一指，神鸟又会变成岩石；需要时，用剑一指，岩石又会变成神鸟。我送你这两件宝贝，去为人间消除灾难吧！"贡玛腊接过宝剑，跪在地上，含着眼泪拜谢了坤西迦。

贡玛腊骑着神鸟，穿过九十九重天，越过九十九座海，降落在巴拉腊细的国土上。他用剑一指，那神鸟便变成岩石，屹立不动了。贡玛腊只身一人，踏上了寻找母亲的路途。

贡玛腊找啊找，走遍了山山水水，访遍了村村寨寨，怎么也探听不到母亲的消息。这天，他疲乏地坐在荒郊，不由得暗暗落泪，心里一遍又一遍地呼唤着："母亲啊，你在哪里？你在哪里？"就在这时，树林中跑出一只狗，咬住他的衣角就往前拖。贡玛腊好生奇怪，于是跟着狗穿过树林，来到了一座孤寂的破屋前。在狗吠声中，一中年妇人走来打开了门。她就是贡玛腊千辛万苦要寻找的母亲。妇人问："你找谁啊？"贡玛腊说："我要找王后。"妇人不由得感到吃惊，急忙问："你找她做什么？"贡玛腊看着妇人，总感觉到她就是自己的母亲。于是，他把坤西迦如何救了自己，又如何叫他来找母亲的经过说了一遍。王后一边听一边流泪，对过去的悲惨往事，她现在才明白了原因，但她又总不敢相信眼前的贡玛腊就是自己亲生的儿子。她合掌对天祈祷说："尊敬的天神坤西迦啊，如果他真是我的亲生儿子，那就请你让我的乳汁流进他的嘴里吧，让我尽到做母亲的责任。"刚祈祷完，就见她雪白的乳汁，线一般喷进贡玛腊的嘴里。经历了生离死别的母子二人，至此才重逢相认，抱作一团失声痛哭。

从此，贡玛腊回到了母亲身边，继续读书，习练本领。母子二人过得亲亲热热，享尽人间天伦之乐。

三

　　六个王妃的儿子，一个个都长成小伙子了，可是，由于王妃们娇生惯养，儿子们一个都不成器。他们在昆贺罕面前谎称要外出拜师学艺，却每天在王城里闲游浪荡，不是打架，就是赌钱，到处惹是生非。这天，六兄弟正聚在一起，在地上打弹子赌钱，旁边来了个十来岁的小孩，睁着好奇的眼睛看热闹。六兄弟见他年幼可欺，便逼着要他参加打弹子赌钱。

　　这小孩不是别人，正是贡玛腊。自从来到人间，他对一切都感到新鲜，何况他还是个童心未泯的孩子呢！这天，经母亲同意，他一个人跑到王城里来看看，想不到遇上了自己并不认识的六个哥哥。在六兄弟的一再逼迫下，他想："赌就赌吧，我还怕你们？！"于是和六兄弟打起了弹子。他打一盘赢一盘，最后，把六兄弟带的钱都赢来了。六兄弟不服输，说明天再赌。第二天，六兄弟的钱又全部输给贡玛腊。六兄弟还不服输，说明天还赌。第三天，六兄弟又输得一文不剩。他们气得像红了眼的水牛，大吼一声便一齐挥拳向贡玛腊打来，贡玛腊只用手轻轻一拨，六兄弟便被掀翻在地，连连求饶。贡玛腊把三天赢来的钱，统统丢还给六兄弟，说："你们的钱我一文也不要，只是你们以后再不能仗势欺人。"六兄弟见贡玛腊如此仗义，武艺又这么高强，便一齐跪在地上，要拜他为师傅。贡玛腊觉得很好笑，说："你们都比我大，我怎么能当师傅？我们做朋友好啦！"以后，贡玛腊便常和六兄弟在一起玩，还教了他们一些武艺。六兄弟学得三拳两脚，便回去向国王夸口说，他们的武艺如何高强。国王信以为真，心里很是高兴。

　　恰巧，王城东门外出了一个魔鬼，一到太阳落山，便出来吃人。国王得报后，立刻召来六个王子，命他们去擒拿魔鬼，为民除害。六兄弟硬着头皮答应了，心里却怕得要命。于是，他们一齐去找贡玛腊，请他帮忙擒魔除害。贡玛腊爽快地答应了。

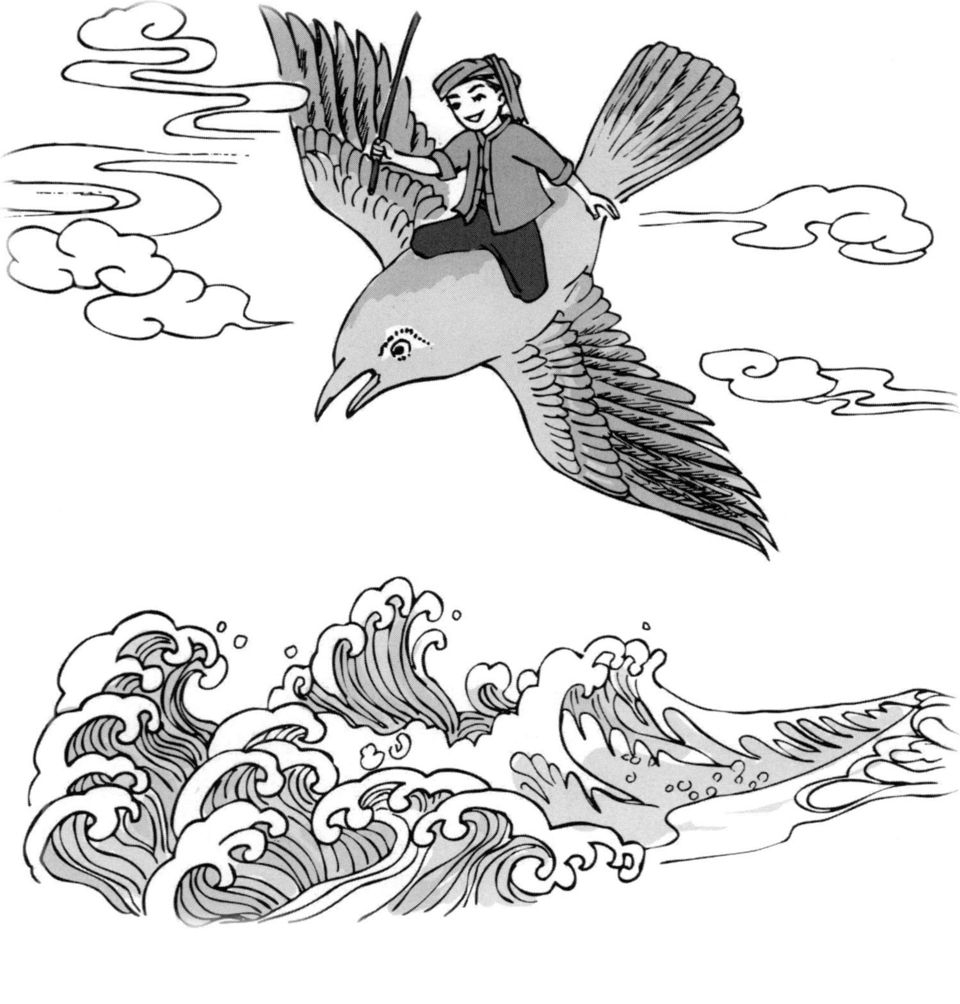

这天，太阳刚落山，贡玛腊和六兄弟一起来到东门外，一阵狂风过后，只见一个披头散发的魔鬼，张牙舞爪地向他们扑来。六兄弟吓得淌尿，转身跑得无影无踪。只有贡玛腊仗剑在手，纹丝不动，直等魔鬼扑到头顶时，他才一剑挥去，把魔鬼的头砍滚在地下。半天，六兄弟才胆战心惊地折回来，一看魔鬼已被砍死，便争着抱起魔鬼头一起跑回去向国王邀功。昆贺罕被蒙在鼓里，哪里知道真相，见六个王子有如此本事，高兴得合不拢嘴，立刻下令赶三天大摆酒席，为王子们的功劳庆贺。

四

王城披红挂绿，鼓铙喧天，一片欢腾，突然，上空黑云笼罩，遍地飞沙走石，人们吓得喊爹叫娘四下躲藏，庆功宴不欢而散。等到事态平静下来后，王宫里发觉国王的母亲失踪了，只有桌上摆着一张魔王留下的字条，上面说，巴拉腊细国杀了他派来的魔鬼，现在他抢走国母作为人质，要国王送三千童男童女到魔王国进贡赔罪。不然，他就要杀了国母，还要火烧血洗巴拉腊细。国王看了，不由得拍案大怒，立刻召来王子，命他们带十万大军，前去征伐魔王国，救回他们的祖母。

这下可把六个王子难住了，心想，一个魔鬼我们都还对付不了，去魔王国岂不是送死！想来想去，只好又去找贡玛腊帮忙。王后知道后，她担心儿子的安全，说什么也不让去。最后，还是贡玛腊说服了母亲，决心要杀了魔王，解除巴拉腊细人民的灾难。他毅然和六个王子带领十万大军，向魔王国开去。

到了魔王国边境，六个王子再不敢挥军前进。贡玛腊说："你们这样胆小，就驻扎在这里，让我一个人去好了！"他走进深山，用剑一指下凡时的那块岩石，岩石立刻变成了神鸟。贡玛腊骑上神鸟，直飞到魔宫上空才降落下来。守门的魔将挡住了他的去路，问他到这里来干什么。贡玛腊说："快叫你们魔王出来，交还我的祖母！"魔王得报，哈哈大笑，说："哪里来的小子，如此胆大，快给我杀了做火烧肉吃！"众魔将得令，一齐亮出兵器向贡玛腊杀来，贡玛腊挥剑左挡右砍，不一会就把魔将杀得死的死，伤的伤。魔王气得哇哇大叫，冲出宫外，一摆令旗，满山遍野便涌来数不清的魔鬼。贡玛腊也把宝剑一指，满山的树林顷刻变成千军万马，直把魔鬼们杀得尸横遍野。魔王一看势头不妙，身子一抖，便驾着黑云想溜。贡玛腊跃上神鸟，一拍脊背，神鸟便腾空而起，截住了魔王去路。贡玛腊一剑砍去，便把魔王砍成两截，坠下了天空。

贡玛腊回到地上，在魔宫里找到了被捆着的祖母，急忙为她松绑。老祖母激动得老泪纵横，问他："你是什么人？为什么来救我？"贡玛腊说："我是你的孙子呀！"老祖母吃惊地说："我怎么从来没有见过你呢？"这时，贡玛腊只好把母亲如何被害，自己如何被坤西迦抚养以及国王派兵打魔王国的来龙去脉告诉了老祖母。老祖母听了，把贡玛腊紧紧搂在怀里，伤心地说："我的好孙孙呀，你们母子真是被那六个妖精害惨了，回去后，我一定要为你们伸张正义，洗清冤屈！"

贡玛腊把祖母扶上神鸟，一起飞到了边境。六个王子见贡玛腊救回了祖母，高兴得发狂，可是，又担心回去后会露出马脚，让贡玛腊获得了头功。于是，六兄弟把贡玛腊叫到一个僻静的地方，趁他不备时，一齐用棍棒把贡玛腊打得头破血流，没有呼吸后丢进了深沟。然后，他们才拥着祖母，浩浩荡荡地回到了王城。

五

国王见六个王子救回了祖母，真为自己有六个神通广大的儿子而自豪。于是，他再次大摆宴席，为母亲压惊，为王儿庆功。赴宴的王公大臣，个个伸指咂舌，把六个王子夸成了天神一般。六个王子坐在那里脸不红，心不跳，大吃大嚼，洋洋自得。可是，老祖母却闹着要见孙子。国王说："母亲啊，这六个不就是你的孙子吗？"老祖母说："不是，救我的是王后生的，他才是孙子……"国王和众大臣如坠云里云雾，还以为是她受了惊吓，神志不清，说胡话。后来，听老祖母说了事情的经过，大家都感到非常吃惊，但又不敢相信是真的，六个王子却在心里暗笑："嘿嘿，你的孙子早上西天了！"国王碍于母亲的面子，还是让人画了人像，分发全国各地悬赏寻找。可是，一个月过去了，两个月过去了，哪里也找不到贡玛腊和王后的踪影。

时间过了半年，老祖母还是不死心。她让国王下令，全国十到十二岁的青年都到王城赶摆①，不能漏掉一个。在摆场门口，她又让人搭了一座仅容一人能通过的竹桥，凡进入摆场的青年都必须从桥上通过。老祖母坐在竹桥边的大棚里，眼睁睁地辨认着从桥上走过的青年。看啊，看啊，看了六天都没有发现贡玛腊。第七天下午，老祖母突然指着一个正从桥上通过的青年说："就是他，他就是我的孙子！"一旁的侍卫连忙上前拉住了这个青年。

这个青年的确是贡玛腊。那天，他被六个王子打死丢进深沟后，坤西迦从天上下来用仙水救活了他。他看透了王宫内的尔虞我诈，王妃、王子们的险恶用心，便回到母亲身边。他决定隐姓埋名和母亲过一辈子平静自由的田园生活，时间过了半年，他认为老祖母已忘记了寻找他的事，想不到在摆场上又被老祖母认了出来。

在祖母的追问下，贡玛腊不得不把六个王兄杀害他的经过说了出来，老祖母气得捶胸跺足，当着国王、众大臣和百姓，一件件一桩桩诉说了贡玛腊母子遭受暗害的全部经过。六个王妃和六个王子一看阴谋败露，吓得嘴青脸绿，瘫软在地……

昆贺罕满脸羞愧、后悔不迭，赶着车马到荒郊破屋，向王后跪地请罪，又把王后和老大妈接回了王宫。为了忏悔自己的过失，他把王位交给了贡玛腊继承。从此，巴拉腊细国有了一个英明的国王，国家繁荣昌盛，人民安居乐业。

○　采录者：吴高义、黄正兴

○　出处：云南《山茶》，1990年第5期。

---

① 傣家人的赶集。

宝刀和魔笛

基诺族

这是一则"三兄弟寻宝"型的幻想故事，它包含了"对勇敢的考验"和"最小的儿子获胜"两个母题。与两个贪生怕死、贪图富贵的兄长相比，主人公老三展现出了民间故事中主人公特有的心地善良、孝顺恭敬、无私勇敢等优秀品质。通过"三段式"的叙事结构来对主人公进行考验，同时也为主人公获得神奇宝物相助做出铺垫。故事通过老三的成长昭示了男性个体迈入成年获得自我实现与人格成长所需具备的品质，其所传达的"特定而具体的人生观"是对恒久之问"具备什么样的品质才能实现自我、获得成功的人生"的真理性回答。

有三兄弟和他们的父亲到江边玩耍。江边沙滩上有各式各样的小贝壳，有五光十色的小石块；江岸上，香蕉结满树，又大又香。他们玩得很高兴，忘了回家，晚上就在江边住下。江里住着一个凶恶的龙王，江边来往的人常被它吃掉。当三兄弟睡得正酣的时候，龙王把他们的父亲吃掉了。他们醒来找不到父亲，不敢回家，就在江边靠打铁过日子。

生铁和炭的气味呛着龙王，龙王派白鱼来告诉三兄弟说："你们不要在这里打铁，龙王闻不惯铁味和炭味。"三兄弟回答说："他闻得惯闻不惯我们管不着，找不着父亲，我们就是要在江边打铁。"白鱼说："不搬走，龙王要来吃你们的。"三兄弟用烧红的火钳夹住白鱼，把它的尾巴夹得变成了红颜色。红尾巴鱼回去报告龙王，说三兄弟不听它的话，龙王又派团鱼去。团鱼来到江边对三兄弟说："你们不要在这里打铁，龙王闻不惯铁味和炭味。"三兄弟理都不理，用烧红的火钳夹住团鱼，把团鱼夹成扁的。龙王又派大头鱼警告三兄弟，三兄弟仍旧用烧红的火钳把大头鱼的头夹扁了。

三兄弟继续在江边打铁，龙王发怒了，它亲自去到三兄弟打铁的地方，坐在铁砧上，张牙舞爪要吃人。老大老二害怕，悄悄地逃跑了。老三毫不惧怕，他忙着拉风箱，把火钳烧得通红通红，用力夹住龙王的肚皮。龙王的肚皮上被烫起一串泡，痛得摇头摆尾，大喊大叫地向老三求饶："快快松开火钳，你要什么我都给，你喜欢在这里打铁就打吧。"老三看见龙王腰间挂着一把宝刀和一支竹笛，刀鞘上镶着珍珠玛瑙，竹笛上镶着碧玉宝石，便说："我就要这两样东西。"龙王解下宝刀和竹笛交给老三，垂头丧气地走了。

老三吹响竹笛，悠扬婉转的笛声像仙乐一样好听，老大老二听到笛声赶了回来，看见老三便说："你还活着，我们担心龙王把你吃掉，急得要死。"老三说："龙王是欺软怕硬，你越怕它，它越要吃你，我用烧红的火钳夹住它，它就告饶了。你们看，它还给了我两件宝物。"老大老二看着宝刀和竹笛，心里又羡慕，又嫉妒，便起了坏心。老二对老三说："三兄弟，老大是我们的大哥，我们要听他的话，你把宝刀给大哥。"老大对老三说："三兄弟，你要听我的话，把竹笛给二哥。"老三说："这是我拿命换来的东西，都不能给。"

老大老二得不到宝物，心里怀恨，便打鬼主意想害老三。老二找老三说："兄弟，我们明天去打野猪，你撵，我和大哥等着打。"老三同意了。老大老二悄悄地到山上挖了一个很深的洞，用草铺在上面，布置得像个野猪窝一样。第二天，他们一齐去打猎，老大对老三说："山上有个野猪窝，你去把野猪撵出来，我们堵着打。"老三爬到山上，看见野猪窝就冲过去，却"扑通"一声跌到深坑里爬不上来。

老三在坑里哭，一只竹鼠从坑边过，听到有人在哭，便伸头到坑里问道："朋友，你为什么哭？"老三把原因告诉了竹鼠，央求它啃一棵竹子扔给他。竹鼠看老三哭得可怜，便啃断一棵竹子丢进坑里。老三顺着竹子爬出深坑，他很感激竹鼠，说："谢谢你，竹鼠朋友，我没有什么东西，就把这支竹笛送给你。"竹鼠得到竹笛很高兴，它边走边吹，从天亮吹到天黑，悠扬的笛声在森林里飘荡，使得森林里的雀鸟羡慕不已。

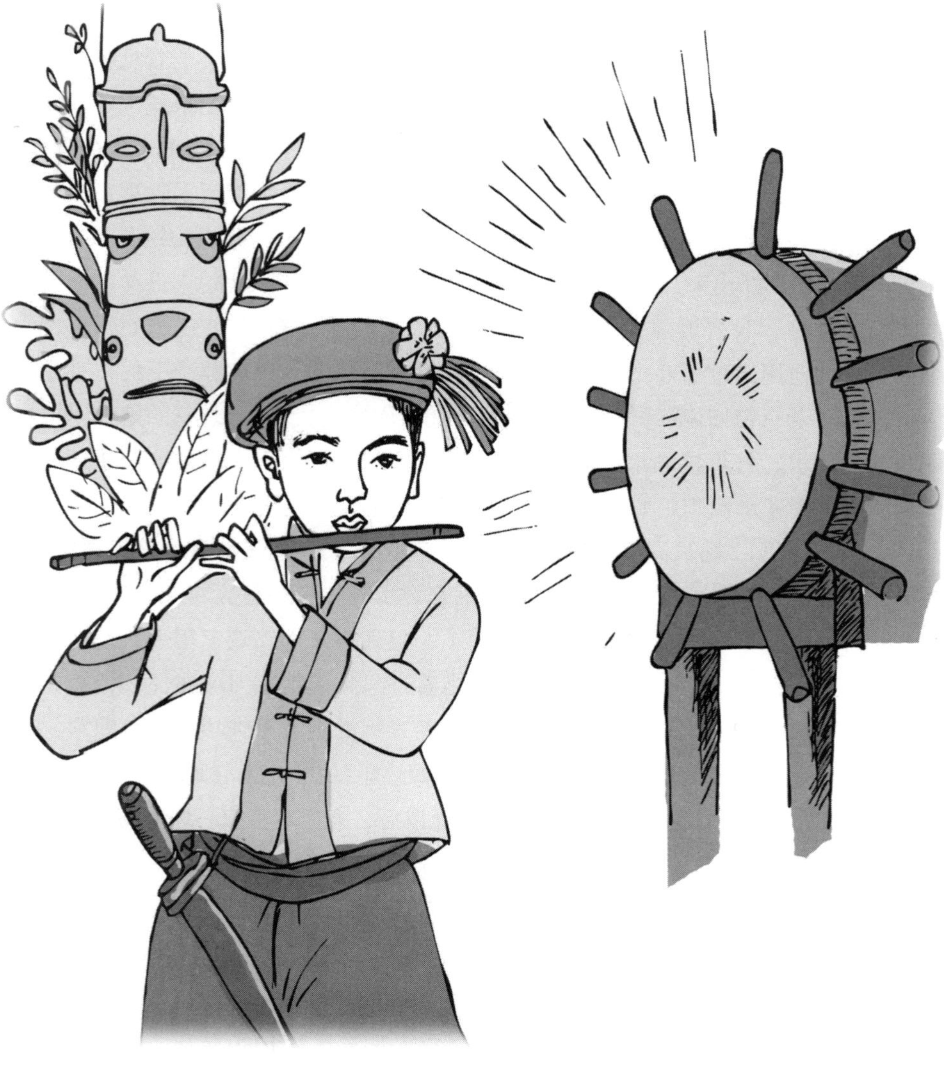

老大老二到山上找老三没找到，便回家告诉老三媳妇说："你男人被豹子吃掉了。"老三媳妇很伤心。

老三和竹鼠分手以后，他怕两个哥哥再来害他，不敢回江边，也不敢回家，一个人躲在箐头上。有一天，老三媳妇来箐里背水，老三在箐头上看见了，心里很难过，他要试试她的心变了没有。他媳妇刚要来接水，他便把水搅浑；他媳妇等水澄清了，刚要接水，他又把水搅浑。他媳妇心里想：自己的丈夫才被害死，现在一接水水就浑，到底是什么东西作怪。她又耐心地等水澄清了，第三次再接水。老三放一只田鸡在水槽里，田鸡顺水淌到她的竹筒里，她以为这是不吉祥的兆头，便把田鸡抓出来，把它脖子底下的皮撕开。田鸡央求她说："朋友，你帮我把脖子皮补好，我告诉你，你的男人并没有死，他还活着。"老三媳妇听了，心中很高兴，便用白竹子叶把田鸡的脖子皮补好，所以至今田鸡脖子下的皮都是白的。田鸡对老三媳妇说："你的男人在箐头上，你快去找他。"老三的媳妇半信半疑地继续接水，打算接满水后去找老三；老三又把自己手臂上戴的一只手镯放在水槽里，手镯顺水淌到媳妇的竹筒里。媳妇捡起手镯，赶紧跑到箐头上，果然看见老三坐在那里，她很高兴，叫老三和她一起回家去。老三怕两个哥哥再害他，便对媳妇说："你把这趟水背回去，第二趟来背水时，带一包火炭灰来。"媳妇照他的嘱咐去做，第二趟来背水时，当真带了一包火炭灰来。老三用火灰把媳妇的脸擦黑，把她扮成一个布朗族妇女，叫她抱着一只狗，把宝刀藏在怀里，媳妇走在前，老三跟在后。媳妇回到了家里，老大老二听说她家里来了一个布朗族，便走过来看。老三怕老大老二来害他，就从媳妇怀里抽出宝刀，刚把刀拉出鞘，一道白光闪过，老大老二便倒在地上死了。从此以后，老三不再担心坏心肠的哥哥来害他，继续靠打铁过活，两夫妻过上了幸福日子。

○ 讲述者：特周
○ 采录者：陈平
○ 出处：《基诺族民间文学集成》，云南人民出版社1989年版。

头人的三个儿女

拉祜族

这是一则具有道德教化意义的幻想故事。故事的前半部分类似于汤普森《世界民间故事分类学》中"被遗弃的妻子"类型,后半部分则属于"三兄弟"类型。主人公——最小的妹妹机缘巧合下得到三件神奇宝物,并借助宝物的神力拯救了两个寻宝失败的兄长;之后他们与生父扎路相逢,并在小鸟的帮助下查明自己的身世,和父母幸福地生活在了一起,而头人的另外两个妻子也得到了应有的惩罚。故事中善有善报恶有恶报的思想内涵非常突出,曲折的命运、不平凡的历程和完美的结局是此类故事的一般叙事结构。故事中的主人公作为最小的女孩子,她被赋予聪明、智慧和善良的心性,勇敢、强韧和坚持不懈的斗争精神,并最终得到了圆满结局,实现了自己的人生价值。

很古的时候,有一个拉祜大头人,名叫扎路。他先后娶了三个妻子,一个叫娜儿,一个叫娜拉,一个叫娜娥。扎路眼看自己一年年老了,还没有一个儿女,非常忧愁,成天坐卧不安。

一天,他对三个妻子说:"你们当中哪个先生得儿子或姑娘,哪个就做大妻子。"不久,娜娥生了一个儿子。娜儿和娜拉眼看娜娥就要成为大妻子了,就商量出一条毒计,趁娜娥生产昏迷之际,用一只小猴子换了娜娥的儿子,等娜娥醒过来,就对她说:"你生的是猴子不是人,最好不要向大头人讲,不然他会赶走你的!"娜娥没有办法,只好答应了。她俩就把刚生下来的娃娃放在背箩里,顺着河水漂走了。

这条河的下游住着无儿无女的老两口,男的叫扎枯,老伴叫娜笛,两人相亲相爱地过日子。老两口年纪大了,还没有个孩子,痛来病来也无人照顾,他俩越来越发愁。

一天扎枯老人在河边钓鱼,忽然看见一个又白又胖的男孩顺水漂来。当男孩漂到面前时，他还以为是眼睛花呢，揉揉眼一看，果然是一个活蹦乱跳、逗人喜爱的小男孩。扎枯老人抱起娃娃，急忙赶回家去了。

过了一年，娜娥又生下了一个儿子，婴儿刚刚下地，就被娜儿和娜拉用同样的办法放进河里漂走了。说也巧，扎枯老两口又看见这个孩子，并抱回去抚养起来。

又过了一年，娜娥生了个姑娘。这姑娘也遭到了和她两个哥哥同样的命运。扎枯老两口想，世上哪有这样狠心的父母，接连把刚出世的婴儿放进水里漂走！但他俩无儿无女，连续三年捡到两男一女，十分高兴，也不出去说。

二十年过去了，兄妹三人都长大成人了。三人都非常孝敬老人，一家五口过着美满的日子。过了几年，两位老人相继离开了人世。兄妹三人相亲相爱，一起生活，白天，两个哥哥上山种地打猎，妹妹在家洗衣做饭；晚上，两个哥哥修犁整耙，妹妹纺线织布缝衣裳。虽然失去了两位老人，但是兄妹三人团结和睦，日子仍然过得甜蜜蜜的。

一天，两个哥哥上山打猎去，只有妹妹在家，这时门外走来一个老人。他像生了重病，走路东摇西摆，刚走到门口，就倒在地上长吁短叹。妹妹连忙把他扶起来，给他喂水喂饭，还把烧好的野猪干巴和自己仅有的一点钱也给了老人。老人吃饱喝足后，对她说："你是一个善良的人，如果想过好日子，就去拿三件宝：一件是仙水，二件是回生树，三件是会说话的鸟。得了这三件宝后，你想要什么就有什么了。"妹妹忙问老人："这三件宝在什么地方？怎样才能得到？"老人说："那地方离这里很远，要走三天路，假如你们有决心去找，就顺着面前这条路，走到一个岔路口，那里有一个佛爷，你们问他，他会告诉你们该咋个走。"老人喘口气，拿出一把宝刀说："姑娘，我要走了，爷爷没有什么送你的，这把宝刀就留给你吧。记住，你们兄妹三人哪个遇到危险，宝刀上就会出现血迹，没有血迹，出门人就平平安安。"妹妹接过宝刀，谢过老人，老人就走了。

晚上，妹妹把老人的话告诉了两个哥哥。哥俩听了妹妹的话，决定先由大

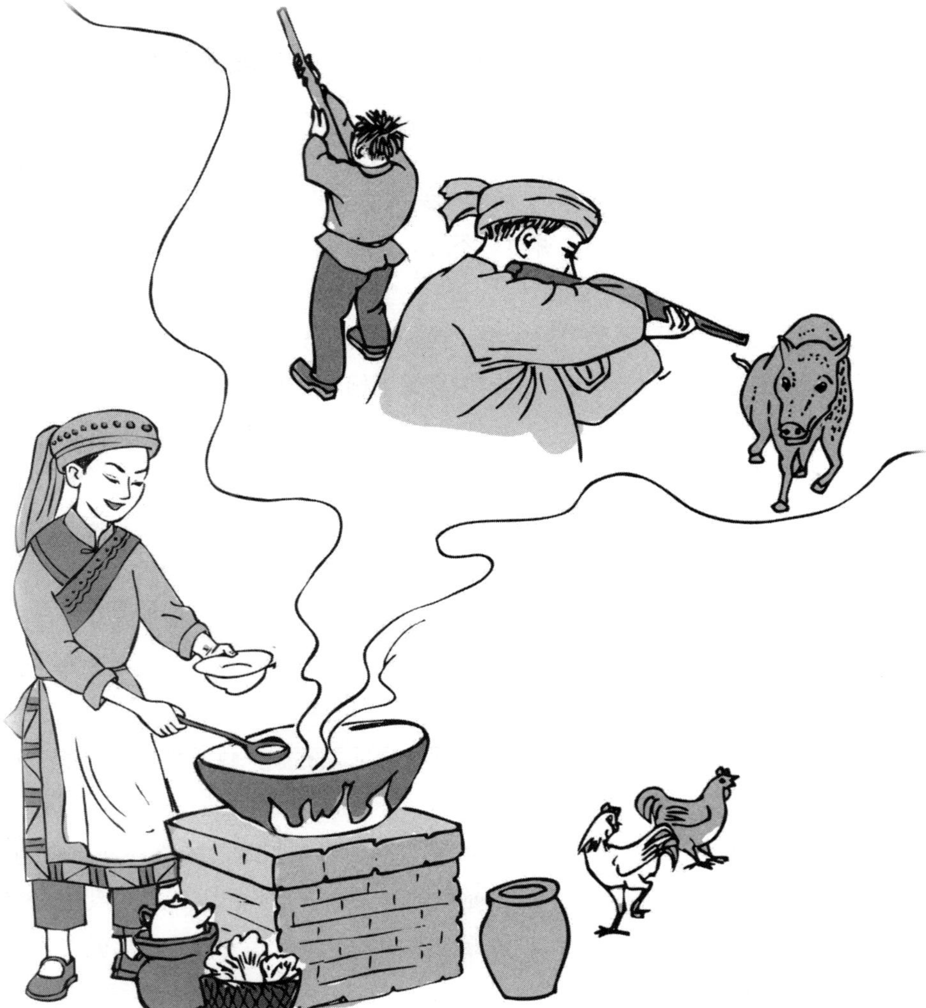

哥去找宝。

第二天，大哥骑上马，按老人说的话来到岔路口，果然看见一个佛爷。他连忙下马行礼说："佛爷，仙水、回生树和会说话的鸟在哪里？你能告诉我吗？"佛爷看他是个诚实勇敢的小伙子，就笑着告诉他："你顺着左边这条路一直往前，走不远就会看见一棵黄心树，你把马拴在那棵树上，然后爬上一个石梯，再穿过一段鬼怪路，就看得见会说话的小鸟了。只要你伸开手，小鸟就会飞到你的肩上，它会告诉你仙水和回生树在哪里。不过，在路上不论你听到什么，都不要回头看。"大哥点点头，就上路了。

他走到黄心树下，按照佛爷的吩咐，拴好马，爬上石梯。当他通过鬼怪路的时候，突然听见后面传来一阵惨叫声。他忘记了佛爷的叮嘱，回头一看，马上变成了一个石头人。

二哥和妹妹在家等了三天，不见哥哥回来，心里非常着急，就拔出老人送的宝刀，一看，刀上有了血迹，知道大哥遇到危险了。兄妹二人十分悲痛。第二天，二哥又骑上马去找宝贝和大哥。一路上，他和大哥看到的一样，当他走过鬼怪路时，又听见后面有惨叫声，他忍不住回头一看，也变成了石头人。

妹妹在家又等了三天，仍不见二哥回来，她拔出宝刀一看，刀刃上又有了血迹，知道二哥也离开了人世。她心里悲痛万分，决心找回两个哥哥。第二天，她骑上快马顺着大路跑去，走到岔路口的时候，看见了佛爷。她下马拜问佛爷，佛爷的话和以前的一样，一句不多，一句不少。

妹妹是个聪明人，她用棉花把耳朵塞紧，顺着哥哥们走过的路一直往前走。到了鬼怪路时，后面也传来惨叫声，但是她的耳朵塞着，听不见，就顺利地走完了鬼怪路。这时，她果真看见一只红嘴绿毛的小鸟，她把手一伸，小鸟就飞到她肩上。

小鸟把塞在她耳朵里的棉花掏出来，对她说："前面那棵花叶树就是回生树，树下那塘水就是仙水。"就这样，妹妹把三件宝都拿到手了。

她问小鸟："我的两个哥哥出门好多天了，一直没有音讯，你知道他们的下落吗？"

小鸟说："你来时路上看到的那两个石头人，就是你的哥哥。现在你只要用回生树蘸一点仙水洒在石头上，他们就活过来了。"

妹妹照着小鸟的话，用仙水洒在第一个石人上，大哥慢慢活过来；她又用仙水轻轻洒在二哥身上，二哥也苏醒过来。兄妹三人拿上三件宝，骑上马，高高兴兴地奔回家去。到家后，他们把回生树栽在房前，前面就出现一片绿茵茵的树林。他们把仙水放在房后，那里就涌出清汪汪的一塘水；小鸟呢，他们就留在家里跟妹妹做伴。兄妹三人得了这三件宝后，过着丰衣足食的日子。

有一天，两个哥哥上山去打猎，在路上碰见拉祜大头人，大头人看见这两个聪明能干的小伙子，心里很高兴，约定一个日子，要到他们家里来做客。

晚上，兄妹三人谈起这件事，小鸟说："你们要好好招待这个大头人，吃饭要用金碗配银勺，等他到了，你们三个都躲起来，我来和他说话。"

约定的日期到了，大头人也赶来赴约了。他一进门，三兄妹就躲起来，只有会说话的小鸟陪伴着他。大头人感到很奇怪，这时小鸟对他说："大头人，兄妹三人这样对你是有道理的，原因就是你曾对你的三个妻子说过，谁先生儿生女，谁就是大妻子，可你说话不算话。娜娥生了三个兄妹，娜拉和娜儿竟把刚生下来的孩子一个个放进河里漂走了，亏得好心的扎枯老人夫妇把他们哺养成人。现在两个老人去世了，只有他们兄妹三人住在这里。"听到这里，大头人伤心极了，高声呼唤三兄妹快点出来见面。可是小鸟说："大头人，你不要叫了，他们不会见你的，因为他们的亲娘到现在还在受苦。如果你不好好对待他们的亲娘，他们是不会认你的。"大头人听了小鸟的话，马上回去把娜娥立为大妻子，又来认兄妹三人。三兄妹和他一起回去，娘母四人一起讲了二十多年前令人心酸的往事，大哭了一场。

大头人识破了娜儿和娜拉的阴谋后，把她们交给三兄妹处置。小鸟教兄妹们："你们也做两个大箩筐，叫大头人把所有的人召集到河边，再当众把她俩放进河里漂走。"兄妹三人照着小鸟的话，把两个狠毒的女人放进河里漂走了。小鸟飞在树上高声叫道："今后，不管哪一个，都不能害人，如果还要害人的话，就和这两个女人一样下场！"

从此，头人的三个儿女和父母亲在一起，过着幸福的生活。

○ 采录者：扎约
○ 出处：云南《山茶》，1986年第4期。

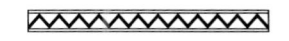

孤儿西诺[1]

佤 族

这是一则善良的孤儿得到报答的幻想故事，其中包含了感恩的动物和神奇的宝物两种亚型。孤儿西诺具有善良、诚实、勤劳等美好品德，西诺的好心也使他得到了相应的回报，他从大蟒蛇那里得到了具有神力的小饭盒，并借助宝物的魔力成功地通过头人的考验，和头人的女儿依结为夫妻。但不同于传统的故事到此以大团圆结局结尾的模式，这则故事中的头人狠毒且贪婪，意图占有孤儿的宝物，最后在长老的帮助下西诺取回宝物，和依过上了幸福的生活。这个故事体现了老百姓朴素的世界观和价值观，也给了人们分辨善恶的标准，起到了道德训诫的作用。

很古以前，有一个佤族、傣族杂居的地方，人们都喜欢拿出一些钱财和粮食为乡亲们办一些善事。可是有个佤族小伙子除了一身力气以外，什么也没有。他左思右想，自言自语地说：

"人家富有可以赕[2]金银财宝，赕牛羊鸡猪。我是个穷光蛋，唯有一身力气，只有用力气来作赕。"

第二天，他见寨中有幢竹楼破了，便砍来龙竹，割来茅草，编成草片，一个人把这间竹楼修好了。主人回来，看见正从房顶下来的小伙子，感激地说：

"朋友，你的心多么善良呵！你辛辛苦苦地补好了我家的竹楼，不知要多少工钱？"

"大爹，我什么也不要。"他诚恳地说。

"这怎么行呢？"主人拉住他的胳臂说。

---

[1] 小伙子。
[2] 施舍、奉献。

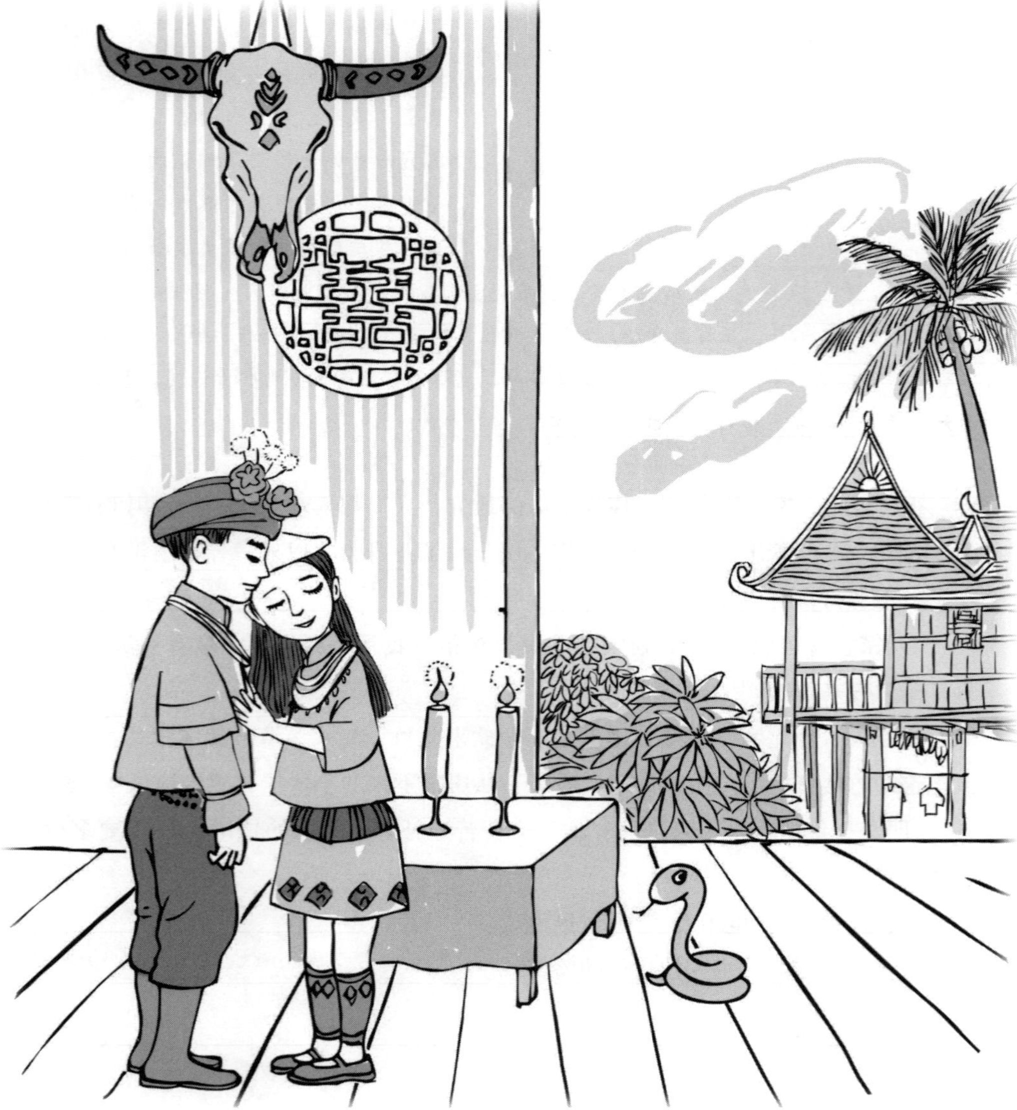

"寨民们用自己心爱的东西，奉献给整个寨子，我因家境贫困，没什么东西可赎，这是我的一点心意。"小伙子回答。

过了不久，他见佛寺的屋顶漏了，便主动地去修补。佛寺长老要给他工钱，他照样谢绝了。长老很感动，说：

"你年轻，精力旺盛，有使不完的力气，让我们交个朋友吧。"

从此，孤儿和长老一同为周围的寨民做了许许多多的好事，人们都知道了他俩是一对善良的人。一天，他俩走到幽深的树林里，忽然发现眼前的一棵参天大树下有一包东西，打开看，是一柄铁锤、一支钢凿、一捆书、一根拐杖。长老兴奋地说：

"这条山路几乎没有人迹，只有我经常过路，但从来没见过这包东西，它们一定是树神的恩赐，好让我们更好地奉献自己的力量。你有手艺和力气，就使用铁锤和钢凿吧，让我来用这根拐杖和书，感谢树神的恩赐。"

他们来到另一个部落头人所在的大寨子，住在一个年纪很大的寡妇家里，每天都为老妇人讲经，修竹楼，担水劈柴，什么事都帮着做。

有一天，长老要到一个傣族村寨去传经，便和孤儿约定在这老寡妇家等齐后，再到别的地方去。等长老走后，孤儿便带上锤、凿到另外一个佤族寨子做好事。他来到一座大山下，抬头见悬崖峭壁上有一条大蟒蛇，费了很大的周折才从洞穴中挤出来。他想，蛇，也是生灵，为它解决一下进出的方便，也是件好事嘛。于是他手抓青藤小树，冒着摔下来的危险，攀越到洞口。他把脚尖插在石缝中，将身体紧紧贴在陡崖上，取出锤和凿叮叮当当地凿打起来。

他离开洞口，退到地面时，大蟒蛇刚好回来。这蛇顺顺利利地钻进洞后又很快折回来，因为它发现洞口已被凿打宽了，感到很奇怪，喊道：

"是哪位好心的朋友为我修整了洞口？请你出来，我要付给你应得的工钱。请你出来吧！"

"是我。"孤儿应道，"只要你进出更方便就行了。"

"谢谢你,朋友。我正愁没个好洞穴为家,你却帮了我的大忙。你要多少工钱?"

"我什么也不要……"孤儿讲了自己的来历后,说,"再见吧,朋友。"

"你等等。"大蟒蛇钻进洞里,用嘴衔出一个小饭盒,下到地面,放在孤儿的手上说,"你的心意我领了。但我一定要你收下这个盒子,你想用钱时,念念咒语,摇摇它就行了。"

孤儿推辞不了,只好收下,继续往前走。

当他回到老妇人家时,已经很晚了。他一坐下就恳切地说:"大妈,请你去为我说头人家的二女儿依,怎么样?"

大妈大吃一惊,心想:这小伙子大概是疯了!你这么贫困,连一套好的衣裤都没有,怎么敢想娶头人家的二女儿做妻子呢?但她又不忍心拒绝善良的西诺的请求,只好答应下来,去碰碰运气。

第二天,她到全寨舂米的地方号啕大哭起来。头人派人去问她为什么哭,一会儿,去的人回来向头人报告:"是那老寡妇受人委托来说您的二女儿为妻,但她又不敢来见您,便大哭起来。"头人听后大怒道:"多少有钱的青年来求过婚,多少漂亮的西诺来串①过我的依,都没成!她这寡妇实在大胆,把她赶走!"

大妈回来,把头人的话转告了孤儿,并劝他别妄想了。可孤儿却说:

"大妈,你再去一次,说不定头人会改变主意的。"

大妈十分同情孤儿,只好又硬着头皮,照前次那样到舂米的地方大哭起来。

头人烦躁地派人来说:"要娶依可以,但是先送十八罐金银,要不,就杀了求婚的西诺。"

这下,孤儿可高兴了,便请大妈去回话,让头人家派人赶骡子来驮。寡妇走后,孤儿拿出大蟒蛇送给他的小饭盒,念了几句咒语,说:

---

① 佤族有"串姑娘"的风俗,即谈恋爱,多以男子主动。

"饭盒呀饭盒，我想娶头人家最漂亮的女儿依，请你给我十八罐金银。"说完，他摇了摇饭盒，然后打开，果然，从里面倒出了十八罐金银。

孤儿终于娶到了依。

头人疑惑地对家里人说："一个衣衫破破烂烂的孤儿怎么会有这么多的钱呀？肯定是有能变钱的宝物帮他变出来的。"头人把女儿召回家里，希望她能说出她丈夫的秘密。

依不敢违抗父命，说道："我丈夫除了有一柄长刀、一个铁锤、一把钢凿外，就只有一个小饭盒。这个饭盒被他当作宝贝似的压在我们的枕头下。"

头人喜出望外，便哄骗女儿说："你拿回家来看看。"

依背着丈夫，送小饭盒给父亲去看。她万万料想不到，头人却还她一个跟这饭盒一模一样的饭盒，并说：

"依，你对丈夫说，我家里没钱用了，让他接济我们一点。"

依告诉丈夫说头人求助给点钱，善良的孤儿摇摇饭盒，打开一看，什么也没有，只好让依回家告诉父亲，一点钱也没有了。他想不到自己已经被人捉弄了。

依回家对头人说了丈夫要她转告的话，头人越发相信那个小饭盒是摇钱盒。可是，他左摇右摇，左喊右叫，打开饭盒一看，连金子的影子都没有。头人恼羞成怒，便把依和孤儿隔离开来，强令孤儿做奴隶，给他家打扫牛厩、马圈、猪窝，什么苦活都派孤儿去做。

几个月以后，长老回到老妇人家。大妈把孤儿的遭遇告诉了他，心痛得哭了起来。长老听了也很气愤，考虑了片刻，说：

"大嫂，请你在孤儿来舂米的时候，叫他来见我，我一定要帮助我的朋友脱险，还要狠狠地惩罚头人！"

老妇人按长老的吩咐，把孤儿领到长老面前。长老见到了孤儿，怜悯地说：

"你善良的心，遇到了头人狠毒的心，自然要吃大亏了。但是，朋友，我要让你得到你的妻子，让头人遭到严厉的惩罚。这朵花，你拿回头人家，什么人向你要，你都不能给，送给你的依就行了。"

孤儿走到寨子中央，许许多多佤家少女，看见他手中那朵娇艳的鲜花，都大献媚眼跟他要，可他都不理睬，让人把花拿去给了妻子。

自从依得了那朵花后，心情异常焦躁，万分憎恨头人，这种心情愈来愈强烈，她时常说："我的丈夫是一朵圣洁的花，他有一颗纯洁的心灵。可是父亲拆散了我们的爱情，摧毁了我们的幸福。"她敢当着头人发脾气了，没过多久，依愤怒地烧毁了自家的房子。

头人以为依是疯了，就到处请医生来医，可是什么方法也没用。最后，请到了在寡妇家的长老。长老一副认认真真的样子给依看了病，对头人说：

"依是思念丈夫得的病，因为你骗取了她丈夫的宝物——一只小饭盒，神灵让她惩罚你。尊贵的头人，要依不烧毁你的部落中所有的房子，必须让她夫妻团圆，并且交还她丈夫的宝物。其余的方法，都不能让神灵饶恕你的罪孽，而且，灾难还会更严重地落在你的身上。"

长老又悄悄递给孤儿一朵花，让他在妻子跟他团圆之夜，替换下原先那朵花。

头人听了长老的话，吓得半死，赶紧剽牛祭鬼神，同时又召来孤儿，让他领回依和宝物——小饭盒。

孤儿领了妻子回到他们成亲的竹楼，给妻子换下了花。依由憔悴变得美丽，由急躁变得温顺起来。他们过上了美满的生活。

○ 讲述者：西腊谋
○ 采录者：李兴宏、汪兴宝
○ 出处：云南《山茶》，1986年第4期。

布朗少年

布朗族

> 这一则故事属于"机智人物"类型。故事以"机智人物——密西"在狂风之夜偷听到两个"巨石"之间的秘密对话展开,并且这位布朗少年通过"学鸡叫"这一行为阻止了灾难的发生,从而拯救了整个村庄。故事情节充满了奇幻色彩,不仅塑造了"密西"这一勇敢、智慧的少年形象,而且整个故事也成为了对当地特殊景观的一种解释。

云南南部的红河南岸上,有一片稠密的大松林,那里有一个聚居着二十来户布朗族人的村子——漫远坡。在漫远坡村子上边的大路旁,有一个高约三丈的大石头,巍峨地矗立在一片大老松林下面。因为它的上面是一片黑压压的茂密的大松林,再加上这个大青石本身是黑的,所以显得非常阴森可怕。过去,当地人路过这里时,都不敢说话,恐怕惹恼了这个石头神,家里不得安宁。

这个奇怪的大石头是从哪里来的呢?

在很久很久以前的一个深夜里,这一带地方突然刮起了大风,飞沙走石。遮天盖地,连腿粗的松树都被狂风吹断了。这惊天动地的吼声,把漫远坡村里的人们都惊醒了。大家都很害怕,没有一个人敢起来去看。

这时,有一个十五岁的布朗族少年,名叫密西,他却一点不害怕,他穿好了衣裳,拿着三个尖的叉。到土房顶上去看个明白。

忽然他听到了村后山坡上一阵"轰隆、轰隆"声,像是滚大石头,又像树枝折断的响声。响声越来越近,越来越大了。他握紧了手中的三尖叉,急忙跑下土房,向村子上头的大路上跑去。风打在他的脸上,像刀割一样疼痛,灰沙吹到他的眼睛里,他用衣袖擦去。一会儿响声如雷,越来越近了,趁着松林里淡微的月光,他看见前面有两个黑碌碌的大怪物,拥着一群风沙石块,冲断路旁的树木,一路飞奔下来。密西吓了一跳，他沉住气，控制着内心的惊慌，跳进了路旁小树丛中躲避起来。眼看这两个怪物就要来到密西的身边了，前面那个怪物撞倒的一棵松树尖尖，已打在密西的脊背上了。

正在这万分危急的时候，突然前边那个怪物像发生了什么事似的，猛然停了下来。前面这怪物一停下来，后面的那个也跟着停下来了。密西两眼直盯着这两个大怪物，这时他才看清楚，原来是两个大石头。这时两个大石头说起话来了。后面的那个问前面的那个："为什么不快走呢？"前面的这个带着惊慌的口气说："啊呀！我的门忘记锁了！"接着它转过身子对后面这个说："你在这里等着我，我回去把门锁好了再来。"后面的那个说："要快点啊，各处的石头都在江边等着我们，只等我们一到，就把江水堵起来，这一带的房屋土地全都要淹没，然后再把可恨的人们淹死！"说到这里，它得意地哈哈大笑了两声，接着又严肃小声地说："老伴，要快一点，不然，要是过了时辰，到天亮鸡一叫，我们就不能走啦！"那大石头点了一下头，便向后山坡上飞奔而去，山坡上又响起打雷似的声音。

这时，密西心里想，它们要去堵江，用水淹死人，淹没房屋、庄稼。这怎么办呢？他想着想着，立刻轻手轻脚地钻进树林，绕道跑回家去，把家里甑子上盖饭的簸箕拿下来，然后带到土房顶上，用手在簸箕上"啪啪啪"地拍了几下，口里像公鸡似的"咯哥喔——"。他叫了两三次，村里的公鸡从梦中惊醒了，它们以为是自己的伙伴叫，认为天亮了，都一只学一只地叫了起来，引得远远近近村寨里的公鸡都相继跟着叫起来了。

大石头听见了鸡鸣，以为天已亮了，就立在这条大路下边，动也不动地低下了头，不敢再往前走。回去锁门的那个大石头，也因为听到鸡声，吓得不敢出来了。

天真的亮了，一轮火红的太阳从东山升起来。这时，密西领着村里的人们去看这个奇怪的大石头。老年人听密西说了昨晚的情况，才知道：原来这是一个公

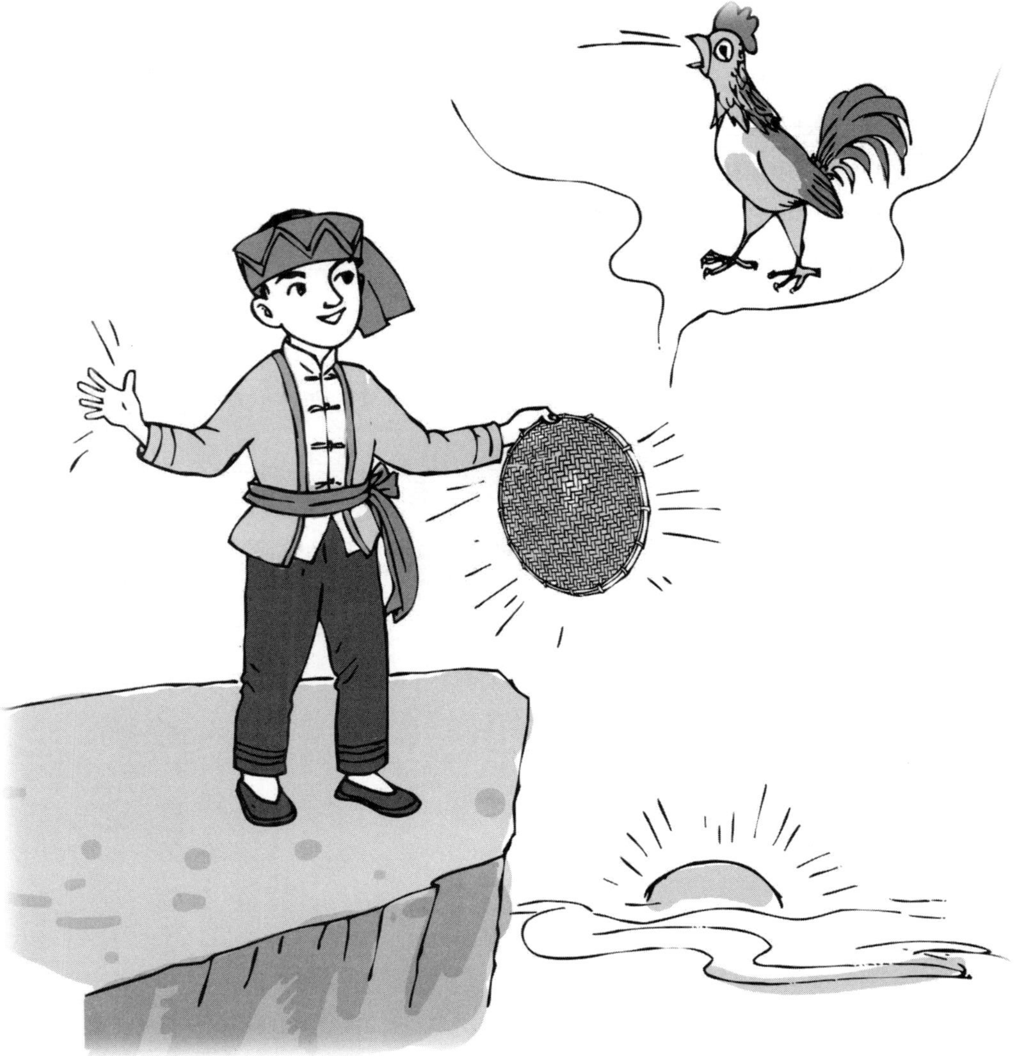

石头，它是观音山上的石头王，回去闩门的那个母石头，是它的娘子。因为它们嫉妒人们美好的日子，于是就带领着四山的石头，想把江水堵住，淹死幸福的人们。那母石头，现在还在三合寨的观音山上屹立着，约有七八丈高，由于它的庄严、雄伟，人们给它一个称号，叫做"看狮岭"。

现在，这两个凶恶的怪石头，依然驯服地屹立在人们的眼前。而这个勇敢机智的布朗族少年，他用聪明智慧保全了各族人民的生命财产，人们在心里永远深深地敬爱着他。

○　采录者：普阳
○　出处：《云南各民族民间故事选》，人民文学出版社1962年版。

第十章

怒江流域

山官发火

景颇族

对于山官提出的"做活儿不能发脾气"的刁难,主人公孤儿发挥了劳动人民的智慧与勇敢,最终取得了这场"斗智游戏"的胜利。故事一方面赞扬孤儿的机智聪明与善辩,另一方面则通过刻画山官的凶狠残暴、残酷压榨、愚蠢、吝啬、无知等,从而使二者形成鲜明的二元对立。这一类型与丁乃通《中国民间故事类型索引》中的聪明的长工和择机治主这两类情节相似。故事成功地塑造了孤儿这样一个敢于同统治阶级作斗争、争取合理生活权利的机智人物形象,反映了少数民族地区贫苦大众反压迫、反剥削的斗争精神和巧妙的斗争策略。

从前,有一个狡猾、狠毒而又贪财的山官,他想出了一种剥削人的办法,使很多人都白白地在他家帮工、做奴隶。他的办法是,凡是来他家帮工做活的人,都要订下一个条件,就是不准发脾气;如果发了火,生了气,不但不得工钱,还要做他家的奴隶。很多穷人到了他家,因为受不住他的种种折磨,发了脾气,结果都成了他家的奴隶,白白地帮他做活。

寨子里有一个聪明的孤儿,父母早死了,家里只有一个奶奶,两人相依为命。孤儿长到十六七岁的时候,有一天,他对奶奶说:"奶奶,家里实在太穷,我现在也长大了,让我到山官家去帮工吧!"奶奶一听,连忙说:"山官是有名的狠毒鬼,你去帮工,不但得不到工钱,反而会变成他家的奴隶,我们今后的日子怎么过呢?千万不能去!"孤儿说:"奶奶,不用怕。我不会变成他家的奴隶,我要叫他变成我家的奴隶!"说完,他便告别了奶奶,到山官家去了。

山官看见孤儿要来帮工,心里非常高兴,但脸上却不露一丝笑容。他拖长了声音说:"按照我家的规矩,在我家做活不能发脾气。我们亲亲热热地相处,就像一家人一样。如果发了火,生了气,破坏了我家的规矩,那就不但不给工钱,而且还要一辈子在我家当奴隶!"孤儿说:"我从来不知道什么叫发火生气,你可以放心,我一定亲亲热热地和你们在一起。但是,如果你发了脾气怎么办呢?"山官一听,愣住了,一时不知如何回答。孤儿说:"条件还是一样吧,如果你发了火,生了气,你的财产归我,你也给我做奴隶!"山官想,你给我做活,我使唤你,我怎么会发脾气呢?至于你嘛,我有办法叫你苦得受不住,不怕你不发火。山官主意一定,脸上显出一丝奸笑,便同意了。他们请来了寨子里评理的老人,定下了条件,孤儿就到山官家当了长工。

第二天,山官叫孤儿上山去放牛,对他说:"你早些去吧,天一亮就吆牛上山,早饭不用在家里吃了,我会把饭送到山上来给你的。"孤儿便很早就出了门,上山放牛去了。但是,到中午了,不见山官送饭来;太阳偏西了,还是不见山官把饭送来。孤儿就把牛的耳朵割下来,烧着吃了。回到家里后,山官说:"啊呀,今天我忙着围园子地,忘记给你送饭了,你不发火生气吧?"孤儿笑着说:"不要紧,不要紧,我见你不来送饭,肚子饿,就把牛耳朵割下来烧吃了。你不生气吧?"山官心里很冒火,但是脸上还是强装出笑容说:"没关系,没关系!"

第三天,山官又叫孤儿上山去放牛,说好一定给孤儿送饭。孤儿很早就把牛吆到了山上,但是直等到太阳偏西,仍然不见山官送饭来,又把牛尾巴割下来烧吃了。孤儿回到家里,山官又说:"今天我家来客,客人到天黑才走,我分不开身,所以没有给你送饭,你不生气吧?"孤儿说:"我今天肚子饿了,把牛尾巴割下来烧吃了,你不生气吧?"山官娘子听说牛的尾巴也被割掉了,赶快到圈里去看,只见牛头上是血,牛屁股上也是血,心疼得不得了,急忙转回来对山官说:"这个穷小子不好对付,趁早叫他滚蛋吧!"山官咬咬牙齿说:"他把我的牛耳朵、牛尾巴都割掉了,让他就这样走,没有那么便宜!"

第四天,山官对孤儿说:"今天不要吆牛上山了,你去割一背草回来喂牛吧!"孤儿说:"好的、好的。但是我不知道哪里割得着又肥又嫩的草,你领我去一次吧!"山官一想,觉得也对,如果不带领孤儿去,他可能会空着手回来,便叫孤儿背了背篓,领着他上山去割草。到了割草的地方,孤儿对山官说:"这种草我没有割过，你先教我割一割吧！"山官看他不动手，没有办法，只得自己割了一阵。孤儿说："我还是没有学会，你再割一下给我看看。"山官无法，只得又割了半天。太阳当顶了，天热得实在叫人难受，山官便叫孤儿一起去小河里洗澡。孤儿跳到河里去，随便洗了一下，就爬上岸来，对山官说："我先去把草装在背篓里，你慢慢洗了再来。"山官听孤儿说先去装草，便笑着说："好吧，你先走一步！"孤儿把草装满背篓之后，自己也躲进背篓去，用草把身子盖好。山官洗完澡回来，看见草已装好，但是不见孤儿，心想一定是孤儿怕背草，先回去了。于是他背起背篓，吃力地走回家来。山官一面走一面想，往天的一背草，没有这么重，今天这一背草，重了一倍多，一定是一背好草。回到家里，不见孤儿，心里正在奇怪，忽然看见孤儿从背篓的草里钻出来了。山官一看，气得瞪大眼睛，大张着嘴。孤儿说："因为我洗澡太累，钻在草里睡了一觉，没想到你把我背回来了。你不会生气发火吧？"山官本来想发火，但突然想到定好的条件，只得假笑着说："不生气，不生气！"

　　山官气得一夜没有睡着。第二天，他把孤儿叫来说："我要到老林那边的寨子去收官租，你先去告诉那里的人，叫他们准备一下欢迎我！"孤儿答应后，便走了。这是山官想了一夜想出来的鬼主意，因为这座老林里，老虎、毒蛇和狼特别多，如果一个人经过，十个人中难得有一个人活着出来。山官想用这个法子，让野兽把孤儿吃掉。但是，孤儿凭着他的勇敢和智慧，顺利地穿过了老林，来到寨子里。他把寨子的头人找来说："明天山官要到寨子里来收官租，你们好好准备欢迎。我们山官不爱吃鱼、吃肉，也不喝酒，专爱吃木崩树腊，你们多找一些来。"木崩树腊是一种吃了容易拉肚子的野菜，一般人都不敢随便乱吃，怎么山官喜欢吃它呢？头人听了，心里非常奇怪，但也不敢多问，吩咐寨子里的百姓，找木崩树腊去了。

　　第二天，山官领着几个人，到老林里来找孤儿的尸体，但把老林走遍，也没有看见孤儿被野兽吃掉的痕迹。来到寨子后，头人领着百姓来欢迎，抬来了木崩

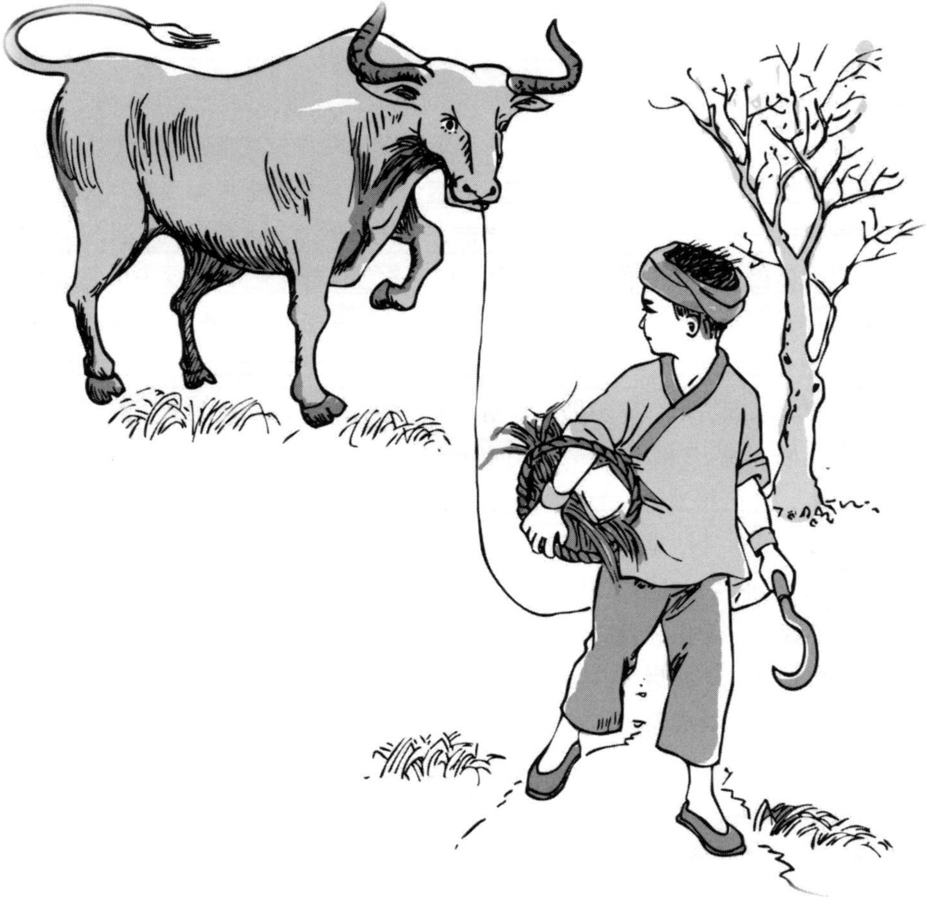

树腊招待山官。山官一见,想大发雷霆,正在这时,孤儿走出来说:"寨子里的头人真会办事,我叫他们找来你最爱吃的木崩树腊,他们真的找了那么多。山官啊,你喜欢吧?"山官一听,又是孤儿的主意,已经发起来的火只好又重新压回去。他们走了一天路,肚子饿得咕咕叫,没有其他吃的只好吃了一些木崩树腊,匆匆睡了。

睡到半夜,山官的肚子疼起来了,不断地放屁,急得要拉大便在裤子里了。想下竹楼去屙,天黑得什么也看不见,山风呼呼地吹着像鬼在叫,不敢下去。他起来找了半天,看见竹楼上有一个装水的罐子,于是只得把屎屙在水罐里。天快亮的时候,山官想,不行,如果天亮之前,不把屎倒掉,天亮后被人发现,那就有失山官的体面了。山官便叫醒了孤儿说:"你赶快起来吧,把罐子里的东西给我倒掉!"孤儿翻了个身说:"还早得很呢,等天亮我再去倒吧,我还睡不够!"说完,翻个身又睡着了。山官越想越觉得面子重要,又不敢发火,天刚刚亮时,只得自己拎着水罐去倒。不想等山官刚一下竹楼,孤儿马上爬起来,跑到背水的地方,对姑娘们说:"糟了,糟了,你们昨天为什么不把水背满?山官起来见罐子里没有水,自己拎着罐子打水去了!"姑娘们一听,都吓了一跳,赶快去追山官,追上以后,一个大胆的姑娘说:"山官啊,是我们不好,让我们来帮你打水吧!"说着就上前去接水罐。山官吓了一跳,赶快提着水罐往后退,不知道该说什么好。姑娘们一看山官没有发脾气,便上来抢山官的罐子,一争一夺,"叭啦"一声,瓦罐掉在地上碰烂了,顿时臭气熏天。这时,孤儿跑出来把山官昨晚不敢下楼屙屎的情况,对大家说了一遍。惹得姑娘们捂着嘴,哈哈地笑弯了腰。山官再也忍不住了,大发雷霆,扑过去就要打孤儿。孤儿紧紧地抓住了山官的两只手说:"好了,好了,你先发火生气了!你的财产归我,你给我做奴隶吧。"山官"啊"的一声,便瘫倒在地上。

- 采录者:李麻东、鸥鹛渤
- 出处:《景颇族民间故事》,云南人民出版社1983年版。

艾莫和艾者教

德昂族

两个年轻人艾莫和艾者教就"好人好、坏人坏还是好人坏、坏人好"这个问题踏上了寻找答案的旅途，一路上坏青年艾者教不仅小动作不断，而且在得不到自己满意的答案后刺瞎了艾莫的眼睛；但是好在艾莫得到了芭蕉园园主的帮助，最后在神医的帮助下重见光明，并和园主的女儿阿婻成婚。艾者教又试图加害于艾莫时，被大家设计得到了应有的惩罚，因此到现在艾者教的眼珠还只能斜着看人。故事赞美了德昂族人注重道德规范，倡导善行，以诚待人，以和处事的美好品行，同时文中给予坏人的小小惩罚也体现出德昂族包容大度的胸怀和气魄，反映出德昂族对待好人和坏人的鲜明态度，不仅寄寓了民族的道德理想，而且还传达出民族文化意识的宽广胸怀和人道精神。

　　从前，在一个村子里，有两个年轻人，都很穷，一个名叫艾莫（即好人），另一个叫艾者教（即坏人）。他们是好朋友。

　　艾莫在村子里种田，虽然辛辛苦苦，但是年年灾害不断，年成不好，日子过得很苦。

　　艾者教从来不种田，却学会小偷小摸，偷到一点吃一点，偷不到就饿着肚子在床上睡三天。如果偷到很多东西，他就大吃大喝撑破肚皮。

　　有一天，艾者教和艾莫碰到一起了。艾者教问："大哥，你说说看，这世界上究竟是好人好呢，还是坏人好？"艾莫说："当然是好人好，坏人坏。"艾者教摇着头说："朋友，你说错了，是好人坏，坏人好……"艾莫就跟艾者教争起来。艾者教不耐烦听对方的话，急躁地摆摆手说："我们两个人你说你有理，我说我有理，争不出什么结果来。我看我们一起出去走走，多打听打听，你就会晓得我说的有道理了。不信，还可以打个赌！"艾莫问："怎么打赌呢？"艾者教说："得胜的人可以要对方的任何东西。"

　　有一天，他们来到街子上，遇着个汉子，艾者教就问："大哥，你说，究竟是好人好，还是坏人好？"汉子回答："好人好，坏人坏。"艾者教拔出长刀架在他脖子上，逼着说："你敢再说一句'好人好，坏人坏'，我就把你的头割下来。"那人便慌慌张张地改口说："是是是，坏人好，好人坏！"

艾者教看着艾莫说："怎么样？"

艾莫叹了口气。

后来他们来到山垭口，遇见一个串乡走寨的补锅匠。艾者教又问他："你认为是好人好，还是坏人好？"补锅匠说："好人走正道，坏人走邪路。"艾者教又拔出长刀逼他，补锅匠改口说："好人不好，坏人好。"

艾者教得意地看看艾莫。艾莫不吭气。

他们连问了五个过路人，这些人在艾者教长刀的威逼下，都说："好人不好，坏人倒好。"

艾者教对艾莫说："朋友，你都听到了吗？我们打赌，是我赢了吧？你认输吧，认了我可以饶你！"

艾莫冷笑说："这些都是软骨头！"

艾者教发怒了，把长刀指向他的朋友："如果你还是说'好人好，坏人坏'的话，我就要挖掉你的双眼！"

艾莫也不甘示弱，同样拔出了长刀说："来嘛！"

艾莫那把雕刻着龙纹的长刀，在太阳下面闪着银光，艾者教看了心里打个寒颤，但又不甘示弱，便恶狠狠地扑了过去。两人打得难解难分，乒乒乓乓，刀口砍出了斑斑点点的火星。艾莫长刀的钢口比艾者教的好出几倍，斗了一阵，艾莫把他朋友的长刀砍成两截。

现在轮到艾莫骑在艾者教身上了。艾莫按住艾者教的脑壳，用长刀指着他说："怎么样，说呀，是好人好，还是坏人好，嗯？"艾者教吓得大叫："好人好！好人好！艾莫，把长刀拿掉吧，不然我的头要掉下来啰……"

艾莫哈哈大笑。

他俩又一起上路了。艾莫已经忘记了朋友的过失，但艾者教却还恨得咬牙切齿，在心里说："瞧着吧，我一定要叫你笑不成！"

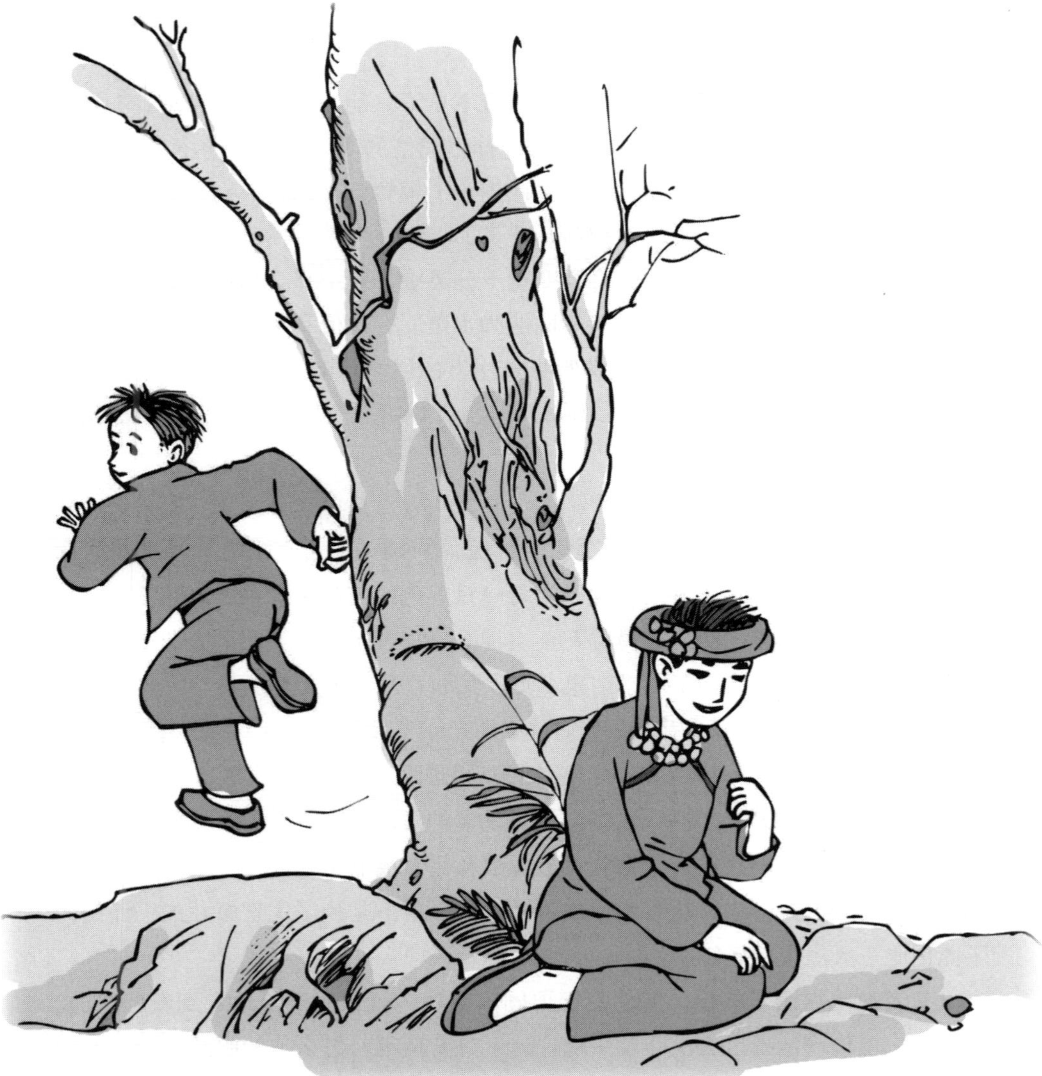

那天，他们来到一座山上，艾者教去讨吃的。艾莫靠在大树下躲荫凉，不知不觉睡熟了。艾者教回来，悄悄地走到艾莫身边，用刺棵狠心地戳瞎了朋友的双眼，拿起他的长刀，跑了。

艾莫疼醒了，眼睛淌着鲜血，什么也看不见了。他当了叫花子，拿着一把葫芦笙，吹着悲哀的歌。许多善良的人向他伸出同情的手。芭蕉园的主人可怜他，叫他来看守果园。园主还为他在果园的四周拴上铜铃，当鹦鹉或别的鸟儿扇着翅膀飞来的时候，他拉拉铜铃，就把鸟儿吓飞了。

瞎了眼的艾莫坐在果园里，耳朵变得十分灵敏，他把耳朵当作眼睛，能分辨出园主和他女儿阿婻以及其他姑娘不同的脚步声。有次他和阿婻上山去，阿婻贪玩，走到悬崖边上还不知道，艾莫听见悬崖下的风声水响，上前一把拉住阿婻，救了她的命。阿婻走到艾莫面前，惋惜地说："你呀，可惜是个瞎子，不然我就嫁给你了。"

摘芭蕉的季节到了，果园获得了大丰收，主人对艾莫十分满意。有一天，寨子里来了个老叫花子，是个能治百病的神医。阿婻去苦苦哀求老人给艾莫医眼睛，老人十分慈善和蔼，答应了她，提着一只五色的花篮来到果园。花篮里装满了各种各样美丽鲜艳、芳香扑鼻的花草。神医仔细看了看艾莫凹下去的眼窝，取出一个金杯，让阿婻到山下取来清泉，拣上几味草药，为艾莫洗眼。

洗第一道时，艾莫眼前出现了朦朦胧胧的光；洗第二道时，眼前是白茫茫一片，出现模模糊糊的人影；洗第三道时，见太阳红得耀眼，人们一个个活生生站在面前。艾莫惊喜地眨巴着眼睛，看见了白胡子飘飘的老神医，也看见了美丽的阿婻。

当天，艾莫和阿婻举行了婚礼，象脚鼓和铓锣擂响了，许多村寨的青年男女都参加到欢乐的人群中。艾者教也来了，不过，他不是为了庆贺婚礼的，而是为了能白吃三天三夜的婚宴来的。

艾者教吃得酒足饭饱，忽然想起要闹闹新房，就跟跟跄跄地走到新房那边。他从窗户里偷偷地看过去，吓了一跳：这不是艾莫吗？怎么他的眼睛不瞎了！他又看到新娘阿婻白净的脸和像莲藕一样可爱的双臂，这时一股妒火从心底升起，他想杀掉艾莫；但是一摸，因为忙着来吃酒席，雕刻着龙纹的长刀没有带来。经过神医医治的艾莫已变得十分机灵和敏感，他听见门外有声音，推开门一看，原来是艾者教，就一把抓住他。

艾者教吓坏了，他灵机一动，大声说："艾莫大哥，我是向你认罪来的！"说着"咚"的一声跪在地下哭天喊地地说："我过去把你眼睛戳瞎了，真是该死啊！"艾莫看他认了错，也就原谅了他。艾者教问："艾莫哥，你怎么得到这么漂亮的姑娘的？"新娘子阿㛃看穿了他的歪心，就哄他说："只要把眼睛戳瞎，像我这样的姑娘要几个有几个！"

艾者教一听，高高兴兴地折来刺棵，把自己的双眼戳瞎了。当然他什么也没有得到。

艾莫有点同情艾者教，又去请来神医。

阿㛃问艾莫："为什么你肯给他治眼睛呢，你真的不记前仇了吗？"

艾莫点点头说："这……一想起当初他把我的眼睛刺瞎，我就十分痛恨，但是在我们幸福的时刻，就不要让他遭到特别的不幸吧！"

神医皱了皱眉头，拿过花篮，取出草药，但是没有拿出金杯，而是拿出一个银杯，对阿㛃说："既然这样，好吧，姑娘，还是请你去取泉水！"

神医在银杯里加上了几味药，就给艾者教洗眼睛。洗第一道，洗清了血污，艾者教眼前出现了朦朦胧胧的光；洗第二道时，他眼前白茫茫一片，出现模模糊糊的人影；洗第三道时，太阳红得耀眼，周围的人都看得清了。他的眼睛好了。但艾者教的眼睛跟艾莫不同的是，他的眼珠子始终是斜着看人。这是神医给他的一点小小的惩罚。

○ 讲述者：瑞庄吞
○ 采录者：戎佩坤
○ 出处：云南《山茶》，1987年第2期。

大象走路为什么轻轻的

阿昌族

这是一则具有解释性意义的动物故事。"起卓勒混"猴出于保护刚出生的猴宝宝的需要，希望大象可以放轻脚步，但是大象对于它的好言劝告充耳不闻，于是黑猴就设下陷阱，想要给大象一个教训，大象最后也认识到了自己的错误，和黑猴一家成为了朋友，从此以后大象走路都是轻轻的了。作为一则寓言性质的动物故事，故事用拟人化的手法描摹常见动物的形态特点，既趣味盎然又意蕴深刻，集突出的审美个性和深刻的思想内容为一体，是对于动物某些特征和习性的说明与解读。同时，通过讲述故事也教育人们要互敬互爱，不能妄自尊大、欺凌弱小。

"起卓勒混"猴在山洞生了小猴。多么可爱的小宝宝呀！它们半闭着眼睛，在妈妈面前翻筋斗，还"依依呀呀"地唱着歌哩！

忽然，山洞里唰唰地掉土。猴爸爸忙出去查看。原来是大象从森林里闯出来，活蹦乱跳，到湖边喝水，把山洞震动了。猴爸爸上前求告："大象啊，请放轻脚步吧！下面就是我们的家。我们的儿女刚出世。你蹦蹦跳跳会踩塌我们的房屋，压伤我们的孩子。"

大象听了，把鼻子翘得老高，甩着尾巴，说："爱蹦爱跳，是我生就的脾气，你管得着吗？"

说完，它就迈开粗壮的肥腿，"咚咚"地小跑过去了。震得山洞顶部的土石又唰唰地往下掉。猴妈妈和猴爸爸各自抱起两个孩子，三步并作两步纵出洞外。"轰！"——猴洞倒塌啦！

"起卓勒混"猴哭啊哭。它们决心教训教训大象。

于是，它们从东山采来葛藤，又从西山砍来篾条；然后把山洞掘深，上面搭

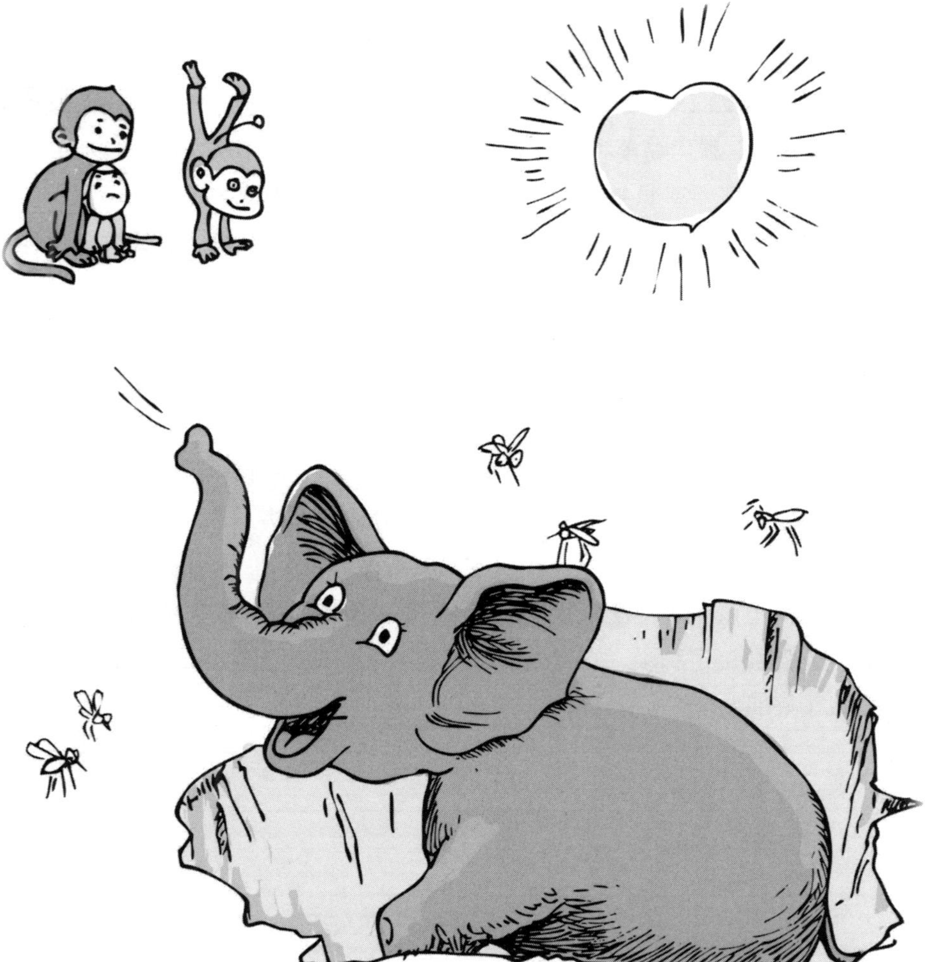

上几根竹棍，再盖上草皮。

第二天，大象又跑跳着奔来啦！猴爸爸又上去劝它放轻点脚步。大象不耐烦地叫起来："滚开，黑猴！爱蹦爱跳是我生就的脾气，改不了！"说完，它迈开大腿，一跑，一脚踏上草皮，只听"咕隆"一声，大象陷进洞里啦！待大象摔蒙时，"起卓勒混"猴用葛藤和篾条把大象的四脚绑扎得牢牢实实的，一动也不能动；捆完，它看了看，长叫一声，便到山林建筑它们的新家去了。

大象被困在洞里。成群的牛虻飞来，叮在它被摔破的皮肤上，饱吮一顿鲜美的血，把大象咬得浑身血淋淋的。太阳在头上烤，大象越发口渴、饥饿、疼痛。大象死命挣扎，挣脱一道篾箍，还有一道葛箍。这葛藤像牛筋一样牢固，大象已精疲力竭了，昏睡了过去。

大象不知睡了多久。隐约听见嘻嘻的笑声。它没精打采地睁开眼睛，瞟见月光下，黑猴在发笑呢！大象真想一脚跺死黑猴，无奈它的脚还被绑住。它听见黑猴问："今后还敢乱蹦乱跳吗？"大象有气无力地摇摇头。黑猴又说："改过就好！"说着，动手给它解去葛藤，捧给它几只山果。

大象感到不该莽撞，毁坏黑猴的家，于是羞愧地低下了头。这以后，大象接受教训，走路放轻了脚步。它每天驮起黑猴一家到湖边去玩耍。"起卓勒混"猴和大象成了好朋友啦！

- 讲述者：滕茂芳
- 采录者：王国祥
- 出处：云南《山茶》，1980年第2期。

寻找太阳头发的小孩

傈僳族

这一故事是在中国各民族盛传的"求好运"故事类型。以"土官三次欲害小孩不成"为后文的情节做铺垫，以典型的程式化情节"代人三问"为故事中心，以土官受罚、小孩获得"好运"为故事结局，来突出主旨"代人问事获得好报"，表现了乐于助人的优良传统美德。该故事中还有"满头银发的老爷爷""头发雪白的老婆婆"两位神秘的相助者、代表着太阳的"发光的美丽姑娘"，以及"揭露答案的野兽们"，这些都构成了故事的神奇瑰丽部分。而小孩寻找太阳三根头发的途中遇到的三个问题，构成了故事的现实层面。一虚一实之间，既反映了现实困难，同时也传达了人民对美好生活的向往，对"行好事得好报"的民间朴素信仰的肯定。

从前，有一个土官，爱吃新鲜的野物。他虽然是一个土官，但从小学会了狩猎，精通射箭的技艺。

一天，他带着干粮，一个人到山里寻找野兽。他发现了一只麂子，立即拉开弩弓，射出一支利箭，正中那只麂子。但麂子却带着箭跑了，他循着脚印追去。眼看快追上了，麂子又往前跑，始终追不上。天快要黑了，他想，今晚没法追上麂子，明天再来寻找它吧，就转回家来。

第二天黎明，他又带着干粮，背着弩箭，上山寻找昨日射伤的麂子。他循着脚印寻找，远远地看到了麂子，但追了一天，还是捉不着它。

天晚了，他来不及回家，便沿着小路找到一个寨子，准备借宿一夜。他到了一户快要生小孩的农民家里，说明了来意。主人家同意了，但住在屋子里不方便，就安排他到装粮食的竹楼里睡觉。这一夜，因为有产妇分娩，整夜都有人出出进进，使他无法安睡。半夜里，农妇生下一个男孩。主人高兴极了，请来寨子里最年老的长者为小孩祝福。长者祝小孩吉祥平安，快快长大，并祝他成年后前程远大，生活美满。

土官在竹楼上听到这番祝辞，心里惴惴不安。他想，如果这个老人的祝词实现。将来孩子长大了，一定要来争夺自己的官位。他越想越不对头，好像自己的土官职位已经被这个小孩夺去了一样。于是他打定主意要杀掉这家母子，除掉后患。天快亮时，等前来探望、祝福的亲戚朋友都回家去了，他便趁机摸到产妇住的房间里，只听产妇睡得正熟，就对准鼾声处砍去，结果了这位母亲的生命。他去摸婴儿，准备再砍一刀，但怎么也找不到婴儿，只好悄悄回到竹楼上假装酣睡。

天明以后，主人家大叫大喊，放声痛哭："我家妇人被人杀死了，娃娃咋养得活呀！"土官也起来跟着叫喊："昨夜我看见有一个老人进来，莫不是那个老人杀了她？"土官这时才弄清楚，原来婴儿昨晚被他父亲抱走了。

刚生下的婴儿就失掉了母亲，嗷嗷待哺，实在可怜。主人心里难过极了，急得不知该怎么办。土官为了斩草除根，又心生一计，向主人提出："你家养活不了小孩，我愿意抚养他，等他长大后，请你来认领。"主人心想，自己养活不了小孩，这倒是个好办法，忙向土官说："你能养活我的娃娃，那十分谢谢你了！"说着，就把小孩交给了土官。

土官得到了小孩，再也不寻找魔子了，他把小孩带回家后，把事情经过告诉了老婆。两人商量把婴孩丢进江里活活淹死。他们做了一口小棺材，把婴孩放进里面，然后丢进大江里。他们以为用不着杀小孩，他也自然会被淹死的。

江的下游，恰好住着一户农民。夫妇俩结婚多年却没有孩子。这一天，他们到江边种地，突然发现有个箱子远远地从江上漂游下来，漂到了他们身旁。夫妇俩跳到江里把它捞起，抬着回家来。男的用砍刀砍开箱子一看，里面有一个婴儿。他俩把孩子抱出来，精心地护理着孩子。孩子一天天长大，很快就会走路，会说话了。孩子十分懂事，长到十岁，不仅会帮助爸爸妈妈扫地背水，还能跟着村里的小孩到山上砍柴，又活泼，又勤劳。夫妇俩更加疼爱孩子，好的让他吃，让他穿。小孩如鱼得水，快乐地成长。

一天傍晚，他们家突然来了一个猎人，因为天黑回不了家，就在他们家住下了。夜晚主客在火塘边闲谈，主人才知道客人是附近的土官。客人问主人有几个孩子，主人如实地告诉客人："我没有孩子，现在的孩子还是十年前从江里捞起来的。"土官一听，十分惊奇，心想，这个小孩难道是我丢到江里的那个婴孩？他回想十年前的情景，算算年月恰巧相同，越想越着急，便下决心杀死这个孩子。他想了一个毒计，对主人说："我还要继续打猎，一时回不了家，怕家里的人着急，想带封信回去。我家离这里也不远，请你的孩子把信送去吧。"主人不敢得罪土官，就答应让孩子第二天帮他送信。

第二天，小孩走到了半路，突然昏倒在路边，这时来了一个满头银发的老爷爷，看见小孩躺在路边，就过去把他扶起来，在他胸口摸了三下，小孩慢慢苏醒过来了。老爷爷问他："孩子，你为什么睡在路边？你要到什么地方去？"小孩回答说："我家来了一个猎人，一时回不了家，我爹叫我帮他送封家信。我走到这里，不知怎么就昏倒了。"

老人问："你带的信在哪里？"小孩从口袋里把信摸出来递给老爷爷。老人一看非常惊异，信上说："小孩把信送到家后，就把他杀掉。"为了拯救小孩的生命，老人就把土官信上的这句话改为："小孩把信送到家后，就让我的姑娘和他定亲。"

说也奇怪，小孩没吃什么药，身体很快就恢复了。他谢别了老爷爷，带着信到了土官家里，他递交了信件，管家看了信后，转达了土官来信的内容。家里的人都莫名其妙，但谁也不敢违抗土官的命令，立即大宴宾客，让土官姑娘与送信的小孩定了亲。

不久，土官回来了，看见送信的小孩还活着，知道家里人还把他的姑娘许给了小孩，气得话都说不出来。他大骂是谁干的，管家告诉他："我们哪敢违抗你的话呢？是依照你信上的吩咐，才把你的姑娘许给小孩的。""我的信没有这样写呀！"管家只好把信拿给他看，他看了信后也感到莫名其妙了，信上的确是这样写的，笔迹一点也不错，是他的亲笔字。土官无话可说，他的诡计又失败了。

一计不成，又生一计。一天，土官对小孩说："你要做我的女婿可以，但你必须到太阳那里找回它的三根头发来，如果做不到这件事，我就杀死你！"他盘算太阳头发是找不到的，小孩出去寻找，不在山上饿死，就会被野兽吃掉。小孩没法，只有服从土官的命令。临走时，土官给了他三块粟米粑粑，作为路上的食物。小孩怀揣粑粑，手拄木棍，走啊走啊，不是上坡就是下坡，一直往太阳落山的地方走去。他以为太阳就在山那边了，但翻过一山，又是一山。山外有山，无穷无尽，哪里追得上太阳呢？

一天，他来到一条大江边，划船的是一位百岁老人。他站在江边远远地向对岸高声喊叫："老爷爷，请你划船过来渡渡我。"老人把船划过来，问他说："孩子，你要到哪里去？去做什么？"小孩回答说："土官叫我找回太阳的三根头发，找不回来就要杀死我。我不知道该走哪条路，到哪里去寻找太阳的头发！"老人说："太阳住在很远很远的天边，你只要一直朝西方走，就可以找到。请你帮我问问太阳，我已经老了，没有精神再继续划船了，究竟要怎么办？"小孩满口答应，过了江后谢别老人，继续赶路。

小孩朝西方走去，越走越远，到了一个寨子里，只见全寨子的男女老少聚在一个地方吵嚷着，原来他们为没有水吃而发愁，有的人急得哭了起来。他们见来了一个外乡人，就问他："孩子，你要到哪里去？做什么事情？"小孩回答说："土官叫我找回太阳的三根头发，找不回来就要杀死我。我不知道该走哪条路，到哪里去寻找太阳的头发。"他们对孩子说："太阳住在很远很远的天边，只要一直朝着西方走，就可以找到。请你帮我们问问太阳，我们寨子过去水很多，不知道什么原因，现在寨里突然没有水了，要走一天路程去背水，以后我们怎么办？"

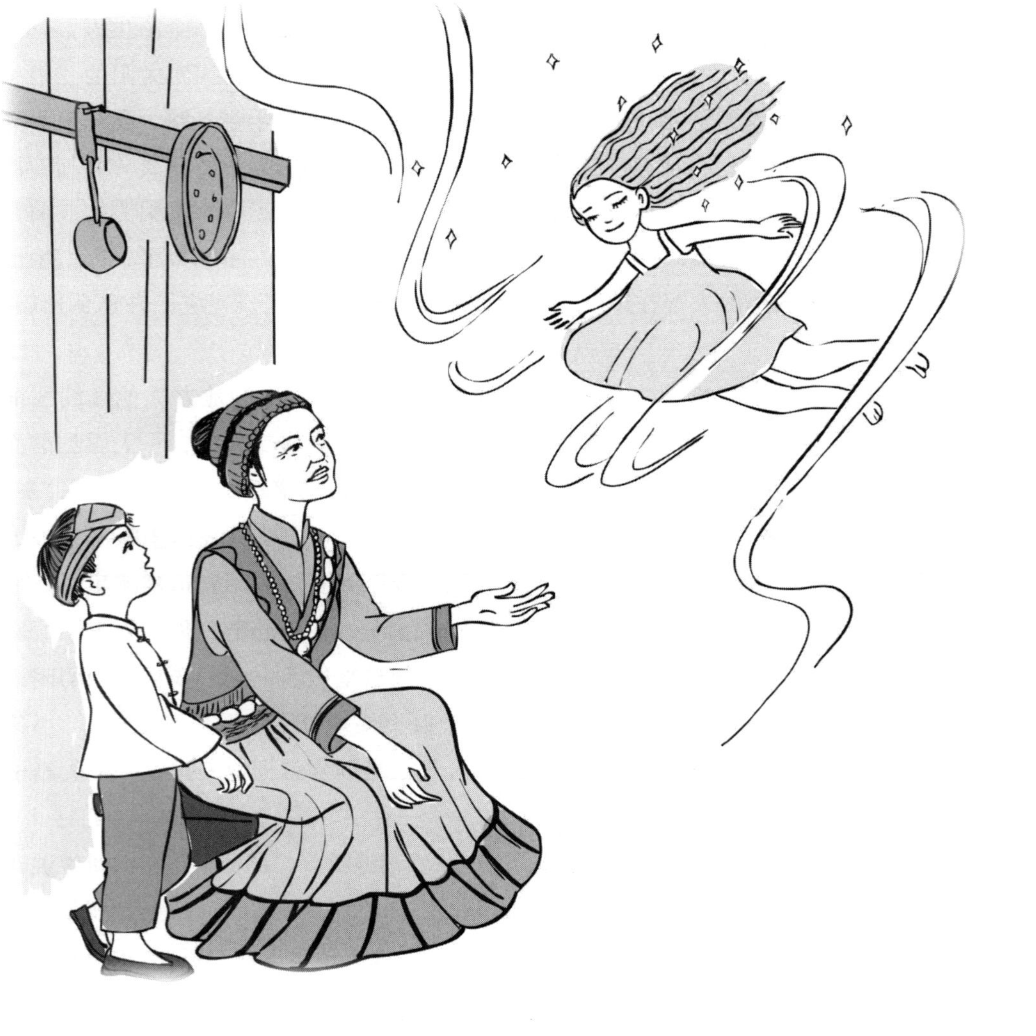

小孩满口答应，告别大伙，继续赶路。

小孩继续朝西方走去，越走越远，又来到一个寨子。只见全寨子的人聚在一起哭，小孩挤进人群打听发生了什么事情。乡亲们见来了一个陌生人，就问他："你来做什么，要到哪里去？"小孩回答说："土官叫我找回太阳的三根头发，找不回来就要杀死我。我知道路很远，可不知道该走哪条路，到哪里去寻找太阳的头发。"乡亲们对他说："太阳住在很远很远的天边，只要一直朝着西方走，就可以找到。请你帮我们问问太阳，我们这个寨子全靠种梨为生，前几年梨树每月结一次果，果实累累，不知道什么原因，现在不结果了，人们生活不下去了，全寨的人都在饿肚子，应该怎么办？"小孩满口答应，告别乡亲们，继续赶路。

小孩带的粟米粑粑吃完了，还是没有找到太阳居住的地方。他继续往前走，不知穿过了多少密林，翻过了多少高山，越过了多少箐沟，一天看见前面有一幢房子。他进屋一看，只见坐着一个头发雪白的老婆婆。她见生人进来，便问："你来做什么？"小孩恭恭敬敬地回答说："老奶奶，我是土官派来找太阳的，他要我取回太阳的三根头发，否则就要杀死我。我不知道到哪里去寻找太阳，请你告诉我。"老婆婆听了笑笑说："孩子，你放心吧！你不要走了，就住在这里。今天夜里有熊、狼、虎、豹要来我这里做客，到时候从它们的闲谈中你就会听到你想知道的事了。但是你千万不要睡着了，要仔细地听。"小孩说："只要能找到太阳，怎么样都可以。"于是老婆婆就把他安排在一个大箱子里，用一把锁锁起来。

果然没过多久，野兽们陆续来了。小孩仔细地听着，那些野兽在闲谈中讲到划船老人的事。一个说："那个老人有一百岁了，划不动船了，该怎么办？"另一个回答说："这好办，如果对岸有人喊他划船过来，他可以回答说：'我老了，划不动了，你自己来划吧！'然后把船推进江里，就可以回家了。"

闲谈到那个寨子没有水吃，那是因为水源处堵着一条大蟒，只要杀掉大蟒，把它拉出来,水就流出来了。又闲谈到那个寨子的梨树不结果子,那是因为一家富人把两罐银子埋在一棵梨树底下,只要把那两罐银子挖出来分给全寨的人,梨树就会结果子了。

天亮了,"客人"都走了,老婆婆打开箱子让小孩出来,问他昨夜听清了没有,小孩假装说没有听清。老婆婆立即发起脾气来,还要咬他,吓得小孩连忙老实说:"我已经听清了他们讲的话,我都记得了。"老婆婆这才笑着说:"只要你记住就可以了。"

过了不一会,突然从外面飞进一个美丽的姑娘来。她身长翅膀,金色的头发长长的,闪闪发光,照得满屋通明透亮。她一进来就问老婆婆:"妈妈,我闻着生人的气味,是谁在这里?"老婆婆连忙说:"孩子,没有人在这里,你赶快睡吧!"姑娘没有再追问就睡了。等她睡熟的时候,老婆婆蹑手蹑脚地走到她身边,轻轻拔下了她的三根头发。姑娘惊叫起来,问是什么东西叮着她。老婆婆忙说:"没有什么东西叮你,快睡吧,孩子!"一会儿姑娘又睡着了。老婆婆把姑娘的头发放在一个金盒里交给小孩,并嘱咐他说:"你把这盒子交给派你来的那个土官就行了。"小孩感激地向老婆婆告辞:"老奶奶,谢谢您,我走了!"

小孩顺着原来的路往回走,来到梨树寨里。乡亲们问他:"你找到太阳了吗?帮我们问了没有?"小孩说:"我没有找到太阳,但我在一个老婆婆家里听到了你们寨子梨树不结果的事。他们说,你们寨子里有一家富人把两罐银子埋在一棵梨树底下,只要你们把这两罐银子挖出来分给全寨的人,你们的梨树就会结果子了。"乡亲们按他说的去做,果然挖出两罐银子来。全寨人刚刚分了银子,立即又吃上了香甜的梨子。大家非常感激小孩,不让他回家,纷纷邀请他去做客,还送他礼物,但都被他婉言谢绝了。大家只好依依不舍地把他送出寨子。

小孩继续往前走,到了没有水吃的那个寨子。乡亲们问他:"你找到太阳了吗?帮我们问了没有?"小孩回答说:"我没有找到太阳,但我在一个老婆婆家里听到了你们寨子没有水吃的事。他们说,有一条大蟒堵塞了水源,只要把大蟒杀了，把它拉出来，水就流出来了。"乡亲们按照小孩说的去做，果然水就涌出来了。乡亲们高兴极了，不让他回家，邀请他去做客，还送他礼物，也都被他婉言谢绝了。大家只好欢欢喜喜地把他送出寨子。

小孩继续向前走，一口气跑到江边。划船老人看到小孩回来了，忙问他："你找到太阳了吗？帮我问了没有？"小孩回答说："我没有找到太阳，但我在一个老婆婆家里听到了关于你划船的事。"小孩说到这里突然忍住了。他生怕说了以后老人不给他划船，直到过江以后才继续对老人说："我听见他们说，以后如对岸有人喊你划船，你就说：我老了，划不动了，你自己来划吧！然后你把船丢下，就可以回家了。"老人听了十分高兴，送他礼物，被他婉言谢绝了。他告辞别老人，继续赶路。

小孩克服了饥饿和劳累，终于带着金盒子回到了土官那里。土官以为小孩早已死了，现在突然回来，并交给他一个金盒子，非常吃惊。打开一看，更是惊得他目瞪口呆。原来金盒子里果真装着三根闪闪发光的金色头发。这太阳的头发是最贵重的宝贝，据说谁能亲自找到，谁就能长命百岁，享受荣华富贵。土官想，我原来以为寻找太阳的头发是很难的，现在一个小孩居然能够找到，我是一个土官，寻找太阳的头发就更容易了。我要亲自去找太阳的头发。于是他准备了干粮，第二天早早的就起床上路了。他来到江边，远远看见划船老人在对岸，便大声叫喊："喂，老头子，快把船划过来，渡我过江。"他以为像往常一样，只要他站在江边一喊，船夫马上就会过来，不料这次船夫理都不理他。他喊了又喊，最后老人高声回答他说："我年纪大了，划不动了，你自己来划吧！"说完，丢下划船工具，把船推进江里，回家去了。

土官气得要死，如果老头在他身边，真要打他几下，现在隔着一条江。对他无可奈何，只好自己划船。说也奇怪，那条船居然漂过来了。他过了江后，正想离开时，岸上有人叫喊："划船过来，渡人呐！"他一看是个带刀的武官，一脸凶相，看看周围没有别人，只好自己渡他过江。当他把那人渡过江，又回过来，正想离开时，岸上又有人叫喊渡人呐。土官抬头一看，仍是这个一脸凶相的武官，十分奇怪，只得再划一次。就这样，他不停地划船渡人，再也想不起寻找太阳头发的事了。从此，他天天在江里划来划去，变成了一个普通的船夫。

- 讲述者：和大光
- 采录者：祝发清、尚仲豪
- 出处：云南《山茶》，1982年第4期。

孤儿和七公主

怒 族

> 这是一则动物报恩和神奇的婚姻两种类型互嵌的幻想故事。主人公孤儿以自己的善良勇敢赢得了蜜蜂和青蛇的帮助,最终和七公主结为夫妻,获得了幸福。在这一过程中孤儿由少年变为成年,由单身变为成家,由不幸而变得幸福,一定程度上体现了成年仪式中的脱离内涵。同时,这则故事也反映了怒族人民乐于助人、扶孤爱幼、尊敬老人的传统美德,表现了处于社会底层的贫苦人民追求光明和幸福的美好愿望。

从前,有个孤儿,在世间到处漂泊。有一天,他来到了一座很热闹的城市,在一条街上看见人群围成一圈,也好奇地挤了上去,一看:原来是一个算命先生在给人卜卦看相。孤儿想:我从小失去了阿爸阿妈,享受不到人间的欢乐,到底是命中注定要受一辈子苦,还是会有个出头的日子,该请先生算算命才是。于是,等到前边的人看完了,孤儿就把手伸给先生。算命先生看了手相后说:"唉,孩子,你的命不好哇,活的时间不会长了。"

孤儿伤心地离开了热闹的城镇,沿着一条大河慢慢地走着,心情像掉进河里的落叶一样。他走着走着,忽然下起倾盆大雨,孤儿赶快走进一个岩洞里躲雨。突然洞外传来呼救的声音。孤儿立刻忘掉了自己的痛苦,冒着瓢泼大雨,向呼声奔去。他看见河里有个老人被浪峰时而抛上去,时而甩下来,老人挣扎着呼喊着。孤儿一纵身跳进河中把老人从浪涛里救上岸来,接着又把落水的青蛙、蚂蚁、小青蛇、蜜蜂等小动物也救了上来。他把老人和那些小动物一起背到岩洞里,烧起一塘火让他们取暖。这时,孤儿才看清这个老人就是算命先生。

冻僵了的青蛙苏醒过来了,它睁开鼓鼓的眼睛,张开大大的嘴巴,向孤儿点点头,便唱着跳着离开了岩洞。蚂蚁醒过来后也忙着找食去了。小青蛇也醒过来了，它对孤儿说："朋友，今后你碰到什么灾难，我一定来帮助你的。"说完便走了。小蜜蜂也睁开了亮晶晶的眼睛，扇动着透明的翅膀，深情地对孤儿说："谢谢你，朋友，今后你有什么难处，就告诉我，我会帮你的。你需要什么，明天我给你送来。"孤儿摇摇头，焦急地望着昏迷中的老人。小蜜蜂帮助孤儿照料老人。老人终于醒过来了，孤儿和小蜜蜂都很高兴。小蜜蜂说："老爷爷！朋友！你俩休息吧，我去一会就回来。"说完它张开透明的翅膀飞走了。老人握住孤儿的手，仔细地看了看，翘起拇指说："孩子，你的福气很好哇。"孤儿摇摇头说："先生，你已经说过，我的命运很不好。""不！不！孩子，那是过去的事了，你有一颗善良的心，你应该获得幸福。"

算命先生走后，小蜜蜂飞回来了，嘴里衔着一块玉石一样晶莹透亮的东西。小蜜蜂把它交给孤儿说："朋友，这是我送给你的礼物，是我自己做的蜡烛，你需要我的时候，只要把它点燃，我马上就会到你身边。"孤儿目送着小蜜蜂，直到它飞进金黄色的野菊花丛中，他才离开岩洞。

孤儿茫然地走在一条静悄悄的小路上。走着走着，突然碰上了不久前他救活的那只小青蛙。小青蛙嘴里衔着一颗刚从皇宫里偷来的宝石，慌慌张张地赶路，猛然碰到孤儿，被吓了一跳，宝石从嘴里掉了下来。青蛙想：糟糕，这下被这个傻瓜发现了，要是他到皇宫里告我一状，那我就完了。它鼓了鼓眼睛，张开大嘴巴，装作很殷勤的样子对孤儿说："我永世难忘的救命恩人呵，那天离开你后，我回家把珍藏了好几代的宝石找出来，就赶忙来找你了。谢天谢地，总算见到你了。请你收下这颗宝石吧。"孤儿为难地说："青蛙朋友，我怎么能收下你心爱的宝石呢？请你拿回去吧！""这怎么能成呢，你不收下，我一辈子也会感到不安的。"孤儿听它这样说，感到不收下就辜负了朋友的一片诚心，只好收下了。青蛙又假装高兴地说："对了，老朋友既然来到这里，就请到我家里住上几天吧，认识认识家中大小，以后好来往嘛。走吧！"不管孤儿愿意不愿意，拉住他的手就走。

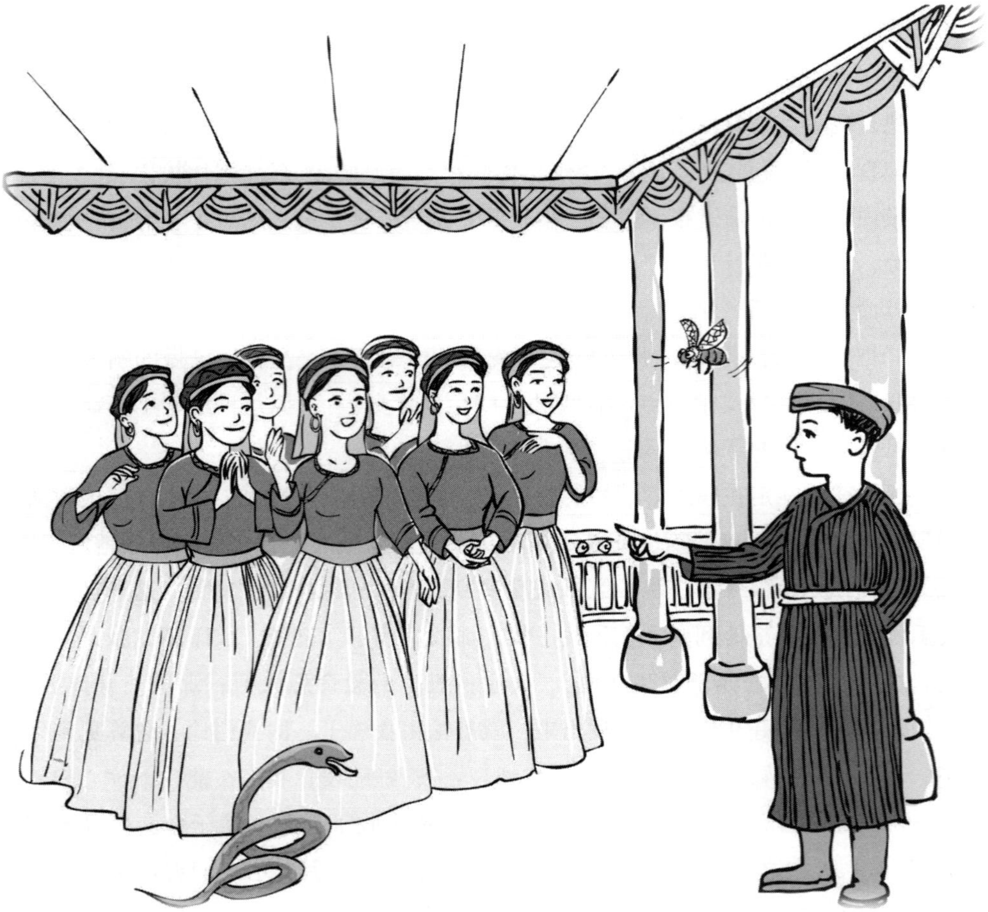

孤儿跟着青蛙走出了林间小路，眼前出现了一座金碧辉煌的宫殿。青蛙指着红漆大门说："朋友，请你在这里稍等一下，我先去给阿爸阿妈报个信。"说完溜进大门去了。孤儿虽然见过世面，但是还从来没有看到过这样美丽的宫殿，感到有点心虚，身不由己地退到大树背后去了。过了好久，仍不见青蛙出来，孤儿等得不耐烦了，转身就走。就在这时大门里冲出几个卫士，不由分说就把孤儿抓了起来。

　　原来，这里是皇帝的宫殿。孤儿被押进大堂，皇帝亲自登堂审问。皇帝拍着桌子叫道："你好大的胆子，竟敢把国宝偷了。你知道该当何罪？"孤儿感到莫名其妙："皇上，我真不明白是怎么回事。"皇帝怒气冲冲地说："你还耍赖，难道青蛙会诬赖你不成。来人，搜！"几个卫士一齐拥上来，把他装在袋子里的宝石搜了出来。这一天，皇帝正为丢失了这颗最珍贵的宝石而愁得吃不下睡不好，现在看到宝石回到手里了，一下子高兴得忘掉一切。旁边的一个大臣提醒他说："皇上，这个偷宝石的贼怎么处置？"皇帝漫不经心地说："先关起来，挑个日子斩首示众。"

　　孤儿被关进一间黑洞洞的牢房里，他难过极了，恨自己不该收青蛙的宝石，不该上青蛙的圈套。怎么办呢？他想了很多很多，想了许久许久，才想到小蜜蜂送给他的蜡烛。他满怀希望地把蜡烛点燃起来。蜡烛不发光，只是飘出一缕缕蓝色、清香的烟。袅袅的青烟一直飘到小蜜蜂的住处。小蜜蜂立刻随着青烟飞到孤儿的身边。它一见到孤儿就急切地问："朋友，你怎么遭到了这样的不幸？"孤儿把事情的经过一五一十地告诉了小蜜蜂。小蜜蜂扇了几下透明的翅膀说："你不要伤心，也不必难过，我有办法的。我告诉青蛇朋友，叫它把皇帝的第七个公主咬伤。七公主是皇帝最宠爱，也是良心最好的姑娘。七公主被咬伤，皇帝会不顾一切地抢救她的。那时，你就说你能医好七公主的病。"孤儿为难地说："我不懂治蛇伤的药啊。""不怕，我会把药送来给你的。"小蜜蜂说完便急急忙忙地飞走了。

小蜜蜂张开透明的翅膀拼命地飞，飞呀飞，很快就飞到了小青蛇的住处。小青蛇正在睡大觉，小蜜蜂怎么叫也叫不醒，直到小蜜蜂用翅膀扇它的耳光，才把小青蛇弄醒。小青蛇见小蜜蜂这样着急，赶忙抬起头问："朋友，有事吗？"小蜜蜂把孤儿的事告诉了小青蛇。青蛇听了气得跳了起来："青蛙这小子，真是坏透了，我马上去把它一口吞掉。"小蜜蜂拉住小青蛇说："不忙，光吞了青蛙救不了孤儿。你这样去办吧。"小蜜蜂把想好的办法告诉了小青蛇。小青蛇听后高兴地说："行，我俩分头去办。"说完它把一粒蛇药交给小蜜蜂，叮嘱道："记住，药要用口水拌匀，涂在伤口的周围，每天早晚涂两次，九天九夜后伤就会好了。"

　　小蜜蜂衔起药丸飞走了，小青蛇随后也走了。小蜜蜂很快就飞回了孤儿的身边，把药交给他说："朋友，医好了七公主的伤，皇帝一定会重赏你，那时你打算要什么？"孤儿不假思索地说："我什么也不要！"

　　小蜜蜂飞走不久，皇宫里就像水开的锅一样乱起来了，原来是皇帝最心疼的七公主被蛇咬伤了。皇宫里的太医没法医治，从外边请来的医生也治不好。皇帝急疯了，下命令说："皇宫内外，不管是谁，能医好公主的病，要什么赏什么，医不好就杀头。"第一天过去了，没有人敢去给公主看病。第二天也没有人前往。到了第三天，孤儿对看守他的人说，他能治好公主的病。皇帝一听说有人能治公主的病，不管三七二十一，就下令把孤儿放了出来。孤儿跟着大臣来到后宫，只见七公主躺在床上，双目紧闭，脸色苍白，已经不省人事。皇帝急得在床边团团转，见孤儿来了，马上拉着孤儿看公主的伤口。孤儿弯下腰，见七公主的小腿肿得像个大南瓜，紫黑色的伤口不断地流着黄水，满怀把握地说："皇上，请不要着急，我的药一擦上去，保证药到病除，九天九夜后公主就会像没有受过伤一样。"

　　九天九夜过去了，皇帝来看公主，见七公主伤口完全好了，他心爱的女儿像往常一样有说有笑，活泼可爱。皇帝高兴极了，他马上下令重赏孤儿。但孤儿什么也不要，只要求让他马上离开这里，回家乡去。孤儿要走，七公主却不由得忧伤了起来。原来，几天来，她已经深深地爱上了这个给她治病，救她性命的孤儿，她的心已经离不开这个忠厚善良的小伙子了。皇帝见女儿愁眉不展，便问："女儿呀，我的宝贝，你怎么紧锁着眉头呀？有啥不愉快的事，快告诉阿爸，我什么都能办到。"七公主撒娇地说："阿爸，我说出来，你非答应不可呵。""你就说嘛！""我要和孤儿终身相伴。"皇帝万万没有想到公主竟会爱上一个穷孤儿，生气地说："我的宝贝，这个我不能答应。你是公主，怎么能嫁个平民百姓哟！"皇帝怎么也不肯答应。

　　七公主气得哭了起来。皇帝的心被女儿的哭声搅乱了，便劝说道："我的宝贝，别哭了，你把阿爸的心快要哭碎了。我答应你的要求，明天你和六个姐姐穿一样的衣服，让孤儿来挑，他挑中你，你就做他的妻子；挑不中你可别怪阿爸。"七公主破涕为笑了："我的好阿爸，你说话可要算数呵。""阿爸什么时候骗过你。""那好，明天就这么办。"

　　晚上，孤儿来向七公主告别。七公主拉住他的手说："阿哥，你是我的救命恩人，让我一辈子服侍你吧？"孤儿摇摇头说："我是个平民百姓，怎敢叫公主来服侍呢！"话虽这么说，孤儿的心里也感到依恋，舍不得离开这个温柔美丽的姑娘。七公主说："怎么不能呢，阿爸也答应了。""真的？""真的！阿爸叫你明天在我们七姐妹中随你挑一个。"孤儿高兴地说："那我就挑你！""你能挑得准？""这有什么，你最美丽，最可爱，我一眼就看出来了。"七公主一听急了，忙说："我们七姐妹个子、相貌、衣服、笑容都完全一样，除阿爸阿妈外谁也分辨不清的。"孤儿想了想，是呀，万一认错了可怎么办呢？不由得着急起来："你说该怎么办呢？"两个人皱着眉头想了半天，也没有想出个十全十美的办法来。沉默了半天，孤儿眼睛一亮，高兴地说："有了，有了。"边说边拿出蜡烛来点燃。不一会，小蜜蜂顺着袅袅的青烟飞来了，问："朋友，你还有什么难处？"孤儿看了七公主一眼，红着脸不好意思地说："我请你再帮个忙。"接着就把事情一五一十地说了出来。小蜜蜂听了，笑嘻嘻地说："这好办，到那时我就张开翅膀飞来。你就等着我吧！"孤儿和七公主目送着小蜜蜂嗡嗡嗡地飞去了。

　　第二天早晨，七个公主按阿爸的旨意打扮好了，一齐排在大堂的门口。她们个头一样高，身姿一样苗条，容貌一样美丽，眼睛一样水灵，连笑窝的深浅也是一样，像七朵刚刚开放的红山茶。她们都戴着红白两色的珠珠帽，穿着白色的衣裳，黑色长裙。孤儿揉了九次眼睛都分不出哪一个是七公主。孤儿又眨了几下眼睛，他想从她们的眼神里认出哪双是七公主的，想从她们的表情里看出哪一张脸蛋是七公主的，但是六个姐姐都是一个心愿，想让孤儿这个医术高明、心地善良、人才漂亮的小伙子选中自己。她们都注视着七公主的一举一动，七公主笑了，她们也笑了；七公主皱着眉头，她们也皱着眉头。眼看时间就要到了，孤儿急得像火烧一样。

　　正当皇帝准备下令收场的时候，小蜜蜂飞来了。它先在孤儿的身边停了一下，悄悄地说："我在谁的身旁飞，你就挑谁。"说完，它扇动着透明的翅膀，从七个姑娘的面前匆匆飞过，又飞回到中间那一位姑娘的身旁转了三圈。孤儿大步走上去，毫不犹豫地站在中间的姑娘面前，拉住她的双手，激动地说："七公主，我俩快去向阿爸阿妈告别，回到我那可爱的家乡去吧。"在六个姐姐羡慕的目光中，孤儿和七公主手拉手地走进大堂里去了……

　　第二天，孤儿和七公主欢快地走在山间的小路上，迎面飞来了小蜜蜂，孤儿夫妻俩忙向小蜜蜂招手，感谢它的帮助。小蜜蜂高兴地说："祝你们两人的爱情像我酿成的蜜一样甜美。"

- 讲述者：企扒冲
- 采录者：李卫才、杨国璋
- 出处：云南《山花》，1986年第6期。

金社除恶龙

独龙族

这是一则勇士屠恶龙的幻想故事。龙王的儿子逼迫龙女出嫁,龙女拒绝后,龙王父子惩罚龙女在山林中受苦;主人公金社在山林中搭救了遍体鳞伤的龙女,之后金社与龙女成亲;龙王得知后企图报复他们,金社与龙女联手最终将恶龙打败。主人公金社的诞生带有其母感孕生子的神奇色彩,为其之后成为屠龙者埋下了伏笔。故事中的恶龙形象实际上是初民对于各种危害其生存的怪物形象的想象,并成为各民族禳解灾异的"公共的替罪羊"。屠龙文本背后隐藏的复杂文化传统仍待我们进一步深入挖掘。同时,这则屠龙故事也与地方风物传说相结合,情节更加丰满,增加了故事内容的可信性。

相传在很早很早以前,在独龙江下游林海深处有个地方,名叫莫肯当。这里住着一对年轻的夫妇,小伙子名叫普胜,生得五官端正,身强体壮,为人忠厚老实,性情温和,是个拼力气的庄稼汉,娶了个叫太松的姑娘做妻子。他俩成家几年没儿没女,终日闷闷不乐。

有一年,高黎贡山杜鹃花盛开的时候,普胜的妻子突然得病,两腿左一伸,右一伸,脸色青得和烤熟的茄子一样。普胜不知道妻子得的是什么病,心里非常焦急。他日夜守护在妻子身边,给她喂饭、喂药,一步也不离开她。一直拖了几个月后,妻子的病才慢慢地好起来。但是太松病好后,肚子里竟留下了一个疙瘩。普胜认为妻子得的是水虫感染病,便每天到高黎贡山上找药给她吃。但是,几个月过去了,妻子肚子里疙瘩没有消掉,反而一天比一天长大起来,普胜急得吃不下饭,睡不好觉。

太松的病拖了快一年,有一天,从东方飞来了一群大雁,飞落到村子上面的一个小山坡上,"吱儿吱儿"地叫唤了一阵后又起飞,掠过普胜的房顶,把身上

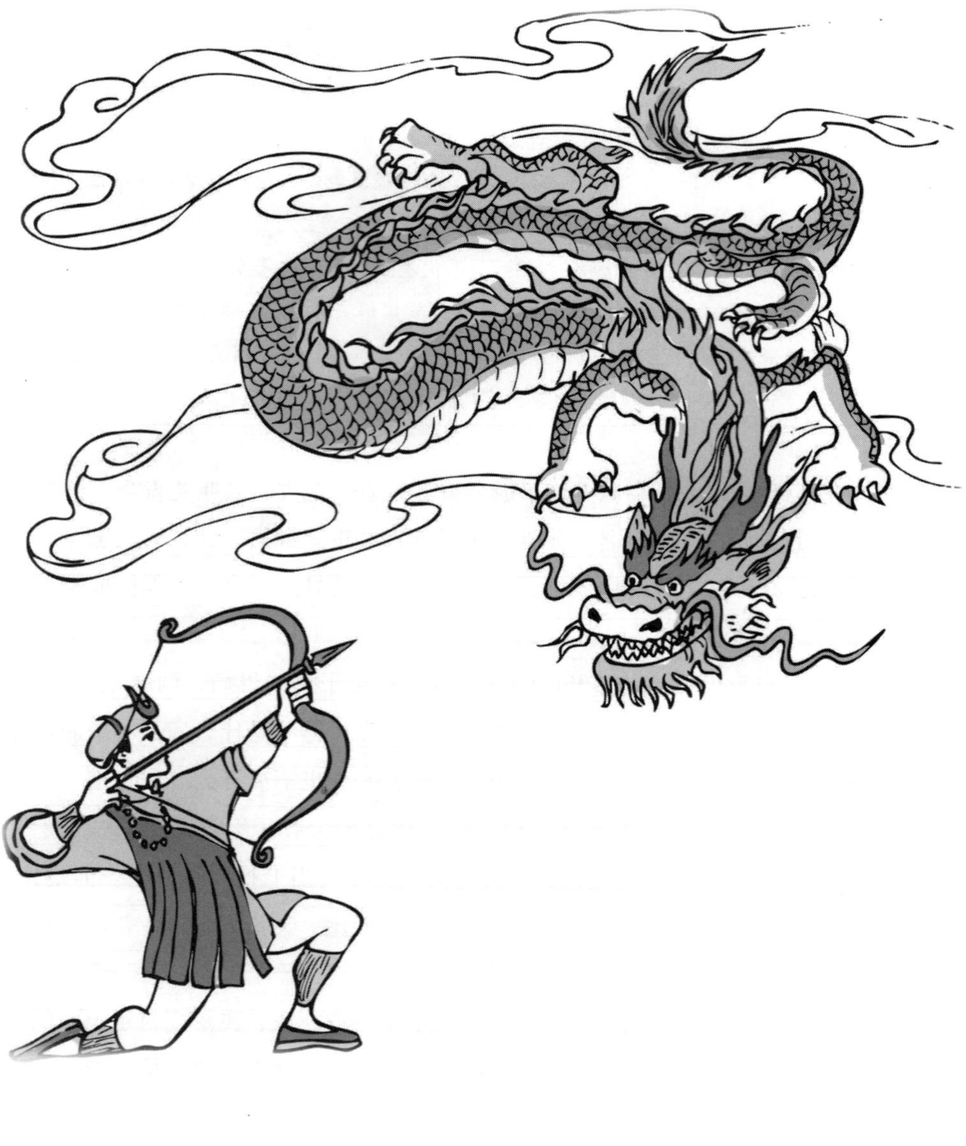

的羽毛撒落在房顶上才往远处飞去。只见那羽毛在房顶上一闪一闪地发光。不一会,忽然从太松的肚子里传出一个孩子的声音:"爸爸!妈妈!我从什么地方出来才好。"夫妻俩一听吓得目瞪口呆,普胜硬着头皮答应说:"人生之事人人知道,你怎么在肚子里就说话,你是鬼吧!如果你是人,请你从人们出生的地方出生吧。"肚子里的人又说:"不!不!由我走另一条路吧。"话音未落,"啪"的一声响,从太松的肚子里蹦出一个男孩来,这男孩又大又胖,一出来就会走路。夫妻俩非常高兴,给他取了个名字叫金社。

夫妻俩有了孩子,心里特别高兴。孩子刚生不久,夫妻俩就领着他到村里散步,邻居们见到这个怪孩子,都觉得怪异,各自走开了。

金社生来就聪明伶俐,活泼可爱,他的一双眼睛像深夜里的两颗大明星,走起路来就像飞翔的大雕,他的耳朵连一根针掉在地上都能听得见。父母越来越喜欢他。

几年过去,金社已经长成一个很了不起的小伙子。有一天,他拿着一把砍刀到树林里,砍来一根大龙竹,做了一张大弓,又削了好多箭。他手里拿着自己做的那把弓箭到山上,刚走到树林里,突然飞来一只小鸟,他便拉起弓来试射了一箭,正射中了小鸟。一位老猎手看见,伸出大拇指说:"真是好箭法!"

有一年,高黎贡山的冰雪都化完了,打猎季节到来了。一天,金社手里拿弓,腰挂箭包,向高黎贡山爬去,刚走到山腰,便听到背后有人叫唤,他回头循声走去,只看见一个遍体鳞伤的女子躺在野地上。他仔细一瞧,这女子瓜子脸,尖下颌,双眼皮,柳叶眉,一条又粗又长的鱼鳞辫子拖在腰间,真似天仙一般。金社很可怜她,把她背回家里,昼夜守护,精心调养。直到第二天女子才苏醒过来。金社问她:"姑娘,你家住哪里,叫什么名字?我送你回家去。"初时女子什么也不说,双手捂住脸,呆呆地望着天空伤心落泪。在金社再三询问下,她才慢慢地说:"金哥,我实话告诉你,我不是地上的人,我是在地下龙宫里的人。"金社问:"那你独自一人到这里干什么?"姑娘说:"龙王的大儿子逼迫我嫁给他,我坚决不同意，他们就罚我到这里来受罪。"金社一听，气愤地说："他们这样没良心，我一定要替你报仇。"龙妹一听，蜡黄的脸上露出了淡淡的笑容。她笑着说："金哥！你是世上最好的小伙子，我真心实意地喜爱你！"几天以后金社和龙妹成了亲。

金社和龙宫里的人成家的事一传十，十传百，传到了地下龙王的耳里。龙王大怒，说："世上的小人抢走了我家里的儿媳，他这么大胆，我非要亲自除掉他不可。"

冬去春来，转眼又是夏天。一天，突然天空里乌云滚滚，地上狂风阵阵，刮得飞沙满天，乱石翻滚，房屋倒塌。从地底下"轰隆"一声响，跳出一个怪物，张牙舞爪，直向金社猛扑过来，原来是地下恶龙来了。这龙王瞪着大眼骂金社道："你这小子抢走我家的儿媳，今天赶快交出来，不然，我把你全家杀光。"说话间双方开始了一场大战，从上午战到傍晚，又从傍晚战到天明，战得天昏地暗，日月无光，一天一夜还不分胜负。龙王见打不败金社，便向天空飞去，变成一股黑云直向金社罩下来。这时金社手持弓箭，"唰"的一声向黑云里射去一箭，天空中响起一声大吼，黑云跌落下来，化成了两座石柱。金社和龙妹一边绕着大恶龙变的石柱走，一边念道："恶龙王呀恶龙王，你在世上害死了多少人，搅得我们不安宁，今后你就永远站在这里吧。"金社和龙妹就这样打败了恶龙，为民除了害。从此大地上平安无事了。后来，这两座石柱慢慢地升高，变成了两座大山，就是现在高黎贡山东部和西部的那两座山峰。

- ○　讲述者：才主松
- ○　采录者：李新民
- ○　出处：云南《山茶》，1987年第6期。

第十一章

东西南北中

当"良心"

汉 族

这是一则展现人间百态的民间故事。主人公张掌柜不吝钱财、广施善行,虽典当"良心"却也是因为他实实在在有一颗真正的"天地良心"。在故事当中展现了儒家文化当中的仁爱之心,这是为广大下层民众认同并接受的,甚至成为人们日常生活中言行规范的准绳。同时,从故事当中所表达的理想、道德、情感以及善有善报的人生观念来看,都能让世界各地的人们感受到心灵的共鸣。

在早,有不少地方开有当铺,等钱用的人家可以把东西送进当铺押几个钱,等有钱时再赎出来。当铺里当东当西,谁听说过当"良心"的?这"良心"多少钱一斤?怎么个当法呢?别说,还真有过这回事。

古时候,有个姓张的买卖人。他扔下家中妻儿老小,一个人到北边做生意,一去就是三年。

这一年过了腊月,张掌柜看北边家家开始张罗过年了,他就想家了。心想,三年才回一趟家,散金碎银如今也积攒了一些,该回去看看了。他托人给家中捎去口信儿,说要回家过年,他家里人一听乐坏了,正愁没钱置办年货呢。这回可好了,全家老小天天数着手指头盼他回来。

张掌柜没有坐车乘船,而是怀揣百十两银子,步行往家里赶年。这一天晌午,他走过一个堡子,见前面围着不少人,里面有个姑娘在哭。

张掌柜见这姑娘哭得伤心,就问:"姑娘,你哭什么呢?"姑娘抬起头,见他是外地人打扮,就说:"我爹死了,没钱发送,娘又生病,吃不起药,家里穷得一文大钱儿没有,我怎么能不伤心呢?"张掌柜看看四周,看热闹的人不少,帮忙的人却没有,就叹了一口气,说:"姑娘,别哭了,你不就是缺钱吗?大叔帮你一把,谁让我碰上啦!"说完,从怀里掏出三十两银子,递到姑娘手里。姑娘接过银子,问:"您老贵姓?"

张掌柜说:"姓张。"

姑娘马上给他跪下磕头,说:"您老是我们家的救命恩人,若不嫌弃,我认您老做干爹吧!"

姑娘非要认他做干爹不可,张掌柜只好答应了,又给姑娘扔下十两银子,算是给干女儿的见面礼。他到姑娘家坐了一会儿,又上路了。

又走了一段路程。这一天,张掌柜肚子饿了,到一家饭馆吃饭。他刚拿起筷子,就见门外跑进一个姑娘,十七八岁,披头散发。随后,一个老太太拎个竹条追进饭馆,揪住姑娘就打。姑娘急忙跑到张掌柜桌前,向他求救。张掌柜放下筷子,问那个老太太说:"这姑娘是你什么人?"

老太太说:"是我女儿。"

张掌柜说:"亲生女儿你竟舍得这样打?"

老太太说:"我非把她打死不可!"

那个姑娘连忙抱住张掌柜的腿说:"好心的大叔,快救救我吧!我不是她的女儿。我是被人拐骗后卖给她了,我是有家有父母的人啊!"

张掌柜一听,是这么回事,就劝老太太积德行善,放姑娘回家。老太太说:"放她去行。我买她花了五十两银子,你能给我还回这个钱,我就积这个德!"

张掌柜怀中正好还剩下五十两银子,一咬牙,全掏出来了,说:"这是我回家过年的钱,这年也不过了,谁让我碰上这件事啦,总不能见死不救哇!"他把银子给了老太太,转身对姑娘说,"大叔送你回家吧,让你一个人走,我也不放心。"姑娘忙给他磕头谢恩,跟他上路了。

这姑娘的家正好同张掌柜家顺路,张掌柜把姑娘送到家。姑娘的父母见女儿丢了这么多日子又回来了,喜得又哭又笑。姑娘把经过一说,两位老人连忙向张掌柜拜了几拜,感谢他救了女儿的命。可是,姑娘家也是穷人家,拿不出五十两银子还给张掌柜，两位老人愁得直打磨磨儿。张掌柜看出来了，说："你们也别还我钱了，我腰里还有几两碎银，够到家的盘缠了。"他在姑娘家吃了饭，就告辞上路了。

腊月二十三，张掌柜就赶到家了。媳妇和孩子这个乐呀，媳妇张罗着要割肉打酒，孩子们围着他要新衣新帽，要花要炮。张掌柜摸摸怀里，一个钱也没有。媳妇好歹把孩子打发到外面去玩了，连忙关上门问他："你出外好几年，一个子儿也没挣回来？"张掌柜把怎来怎去地一说，媳妇说："你做得都对呀！这年咱就凑合过吧，穷富也不能把咱留在年这边。"

媳妇虽然没说啥，可孩子们嚷嚷得厉害，小孩子盼的就是年嘛，天天叨咕让爹给置办年货。张掌柜一看，到年根下了，怎么也得想点办法哄哄孩子呀。这一天，他信步来到城里最大的一家当铺，琢磨着想当点东西，换两个钱。

当什么东西呢？张掌柜看看自己，除了身上的衣服，真就没有什么可当的。不行，今天怎么也不能空手回家，张掌柜也没有多想，开口就招呼："掌柜的，我当东西。"

当铺掌柜一看来生意了，满脸是笑地过来了，说："你当什么东西？"

张掌柜咂巴咂巴嘴，说："我当，我，我，当天地良心！当二十两银子。"

当铺掌柜的没听明白，以为天地良心是什么值钱东西，就说："你先拿出来，我看看货再定价钱。"

张掌柜说："这良心我走哪都带着，就是没法拿给你看。眼下我是过不去年了，才把良心当给你们，二十两银子，我也不多要。"

当铺掌柜的噗嗤乐了，说："我在柜上这么多年，当啥的都见过，还没听说有当良心的，这得怎么当呢？"

张掌柜说："就当个信用吧。过了年，我有钱就来抽当。"

当铺掌柜的一摆手说："别忙，这件事我做不了主，得向咱们财东打个招呼。"说完就进里屋了。

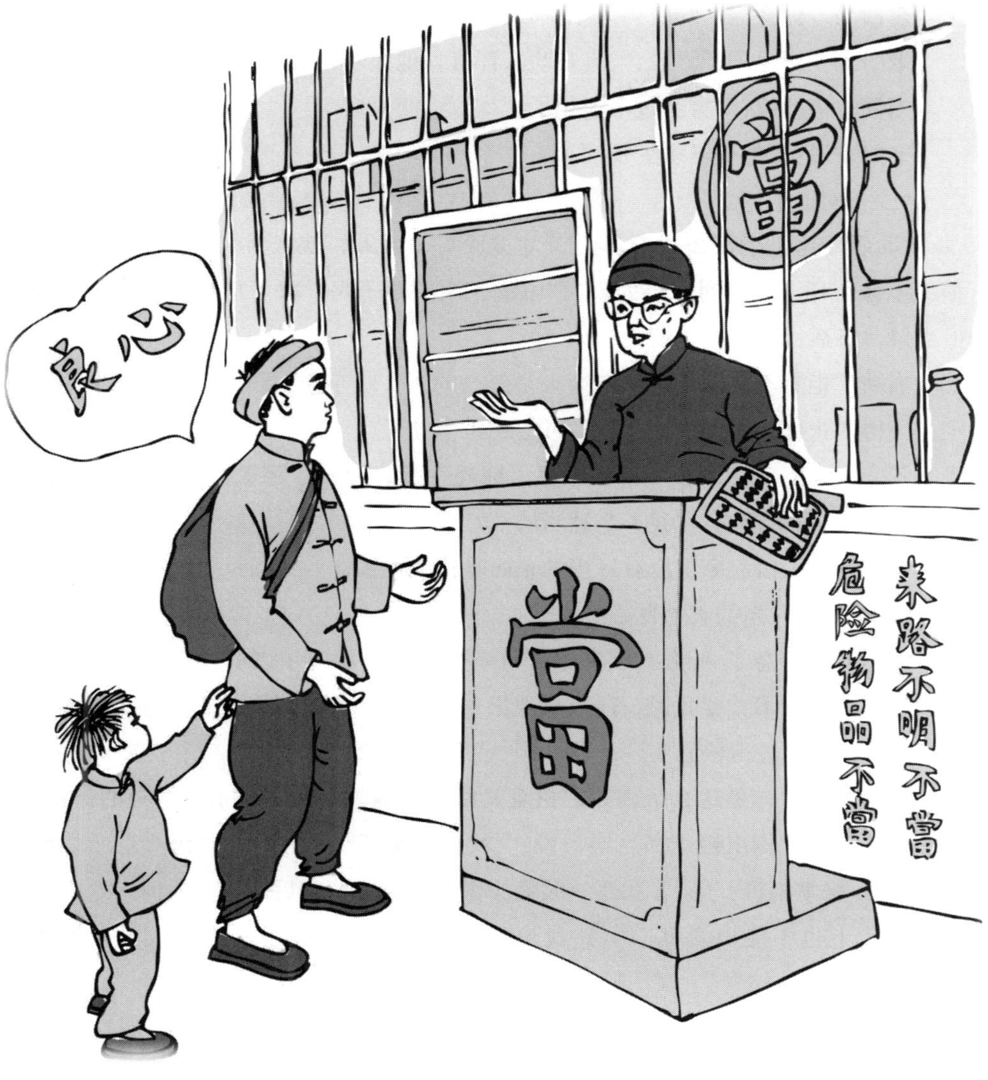
良心
當
當
来路不明不當
危险物品不當

当铺掌柜进了内宅,见了财东说:"老财东,可当出新鲜事了,外边铺面有个当东西的,你猜当啥?要当天地良心!"

老财东一听也乐了,说:"真是啥人都有,他干吗要当良心?"

当铺掌柜的说:"家穷过不去年了。"

老财东说:"他要当多少钱?"

"二十两银子。"

"我看看这是个什么人。"老财东也是个好事的人,就来到前柜,他一看张掌柜,不像个坏人,就对掌柜的说,"不就二十两银子吗,收下他的良心,给他开上当票,日后他也好抽当。"

当铺掌柜憋不住乐,老财东今天是怎么的了?啥东西也没得,掏出二十两银子,还得搭张当票。心里这么想,可他还是照办了。

张掌柜拿着二十两银子回到家里,往外一掏,媳妇吓坏了,说:"你是偷的还是抢的?"张掌柜说:"我上当铺当的。"

媳妇哪能相信,家里没有好当的东西呀!就忙三迭四地问:"当的啥?"

张掌柜说:"当的天地良心。"

媳妇一听着急了,说:"这银子可不能花!要不过年以后没钱抽当,你不成了没良心的人了?要我说,还是早把银子送回去,五天以内没有利息。不挂心这档子事,年也过得松心些。"

张掌柜一听,是这么个理儿,扭身又回到当铺。赶巧,财东和掌柜的都在。张掌柜忙从怀里掏出银子和当票,说:"我抽当来了。"财东说:"怎么这么快就抽当了?"张掌柜说:"刚才我是一时糊涂做差了事,回家后越想越后悔,这人穷到什么份上也不能出卖良心啊!我怕日后没钱抽当,丧了良心,人可就不能活了。"

财东一听他说的在理,就问:"你是干什么的?咋把家过得穷到这个份儿上!"

张掌柜唉声叹气说:"不瞒你说,我也是个买卖人,在北边熬巴几年,也挣了点银子,谁承想都舍在回家途中了。"他把事情经过从头到尾向当铺财东说一遍。

财东说:"你这个人心肠太好了,好人难找哇!这样吧,你过了年别上北边做买卖了,我这当铺还缺一个掌柜。我信得着你了,那二十两银子算是提前支给你的工钱,过了年你就到铺子来吧。"老财东说着,把银子退给掌柜,把那张当票当场撕了。

张掌柜一听挺乐,把银子重新拿回家,对媳妇一说,媳妇乐坏了,全家人过了个欢喜年。

到了初三,买卖开市了,张掌柜就到当铺当了掌柜。老财东正好要带老婆孩子到南方省亲,临走前,嘱咐张掌柜说:"铺子全交给你了,今天是开市第一天,不论谁来当什么全都接;要价高点低点别计较,做买卖要图个吉利。"张掌柜自然满口答应。

老财东带着家人刚走,事可就来了。

张掌柜带着伙计们噼噼啪啪放完鞭炮,打开铺子门,就见四个棒小伙子,抬着一具尸首,吆吆喝喝地进了当铺,把张掌柜和众伙计闹得一愣。一个小伙子说:"掌柜的,快来接货。我爹死了,尸首没处放,先当给你们,过后再说。"

张掌柜不听便罢,听完吓得心忽悠一下子,心想,我年前来当天地良心就够出奇了,这怎么还有来当死爹的呢?真是稀奇出花来了。伙计们都大眼瞪小眼地站一边瞧热闹,看新掌柜怎么接话茬。

张掌柜心想,我接不接这个当呢?不接?老财东有话,买卖开市第一天,什么当都接;接吧?这死人尸首得怎么收呢?寻思半天,接!也许老财东知道今天有这个茬才留话的。张掌柜问这哥几个:"你们想当多少钱?"

一个小伙说:"五百两银子。"

张掌柜一听,这要价也太高了,刚想往下落落价,几个小伙看出来了,说:

"怎么，嫌价高了？这是一个人哪！是俺哥几个的亲爹，真还不值五百两银子？"张掌柜没有话了，只好照价开了当票，付给他们五百两银子，这哥几个便扬长而去了。

开市不吉。张掌柜只好自认倒霉，吩咐伙计们把尸首抬到仓库放好，每天还得安排一个伙计看管着，不能让狗啃耗子咬呀。要不，日后人家抽当时，谁赔得出一个囫囵尸首？白天一个人看着还凑合，晚上一个人还不敢看着，害怕呀！就得安排两名伙计。一帮伙计谁也不愿出这个差，轮到谁时，背地里都把张掌柜好一顿骂。

好容易熬过去一个月，老财东回来了。伙计们合伙给张掌柜奏了一本。老财东一看，这件事做得是不招人爱。他也埋怨张掌柜，我让你什么当都接你就接尸首哇？还不如把我的银子扬到大街上呢，那样还省得操这个心！这可好，还得防备人家来抽当，搭上人看管不说，眼看天越来越热了，这尸首还不发了臭？老财东愁眉苦脸地强挺了一个月，眼看还没人抽当，他实在忍不住了，把张掌柜叫来了，说："我的买卖不大，用不了那么多人，你先回家吧，以后用人时再去请你。"

财东的意思再明白不过了，张掌柜能说啥？只好卷铺盖回家。临走时，财东说："你这几个月的工钱别细算了，我给你五百两银子，没有现钱，你就把那个尸首抬走吧，什么时候人家来抽当，五百两银子就还给你了。"张掌柜是打掉门牙往肚里咽，谁让自己当初接这个当呢？认了吧，财东马上打发几个伙计把尸首抬到张掌柜家。

回家后，张掌柜对媳妇一说，把媳妇弄得急急歪歪的，这叫什么事？没听说出外忙活几个月，挣回家一具尸首的。也不能这么明面摆着，大人孩子看着怪害怕的！张掌柜卷起北炕的炕席，把尸首裹好，放到灶间墙拐角处。这往后，媳妇自个儿都不敢到灶间烧火做饭了，总觉得头皮发麻，上灶间得拉上张掌柜陪着。

不知不觉又过去一个多月，还是没有人来抽当，张掌柜真发愁了，虽说时间长了家里人不那么害怕了，但总放下去也不是个事儿呀。一天夜里，媳妇自己到灶间取东西，迈进门槛，就看见尸首倒在地上，全身亮得晃人眼。媳妇吓得忙喊张掌柜："不好了，尸首着火了！"

张掌柜一听，这还了得，烧坏了尸首赔不起呀。他趿拉着鞋就跑到灶间，凑到跟前一看，哪是着火了？尸首分明变作一个金人！再看金人的后背上，刻着四个大字"天地良心"。张掌柜和媳妇一合计，这个财太大了，何止五百两银子？自家收下可不妥当。冲着天地良心，也得给柜上送去。

第二天，张掌柜去找当铺财东，说："老财东，我搬回家的不是一具尸首，是一个金子铸成的金人哪！该着柜上发财，当初收下了这个当。你快叫人搬回来吧。"

老财东先是不信，天下还有这种事？他赶去一看金人后背上那四个字，不言语了，半天才说："这个财我不能要，实说吧，别人想要也要不去。金人是冲着你来的，换个人家，又是具尸首。"

张掌柜说："那怎么会呢？"

老财东拍拍金人后背说："天地良心这四个字说得明白。这个金人是老天给你的赏赐。看起来，这为人做事真得讲良心啊。"

张掌柜一家有了金人，从此过上了好日子。

- ○ 讲述者：谭振山
- ○ 采录者：江帆
- ○ 出处：《谭振山故事选》（中国民间文学集成·辽宁卷），1988年编印。

天上乌云梭

汉 族

这是一则"巧媳妇"的民间故事。故事中的巧媳妇用顺口溜的机智取胜对方,妙语如珠,形成了"巧媳妇"中的妙语巧对型故事。民间文学中的"巧媳妇"故事生动形象地揭露了男尊女卑的家长制压制女性的本性,赞美了女性的聪明才智,讽刺了代表封建宗法制大家长的愚蠢行径,这其实是对中国传统的宗法制社会压迫妇女的一种精神反叛,张扬的是一种男女平等的进步的社会意识。

一户人家,有四个媳妇。那天,公佬叫她们铺了一稻场黄豆,边晒边打。打着打着,天气变了,眼看就要下雨,四个媳妇赶紧商量。

大媳妇说:"天上乌云梭。"

二媳妇说:"顿时有雨落。"

三媳妇说:"商量不打了。"

四媳妇说:"几叉叉上箩。"

那公佬烦哒:"就不打了吗?!天上哪里有雨来呀?叫你们打点黄豆,你们打个半头不落!怎么出你们这些懒身货的呵?"

四个媳妇看准了有雨,没惹公佬的骂,快脚快手地赶着收黄豆。还不到完全收拢,箩还没有收圆时,雨就已经落下来啦!

公佬这才晓得自己没估到天时,骂错了,媳妇们是好心,是对的。照讲呢,媳妇们又没说长说短,事情过身就算哒,谁知他反倒有气,觉得是媳妇们赢了,自己失了面子,只想找岔子出气。当天黑哒,他就找起媳妇们的岔子来了。

天黑哒,四个媳妇共一盏灯,在堂屋里做鞋子。做的时候一长,少不得要讲几句话,免得打瞌睡。她们看见一只猫儿进了堂屋,不声不响地在往厨房里摸,四个人就以猫儿为题。

大媳妇说:"猫儿四脚轻。"

二媳妇说:"眼睛像铜钉。"

三媳妇说:"它逼又不逼鼠。"

四媳妇说:"只有蹲灶门。"

哪个料想得到,公佬正在灶门口坐呢?公佬在那里生闷气,吸他的叶子烟,一下听见媳妇们的话了:"嗯?你们在说我吗?你们惊我骂我,说我是只老猫吗?哼,你们不得了,欺老子!明日我告你们一状去!"

第二天,那公佬进了县衙,告了一状。县官就把四个媳妇都传了去:"你们在屋里没得事做呵?怎么不孝顺老人,倒还惊你们的公佬,把他比成老猫的呀?"

媳妇们说:"我们并没有惊,是讲几句话赶瞌睡的。"

官说:"赶瞌睡?公佬说你们讲得有板有眼嘿!你们是怎么说的呀!"

大媳妇说:"我们是一个人一句说了来的,说的个四句子。一只猫儿走我们面前过身,往厨房里摸,我们看见了,就这么随口说的。我说的是'猫儿四脚轻'。"

二媳妇说:"我说的'眼睛像铜钉'。"

三媳妇说:"我说的'它逼又不逼鼠'。"

四媳妇说:"我说的'只有蹲灶门'。我们又不晓得爹在灶门口坐!"

"哦,"官说,"这无妨碍嘛。"随后,又问公佬,"你怎么说是惊你骂你的呀?"

公佬一看官司会输,喊说:"她们是惊我骂我的哪!她们若不事先商量好,哪能说得这么圆款哪?"

官说:"嗯,是的。"又问四个媳妇,"哎,你们讲是随口说的,你们有这么好的口才吗?若有这么好的口才,你们跟本县说一个看!"

媳妇们说:"那你指件东西哟。"

官说:"我这衙门口有一树杏子,你们说了看哪?"

大媳妇就开言说:"门前一树杏。"

二媳妇说:"树上黄沁沁。"

三媳妇说:"都说黄的好。"

四媳妇说:"青的叮梆硬。"

"哎!这说的要得呵!"官说,"她们是有这宗口才呀!"

公佬又不干:"她们这是碰撞的!换个别的说,你看说不说得到!昨天黑哒明明是商量好了骂我的嘿!"

"那,嗯,我再考一个,看她们刚才是不是碰撞的。说不到,就是她们起心惊你骂你;说得到,就是你无事找事。哎,你们四个再说一个我听了看!我这里有一把官伞,就说它!"

四个媳妇互相一望,眼睛几眨,心里都明了账:拣好听的说。

大媳妇说:"头顶金包头。"

二媳妇说:"罩定当王侯。"

三媳妇说:"今年升知府。"

四媳妇说:"明年升总督。"

官一听喜得没得法:"到底是口才好!到底不是碰撞的!说得句句都要得嘿!嗨,是你做公佬的要不得的!你无事找事!"就吩咐,"你们四个媳妇回去。你跟我留下来,打你四十大板再走!"

公佬被责罚了四十板,回去的路上又气又怄。走了一程,看见前头的四个媳妇了。他心想走到一起了不好怎么讲得,就慢点走,慢点荡。媳妇们呢,觉得这场官司不当打,一边走又在一边说——

大媳妇说:"公公去告状。"

二媳妇说:"告又没告上。"

三媳妇说:"挨了四十板。"

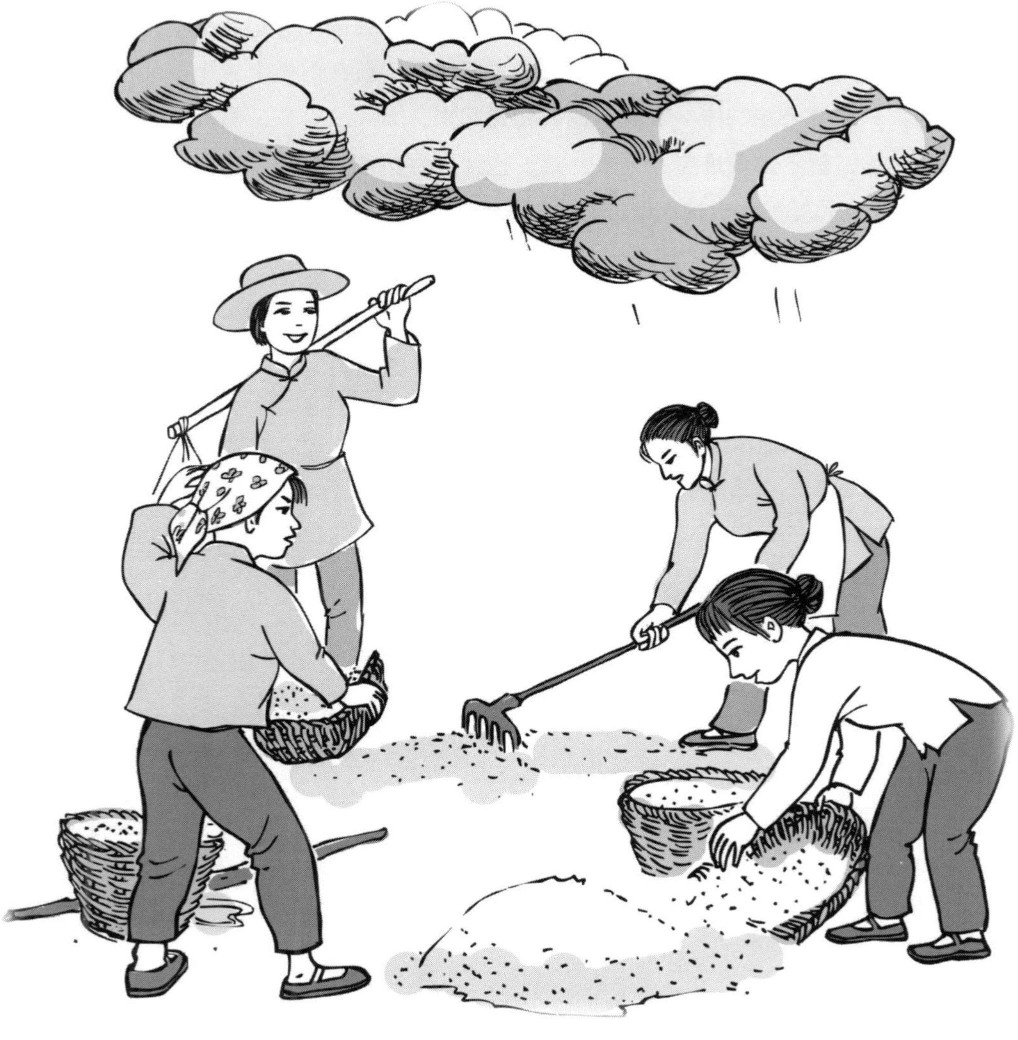

四媳妇说:"还在后头荡。"

公佬听见了,再在她们后头走,不合适哒。他一瞄瞄见旁边有条小路,连忙拐了弯。大路远点,小路近点,公佬先到了屋,到了就在门槛上一坐,又指望寻岔子的:只要哪个媳妇撞一下他,他就要骂起来,大闹二百三,出气。媳妇们看他拦门坐起,就不忙着进屋,分头择菜,抱柴,寻猪草。忙了一遍,见他还拦门坐起没动。四位媳妇不走他面前过身没得法子,又一起商量——

大媳妇说:"公公拦门坐。"

二媳妇说:"要偏起身子过。"

三媳妇说:"闯都闯不得。"

四媳妇说:"闯动又是祸!"

○ 讲述者:刘德培

○ 采录者:王作栋

○ 出处:《新笑府》,上海文艺出版社1989年版。

巧媳妇

汉 族

这种巧媳妇故事类型中，巧媳妇一般是公公所选的，她将来是为公公排忧解难的，她运用智慧成为这个家族的主心骨，最后成为管家的女主人。这则巧媳妇故事中，张古老选出巧姑作儿媳妇后，还有巧姑帮助张古老智斗知府的情节。这个情节也为故事增加了农民与封建官僚阶级斗争的新内涵，充分展示了巧姑的智慧、勇敢的美好品质，奚落了知府的傲慢、愚蠢，歌颂了平凡人物的生活智慧，充满了民间的生活乐趣。

从前有个顶聪明的人，名叫张古老。他一共有四个儿子，老大、老二和老三，都已经娶了媳妇，只有老四还是条光棍。兄弟们没有分家，由张古老带着在一起过日子。

说也奇怪，这三兄弟都生得呆头呆脑，一点也不像他的老子；娶进来的这三个媳妇，也是半斤配八两，脑瓜子都不大灵活。一家子人没有一个讨得张古老的喜欢。

日子久了，张古老心里发愁。他想：我这块老骨头，总不能老赖在这世上，说不定哪一天，我两腿一伸，看他们这么混混沌沌，怎么过日子啊！于是，他便想替满儿子①找个乖巧一点的媳妇。现今，能给自己添个好帮手；将来，也好做个自己的替脚人②，掌管这份家业。

想想容易，办起来却难了。张古老打听来，打听去，总没有一个合适的。到底老汉是个聪明人，他想了一个巧妙的法子。

这天，他把三个媳妇叫到跟前，说：

---

① 小儿子。
② 接班人。

"你们好久都没有回娘家了,心里一定很挂念吧!今天,我就打发你们回娘家去。"

三个媳妇一听说回娘家,欢喜得不得了,直问公公让她们住多久。

张古老说:"大媳妇住三五天,二媳妇住七八天,三媳妇住十五天。三个人要一同回去一同回来。"

三个媳妇想也没想,便连忙答应了。

张古老又说:"往日你们回去,总要带点东西孝敬我,但是,每一次带回的东西都不如我的意。这次你们回去,也少不了要带点东西的,不如我先说出我要的东西来。"

"你老人家只管开口,我们一定带回来就是。"三个媳妇一齐说道。

张古老说:"大媳妇替我带一只红心萝卜回来;二媳妇替我带一只纸包火回来;三媳妇替我带一只没有脚的团鱼回来。"

三个媳妇一听,都满口答应了。三个人便一齐动身回娘家了。三个人走呀走的,不一会,便走到了一条三岔路口。大媳妇要往中间那条路去;二媳妇要往右边那条路去;三媳妇要往左边那条路去。三个人正要分手时,才记起公公的话来。

大媳妇说:"公公嘱咐,让我们一个住三五天,一个住七八天,一个住十五天,还要同去同回。哎.三个人的日子又不一样,同去还容易,同回多难啊!"

二媳妇说:"是呀!怎么同回啊?"

三媳妇也说:"是呀!同回不可能吧!"

"还有礼物呢?一个是红心萝卜,一个是纸包火,一个是没脚团鱼。哎,才一听好像是顶普通的东西,如今一想,都是些从来没有见过的东西啊!"大媳妇着急地说。

"是啊,都是从来没有见过的东西啊!"二媳妇也慌了。

"是啊,都是从来没有见过的东西啊!"三媳妇也担心地说。

"不能同去同回，又没有这些礼物，公公是不会让我们进屋的，这怎么办呢?"大媳妇更是着急了。

"这下糟了!"二媳妇也害怕了。

"这下麻烦呢!"三媳妇唉声叹气。

三个人想来想去，都不知怎么办才好。大家都急得不得了，又不敢回去，便坐在路边上哭起来了。

三个人哭呀哭呀，从日出哭到日落，越哭越伤心，越哭越热闹。哭得惊动了住在近边的王屠户。

王屠户带着女儿巧姑，在路边搭了个草棚，摆了张案棚，天天卖肉过日子。这天听到了哭声，便向女儿说道：

"巧姑，去看看是哪个在哭，出了什么事情?"

巧姑走了出来，见是三位大嫂在那里哭成一堆，问道：

"三位大嫂，你们有什么心事，为何哭得这样伤心?"

三个人一听有人来问，连忙抹掉眼泪，一看，是位大姑娘站在面前。她们止住了哭声，把事情的原委，一五一十地告诉了她。

巧姑一听，想也没想，便笑着说："这很容易，只怪你们没有想清楚。大嫂，你三五天回来，三五一十五，是十五天回来；二嫂你七八天回来，七八一十五，也是十五天回来；三嫂也是十五天回来，你们不是能同去同回吗?"

巧姑接着又说："三件礼物中红心萝卜是鸡蛋，纸包火是灯笼，没脚团鱼是豆腐，这些东西家家都有，是顶普通的东西呢。"

三个人一想，果然不错，便谢了谢大姑娘，高高兴兴地分了手，各自回娘家去了。

三个人在娘家，都足足住了半个月。这天，她们一同回来了。

见着公公，她们把礼物也拿了出来。

张古老一看，吃了一惊：原来她们带回来的礼物，一点也没有错。他心里知道,这不是她们自己想出来的,便问她们。三个人也不敢隐瞒,就把实情一五一十地说出来了。

张古老一听,决定要去会会这位姑娘。

这一天,张古老一直走到卖肉的草棚子里,连忙叫老板称肉。

王屠户不在家,巧姑走出来,问道:

"客人,你要称什么肉?"

张古老说:"我要皮贴皮,皮打皮,瘦肉没有骨头,肥肉没有皮。"

巧姑听了,一声不响,便走到案板那边去了。一会,她就拿来了四个荷叶包包,齐齐整整地放在张古老面前。

张古老一看,一样是猪耳朵,皮贴皮;一样是猪尾巴,皮打皮;一样是猪肝,瘦肉没有骨头;一样是猪肚子,肥肉没有皮,一点也没有错。他心里一喜,便想道:这才是我的小儿媳妇啊!

张古老回到家里,马上请了一个媒人去向王屠户说亲。王屠户知道张古老的底细,和巧姑一商量,便答应了。不久,张古老选了个日子,把巧姑接了过来,和满儿子成了亲。

张古老得了这样一个聪明的媳妇,满心欢喜,平日里,把她看得特别重,还有心要她当家。

巧姑见公公对自己这样好,也顶尊敬他。

日子久了,大媳妇、二媳妇和三媳妇便有些不自在了,背地里叽里咕噜地说:"公公有私心,只心疼满儿媳妇,嫌弃我们。"

张古老看出了她们的心思,他想:"要大家心服,非得想个法才行。"

这天,他把四个媳妇都叫拢来了,对她们说道:"我一天天老了,很难管上这份家。我想把这份家交给你们来管,但是家里人口多,事情杂,要有个顶聪明能干的人才管得下。我不知道你们里边哪个最聪明,最能干。"

四个媳妇一齐说:"公公,你就试试吧!"

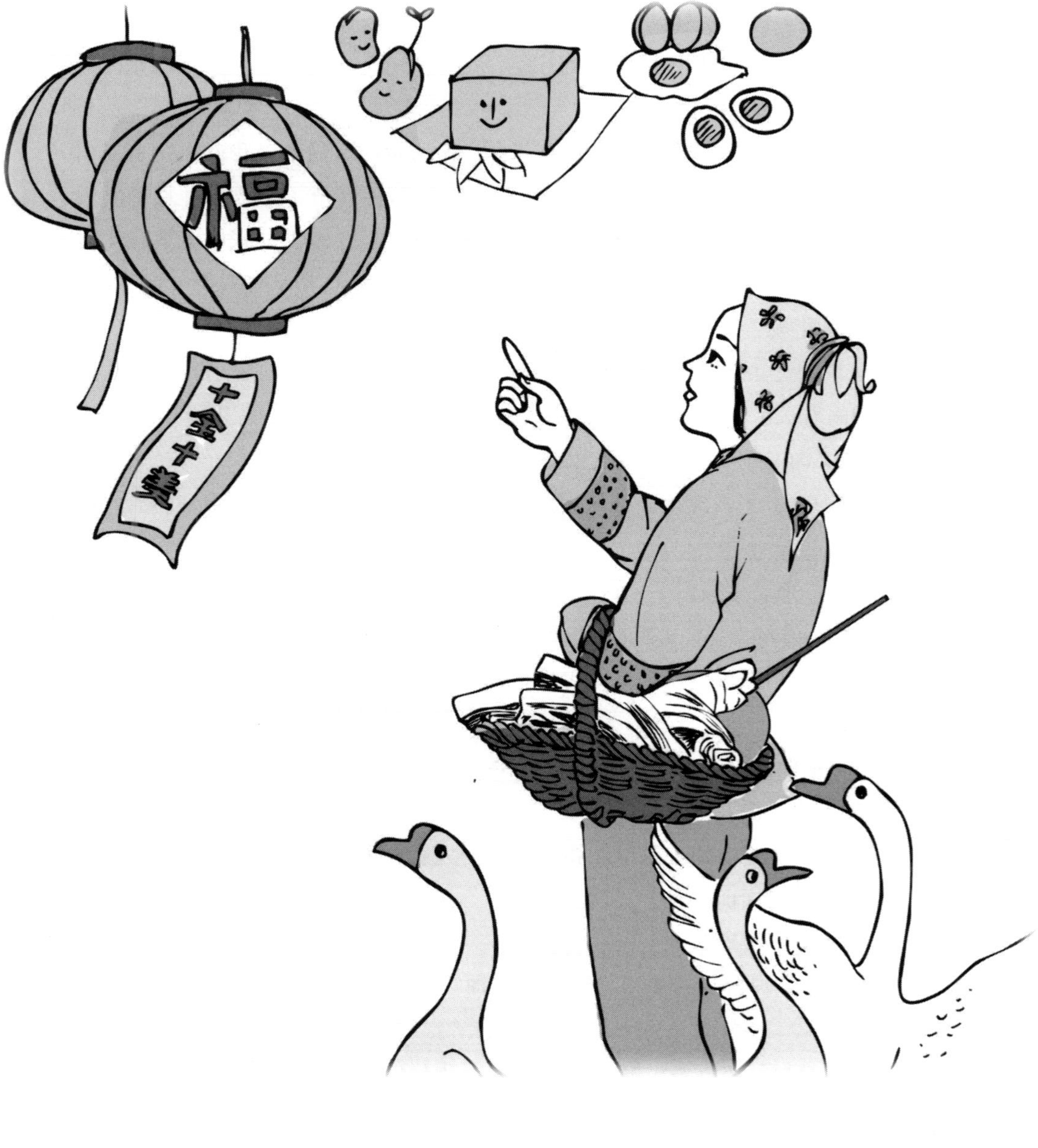
福
十全十美

张古老说："好，我就试一下吧！试出来哪个最能干、最聪明，家就让她当。这是你们自己说的，以后不准埋怨啊！"

大家同意了。

张古老说："会居家的人。就知道节省，无的做出有的来。我就在这点上出题目：要用两种料子，炒出十种料子的菜来；用两种料子，蒸出七种料子的饭来。哪个做得出，就是顶聪明能干的人，家就归她当。"说罢，张古老就转头问大媳妇：

"你做得出吗！"

大媳妇一想：两种料子就只能当两种料子用，哪能当十种料子用？便说：

"你别闹着玩了，这哪里做得出来？"

张古老又向二媳妇："你做得出来吗？"

二媳妇一想：平日蒸饭，都只用大米，顶多再加一两种料子，哪来的七八种料子，便说：

"公公，你别逗弄我们了，这哪里做得出来？"

"你做得出来吗？"张古老又回头问三媳妇。

三媳妇心想：两位嫂子都做不出来，我更不用说了，便没有作声。张古老知道三媳妇也做不出来的，便说：

"想你也是做不出来。"最后，才问巧姑，"你呢？"

巧姑想了想，说："我试试看。"

巧姑走到厨房里，用韭菜炒鸡蛋，炒了一大碗，用绿豆和在大米里，蒸了一大盆，端到张古老面前。

张古老一看，说道：

"我要的是十种料子的菜，怎么只有两种？我要的是七种料子的饭，怎么也只有两种？"

巧姑说："韭菜加鸡蛋，九样加一样不是十样？绿豆和大米，六样加一样，不是七样?"

张古老一听,高兴极了,连声说对,当场就把钥匙拿了出来,交给巧姑了。

巧姑当家以后,把家里的事情,安排得妥妥帖帖,吃的穿的,都是自己做出来的,一家人过得舒舒服服。

有一天,张古老闲着没事做,便坐在大门边晒太阳。突然。也想起自己过去的日子,年年欠债、受气。如今日子过好了,自由自在,真是万事不求人。一时高兴,他顺手在地上捡了块黄泥坨坨,在大门上画了几个大字:"万事不求人。"

不料,当天知府坐着轿子,从这门前经过。他一眼便看见门上这几个大字,大大吃了一惊,心想:这人好大的胆,敢说出如此大话来,这不是存心把我也没有放在眼里。好吧!我叫你来求求我。想到这他便厉声叫道:"赶快放下轿,跟我把这个讲大话的人抓来。"

衙役们马上凶恶地把张古老从屋里拖了出来。

知府一见,瞪着两眼说道:

"我道是什么三头六臂,原来是个老不死的老头。你夸得出这种大话,想必有大本事。好吧!限你三日之内,替我寻出三件东西来。寻得到,没有话说;寻不到,就办你个欺官之罪。"

张古老说:"老爷,是三件什么东西?"

知府说:"要一条大牯牛生的犊子;要灌得满大海的清油;要一块遮天的黑布。少一件,便叫你尝尝本府的厉害。"说罢,便坐着轿子走了。

张古老接了这份差事,掏空了心思也想不出个办法来对付,整日里愁眉苦脸,饭也吃不下,觉也睡不着。

巧姑见了,便问:"公公,您老人家有什么心事?尽管跟我们说说吧!"

张古老说:"只怪我不该夸大话,和你说了也没有用。"

巧姑说："您老人家说吧，说不定我也能想出个办法来的。"

张古老只得把烦心事对巧姑说了。

巧姑一听，说道：

"您老人家说的对嘛，庄稼人吃自己的，穿自己的，本来是万事不求人。您老人家放心吧，这差事就让我来对付。"

过了三天，知府果然来了。一进门，便叫道："张古老在哪里？"

巧姑不慌不忙地走上前说："禀大人，我公公没在家。"

知府瞪着眼说："他敢逃跑？他还有官司在身呢！"

巧姑："他没逃，是生孩子去了。"

知府奇怪起来了，说："世上只有女人生孩子，哪里有男人也生孩子？"

巧姑说："你既知道男人不能生孩子，为什么又要大牤牛生犊子呢？"

知府一听，没话可说，停了好久，只得说道："这一件不要他办了，还有两件？"

巧姑说："请问第二件？"

"灌海的清油。"

"这好办，请大人把海水车①干，马上就灌。"

"海有这么大，怎么车得干？"

"不车干，海里白茫茫的一片水，油又往哪里灌？"

知府一下把脸也羞红了，便叫起来：

"这一件也不要了，还有一件！"

巧姑说："请问第三件？"

知府说："遮天的黑布！"

巧姑说："请问大人，天有好宽呢？"

---

① 抽。

知府说:"哪个晓得它有好宽,谁也没有量过。"

"不晓得天有好宽,叫我们如何去扯布呢?"

这一说,知府再也没有话回了,红着一副脸,慌忙地钻进轿子里,跑了。

本来,张古老就有名,这一来,远远近近的人,更没有一人不知道了。大家都说:"这一家子,有个顶聪明的公公,还有个顶乖巧的媳妇。"

○ 采录者:周健明
○ 出处:《湖南民间故事选集》,湖南人民出版社 1959 年版。

狐狸媳妇

汉　族

在古代万物有灵的观念下，民众总是幻想各种动物、植物都能够生出灵智、变幻成人，这些精灵还会和人类产生缠绵悱恻的爱情。而在异类婚故事中，又分为异类妻子和异类丈夫，这则狐狸媳妇的故事就是异类妻子的故事。异类妻子总是既美丽善良又勤劳贤惠，她们不嫌弃丈夫家贫，并且运用自己的超能力帮助丈夫克服各种困难。这则故事中，狐狸媳妇被自己的爹带回去后，又和找过去的丈夫一起，运用聪明才智战胜了爹，也表达了对封建家长专制的控诉，对纯真爱情的歌颂。

　　我得先说一句，省得你说："嘿，哪有这样的事。"其实故事就是故事，得寻思寻思里面的意思。

　　古时候，有一个小伙子，叫大壮，娘儿两个住在山下的一座小屋里，都是靠上山打柴吃饭。

　　别看家里穷，大壮长得肩宽身高，朴朴实实的一个好小伙子。早年那会封建社会，都是爹娘做主买卖婚姻，只这个也不知屈死了多少人。许多做爹娘的，不管儿女以后能不能情投意合，只要他家里有钱就行了。有钱的都是三房四妾，穷人有的一辈子打光棍……

　　看，我说着说着，又扯得远了。那大壮已很大了，也是没娶上媳妇，他知道这不怨娘，从来不在娘跟前怨言怨语。寒来暑往，春去秋来，一年又一年，大壮虽不言语，却觉得过得没个盼头，没点滋味。

　　这一天，正是春暖花开的时候，遍山开着各色各样的鲜花，松树更绿，泉水更明，小河的水哗啦啦地响。春风吹着，日头照着，鸟儿吱吱喳喳地叫。半头午的时候，大壮正在一心一意地打柴，忽然间背后有人笑了起来，笑得又响亮，又脆快。

他回头一看,惊奇得不得了,高大的石壁下面,两个年轻妇女,你推我搡,咯咯地直笑。

离得并不远,看得清清楚楚:那个穿绿衣裳的,鸭蛋脸,长眼细眉,十分秀丽;那个穿红衣裳的,圆脸大眼,两腮通红,笑时露出了雪白的牙齿。

石壁顶上,一棵干枝梅花,开得红艳艳的,只见那穿红衣裳的女子,往上一跳,一下揪住了石壁缝里长出的松枝,一打滴溜①上去了,转眼的工夫,就爬到石壁的半腰里。身子那个灵活轻巧呀,简直好像风把她刮上去一样,连大壮这个整天爬山的人也看愣了。那姑娘爬到石壁顶,弯腰折了满满的一抱梅花,直起腰来,见大壮看她,咯咯地笑着,把一枝梅花向他扔去。说也奇怪,那姑娘扔的那个准法,不前不后,梅花正打在大壮的头上。大壮一时不知怎么办好,老大个汉子,羞得满脸通红。姑娘笑得更厉害了。那穿绿衣裳的女子,也笑着说:"二妮,别作孽了,回去吧,叫爹看见,可不是玩的。"

大壮望着两个姑娘,她俩转过石壁去不见了。

他心里猜疑,这是谁家两个闺女跑到这垴里来啦。又一想:管他谁家的呢,与我有什么相干!便又动手砍起柴来。

第二天,大壮还是照常上山去砍柴,砍着砍着,哗啦啦地一块石头落在眼前。大壮一歪头,松林里,红衣裳姑娘一闪不见了,接着便响起了一连串咯咯的笑声。这一天,大壮的心怎么也安静不下来。

隔了一天,那穿红衣裳的姑娘自己抱着一抱柴,笑嘻嘻地向大壮走了过来,看上去眼睛更亮,两腮更红。

大壮说道:"姑娘,……"可是往下又说不出来了。

闺女放下了柴,又咯咯地笑着跑远了。大壮很懊悔,怎么自己变得这么笨嘴

---

① 很快。

笨舌的。这天，大壮的心，老是想着那姑娘。好不容易，又过了一天，大壮看到那姑娘在河边的草地上坐着，他鼓了鼓劲向她走去。

那姑娘望着他，手捂着嘴，嗤嗤地笑。

笑得大壮又不好意思起来，他又站住了。那姑娘点头，意思是叫他过去。

大壮走了过去，也不知要怎么称呼她，冒冒失失地问道："你是哪里的？"

姑娘笑着说："你管我是哪里做什么！来，我帮你砍柴，看谁砍得多？"

姑娘一会儿树上，一会儿地下，手快身轻，打的柴虽比不上大壮多，却也少不了多少。她又爬上了一棵枯树梢，砰砰叭叭地折了起来。

这阵，林子里有人喊道："二妮，你就脱不了那股孩子气，还不快来，爹来了呀。"

二妮从树上跳了下来，歪头端详了一会打下的两堆柴，摇头说道："我打的不如你多，俺姐喊我，我走啦。"说完，转身向树林跑去。跑了几步，又回头朝大壮笑了笑。

从这以后，这姑娘经常突然从树林里跑出来，有说有笑地和大壮打柴。

她告诉大壮，她姓胡，叫"二妮"，住在大山后面，那个穿绿衣裳的是她的姐姐。

大壮觉得和二妮在一起，说不出的高兴，真是欢天喜地。鸟的叫声，也觉得格外好听；风吹树响也像是在笑，花朵也更加好看，流水也叫人欢喜。

他常想要是自己有这么个媳妇就好了。这桩心思，大壮从来没好意思在二妮跟前提起。

大壮娘见儿子起得更早，回来得更晚，打的柴也更多，这样勤快，心里自然欢喜。可是她觉得儿子这些日子，总有些两样。看他有时候很高兴，乐呵呵的，有时候想什么，想得又直愣愣的，她憋不住问道："大壮，你有些什么心事？"

大壮见娘问，把在山里遇着二妮的事情，一五一十地对娘说了。

娘疑惑地说："深山野地里，哪来的女人？要是你再碰到她，领来家我看看。"

可巧，一大早二妮就在先前那块石壁顶上等着他了。她自己插了满满的一头野花，也把野花给大壮往头上插，嘻嘻哈哈笑个不停。

大壮笑着说道："今天咱们不打柴了。"

二妮奇怪地问道："为什么？"

大壮道："娘想见见你！"

二妮听了，脸一下变了，怪他道："你呀！还要叫你娘给你相媳妇？"一甩胳臂，转身就走。

大壮急了，三步两步赶上去，吞吞吐吐地说："你要是不嫌我的话，咱俩就过一辈子。"

二妮也着急地说："跟你闹着玩。"说完，噗的一声笑了。

大壮擦着头上的汗也笑了。

这一天，二妮跟着大壮回了家，做了大壮的媳妇。

二妮很勤快，什么营生也做，一点也不嫌大壮家穷，成天价①也说也笑，把个大壮娘乐得合不上嘴。过了些日子，大壮娘忽然愁眉不展起来，二妮问她，她说："孩子，我实不瞒你，下一顿咱们就没有什么下锅了。"

二妮笑着说："娘，你放心吧。"

二妮走出去，不多时候，端回了满满的一笸箩小米。

大壮娘又惊又喜，不安地问道："孩子，你这是从哪里弄来的？"

二妮没做声，笑嘻嘻地做饭去了。

天长日久，大壮娘也不把这桩事放在心上了。

过了一年，二妮生了一个小孩，一家四口乐哈哈地过日子，不觉着的光景，孩子已会跑了。有一天傍落日头，大壮从山里打柴回来，转过了山脚，一眼望见

---

① 一天到晚。

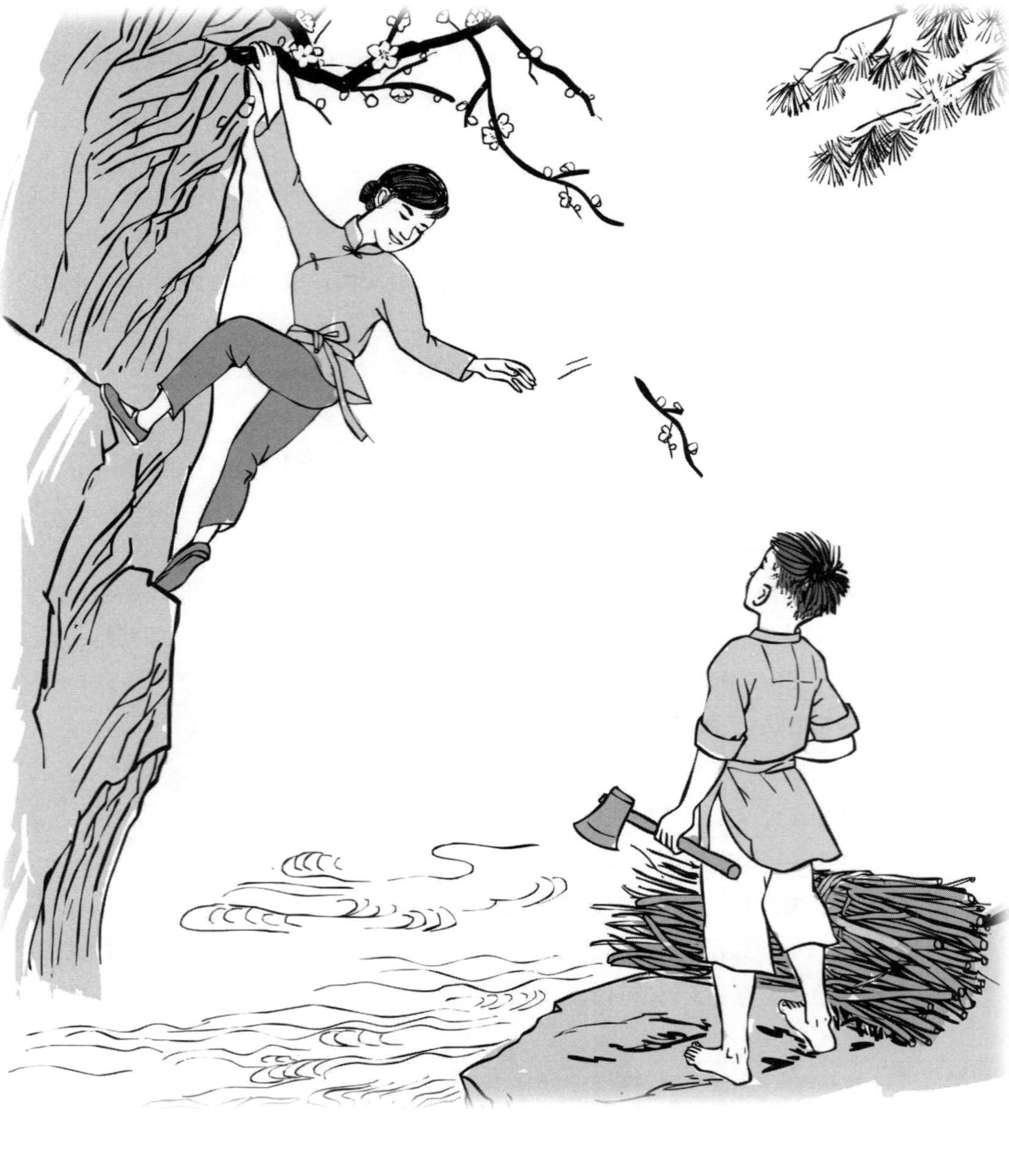

二妮和一个老汉说话。他正想走到跟前看看那老汉是谁，一眨眼的工夫，那老汉不见了，只有二妮一个人直竖竖地站在那里。他三步两步地走到她跟前，只见二妮两眼里，泪珠哗啦啦地直滚。他简直慌了，因为他从来没有看到二妮哭过。

还没等他开口，二妮说道："大壮，咱俩今天就要分开了。"

大壮瞪起了眼，这真做梦也没有想到，还以为是自己耳朵听岔了呢。

二妮低声说道："俺爹找来啦，马上就要带我回去。"

大壮明白过来，十分伤心地问道："你真的就走了吗！"

二妮说道："不走，俺爹是不会依我的，你不要想我，权当咱两个没认识。咱俩是再不能见面了。"说到这里，二妮呜呜地哭了。

大壮也掉着泪说："怎么的，咱俩也不能离开。"

二妮想了一下说道："回去，爹就搬家了，你要是实在想的话，在这西南面，千里以外，有棵万年槐，万年槐的底下，有个百里洞，你到那里去找我。"

大壮点了点头，二妮一低头，从口里吐出了一个又亮又红的东西来，用手摔着，往大壮手里塞着说："你要是没吃的，跟这珠子要，你说：'珠子，珠子，给我拿来！'"

对大壮低头看时，是一颗比豆粒大点的珠子。可是再看时，眼前哪里还有什么二妮，只有一只火红狐狸，蹲在他的脚底下，亮晶晶的眼里往下滴泪。大壮忙蹲下去说道："二妮，你把你的宝器拿去吧！我怎能为我享福，叫你变成这样子。"

狐狸摇摇头，大壮正要抱起狐狸，背后有人生气地咳了起来，大壮回头一看，什么也没有，再掉头时狐狸也不见了。他疯了一样地四下里找，影踪也没有，看看天又黑了，只得回家去啦。

大壮想着二妮，饭也吃不下去，孩子一天价也哭着找娘，婆婆想儿媳妇疼孙子也跟着哭。一个欢欢乐乐的日子弄成了个苦水湾了。

过了几天，大壮打定了主意，要去找二妮。

娘听儿子说了，情愿自己受穷挨饿，也叫把珠子带去给二妮。

她给大壮收拾上行李，做了一些干粮，那就不必细说啦。

大壮上了路，风霜雨露的，什么天气也有，走了不知多少日子，少说也有一年的光景，才找到那棵万年槐。那棵万年槐树说起来也有十抱粗，槐树底下一个大洞，黑腾腾的，望不见底。大壮心里又喜又怕，不管怎么的，大壮还是下去了。

往里走是个斜坡，乌黑乌黑的，什么也看不见，他只得摸索着往里走去。

走了有一两天，走着走着，忽然亮了起来。又走了不多远，就望见一个高高的门楼，门楼底下一个黑漆大门，他走到跟前，敲了几下门环，有人走了出来，给他开开了门。大壮一看，不是别人，正是二妮叫她姐姐的那个穿绿衣裳的姑娘。她一见大壮，惊讶得不得了，忙说："你怎么到这里来啦，俺爹一回来，就没你的命啦。"

大壮说道："怎么的，我也要见见二妮。"

她叹了口气说："你跟我进来吧。"接着她随手把门关上。院子里很宽，一拉正屋，两面厢房，都是一色的砖墙瓦房。她领大壮进了东厢房，往炕上一指说："那就是二妮。"

大壮一见二妮还是狐狸的样子，心里更是难过，忙向布袋里去掏那珠子。狐狸见了大壮也扑了过来，张口像要说话的样子，却说不出来。大壮把珠子给狐狸放回口里，狐狸打了一个滚，又变成二妮了。

大壮先是一喜，见二妮瘦了好些，又伤心起来。

二妮拉着大壮的手，嗤嗤地笑个不住，笑着笑着，泪却滴了下来，正在这阵，外面有人叫起门来。

姐姐惊慌地说道："快藏起来，爹回来了。"

大壮怒目瞪眼，要往外走，姐姐一把把他推了回去，关上房门出去了。

二妮说道："爹要是叫你去吃饭，你什么也不要吃他的。"

话还没说完，老狐狸走到院子里来了，鼻子搐达、搐达地响，直说："生人味，生人味！"

姐姐说道："哪有生人味，是你出去带进生土来啦。"

老狐狸说道："不，搐达、搐达鼻子生人气，搐达、搐达鼻子生人气。"

姐姐说道："哪有生人，是二妮的男人来了。"

大壮心里早拿定了主意，要是他不让二妮和自己一块回去，就和他拼了。

外面那老狐狸，哈哈地笑了一阵，说："快叫他出来见我。"

姐姐开开了门，大壮出去一看，是一个白脸老汉，穿着级子马褂。见了大壮，老汉忙招呼说："饿了吧，快上北屋去吃饭。"

大壮跟着他上了北屋，北屋地下，漆得晶亮的方桌上，已摆好了饭菜，十大盘，八大碗，鸡呀，鱼呀，冒出的那个气都喷鼻的香。大壮已经快一天没吃饭了，肚子饿得吱吱地叫，可是他想着二妮的话，白脸老汉怎么让他吃他也不吃。白脸老汉说："你不吃菜，吃点面条吧。"

大壮还是不吃，白脸老汉又亲自给他递过一碗面条汤去说："你不吃面条，喝点汤吧。"

大壮渴得心里出火，口里发干，他想：二妮只说别吃他的东西，喝点水也许不要紧……他端起碗来，喝着喝着，觉着一根面条，随嘴下去了。大壮回到厢屋里，肚子就痛起来了。二妮问他："你没有吃他的东西吧？"

大壮说："没有，喝汤的时候。我觉得有根面条随嘴下去了。"

二妮埋怨他道："你怎么喝他的汤呢，那不是面条，那是毒蛇！他是想害死你呀！"

大壮听了，懊恨起来。二妮说："没有别的法子，只有他口里那颗白珠能解毒。我这里还有一坛酒，你提着，咱俩一块去吧。"

他俩到了北屋里，白脸老汉看样子正要上炕睡觉。二妮说道："爹，他远路来到这里，没有别的，带来了一坛桂花好酒，孝敬爹。"她说完揭开了坛子塞，那酒那个香劲，真是不用说了。白脸老汉见酒，什么也不顾了，端起坛子就喝。

他把那坛酒喝完了也醉成了泥。二妮从他嘴里拿出了白珠，他变成了狐狸还不知道呢。她把白球扔在碗里的水中，大壮喝下水去，肚子里咕隆咕隆响了一阵就不痛啦。

二妮把白珠含在口里，拉着大壮的手，大壮觉得脚不沾地地走了。

不多一阵就出了洞口，不到一天的工夫就到了家。从此，一家四口人欢欢乐乐地过起日子来了。

- 采录者：董均伦、江源
- 出处：《聊斋汉子》，中国民间文艺出版社1984年版。

李小妮斗飞贼

汉　族

这则故事充满了民间乐趣,不管是飞贼过来探路说的"一汪好水,好水有好鱼",还是女婿去请丈人看家,丈人不肯,他女儿却埋汰他只肯给儿子看家,这些话语和情节,都设置得非常具有民间生活的逻辑和乐趣,也非常贴近平常百姓的生活,读来妙趣横生,令人会心一笑。这则故事中塑造了一个武艺高强、谋略双全的儿媳妇形象——李小妮,她虽然还没嫁到婆家,却早以"俺家"自居,见自家爹不愿意去帮未来的丈夫一家,遂自己穿上绑身衣裳,以过人的胆量和身手,取得"六个弄死俩"的战绩,并且赢得婆家一家人的感激和敬重。

人说有个王员外,一天吃罢了晚饭,坐在大门口消化食儿。

大门外头来了六个飞贼,说:"老大爷,您吃饭了吗?""我吃了。你们也吃了?""俺们也吃了。"一飞贼说,"俺打个拳给您看看行吧?老大爷!""那敢情好。我这么大年纪了,也没见过打拳的,行啊!"

另一飞贼说:"您叫小年纪扛活的找根杉杆埋上。"王员外叫小做活的把杉杆埋上了。

六个飞贼打开了拳。一飞贼打了一会儿,"出嘎"一下子上杉杆顶上去了,脚尖钩着杉杆顶,头顶朝下,大声说:"一汪好水,好水就有鱼!"他"出溜"下来,对老头说:"大爷,俺走了。"

老头想想:"一座好宅子噢,好宅子有财贝,想抢俺的!""挖古"[①]着脸回家去了。

---

① 阴沉。

老嬷嬷问:"什么事?你'克星'①个脸?""可甭提了。六个飞贼打拳,一贼脚尖钩着杉杆,头朝下说,'一汪好水,好水就有鱼!'想抢咱。"

老嬷嬷又问:"这可怎治法?哎,咱大儿他丈母爷是拳把手,待会咱儿放学,叫他丈人来给咱看黑夜家。"

说着说着,烧晚饭的时候了,小孩放学了。王员外说:"儿啊,上北庄您丈母爷家,叫他来给咱看黑夜家。六个飞贼想抢咱,一个脚尖钩着杉杆,说'一汪好水,好水就有鱼'!说咱有座好宅子,有财贝,想抢咱。"

这个小孩"蹶噘"②地上北庄,到了他丈人家。他未过门的媳妇在西楼上,看着她男人来了,上客屋了,她就下了楼,站在屋外听听他来做什么的。

他丈母爷问:"你来做么?""俺爹说叫您去给俺看黑夜家。六个飞贼想抢俺家,打了一会儿拳,说'一汪好水,好水就有鱼',意思是俺有座好宅子,有财贝,想抢。"

"我不行了,上年纪了,身子也笨了,眼也迟了,不能看家了。"

听老丈人说"不能看家了",这小孩说:"我得走了。"小妮听说未婚夫要走,一撤身子,打那上楼了。

上楼,李小妮跟丫环说:"你老爷!俺家里来人叫他看黑夜家,就称他眼也迟了,身子也笨了;要给他儿家看家,身子就不笨,耳也不聋,眼也不迟,拼上老命也肯'叮当''叮当'干了!这该俺看家去了……"小丫环没吱声。

说着说着,吃饭了。晚上天黑了,姑娘说:"丫环,我上俺家看家去,你关上门先睡觉,等我回来叫门你给我取门。""噢!"丫环答应着。姑娘打开柜,穿上一身绑身衣裳,手提两股叉,"嗖"一下子上南边庄了。

再说,这王大少爷回家去后,他爹娘问他:"怎么一个人回来,你丈人来

---

① 哭丧。
② 动作敏捷的样子。

不?"他答说:"他说他眼迟了,身子笨了,不能看家了。""这怎治活?叫做活的,咱早吃饭,把银子钱都担来搁在天井里,让他们拿吧,甭叫他们逮着人,连做活的门也顶好。"

到了晚上,早吃饭,做活的担着银子、财物倒在当天井①里。王大少爷、二少爷兄弟俩好好顶上门,连做活的门也关得"当当"②的。这老两口也把门顶上,加上木棍,石板压上;顶结实了,才躺倒睡下了。

这六个飞贼,等他们都睡倒觉时候,就围宅子转一圈,漫③墙进去了。

看看,银子、财物都倒在当天井里,满当天井都是。六个飞贼赶忙装,有脱下裤子装的,也有脱下洋褂子绑上袖子包的,装的装,包的包。

回头说,这李小妮"呼呼"赶去了,围宅子转一圈,看看西边一个柴火垛,墙也不高,漫墙"嗖"一下子进去了。看着六个飞贼都在当天井里装,李小妮看清哪里进哪里走,又推推房门,顶得当当的,就在西边官墙根躲下了。

六个飞贼包得装得不离了,这位李小妮就漫墙"嗖"地一下子进去了:

"您拿完了吗,您装满了吗?您姑奶奶来了!"说完就开打了。

在当天井里打了个七十回首、八十回合,叉花盖顶,菊花盘根,来来往往,没分胜败。

这老头老嬷嬷吓得直筛糠,两个少爷也哆嗦成一团,吓得没法治。

再说,李小妮与飞贼打了些时候,李小妮说:"这点窝窝咱闹不开,咱上西场。"李小妮"嗖"的一下子上西场,这六个飞贼紧跟着也去了。

到西边官场④里,在宽敞地打。打了七十个回首、八十回合,叉花盖顶,菊

---

① 院子。
② 严严,牢实。
③ 翻。
④ 公用的场子。

花盘根，来来往往，没分胜败。

小妮心想：我不能和他们慢拉锯。"你招叉吧！""扑哧"攮死一个。六个撬死一个还撇五个。打着打着，"你招叉吧！""扑哧"又攮死一个，还剩四个了。

剩下的飞贼们看了，忙说："咱不是她的敌手，逃命吧！"都跑了。

这李小妮坐在碌碡上歇歇，心想，甭叫那两个死飞贼还心①了，又用叉杆敲打敲打，然后，一溜飞腿走了。

到家里屋门口，李小妮喊声："丫环，取门来。""来了嘛，姑娘！""来了！怎着来？""六个叫我弄死俩，死西场里了，剩下的跑了。"

到早晨，王员外家起来看看，也有裤子装的，也有汗褂子包的——西场里叉死俩。

王员外对他儿说："你说你丈母爷不来看家，这回来看家了吧！"

待两天休息，员外又对儿子说："去看看你老丈母爷去，看看累着了吗？""噢！"这天，他架着盒子，干活的抬着，跟着去了。

走在路上，他媳妇在楼上又看清亮②的，又下了绣楼。

李员外说："来了吗？""来了！""喝茶吧！"

李小妮看他未婚夫来了，上客屋，就又站门旁听。

王少爷说："俺爹说亏了您给俺看家的！那贼有脱了裤子装的，也有用汗褂子包的。还被您打死俩。"老头说："俺没去噢！"

他闺女一怎跑门里头站着："你没去，我去来！请您给俺看家，身子也笨了，眼也迟了；要给您儿看家，您身子不笨眼也不迟，拼上老命也跟他们叮当叮当干起来了。"

王少爷一看，翻翻眼皮，是没过门的媳妇子。到下晚坐席吃饭走了。

---

① 苏醒过来。

② 清楚。

噗

回家后，爷娘问："他老丈母爷没累着？""哪是啊，是她……"

"谁哎？""她……""你说，还是谁哎？光她！""您儿媳妇子！""可了不得，早知能样①，咱不早娶吗？赶明儿，当天去当天来。"

到第二早晨，早早去了，今门②去今门娶。今天就去，这怎治法？也没嫁妆。捞③她嫂子嫁妆拉出来，扫把扫把，抽打抽打，轿是现成的，娶了！

打那，剩下的四个飞贼管多④咋也不敢来了。

○ 讲述者：尹保兰
○ 采录者：王全保
○ 出处：《民间文学》，1985年第11期。

---

① 那样。
② 今天。
③ 把、用。
④ 多半。

北斗星

汉 族

> 这则故事具有鲜明的地方性特色，为人们解释了北斗星和比心礁的由来，歌颂了主人公们深厚的兄弟情谊。故事中七兄弟手团结起来战胜恶魔体现了渔民之间的团结互助精神，以及为了保卫家园而不惜牺牲生命的精神。

　　北斗星，它给西沙、南沙群岛的渔民立下了多大的功劳啊！俗话说得好："白天航行看太阳，夜晚行船望北斗。"黑夜里渔民归航，要靠北斗星辨清航向，回到避风小岛；干鱼、咸鱼满舱了，船队要回大陆，向着北斗星，就能回到海滨。怪不得在西沙、南沙群岛的渔民中流传着北斗星的传说故事。

　　很久很久以前，在南沙群岛的北岛上，住着一户渔民翁大伯。翁大伯有七个儿子，他们的名字是：老大、老二、老三……顺着数下去，一直数到老七。七个儿子都已长大成人了，个个的身材都乌黑结实，活像七座铁罗汉。渔民们见了，都说翁大伯有福气。这户渔民也同其他渔民一样，平日在南沙海面上打鱼，等到船中的海龟、海参、咸鱼等鱼货装满了，就运回祖国大陆的城镇去卖，换些柴米油盐，生活过得很安定。

　　俗话说："有水必有浪，有山必有妖，有鱼必有鲨。"恶魔是不让渔民过好日子的。南海的海面飘游着一个魔鬼，名叫三角魔鬼。它的心是冷酷的，藏在海底的一座宫殿里。

　　三角魔鬼见渔民过着安居乐业的好日子，十分眼红，就施展魔法，从三角形的嘴里喷出了一团团的浓雾。霎时，浓雾把南沙笼罩了。这雾昼夜不散，遮天蔽日，整个西沙、南沙群岛都看不见阳光。渔民都无法下海捕鱼了，只好到海边的礁石上捉些小鱼小虾、螺蛳牡蛎回来充饥。日子久了，这些东西也少了，渔民们饿得面黄肌瘦，奄奄一息；加上长期见不到阳光，瘟疫流行，死人不少。人们多么盼望能见到金光灿烂的太阳呀!

　　渔民们急得团团转,只好乞求神灵保佑。最焦急的要算是翁大伯了。他备齐香烛,虔诚地到珊瑚庙里的南海老人神像前祈求。

　　当天夜晚,翁大伯做了一个梦,南海老人告诉他三角魔鬼是怎样制造浓雾害人的,又告诉他怎样才能战胜三角魔鬼,最后说要有七个不怕死的英雄才能战胜三角魔鬼。翁大伯醒来后,非常高兴。

　　天亮了,翁大伯将七个儿子叫到眼前,把梦境说了,问道:"谁能去战胜三角魔鬼,拯救西沙、南沙群岛的渔民呢?"七个儿子异口同声地说:"我能战胜恶魔!"翁大伯又问:"谁是不怕死的英雄呢?"七个儿子一起宣誓:"我粉身碎骨也心甘!"这时,翁大伯的声音沙哑了,他含着热泪,激动地说:"去吧,孩子们,就按南海老人说的话拯救渔民,不怕艰难险阻朝北走。你们七兄弟一起去,一定要打败这万恶的三角魔鬼!"父亲给儿子每人一把鱼刀,家中还留下一把插在刀鞘中。送别时,父亲心如刀绞,但想起受苦受难的渔民兄弟,就强把泪水咽下肚里,不让儿子们看见。

　　七个儿子都背插鱼刀,脚穿草鞋,似七条蛟龙,朝北方前进。

　　七兄弟走呀走的,天黑了,他们来到了海边,还继续向前走。不久,果然见到了一座用白色珊瑚砌成的小房子,里面坐着一位白发银须、脸带笑容的老人。七兄弟听父亲说过,便知道这位就是南海老人了。他们拜见了老人,说明了来意。南海老人说:"你们还是回去吧,这条路难走得很呀!"七兄弟斩钉截铁地说:"我们不怕,再难也要走!"南海老人听了很高兴,说:"好吧,你们就一直朝北走吧!"接着,老人送给他们每人一对"避水鞋"。七兄弟把各自的草鞋脱了,都穿上了避水鞋,又听南海老人把战胜三角魔鬼的办法讲了一遍。

　　他们又继续向北方赶路,因为穿着避水鞋,在海底行走如同在平地上走路。走了一天,他们又饥又渴,多想喝口水和吃些东西呀!这时,他们见到有一座小屋子,屋里坐着一个老妇人。她说是开小店的,说完就端出了七碗香喷喷的白米饭和七碗热腾腾的汤。但是,七兄弟心里明白,因为父亲和南海老人都说了,这是三角魔鬼的化身,这饭是毒饵,这汤是迷魂汤。七兄弟齐声拒绝了,忍着饥渴,继续朝北走,把老妇人气得脸色发青。

七兄弟又在海底走了一天,来到了一个关口,上面写着:"南海第一关"。七兄弟心里明白,一场搏斗就要开始了。突然,从关内冲出了七个怪物,原来它们都是三角魔鬼的卫士。这七个怪物都骑着海龟,它们的头,有的像海参,有的像海马,有的像螺蛳,有的像牡蛎,有的像多角珊瑚,有的像海星,有的像海贝。这群怪物厉声喝道:"你们是何方人氏?敢来海底扰乱,且吃一刀!"接着,就挥刀向七兄弟砍来。说时迟,那时快,七兄弟一闪,怪物们扑了一个空。没等众怪物回转身,七兄弟一齐举起鱼刀,手起刀落,把海龟们的脚砍断了,七个怪物便倒了下来。原来这群怪物骑在海龟背上时气力特别大,一倒下来就浑身无力了。七兄弟再举鱼刀,把七个怪物统统砍死了。

然后,七兄弟沿着一条海底大道继续向前走。不久,便到了一座金碧辉煌的宫殿,宫殿上面写着"比心宫"三个大字。兄弟七人走进了"比心宫",想起了父亲和南海老人的话,知晓这三角魔鬼的灵魂就是飘浮在南海海面上的浓雾,魔鬼的脸是三角的,连嘴、眼、鼻都是三角形的,但是无影无踪,怎么找也找不着。然而,三角魔鬼那颗冷酷的心,就藏在"比心宫"内的一个圆形的毒水池底下。只要这毒水池的毒水干涸了,三角魔鬼也就自然死去了。可是,这池里的毒水是戽①不干的,而且,人的身体一接触到毒水,就马上会变成石头。怎么办呢?七兄弟感到很为难。忽然,他们发现这个毒水池不太深,如果七个人都跳下去,是能把池填满的,不过……

这时,七兄弟想起了西沙、南沙群岛受苦受难的千万渔民,想起了临别前父亲的嘱咐,又想起了自己曾经表示"粉身碎骨也心甘"的誓言。想到这里,兄弟

---

① 用戽斗汲水。戽斗,一种汲水灌田的农具。

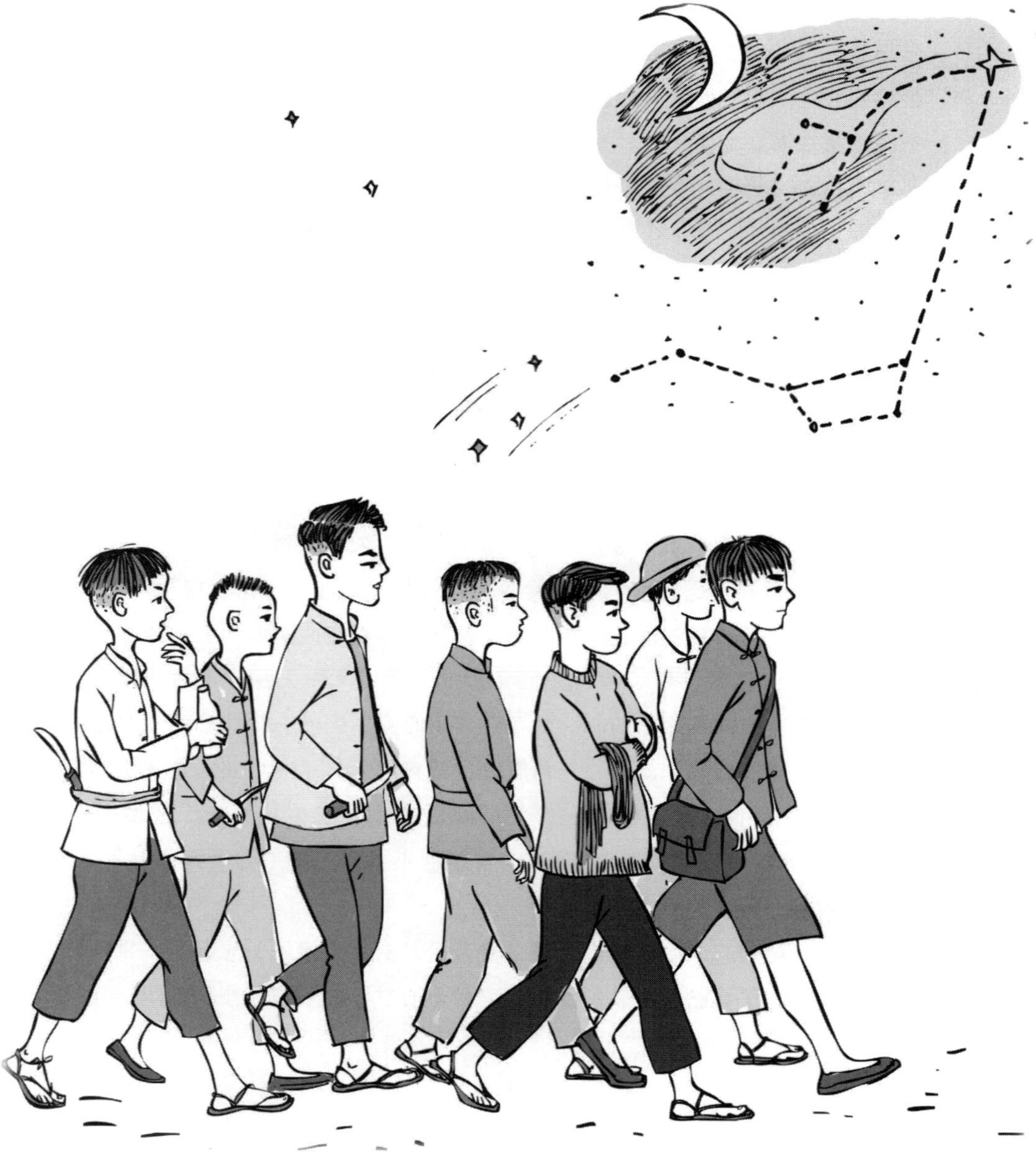

七人手挽着手，抱成一团，一齐跳进了毒水池。突然间，七兄弟化成了金光闪烁的珊瑚礁，礁石互相贴得紧紧的，占满了整个毒水池。毒水一干，那颗冷酷的心马上死了，三角魔鬼也死了。

整个南海的浓雾被驱散了，红艳艳的太阳从东方的海平线上冉冉升起，把南海照得金光灿烂，西沙、南沙群岛在阳光下像明珠一般闪耀着光芒，现出了生机。渔民们得救了，处处欢呼雀跃，人人传颂着七兄弟战胜三角魔鬼的功绩，都来慰问翁大伯。

翁大伯高兴得热泪盈眶，回到小屋子，从刀鞘中拔出鱼刀，鱼刀上沾满了鲜血。这是七个儿子都在"比心宫"化成石头的缘故。看着鱼刀，大伯泣不成声，泪如雨下，他的哭声，像阵阵海风，掀起了南海波涛。

七兄弟化成珊瑚礁，渐渐扩展开来，露出了海面，矗立在南海之中，这就是现在西沙群岛的"比心礁"。在南沙群岛有一个"草鞋滩"，传说就是七兄弟脱下草鞋的地方。

南海老人知道这件事后，驾着莲花，赶到了"比心礁"，用杨柳枝蘸着七点法水，洒在"比心礁"上。这七兄弟的灵魂一直飞向天空，化成了七颗星星，就是现在的北斗星。这七颗星星相互守望，永不分离。

北斗星在夜空中闪烁，指明方向。它永远给渔民指点航向，西沙、南沙群岛的渔民每夜都仰望着它。

○ 采录者：许和达
○ 流传地区：西沙群岛、南沙群岛
○ 出处：《广东民间故事选》，花城出版社1982年版。

第十二编

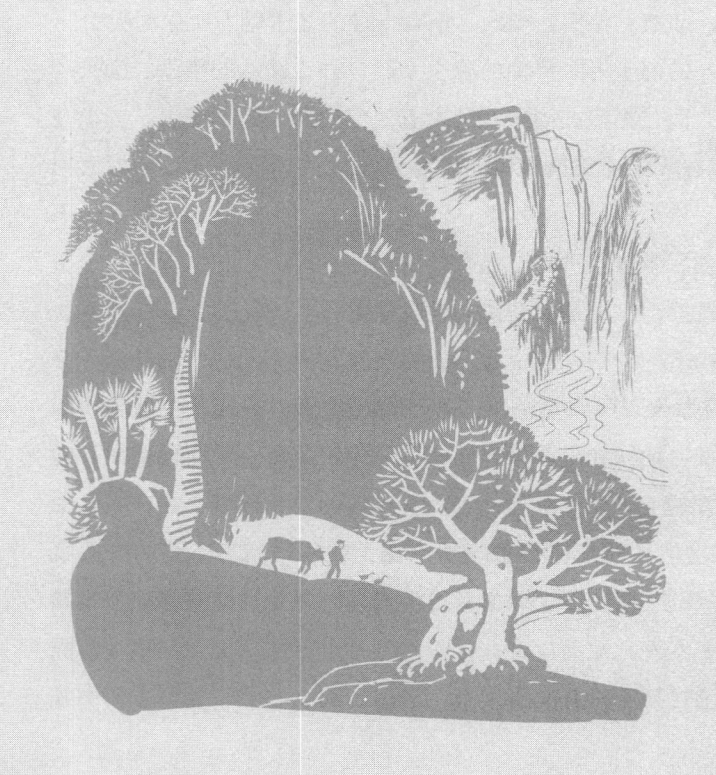

故事诗学

《憨子寻女婿》的奇趣

在我主编的《中国民间故事经典》（华中师范大学出版社，2014年版）一书中，选录了出自鄂西北山村的一篇生活故事《憨子寻女婿》。故事讲的是一个憨子男人出门给独生女寻女婿的趣事，乍看起来不过是一篇叙说乡间凡人小事的生活故事，可是仔细品读，却被它朴实、幽默、饱含奇趣的艺术魅力所深深吸引。

情节主干是一个中年的憨子男人将他的独生女随口许给路遇的猎手、渔夫和郎中三个小伙子做媳妇，而且都定在当年八月十五上门迎娶。到了那天，三顶花轿同时上门抢娶一女，在无法应对的情形下，女孩子爬到门前水塘边一棵大树的树杈上躲起来，被猎手枪声吓得掉落水塘；渔夫急忙撒网捞起女孩却发现她不省人事，这两个男子不理后事双双逃离。那个会看病的乡村医生却情深意重地很快将女子救治好，用花轿抬走，于是"有情人终成眷属"。

民间故事本以情节构造的奇巧取胜，有的研究者将它的艺术特色归结为一个"奇"字，不无道理。通称为"民间童话"的神奇幻想故事，海阔天空地驰骋幻想，将宝物、法术、神佛、仙妖和凡俗世界相糅合来编织故事，从而创造出如蛇郎、龙女、田螺姑娘、青蛙王子、董永遇仙等优美动人的婚恋故事，在口头文学园地传承不息。至于在世俗生活情境中来谈婚论嫁，就很难编出奇丽的好故事了。本篇却在主人公名号的"憨"字上做文章生发奇趣，先是让他路遇三个本领高强的小伙子，随口将一女许三家而生奇；接着是八月十五那一天，三顶花轿同时来迎亲，以致闹得沸沸扬扬不可开交再生奇；最后，那女娃子于无可奈何中躲在树杈上却又掉进水塘，乐极生悲；当那两乘花轿在人命关天之际双双离去时，第三个女婿却手脚麻利地一下子将不省人事的女子救活，塞进轿子喜结良缘。于是情节急转直下，以大慰人心收场。全篇不到两千字，情节一波三折，大起大落，四五个人物登场，形象各不相同，又栩栩如生。

　　本篇用鄂西北的方言讲述，富于泥土气息，质朴诙谐而深含韵味。试以开篇中这位憨子男人同三个不相识的小伙子的对话为例。

　　这是他同打鱼小伙子的对话：

　　　　走哇走，见一条大河，一个后生娃在渔船上打鱼。憨子央求打鱼的用船把他渡过去。船行到河心，打鱼的说："这鱼好多。"憨子问："在哪里？"打鱼的把网撒下去，打上来满满一网鱼。船压得歪歪斜斜，憨子就帮打鱼的收鱼，边收边问："大哥你船上也没得个帮忙的？"

　　　　打鱼的说："没本事，没人给媳妇。"

　　　　"有本事，有本事。我有个女子，还没得婆家，给你当媳妇吧。"

　　　　"咋不行，啥时候接？"

　　　　"八月十五。"憨子岁数大，记性差，忘了把女子许给打猎的了。

　　之前他见到猎人，问话是："你这手艺高绝得很，屋里谁跟你过生活？"接着见到打鱼小伙子，他立刻变了一个问法，问他有没有人在船上帮忙；最后他同那个看病的小伙子搭话，却从"本事有没有传人"来发问。他同路遇的三个不同行业的小伙子拉家常，均见出日常生活情理，亲切自然；可是三句话不离本题，都是以探问对方有无妻室为目的，只一句话就套出了他们的底细，将许婚的事很快订了下来。一女许三家，自然显得憨得可笑；可是他对三个本事高强的小伙子的由衷喜爱，还有他的快人快语、办事决断，又使得这个山村农民大叔的形象纯朴可爱，叙说中趣味洋溢。

作为一篇口头语言艺术佳作，它的用语，不论是对话还是第三人称叙说，都相当精彩，如最后一段：

> 看病的见打鱼的捞起女子，忙掏出看病的家什，撬开女娃子的嘴，喂了一服药，拉一下手，按一下胸，几下子就救活了。
> 吓愣了的憨子老两口，见女子被救活了，上去就给看病的下跪，看病的拉住他们，说："别这样，救人嘛，救的又不是别人。"
> 说完，把女子往轿里一塞，一群人吹吹打打地走了。

短短的一段话，不但将这个乡村土医生娴熟救人的情景讲得活灵活现，字里行间还洋溢出小伙子爽朗自信和意外惊喜的神态；本属第三人称的讲述人的口吻完全同那位小伙子的神态融为一体，魅力夺人。这个结尾的叙说显得格外简短，可又深含余韵，耐人回味。

我于1992年亲身经历了这篇故事的采录、写定过程。故事讲述人孔祥诗，是湖北十堰市郊区的中年农民，采录者王崇书为文化馆干部。当时我在华中师大文学院任教，兼任湖北省民间文艺家协会副主席。省民协按照中央文化部门编纂民间文学集成的规划，在十堰市举办"民间文学省干培训班"，他们两人都是被邀请参加的学员，我也作为辅导人员参与其事。这个故事由孔祥诗于一个晚间在宾馆门外的草坪上任性讲述，获得好评，随后就由王崇书记录写定，选编在《湖北民间故事传说集》中得以问世。写定时特别注重保持民间文学原汁原味，未作加工修饰。我曾在民间文学专业的教学中把它作为田野中采录写定民间故事的一个范例来运用，反应良好。

鲁迅曾说，民众讲故事就是小说的起源，又说那些善于讲故事的乡民就是"不识字的小说家"。新时期以来，我国民间文艺学家以多种视角来研究民间故事，对许多故事作民俗学、文化人类学的解读，确实让人眼界大开。但把它作为口头语言艺术的一个显要品种来探求其艺术特质和审美价值，并把它和中国富饶的作家书面文学及通俗叙事文学融为一体，作"三位一体"的深入探究，仍是一个薄弱环节。笔者多年致力于故事学研究，虽以探求民间故事的艺术世界为重点，受到刘锡诚等学人的关注与鼓励，仍深觉力所不逮，现选取若干具有代表性的故事佳作文本试作诗学解读，以求人们对这些常被湮灭在泥土中的珠玉的珍贵价值提高认识，也许是一个有益尝试。本篇的着意即在于此。

附：

憨子寻女婿

憨子的老婆生了个独女子，两口子喜欢得要命，拿在手里怕掉了，衔在嘴里怕化了。

女子长到20岁，还没人来提亲，憨子两口子心焦闷倦。一天夜里，憨子老伴说："儿大当婚，女大当嫁，女子大了，不能跟我们住一辈子，给她找个人儿吧。"

憨子说："咋不行！"

老伴说："找个有本事的。"

憨子说："我晓得。"

天一亮，憨子带上干粮出门了。走着走着，来到一座山上，有一个青年猎人在打猎，拉弓射箭，一箭一个猎物。憨子想，这娃子本事大，凑上前招呼说："你这手艺高绝得很，屋里谁跟你过生活？"

猎人说："我妈。"

"那好，我有个女子，还没得婆家，嫁给你吧。"

青年猎人一听，喜得连连跪下磕头，问："我啥时候去接？"

"八月十五。"

憨子定了女婿，喜颠颠地绕着道往回走。走哇走，见一条大河，一个后生娃在渔船上打鱼。憨子央求打鱼的用船把他渡过去。船行到河心，打鱼的说："这鱼好多。"憨子问："在哪里？"打鱼的把网撒下去，打上来满满一网鱼。船压得歪歪斜斜，憨子就帮打鱼的收鱼，边收边问："大哥你船上也没得个帮忙的？"

打鱼的说："没本事，没人给媳妇。"

"有本事，有本事。我有个女子，还没得婆家，给你当媳妇吧。"

"咋不行，啥时候接？"

"八月十五。"憨子岁数大，记性差，忘了把女子许给打猎的了。

天黑，憨子住在客店里。半夜，女掌柜的得急病昏死过去，全家人哭得真伤心，憨子也心酸酸的。

客店里正乱糟糟，进来一个看病的说："让我看看能救不？"他摸摸女掌柜的胸口，心还跳，找穴位扎了一针，女掌柜的睁眼了。

客店全家对看病的千恩万谢，端酒炒菜，还请憨子陪客。

席上，憨子见看病的有本事，长相也强，就想把女子嫁给他。

憨子问："你的本事跟谁学的？"

看病的说："祖传的。"

"不传别人？"

"不传别人。"

"你可得好好教你儿子。"

"我连媳妇都没得，哪来的儿子？"

憨子高兴地一拍大腿，说："咋不早说，我家有个女子，还没婆家，跟你配对吧。"

看病的连忙躬身下拜，问啥时候去接，憨子也说八月十五。把遇到打猎的和打鱼的事早忘记了。

八月十五那天，打猎的、打鱼的和看病的都抬着轿子、吹吹打打来接人。憨子这才明白，一急，把女子推到门外水塘边的一棵大树上。三家接亲的到了门口，憨子指着大树说："女子只有一个，在水塘里的大树上，谁有本事谁接去。"

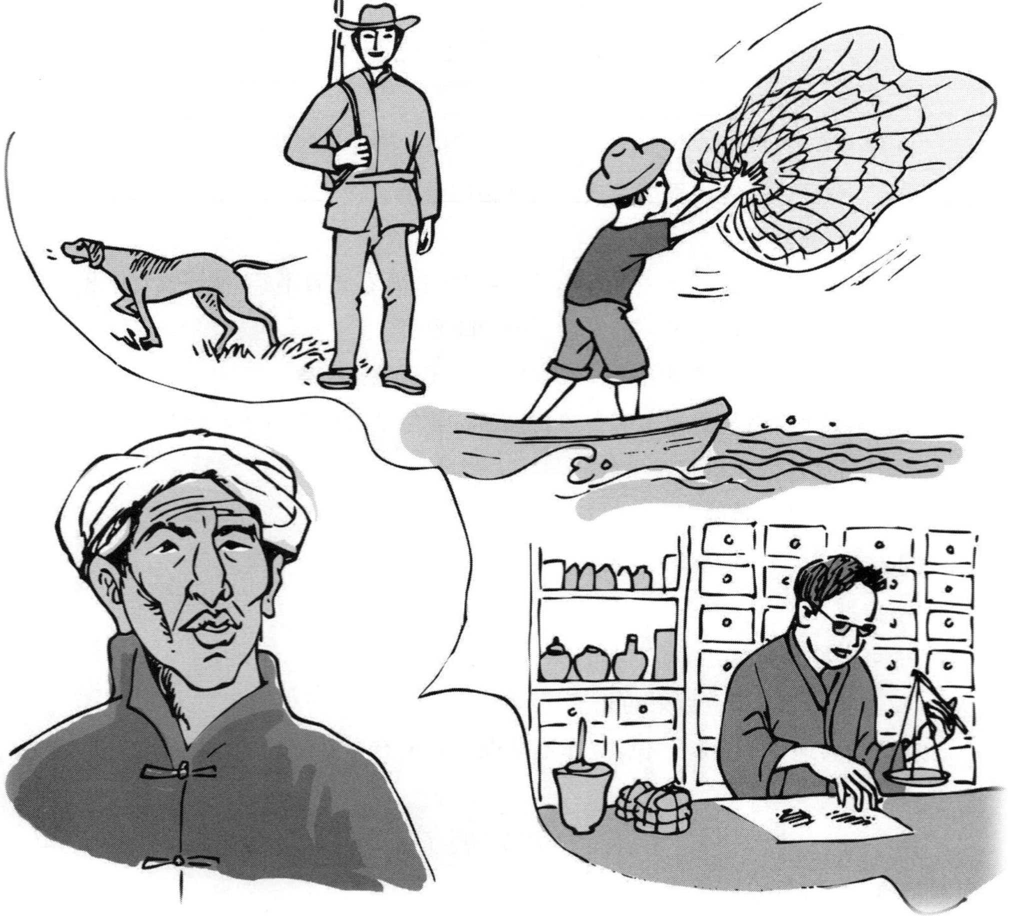

三家接亲的你望望我，我看看你，都往大树上瞧，见一女子坐在树杈上。

打猎的气得没法，照着大树"飕"的就是一箭，这一箭，不打紧，吓得女子一哆嗦掉到水塘里了。打猎的一看要出人命了，抬起轿子就跑。

打鱼的见女子掉进水塘，拿出渔网就撒，把女子打捞上来，一看，没动静了，也抬起轿子就走。

看病的见打鱼的捞起女子，忙掏出看病的家什，撬开女娃子的嘴，喂了一服药，拉一下手，按一下胸，几下子就救活了。

吓愣了的憨子老两口，见女子被救活了，上去就给看病的下跪，看病的拉住他们，说："别这样，救人嘛，救的又不是别人。"

说完，他把女子往轿里一塞，一群人吹吹打打地走了。

- 讲述者：孔祥诗
- 采录者：王崇书
- 流传地区：湖北省十堰市张湾区
- 出处：《民间文学作品精选》，华中师范大学出版社2009年版。

鄂西故事《樵哥》解读

《樵哥》是流传于鄂西山区的一篇讲述老虎报恩的幻想故事,我直接参与采录写定,初刊于《布谷鸟》杂志1981年第3期,后经《中国民间故事集成·湖北卷》选录,成为一篇广受关注的民间童话幻想故事。

"樵哥"是那位以上山打柴为生计、赡养老母的小伙子的名字,也是这个故事的篇名。它讲的是樵哥上山打柴,遇见猛虎,因帮它拔除虎口的骨刺而获得老虎的回报,结拜成义兄弟;随后老虎抢亲让他有了媳妇,由此惹出官司,在县衙门断案,轰动县城;再后是樵哥揭榜抵抗辽兵入侵,率领虎兵上阵退敌,为国立功,人虎情缘获得圆满结局。

1980年冬在调查民间文学,编纂民间文学集成的国家文化工程中,湖北省民间文艺家协会于湖北省兴山县举办民间文学骨干培训班,这篇故事就是在当地采录者的。我作为华中师范大学民间文学专业教师和湖北省民间文艺家协会副主席,在培训班授课并指导采录民间故事。县文化馆的丁岚女士将这个故事的初稿给我浏览,我当即被它吸引,刨根问底,得知故事讲述人,就是文化馆食堂的那位中年厨师郑家福,于是我们约定前去拜访郑师傅。

他说,这个故事是他十多岁时,听老祖父讲的,这已是四十多年前的事了。祖父过去在县衙门里做过事,跑过很多地方,见多识广,很会讲故事,特别爱讲《樵哥》,他一遍又一遍地讲给孙子听。后来别人请他讲故事,他把孙子带在身边,有时也由孙子讲,他在一旁听,讲得不好,他再作补充。因此,这个故事在郑师傅口里越讲越熟，越讲越细。由此更激发了我对这个故事的兴趣。于是我便请郑师傅不加拘束地原汁原味地讲给我们听，当即用录音机录下，随即又就相关事项和方言咨询交谈，在尽可能坚持其本真形态的原则下将它写定发表。原始记录稿见于1985年成书的《中国民间童话概论》一书中。

从我对这个故事从口头叙说的原初面貌、现场语境和写定文化的完整研读中，我以为它在中华虎故事群中，是一篇十分有特点的义虎型故事，因此撰此短文，作为探求故事诗学的尝试之一。

龙文化和虎文化在中华文化经典宝库中具有相互映衬、彼此彰显的特质。有学人认定，彝族文化就是虎文化，虎文化的基因孕育出虎故事。但虎故事并不限于彝族传承，在汉族、苗族、土家族等多民族口头文学园地，也有关于恶虎、义虎、虎媳妇及人虎互变等多种形态的虎故事众口传诵。早在明代，就有一部搜罗广博的专题故事集《虎荟》流传于世。笔者所撰《中国民间故事史》，由此特地设置了《虎故事种种》这一章。鄂西《樵哥》在我看来，是义虎型故事中最富有诗意的一篇。

我说它富有诗意，不只是指它编织的故事奇特有趣，还觉得它把人虎情缘母题表现得格外生动，富有人情味与感人魅力。

首先，它是一篇由多个母题巧妙串接而成、情节曲折动人的复合型故事。打柴的樵哥在山林中偶遇猛虎，拔刺相助而结交，这是一个基干母题，在义虎型故事中最为常见，并不足为奇。然而本篇故事除老虎衔来野物报恩之外，又进一步让人虎结拜成义兄弟，随后又楔入老虎抢亲，县官出面明断此案(木已成舟，不予追究)，造成轰动县城的波澜起伏的情节；再后又让这位虎兄弟帮助樵哥上阵退敌，为国立功受奖而获得幸福生活。于是这一人虎情缘由小山城拓展至县城以至边关，一步进一步被家国情怀所充实而更显动人了。

其次是对人虎结缘情节乃至细节的朴素而生动的叙说。本故事中三个母题的串接就是情节的大起大落，一波三折，而其间的人物对话、情境描绘和细节设计，虽均系质朴的口语点染，却富有匠心。在这个包含虎老二在内的四口之家中，老虎只是哑巴，却以通人性而扮演着重要角色。老虎报恩衔来野物给他们充饥，老妈妈却唉声叹气，想娶儿媳妇；老虎听后便下山抢亲，遂了她的心愿；媳妇娘家状告樵哥抢亲，县官断案，老虎进城，居民"像燕子飞一样"让路，又涌动着看热闹；县官被老虎吓得不敢升堂，便以"木已成舟"了却此案；樵哥揭榜，勇赴边关退敌，可他并无武功和将才，是媳妇提醒他去山里找虎兄弟相助，于是生发出了樵哥带老虎兵上阵退敌的新奇构想。关于樵哥帮老虎口中拔刺的情节，地方口头叙事本有几种说法：有说是老虎吃人，被女人头上的金钗卡住；也有说是被豪猪的刺毛卡住，郑师傅选取了后一种说法。关于老虎在"草林子"中活动，住在"大岩屋"(大山洞)里，以及身上的"扁担花"等细节，他都是有亲身观察，才开口那样讲的。

《樵哥》中的人虎情缘，自然是属于民间童话的幻想，讲述者在传承这一故事时，既保持着原初形态中人虎结缘、奇妙地互帮互助的基干母题，又贴近山村虚实糅合的人情与自然生态，将幻想与实际巧妙融合，在似幻非幻的奇思妙想中编织故事，于是趣味洋溢，诗意盎然了。

再次是本篇故事以其饱含民族文化意蕴而闪光耀眼。鄂西是土家族聚居地区，讲述人郑师傅就生活在这片土家族文化蕴蓄深厚并深受国内外学人关注的文化富集区。其间关于虎的民俗文化基因明显可见。我不仅读过土家族的许多老虎故事，还访问过一些见过老虎对老虎的生活习性有直接感受的人；当地人称老虎为老巴子，对它们所持的亲情态度远逊畏惧。我访问土家族著名女故事家孙家香，听她讲老虎媳妇的故事，那位老虎媳妇既有不同寻常的野性与刚强，又同样像普通家庭的妯娌那般待人和善亲切。郑师傅口述故事中的虎老二，就是不能说话的一位山村愣头小伙子。远古传统民俗在古老的民族思想中是具有神圣性神秘性的，而土家族的虎文化传统经过漫长岁月的文化演变，似乎从一般民俗已经演变为一种艺术象征。一些艺术家认为："象征性常常综合艺术家对某些问题或事件的认识或理解，采用比喻手法，以象征的形象来表达问题的实质。象征的形式更含蓄并更富于概括性，但也更具有抽象型。象征的形式更适合于表现富有想象性的内容。"这一论述本是就美术作品而言，对我们评说的民间叙事文学也有启迪意义。《樵哥》中的虎形象就由传统文化中的神圣的民俗对象演化成为了刚猛侠义的山民的象征性角色，其神圣性的消退与世俗性的增强，使它成为了一个可敬可亲的童话形象，于是相关故事叙说显得诗意盎然了。

还值得一提的是，《樵哥》作为一篇故事情节曲折完整、叙说丰富生动的故事，在写定的文本刊出后，有些文化人点赞之余，却质疑它并非普通百姓的口头文学，而是由采录者添枝加叶拼凑而成。故我特地找到原口述者，打破砂锅问到底，以证实它的原创性。从这一故事的生活史可知，它并不是由某一故事讲述人一次随口讲述而成型的，而是在长时期的流传过程中，经过多人转述、修改、不断加工才成为今天这个样子。其间还有着吸取民间流传的戏曲、说唱、通俗小说等的滋养而渐趋精美。湖北兴山县是著名的神农架林区，它的边沿地带，所流行的民间文艺多姿多彩，并和历史上的薛刚反唐、岳家军抗金、李闯王造反等史迹相关联，洋溢着刚猛豪侠之气。我在这里做民间文学的田野调查，深受其感染。现以《樵哥》这篇故事为品读对象，写成这篇短文，也许和这段情缘不无关联吧。

附：

樵　哥

从前，山里有户人家，只有两母子，妈妈瞎了眼，儿子每天上山砍柴侍奉母亲，别人就叫他"樵哥"。一天，樵哥早起上山，妈妈叫他提防狼虫虎豹，莫攀陡壁悬崖，千嘱咐，万叮咛。樵哥劝她放宽心在家歇着，拿着弯刀、扦担出了门。日头偏西的时候，他挑柴下山，路过半山腰的小石坪，放下担子歇气。凉风一吹，不觉打起盹来，猛然间，传来一阵吼声，草林子直分，一只老虎扑到他跟前来。樵哥长到十几岁没见过老虎，睁眼一看，吓昏了。过一会醒过来，只见老虎端端正正地坐在他面前，身上的扁担花都数得清楚。他心想：老虎扑到我跟前，又不伤害我，好奇怪呀！就壮胆问起话来："畜生，你是不是要吃我？"老虎摆头。樵哥又问："畜生，你是不是有什么为难之事要我帮忙？"老虎点了三下头，接着把口张开。樵哥起身走拢去一看，老虎喉咙里插着三根刺，原来是吃豪猪子被刺卡了。他想把手伸到虎口里去拔，试一试又缩了回来；后来把砍柴的弯刀伸进虎口里去慢慢钩，费了好大功夫才把三根刺钩出来。老虎吐出一大口像屋檐水一样乌黑乌黑的瘀血水，对樵哥摇摇尾巴，大吼一声，一蹦几丈远，回山去了。

老妈妈正在家里眼巴巴地望樵哥回来，嘴里念着：我儿每天都是日偏西打回转的，今天太阳下了山怎么还不见人？莫不是跌伤了腿脚，遇到了老巴子①。正

---

① 鄂西地区兴山一带称老虎为"老巴子"。

着急时，樵哥挑柴进了屋，进灶屋端起一碗锅巴粥，一边吃，一边讲着帮老虎挑刺的事，两母子都觉得这事实在稀奇。半夜里，忽然听见屋山头脚板翻叉，接着"嘣咚"一声，好似一块大石头滚下山来。妈妈怕是崩山，赶快把樵哥叫起来，点着桐油灯去察看。打开门，只见坡上坐着一只老虎，两只眼睛像灯笼闪亮。再看地下，原来是一头大肥猪。樵哥说："妈，您老莫怕，是我救的那只老虎送猪来了！"老妈妈摸出门来说："老巴子，你真有良心。我一生一世只有樵哥这根独苗子，你要是通人性，到我家来做个老二，两弟兄互相帮衬，那该有多好啊！"老虎听了从坡上走下来，围着老妈妈打旋，尾巴直摇。以后它就真的留在这户人家里，隔几天从山里衔些野物回家。他们自己吃一些，也卖一些。樵哥上山砍柴，它就坐在门前同老妈妈做伴，他们的日子慢慢过好了。

一天，老妈妈摸着虎老二的头，叹气说："老二，有你帮忙，家里的日子是过好了一点，就是你哥十八九岁了，缺一个嫂子。穷家小户，什么时候才能娶上媳妇啊！"老虎听了这话，转身就不见了。樵哥打柴回来，不住地埋怨他妈："您老真是人心不知足，本来过得好好的，就是您老一句话把兄弟气走了。"

老虎翻过几架山，来到外县地界。两员外家结亲，人夫轿马，敲乐炮仗，好不热闹。等花轿经过僻静山坳时，老虎突然从草林子里窜到大路上，抬轿担礼、送亲迎亲的，吓得连滚带爬，都逃散了。老虎把轿门扒开，衔住新娘的一只胳膊，头一摆，把新娘子驮在背上就跑。跳沟越岭，半天就跑了一百多里路，天刹黑时蹿回家来。妈妈听说老虎驮了个人回来，喊叫道："我的天，你这个畜牲怎么野性不改，这样作孽呀？"姑娘早吓得人事不省。一摸身上，还好，一没伤口，二没血迹。妈妈叫樵哥赶紧烧姜汤把她灌活。姑娘醒过来，看见那只老虎坐在身边，吓得哭喊起来。老妈妈说："这个老巴子是我家老二，它心肠好，不伤人，你不要怕它。你要是不嫌我家贫寒，就留在这里过日子，给我老大做媳妇吧！"姑娘见老人家慈祥厚道，樵哥憨厚老实，一表人才，含笑答应了。老虎看见哥哥娶了亲，妈妈有嫂子做伴，也归山了。

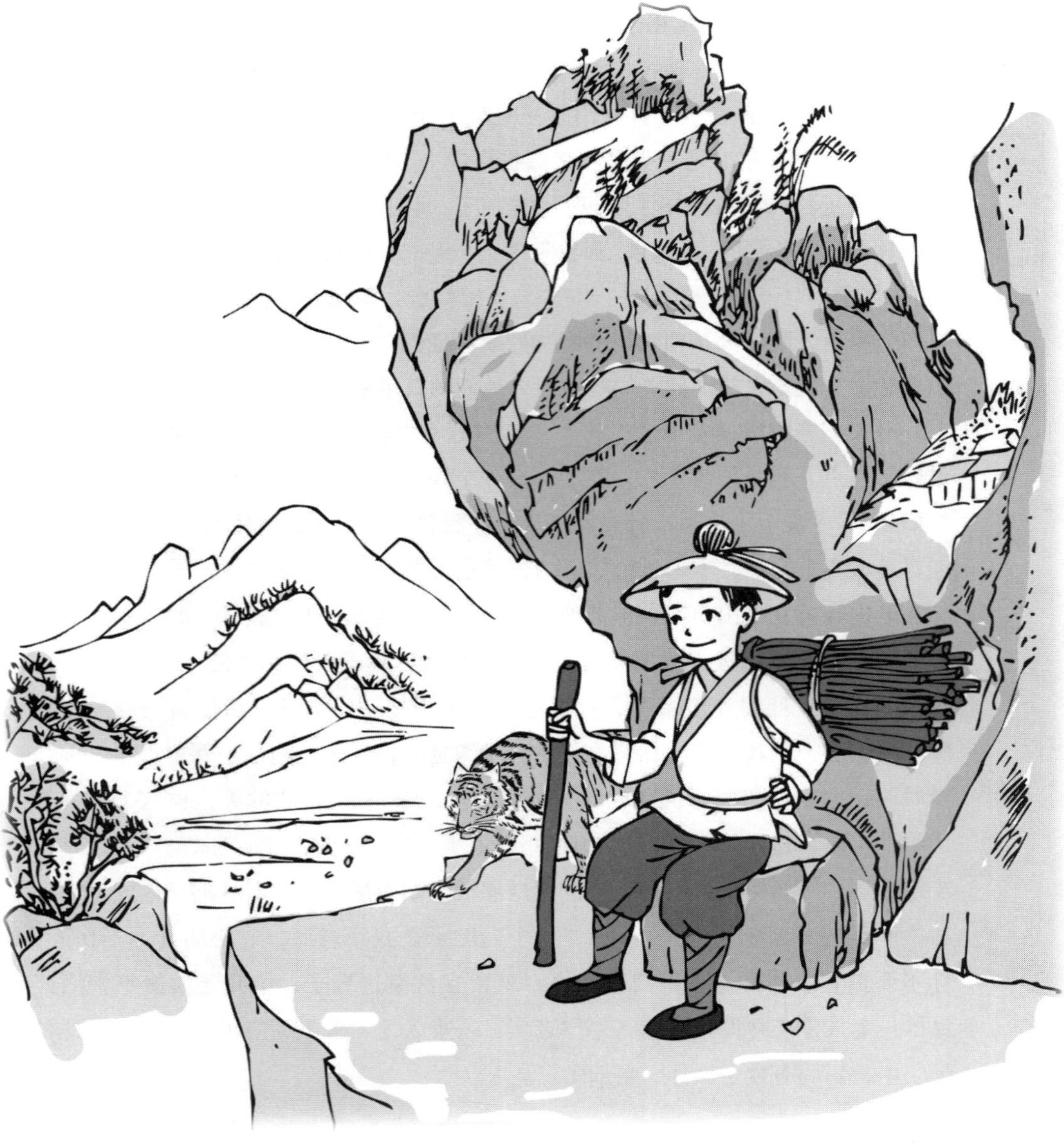

姑娘被老虎抢走以后，两个员外到县衙门里打起官司来。男家办喜事人财两空，告女家起心不良，另择高门大户，半路上把女儿嫁给别家了。女家说花轿出门，姑娘就成了婆家的人，想必是婆家嫌丑爱美，半路上把姑娘卖了。两亲家公说公有理，婆说婆有理。活不见人，死不见尸，县官也断不下来。过了大半年，风言风语传开来，说山那边出了件新鲜事，老虎抢了个新娘子给山里人做媳妇。两个员外又到这县来打官司。县衙门的差狗子把樵哥抓去过堂，要办他强抢民女的大罪。老妈妈心急火燎，一日三遍摸到旁边的山坡上哭喊："老二呀老二，你哥遭了冤屈，赶快回来救救他呀！"

樵哥在堂上把前因后果照直说了。县官不信，抓起惊堂木狠狠一拍："胡说！世上哪有老虎抢亲的事！除非你把老虎叫来作证。"哪晓得老虎果真下山了。听说县官要断老虎案，县城里人山人海看稀奇。老虎进街，人们都吓得像燕子飞一样把路让开，躲在店铺里扒开门缝朝外瞧。老虎大摇大摆走进县衙门，坐在樵哥身边候审。樵哥说："这就是我老虎兄弟，姑娘是它抢来的。请大老爷明断！"县官在堂上吓得浑身筛糠，手脚打颤，推说木已成舟，把姑娘断给樵哥了。老虎送樵哥回家，看了一下妈妈和嫂嫂，出门就没影了。

过了三年太平日子，辽兵侵犯中原，兵荒马乱，皇上出榜招贤，要选能人带兵打仗。樵哥进城卖柴买米，见许多人围在县衙门前看榜，也挤进去看热闹。听人说辽兵打进中原，占了好多地方，奸掳烧杀，糟害黎民百姓，就凭着血性把榜揭了。看榜的差人见他膀粗腰圆，仪表堂堂，以为是山里的能人，马上前呼后拥，请到县衙门里设酒宴款待。樵哥以为揭榜是去当兵，一打听，皇帝出榜是招领兵元帅。军情似火，十天之内就要进京领旨。他回到家里，为这事急得茶饭不沾。还是媳妇说："我们山里不是还有个兄弟吗？何不进山找它帮忙呢！"樵哥带了几个粑粑进山，在荒山野岭边走边喊："老二呀老二，我是樵哥；我是樵哥！"找了三天三夜，来到一个大岩屋下，到底找到了那只老虎。樵哥讲了揭榜情形，说："你能帮我领兵打仗，就跟我下山！"老虎见了他摇头摆尾，十分亲热。伏在地下，让樵哥骑着，一阵风似的奔下山来。回到家，全家人欢天喜地。媳妇说："老二，你哥只有一把砍柴的苕力气，哪里会带兵打仗？这一回全仗你出力了！"老虎在嫂嫂面前连连点头。

进京以后，樵哥领旨挂了帅印，带着人马赶赴边关。虎老二披红挂彩，领着几百只老虎威威武武跟在后头。到了两国交兵的地方，樵哥的队伍还没安营扎寨，辽兵就冲杀过来。樵哥骑着高头大马指挥，虎老二大吼一声，发起虎威来，领着几百只老虎漫山遍野冲过去。辽兵被老虎抓的抓死，踏的踏死，剩下的残兵败将，一个个哭喊着逃命。以后老虎兵上阵，就像猫赶老鼠一样，敌人望风就逃，不战而退，被侵占的中原地方都收复了。

打了胜仗，班师回朝。皇上嘉奖樵哥，封他做平辽王。樵哥替老虎讨封，说："这回打胜仗多亏我那虎兄弟。"皇上便封老虎做山林之王。老虎不能像人一样受封，当朝宰相便奏请皇上御笔写了一个"王"字，贴在它的头上。樵哥不愿在京城做官，对皇帝讲："老母在堂，我要回家养老送终。以后边关有事，我们两兄弟再来为国家报效出力。"说完他就骑在老虎背上回到山里老家来了。回家后，那只老虎呢，进山做它的山林之王去了。

○　讲述者：郑家福
○　采录者：刘守华、丁岚
○　出处：湖北《布谷鸟》，1981年第3期。

民间传说《赵州桥》的诗学意蕴

在2021年发表的《走向故事诗学》(《湖北大学学报》2021年第4期)一文中，笔者试图以故事诗学眼光来解读那些脍炙人口的民间故事传说，以求对它们的艺术世界和审美特质做更深入的理解，充分闪现出其"多棱宝石"的光彩。我选取了几篇流行故事给以解读，现就河北家喻户晓的一个鲁班传说《赵州桥》为例作为2022年新年试笔。

赵州桥是中国古代石拱桥的杰作，其光辉成就已为世界建筑史所公认，让我先读著名的《简明不列颠百科全书》中对它的简介：

> 赵州桥，中国古代著名大石拱桥，又名安济桥，位于河北赵县洨河上，是世界上现存最早的大石拱桥。591—599年间由李春主持建成。桥长50.82米，桥面宽约10米，主拱跨径37.02米，拱圈矢高7.23米，弧形平缓。拱圈由28条并列石条组成，上设四个小拱既减轻重量，又便于排洪。建桥中采用坦拱和敞肩拱的新工艺，是桥梁建筑史上的卓越典型。①

这里文字虽十分简要，却已将它的建造工匠姓名及现存完好的桥梁外形特征作了真切记述。至于这位隋代工匠李春以约10年工夫聚集匠人建造了这座大石

---

① 《简明不列颠百科全书》(中文版)，中国大百科全书出版社1986年版，第9卷385页。

拱桥的历史，在中国建筑史的文字记述中更为详尽，兹不赘述。可是在当地民间流行的口头传说之中，却说这座千年留存的大石桥是鲁班兄妹打赌比赛手艺高低，用一夜时间建造而成！于是关于建造这座宏伟壮丽大石桥的经历，便以富有诗意的传奇故事流传千古了，其主要情节和艺术魅力如下：

其一是鲁班兄妹赌赛技艺于一夜之间建成两座石桥的宏愿，惊世骇俗，竟如他们所愿。

鲁班兄妹周游天下，来到河北赵州洨河岸边，见水深流急，只有两只小船摆渡，众人深以为苦，提起修桥事，"迎遍天下客，没有巧匠人"。于是兄妹俩发愿要给赵州人修两座桥来帮助百姓。鲁班修城南的大石桥，鲁姜修城西的小石桥。因鲁姜见众人总是夸她哥哥多巧多能，"心里很不服气，这回要跟鲁班赌赛一下"，于是确定一人修一座，以鸡鸣天亮为时限，以完工先后来定输赢。结果是妹妹建造的精致小石桥先完工，她使心眼儿自己来装鸡叫，才使得鲁班的大石桥完工时间晚了一步。心灵手巧而又胆气豪壮的妹妹，提出于一夜间各修一座石桥来比试技艺高低，一位鲜活的巾帼巧匠形象便跃然而出。巧手高艺，一夜成桥，这梦幻般的传奇叙说，正是故事讲述者驰骋诗意的艺术手段。

其二是鲁班长途驱赶羊群，落地即成建桥石料的神奇叙说。鲁姜建成小石桥后，还不见哥哥建桥的踪影，只见鲁班从远远的太行山下赶来大群绵羊。她走近一看，"他赶的哪里是一群羊啊，赶的是一块一块雪白细润的石头"。于是一座又结实又好看的白石桥很快就在洨河上建成。太行山的白石可以变化成活蹦乱跳的绵羊，由鲁班驱赶下山去建桥，这神奇幻想正是本篇的基本情节，也是《赵州桥》传说最为美妙动人的艺术构想。巧匠手下的这群石羊，并非《赵州桥》口述者的信口言说，我在20年前出版的《中国民间故事史》中，探究道教信仰和中国民间叙事之关联时，搜寻到东晋著名道教学者葛洪（283—363）所著《神仙传》卷二中有《皇初平》篇，记述哥皇初平寻访失踪40余年的弟弟皇初起，遇山中道士，告知其弟在山中牧羊。兄弟相见后，兄不见羊群，但见山上白石无数。随即弟吆喝一声:"叱叱,羊起!""于是白石皆起为羊,数万头。后两兄弟皆修道成仙,其弟皇初起改名为鲁班。"①本文评说的赵州桥传说中的核心母题——鲁班驱赶太行山的白石于一夜间建成这座大石桥,从《神仙传》中即可追溯到它的源头。以战国时期的公输班为原型而塑造成的巧匠鲁班的形象进入《神仙传》行列,再将后世众多建筑奇迹附丽于其身,于是鲁班就成为中华文化中创造众多奇迹的能工巧匠之光辉典范而永垂史册了。

其三是在鲁班建桥的过程中,让八仙上场试桥产生波折,留下富有奇趣的余韵。

鸡叫天明,鲁班只得急匆匆完工。可这时却招惹来道教八仙中爱捉弄人的张果老,毛头小驴上竟载着日月来过桥;又有柴王爷在木轮小车上载着四大名山也来过桥凑热闹。在对话中鲁班满不在乎地让他们上桥,想不到这一下子就压得桥身摇晃起来,眼看要坍。于是鲁班急忙来到桥下,双手托住桥梁,才稳住了桥身。可是他毕竟是由于自己眼力不够才生出这一事故,便气得抠下自己一只眼睛,从此后代木匠做活时,便也学祖师爷的样子,往往眯缝着一只眼了。鲁班建桥的叙说只不过几句话,其令人惊奇之处在于羊群落地即成白石。而这结尾处由仙人负载日月及四大名山试桥,桥身险遭坍塌的这一情景更为奇险动人,从而使建桥叙说陡起波澜变得摇曳多姿了。

宏伟壮丽的赵州桥即在众人眼前,建造者隋代工匠李春的名字就镌刻于桥头,巧匠鲁班的故事盛传于众人口头,还有《小放牛》中关于"张果老骑驴桥头过,压得桥头往西扭;柴王骑驴桥上走,车轮子碾了一道沟"的优美唱段传唱不息,以及乡间小姑娘到小石桥取花样挑花绣朵的民间习俗也穿插于故事叙说之中,于是这篇匠人故事便洋溢着诗情画意了。特别值得提起的是它富有诗意地将巧匠聚石建桥的艰巨工程之神化,及将中华工匠巧夺天工的高超技艺和道教文化

---

① 《中国民间文学史》,刘守华著,商务印书馆2017年版,第556页。

中神仙信仰之融合。笔者20年前即撰有《道教与中国民间文学》一书，其中一节《中国民间叙事文学的道教色彩》曾于20世纪90年代在国际民间叙事文学研讨会上报告，受到国际学人关注，其中文本刊于《人民日报(海外版)》1990年3月6日。篇中写道："吸收道教影响的中国民间叙事作品不仅具有超凡脱俗的神奇幻想，还以景象壮阔、意境幽玄、情趣丰富，透出一种雄健幽深之美。……这种文化形态，因在中国传统文化史上未居正统地位而长期遭人漠视，今天看来就更加值得珍视，值得我们加以研究了。"《赵州桥》传说对鲁班技艺的神化而充分彰显其艺术魅力，就是一个突出特例。以庸人眼光视之，似乎虚妄可笑，可是掩卷沉思，它不但是附丽于赵州桥这一辉煌建筑史迹的艺术化，而且还可以使人浮想联翩，将中国于2020年抗击新冠肺炎疫情中，以10天时间在武汉市建成"雷神山""火神山"两座现代化医院的惊天奇迹和鲁班巧造赵州桥的优美故事联系起来，将更有力地激发今天中华儿女为大国工匠而骄傲的壮志豪情。

《赵州桥》这篇传说，初刊于20世纪50年代新创刊的《民间文学》杂志上，后经选录于贾芝、孙剑冰所编的《中国民间故事选》首集于1958年由作家出版社出版，获得广泛传播。它流传于河北赵县一带，采录者人署名为平水、曾芪。平水其人不详，曾芪即著名作家汪曾祺的笔名，他以此笔名发表过多篇作品。据相关学人记述，汪曾祺那几年在《民间文学》杂志社任编辑，看来这篇从地方民间文学爱好者实地采录的文稿，是经他整理修饰而成的。当时的所谓整理，按钟敬文先生的说法，实为有所加工修饰的"改写"。汪曾祺作为《民间文学》杂志的编辑，整理写定过许多故事，其中尤以关于鲁班的故事文本，以忠实保持其本色而受到一些民间文艺学家的点赞，《赵州桥》就是颇具代表性的一篇。笔者细读本篇，不论从他忠实于原故事的主干枝叶，还是保持口头语言艺术的朴实清新与生动活泼方面均十分出色，完全可以和阿·托尔斯泰笔下的《俄罗斯民间故事》相媲美。笔者夫妇俩作为在华中师范大学任教半个世纪之久，又喜爱中国民间故事的老教师，近年选编了一本《中国民间故事》，其中就有《赵州桥》这一篇。此书由长江文艺出版社于2019年出版后，即颇受社会关注，被列入"统编小学语文教科书指定阅读书系"的小学五年级书目之中，和《一千零一夜》《列那狐的故事》等相并列。

中国各族民间故事以优美丰饶著称于世。在中国民间文艺家协会召开的第九次全国代表大会上，中宣部部长刘奇葆致辞，郑重引述1950年3月组建中国民间文艺研究会时郭沫若先生的讲话，认定"中国民间文艺是传统文化遗产中最基本、最生动、最丰富的组成部分，值得我们礼敬和传承"。笔者撰写这篇短文就是意图以《赵州桥》这个鲁班传说的诗学解读为例，引起人们对中国各族民间文学这颗"多棱宝石"的更大重视和更充分的发掘与利用。

写成这篇短文之后，我从贾芝主编的《新中国民间文学五十年》一书中，读到陶阳留存的《汪曾祺与民间文学》一文，它对汪曾祺整理发表鲁班传说一事作了珍贵忆述：他原在《说说唱唱》杂志社工作，《说说唱唱》停刊后，便调来民研会任《民间文学》编辑部主任。他在审稿时非常严格，与其说是留稿，不如说是改稿更为恰当。"有些故事来稿，内容和情节很好，就是文字表达不行。汪曾祺只好铺开稿纸，一字字地重新整理。他的文字功底，非常深厚。他改过的稿子，没有不佩服的。1956年4月号的《民间文学》发了一组鲁班故事，共11篇，他署名整理的就有3篇。其中，读起来就像农民故事家讲故事一样。《赵州桥》已成为经典性故事，被许多故事集子收选。""当时机关规定，凡对来稿文字修改过多者，都要署名，以示负责。当时汪曾祺署名用的是'曾芪'二字。"[①]这段真切回忆更有助于我们解读《赵州桥》的诗学魅力。

笔者撰写这篇短文，也借此寄托对这位杰出作家和民间文艺家的深切怀念。

2021年元月5日新年试笔

---

① 《新中国民间文学五十年》，贾芝主编，大众文艺出版社2004年版，689页。

附：
赵州桥

赵州有两座石桥,一座在城南,一座在城西。城南的大石桥是鲁班修的,城西的小石桥是鲁班的妹妹鲁姜修的。

鲁班和他的妹妹周游天下,到了赵州。远远就看见赵州城黄澄澄的城墙了,走到近处,却见一条白茫茫的洨河拦住去路。河边上挤了很多人,籴谷的,卖草的,运盐的,贩枣的,往作坊里送棉花的,赶庙会卖布的,挑着担子,拉着毛驴,推着车子,一齐吵吵嚷嚷,争着要渡河进城。河水流得很急,只有两只小船摆来摆去,半天也渡不过几个人。有人等得不耐烦,就骂起来了。鲁班看了,就问:"你们怎么不在河上修座桥呢?"问了几个人,都说:"洨河十里宽,洇沙多又深,迎遍天下客,没有巧匠人。"鲁班和鲁姜看看河水地势,就发心愿给赵州人修两座桥。

鲁姜走到哪里,总是听见人夸奖她哥哥多巧多能,心里很不服气,这回要跟鲁班赌赛一下,就说修桥两个人分开来修,一人修一座,看谁先修好。天黑开工,鸡叫天明收工,谁到鸡叫还完不成,就算输了。这么说好了,就分头准备起来。鲁班修城南的一座,鲁姜修城西的一座。

鲁姜到了城西,聚集聚集材料,急急忙忙就动手,才半夜工夫,就把桥修好了。她心想这回一定把哥哥比下去了,倒要看看哥哥这会儿做到个什么样子,就偷偷跑到城南来。谁知到了那里,河还是河,水还是水,连个桥影子都没有,鲁班也不在河边,不知道跑到哪里去了。她正在纳闷,远远看见南边太行山上下来一个人,赶着一大群绵羊,蹦蹦跳跳往这边来了。走到近处,一看,那人正是她哥哥,他赶的哪里是一群羊啊,赶的是一块一块雪白细润的石头。鲁姜一看这些石头,心就凉了。这是多好的石头啊!这要造起一座桥来该多结实,多好看啊!拿自己修的桥跟它比,哪比得过啊!她想,一定要有两手盖过他的,念头一转,就急忙回到城西,在桥栏杆上细细地刻起花来。刻了一会儿,桥栏杆都刻遍了,牛郎织女、丹凤朝阳,还有数不清的奇花……鲁姜看看,心里又得意起来。她沉不住气,又跑到城南来看鲁班。鲁班这时把桥也快修完了,只差桥头两块石头没有铺好。她看了又看,着了急,就尖起嗓子学了两声鸡叫。她这一叫,引得村前村后的鸡也都急急忙忙一齐叫唤起来。鲁班听见鸡叫,赶忙把两块石头往下一放,桥也算修成了。

这两座桥,一大一小。鲁班修的大刀阔斧,气势雄壮,叫大石桥;鲁姜修的精雕细琢,玲珑秀气,叫小石桥。直到现在,赵州一带的姑娘挑枕头绣花鞋的时候,母亲们还说:"去吧!到西门外小石桥栏杆上抄几个好花样来!"

赵州一夜修起了大石桥,修得还说不出有多么结实,多么好看。第二天,这事就轰动了远近各州城府县,连住在蓬莱岛上的八洞神仙也都听到了消息。神仙里的张果老是个好事的人,听说有这件事,就牵上他的乌云盖顶的毛驴,驴背上褡裢里,左边装了日头,右边装了月亮;又邀上柴王爷,推上金瓦银把的独轮车,车上载着四大名山,游游荡荡,就来到了赵州。到了桥边,张果老高声问道:"这桥是谁修的呀?"鲁班正在桥边察看桥栏桥洞,听见有人问,就回答:"这桥是我修的,怎么啦?有什么不好吗?"张果老指指毛驴小车,说:"我们过桥,它吃得住吗?"鲁班一听,哈哈大笑,说:"大骡子大马只管过,还在乎这一头毛驴、一驾车?不妨事,走你的!"张果老、柴王爷微微一笑,推车赶驴上桥。他们才上去,桥就直晃晃,眼看要坍。鲁班一看不好,连忙跑到桥下双手把桥托住,这才把桥保住。桥身桥基经过这一压,不但没有损坏,倒更加牢实了;只是南边桥头被压得向西扭了一丈多远。所以,直到现在,赵州桥上还有七八个驴蹄印子,那是张果老留的;三尺多长一道车沟,那是柴王爷推车轧出来的;桥底下

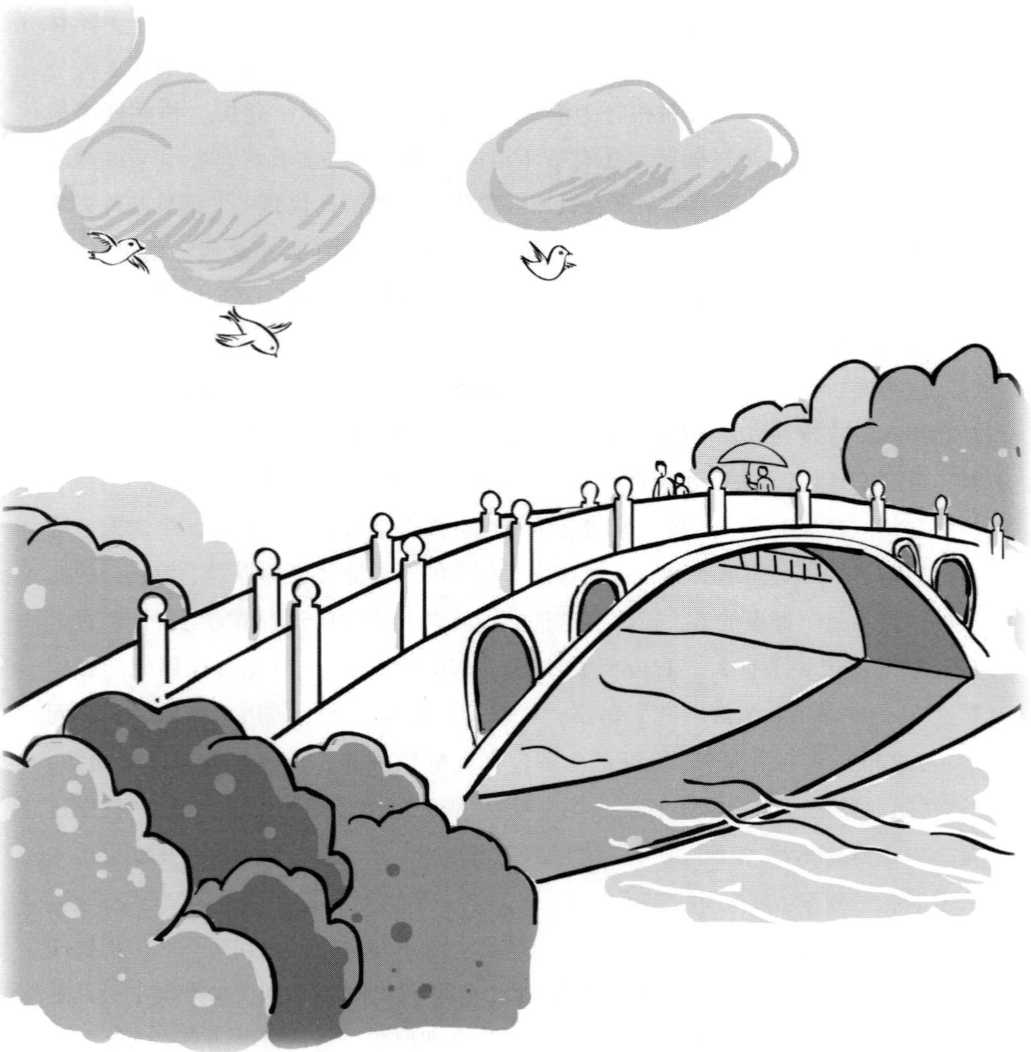

还有鲁班的两个手印。早年间卖年画的时候,还有鲁班爷托桥的画卖呢。

张果老过了桥,回头看看鲁班,说:"可惜了你这双眼睛哟!"鲁班觉得有眼不识人,越想越惭愧,便把自己一只眼睛用手挖了,放在桥边,悄悄地走了。后来马玉儿打赵州桥路过,看见了,就把眼睛拾起来,安在自己额上。鲁班是木匠的祖师爷,所以现在木匠做活,到平准调线的时候也都用一只眼睛。而后人塑马王爷的像,就给塑了个三只眼。

鲁班给赵州人造了大石桥,历代的人感念不忘,直到现在,放牛的孩子还在唱:

>　赵州石桥什么人修?
>　什么人骑驴桥头过。
>　压得桥头往西扭?
>　什么人推车桥上走,
>　车轮子碾了一道沟?

>　赵州石桥鲁班修;
>　张果老骑驴桥头过,
>　压得桥头往西扭;
>　柴王推车桥上走,
>　车轮子碾了一道沟。

○ 采录者:平水、曾芪

○ 出处:《中国民间故事选》,人民文学出版社1958年版。

《包白菜姑娘》的诗学意趣

湖北长阳土家族著名女故事家孙家香留给我们的《孙家香故事集》中，有一篇题为《包白菜姑娘》的民间童话（幻想故事），其奇巧意趣与浓郁诗意，一直萦绕于笔者心间，常思与读者奇文共赏。

它的故事情节并不繁复，讲的是两位山区老人，善良救助病倒的三位女叫花子；虽把她们抬进自家屋里施药救治，还是未能生还，便把她们安葬在自家菜地里。随后那儿长出的三棵包白菜，在两老的细心培育下长得又嫩又绿，又高又大，再后来化身成三位小姑娘成了他们身边乖巧孝顺的小孙女。这时土司官要把她们抢去给自家三个残疾又品行恶劣的儿子做媳妇。她们怀着满腔怨愤巧妙抗争，应允给老人养老送终办好丧事后出嫁。最后在花轿经过老人坟前时，她们烧香叩头祭拜之后，飞身飘起，化身为墓碑上早已雕刻成形的三棵包白菜，再也不见人影，实现了她们永远陪伴老人的孝心。

本篇故事由年近八旬的孙家香老太婆口述，其侄子肖国松（长阳县文化馆研究馆员）记录写定。它原本是一则关于山区孤苦伶仃的老两口，因行善救人，收养三个苦命女孩子做孙女终获善报的生活故事，却借助土家族民间文艺中化身变形的神奇幻想，构成为浸透诗情画意的幻想故事。

化身变形本是民间故事中常见的情节单元或艺术手法，那些人与异类动物变形构成的爱恨情仇故事，如蛇郎、蛇女、孔雀公主、狐狸媳妇、青蛙少年等，均为脍炙人口的名篇。土家族受白虎图腾崇拜传统文化基因的影响，关于虎兄弟、虎媳妇的幻想故事也盛传于民众口头。本篇却以山地的包白菜变形化身为美丽、聪慧、孝顺的女孩来驰骋幻想，编织故事。那三棵寄托着女叫花子报恩之心的包白菜，化身为三个女孩子成为两老的孝孙女；后来在反抗邪恶土司的暴行时，她们以巧计实现给老人养老送终的神圣使命后，又化身为墓碑上精雕细刻的三棵包白菜而永伴老人，结尾奇妙而意味深长。

  我对这篇故事的特别关注，是在长阳山村实地采访孙家香老人时，从她屋后坡地上竖立的那些雕刻精致的墓碑上所得印象而生出的联想。那些墓碑上不但刻有一大排立碑子孙的姓名，还在墓碑顶上雕刻有龙虎、花卉等精美图像，为其他地方所罕见。于是鄂西地区流行一则构想别致的谜语："花龙花虎头上戴，儿子儿孙抱在怀——墓碑。"由这精巧谜语浮想联翩，我才真正理解这篇故事的深切意味和孙家香这位著名故事家传讲这个故事的艺术匠心。《孙家香故事集》本是列入我主持的民间故事传承研究课题之内的一项成果，定稿后又由我审定交付长江文艺出版社于1998年出版。

  笔者和老伴陈丽梅，曾于1997年3月，经长途跋涉前往长阳山区椿树坪村孙家香家中进行探访。她刚从地里做活回家吃午饭，连头上的草帽也来不及脱下，坐在椅子上就滔滔不绝地给我们讲起故事来。那时她78岁，身体硬朗，情绪昂扬乐观。临别时随口唱了几句民歌，还说："马跑十里铜铃响，人不留人歌留人。你们远道来做客，是被我的故事引来的，我就多讲几个故事来招待你们，欢迎你们再来。"

  现在回到她口述的这篇《包白菜姑娘》上来。在传统民间童话艺术世界中，飞禽走兽等异类化身为男男女女来编织曲折离奇的婚恋故事，成为众多学人深感兴趣的研究课题，不足为奇。而本篇却有山野生长的包白菜化身为报恩少女，最后又化身为墓碑上的石刻包白菜图像而长伴老人的艺术构想，其新奇精巧和诗情画意，不能不使人深为叹服。

  还有一点须用心揭示的，就是本篇在叙说孝道时，所着力关注的对逝者生命的尊重和对亲人的挚爱。故事中对土家族的丧礼丧俗叙说得十分真切，不但有后面的包白菜姑娘强忍悲痛，给两老做装老衣，打好坟前石碑，隆重安葬，并且一定要过"五七"之后才坐花轿出嫁的情节；而且在故事的开篇中，两位山村老人安葬非亲非故的三位女叫花子时，请道士"开路"入土，并在清明节拿着清明吊子和香纸来给逝者上坟祭奠，和对待自家逝去的亲人一样。这才引出坟上的包白菜化身为孝孙女的奇迹。这些地方并非小说家的笔墨渲染，而是在孙家香的口述中，就已蕴含着对饱受苦难而逝去的生命个体的高度尊重，也是土家族传统民俗和文化基因的自然流露。应该说，它就是本篇故事首尾贯穿的一根红线，它将全篇相关的人物、事件、枝节串联起来，构成一篇形散而神凝蕴含诗情画意的幻想故事佳作。

笔者于1985年出版的《中国民间童话概说》，在《后记》中随手写下一段话："人们编织故事都是取自日常生活里极为普通平凡的事物，它们就在孩子们周围，可是经过说故事的人加以夸张渲染，就在眼前呈现出一个闪耀奇光异彩、隐藏着无穷奥秘的童话世界，简直是点石成金！" 想不到《光明日报》于2019年1月21日刊出黄永林教授评述我的学术生涯长文中，就以"刘守华：把民间故事点石成金"作为标题了。其实真正点石成金的并不是相关研究者，而是编织和口述故事的民间艺术家，即鲁迅所称道的"不识字的小说家"。

孙家香老人已于2016年春以93岁高龄去世。我国著名民间文艺学家贾芝，应我的邀约，曾给《孙家香故事集》题词："孙家香婆婆是土家族的第一位女故事家，善于灵机应变，讲述富有教育意义的童话幻想故事及其他传说，大放异彩，足以令人看到土家族优良文化传统，可歌可贺！"笔者在她逝世五周年之际，特撰写此文，以表达对这位杰出的土家族女故事讲述家的深切怀念。

附：

包白菜姑娘

　　从前，有对年老的夫妇，常拿钱物施舍周围的穷人，他们没有儿女。有一天早上，开大门，发现门外躺着三个女叫花子。摸摸她们，发现她们正发高烧，昏迷不醒。夫妇俩便把她们抬进屋里，放到自己床上。老头去山上采来草药，婆婆熬了药喂她们，可她们还是死去了。老头请来道士为她们开路，将她们埋葬了。

　　老夫妇种下一块白菜地，有三棵白菜长得又高又粗，又嫩又绿，又包得紧。老夫妇特别喜欢它们。这年腊月二十九，他们把洗了猪脑壳肉的水浇到这三棵菜边，这三棵菜好像在望着他们微笑，他们更不忍心掐这菜叶，任它们生长。清明节前，老头拿着清明吊子和香纸给先辈和三个女叫花子插青，转来在小路上走着，后面有人喊："爷爷！"老头转身一望，来了三个年轻的姑娘，都长得漂亮，又是聪明样儿。老头停下步来。三个姑娘说："爷爷，我们是来服侍您和婆婆的。您带我们回去吧！"老头一听，高兴非常，带她们回家。还没到门前，老头喊道："婆婆，我给你带回了三个宝贝！"婆婆出门来，三个姑娘齐声喊"婆婆"。她高兴得流下了热泪。婆婆问："你们姓什么呢？"大姑娘说："我姓包。"二姑娘说："我姓白。"三姑娘说："我娃菜。"三个姑娘做了这对老夫妇的孙女。种田、喂猪、料理家务。五个人生活得很幸福。老夫妇没留意，菜园中的三棵包白菜不见了。

　　有一天，土司的一个管家为土司的儿子寻找美女来到了这里，见这户人家的

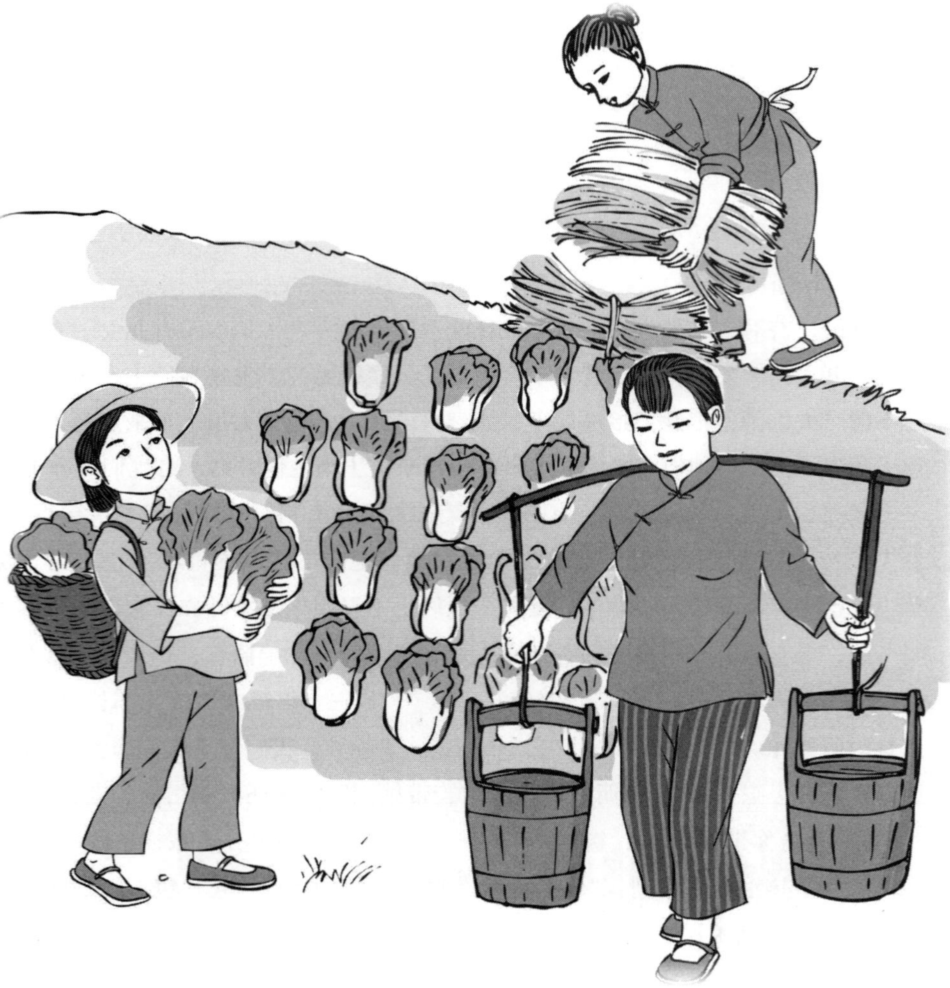

三个姑娘十分漂亮，问了问，便回土司的衙门，对土司讲起。土司叫他去做媒。土司的三个儿子，大的是傻子，老二是瞎子，小的是个恶棍。管家来到这户人家说媒，三个姑娘怎样也不答应。管家说："土司的话就是王法，你们不嫁也得嫁！"三个姑娘说："我们要服侍爷爷和婆婆，如果万一要我们出嫁，你们得出钱给两位老人把装老衣①制起，把碑打起。"管家笑道："这好办。"他请来裁缝给两位老人缝好了装老衣，请来石匠为两位老人打好了碑。三个姑娘请石匠在"孝孙女"几个字下面刻了三棵包白菜。当石碑立在一座高山脚下，两位老人去世了，三个孙女为他们办理了丧事。管家对三个姑娘说："你们现在可以出嫁了吧？"三个姑娘说："要等爷爷婆婆过'五七'。""五七"以后，三顶花轿来到三个姑娘的门前，吹吹打打，放鞭放炮，好不热闹。三姊妹上了花轿，要轿夫把她们抬到爷爷和婆婆的坟前，说是要上坟以后再走。她们走出轿来，在坟前烧香、叩头，随后从地面飘起，飞身到石碑上刻的三棵包白菜里去，再也不见人影了。

- 讲述者：孙家香
- 采录者：萧国松
- 出处：《孙家香故事集》，长江文艺出版社1998年版。

---

① 人在临终时，亲人为他们穿的殓衣。